中国专业作家作品典藏文库

中国专业作家作品典藏文库
邹静之卷

康熙微服私访记

（第四部）

邹静之／著

中国文史出版社

目录

金 镖 记

一

宫殿。夜。

巍峨的宫殿。月光下一片片金碧辉煌的屋顶，一轮皓月由东向西而行，风云涌过。

嵯峨屋脊，有人慢慢降落。

宫内南书房外。夜。

宜妃落地了，飘飘地向南书房而去。

南书房内。夜。

三德子站着，歪着个头睡着了，宜妃飘飘地从他身前经过。

宜妃：三德子，几更了？

三德子不由自主：三……三更了。

说完有些茫然，摇头睁眼找。

法印打坐也睡着了。宜妃魂魄从他身边过……

宜妃：法印，三更了，该奉参汤了。

法印手中悬着的木槌下意识地落下，敲响了木鱼，砰的一声，自己倒吓了一跳。

法印：哎，该奉汤了。

睁眼看没有人，风悄然而过，有点儿诧异。

南书房内，康熙在书案之后，手支额已瞌睡过去了。

宜妃的魂魄悄悄近了。突然水纹波动，睡着的康熙梦境出现，宜妃当年死的情景随一支箭矢穿过时间飞来，越飞越近。宜妃当年挡箭而死的情景出现，一箭中心，宜妃倒下，康熙接住……

康熙大喊：宜妃。

手支额的康熙泪流出，发出喘息抽泣之声。

法印、三德子都醒了。法印使眼色，三德子赶快还眼色。

三德子：可别劝，一会儿就过去了。

此时宜妃魂魄不在了，屋内清冷了。康熙早已醒了，慢慢用手抹泪，轻轻抹泪，然后悄悄站起，谁也不顾地往南书房外走去。

三德子、法印都装聋作哑地睡着，假装不知道。

等了一会儿。

三德子：法印，你少装睡啊，起来。

法印：我装睡？你才装呢。看见万岁爷伤心，你连吭都不吭一声，还拿眼睛斜我。

三德子：斜你？不斜你不懂事！我倒是想吭呢。前儿回不是没劝过啊。劝得你也哭，我也哭，万岁爷也哭，哭得一锅粥似的。还能劝吗？

法印：就你一人是假哭。

三德子：我假哭，好，我不跟你争。实话说，哭管什么？咱宜主子人要是能给哭回来，那我天天哭。

法印：得了，得了。你不为主子尽忠，还有这么多话说。

三德子：你懂什么？人伤心时是越劝越哭，这要是不劝了，过不了一会儿，那伤心劲儿就过去了。法印啊，臭和尚，你心疼主子，都心疼不到点儿上，咱这时除了下狠心，装聋作哑不知道，没别的法儿……

宫内。夜。

康熙独自一人走着，脑中闪回着往事的画面：

宜妃笑着为康熙端莲子汤；

宜妃深情地讲着农耕之事；

宜妃与康熙在后宫看月论家；

宜妃看康熙吃糠的惨状，自己也抢着吃；

宜妃找到饥寒交迫的康熙又恨又爱的样子；

宜妃要着刀进噶礼府；

宜妃在矿山给康熙馒头吃；

宜妃鼓励三德子、法印、小桃红的样子；

宜妃正气凛然的样子；

宜妃、康熙开玩笑大笑的样子；

砰，宜妃中箭。

康熙伤心默默而哭。

康熙：独立东风弹泪眼，寄烟波东去。宜妃，谢谢你……来看朕，自你去后，朕无时无刻不在念你。天下之大竟找不到你的去处，要是能找到朕也就跟你而去了。宜妃，你为朕而死，朕……却在这世上偷生。虽说家国天下重于儿女情长，但朕仰天俯地找不到你时，觉身心魂魄再无依靠，朕人在这宫闱之中，心却在这浩茫广宇之中找你。宜妃，你……你是否也在等朕……

泪下，话也说不出。

南书房门口。夜。

三德子、法印坐在门槛上也看天上的明月。

三德子：法印，说归说，吵归吵，万岁爷总这么下去也不成啊。

法印：我看没什么不好。

三德子：哎，你怎么一时一变啊？刚你还说我不尽忠呢……

法印：你听我把话说完了。佛家以慈悲为怀，所谓悲心是也。咱们万岁爷能为宜主子肝肠寸断，证明他有悲心，念旧，重情。不论俗人君王，能这样都不容易，不像有些人死了老婆当过年……

三德子：啊呸。臭和尚说理也捎着我，哎，再跟你说一遍啊，我哥给我娶的那个媳妇不是死了，是我让人家嫁了，我不害人家大姑娘。

法印：法印不问俗家事。

三德子：不问俗家事，你最俗。哎，别走啊，我俗，我俗，听我把话说完，爷老这么下去可不成，天天想天天念的。法印，我……我……

法印：你……你又变什么花招了？

三德子：三德子我要给万岁爷一个惊喜。

三德子倒站起来走了。和尚一头雾水，看着他。

法印：惊喜？你别先把自己惊了。

谨兰院内。夜。

谨妃已经在帐中睡了，十分安静。

小桃红此时来到了谨兰院服侍谨妃。小桃红在帐外，跪着等着侍候起夜，打起瞌睡了。

突然从帐中慢慢伸出一只手来——谨妃的手，那手拿起小几上的一根簪子，扎在了小桃红胳膊上。连扎。

小桃红大惊：呀，主子，您干什么？

帘子撩开了，谨妃怒气冲冲地出来。

谨妃：干什么？你还敢问我干什么？我问你，你原来也是这么侍候主子的？啊，这主子还没睡着呢，你倒先睡了？你原来的宜主子要是没死，我可真想问问她。

小桃红捂着胳膊，伤心地哭。

谨妃：好啊，还会哭了，委屈了是不是？想你原来的主子了是不是？告诉你，想也白想！去，要想外边跪着想去。来人，叉出去！

飞快地跑上来两个太监把小桃红架出去了。

谨兰院门外。夜。

小桃红被扔在了院中。小桃红捂着出了血的手臂，伤心哭了。

小桃红：宜主子，您在哪儿啊？您……您快把我带走了吧……

皓月当空。

康熙起居处。夜。

康熙躺在床上没有睡着，闭眼之时，一行泪从眼角流出。

宫内。

天亮了。院子里太监们灭着灯，扫着地。

宫内夹道。

康熙赶着去南书房，和尚一人在后边紧跟着。

康熙：法印，三德子呢？

法印：回万岁爷，他说有点儿事，说去去就来。

康熙：他这两天事儿倒是多起来了呢。

法印：……

宫内园子长廊下。

一大群宫女都穿着鲜艳地在廊子下等着，要干什么也不知道，都私下说着话。

正说着话，三德子风风火火地跑过来了。

三德子：哎，来了，来了。快，快，往后退，往后退。等会儿万岁爷来了，可都当是赶巧碰上的啊。一个接一个地给万岁爷请安，一个挨一个地可别乱了。你，哎，春柳，你请安时快点，可不能挡了后边的凤儿啊。

凤儿到时你慢点儿。行了，快，排好了，一个顺着一个，先别走，先别走，等我一喊，再走啊。记住了，请过安就跪下啊。别慌，别慌。

自己说着别慌，看着比谁都慌，跑走了。

众宫女站好了等着，说不慌，都紧张地看着。等了有一会儿，先是三德子的声音慢慢近了。

三德子：万岁爷，那边说是抬太湖石呢，走着不方便，咱从这边绕吧。

康熙：好。

三德子赶着先出了月亮门，喊：万岁爷驾临南书房啊。

宫女们一听都慌了，成堆地不是往前，是想往后躲。三德子冲过来拉住了，又赶快跑回去，正赶上康熙也出来了。

三德子：万岁爷驾到，万岁爷驾到。

康熙一看那么多人，想退又不好退：啊，啊，人还真不少呢。这是……

三德子：赶巧了，赶巧了。万岁爷驾到……请安，请安，快请安。

宫女们激动，一个一个口中说着：给万岁爷请安，给万岁爷请安。

康熙边说边走：免了，免了。

谁想到走到春柳那儿，春柳激动万分，泪流满面，说又说不出来，跪又不跪下去，恰恰挡着后边的凤儿。

春柳：奴婢……奴婢……奴婢……

康熙：免了。

三德子急死了：还不跪下！

趁康熙刚一过身时，三德子冲上前把春柳拉跪下了。

露出了凤儿，外表长得和宜妃一样，只是比宜妃显得没见识，妖媚。

凤儿：奴婢给万岁爷请安。

康熙一时惊讶，突然慢下来，看着凤儿，看了几眼。但很快就从气质中认出不像了，把回的头又收了回去。

康熙：免……免了。

说完径直走过长廊，和尚紧跟，三德子跟住。康熙刚一出长廊，三德子跑了回来，汗都出了。

三德子：行了，起来吧，起来吧，散了吧。

刚说完回头想跑，就看那些站起来的宫女们一听散了吧，都稀里哗啦地跌坐在地上。

三德子：哎，这是怎么了？你们……顺喜，快，扶她们起来，让散了，散了。凤儿留下，别走。

凤儿：干吗单让我留下啊？

春柳：哟，你还装不知道呢？不是都说你长得像宜主儿吗？哼，生得漂亮不如长得像。

众宫女睥睨走过，凤儿单留下了。

南书房。夜。

像平常日子一样，康熙看着奏折，法印侍立一旁，三德子貌似和平时一样，其实心中有事。

康熙：……剪烛。

法印忙着上来剪烛心，三德子像是等着什么。

那只洋钟嗒嗒走着。康熙翻着折子。

康熙：……换茶。

三德子像是早就等着这句话了，马上就击掌让换茶。

三德子：嗻。

黑暗的南书房门口，穿着更像宜妃的凤儿端着茶进来。不知就里的和尚远远一看，愣了，呆了，剪灯的手烧了——以为真是宜妃再生了，手一下指了出去，话说不出来了。

三德子颇有几分得意，把法印抬起的手臂按下。

康熙低头看着奏章，并没有抬头看。

三德子有点儿着急，想提醒，康熙说话了。

康熙：三德子，把茶接过来……

三德子：嗻。

康熙头始终没抬一下：让来人退下。

三德子：嗻。你退下吧。

凤儿退下。三德子不知原因，战战兢兢端茶上来。

康熙：放在这儿。

三德子放下茶往后退。

康熙：三德子。

三德子：奴才在。

康熙：你为朕之苦心，朕……知道了。

三德子伤心：谢万岁爷。

康熙：这女孩儿叫什么？

三德子：凤儿。

康熙：凤儿？名字不错。法印，她像不像宜主子？

法印：回万岁爷，像，太像了。刚才臣几乎错认了。

康熙：是啊，朕白天已有一惊。但，无喜。世上之人何止万千，茫茫人海中长得像的人一定有，但乍一看像，再一看相去万里。所谓貌似神不似，就是这个理儿。孪生子尚且如此，何况刚才的那个……

三德子：凤儿。

康熙：凤儿。眉眼都像，神气全不同。三德子，朕怎么会去找一个宜主儿的影子来安慰自己？那样，岂不是与天上的宜主儿……生分了。三德子，你把朕看轻了。

三德子：三德子有罪，三德子……

康熙：你是好心，朕知道，但朕的心你不懂，人死了不能复活，怪朕让你们跟着操心了。

三德子：三德子有罪，三德子有罪。

法印：万岁爷，这么多日子都过去了，您……您……节哀吧。

康熙：节哀的道理朕岂会不懂？但理好说，情难过。朕何尝不是这样时时地劝自己，但每至夜深，便觉内心空落……悲从中来。

法印：万岁爷，请以国事为重，以天下子民为重吧。

康熙：道理，不说了。宜妃她为救朕而死，朕却在世上……偷生，朕实在是委屈她了。

说罢不由哭了起来。

三德子已然是毫不顾忌地大哭起来：万岁爷，您别说了，我们也想主子啊。三德子不会办事，没有为您分忧……嗯，要不，今天咱们索性哭个痛快吧……啊？

几人流泪，康熙倒不好意思哭了。

康熙：算了，不哭了，几个大男人在一起哭，终归让人看了有点儿可笑。

园中亭子。夜。

挑着两盏灯笼，三德子还抽抽搭搭地哭着。

法印：行了，别哭了，原想劝万岁爷的，自己倒哭起来没完了。你说你这办的什么事？招得爷不痛快。

三德子：你说我办的什么事？你不是也觉得像吗？我没办好，可我还办呢。不像你光用嘴说。

法印：我说的是理，不像你演的是戏，行了，别哭了，走吧。

三德子：你别管我，我愿意哭，我哭着痛快。你还讲慈悲佛心呢，一点儿常人心都没有，别理我，要走，你走……

两人正说着话，法印发现假山石后边像是有人，不理三德子了，往那边看、听。

法印：谁呀？……那是谁呀？

三德子也不哭了，看着。

三德子：谁呀？出来。法印你看差了吧？

法印：像是有人呢？

法印刚要下台阶，山石后边的小桃红慢慢移出来了。

小桃红：法印、三德子，是我，小桃红。

三德子：呀，小桃红啊，总不见了。

法印：小桃红，刚还说你呢，你可真不禁念叨。来坐。

三德子：小桃红，上来呀。来，这儿有果子，我给你倒杯热茶。法印，快下去迎迎。

小桃红：……不上去了，看见你们就行了……

小桃红悲伤站在月下，说完回头要走。

法印：小桃红，怎么了？别走。

三德子：小桃红，别走。三个人碰一块儿了，说会儿话。好容易来一趟哪能走啊？……哟，怎么哭了？谁欺负你了，啊？谁？

小桃红：别喊了……没谁，想你们了，来看看。

法印：看看好，看看好，天凉了，咱们进屋说话去。三德子头前打着灯。不哭，不哭啊，这三德子刚住了，你又来了，不哭啊。

三德子处。夜。

三德子把灯捻亮了，法印在。小桃红刚哭过，内心伤感。

三德子：小桃红，我这儿有洋人进贡的胡桃、蜜枣，还有新做的奶饽饽，你吃点儿？

小桃红梦幻般地看着房间，看着三德子、法印：不……不吃了。看见你们就高兴了。想想……宜主儿在的日子有多好。

法印：谨妃娘娘又欺负你了是不是？

小桃红强颜欢笑：没有，挺好的……

三德子：那你这大半夜的……

小桃红：就是想你们了，跑出来看看。看见就好了，行。时候不早了我走了……

和尚回头抓东西。三德子一看小桃红站起要走，一急，上手一拉她。

三德子：好不容易出来了，急什么？

小桃红正被拉在扎伤的胳臂上，疼得叫了一声：哎哟……

法印：小桃红，怎么了？

两人惊看着。

小桃红：没什么，没什么……法印、三德子，我走了。

小桃红往下拉袖子要走，三德子、法印看着小桃红走。

法印：等等。小桃红，法印我比你大，按理你该叫我一声哥，哥今天要有失礼的地方，你多包涵。

法印上手一把拉起小桃红的手臂，袖子一捋，小桃红胳膊上一个个被簪子扎的伤眼出现。小桃红还想躲，躲不过去了，让他们看见了。

三德子：小桃红，这……这是谨……谨妃娘娘扎的？

小桃红：不碍的，真的没什么，怪……怪我不好。

三德子：你……都扎成这样了，还是你不好？她就是做主子的，也不能这样啊。等等，我拿药去。

小桃红：咱……做下人的不能挑主子的不是……三德子、法印，你们可千万别为小桃红操心。今后也别为我多想……看见你们就高兴了，我走了。

法印：小桃红，……你可不能乱想。宫里头还有我们呢。

三德子：对，宫里还有我们呢。

法印：我们办不了的还有皇上呢。

三德子：对，还有皇上呢。用不着皇上，小桃红今天你先回去，等两天，就两天。我三德子就不信了，哪能这么欺负人？

小桃红：别为我操心了，苦我能吃……

三德子：这可不是吃苦，这是受罪，别以为宜主儿不在了，人都好欺负了。小桃红你放心吧，来，把药带上。

法印：再带上点儿吃的，天不早了，我们送送你。

三德子：等两天，就等两天啊。

小桃红：和你们在一块儿真好。

三德子、法印送小桃红出。

三德子：两天，就两天啊。

宫内园子长廊。

三德子坐在廊下打着盹，手中一根拂尘。那些偶然路过的太监、宫女，远远地见了都垂着手避着走，有悄悄从旁边绕过的。三德子故意把脚伸得远远的，有一两个太监过也不敢迈着跨，竖着身子过。

三德子打着呼噜，谨妃的小太监贵喜正要去传膳，也从这儿过。刚要迈脚，三德子一拂尘把贵喜拦住了，眼都不睁。

三德子：这么忙，干什么去呀？

贵喜：回三公公，给谨妃娘娘传膳去。

三德子：哎哟，说话都该传膳了，可不，太阳高了呢。贵喜呀，你是叫贵喜吧？

贵喜：回三公公，奴才贵喜。

三德子：在谨妃娘娘那儿呢？

贵喜：贵喜侍候着谨妃娘娘呢。

三德子：好，嗯，好，得宠吗？

贵喜：回三公公，说不上。

有太监驻足往这儿看。

三德子：去，去该干吗干吗去，去……

小太监都吓跑了。

三德子：来，近着点儿，我有话跟你说……

贵喜小心地近了身，三德子拂尘一甩，挡着跟贵喜耳语。贵喜吓得点头。

三德子：别怕，出什么事都有我呢。去吧。

贵喜：三公公，奴才去了。

南书房。

六部大员排了两班，康熙在说话。

康熙：温爱卿，你是山西巡抚，你以为山西近年怎样？

温古：回万岁，山西近年上得天佑，又得万岁德护恩宠，农有其耕，商有其货，路不拾遗，夜不闭户，百姓安居，万民祥和，实在是非常之好，真乃太平盛世。

康熙：嗯。说得不错，好言好语都被你给用上了。按理说听了这话，当皇上的我该高兴，该十分高兴才对。

苏克齐在偷眼看着。

温古：谢万岁奖掖。

康熙茶杯一顿：可惜我高兴不起来。

温古马上紧张：臣……臣有罪。

康熙：说对了，你当然有罪，百姓安居，万民祥和，哼，你这几天没出门吧？

温古跪下：臣……臣……

康熙：那你到京城的四郊去看看，都快被你们山西的难民给挤满了。百姓安居？你以为朕只有一副耳朵，没有眼睛吗？顺天府尹。

顺天府尹出班跪：臣在。

康熙：你与温大人说说，朕所言可是实情？

顺天府尹：回万岁，万岁所言极是，难民蜂拥，已开仓济贫两次了。据臣所闻，山西蝗灾，已是赤地千里，百姓无食。

康熙：温爱卿，你说是农有其耕，商有其货，而实际百姓无食，这作何解释？

温古：臣……有罪。

康熙：文过饰非，欺上瞒下，什么叫欺君？你今天便是最大的欺君……

温古磕头：臣……臣万死，臣万死……

谨兰院。

谨妃正要进膳，桌上堆了一堆的盘子，都用盖碗盖着，谨妃嘴急，一只碗一只碗地掀开来看。

谨妃：贵喜，贵喜。

贵喜：嗻。

谨妃：我要的酱鸭子呢，怎么连酱鸭子都没有啊？

贵喜：回娘娘，膳房说了，按例酱鸭子是三天一次，所以今天没酱鸭子。

谨妃：那我点的春笋尖炒鸡丝呢？

贵喜：春笋尖说是不够了，给万岁爷做了，旁的人没有。

谨妃：旁的人？谁是旁的人？这……这不是欺负人吗？这不是欺负人吗？

说着砰砰地把桌上的碗盘砸了。

谨妃：还有，我要的焖鹿肉呢？这种粗菜也没有吗？

贵喜：有，说是给荣妃了。

谨妃：欺负人，太欺负人了。去，把膳房的管事叫来。

贵喜：娘娘您息怒。膳房管事说了，这事他们管不了，要找……找总管三公公。

说到这儿，小桃红有一点儿反应。

谨妃：三公公，三德子？他……他有什么了不起，找他怎么样，不找他又怎样？好。话到这份儿上了，这是激我呢。你们都听好了，漫说一个三德子了，惹急了，皇上那儿我也要去闹。贵喜，去，快去把三德子给我找来。快去！

砰砰乱砸。

南书房。

康熙：……温大人，你原以为见人说好话，扮笑脸总不会错，可到朕这儿行不通。朕坐在这殿堂之上不是为听好话的，你身为一方大吏，虚呈假报，不讲实话，朕怎么还能用你。来人，来人。

没人应，听见南书房外有三德子与贵喜大声争吵。

三德子：你们娘娘叫我也得看时候啊，这朝上事儿还没完呢。

贵喜：三公公您快去吧，那边闹起来可没完了……

康熙：殿下何人喧哗？三德子……

三德子目的达到了，喊着进来了：嗻。

康熙：何人在外喧哗？

三德子有意拱火：回万岁爷，不……不便说。

康熙：什么事不便说？讲。

三德子：嗻。

康熙：等等，先把温大人的顶戴摘了。

三德子：嗻。

康熙：将山西巡抚温古撤职查办。苏大人。

苏克齐：臣在。

康熙：你十年之前领过山西事，此次着你再任山西巡抚，不可负朕之意。

苏克齐：谢万岁，臣一定尽职。

三德子上手摘了温古的顶戴。康熙生气走。

康熙：散朝。

三德子：散朝。

宫内长廊。

康熙生气前边走，三德子在后边跟着。

康熙：三德子。

三德子：奴才在。

康熙：谨妃手下的人真是这么说的？就是要找朕来闹？

三德子：确实是这么说的，法印也在旁边。所以奴才才与他吵了起来。

康熙：法印。

法印：按理说出家人不管俗家事，但此话三德子没传错。

康熙：好，好，今天朕朝上办了人，后宫也不妨再办一次，索性要办一起办了。

说完生气走。二人跟着。

法印似劝实激：万岁爷……

康熙：说。

法印：您今天朝上办得好，干净，果断。但臣以为后宫的事，不办也就不办了。

康熙：怎么讲？

法印：俗家语啊，好男碰恶女，没理搅三分。万岁爷，说句不敬的话，您太怜香惜玉。平时对后宫一句重话都没有，您今天要是为这事儿去了，回头那边再吵起来，闹起来，到时怕您吃不消。

康熙一听这话真是有点儿怵了：是……是啊。一哭二闹三上吊，法印说得有理，要是真的闹起来……三德子。

三德子：嗻。

康熙：法印他说的话……不无道理，不无道理啊……

说着坐下了，想想有点儿怕。

康熙：要么就算了？

三德子：回万岁爷，法印说得当然有理，别看他是个出家人，可对俗家事极有心得。

康熙：那……那咱就回……回去吧，回去。

三德子：万岁爷，咱现在回去也行，没什么可丢面子的。无非是一个妃子娘娘闹吃闹喝，闹到朝上来了，就是话传出去了，也不是什么大不了的事。家里事嘛，顶多了……三德子不敬啊，爷您听了别生气，顶多老百姓也就传您个有些惧内，惧内，就是民间说的怕老婆，这没什么，没什么。

康熙有些不高兴：这……这还是不太好听吧，但也过得去吧。……惧内不是什么大错，咱回……

三德子又拱火：爷，对，咱回，咱回。最多那些荣妃、良妃、成妃几位娘娘们听说后，看着闹事儿的得宠，不闹事儿的冷落，最多了也就跟着学学，跟着闹闹，比如朝上朝下的吃得不高兴了，穿得不高兴了，都跟您发发脾气，当着大臣们的面，自己不来，打发下边人来。大臣们知道了也没什么，最多私下里议论了，万岁爷日理万机，朝上的事管得利落，宫里的事乱也就乱了，乱也是乱在自己家里了，这算什么啊？

康熙越听越气：别说了。朕想通了，此事不管，贻害无穷。三德子、法印，排驾谨兰院。

三德子、法印：嗻。

两人对视。

谨兰院屋内。

谨妃砸在地上的碗、食物还都没收拾，众宫女、太监都跪在那堆烂食物跟前。

谨妃：深宫之中，争的是什么，还不就争的一口气？原来有那个宜妃在，争不过她，现在她死了，我还受欺负，那主子我什么时候能出头？一个主子受欺负，你们这些做奴才的还有什么脸？要是主子得宠了，哪个不是风光得不知东南西北了？哼，这事谁最清楚啊？你们的桃红姐最清楚不过了。小桃红！

小桃红：奴婢在。

谨妃：我说得可对？

小桃红：奴婢不知。

谨妃：哼，你会不知？原来跟着你的主子有多红啊，不知？我看你是不服。好，还学会顶嘴了。你以为你那个宜主儿还能给你撑腰啊？

小桃红：奴婢……

谨妃：上天有眼，她死了。……娘娘我问你，你可吃过饭了？

小桃红：回主子，没有。

谨妃：正好。这地上有这么多的好吃食，我们大伙儿心疼你，怕你饿着，你吃吧。

小桃红眼泪下来了：回娘娘……奴婢不吃。

谨妃：不吃？你敢抗娘娘我的旨意？来人。贵喜，给你的桃红姐喂食。

两个太监上来按小桃红，小桃红哭着挣扎。

小桃红：我不吃。

谨妃：你敢不吃，原来你仗着主子多风光啊，今天你那死了的主子在天上看着你呢。你哭吧，叫吧，她听不见了，吃！

小桃红挣扎：奴婢不吃，不吃。

谨妃下座抓起一把脏食物就想往小桃红嘴里塞，一把，两把，还要塞时就听外边三德子高喊。

三德子：万岁爷驾临谨兰院啊。

众人都大惊。谨妃住了手，愣了，赶快把手里的东西扔了，抓过把手巾擦手。

谨妃：呀，说来就来了。快，扫了，扫……算了不扫了。都别慌，别慌，什么也别动，看我的。

谨妃说完话一闭眼，眼泪就落下来，哗哗把头发扯开了，呜呜哭着似很委屈地跪在门口，摆出一副娇羞之态。

谨兰院中。

三德子带路，康熙、和尚都进来了。门口跪了一地的人。

三德子：万岁爷驾临谨兰院啊。

一退后一让，康熙迈步一进门，就看见了一地的破碗、瓷器。先一愣，再一看跪在门口的谨妃委屈地哭，这气就先泄了一半，撑着。

康熙：这是怎么了？有什么大不了的还真摔东西了？来，起来，起来。

说着进屋。一听这话，三德子、法印相视，有点儿泄气。

谨兰院屋内。

康熙不去扶谨妃。

康熙：这是怎么了？快起来，起来。

谨妃这时跟换了个人似的，又懂事又懂礼：奴婢叩见万岁爷。奴婢不知礼数了，请万岁爷饶恕。

说完娇羞地把那张泪脸故意给康熙看。

康熙：起来吧，起来吧。

康熙此时还想装点儿生气的样儿给三德子等看，故意不去扶谨妃。那边谨妃也较劲儿，不扶不起，一副委屈样子。康熙终于还是怜香惜玉，上手扶去了。

康熙：来，来，起来吧。

谨妃这才破涕为笑，故意拉着康熙的手不放，两人向榻上而去。

三德子一看，有点儿没戏了。

康熙：看这一地的东西，还不快收拾了。

此时拉着康熙手的谨妃假装头一晕要倒，康熙赶快扶住了。又不太亲近，又有点儿亲近。这时气全泄了。

三德子：法印，要坏。

法印：红尘中人就是俗，哪懂什么叫空即是色啊？没戏唱了。

两人看小桃红，小桃红已悄悄地踅在了门外。

康熙：来，坐，坐下。谨妃啊，好好的这是怄的什么气啊？

谨妃：万岁爷请坐。

康熙：嗯嗯，朕坐，朕坐，你也坐吧。听说就为了口吃食，谨妃，可不能这么使小性，让人看见了不好……

御膳房内。

管事太监：快，快把酱鸭子藏起来，快，快。

甲：刘头这是干什么呀？

管事太监：干什么？没听见说万岁爷去谨兰院了吗？还有这鹿肉藏起来，笋尖也藏好了。

乙：刘头，万岁爷去的是谨兰院，哎，咱们怕什么？

管事太监：怕什么？怕掉脑袋。臭小子，让你藏你就藏。这万岁爷去了要是去问罪还好，万一是打着问罪的心思去的，回头不问娘娘罪了，被娘娘两句话就给说软了，问咱们来了。好，到这儿一看，明明有鸭子有鹿肉不给做，这不得掉脑袋的事啊？快，藏好了。

甲：刘头，至于的吗？敢情万岁爷也怕……

管事太监：别说，别说……欺君之罪……待会儿异口同声啊，这三样东西都没有了……万岁爷可不是怕，是怜，怜香惜玉……呸，呸，多嘴多嘴了，打。背后说主子怕老婆，这不算毛病，不算毛病。快！

谨兰院内。

东西收干净了，康熙是听完大概了，谨妃坐着还在哭。

康熙：哈，我说没什么大事吧？为了盘酱鸭子、鹿肉啊……好了，不哭了。下回想吃什么，不用跟膳房说了，直接找三德子要啊。三德子，三德子，朕的话你可都听见了？

三德子：回万岁爷，三德子听见了，谨妃娘娘要吃什么，三德子吩咐预备。

此时小桃红在门口呆呆地站着，心伤已没有了感觉。

康熙：好了，不哭了，事就这样了，朕还没喝水呢。谨妃呀，该给朕一杯茶喝吧。

谨妃：看您说的，奴婢这是哭忘了，哪能不给您茶喝啊？看茶。

三德子此时已经觉得没招了。这时有一宫女一听喊，从小门外端了茶盘要进。三德子一眼看见端茶盘那宫女袖子露出来的半条胳膊，灵机突来。三德子上手接了那宫女的盘子，看见站在门口发呆的小桃红，把盘子一下给了小桃红。

小桃红惊讶，三德子使眼色让她上茶。

康熙、谨妃那儿还在说笑，没有察觉。三德子故意把小桃红的袖子往上拉了一下，小桃红上去送茶。

谨妃作态：万岁爷，上回用的万花油，奴婢可用完了。

康熙：朕问一下内务府，如有，下午就给你送来啊。朕只要忙得过来，这些小事还是爱管的。你们过好了，朕也高兴……

抬头看见小桃红来送茶，还是很亲。

康熙：呀，小桃红啊，你在这儿可好？

小桃红把茶盘端上桌，一条手臂上扎的眼都露出来了。

小桃红：谢万岁爷惦念，奴婢一切都好。

康熙一下子看见了伤，脸色有点儿变。小桃红察觉，马上把手臂垂下。

康熙：等等。

全场都紧张了，谨妃也慌了。

康熙：小桃红，等等，你把手抬起来，让朕看看……

小桃红躲。

康熙：来，抬起来让朕看看。

小桃红不敢，流泪了。康熙下座，拉过手臂一捋袖子，看到很多个扎的伤痕。

康熙怒了：告诉朕，是谁扎的？告诉朕这是谁扎的？

小桃红只哭不语。

康熙也觉得伤心：小桃红，这……这可是朕的不是了，你宜主儿走了，怪朕关照你不够。快告诉朕这是谁扎的？讲！

小桃红：……万岁爷，您别问了……

康熙放下小桃红的手臂：谨妃，跪下。

这是发火了，谨妃也怕了，赶快跪在屋中间。

谨妃：万岁，奴婢有罪。

康熙：谨妃，这伤是你扎的？

谨妃：奴婢有罪，望万岁原谅。

康熙：好，有罪，你自己认了，朕话就不多说了。你平时使小性儿争吃争穿争宠，朕都可以宽容，可你心存不善，待下人如此歹毒，朕是绝不姑息。朕再多问你一句，这小桃红是不是因原来是宜妃的下人，你才如此地对她？讲！

谨妃：万岁爷，奴婢有罪，奴婢……

康熙：何止有罪，罪不容赦。来人！

三德子高兴了：嗻。

康熙：即日起将谨妃瓜尔佳氏降为答应，搬出谨兰院，一切优待全免。……小桃红，你起来。朕对不起你，从今后随侍朕之左右。三德子，谨兰院封了。

谨妃大丢面子，开始大哭。

谨妃：嗯，嗯，万岁爷，饶奴婢一次吧，饶奴婢一次，您不可太无情啊。

康熙：饶你？朕可饶小性，不可饶恶行，饶你一次就有第二次。三德子，排驾南书房。

三德子高兴，声音也大了：万岁爷排驾南书房啦。

所有人跪地磕头，康熙昂然走。

谨妃在后边哭。

小桃红跟着和尚、三德子走了。

“万岁爷排驾南书房”的回音响彻宫内。

御膳房。傍晚。

管事太监高兴地进来了。甲、乙都在打盹。

管事太监：行了。

甲惊醒：哟，爷怎么了？

管事太监：没事儿了。

乙：没事儿了，瞧您这一惊一乍的，吓死人了。爷，没什么事儿了？

管事太监：东西拿出来吧，不用藏了。

甲：谨妃娘娘的事儿了了？

管事太监：了了，这回算干净了。要说咱万岁爷就是爷，一点儿都不惧内，好嘛，听说是发脾气了，砸了一地的东西，说是差点儿动手打人呢。谨妃娘娘也不叫娘娘了，改叫答应了。咱三公公也不含糊，关键时刻还救了个宫女呢！

甲：怎么救的？

管事太监：这倒不太清楚，听说是谨妃那人好用刀子扎人玩，正动刀时让三公公一嗓子给镇住了。

甲、乙：是啊，咱三公公真给咱长脸。

管事太监：那还用说吗？

三德子处。夜。

三德子摆了一桌子菜，小桃红、法印都在。

三德子：小桃红，来，咱不喝酒啊，以茶代酒吧，干一杯，算是给你压压惊啊。来，和尚，来呀。

法印还有点儿事事儿的：要喝就喝酒，喝茶算什么呀？

三德子：嘿，你个臭和尚，这不为了照顾你吃素吗？再说了万一夜里万岁爷有个事呀什么的，闻着咱们喝了酒不合适。喝茶好，喝茶吧。小桃红你也说一句。

小桃红：行，我说一句。小桃红高攀一下啊，谢两位哥哥心疼我了。

法印此时充上了老大：嘿，这有什么呀？应当的。别的不说，咱们平时吵归吵，可走南闯北的情义谁比得了啊。来，吃菜啊，吃菜。就说三德子这人吧，讨厌归讨厌，可到了大礼大面的时候，还算过得去。

三德子一听生气：没喝酒呢，你就醉了。和尚你什么都好，就是没有一颗菩萨心肠。来，小桃红吃，吃这味菜，可不能再伤心了啊，看看万岁爷有多心疼你，我可没见过他跟哪个娘娘发过那么大的火。

法印：那是应该的，他要再不发个火啊就不是慈悲心肠了。

三德子：应该的事儿多了，你呀和尚就会说嘴。来，小桃红吃啊。

小桃红：总没见了，你们俩还是那么争争吵吵的。

三德子：改不了了，和尚他好抬杠。

小桃红：万岁爷心疼我，我知道，其实他是更念着宜主儿呢。

三德子：可不是，这么长时间了，那劲儿都没过来。

法印：情债难了，情债难了啊。

小桃红：三德子、法印，怎么想个办法，让万岁爷分分心啊。

法印：是啊。

三德子：办法有，咱明天就让他开心了。来，吃菜。

宫内起居处。夜。

明月高悬。康熙安稳地睡着了。

二

京城街市。人来人往。市井繁华。

嗡嗡一只空竹在抖着，小桃红、三德子鼓掌。和尚手里已拿了不少的东西。

康熙刚学会了抖空竹，高兴地嗡嗡抖着。

三德子：小心，小心别滋了绳。

紧说慢说还是滋了。

和尚：不行了，这绳得打蜡了。

康熙抖出了一头小汗，高兴：嗯，好玩。这个叫空竹啊？好。又好玩又能练身子骨。三德子，掏钱买十个。

三德子：哎，爷，买那么多干吗呀？

康熙：嗨，玩意儿嘛，多买几个，谁喜欢就送谁了。

三德子：哎，得，掌柜的，挑十个，挑好的啊。

还没交钱呢，和尚、小桃红、康熙先走了。三德子喊：哎，和尚先别走啊，等着拿东西。

和尚：你自已拿着吧。

三德子：得，都不管了，不管就不管吧，我拿，只要爷高兴就成。

空中一只漂亮的毽子一上一下的。

康熙、三德子、和尚都在练踢毽子，一上一下的。小桃红看着数数，鼓掌。

三德子是身上挂满了空竹什么的，和尚也挂着兔爷、泥猴什么的。两人看着康熙高兴，相视笑，气氛热烈。

康熙练了几下就踢了不少，数着。高兴，一手接住了。

康熙：好。这毽子好，练身手，三德子掏钱，买二十个。

三德子：好了爷，二十……

小桃红没等他说话，一拉他使眼色：买吧，不是为了让爷高兴吗？

三德子：哎，哎，买，掌柜的，毽子二十个。哎，你们可等等我啊。和尚，和尚，你先走吧，让小桃红等我会儿……啊，怎么都走了？快，掌柜的，二十个毽子，快点儿。

一溜的面具——关云长、孙悟空、猪八戒、红娘……康熙戴上关云长的面具，舞着一柄大玩具刀，哇哇亮相。

康熙：好。三德子，怎么一股纸浆味啊？

三德子：爷，这可就是纸浆做的。

康熙：嚯，做得可真精巧。看这人画的，可花了功夫了。贵不贵？

和尚：不贵，十大枚。

康熙：好，买三十个。……还有这把刀啊。

三德子：哎，买，掌柜的，面具三十个。

和尚、小桃红刚要闪，三德子给两人拉住了：这回你们可不能走了，拿东西。

和尚：就你斤斤计较。咱不是为了让爷高兴吗？

三德子：这我知道。爷高兴我也高兴，可东西我一个人拿，我不高兴。大家拿。瞧我这身上除了鸡毛就是空竹，再挂一身面具我成什么了？拿，掌柜的一人给他们十个，要拿大家一起拿，要高兴大家一起高兴。

和尚：就你小气。

三德子：你小气。

小桃红：行了，别吵了，快走吧。

康熙戴着关云长面具，耍着刀在大街上走，一眼看见了街边上一个头上插着草标的小女孩，睁着大眼睛看着他。

康熙从面具的两个洞中看着小女孩，眼睛现出怜悯。康熙耍刀的手停了，边走边回头看着那小女孩，脚步踟蹰。

后边三德子、法印、小桃红身上挂满东西，高高兴兴地过来了。边说边笑边闹。

康熙实在走不下去了，在街上站下了，看着那个小女孩。三德子他们追过来。几个人面具还都没摘。

康熙：三德子、法印，看那女孩，头上为什么插了根草？

几个人一听问话都摘了面具，严肃了。面具顶在头上。

法印：爷，那是卖孩子呢。

康熙：什么？这是卖人呢？插了根草卖人？

小桃红大概想起自己：是啊。插了草标就是要卖的。

康熙：卖人，这天子脚下竟敢卖人啊？走，过去看看。

康熙带头，剩下的人身上挂着东西跟过去，大家严肃起来。

康熙把面具顶在了头上，蹲在了小姑娘面前。

康熙：小妹妹，你叫什么？

小姑娘大大的眼睛看着康熙，冰冷没有表情。

康熙：小妹妹，别怕，你爹妈呢？

小姑娘还是不说话，怯怯地看着。

康熙：你饿不饿？

小姑娘终于点了点头。

康熙：三德子，买吃的去。

话音刚落，旁边马上闪出一个尖嘴猴腮的人。

尖嘴一副山西腔：哎，有。有吃食，有吃食，妮子不怕啊，不怕。这位爷，多好的孩子啊，您看上了？

康熙站起：你是她什么人？

尖嘴：哎，俺是她舅。可怜呢，爹妈饿死了，可怜呢，这位爷做个好事吧，算救妮子一命呢。不贵，买回家就当养个玩意儿呢。

康熙：养玩意儿？你……你是她舅？可怜的孩子，爹妈死了你就该好好抚养她，你怎么能卖她？再说这京城之中，怎可买卖人口？

尖嘴慌了：这位爷，看您说的，养个雀儿还要食呢，何况一个人？不许卖，你以为卖得少啊？来，妮子咱走。来，吃，吃上。

尖嘴看看康熙人多怕了，说着蹲下抱孩子想溜。手里掏出一块带毒药的点心给了孩子。

康熙：等等。小妹妹，他是你舅吗？

小姑娘拿了点心，看了看，摇了摇头。

康熙：你不是她亲戚？

尖嘴：孩子胆小，被吓怕了，胡说呢。来，咱走吧。

尖嘴一边说着，一边急着用手送孩子那块点心吃，小孩吃了。

康熙：你把人放下，你要是她亲人，我出钱，你把她养大。你要不是她亲戚，是个人贩子，这官司你躲不了。

尖嘴：是亲戚，是亲戚，咋不是亲戚呢？

康熙：你别走。

尖嘴边说边走。孩子把点心吃了。尖嘴说着说着，看人多，扔下孩子就跑。

康熙：三德子、法印，拿下。

三德子、法印狂追。只是身上东西太多，边跑边扯边追，街上大乱。

康熙蹲下，看着那个小姑娘。小姑娘把最后一口点心咽下去了。

康熙：小妹妹，不怕啊，跟这位大姐姐走。

突然那小姑娘嘴角洇出血来了，脸色发白了。

康熙：小妹妹，怎么了，怎么了？小桃红这是怎么了？快，快！

小姑娘：……他是给俺下药了。

说完就倒在康熙怀里。

康熙：啊？这……这……小桃红，快找大夫，快找大夫！

康熙抱起小女孩飞跑。

小桃红在前边开路：让开！让开！

两人身上的东西全都掉在地上了，被人群踩烂。

康熙抱着孩子在街上飞跑，孩子嘴角血越流越多。

康熙伤心地抱着孩子跑，头顶的关云长的面具终于掉在地上。

南书房。夜。

书案上，一根草标在转。康熙转着那根草标。和尚、三德子、小桃红静静立着。条案上还有那些空竹、毽子、面具什么的。

康熙：……知道你们是好心，想让朕出门散心。可这天下事总是树欲静而风不止。多么好的一个小姑娘，朕想救她，没承想倒把她害了。人心险恶，道德沦丧。这么好的一个孩子，那恶人下起手来，心内就没有一点儿犹豫吗？法印，这恶人怎么就坏到这程度了。这种人在世上，这世界还有什么意思？

三德子：万岁爷，三德子有罪。

康熙：不怨你们，朕当谢你们，没你们带朕出去，朕能看见什么？朕这双眼睛还不是跟瞎的一样？不怨你们，这种事，最该让朕看见……那小姑娘，临死时的大眼睛到现在还看着朕呢。朕一国之君，对不住一个小孩子。

小桃红哭了，法印、三德子也哭了。

康熙：不说了，三德子，那凶犯怎样了？

三德子：当场毙命。

康熙：千刀万剐不解朕恨。法印，那人的口音？

法印：听着是山西口音。

康熙：孩子也是山西口音，又是山西。今天你们三人都在这儿，朕想好了，咱们要出门就往远了去吧。要看，索性去山西看看。

三人高兴。

三德子：万岁爷，就等您这句话呢。

康熙：定不如撞，明天就走。

三人：嗻。

山西某镇街上。

街上人来人往，大多是拿着各种兵器在街上晃的武士，中气十足。

康熙骑在马上，法印牵马，三德子、小桃红跟在马后，进得镇来了。

康熙看着满街过往的武士，觉得奇怪：三德子，三德子，等等，等等。

三德子让马停下。

康熙下马：三德子、法印，咱们边上靠靠，边上靠靠。

总有武士横着膀子晃，如入无人之境，有拿锤的，有拿钩的。康熙他们退到街边。

三德子：爷，您吩咐。

康熙边问话边看着街上招摇的那些武士：法印，咱过了娘子关了吧？

法印：过了。

康熙：这山西人，就……就是尚武啊，怎么满街都是背刀剑的啊？看着怎么像戏台上演天门阵呢？

法印：原来不这样啊？是不是有什么事了？

正说着话，突然那边街上大乱。一个武士仗剑在追另一个武士，两人就在康熙他们的面前追到了，人群散开，两人对打。康熙他们拢着马看着。

几个回合，简单直接。追的武士反被跑的武士一剑斩了。那杀了人的武士长剑慢慢入鞘，杀完了人就走。

人群散开，康熙看着在路上被杀的人。风起卷黄沙，有家奴追了过来，拿席子盖了哭。

康熙：这……这怎么跟到了侠客列传里边似的。三德子，一定是有什么事儿了，咱打听打听去。

三德子：爷，前边就有家店，您先住下吧。和尚，你在店里侍候爷，我和小桃红出去打听一下，看看到底出了什么事儿了。

风吹街上黄土飞扬，一行人急急走。

泰来客栈门口。

小桃红换了身衣裳正走出来，左右看看。

小桃红边拢头边说话：三德子，快点儿。

三德子：来了来了。

三德子高兴地跟着出来，看小桃红换了衣裳了更高兴。

三德子：呀，你们女孩子就是好，出门还换身衣裳。

小桃红：换了也不是给你看的啊。咱去哪儿啊？

三德子：咱……“咱”这个字好。咱先走走……

三德子很亲近地靠了上去，和尚出来了。

三德子：哎，和尚你留步吧，好好侍候爷啊。

和尚：小桃红，早去早回啊。

小桃红：哎。

三德子：放心吧。咱走，小桃红……

两人边走边说，和尚看着气，回门里了。

街上全是那种凶巴巴的武士。三德子在前，小桃红在后，顺着墙边走。

三德子：小桃红别怕啊，有我呢。

小桃红：我才不怕呢，三德子，到底去哪儿啊？

三德子：别急，别急，这……这街上想问也找不出个问话的人啊。算了，咱……咱上酒馆吧。对，上酒馆总能听出什么消息来。

小桃红：行。你去哪儿，我跟你去哪儿。

三德子听了这话高兴：哎，不急，慢着点儿啊，看脚底下。

酒馆里边乌烟瘴气。一堆一堆的武士划着拳，喝着酒，净是种凶胡子样的人，各种兵器背着，拎着，桌上放着。

三德子此时高高兴兴从外边带小桃红进，刚一进来又有点儿后悔了。

酒馆里一下子进来一个鲜亮的女人、一个太监模样的人，实在有些突兀，所有人都不喝酒了，大家都看着他俩。

三德子：来，来，小桃红慢点儿。小桃红，咱换一家吧，这家太杂了。

小桃红：人杂不是才能听出事儿来吗？不换了吧，我看这家不错。

裘胡子：哈哈，走错了门了吧？这可是大老爷们儿待的地方。

羊胡子：现在回头还来得及。

柳胡子：不怕把人看化了，来呀。

众人哈哈大笑。

已转过身子的三德子一听这话，倒是退不出去了，慢慢回头，换了副牛气的嘴脸。小桃红正色地看着那些人。

三德子：回头？爷……爷我今儿个还就难回头了。小二啊，擦张干净桌子，有好酒好菜尽管上来。

说完话回头，很有礼地让小桃红先请，小桃红飘飘入座。

小二：来了，爷。桌子擦干净了，您请坐。

三德子、小桃红刚坐下，裘胡子酒显然是喝多了，慢慢踱过来。

裘胡子：好样的。小二啊，这两位的酒钱，我付了。

小二：好嘞，二位酒账裘爷会了。

三德子刚要说谢，柜台里一个对眼的老板娘正打着算盘，一听这话接了茬了。

老板娘：嚯，裘胡子，您今天倒是大方啊。心没往好处想吧？

裘胡子：老板娘，您眼毒，您这双眼真毒，您也不看看，多俊的人啊。就当给咱们爷们儿送来的下酒菜吧，啊。

众武士又大笑起哄，敲兵器：好酒菜，好酒菜。

小桃红听见了，气不过想动手，三德子赶快给她按住。

三德子：小桃红，咱不生气，都是些粗人，咱犯不上跟他们生气，咱不是来听事的吗？听事，听事。

小二端上酒菜：爷，酒菜来了。

三德子：来，来喝酒，喝酒。

小桃红觉得三德子窝囊，生气，自己倒酒喝。众武士一看女的喝酒，又都欢呼。

三德子尴尬，也勉强笑笑，自己喝酒。

平远镖局门口。

阳光宁静。

一乘轿子里哭哭啼啼的，正往镖局里抬，几位镖师护着轿子进去了。进门后，镖师边说边关门，边左右看看。

镖师：抬到后院。派几个兄弟看着啊，可不能出了事。

左右看完把大门关上了。

正赶上康熙路过这儿，听也听见了，看也看见了。康熙觉得很怪。走到门口看了“平远镖局”四个字，然后自己也站在门口左右看看。

街对面，一个穿了黑斗篷、斗笠压得很低的人，后背背了一把长剑，坐在墙角，看到轿子抬进，门关了后，慢慢站起来，往街上走去。

黑衣人飞快走着，走过的街边墙上有大大的告示，写着“招镖”

两字。

康熙看到了这个黑衣人，跟了几步不跟了，站下来看招镖的告示。

酒馆。

小二正给三德子桌送菜。

小二：爷，您菜齐了，慢慢用吧。

小二刚要回身，被三德子拉住。

三德子：小二啊，问你个事。

小二：您说。

三德子：你们这叫什么镇啊？

小二：五柳镇。

三德子：五柳镇，挺好的一个镇名，怎么来了这么多拿枪动棒的人啊？

小二：爷，您还不知道啊？镇上正招镖呢。

三德子：招镖？什么镖这么招人？

小二：哈，这趟镖钱可多了，三千两银子保趟镖，俗话说谁跟钱有仇啊？整个镇都住不下了，天南地北的高手，听了信儿都来了。

小桃红：小二，保的是什么呀？

裘胡子：保的是像你一样的俊眉俊眼的大姑娘。怎么着，你用不用保啊？你要保啊，他可不行。你看我怎么样？要是我保啊，一分保银都不要。

说着话，裘胡子头就凑过来了。众武士都静下来，伸头探脑地看热闹。大笑。

小桃红右手握着酒杯，砰地往桌上一顿，顿时酒如泉一样冲上来，正打在裘胡子的脸上，辣得裘胡子赶快抹眼睛。众武士大笑不止。

裘胡子：好功夫，真有味，真有味。

小桃红用手绢擦了擦手：三德子，不好玩了，咱回吧。

三德子此时倒是不急了，还没动，裘胡子恼羞成怒。

裘胡子：不……不好玩了？跟你们说，爷还没玩呢！想走啊？走不成了！

众武士齐声一喊：走不成了！

小桃红惊，三德子一动也不动。众人看着他，他端坐着，中气十足的样子。突然三德子从身上找东西，众人以为他要找兵器，都哗哗后退，紧张地看他。

三德子找了半天，找出一根很小的竹牙签来。吹了一下，好像什么事也没有地掏起耳朵来了。

众人看着他，以为受了莫大的耻辱。

柳胡子：小子，在咱爷们儿这儿托大，打他。

众人：打他，打他。

裘胡子：哥儿几个都别动，这人归我了。

裘胡子说罢跨上几步，拿起一对双钩来。而这边三德子却不紧不慢地从耳朵里拿出牙签，轻轻吹着。

三德子：几位好汉，对不住了，来时我们爷嘱咐了，不让打架。我们想听话，可真欺负急了，也顾不上了。这么着吧，谁要打，报个名，我接着。

裘胡子：我，裘胡子，一个回合要结果了你。多一个回合算小子你赢。

三德子：行。就应了你，请吧。

众人把桌子拉开了，腾出地方，人群左右转着。

裘胡子：小子拿家伙吧。

三德子不屑地：跟你打架还用什么家伙啊，放马来就是了。

裘胡子：啊，气死我了！

裘胡子叫着，马上要冲过来。三德子却一伸手给止住了。

三德子：等等。

三德子像没看见似的，慢悠悠地给小桃红把椅子摆好了，请小桃红坐。

三德子：小桃红，坐好了啊，完了事咱走。

三德子安顿完，手里只有一根牙签，一挥手，极尽轻蔑地：来吧。

裘胡子气得哇哇大叫，冲上来，就看三德子把手中的牙签一弹。只见一道白光飞过去，砰，裘胡子如撞了墙一般，身子就往后倒去。众人大惊，冲过去一看，裘胡子额头中了牙签，正是一个血点。

众武士一看慌了，抽家伙后退，有点儿怒有点儿怕地看着三德子。

三德子平静地坐着，又在掏东西。众人惊看。这回是掏钱，一个小元宝掏了出来，放在桌上。

三德子：小二啊。

小二：哎，爷。爷，您吩咐，您吩咐。

三德子：酒钱在这儿了，余下的给这人买口棺材，帮着给埋了吧。

小二：哎，哎，谢爷。

三德子极谦卑地到小桃红面前：桃红妹妹，没吃好吧？咱走吧。

小桃红起来整衣，两人像什么事都没有一样。两人刚一出门，众武士又都围向门口。刚到门口，没想到三德子又回来了，吓得人全退回来。

三德子：你们也是来招镖的吧？我劝你们都回去吧，散了啊，散了吧。

众人一句话也不敢说了，手里还都端着家伙。

泰来客栈堂屋。夜。

和尚坐在堂屋打坐，手悬在空中没敲木鱼，是睡着了。三德子、小桃红高兴地推门进来。

三德子：爷，爷，打听清楚了，打听清楚了。

和尚惊觉，木槌落在木鱼上，假装念经。

三德子：和尚，爷呢？

和尚念经不理。

小桃红：法印，咱们爷呢？

法印：哎，刚还在里屋睡觉呢，没在吗？

三人看向东里间门口，没人。

三德子：好啊，法印你就会念经睡觉。把爷都看丢了。

小桃红：法印，爷呢？

法印：刚还在这儿呢，什么时候走了？

三德子：臭和尚，人丢了，你可赔不起。

法印：赔……赔不起，赔不起。我……我找得起，我找去。

说罢走出门要找。话刚落音，康熙回来了。

康熙似乎带着气：不用找了，我回来了。

三德子：爷，您回来了。您出去了？法印，快打水。小桃红，咱弄吃的吧。爷饿了吧？您坐。

康熙坐下还在生气，和尚端上茶来。

三德子：爷，给您请安。

康熙：免了吧。

三德子：爷，事儿我们打听出来了。这个镇叫五柳镇，镇上为什么有这么多武士啊，是因为要……

康熙：招镖。

三德子：爷，您知道了。

康熙：接着说。

小桃红：爷，听说这镖保的不是金银财宝，是……

康熙：是个小姐。

三德子：爷，您都知道了。

康熙：接着说。

三德子：嗯，听说镖银是……

康熙：三千两对吧？再接着说。

三德子：像是……没……没什么可说的了，爷……您都知道了？

法印：比你们知道得还多呢。

康熙：你们知不知道保这小姐是干什么的？

三德子：回爷，不知道，可猜猜，大概不会错。小姐嘛，无非是嫁人，总不会去赶考吧？

康熙：不错，是要去嫁人，嫁给谁知道吗？

三德子：这……这就更不知道了。

康熙：说出来，你们可能不信，是要嫁给朕的，哎，说这是给朕选的秀女。

法印、三德子、小桃红：有……这事？

康熙：给朕选秀女，朕不知道，三千两就为了保个女子，还把全天下江湖人都惊动了。这要是真为朕选的秀女，朕也就认了，可这……这不是栽赃吗？三德子，你说说朕什么时候要他们单选秀女往京城送了？招摇撞骗，招摇撞骗到拿朕来做幌子了，朕不下来行吗？朕不下来还不被他们冤枉死了。这是朕凑巧碰上的，指不定有多少没碰上的事，朕就不清不白地顶了缸呢。岂有此理。三德子、法印、小桃红。

三德子、法印、小桃红跪下：在。

康熙：这……这五柳镇的事儿不了，朕是哪儿也不去了。你们多用心吧。

三德子、法印、小桃红：嗻。

康熙走来走去，静不下来：好，那咱……咱……咱现在干什么？

三德子：爷，依奴才之见，咱现在先吃饭，先不生气，事儿早晚给办了。

康熙：对，吃饭吧。天下什么事都有，保什么镖也有人接。不知这些武士功夫如何？

三德子：爷，您放心吧。都是徒有其表，三德子一根牙签就都给他们办了。

康熙：噢，你这么厉害？

三德子得意：您要是不信问问小桃红。

小桃红：回爷，确有其事。

康熙：好，怕是你没遇到真佛吧？

法印：可不是吗？就你这两下子，哼，不敢恭维。

三德子：嘿，和尚，你就会说便宜话。

平远镖局后院。夜。

秋虫声声。正房廊下，几位镖师正襟危坐在守夜。

窗上一女子剪影，很暗淡，低声在哭。镖师们闭目打坐，一动不动。

黑夜的屋脊上一片呼呼的风声，是夜行人在房上奔跑。康熙穿了一身夜行衣，在一侧的屋脊上慢慢抬头。

窗内的月秀小姐在哭。

月秀：让我回家，让我回家吧……

房脊上的康熙听了叫声刚要起身，突然发现对面房脊上一个人也出现了。康熙飞快低身，对面的林风儿悄悄从房脊上站起走了几步，正准备再看时，没想一片碎瓦扑啦啦地从房上滚下，夜空中声音清晰。

镖师飞快地从廊下飞了出来。

镖师甲：房上有人。房上有人。

很快，厢房的灯都亮了，很多人打着火把从屋内拥出来。林风儿有些慌乱，蹬掉的瓦更多。康熙本能为掩护林风儿掀起房上的瓦，啪啪地往院中人群砸去。

院中镖师乱躲，无法飞上。

林风儿在房脊上一个动作，消失了。逃。

康熙边抛边说：不够江湖，我救了他，他倒不帮我了。

康熙一展身下房。

此时那些镖师才蜂拥一般上了房。

月秀的哭声夹在其中。

镖师：别追了，看住人，别追了。怕是调虎离山。

刚飞上的人又都跳下去。

街上。夜。

街上空无一人，夜凉已下，野狗踟蹰。

牌楼的后边，康熙侧身立着，看着前边街的拐角处，像是断定了那人会出现，看了一会儿……正凝神时，突然身后一个声音，吓了他一跳。

林风儿：方才后院多亏壮士出手相援，在下这厢有礼了。

康熙：啊?!……啊，区区小事，何足挂齿，都是江湖中人，用不着谢，听你的声音，你……你是位小姐。

康熙一步迎上，林风儿退。

林风儿：壮士留步，在下告辞了。

康熙：哎，等等。小姐请问芳名。

林风儿：不知也罢，是敌是友将来还难说。

康熙紧追：小姐，我们必定是友，怎么会是敌呢？今天该算是巧遇，留个名吧。

林风儿甩不掉康熙，生气了，突然回头，就要拔剑，脸上围巾反被手挥掉了。

林风儿脸一露，康熙大惊，活脱脱的一个宜妃。

康熙呆呆地看着，看得林风儿倒不好意思了。

康熙深情：是……是你呀？真的是你？

林风儿给问蒙了，吓着了：……我？壮士，你我素昧平生，请壮士自重。

康熙晃了晃头，想清醒一下：壮士？你看看，我是谁？

林风儿：请自重，你我从没有见过。

康熙：没见过？没见过吗，是我。

林风儿拉剑：我不认识你。

寒光一闪，康熙有点儿醒了，又晃头。

康熙：哎呀，许真是看错了。小姐，没别的意思，只想问你的芳名。

林风儿：好，告诉你，但不许再跟着了。我叫林风儿。

说完快步而行，一转弯不见了。

康熙：哎，林风儿……林风儿……林中的一阵风儿。宜妃啊宜妃，一阵风儿又把你吹回来了。这五柳镇算是来对了，来对了。

不想声音大了，惊了对面街上一个盖着破席子睡觉的穷武士。

穷武士坐起，拿着刀：喊什么喊！撒吃挣啊！

康熙心里高兴，并不计较：抱歉，抱歉。打扰，打扰了。

穷武士：再喊，小心我手中的刀。

康熙：打扰，打扰，您睡，您睡。

还是高兴，手舞足蹈地在街上跑起来。

泰来客栈堂屋。夜。

三德子、法印一人搭了个铺在堂屋睡着。两个人比着打呼噜，三德子吹气式，法印雷鸣式，一起一伏睡得正香。咯吱吱门响，两人呼噜都停了，康熙悄悄进来。

康熙刚一进门，两人反应快极了，都起来。

三德子、法印：谁?

康熙：睡吧，是朕。

法印把灯捻亮，三德子下地。

康熙：别捻灯了，睡吧。

三德子：哟，爷，您出去了?

康熙：啊，出去了。睡吧，睡吧。我也进去睡了，不说话了，不说了啊，快睡吧。

康熙一边说着，一边高兴地进东屋去了。三德子、和尚都有点儿奇怪地看着高兴回来的康熙。两人想了想，相视了一眼。

三德子小声：和尚，万岁爷……像是很高兴呢。

法印故意：没看出来。

三德子：呸，好像你不食人间烟火似的。

法印：什么高兴不高兴的，你就会看人脸色。睡吧。

法印噗的一声把灯吹了。

三德子：哎，我还没上床呢。

法印：摸着。

三德子：你个臭和尚，我要是摔了，你给我治。

东房内。夜。

康熙躺在床上，闭着眼睛高兴地睡了。

招镖擂台。

台下人头攒动，武士、老百姓都挤着看着台上。

台上正中挂着一面旗，上写“金镖”二字。

此时台上人一对一正在打，各使一朴刀，打得不多。两人相对，都不出招，在转圈子，台下起哄。

台下三德子十分不屑地嘴里叼了一个牙签在看着，和尚在他旁边。

三德子：法印，没什么看头，咱走吧。

法印：再看看。

刚说完，台上打了起来，一两个回合，一个人被打下台去。那人摔下，人群一闪。砰，砸在地上，嘴里喷血，四肢抽搐，死了。

甲：呀，又打死一个。

三德子拉住甲：哎，这位兄弟，这两天打死多少了？

甲：我数着呢，一个也没落，打死七十一个了。好看。

法印：阿弥陀佛。

三德子：哼，好看，你看吧。和尚别念了，咱走吧。

法印实在不想看了：走吧。

三德子：要不，咱们上去把那镖接了，省得打来打去的死人，也算做了件善事。

法印：造孽啊。不管，咱们还是找爷去吧。

三德子：爷去哪儿了？咱找爷去，找爷去。法印，爷昨天为什么高兴啊？

法印：不知道。

酒馆。

果然康熙这一早上就在找林风儿，还就找着了，此时正对坐在酒桌前，像是坐了一会儿了。康熙正深情地看着林风儿呢，林风儿好像不高兴。

康熙：自送别，心难舍，一点相思几时绝？凭阑袖拂杨花雪……

林风儿站起来边念边要走：溪又斜，山又遮，人去也。您念吧，我走了。

康熙：等等，等等，关汉卿的词你也会啊。风儿小姐别走，坐坐又何妨？昨夜房脊会，今日酒肆逢，这不能算没缘吧？

林风儿：天上的月，云里的星，想见天天能看见，缘也是缘，只不过远了点儿。

康熙：多看看就近了。

林风儿：话一说又远了。

康熙：风儿小姐真是伶牙俐齿，把个情也说得这么玄奥。

林风儿：过奖了，在下不知情为何物。

康熙：是山，是水，是风，是月……是昨夜，是此时。

林风儿打断：是烦恼。这位壮士，明说了吧，风儿我到五柳镇是为要事而来，实在无暇顾及其他。

康熙：不用经心顾及，“情”这个字等不来，盼不来，说来就来了，无须顾及。

林风儿生气：您看看这酒肆之中哪有男女同桌的？壮士，要么我留下你走，要么你留下我走。

此时三德子、法印正好进来了，一看林风儿吓坏了，两人惊惊地呆看着，小二张罗都听不见了。

小二：二位爷是用餐啊，还是喝酒啊？二位爷，哎，二位爷。

三德子：别急，我们……想想。

小二：得，您二位慢慢想吧。

三德子：法……法……法印，法……和尚，扶我一把，扶我一把……看……看见了没有，看见了没有？

法印：看见了。

三德子：这回……这回不是什么形似神似的了吧？整个一个……

法印：活脱，真的下凡了。

三德子：活脱，怪不得咱爷昨儿个回来那么高兴呢。法印，这回可是真的了，咱过去。

法印：等等，别，别搅了局，等等。

三德子：对，对，说得对，这会儿过去不合适。和尚，这种俗事你……你也懂啊。

法印：没吃过猪肉，还没看过猪跑吗？

康熙：岂有让小姐离席的，那……那我就避一避，在下避一避。

林风儿：多谢壮士，请吧。

康熙无奈，站起来走：不谢，后会有期。

这边康熙刚一走，林风儿就叫小二。

林风儿：小二，小二。

小二：小姐您吩咐。

林风儿：快，上菜。

小二：哎。

这边林风儿刚吩咐完小二，抬头，就看三德子、法印蹭过来了，两人眼睛看着她，然后不请自坐。边坐下边看着林风儿，几乎不错目，还谦卑地笑着，讨好着。

三德子没话找话：来……来了您，您喝……喝茶。

三德子拿起茶壶给林风儿倒茶，眼睛看着人不眨眼，倒茶全倒洒了。

三德子：法……法印，快擦擦。

法印也有点儿慌了，赶快拿布擦：您……别……别来无恙？别来无恙？

林风儿一听有点儿惊讶：二位……认错人了吧？我不认得你们啊。

三德子像是醒了，摇头：岂止神似啊，活脱。您不认得我们，我们可认识您啊。

法印：别来无恙。您用茶，用茶。

林风儿：真是怪了，今天怎么总碰见怪人啊？这个说见过，那个也说认识，可我跟你们都不认识啊，连顿饭都吃不踏实。

三德子又醒了：您吃，您吃。您吃您的，我们不吃。

林风儿：那你们来这儿干吗？

法印：看，看看，您吃，我们看。

林风儿：看？

砰，林风儿掏出块银子拍在桌子上。

林风儿：要看去街上看去，话说多了可别怪本小姐不客气。

砰，家伙又亮在桌上了。

两人的意识还是不能从宜妃那儿出来，一看吓得够呛。

三德子：哎，生气了，还是那脾气，哎，生气了，您慢用。法印，咱走。

法印：对，咱先走，哪有看着人吃饭的理儿啊？您慢用，我们先回避，回避了。

酒馆外。

康熙正着急左顾右盼地找人，跑过来跑过去的，一眼看见小桃红。

康熙：小桃红，小桃红，可看见你了，快。

康熙一边说一边用手拉小桃红往酒馆里推：我不进去了，三德子他们一定败下阵来了，你快去，你去吧。

小桃红：爷，什么事啊？

康熙：别问了，进去就知道了。

小桃红进去了。康熙在门口急得走来走去，再一回头三德子、法印被小二轰出来了。

小二：去，去。不吃饭，不喝酒，看着人家姑娘的脸起腻，去，走错了门了吧？

三德子：哎，你这人怎么这么说话啊？

法印：把我们看成什么人了？

三德子：要不是有事，砸你的店……

康熙：行了，行了。别闹，别闹，回头闹惊了，人家对咱更没好脸了。

说罢一手牵一个人，悄悄往街对面走。街对面有块影壁，三人到了影壁那儿躲起来，也不说话，往酒馆这边看。

酒馆内。

林风儿气还没消，刚要吃饭，小桃红来到酒桌旁。

小桃红眼睛含泪：这位姐姐，这儿有人吗？

林风儿饭还没进口，一听又来人了，刚要气，抬头一看是小桃红，不知为什么一下就亲起来了。

林风儿：呀，这位妹妹呀。快坐吧，没人，没人。是吃饭吧？来，我叫多了，反正也吃不了，你要不嫌弃呀，咱一块儿吃吧。

小桃红：哎，姐姐，您要不嫌我高攀啊，我就叫您声姐姐吧。

林风儿：说哪儿去了？这位妹妹，刚见面不该那么说，可我看着你怎么那么眼熟啊，真像我的一个妹妹……

小桃红更伤心：您……您也像我的一位亲人呢……

林风儿：不伤心啊……不哭，咱这是有缘了。快吃饭，有什么话回头再说，不伤心啊。

小桃红：哎，对，姐姐有话回头说……您也吃啊。

林风儿：都吃，咱都吃。

两人还是相互看着。

林风儿：今天也怪了，好像是这顿饭非要跟一个熟人吃似的。

酒馆门外街上。

影壁旁边，康熙、三德子、和尚三个人死死盯着酒馆门，小桃红、林风儿一直没出来，三人有点儿急了。

康熙：三德子，怎么还不出来呀？一顿饭早该吃完了。

三德子：爷，要不我再进去看看？

康熙拉住：别去，别去，回头不高兴，再等一等，总不至于吃到晚上吧……

三德子：爷，出来了。

这一说出来，三人都躲影壁后边去了，藏了起来。只见林风儿、小桃红出了门了，两人告别。

林风儿：妹妹，咱俩真是有缘，一顿饭就有说不完的话。要不是姐姐有事儿啊，说他三天三夜也不嫌多。

小桃红：姐姐，您先忙着，妹妹我没什么事，只要姐姐用得着的，妹妹绝不推辞。

林风儿：好，再见吧。

小桃红：再见。

小桃红在街上心事重重地走着，三个人从影壁后边跑了出来，一起在街上追了上去。小桃红在前，三人在身后边走边问。

康熙：小桃红，小桃红，问清楚了？

小桃红仍在伤感，头也不回：爷……问清楚了。

康熙：太好了，都说了什么？

三德子：说了什么呀小桃红？别急，拣要紧的说。

法印：她来五柳镇干什么呀，小桃红？

小桃红：爷，小桃红这会儿真像在梦里呢。

三德子、法印：我们也都像在梦里呢。

小桃红：那……那，咱们回去说吧，一时也说不清。

康熙：好，好，回去说，回去说好，三德子打上酒，法印买上点儿吃食。……你们在梦里，哪有爷我在梦里深啊，想醒都醒不过来。

三

泰来客栈堂屋。夜。

菜也炒了，酒也烫了。康熙坐正座，小桃红似坐似不坐。三德子、法印忙着端酒上菜。

康熙：小桃红，你别管他们了，你坐着，今天你是大功臣。小桃红，她就叫林风儿吗？

小桃红：她是那么说的。

康熙：看来是没有骗朕。来来，吃菜啊。住在哪儿了？

小桃红：说是住在镇外的一个尼姑庵里了。

康熙：是啊，知礼。镇里多乱啊，一个女儿家家的可不就住尼姑庵里平安吗？三德子，给小桃红布菜呀。

三德子：哟，瞧我这眼力见儿，小桃红，你吃，你吃啊。别光顾说话了，吃。

法印：小桃红，酒刚烫的，我给你倒上，喝啊。

康熙：小桃红，你们俩分手时，朕看见你好像不太高兴啊。

小桃红赶快离座跪下：万岁爷，小桃红不知进退了。自今天看见了林风儿姐姐，奴婢就想起宜主儿了，没想到她也说奴婢像她的一个亲人，这一说奴婢心里真的不是滋味了，奴婢不该将沮丧的样儿现在脸上，奴婢冒犯万岁爷了。

康熙：不碍，不碍。应当的，应当的，大家都一样。快起来，起来，法印快扶起来。

三德子、法印一起上手扶起。

三德子：来吃口菜，不急，慢慢说。

小桃红：她……林风儿姐姐说这次是来接镖的，她还说这镖她一定要接下来。

康熙：为那三千两银子吗？

小桃红：好像不是。

康熙：那是为了那女子？

小桃红：好像也不是。她说那女子叫月秀，她不认识。

康熙：那她为什么？

小桃红：没问出来，她不说，像是有天大的委屈。

康熙：有什么委屈，说出来不就好了。

法印：爷，问她委屈干吗？

三德子：爷，依三德子之见，这时候不怕她有委屈，该怕她没有委屈才是。

小桃红、法印：三德子！

三德子：听我说完，听我说完啊。

康熙：听三德子说。

三德子：爷，您想啊，她要是没有委屈了，咱们想帮还不知从哪儿下嘴呢。这要是有了委屈了，咱正好为她出气嘛。

法印：俗，恶俗。

康熙：但不失道理。可她要接下镖走了呢？

三德子：爷，她要什么咱不给什么不就得了？她要接镖，不让她接着，咱们接了，她就该求咱了。

康熙：三德子你这主意可真损。

三德子：嘿，爷，三德子信口胡说的，信口胡说的。三德子平时不这样。

康熙：你平时什么样，朕不知道。但今天你算说对了。

三德子：一见了像宜主儿样的人，主意就来了。

康熙：小桃红、三德子、法印听旨。

小桃红、三德子、法印：奴婢在/臣在。

康熙：明天务必众心一力，把镖抢下。钦此。

小桃红、三德子、法印：遵旨。

康熙：好，起来吧，起来吧，快喝酒，要不菜凉了。来喝酒，喝酒。大家碰一下。明天夺镖。

招镖擂台。

旌旗招展，人头攒动。武士来来往往。

康熙四人威风凛凛至，看着台上正好羊胡子被打下台来。众人一哄，就看柳胡子又跳上台去。台上原来就是一位奇伟的壮士，看来坐好久的擂主了。壮士与柳胡子交手。

康熙四人不看台上，在台下挤来挤去找人，遭人白眼。

康熙：小桃红，看见了吗？

小桃红：回爷，没看见。

康熙又看三德子，三德子也示意没看见，那边法印也摇头。

三德子挤过来：爷，要不您先回去，就这些三流的打法，回头污了您的眼。我们几个在这儿等着。来了找您去。

康熙：不急。最后一天了。等等，一定会来吧。看吧……

话刚说完，就听人头顶一阵风过，所有的头巾帽子都吹动了。只见一条黑影，头戴斗笠，脸罩手巾，从人们的头顶飞过。众人急看。

那人轻落台上，一个单腿前倾，欲拔剑的姿态，没有言语。胖大汉子一看又上来人了，哼地一喊，扎起了架势。一个带风的掌冲了过去。只见那黑衣人一动不动，还是那姿势，大胖子冲过来又像是没有信心，又停下了。两人在台上扎架子转。都虚晃了几招后，大胖子冲上前，一交手，砰，被震下台去。

台下大哗。

康熙：好身手。风卷残荷，是内家的路数。

话音刚落，又有一些人冲上台去。只见那黑衣人神收气敛，简捷明快，只几招，哗哗打得一队人飞下台去了。

那人冲到台前，台下的武士吓得后退。那人走到台前，站了会儿，冲台下众人一抱拳，然后纵身摘旗子了。身子刚要飞起来，就听呼啦啦一阵衣袂之声，又是人头之上，康熙飞上台去，就手把旗子摘下了。他把旗子卷巴卷巴，插进后腰。

黑衣人收身，金鸡独立摆了个架势。

康熙：承让了。

康熙故意极为放松地就要下台去，理都不理。只见那黑衣人影子般飞了过来，出手抢康熙后腰的镖旗。康熙动作简捷，几次破解化开，黑衣人无奈，台下众人大声喊好。

突然那女子的面巾被康熙摘掉了，林风儿的女儿相露。

康熙：真的是你呀。对……对不住得很。

林风儿生气，王八拳乱抡，使小性了。康熙乱躲，两手架住。

林风儿：你……你……

康熙：我怎么样？

林风儿小声，有点儿坚决：你……这镖你得让我。

康熙：我为什么要让你？

林风儿：此时不便说。求……求壮士让我吧。

康熙：让你也行。这镖你接下了，那我要跟着保。

林风儿：不行。

康熙：那对不起了，要想接镖凭本事抢吧。

两人交手，又是林风儿被架住。

林风儿：那……那也……行，答应你了。但是一路上要听我的，我做镖头。

康熙：行，听你的。说定了啊。

林风儿：君子一言，快马一鞭。

林风儿往前推，康熙借势飞向后台摔出去。众人欢呼。那只旗子已在林风儿手中，林风儿在台上展开旗子，台下万人欢呼。

三德子、法印一看不好，要往上冲。小桃红一手一个拉住。

小桃红：别动。

三德子：爷可摔了。

小桃红：这还看不出来呀。站好了别动。

众人仍在欢呼，林风儿一阵风般又从人头上飞走了。众人惊讶，而后又欢呼。

康熙虽败了，高高兴兴在台上挥着手下来。众人起哄。

小桃红：看明白了吧？

三德子、法印：明白了。

泰来客栈。

三德子、法印忙忙碌碌地准备箱子吃食，要起镖了。

三德子：脚力，快，大箱子抬出去，装车后边啊，装前边压车。法印，你数数行李少不少？

法印：不少，数过了。哎，轿车来了吗？

脚力：来了，在院门口停着呢。

法印：三德子，都备好了，该起程了吧？去，叫人吧。

话音刚落，康熙从正房出来，手里端着个托盘，上有饭菜。

康熙：法印，法印，来，过来。

法印：爷，您说。

康熙：法印，你去东屋劝劝那月秀姑娘把饭吃了，吃过了好上路。

法印：这……这事儿啊？让三德子吧。

康熙：他不正忙呢吗？你去吧，你去。劝人吃饭又不是别的事，去，去吧。

法印无奈地端了托盘进东房。

泰来客栈东屋。

法印胆怯地端了盘子进来，正赶上月秀一声哭，吓得又想退。没法退，进来。

月秀坐在床前饮泣，手中拿着一块罗帕。

法印汗都出来了：月……月秀姑娘，马上要上路了，你吃点儿东西吧。

月秀：放我回家吧，放我回家。

法印：不哭，不哭，早晚放你回家啊。先吃饭不哭，嗯，先吃饭，咱好上路……

月秀看法印不错：你是个良善之人。

法印：法印是出家人。

月秀：法哥哥，我叫你一声哥，那……那你放我回家去。月秀谢谢你。

说罢就要下跪。

法印：不……不跪不跪，起来起来。

月秀：您答应我。

法印：答应，答应。早晚回家，先吃饭吧，早晚回家。

月秀：那，我们一起吃吧。

法印害羞：我吃过了，你吃。

月秀扶着他手臂起来，正赶上三德子闯进来叫起程。

三德子话到人到：哎，法印，该上路……

不想遇此情景，有点儿尴尬。

三德子：哟，都在呀，都在呀。你们忙，你们忙。

泰来客栈堂屋。

三德子退出，在外边喊：法印，该上路了啊。小桃红，该上路了。

话没说完，法印一头汗退出。

法印小声：等等，等等，等人家吃了饭再走，你急什么？

三德子：哎，怎么是我急呀？刚才你还催呢。

康熙由外进来：三德子，该走了吧？

三德子：回爷，东屋吃饭呢，西屋说话呢，等会儿吧。

泰来客栈西屋。

小桃红给林风儿梳头，正对着镜子往头上插首饰，边插边照。

林风儿：小桃红，你家老爷受过苦？

小桃红：小时刚生出来，亲娘就没了，是奶奶给带大的。

林风儿：看不出来。

小桃红：没长到几岁，怕出天花又移出家去奶娘给看着。可是孤苦伶仃过的。

林风儿：是个大户人家？

小桃红：嗯，户可不小，大户，大极了。

林风儿：看得出来。

小桃红：怎么讲？

林风儿：身上总有那种颐指气使的大少爷劲儿。

小桃红：是啊……这还算好的呢。

林风儿：哼，好的？他可不能跟我拿劲儿。

小桃红：不会，他不跟您拿……

林风儿：跟你们拿劲儿，我也看不惯。

小桃红：慢慢就惯了。姐姐，你的事儿能给我讲讲吗？

林风儿：想讲一时也讲不完，看机会吧。咱该走了。哎呀，小桃红，你们都叫他爷，我是镖头，我可不能随着你们叫爷，我该叫他什么啊？

小桃红：那就叫黄三爷吧。

林风儿站起收拾衣裳：黄……三……爷，不好，他是我手下，我才不叫什么爷呢。我叫……黄三儿，黄三儿。

小桃红想拦，拦不住。

泰来客栈堂屋。

康熙、三德子、法印都等着呢。

林风儿的声音：黄三儿，黄三儿。

康熙：这……这是叫我呢？哎，哎哎，镖头，您吩咐。

林风儿：黄三儿啊，吉时已到了，该起镖了吧？

康熙：哎，等着您示下呢。好，咱起镖了。

路上。

哗哗的车辐、马蹄过。三德子、康熙、法印都骑马，中间一辆月秀的轿车。小桃红、林风儿骑着马。车上有镖旗，每人背上有镖旗，很威风。哗啦啦队伍过。

树林中。

镖车正走着，突然箭矢飞下，全都射在了前三骑的马前，马陡立，镖车队急急停下。

林风儿、小桃红的马前来。

林风儿：三德子、法印，护住了镖。

三德子、法印：嗻。

康熙：什么人，胆敢劫镖？

林风儿：哪路英雄，报上名来。

风吹旗响，没人应。众人静静看着，马在盘旋。

慢慢从两棵大树的背后，一个一个地走出很多武士来，都是带伤带彩的。有包胳膊的，有架拐的，各式各样……全是那些抢镖没抢到伤了的武士。一下出来三五十人。

羊胡子包着眼睛：什么人？别他妈的装不认识。

三德子：爷，是那些没抢到镖的下三烂。

康熙：既是夺镖未成，大大方方地回去习武苦练，也不失为一种侠士之举，聚到这儿算什么？

柳胡子：干什么？我们大老远地来了一趟，钱没挣着，弄条伤腿回去，还习什么武啊？不练了，会练的不如会拼的。

众人：不练了，拼命。

康熙：不是志士之言，让人看不起。不仅败了武艺，还败了德行。

羊胡子：少他妈的跟我们讲德行，镖没接上，保不了镖，我们就劫镖。别的不会，这乱，我们可还会捣捣。弟兄们上手，抢他们的。

众人七扭八歪地要上手，起哄。

康熙：嘿，你们怎么能这样？这不是耍无赖吗？

众人：我们就是耍无赖了。

羊胡子：打不过你还赖不过你吗？

康熙：真真的没德行，三德子、法印，你们上前将他们赶开，爷跟这种人绝不交手。

三德子、法印：嗻。

林风儿：等等。各位壮士，在下马上有礼了，问一句，是不是短钱回家？

众人：说对了。

林风儿：那早说话，何必这么拿刀动杖的？桃红妹妹，拿包袱给钱，一人五两。

康熙：不行。

林风儿：为什么？

康熙：你这是姑息养奸，这种无赖怎可放纵？不能给。

林风儿：姑息？你没看见他们的伤手伤腿吗？小桃红给钱。

康熙：不能给。

林风儿：黄……黄三儿，这镖我是头儿，我说了算。给钱。

康熙刚要急，众伤武士一听给钱，哗，都跪下了，一下子严肃起来。

众人：谢镖头，谢镖头了。

场面颇感人。小桃红解包袱。康熙生气，盘马，独骑穿过众人群走了，生气了。三德子要喊，和尚止住了。林风儿看看不理。

林风儿：谁也别动，听我的。

客栈大堂。夜。

林风儿、法印、小桃红、三德子一桌热热闹闹正要吃饭，菜都上来了。康熙赌气自己在一张桌上吃，不理人。

林风儿：吃，吃吧，快吃快歇着。

三德子一眼看见康熙，觉得不对，犹豫着端了碗想过去陪着吃。

三德子：爷，爷，菜咸不咸？

康熙：正好。你别坐下，爷我想一个人吃。

三德子坐也坐不下，站又不好站，没办法：哎，哎，那您吃着，有事叫三德子啊。

三德子起身也不回众人的桌，自己也到一个空桌子上去吃了。

林风儿一看，康熙这么横，不高兴，端着碗过来了。康熙低头正吃着，林风儿的碗一顿，菜一放，坐下了。康熙抬头想生气，一看是林风儿，又低头吃，还是不高兴。

林风儿：你……你小气。

康熙：自从生下来还没有人这么说我呢。

林风儿：给人点儿银子，你就想不开了，还嘟噜脸生气。你这不是小气吗？

康熙：不是为银子，再多的钱，朕……真金白银我见过。我是为个理。

林风儿：什么理呀？你有你的理，他有他的理，哪个理是对的？

康熙：当然我的是对的。

林风儿：嘿，你这个人真霸道。天下的道理多了，怎么就是你的才是对的？好，请讲。

康熙：还用讲吗？那些人没本事成事，反过来就乱事，捣乱，我办不成，你也别想办成了，天底下这种人最坏事。小的成了盗贼，大的就是朝廷上的搅屎棍。这种事还不该无情痛击吗？还要依着他们给他们钱？他们要钱原就没理，你给他们钱就更没理了。

林风儿：说得不错，可他们千里迢迢地来了，缺胳膊断腿地拼了，事不成，总该给个盘缠吧。碰到这种事，你干吗不反过来想想？

康熙：反过来想，反过来想，这国将怎么治，民将怎么安？为讹钱的讲理，你这不是坏了理道是什么？

林风儿：呀，呀，保一趟小小的镖，你还说出治国安民来了？我不该说你小气，该说你大气，大气得没谱了才对。你是什么人啊？皇上啊？真不是小看你。

康熙：你算说对了，有你看清的那一天。

说完站起来不吃了，上楼。

林风儿：黄……黄三儿，你……你吃完了再走。

康熙：不吃了，吃饱了，也说够了。

该林风儿生气了。三德子、法印、小桃红一看康熙上楼了，都围到林风儿身边来。

三德子：镖头儿，您可不能这么跟我们爷吵啊。

林风儿：怎么了？他凶是不是？你们怕，我不怕，都是你们惯的。

小桃红：可不是惯的吗？姐姐，咱们得……得惯着他。

林风儿：凭什么？他说的是金口玉言？他就是皇上我都不惯他。

众人不说话看着。

林风儿：看我干什么？你们惯，我不惯。

法印：对，不惯他，但您……您也犯不着跟他争道理，菩提本无树，明镜亦非台……做就是了，道理不是就在做之中吗？不必争论，阿弥陀佛。

林风儿：那……那这镖，谁是头儿啊？

小桃红、三德子、法印：您是头儿，您是头儿。

林风儿：我看，你们可是把他当头儿了。

三德子：他是大头。

林风儿：好啊，你们还是这么看？

三德子：我说是大头，他是大头，轴，倔。您就拿他当大头吧。

小桃红：三德子你说什么？

三德子：啊，不……不是那意思，我是说您那么看行，我们可不能那么看。我们是另种看法，他对我们来说真的是那什么……大头。

法印：嗯？

三德子：也不对，不对。算了不说了，越说越不敬。小桃红、法印，咱们歇了吧。这才第一天。

法印：搅不清，搅不清了，歇吧。

小桃红：歇吧，我给月秀姑娘送饭去。

林风儿自语：其实他说得也有几分道理，可我就是不喜欢他那个劲儿，像是别人不听他的就不行似的。小二，来把菜热热。

大路。

镖队前行着，三德子摘下皮水壶，打马去给康熙送水喝。

康熙驻马喝水，抬眼看见了后边跟过来的一位老人家，身清气朗，留着白须。

康熙：三德子，那人跟了咱们一上午了。

三德子：是吗？哪儿呢？

三德子回头看，阳光刺目，手一遮看清了老人家，老人家此时远远地也站下了，坐在道边喝水。

三德子：爷，我问问去。

三德子往后迎的时候，看老人家站起下了便道。三德子追到那儿后，左右找不见了，无奈打马回来。

林风儿带住了马，在前边喊着：快走吧，前边镇上打尖。

三德子：爷，到跟前人没了。可真怪，一晃就不见了，跟着咱又躲着咱。

康熙：不怕，小心着点儿吧。

某镇酒馆内。

康熙、林风儿、三德子、法印、小桃红、月秀等一行人一进来，酒馆中很多人，都像是黑道中人，袒胸露怀，支棱八叉地坐着喝酒。

林风儿：换一家吧。

康熙看着众人，众人看着他们三男三女。

康熙：走了几家都这样，真不知道天下怎么了，酒馆里都是闲人，不换了。小二，收拾桌子快上菜。

小二：哎，来了，几位爷坐好。

月秀看着那么多凶巴巴的人有点儿怕，想哭了，找罗帕。

和尚：月秀小姐，吃饭。吃了饭咱走。不怕，不怕啊。

小二：几位吃点儿什么呀?

康熙正看菜单。三德子等看似松了也都绷着劲儿地坐着，众黑道看着他们陌生，想寻衅。

突然黑道中一个人起来，过来说切口对春典。

黑道甲啪一抱拳：汉室三分鼎。

康熙正好拿着手中的扇子翻了个个儿，众人以为他要对春典了，谁知他在对小二点菜。

康熙：猪肉炖粉条。

众黑道都听着，一听猪肉炖粉条大笑起来。

黑道乙：哈！猪肉炖粉条，不是个溜子，是个空子。

众人大笑：是个空子。

康熙不理，继续点菜：炒青豆。

林风儿一边暗笑。众黑道对这种轻蔑有些不高兴了。

黑道甲一拍桌子：这是空子，寒碜咱爷们儿呢。看镖！

一镖飞出。没想到被林风儿一挥斗篷，挡了回去，打在黑道甲坐的背后柱子上，把他的头巾钉在了上面。黑道甲害怕，一站起，头巾扯下，是个大光头。

众黑道惊着了，都站起拉出兵器。

康熙等六人正好酒上来了，众人举杯喝酒。

林风儿：来，喝一杯吧，吃了饭好上路。

黑道乙自己找台阶下：兄弟们别惹事儿啊，坐下吃饭，坐下吃饭，和为贵，和为贵。

黑道们坐下，又怕又气。

黑道乙：爷们儿，跟这路人还用动家伙吗？给他们酒里下点儿药全有了。

此话一出，康熙等六人全把喝在嘴里的酒下意识地吐了。众黑道大笑，康熙等知道上当了。

法印气坏了，站起来要动手。

林风儿：别动，强龙压不过地头蛇，咱吃完了走，保镖要紧。不要动，听我的。

康熙无奈吃饭。

黑道甲：兄弟说得好，下点儿迷药，把人都迷倒了，那个流泪的小妞可是我的啊。

黑道乙：是我的！

黑道甲：是我的！

黑道乙：是我的，不信咱俩问问她去。

众人又大笑。月秀姑娘听见了更要哭了。和尚实在忍不住了，就要发火儿。

法印：别欺人太甚了！

说罢猛然站起，众黑道马上退回拉架子。正对峙时，酒馆门吱扭一响，众人目光转过去，门一开，那个老人家进来了，进来谁也不看，一句话也不说，走到一张小空桌跟前坐下。

三德子与康熙使眼色，康熙让法印坐下。

黑道一看不闹了，但又犯贱。

黑道甲：看着个子挺大，没用。

黑道乙：草包虚大汉。

众黑道又大笑。和尚忍着往嘴里塞白米饭。

此时那老者不紧不慢地从包袱里掏出一只青花茶壶来——造型颇怪，轻轻地放在那张桌上。

众黑道一看见那只壶，笑声就跟没电似的一下止住了。黑道甲想过去搭话，又没胆量，走了两步，老人家什么都没看见似的看菜单，黑道甲又退了回来。

康熙、三德子看在眼里了。

众黑道跟见了什么神一样，开始三三两两地放了筷子酒杯，悄悄退出，都从门口溜走了。

老者用手指着茶单上的菜给小二看。

小二：糟熘鱼片一味，樟茶鸭子半只，酒半斤。

三德子这时移到老者桌前。

三德子：老先生用饭啊？

老人家看看三德子笑笑，用手指了指耳朵，意思是聋，听不见，摆摆手。

三德子：噢，您重听啊？啊好。那就不打扰了，您慢用吧。

回头看了眼康熙，康熙低头喝酒。

康熙内心话语：这世界真是看不懂了。

大路。

大家都有些疲惫了，镖队没那么急着跑了，几骑在前、几骑在后地走着。

某客店大堂。

大雨。三德子边收着伞边回来了。

三德子：呀，好大雨，啊……嚏。

康熙正襟危坐着，和尚在一边打坐，林风儿手持一卷棋书在读谱。

三德子：爷、镖头，外边雨大，路都翻浆了，看来还走不了。

三个人都不理他，三德子没趣，只好又打一个喷嚏，收收伞。

三德子：小二，有干手巾给我拿一条。

小二：来了。

突然楼上小桃红扶着栏杆喊：不好了！月秀姑娘出事了！

这一喊，静着的三个人反应尤其快，齐齐地冲上楼去。

林风儿：怎么了？怎么了？

客店月秀屋中。

月秀满头是汗，头发都湿了，正在抽搐。

小桃红拼命拉她的手叫着：月秀姑娘，月秀姑娘……

康熙、林风儿都冲了进来，和尚紧跟。

康熙：快拿条手巾。

手巾递了过来，康熙飞快卷成棍状，蹲下用力一按月秀嘴，月秀嘴张开，康熙将手巾棍横在嘴间让月秀咬住了，随手就掐住月秀人中。

康熙：小桃红，别拉她胳膊，让她放松。

林风儿不知该怎么办，忙忙地端了一杯水来。法印插不上手，一直不敢看，面对着墙念阿弥陀佛。

康熙：水来得正好。

林风儿：怎……怎么喂她？

康熙：你喝。

林风儿：我……我喝？

康熙：含一口喷她脸上。

林风儿才反应过来，喝了一口水，喷在月秀脸上。月秀一下松下来了，喘气了。和尚念的经也慢下来了，也敢回头看了。

康熙轻轻把手放开，一把扇子在月秀眼前晃，做着催眠，晃来晃去，晃来晃去……只见月秀眼睛跟着扇子转啊转，一下闭上眼睛睡着了。大家这才松了口气。

康熙：不碍的。急火攻心，一下子抽起来了，不碍的，睡一觉就好了。你……你们都出去吧，我看着她。

众人听了出屋，林风儿到门口，一看康熙在给月秀擦脸，平白地来了点儿醋意。

林风儿：就……就你一人看着她？

康熙：你……你要愿意留下也行。

林风儿还就真不走了，过来坐下，看着康熙忙活。

林风儿：没想到你还学过治病？

康熙：学是没学过，见得多了，看会一点儿。

林风儿：在哪儿看的？

康熙：在……在家里，不常出门，在家看的。

林风儿：你们家传是郎中？

康熙：那倒不是，家里人口多，病人就多，左看右看看会了。

林风儿：还看会了什么？

康熙：还……哎，你手里拿的是棋谱吧？下棋也是看会的。

林风儿：你倒真有见识。月秀小姐？

康熙：没事儿了，睡着了。

康熙很深情地在看月秀的睡相，林风儿不高兴。

林风儿拿出两盒棋子、一个棋盘：既然没事了，坐也是坐，那，在下请教一盘棋如何？

康熙：好，好啊。只是我的棋不上什么路，看会的，野得很。

林风儿：不必太谦，你看东西的本事在下领教了，请落子吧。

康熙打开棋盒，一看是白子，再打一个棋盒，一看还是白子。

康熙：风儿小姐，一定是出来时装棋装错了。

林风儿：何以见得？

康熙：两盒都是白子。

林风儿：那又怎样？

康熙：该有一盒是黑子才对呀，一黑一白，走在枰上，是谁下的棋才认得出来呀。

林风儿：用不着，倘若真是自己下的棋，还会认不得吗？何需黑白？

说着拿起一子拍在枰上，叫板了。

康熙被震住了：啊，啊？话……话也在理，可别人看就难分辨了……

林风儿：两个人下棋，干吗要给别人看？

康熙小心落子，内心话语：她……她的心气可真高啊！说句心里话，这时她可不像朕的宜妃了，她比不了宜妃，太狂傲了。

康熙：林镖头，境界真……真高，说得在理。

林风儿：请落子。

康熙想了想，收子，收盘。

林风儿：哎，不下了吗？

康熙：林镖头，既棋子颜色可不论，依在下的看法，索性棋枰、棋子都可以不要了。

林风儿：那怎么下？

康熙：用嘴啊，下盲棋，怎么样？林风儿小姐承让，在下落子了。在下落子左四南十五。

林风儿有点儿意外，赶快应战：应右四北十五。

康熙：下右三南十六。

林风儿：应左三北十七。

两人用嘴下起来。月秀安眠。

客店大堂。夜。

和尚在打坐，三德子俯在桌上睡着了，打呼。小桃红灯下绣东西，不时往楼上看看。

小桃红推三德子：三德子，别睡了，别睡了。

三德子：哎，怎么了？

小桃红：这么长时间没动静了，你上去送送水吧。

三德子：上哪儿去送水？

小桃红努努嘴，示意楼上。

三德子：给谁送？

法印：镖头和咱爷。

三德子：镖头、爷？不去。

小桃红：怕什么？

三德子：怕什么？怕人家不渴，不高兴，不待见，骂我不长眼。

法印：俗。送个水也这么多想法。

三德子：臭和尚，你不俗，你去呀！

小桃红：行了，别吵了，不去都别去了，许是真的不渴呢。

月秀屋中。夜。

林风儿一头的汗，康熙手里轻松地玩着扇子。

林风儿：我……我下左七北十一。

康熙闭眼：左七北十一？那是我第九十三手时拔了你子的空，不能下。

林风儿：那……那我下左七南十四。

康熙：那也不能下，我的一颗子还在。

林风儿：那……那……

康熙睁开眼：风儿小姐，“输”这个字就那么难说出口吗？苏东坡讲，胜固欣然，败亦可喜，优哉游哉，聊复尔耳。下棋不就为了一乐吗？输赢又能怎样？

林风儿：哼，你……你才不这么想呢！

康熙：我怎么想的？

林风儿：你……你想杀杀我的傲气。

康熙：哎呀，没想到你很会看人啊。风儿小姐，你猜对了，人不能太强，皎皎者易污，你确有傲气……

林风儿：你杀不动。

康熙：为什么？

林风儿：我不认输。

康熙：那就接着下，下到终局。

林风儿：我……我也不下了。

康熙：天下的棋还有这种结局啊？那你……你可是不讲理了。

林风儿：宁可不讲理，也不认输。

康熙：那……你走吧，我守着病人。

林风儿：我不走。

康熙：为什么？

林风儿：你走。

康熙：我走？哎，她是个病人哎，你应付得了？

林风儿：小小伎俩，看一遍就会了。

康熙：好，有性格。好，但弦有时绷紧了会断。好，我走。

康熙一边站起，一边心里想着：她可真不像宜妃。刚要走，月秀醒了。

月秀：这位先生不能走。

林风儿：月秀姑娘，怎么了？

月秀：我怕。

康熙高兴，看着林风儿。

林风儿生气站起：好，那我走。

康熙：风儿小姐走好。

林风儿：黄三儿先生不送。

生气出，砰地把门关上。

大路。

风很大，康熙、林风儿一镖人逆风而行。旗帜猎猎，马匹疾行。镖队刚转过一个弯，只见一群人横站在路中央，为首的是柴庄主。

柴庄主：来的可是平远镖局的镖？

林风儿打马从后向前：正是。

柴庄主：灵秀庄庄主柴文进这边有礼了。

林风儿：镖头林风儿有礼。柴庄主有事请讲。

柴庄主：前方三里就是敝庄，几位到庄上讲话如何？

林风儿犹豫，有点儿拿不定主意，偷眼看旁边的康熙，康熙假装抬眼看流云。林风儿一看康熙拿大，生气。

林风儿：好，去。

柴庄主：请。

柴的兵士马上回队，小跑开路。众人上马跟随。

柴庄主家大堂。

仆人倒茶。话像说了一会儿了。林风儿坐着，康熙侧坐，柴庄主正坐着。大堂中气氛严肃，康熙面容严肃。

院子里马来马过，三德子、法印、小桃红护着镖。

康熙：柴庄主，您是说三万两银子，让我们把这趟镖让给您？

柴庄主点头：两位，话说出了怎么会错？三万两银子在这儿。

康熙：柴庄主，在下有事请教了，这月秀姑娘就说是送给当今圣上的秀女，可也不当此价啊，您……太离谱了吧？

林风儿：话不多讲，这镖既保了，就要讲信义。漫说三万，三十万也不行。黄三儿，走。

柴庄主：等等，二位再听柴某说说厉害。这位黄先生问得对，一个女子难当此价，但月秀姑娘不同，她乃当今山西首富聂五龙的独生闺女，聂五龙富甲三晋，漫说三万了，三百万的家当也有。

康熙：是谁的独生女也好，再有钱也罢，月秀姑娘又不是人质，怎么会值三万？

柴庄主：二位听好了，月秀姑娘就是个人质。

康熙：什么？她……她是人质，她是被绑了票的人质？

柴庄主：一点儿不错。

康熙：不是说是给圣上送的秀女？

柴庄主：幌子而已。

康熙：幌子？谁……谁这么大胆敢打着圣上的旗号做幌子，绑架人票？

柴庄主：……

康熙：请庄主明示。

柴庄主：实在不好说。

康熙：有什么不好说的？难道……是官家？

柴庄主：官家也缺钱啊。

康熙：你说是官家绑了富商的女儿做人质，诈财要赎金？柴庄主，此话可不是说说而已的。在下不信，你实在编得不圆。

柴庄主：圆不圆的，不到结局不能证明。只要想想这趟镖是官家出的钱，并以选秀女为名，便该清楚。圣上怎么会只选一个秀女？

林风儿：有什么可不信的，我信。

康熙：官家绑票，天下会这样了……

林风儿：柴庄主，对不住得很，不管是人质还是秀女，于我们来说镖就是镖，是镖我们就要保到底。告辞。

柴庄主：等等！按理说柴某要是动武劫你们也不是不可以，但柴某不想在江湖上传出个劫镖的恶名。你们三千的镖，我花三万买下，实在没什么说不过去的。

康熙：请问一句，官家劫这人质，打算收多少赎银？

柴庄主：你又问在点儿上了，不下十万。

康熙：十万？那我们岂能放镖，告辞。

柴庄主：等等，想走也没那么容易。

康熙：愿意领教。

柴庄主不搭话，从怀中抄出五支羽箭一扔，廊下六盏灯笼打下五盏。

康熙：好袖箭，告辞。

柴庄主：壮士，那廊下还有一盏灯。

康熙拿茶几上的一颗枣一丢，头也不回：告辞。

廊下正中剩下的那盏灯，飘飘而下，落在地上就着了，一团火起。

康熙、林风儿昂然出。

柴庄主大惊。

驿站大堂。夜。

小桃红下楼打水，三德子正搭桌子，法印在一个角落打坐。

三德子：哎，小桃红打水啊？我帮你。

小桃红：不用了，你忙吧，又搭铺啊？

三德子：没空房了，搭铺。哎，小桃红，听说了吗？

小桃红：说什么？

三德子：这月秀姑娘不是给爷选的秀女。

小桃红：那是什么？

三德子：是被绑了票的人质。

小桃红：人质？谁绑的呀？

三德子赶快过来附耳，法印竖起耳朵听着。

小桃红：那咱保一个人质干吗？怪可怜的。

法印咚咚敲起木鱼来。

三德子：说不清，听那姑娘又哭呢。哎，我帮你打水去啊。

和尚打坐，失神了。

驿站康熙屋内。

林风儿：左七北十……你好像心不在棋上。

康熙：偶然走神。

林风儿：想什么？

康熙：想……想一个做官的远离京城，就可以为圣上选秀女为名，绑了人家的女儿来讹钱。这样的官不是比土匪还凶吗？

林风儿：在你眼中的官是不是太一厢情愿了？官就是官，你一个老百姓，为皇上担的什么忧？

康熙：原就该……

林风儿：就什么？

康熙：我这哪是为皇上担忧啊，我是为皇上生气。不说了，风儿小姐，这趟镖保得好。

林风儿：怎么个好法？

康熙：一呢，可以跟镖识人，终有一天真相大白；二呢，可以保护无辜的月秀小姐平安；三……

林风儿：说说。

康熙：你听了别多想，可以与你朝夕相处地在一起。你很像我的一个故人……

林风儿：故去的恋人。

康熙：哎，你说对了。

林风儿：因为你太像……

康熙兴奋：真的吗？这可巧了，我像什么？

林风儿正色：一个流俗的情种……

康熙：怎么讲？

林风儿：你这种言语，从古到今多少人用过了，这句话你没觉得用滥了吗？

康熙：哎，我可是真的……

林风儿：不是蒸的是煮的，这种话你也说得出口，真是了无情趣。来，接着下棋，左七北十。

康熙：别人用滥了，我这可是第一次。右十南十四。

驿站楼上廊子。

安静，夜深了。一个人影脚步轻轻地来到月秀的门口，抬手轻轻敲门。

月秀：谁啊？

法印：是我。

月秀：呀，是法哥哥吗？

法印：是，月秀姑娘请开门。

月秀：来了。

四

驿站大堂。

天亮了，三德子从伏着的桌上醒过来，伸懒腰，闭眼说话。

三德子：和尚，和尚，法印醒醒，醒醒，烧水去，该烧水了。

三德子伸着懒腰到一桌前，伸腿就踢，也不看，一踢没人，再一踢，踢到凳子腿上，疼得不得了，这回醒了。

三德子：臭和尚还不醒……这和尚一早上跑到哪儿去了？疼……疼死我了。法印！和尚！

康熙屋。

康熙和林风儿昨夜下棋，两人倚在一起睡着了。

三德子的声音：和尚！法印！

两人同时惊醒，两人起来都惊讶。

林风儿：哎，你怎么在这儿？

康熙：哎，我……这原本是我的房间，我当然在这儿，该问你怎么在这儿才对。

林风儿：哎，那你怎么靠在我的身上？

康熙：我的房间，当然是你靠在我的身上的。

林风儿：你的房间，我……我……你怎么把我搬进来的？

康熙：哎，风儿小姐，不要不讲理，明明是你昨夜下棋下困了就睡着了嘛！

林风儿想起来了：是……是啊，是啊。那……那也没什么……了不起的。

康熙：本来就没什么了不起。

林风儿：行，那你出去，我要梳头。

康熙：哎，这是我的房间，我为什么要出去？

林风儿：正因为是你的房间才让你出去，要不大清早的，我从你的房间里出去，人家会怎么想？

康熙：人家……人家爱怎么想是人家的事，我不管。

林风儿：黄三儿，黄三儿，去帮我拿下梳子去。

康熙：还要拿梳子啊？

驿站楼上回廊。

康熙一出门就看见三德子偷偷摸摸地在月秀屋门口听。

康熙：三德子。

三德子吓了一跳：哎，爷，起来了，起来了。

康熙：你……你干什么呢？

三德子：爷，没……没什么，找法印。法……法印不见了。

康熙：一个大活人会不见了？好好找找吧。

三德子：回爷，哪儿都找了，没有。

康熙：那屋是月秀姑娘住的屋，法印不会……在别人屋里吧？

三德子：爷，我是怕……

康熙：怕什么？三德子，你把法印想成什么人了？

三德子：爷，三德子没乱想，三德子觉得，也许法印夜里值夜，弄不好困了就在那屋睡了，三德子是这么想的。没多想，三德子不多想。

康熙：这倒也在理……

说着已经领三德子来到了月秀姑娘屋前。

康熙：月秀姑娘，法印，法印！

刚要敲门，一碰门就开了。康熙、三德子相视大惊，进屋。

月秀屋内。

康熙、三德子待在门口，看着屋内一个人没有。

康熙：三德子，月秀姑娘也不在了。

三德子：爷，是不在了。不是三德子多心，法印他……他丢人了，他给我这朋友丢脸了。

康熙：先别乱想，快找人。

三德子：爷，三德子不多想，可事儿来了，事儿来了。

康熙与三德子出门。

楼上回廊。

康熙、三德子出来后，三德子往东去敲小桃红的门，康熙向西去敲自己的门。

小桃红、林风儿都出来了。

林风儿：什么，什么？月秀姑娘人没了？怎么可能？

康熙：三德子，快去后院看看马。

三德子：哎。

康熙：小桃红，看看月秀的衣服在不在。

话音落，三人又挤进月秀那间屋子。

月秀姑娘屋内。

小桃红和林风儿进屋找衣裳，发现衣裳没了。康熙在屋中左右看看，一眼看见了案几上的那封信。

小桃红：爷，衣裳都拿走了。

三德子喊着跑进来：爷、林镖头，法印的马没了，法印的马骑走了……

康熙看着案几上的信，慢慢拿了起来。

康熙：大家先别乱想，此事必有原因。

小路。

法印在前牵着马快走，月秀骑在马上。

月秀：法哥哥，你也上来吧。

法印：不碍，我能走，你坐好了啊。

月秀：法哥哥，咱这是往哪儿走啊？

法印：回家，法印送你回家。

大路旁茶棚。

康熙等漫无目的地跑出来了，马、马车、七扭八歪的镖旗，都拴在了茶棚外。

康熙、林风儿、小桃红、三德子十分沮丧地在茶棚中坐着，全没了主意。

三德子在看信，小声念出声。

三德子：人生不满百，常怀千岁忧。经非口中念，善举亦难求。强抢做人质，实在恶难留。法印看不过，救人胜清修。臭和尚，转文，臭和尚，没想到你……你从来没拿我当过朋友，人生不满百你花心……你要走也先说一声啊，你救人你一个人是好人，我们是什么……

三德子一边读着一边哭着，康熙看三德子不理，林风儿生气，小桃红也流泪。

三德子：法印你别让我抓着，让我抓着了饶不了你。

林风儿：哭有什么用？左防右防，以为外人会来劫镖，没想到自己的人把镖劫了，黄三儿，你带的什么人？

康熙：好人。

林风儿：好人？为钱为色，算什么好人？三万两银子一个美小姐，他会不心动？

康熙：我这朋友，我知道，三十万两银子他也不会动心。

林风儿：一厢情愿。

康熙：怎么讲？

林风儿：你这叫以君子之心度小人之腹。三十万两银子不动心？你数数普天之下，这样的人现在能有几个？

康熙：宁可相信有千有万，也不愿信天底下的人都是贪财的、贪色的。

林风儿：自欺欺人而已。

康熙：风儿小姐，倘若这普天之下都是见利忘义的小人，你、我、那些路上来来往往的人会觉得怎么样，会活得痛快吗？十年也好，百年也罢，好容易修来的投胎人世，那活在这样的世界还有什么意思？干吗不直接投到地狱里去？愤世嫉俗谁不会，一个“仁”字有多难，一个“信”字有多难，一个“善”字又有多难。法印他不是因色，他是救人，他没错。

林风儿：那是咱们错了？

康熙：咱们也没错，只是救人的方式有别而已，怪咱没说清楚。

林风儿：你真会说。他也没错，你也没错，好，我错了行不行？现在谁去把月秀姑娘找来？

康熙：找人归找人，对错归对错。只要人在，总会找到。三德子，拉马咱们走。

林风儿：你……

康熙：放心，黄某人做事从来有始有终，这趟镖散不了，我保定了。

林风儿：那……那要走大家一起走。

康熙：随你便。

心里却暗自想着：她哪儿还有宜妃的影子啊？越看越清楚了。

某村店。

月秀姑娘高高兴兴地坐着，法印忙忙地为她从厨房中端菜出来。小二撩开帘子看着他们俩。

法印把菜摆好：月秀姑娘，一路下来饿了吧？请用吧。

月秀：法哥哥，一起用吧。

法印：不忙，我去喂喂牲口，你饿了先吃吧，我吃得快。

月秀：法哥哥，你别走，一起吃吧，吃完了，我陪你去喂牲口吧，你不能走。

法印：乡村野店，男女同桌，怕是不雅。

月秀：怕什么，又没人来经意看咱们。

小二原看着，这时放了帘子。

法印：倒是不怕别人看，怕自己呢。

月秀：自己有什么好怕的，坐吧。

法印坐下：月秀姑娘，人世间旁的人不可怕，自己可怕。比如你原来是有准则地活着，过两天你那个准则没有了，被诱惑所动，你变了，到头来没做成自己原来想做的那个人，那时返过头来看看，是不是很可怕？

月秀：那是自己吓自己呢。法哥哥，你干吗自己吓自己？来吃。

法印：谢谢你，说得也对，倘在世上自己不吓着点儿自己，还不就往阿鼻地狱中出溜下去了。月秀姑娘吃吧，我去去就来，牲口怕是也饿坏了。

月秀：法哥哥，天底下像你这样的人少了。

法印：一切众生悉有佛性，阿弥陀佛。月秀姑娘，吃吧。你千万别动，我喂过牲口就来。

厨房的门帘子又动了一下，法印没感觉，站起出门了。

马棚。

法印用笸箩在口袋里装料，然后倒在槽中喂牲口。

马低头吃着，法印拍了拍马头。

法印：吃吧，吃吧，吃好了赶路。

法印掸掸衣裳急急地回小店。

某村店。

法印一推门急急进来，一下呆住了。桌上饭菜依旧，冒着热气。月秀姑娘没了，包袱还在，法印头嗡的一下大了。

法印：月秀姑娘！月秀姑娘！小二！小二！

没有反应。法印四周看了看，赶快出门去找，又飞快地进门。

法印：刚这么会儿，怕……怕是没有出屋，月秀姑娘！月秀姑娘！

法印奔小屋去，没在，又奔厨房门帘而去。

大路。

康熙等无目的地找着人，马跑来跑去。

某村店。

法印一撩帘子，一眼看见月秀被绑在了厨下。

法印：月秀姑娘，月秀姑娘。

法印冲上前去救人。哪知门帘后边小二早就站好了。一只偌大的锅盖砸下，法印光想救人，失了防备，咚一下，咚又一下，三下，法印倒地。

月秀：你……你，他是个和尚，你不能伤他，他是个和尚。

小二：什么和尚啊？花和尚。嘴里还一套一套的，老子这回给你个当头棒喝！

月秀：他是好人，你可千万别害他。

小二：好人？天底下要是没好人我吃什么？放心吧，先不杀他。我还得磨刀呢。

外面男人声：店里有人吗？

小二紧张，绑了和尚，撕块布给月秀嘴塞上了。

小二：来了，来了。您先外边坐，就来了。

对月秀威胁：你可老实点儿，可别乱动啊！

月秀胆怯，只有点头。法印昏了。

大道。

三德子、康熙骑马飞快过。小桃红在后边远远地赶着那轿车，车后拴着两匹闲马也跟着跑。

林风儿从轿车内探出头来。

林风儿：小桃红，叫住他们吧，该打尖了。

小桃红：哎。爷，等等，该打尖了，别赶了。停一停，停一停。

远处，三德子、康熙勒住了马。

康熙：三德子，她们喊什么？

三德子：爷，像是说让打尖呢。

康熙：下马吧。三德子，下马往回遛遛。

三德子：爷，三德子有话跟您说。

康熙：说吧。

三德子：爷，下人不争气，让您操心，三德子代法印赔不是了。

康熙：不怨法印，不怨法印，怨事儿太乱了。

三德子：爷，您可别这么说，三德子有罪。爷，三德子劝您一句，您回宫吧，我去找法印。

康熙：朕不查出那个打着选秀女旗号的狗官来，岂能甘休！是乱了点儿，乱得都忙不过来了。怎么比在宫里还乱？

三德子：爷，奴才们不争气。

康熙：不说了，三德子。事不能就这么结了，但愿能快，快了快回吧。

小桃红：三爷，吃饭了，吃饭了。

康熙：不说了，先吃饭。

某村店。

先前出现的那老人家从门内出来，回身把门锁了，拍拍手，背着包袱快步走了。

没人知道法印怎样了。

街市。

三德子、康熙牵着马站在街上看着来往的人，茫然无措。

三德子：爷，咱怎么办？

康熙：回聂家的路追了两天，一点儿影儿都没有。怕是没回家吧？等等看吧。

人群中，林风儿与小桃红拦住人问着话。

林风儿：小桃红你往东，我往西吧，待会儿马车那儿会齐。

小桃红：哎。

两人急急分头走。茫茫人海中，林风儿焦急地见人就问，问着问着，前后左右看看就她一个人，人来人往，没有知己，突然伤感，落下泪来了。

林风儿谁也不问了，管自在大街上跑起来，边伤心边跑着。

街边茶馆。

林风儿坐在茶桌前，显然伤心过了，用手巾把泪擦了，像是哭痛快了。端起茶杯喝水，一抬头看见康熙，像是早在眼前站着了。

康熙：风儿小姐，让你着急了。

林风儿一听这话，止住的泪又流出。

康熙：没想到你也有伤痛的一面。

林风儿：让你看笑话了。小二结账。

康熙拦住小二：等会儿，风儿小姐，你总把别人的好心看成是歹意。

林风儿：歹意，你没有仇，你不懂得恨。

康熙：心里有事，不妨说出来。

林风儿：说出来你也不懂。

康熙：你对大千世界怎么那么没信心？

林风儿：说得真轻巧。一个保镖的，镖让自己的人盗了，还要张口闭口说什么信心，真不知道你的信心从何而来。

康熙：由苦而来，由烦恼而来，由伤痛而来，就不是从恨中而来。风儿小姐，你没看清天道行程，你把自己看得太重了。

林风儿：我……我随时可死。

康熙：天下人都要死。你把自己的死都那么当回事。

林风儿：你说话大而无当，貌似有理其实虚空。话我不想说了，请把月秀姑娘找回来。请你用行动给我一点信心。

康熙：月秀姑娘必定会找到。

街上。

人头晃动。小桃红手里攥着一封信，在人群中追那个传信的人。只见那老人家背着包袱在人群前边走，小桃红追着，一拐弯老人家不见了。小桃红站在街口，左看右看人没了，回过身来跑起来。

大道。

康熙等骑马飞跑。

康熙：三德子，小桃红怎么说？

三德子：说一个老人家突然给她一封信，人一转身就没了。

康熙：三德子，是那天那个人。

三德子：谁？

康熙：说是耳背的那一个。

三德子：不知道，没看见。

康熙：三德子跟上。

三德子：哎，跟上了。

四骑拐弯而过。

某村店门口。夜。

火把照亮了那把锁，门上四字“山野小店”。

三德子拿着信对着：爷，是这儿。

康熙：山野小店，对，没错。

林风儿急，上手一剑，锁掉下了。四人打火把进。

某村店内。夜。

四个人拿着火把照。

三德子：法印，法印！

小桃红：月秀姑娘，月秀姑娘！

四个人在四个方向看了一会儿，桌上桌下都没人。康熙往厨房帘子去，一撩帘子，火把一照，一人站在帘后，吓了一跳，再看已经死了。

帘子一掀，那小二倒在地上。

三德子以为是法印：法印，法印！

小桃红：法印！

康熙火把一低，照见店小二死的脸：不是法印。

林风儿像是听见了什么：别出声。

四人静，拿着火把，听声音。有一种被塞住了嘴的闷叫声。听了一会儿，康熙向一个碗架而去，伸手一拉，把一碗架拉倒了。一扇门现，砰一踹，门开。

门里是一个小黑屋，堆了些南瓜、蒜什么的。火把一照，法印、月秀都被绑了，塞了嘴在里边叫呢。

康熙还是有点儿生气，把火把给了三德子：三德子、小桃红，快松绳子，救人。

火把照过，和尚反而是一副高兴的样子。

三德子看着法印，生气：爷，月秀姑娘放了，法印不能放，不放他，就不放他！他不够朋友。

法印生气乱哼。

客店大堂。夜。

三德子、法印、小桃红在，三德子、小桃红在生气。

三德子：这么说，你……你还觉着自己有理了你？

法印：当然有理，法印做事从来认理不认人。平时出门是打贪官为百姓，这次出门是散心，是找人。啊，明明知道月秀姑娘是被绑了票的人质，还不送人回家，还要保着什么镖，这不是跟着恶人一起害百姓吗？这事你们能做，我法印一天也不能做。

三德子：你……你，好，你会说，你有学问，你心善，我们是恶人，我们俗，我们不该救你。没我们你现在不还是关在小屋里哼哼呢吗？小桃红，来，再给他绑起来。

法印：别动我，别动。

小桃红：法印，事儿不像你说得那么简单。你救人，我们就不救人吗？爷不是说了，这票不是土匪绑的，是官家绑的，爷不单要救人，还要抓幕后的赃官呢。法印，就你能？

法印：话听着有理，可你将心比心想想，人家姑娘被绑了票，她爹妈那日子会怎么过？拿着人家的姑娘钓赃官，我看不下去。有本事拿自己去钓。我……我就是看不下去。

三德子：你……你看得下去什么？法印，你平时说空即是色，色即是空，我看你脑子里一点儿也不空，你嘴上说是救人，你……你存心不良。

法印：你……你，三德子，你小人之心，你……你这么看我，我一个出家人，我可忍不下去了。

三德子：你忍不下去，谁能忍？爷为你受了肮脏气，我还不忍呢！告诉你法印，你说的是小义小善，我们行的是大义大善。你……你还有理了你……

法印：怎么样？

三德子：嚯，你还这么横啊。怎么样？打一架！

法印：打就打。

两人一抓脖子打起来，小桃红赶快上手劝架。

小桃红：放手，放手。多大了，还逞能……放手，放手。

砰一声，灯被打灭了，只听见噼里啪啦的声音，什么也看不见了。

小桃红：别打了，别打了。好，你们打吧，宜主子不在，你们就乱吧。宜主子，你走得好……

一听宜主子，都不打了，没声了。过了半天，小桃红点灯，伤心哭。两人衣裳都破了。

大路。

三德子脸上青一块紫一块，和尚吊了个手臂，两人还怄着气，谁也不理谁。

林风儿坐在车上高兴赶车，追上康熙。

林风儿：哎，黄三儿，你的两位手下怎么了？怎么一夜不见都带了伤了？

康熙骑在马上：啊，常事，说是晚上抓老鼠来着，抓急了两人撞一起了，摔的。

林风儿：好大的老鼠，抓着了吗？

康熙：那你得问他们了。

说着一打马，跑到前面去了。

林风儿：这人还护着手下呢，其实是倒驴不倒架，不认输。

正走着，一匹快马从后逶迤而至，马上一俊美武生。马赶过林风儿的马车后，突然加速，飞跑过去，突然前边一个急停马立，又奔跑回来。到了林风儿的车这儿又盘旋掉头，威风极了。

俊生：请问，前方大路是京城方向吧？

林风儿：是啊。

俊生：看你一个女儿家家的，插着镖旗赶路，怕不怕？

林风儿：怕什么？

俊生：怕强人啊！

林风儿：强人怕我。

俊生：好胆量。

林风儿：你去哪儿？

俊生：咱们同路。

说罢打马下去了。

小桃红伸头出来。

小桃红：风儿姐姐，认识？

林风儿：不认识，路人而已。小桃红，你看他人多威风啊！

小桃红：你眼力真好，看见的事儿真多。

林风儿一听不高兴了，打马，车快行。

酒馆。

那老人家坐在一个角落端着一杯酒正默默喝着，那俊生像刚进来，放下剑、包袱，很张扬。

俊生：哎，小二，有精致的菜肴给爷上十样！

小二：爷，您几位呀？

俊生：问那么多干吗？是好吃的上来就是了。

俊生左右看看，十分自信：来，把这桌子再擦一遍。

小二：爷，刚擦过了，您看见了。

俊生：我让你再擦一遍，你就擦，哪儿有那么多话？

小二：行，爷。擦，我擦。

正说着，林风儿、小桃红、月秀先进来了。

小桃红：小二，找张干净桌子，吃饭。

小二：哎，来了，您几位？

小桃红：六位，三男三女。

小桃红看见了老人家。看着。

小二：坐一桌吗？

小桃红：对，坐一桌。

这时林风儿与俊生也看见了。

俊生：哎，这位小姐果然同路，我的话没错吧？

林风儿：天下那么宽的路，同路人很多呢。

俊生：同路人多，同桌人少。一个人吃饭了无情趣，小姐能否赏光共进？

林风儿：怕不妥吧。

俊生：有何不妥，吃顿饭而已。请坐吧。

林风儿就真坐下了，小桃红还在看那角落里的老者。月秀看林风儿坐在俊生那儿了，拉小桃红。

月秀：桃红姐姐，你看。

小桃红以为指老人家：啊，看见了。

月秀：看啊。

小桃红这才看见，林风儿正与俊生举杯。

小桃红：坏了，乱了。林小姐，她……

正说着话，三德子、法印、康熙进店。

三德子：小二，槽上的马好好喂料啊，一会儿还赶路呢。

小二：得了您。

三德子说着话看见林风儿，往那桌去，走近了一看不对，有个俊后生在那儿呢。

三德子：哟，您这儿用呢？您慢用，慢用。爷，咱在那桌呢。

康熙也看见了，觉得奇怪。看见林风儿与俊后生相互让菜，有点儿不高兴，看着向自己桌子走去。

小桃红：爷，您坐，您坐。点菜吧。

康熙：那人是谁？

小桃红：回爷，不知道。

康熙：认识？

小桃红：回爷，像是不认识。

康熙：不认识怎么能在一桌吃饭啊？

三德子：爷，说句不当说的话，风儿小姐可不能跟宜主子比，山野出来的，您别太当真。

月秀正让和尚坐，和尚脸红坐下。

康熙：是啊，山野之人，原没有那么多讲究，也难怪，咱们吃。

这时那俊后生突然哈哈大笑，举杯又邀林风儿一起喝酒。

俊生：来，再饮一杯吧。

林风儿：谢了，我们的人来了，别过了，你自用吧。

俊生：那怎么行？小姐既坐下来，就不能走，做人当有始有终啊。来，再喝一杯。还没问小姐名字呢。

林风儿：相逢何必曾相识，不问也罢。

俊生：恕我直言，你手下的那些镖手看着怪异得很。

林风儿：看着都不像镖手，但……

俊生：能护住镖？

林风儿：不错。

俊生：我看未必。你们要保的就是那个泪眼汪汪的姑娘吧？

林风儿：你从哪儿知道的？你该不是为劫镖来的吧？

俊生：劫镖？真要劫镖我宁愿劫你。得此山村野店见到你，真是幸会，再饮一杯吧。

康熙那边总是不想看，还总是看。

小桃红想让他看那位老人家：爷，您看……

康熙：嗯，谈……谈得很投机呢。

三德子：爷，您吃您的，我让他出去。

康熙：不妥吧，那样太小气了。

三德子：您别管，三德子我管，小气也是我小气。

此时林风儿一口酒正洒在手上，站起来：小二，打盆水洗手。

小二：哎，小姐，水现成的，您受累去厨下吧，那只铜盆里就是。

林风儿：壮士您用着，我去洗洗手就来。

俊生：请。

林风儿站起去厨下。三德子看准机会，过去了：哎，这位壮士请了。

俊生吃饭头都不抬，傲慢地说：有何见教？

三德子也不急，想要他：后边槽头的那匹黑马是您的吧？

俊生：不错。

三德子：哎，刚才我拴牲口时看到与槽头的一匹白马咬破了脸呢。

俊生：是吗？

俊生一听急了，站起来拿了剑就急急出门。三德子跟出，到门口还回头冲这边笑笑，舞了一下拳。众人也笑笑。

那边老人家喝了最后一杯酒，拿了包袱出去。

康熙一眼看见了：哎，这老人家不是……哎，法印，刚怎么没看见？他是不是那天拿茶壶的那人，他怎么也在？

法印：爷，刚才您的心只看见凡人俗事了，哪儿会再看见别的？

月秀：来吃菜吧。

康熙内心话语：也怪啊，朕今天好像是觉得很不对味呢。这是吃醋吗？朕可没吃过醋呢。

林风儿撩帘子出，一看俊生不在了，正看，小桃红叫她。

小桃红：风儿姐姐来，这边坐吧。

林风儿：哎，那人呢？

小桃红：谁啊？

林风儿有些害羞：刚才坐在这儿的那……那人。

小桃红：不知道。

林风儿坐下，康熙假装什么也不知地吃饭。

吱扭门一响，众人看，没人。再一响，三德子捂着胳膊进来了，脸上青紫更多，手更伤了。众人大惊，都站起来。

林风儿：呀，黄三儿，你手下又去抓老鼠了。这回老鼠一定厉害，看他伤成这样了。

三德子从嘴里吐出血来：小二，清水，漱口。

三德子嘴也肿了，话都说不清了。法印一看，腾地站起来要出去。

康熙制止：法印，吃饭，凡人俗事不必多虑。

法印无奈，生气坐下。

林风儿吃一口菜：呀，黄三儿，这菜怎么这么酸啊？

康熙：是吗？风儿小姐，我没觉出酸来，只觉得甜得发腻。

林风儿：是啊，真是一样菜吃出百种味来了啊。

客店客房。夜。

法印正给三德子后背的伤涂药。

三德子：哟，轻点儿，轻点儿。法印，那小子，刚……刚一交手，我十分的力只用了三分，一点儿不跟你吹牛，以为他是个绣花枕头呢，你瞧他长得那个傻样。没想，还真有两下子，趁我不注意，反手一拳就把我眼睛封了，接着……

法印：胳膊又打扭了，腿又打伤了，牙也打掉了，那小子没什么了不起的，三德子大意了。

三德子叫出来了：法印，你……你这是损我呢吧？看着我挨打你高兴是不是？我……我……

三德子假装生气要起来，法印给他按住。

法印：行了，行了，别动了，再动不给你揉了啊。

法印说罢边揉边搽药，三德子又高兴又享受。

三德子：要说呢，法印，咱俩吵归吵，闹归闹，到这时候，给我三德子治伤擦药的天底下还就只有你一个。别的人跟咱们不交心，臭和尚，你说我说得对不对？

法印很消沉：对不对都让你说了，我还有什么说的？

三德子：哎，臭和尚，我挨打了，还这么高高兴兴地跟你聊啊说的。你好好的，怎么净说泄气话啊。要不你趴下我给你揉。

法印：用不着……三德子。

三德子：有话说。

法印：我法印为人怎样？

三德子：这还用问别人吗？你们出家人问自己就行了。

法印：法印这么多年跟着万岁爷走南闯北，为的是安民治国，行理行义。法印从来没有过一思一念退缩。好啊，来到世上谁不愿做好事呢……

三德子：法印啊，不是我说你啊，你什么都好，有一点不好，太爱想事，太爱较真儿。做就是了，想那么多干吗？

法印：不想能通吗？不想这世界还不是混沌一片吗？比如月秀姑娘这件事，我怎么也想不通。

三德子：为什么想不通？我告诉你啊，因为她是个姑娘你才想不通的，倘要是个大小子你不想就通了。

法印：啊，你说得也有道理，我承认。

三德子：你就这点可爱，不说瞎话。

法印：但法印心疼妇孺不是只心疼月秀姑娘一个人啊，女人在世诸多不易，该更呵护吧？法印不为别的，就是说月秀姑娘这件事，你为了钓赃官，以月秀姑娘做饵，那也该给她家中报一个信吧？不能让人家家里人也跟着操心吧？谁家女儿丢了不是塌了天一般，可爷一点儿都没想……人家家里这日子怎么过呀？

三德子：那不是蒙她家说选秀女吗？法印，你心好我知道，可这事，说了就了了，用不着多想。

月秀屋内。夜。

月秀发烧了。康熙在忙上忙下地用冷手巾敷头。

林风儿看着康熙忙着，略带醋意：你对女人倒蛮体贴的。

康熙边拧手巾边说：此刻，在我眼里只有病人，不分男女。

林风儿：好！男人到此时境界总是平白地高了起来。

康熙：男人？你知道多少男人？

林风儿：见得不多，勉强能分出好坏而已。

康熙：已经不简单了，在下活到今天，好坏还分不清呢。

林风儿：过谦了吧，我知道你有见识。

康熙：是吗？可我还觉着看什么都新鲜呢。

林风儿：贸然问一句，你是做什么的？

康熙：正想问你。

林风儿：可见你……对人无诚意。算了，一趟镖而已，保过了……

康熙：怎样？

林风儿：还不知是生是死。

康熙：你心里有事？

林风儿：你心里难道没有事吗？跟你说话真累。

康熙：怎么讲？

林风儿：咫尺天涯，我们身在咫尺间，心如天涯远。

康熙：人和人不都这样吗？

林风儿：说得好，你确实有见识。人都这样，活得多么凄凉。

客店客房。夜。

三德子睡着了，和尚在打坐。和尚悄悄起来。

法印小声地说：三德子，你们好自为之吧。法印我实在想不通，法印我不跟你们一起走了。我……去了。

说完悄悄开门，又跑了。三德子一点儿不知，打着呼噜。

客店马棚。夜。

一个黑影矫健地从马棚中出来，手里拴着一卷绳子。出来后借助奔跑之力，一甩把绳子利落地抛出，拉紧了，往二层楼的客房上要爬。

刚爬了两步，突然一支袖箭飞来，把绳子打断了。

俊生爬了一半，一个后倒毛翻了下来，大绳落下。

俊生站在地上，雨下着。

俊生：谁……谁？是江湖中人报个名，不是江湖中人别拦我的买卖。

雨下着，没有人应声。

月秀房中。晨。

康熙、林风儿照顾病人累了，都东倒西歪睡了。突然门响，康熙、林风儿都醒了，飞快地到门口。

门口回廊。

像是那个俊生的人一晃不见了。康熙和林风儿开门出来，看见没人了。

林风儿：怕是风吧。

康熙：就怕不是风。

林风儿：你什么意思？

康熙：昨天那个后生也住在这儿了。

林风儿：那有什么，同路嘛。

康熙：同路就怕不同心，来，进来吧。

月秀房。

月秀醒了，睁开大眼睛看。

月秀：先生……先生。

康熙进来。

康熙：好点儿吗？

月秀：先生，问您件事。

康熙：说吧。

月秀：皇上有那么多的嫔妃，还要选秀女干吗？

林风儿在门口看了看没什么，回来。

林风儿：哼，无非男人贪色而已。

康熙：也……也不全是。选秀女乃是大清国的祖制，三年一选也不是都能选上，有的选不上的，许配个王爷、贝子的也都过得不错。再说了，当今皇上，他……人不错。

林风儿：说你有见识真有见识，连这类老百姓听都没听过的事你都知道，我真猜不出你是干什么的了……当今皇上人好？

康熙：我……我也是听说。

林风儿：听他自己说的？

康熙：那哪成啊？自己说的不算，听不相干的人说的。

林风儿：你就真信了？

月秀：先生，见了皇上跟他说月秀许过人家了，月秀不想做秀女。

康熙：月秀姑娘放心吧，你不是做秀女的，满制汉家女不许入宫。你做不了秀女。

月秀：那你们保着我去做什么？

康熙：人质，你现是人……

月秀：人质，人质，那……那我是被绑票了，不是去做秀女？我被绑票了？人质，我……我……求你们放我回家，我要回家，我不做人质。

康熙：快，快，林小姐快，帮我一把。话说走嘴了。

林风儿：月秀姑娘，月秀姑娘，别闹，别闹。我们送你回家，我们送你回家。

月秀：我不要你们送，我要法哥哥送，我要法哥哥送。

说着又抽风了，越抽越厉害。

康熙：法印！法印！

光喊没人应。

大路。大雨。

康熙叫法印声音的回响。

路上没人，只有雨下着。

客店大堂。

门外、窗外可以看出在哗哗地下雨。大家都知道法印又跑了，所有人消沉地坐在大堂中。雨下着。

林风儿倚着门看着雨，三德子在发呆，小桃红不在，在楼上照顾月秀。

康熙：三德子。

三德子：爷。

康熙：法印这次没留信？

三德子：没有，爷。他钻牛角尖了，许去给月秀姑娘家报信去了。爷，他也是好心。

正说到这儿，那老人家慢慢下楼过大堂，戴斗笠，要出门了。

三人认出。

三德子：哎，老人家。

老者理也没理，直接出门，走进雨里。

三德子：对了，他听不见。爷，是那位老人家吧？他也住这儿了？

林风儿看了半天，终于决定：黄三儿。

康熙却没有理会。

三德子赶快接话：林镖头，您吩咐。

林风儿：收拾东西，准备上路。

三德子：这么大雨能走吗？况且月秀小姐病着。

林风儿：能走也走，不能走也走，走到哪儿算哪儿。总之得走，误在这儿不是办法，走吧。

几个人刚起身，就看那个店小二稀里哗啦地从楼梯上喊着叫着滚下来了。

小二：不好了！不好了！

众人：怎么了？怎么了？

小二：不好了，出人命了！出人命了！

三人以为是月秀，往上就冲。

林风儿：小二，在哪儿？

小二：楼上廊子拐弯的地方。

店廊子上月秀屋门口。

康熙、林风儿、三德子冲了过来。这时才看清，一把剑——俊生武士自己的剑，把他钉在了墙上。眼瞪着，人死了。就是那个跟林风儿调情的俊生。

林风儿大惊：是……是他！是他！

三德子：呀，这么高的高手也会被人杀死啊？他是不是要劫镖啊？

康熙：快看看月秀姑娘可好。

林风儿往楼下跑，拿剑拿斗笠。

康熙朝下边喊：风儿小姐去哪儿?

林风儿：追人。

康熙：风儿小姐听我一句话。

林风儿：讲。

康熙：凡事要有轻重，你走了这镖谁管?

林风儿：这人跟风儿有一面之交，我不能看着人被随意杀死。

康熙：一面之缘，他……他是不是为劫镖而来还不知道呢，真是个山野村姑，她这是找谁去啊?

三德子：一定是追那老人家去了。爷，怕不是对手。

康熙：什么对手啊，是敌是友还不明呢。三德子，快去月秀姑娘那儿看看，千万不能再出事了。

两人飞快往月秀那儿跑。来到月秀姑娘的屋门前，三德子抬手要敲门，听里边传来小桃红和月秀的说笑声。

月秀：桃红姐姐，你真会说笑话，以后的日子真是那样啊?

小桃红：错不了，我算的命没有不准的。

月秀：那我嫁人那天一定好好谢你。

小桃红：好了，快把药吃了吧。

月秀：哎，我吃。

三德子：爷，没……没事。

康熙：三德子，那俊后生为什么被杀?

三德子：爷，来者不善，怕是要劫镖呢。爷，我看这趟出门不太平。

五

三德子客房。

三德子摆了八味点心在等小桃红，左等不来，右等不来，自己还忙着照镜子，戴帽子。这时响起了敲门声。

三德子：来了，来了，小桃红吧……

三德子急着把门打开。小桃红不高兴的样子。

三德子：来来，进来吧，进来。

小桃红：三德子，有话门口说吧，干吗非得……

三德子：门口说不方便，来，进来吧，都什么时候了你还想那么多?

拉小桃红进。

三德子：小桃红，事不妙了。

小桃红：都怨你，看不住人，又让法印跑了。

三德子：这还不是最要紧的，咱这回下来不太平了。

小桃红：都是因为宜主儿不在了，下来一回显得这么乱，光和尚就跑了两回了。

三德子：小桃红，更大的事怕还在后边呢。

小桃红：三德子，你别吓我，出了什么事了？

三德子：小桃红，话不多说了，咱得劝万岁回宫去。

小桃红：爷哪会听咱们的呀？

三德子：听不听的咱也得劝。到时你哭，我跪，一定劝爷回头吧，天塌地陷的事儿。小桃红，三德子没这么心慌过，三德子这儿有礼了。

三德子说着就要跪下，小桃红扶没扶住，也跪下了。

小桃红：三德子别这样，都这会儿了，我听你的。

树林。

斗笠披肩的林风儿打马追过来，隐隐看见了那老人家在前边，快马追过去。到了前边一看，人又不见了。林风儿打马盘旋。

林风儿：你是谁？你要是敌，风儿与你不共戴天。

没有人应声。

林风儿：你要是友，在下林风儿，有家仇在身，望你以义为道，助林风儿一臂之力吧，林风儿谢了。

树林声阵阵。

林风儿等了一阵，还不见人，缰绳一松，放马奔起来了。

客房。

三德子、小桃红都跪着，康熙左拉不是右拉也不是，急。两人不说话。

康熙：有什么话，你们说啊，别光跪着。三德子你先说。

三德子看小桃红。小桃红不会大声哭，只是流泪。三德子一看急了，自己哇地哭出来了。

三德子：万岁爷，一件事，您应了，我们就起来。

康熙：什么事？说吧。

三德子：爷，咱们回宫吧。

康熙：事儿没完呢，怎么能走啊？

小桃红：爷，宜主儿不在了，和尚不争气也跑了，三德子、小桃红担心您呢。咱回宫吧。

康熙：起来，站起来说。

三德子：爷，咱回宫吧。

康熙：不哭啊。你们跟着朕也出来过几次了吧？不哭，什么事都遇过了。这回不像以前了，咱们人少，你们俩的心朕知道，怕出大事，怕朕……但事儿没了，朕岂是那个有始无终的人。

三德子：万岁爷，您说过人死不能复生，这林风儿小姐长得倒是像宜主子，但秉性做派相去太远。爷，咱不找了，找着了也伤心。咱回宫吧。

康熙：三德子，你说得不错，但朕此番出来也不光为这事。有人打着为朕选秀女的旗号，绑票索银，这事朕不能放过，朕不能为赃官顶缸，这事再放过了，还做什么皇上？

三德子：话是这么说……

小桃红：可是天下那么多事，有一件两件不管也就不管了。

康熙：朕未遇见也就罢了，遇见了就不能放过。你们别担心。

三德子：爷，现在只有我和小桃红了，我们怕。

康熙：怕护不住朕？

小桃红：实在是怕。

康熙：不怕。朕心里有数，天底下就这样，有些事你怕它也来，不怕它也来，索性不怕了。三德子、小桃红，不怕，这事没有退路了。

树林路。

林风儿正策马快奔，突然看前边一个麻袋立着在蹦。

马惊立起。风吹着斗笠。

林风儿有点儿怕：什……什么人？什么人？

那口袋不理，还在走。林风儿策马过去，下马一剑，把口袋绳挑断了，口袋开，法印的一颗光头钻了出来。

林风儿：法印？!

法印很泄气：是我。

林风儿：你跑了一回又一回，怎么总跑不掉啊？

法印：运数如此，天意如此。我家老爷呢？

林风儿：在旅店里没动。

法印：您这是？

林风儿：先别管我，你是怎么进了口袋的？

法印：被人迷了绑起来的。

林风儿：怕又是那个老人家。他干吗迷你？

法印：怕是不愿让法印去给人家报信。

林风儿：你真的要去报信吗？你去吧，我不管你。

法印：法印想通了，不去了。

林风儿：那你自己回去吧，我找着盯咱梢儿的老人家就回。

法印抖抖衣裳，摘摘草棍，自己往客店回。

法印：行，我……自己回去，知错就改没什么难看的。哎，风儿小姐，您也回吧。

林风儿：告你家爷，我了了事就回来。

客店大堂。夜。

天黑了，店小二站在柜台后边，趴在柜台上睡了。

三德子值夜，伏在桌上睡了。

月秀屋内。夜。

康熙闭目打坐，一把扇子张着，拿在手里一动不动。

月秀坐起来，看着康熙：先生，您在想什么？

康熙睁眼：想……想一个人……

月秀：是风儿小姐？

康熙：不是，她跟那人很像……

月秀：天底下，最难活的事莫过人想人。

康熙：这……这话不错。难活莫过人想人，说得不错。

月秀：先生，月秀想回家。

康熙：月秀姑娘，不急，先生我早晚必送你回家。就在这儿天了。

月秀：为什么不是现在？

说着要哭，左找右找找罗帕。找不见，一找不着罗帕，不哭了。

月秀：先生，看见我的罗帕了吗？

康熙：怕是小桃红拿去洗了。

月秀：那……那没了罗帕，我怎么哭？

康熙：那就不哭了吧。

月秀：您身上可带了汗巾子？

康熙：我的也拿去洗了。既没有就不哭了吧。

月秀：我想回家。先生请问一句，是谁拿月秀做人质？

康熙：不管是谁，他必死无疑。

月秀：先生您……您……真像个依靠。

康熙：怎么讲？

月秀：您说话就像，还会治病，还会走棋，还会照顾人，还会……人想人，人要是能想一个人，他就该是个好人，人要能想一个死了的人就是个大好人。贸然问一句，您想的那人她还在吗？

康熙伤心：不在了，死了。不说也罢，不说了。月秀姑娘，你再睡会儿，你……

月秀：我想哭。

康熙：那你哭吧。

月秀：可……可我没有罗帕怎么哭？那样哭起来多难看？要么我伏在您肩上哭会儿？

康熙：那……那也难看，我去找，我下楼去找啊，你睡会儿。

客店大堂。

康熙从楼上下来，心里难受，坐在梯子上想事。小二、三德子都睡着。

康熙想想，刚要回身上楼，突然听见门一开进来一个人。

三德子惊醒，康熙警惕地看。

那人进来后先放包袱，后摘刀，谁也不理。

三德子：谁啊？说话。

小二：几个人啊，住店还是打尖？

大汉：问那么仔细干吗？开店的还怕客人啊？看你们吓的，谁是店家？

小二：哎，爷，我……我是店家，我是店家。

大汉：你是店家啊，店家，平远镖局的镖可在店里？

三德子：哎，在，在。什么事儿啊？

康熙索性坐下。

大汉：什么事？你是镖局的？

三德子：是，有话请讲。

大汉：等等，你是店家，你是镖局的。好，店家，快给爷烫酒炒菜，可把爷我饿坏了。去去，快去。镖局的，你去把你们镖头叫来，爷我有话要说，有信要传。

三德子：你……你是哪儿的啊？孔圣人的后人，谱还不小呀你。癞蛤蟆吃咸盐你还噎（爷）噎的你？

大汉：嘿，你管我是谁呢？你是镖头吗？你是镖头跟你说，你不是镖头叫人去，大爷我还不跟你废话了。

三德子：你以为我们镖头是人想人见的啊？先报个万儿。

大汉：嘿，爷走南闯北的还没见过三条腿的蛤蟆、六条腿的猴呢。你算干吗的？

大汉说着逼近三德子，康熙一看吵起来了，也走下楼。

康熙：这位壮士有话请讲，有话请讲。

三德子：瞧见没有？来了。爷，您请坐。

大汉：你是镖头啊？不是说镖头是个女的吗？

康熙：夜深歇息了，跟在下讲是一样的。

三德子：都一样，说吧。

大汉：也没什么大事，捎了一封信过来。

大汉掏出信来，递给康熙。

大汉：拿上吧。小二，酒！

小二：来了，来了。这大半夜的……

康熙撕信封看信。

大汉边吃边问：也没什么要紧的事儿吧，无非是让你们别往前走了，住下来等着回音。

康熙：不错，信上是这么说的。请问壮士，还要等谁的回音？

大汉：府上的呗……啊呸。瞧这嘴，别打听了啊，多了的话爷也不知道，知道了也不说。不说了，小二再拿一壶酒。

康熙：再拿两壶。

大汉：不用，用不着，您别客气。我出门在外就怕客气人，人一客气准没好事。一壶就够了，两壶就……高了，喝多了怕嘴上不牢……

大汉说着，一眼看见小桃红下来打水，不自觉地站起来。

大汉：呀，还带着女眷呢？瞧这妹妹多辛苦，大半夜的还下来打水。小二快，快接着。这位妹妹，您把盆给我，小二忙着呢，我帮您打去啊。

小桃红：用不着。

三德子：来，小桃红，给我吧。

借接盆的机会，小声对小桃红：小桃红，把他话掏出来。

大汉：对，来坐坐，坐坐。这位爷，天不早了，您上去歇吧，歇去吧。来坐。

小桃红示意：爷，您歇着去吧，这儿有我呢。

康熙：好，请慢用。

三德子：爷，您受累把水端上去，受累。

康熙：三德子。

三德子：您受累。爷，放心吧，一会儿他就说了。

小桃红坐下了，严严肃肃地嗑着瓜子。

大汉色眯眯地：妹妹，陪哥哥喝一杯吧。

小桃红：不会喝酒。

大汉：不会喝酒，还不会笑吗？别那么绷着脸，给哥哥笑一个。

小桃红：笑倒是会，可我不能白笑呀，人家一笑值千金，你给我什么呀？

大汉：哟，真上路，可我什么都没有，就有酒。这么着行不行，你笑一下，我喝一杯酒，算是哥哥我罚自己了，好不好？

三德子：哎，酒来了，酒来了。

小桃红：哟，您这不是两头便宜了吗？又看人家笑又有酒喝。

大汉：妹妹，你可真精。

三德子：这位哥可也不易，大老远地来了，就算谢了，笑一个吧。

小桃红假装低眉羞涩，慢慢抬头一笑，大汉看迷了。

大汉：哎好，哎好。笑了，笑了，笑得好，笑得好。

小桃红马上严肃：喝一杯吧。

大汉：喝，喝，我喝，喝两杯。

自己一下喝了两杯，三德子又倒上。

小桃红：这位大哥，您由哪儿来呀？

大汉：太原府，太原府。

小桃红：哟，您不是镖局的吗？

大汉：嘿，看你把哥哥我小看的。哥哥这大爷的样像镖局的吗？什么镖局养得起我啊？哥哥我是府台的差官。

小桃红：哟，差官也管镖局的事儿啊？

大汉：嘿，看你问的，这趟镖压根跟镖局没什么关系。你不知道啊？你们保的那姑娘是聂家的独女。绑了票了。不说了，不说了啊。官家的事，妹妹你……

小桃红又怪怪地咧嘴看着，慢慢笑了。

大汉：呀，又笑了，又笑了。来，再喝一个。

小桃红：这位哥哥可别喝高了。

大汉：看你说的，没事，没事。说是怕喝高了，高兴高兴。妹妹你笑得真好，要是笑完了，别收得那么快就更好了。对，对。哥哥再喝一个。

小桃红：听说送信不让我们往前走了？

大汉：那边谈着钱呢，赎金。

小桃红：谈下来了？

大汉：没有，所以才不急呢。

三德子：多少钱谈不下来？

大汉：十万，十万两呢。

小桃红：要是谈下来了呢？

大汉：那还用问吗？一手交钱，一手交人，你们这趟镖就算保下来了。话多了，不说了，不说了。

小桃红又笑。

大汉：又笑了，哥喝酒。可这事啊，遇着坎儿了。

小桃红：怎么讲？

大汉：这话跟你说啊，可别跟别人说去。

大汉已经醉得不行了，要倒头睡。

小桃红：哎，高了吧？

大汉：没……没高，没高。

小桃红：什么坎儿？你说说什么坎儿？

小桃红见大汉要睡，心里一急，含口水喷在他脸上。

大汉：听……听说聂家人舍不得出钱了。

小桃红：舍不得出钱了，那月秀姑娘怎么办啊？

大汉：什么……怎么办？甭心疼，说出来甭心疼啊，撕票……撕票……就地……撕票。

大汉说完倒桌上睡。两人大惊。

小桃红：撕票……哎，醒醒，醒醒！三德子，听见了吗？

三德子：听得真真的。哎，哎，你们府台老爷是谁啊，哎，说啊！小桃红，你这儿别管了，快叫爷下来，跟爷回话。小二，来帮着把人抬进屋里去。

小二：喝不了就别喝，什么人啊。

大路。夜。

和尚边走边自言自语，斟酌着回去之后怎么说。

和尚先是牛气的语气：爷……爷，我回来了。法印想通了，天下事早了晚了，早晚得了，法印不走了。有人半路给法印迷倒了，有人不想让法印去报信，法印不去了。法印帮着您把事快了了。……这么说是不是太不知理亏了？

和尚又改一种语气：爷、三德子、小桃红，法印回来了。法印……中途被人下了迷药，装口袋里扔在路边了，多亏被林镖头救了。法印知错了，法印有始无终，不该使小性，法印改……这样太没面子了。

和尚想了想又换一种：三德子，打水，我先洗洗脚。小桃红拿吃的来……这么说怕更不行！

客店大堂。夜。

康熙听完了，来回打着手里的扇子。

康熙：三德子、小桃红。

三德子、小桃红：嗻。

康熙：倘若聂家不出赎金，此事将半途而废。幕后主使也不会出现，月秀姑娘就性命难保了。当务之急是……

三德子：爷，您说。

康熙：让聂家出钱。

小桃红：要是聂家不肯出钱呢？

康熙：晓之以理，跟他们说，钱出了人赎回，钱照还。

三德子：爷，那人家哪能信啊？

康熙：看你的本事了。

三德子：爷，您让我去聂家？

康熙：三德子听旨。

三德子：嗻。

康熙：朕命你连夜往聂家去，不管如何让他们出钱赎人。朕此番不能空跑一回，一定要当场抓住让朕顶缸的赃官。

三德子：……

康熙：三德子，听见了吗？

三德子：爷，听见了。

康熙：干吗不答话？

三德子：爷，三德子怕走了，这边只剩下小桃红支撑不来。爷，三德子以为这事……不能再管了，咱回宫吧。

康熙：放肆。三德子，此事不了，朕寝食不安。要是法印在，你们俩就一起去。

三德子哭：臭和尚，臭和尚，你不忠不良不义，要紧的时候你就不在了。

门悄悄开了。三人惊，回头看，法印进来了，脏脏的，很潦倒。

康熙：法印！

法印跪下：爷、三德子、小桃红，法印回来了。法印错了，法印不该使小性。

三德子冲上前去，咚咚打法印：好你个臭和尚，臭和尚你可真不禁念叨。你回来了就好，这回咱们一块儿去吧，快去快回。

两人抱着高兴。

大路。

两骑飞驰而过。三德子、法印高兴上路。

三德子：法印，法印，走慢点儿，慢点儿，我有话说呢。

法印：边走边说吧。

三德子：下马走会儿，我屁股都铲疼了。

法印：忍忍，早去早回，爷这边不安稳呢。

三德子：这会儿你急了？你不跑了？

法印：你别揭我短儿好不好？

客店林风儿屋内。

林风儿回来了，在悄悄地为自己的左臂疗着伤。左臂中了一袖箭，林风儿咬紧牙关把断箭拔出，头上已是大汗淋漓。

突然听见敲门声。

林风儿：谁？

康熙：黄三儿。

林风儿：等等。

林风儿飞快地给自己手臂缠了绷带，胡乱收拾了一下，忍着疼去开门。

康熙：若不方便，过一会儿我再来……

门开了，康熙端了饭在门口。

林风儿：请进。

康熙：饭得了，吃饭吧。

林风儿：这事儿你也会做啊？让小二不就……

康熙笑：一别两日，黄三儿想看看您。

林风儿：哼，你会的东西真是很多。放下吧。

康熙：林镖头别来无恙？

林风儿：一切都好。

康熙：不让我坐吗？

林风儿：坐吧。

康熙：人追上了？

林风儿：追上了。

康熙：问清了？

林风儿：没有。

康熙：交手了？

林风儿：也没有。

康熙端起托盘上的一碗面：来，风儿小姐吃吧，不吃要凉了。

林风儿脸上疼得汗出来：你……你先吃吧，我……不饿。

康熙：怎么会不饿？特意给你端上来的，请吧。

康熙一推碗，不小心筷子掉地上了。康熙蹲地上捡起筷子，刚要起身，突然看见滴答滴答的血落在地上，再一看，林风儿左臂袖中在滴着血。

康熙看着林风儿，林风儿看着他。

康熙：你受伤了？

林风儿：……

康熙：你受伤了，为什么不说？

康熙扔了筷子过来，又不知该怎么动手。

康熙：请让我看看。

林风儿：你……你出去。

康熙：给我看看。

林风儿：你出去。叫小桃红。

康熙无奈，开门叫人：小桃红！小桃红！

小桃红：来了，来了。

康熙看着林风儿：风儿小姐，人与人大可不必这么天涯海角的。

林风儿：费心，谢了。多谢。

客店外檐下大雨哗哗下着。月秀屋内。

康熙倚窗看雨。小泥炉上煮着药。月秀一块一块地折香罗帕。

月秀：先生……先生。

康熙：月秀姑娘。

月秀：听说风儿姐姐伤了？

康熙：对，伤了。

月秀：她怎么不让您看看呢？

康熙：对某些人来讲，给别人看自己的伤口，大概如让她死一般。

月秀：人活着干吗咬牙撑着啊？我不这样，该哭时哭，该笑时笑，该想一个人我就使劲地想……

康熙：人和人是不一样的。

月秀：先生，您说做女人的，强的好还是弱的好？硬撑着的好，还是爱流泪的好？

康熙：都好。

月秀：就这两个字吗？先生您是不是说，该撑时撑住、该流泪时流泪的女人最好？

康熙：月秀姑娘，问这些干吗？我看你此时就很好。人生在世，大可不必按别人喜欢的那样子去活着，做一个自己喜欢的人就很好。月秀姑娘，你现在就很好啊。

月秀：是吗？先生，我不想家了。

康熙：那好啊。过不了几天，咱就回去。

月秀：不回也就不回了。

康熙：……

月秀：我觉得这样也挺好。熬熬药，说说话。我有这么多的罗帕，我可以尽性地笑啊哭的。先生，法哥哥不在了，您也对我这么好。我在家从来没有被这么多的人喜欢过，先生，小时人说我是狐媚，我……我是吗？

康熙：啊，那不是，不是。咱……咱不说这些，不说这些，吃药吧。

月秀不高兴，正生气，小桃红急急进来了。

小桃红：爷，您带的棒疮药还有吗？

康熙：怎么了？

小桃红：风儿姐姐血止不住。

康熙：小桃红，你给月秀姑娘喂药，我去看看。

酒馆外檐下雨哗哗下着。酒馆内。

法印正摘下斗笠甩雨，三德子此时道士打扮。

三德子：无量寿佛，法印，我像不像？

法印：像什么？

三德子：老道啊。

法印：你除了像老公，什么都不像。

三德子：呸，狗嘴里吐不出象牙来。小二，擦张干净桌子。

两人这才抬头看，只见酒馆中间一张桌子，桌上放着两顶差官帽，两个差官模样的人大大咧咧地坐在正中。

小二诚惶诚恐地支应着。

小二：来了，来了。哟，二位爷来了，边上坐吧，中间的桌儿让出来吧。

三德子：为什么？

小二：二位不巧，差官老爷从这儿过，说了，吃饭时不愿旁边桌上有人。

法印：那行啊，不愿有人，那让他上坟地里吃去啊，那里没活人。

三德子：听见没有，我们这位爷脾气不好。

小二：瞧我了，瞧我了，咱民不跟官斗。二位瞧我了，小买卖惹不起乱子，惹不起。

小二说着话带到边上桌子坐下了。这边刚安抚完，那边砰一拍桌子。

刘龙：小二！

小二：哎，来了。

刘龙：来，过来，过来。怎么说着话又走了？来押一宝。

说着拿出一个宝盒，哗哗晃起来。

刘龙：押单押双？

小二：爷，我不会赌，从来不赌。

刘龙：押一宝，赢了爷我给你钱。输了，爷不要你钱，但你得把这顿饭钱免了。

小二：爷，免，免，饭钱免，压根就没想要。宝不押了，爷您赢了。

刘龙：什么话？小看人啊？看爷是个穿官衣的，怕了是不是？可爷什么时候吃饭没给过钱？押一宝，单还是双？押。

小二：押……押双。

刘龙：好了，小二押双了，开，开了。

刘龙一开三个四，是双：哎，是……是……

小二赶快伸手拨拉了一个色子，变单了：单，是单，爷您赢了。我输您一顿饭，您点菜吧。

刘龙：你小子还真上路啊。

三德子、和尚早看着不高兴。

三德子：小二，点菜。

小二：哎，来了，来了，等等。

法印：等，再等成神仙了。

小二：爷，您看看菜单，那边叫呢，我支应一下。

刘龙：看什么看？拣好吃的上二十来个就行了，好酒随喝随上。

小二：得，得。

三德子：小二，过来猜猜我这杯子里有没有钱。猜错了，爷也白吃。

小二：哟，二位爷，您就别跟着乱了，没见着那是官差吗？

法印：官差怎么了？官差能白吃，我们出家的不能白吃吗？

小二：二位爷，您是僧道，好歹知道好赖，您就别跟着乱了……

三德子：怎么着？你是说一穿上官衣，好赖都不懂了？你这不是骂人吗？你敢骂天下的差爷？

小二：二位爷，不是这话，等会儿，等会儿。

那二位实在气不过了，啪一拍桌子。

刘龙：嘿，怎么着？兄弟，听见没有，这是变着法地骂咱呢。平时人家是请我们办案，今儿找上门来了。兄弟，抖落家伙拿人。

法印：阿弥陀佛，我佛慈悲，这等事只有……

三德子：别……别，先别动手。两位爷，瞧我了，都是吃饭咱不动气。我们这位法哥哥，为人疾恶如仇，其实呢，他小气极了，也想吃饭不花钱，也好赌个花彩什么的。这么着吧，咱们也赌一把，我们输了，给你十大枚；你们输了，拿起东西走人，别在这饭馆里待着，招我们吃不下饭去。

刘龙：十大枚，拿我们当什么了？哪路神仙？

法印：庙里的。

三德子：观里的，专管衙门里的。

刘龙：兄弟拿人。

两人上手。三德子、法印一手一个擒住了。

法印：三德子呀，今天算把你那天挨打的面子找回点儿来了。

三德子：法印，别多说了，把人叉出去，咱吃饭。

两人把两官差扔进雨里去了。酒馆的人都吓跑了。

三德子：小二，换桌子，把桌上东西给他们扔出去。什么人啊，以为是土地爷呢？

三德子拿公事包袱，法印拿了帽子，突然一封信掉出。上书：聂五龙亲启。

三德子小心拿起信来了：法印，看，是给聂家的信。

法印：也是去聂家的？快给找回来，巧了。正没主意，这回好了。

两人相视高兴，拆信。

客店林风儿屋内。

康熙为林风儿止了血，上了棒疮药，很专业很专注地给林风儿包好了手臂。

林风儿脸色苍白，很不情愿地说：黄三儿，风儿欠你一份人情。

康熙：好，现在还吧。

林风儿：欲还无门。

康熙：那就别说。

林风儿：跟你在一起很压抑。

康熙：那就别在一起。

康熙说完自己也有点儿惊，看林风儿，心里在想：她可不是宜妃啊！天下的事得失有运数，失了就是缘尽了，再想也是徒劳……

林风儿：风儿真像你说的一个人？

康熙：越来越不像了。

林风儿生气，把手移开：凭什么要我去像另一个人？跟你说我是林风儿，除了像自己谁也不像。

康熙：说得对。黄三儿错了，天底下出错的都是痴情人。

林风儿：痴情，痴情很有理吗？

康熙：怎么讲？

林风儿：就因为你自以为痴情，别人便该依着你去扮你要的那人是不是？你想想，这样做，你对另一个人是不是太无情了？

康熙：这，你……你什么时候这么想的……

林风儿：什么时候？

康熙：……

林风儿：从第一天起，你眼睛里看见的就不是我林风儿，你从第一天起就把我当成了你想的另一个人。你盼着我跟你一起演戏，你想让我跟着你一起骗自己。你自私，你不管别人的情感如何，你要一个活生生的人丢了自己去扮演一个你要的人。你……你哪是多情啊，你无情。

康熙被说傻了：是……是……是啊？你……你这么想的？你居然是这……这么想？你……你看得这么清楚，我却一直以为……说句心里话，今天，这会儿我才觉出你不是她。

林风儿：我原不想问，但到这时候了，我想问问她到底是谁。

康熙：我……我不能告诉你，我……我也说不清了。日子和梦缠在一起，搅乱了。

康熙说着收拾东西，站起走了，还在自语：说得对，我凭什么要求一个活着的人去扮一个死去的人？说得对。

大路。

三德子一匹马拉着刘龙的一匹马，刘龙被绑在马上。

法印的一匹马拉着赵虎的一匹马。四骑在道上跑着。

树林。

一棵棵树的后面，不时地有一个个黑道武士蹚着地皮出现，出现几步又躲在另一棵树后，就那么时隐时现地前进着。

羊胡子：哥哥，问准了吗？

红胡子：准准的，有牛子报了信了，就在前边的店里……

羊胡子：哥哥，有些兄弟可去了聂家了，怕是……

红胡子：怕什么的？怕人不够？别怕，就咱们这些老江湖，一个人吐口唾沫也淹死他们了，有十万的赎金呢，想到钱什么也不怕了。

几人飞起在树林中穿行。后面树林中，那神秘老者在后边跟着。

客店康熙屋内。

康熙像是病了，小桃红、林风儿、月秀都在侍候他。

月秀准备了一堆罗帕，一块一块拿起来哭着说着。

月秀：先生，先生喝不喝水？

月秀：还没醒，桃红姐姐、风儿姐姐，你们能出去吗？

林风儿：为什么让我们出去？

月秀：先生他睡着了，万一醒过来了，看见这么多人怕会惊着，再说了，这么多女人在一个屋，阴气也重啊。

林风儿：那……那你才该出去呀？

月秀：风儿姐姐，月秀病的时候，先生日夜守护，煎药，喂药，喂水，喂汤。这回先生病了，月秀尽些当尽之力，实在是应当的，还望两位姐姐海涵。

小桃红：月秀姑娘，我们怕你弄不来。

月秀：没有什么弄不来的，他怎么对月秀，月秀当怎么对他，知恩图报，天经地义，没什么含糊的，月秀当仁不让。

林风儿：好，让你，一时间这天下怎么这么多情起来了啊？小桃红，咱走吧。

月秀：谢两位姐姐体谅。

两人出。月秀送都不送，忙着给康熙头上敷毛巾。

客店大堂。夜。

林风儿、小桃红刚刚从楼上下来，边走边说着。

小桃红：风儿姐姐，您这是要上哪儿去呀？

林风儿：哪儿也不去，出去走走。

小桃红：可别远了，这会儿店里没人，可别有事儿。

林风儿：能有什么事，无非男女欢爱而已……

话音未落，店门大开。羊胡子、红胡子一干的江湖武士鱼贯而入了。一下把林风儿、小桃红拥得往楼梯口退。

武士们进来也不搭话，各自找地方把兵器摆在桌上。

此时门口的一张桌子空着。所有人都看着要退回楼梯上的林风儿、小桃红。

羊胡子：小二。

小二从柜台下钻了出来：……哎。

羊胡子：上茶。

小桃红：风儿姐姐，不用怕。

林风儿：谁怕了？

小桃红：这帮子人是镇上的手下败将……

话刚说完，林风儿回身要抽剑，这时才看见那神秘老者出现了，静静坐在靠门的一张桌子上。

林风儿：喽啰不可怕，可那人……却是轻看不得的。

小桃红：我去叫爷……

此时月秀姑娘从楼上出来了，还唱着曲。羊胡子等人的眼睛一时全都往上看了。

老者低头喝茶。

月秀端着个盆走到楼梯口，一看大堂里的人吓了一跳。那手中的铜盆一下子失手就掉了，咚咚地滚下了楼梯，停在羊胡子的脚下。

所有的武士手猛地去按兵器，但没动。

月秀吓坏了：呀，怎么这么多人啊……你们不能上楼，你们不能上楼来。

月秀说着往楼上跑。康熙出现，静静下楼，坐在楼梯口的一张桌子前。

那些武士看着康熙坐下。康熙手一扬，吓得武士们要抽家伙，却见康熙扬手抽出一个小银挖耳勺，专心地掏耳朵，像是大堂中一个人没有一样。

林风儿坐在楼梯上，看着老者。小桃红把月秀劝回去。

此时大堂中安静无比。小二倒水的声音都变得很响，小二千方百计想小声一点儿再小声一点儿都不行……三方人谁也不敢先动。

老者斗笠盖头。

康熙抠着耳朵。等了一会儿，吹吹手。

康熙：小二，倒茶。

小二：哎哎，来了。

小二哆哆嗦嗦地端着盘子，盘上一碗茶，往康熙这儿来。全场安静，没有一个人敢先动手。

小二的茶杯晃着过来了。小二左看右看，武士们凶着脸。

小二的茶杯刚端近康熙的桌子，想把茶放下，手实在不听话，哆嗦着，终于一只杯子落地摔碎了。

众武士如听了号令一般，哗，抽家伙，拥过来，要往楼上冲。只见康熙嚓啷啷把软剑抽出，林风儿也长剑在手，桌上桌下，楼上楼下，打了起来，那些人岂是对手，只见一个一个地伤，一个一个地倒。

先还看见老者斗笠下还在喝茶，再打时只见老者那桌上已没人了。小二躲在一只八仙桌下。那些武士被伤被打，往门口拥去……

羊胡子：兄弟们，十万钱不那么好挣，风紧，扯呼。

门开，大风吹进。转眼大堂中一个人都没有了。康熙、林风儿不追，拉着架子。

林风儿：那老人家是敌是友？

康熙：不知道。

某庙内。

两个官差被绑了给扔在一个角落里，塞着嘴，缩成一团。法印、三德子试着那两套官衣。两人怎么穿也不合适，又小又短。

三德子：法印呀，算了，咱们扮他们干吗？

法印：嘿，那不是你的主意吗？

三德子：咱该什么样还什么样。信也不要了，无非他们也是逼人出赎金，咱们也是，但是真让他们去了，一定坏事。

三德子说着话把那封信给撕了。官差在角落看把信撕了，着急，乱叫。

三德子：看见了吧，信撕了，想去你们也去不成了。真是的……法印，这两个人怎么办？

法印：别管了，交给我师弟。慧净师弟，慧净师弟。

应声进来了一个和尚，双手合十。

慧净：阿弥陀佛，师哥，这是要走吗？

法印：多年不见，原该盘桓几日，叙叙旧情，实在有杂事在身，我先走了。

慧净：红尘之事，哪管得过来呀？何不抛尽烦恼，再归山门？

法印：说得是，但红尘事都不管，我们学佛作甚？我不下地狱，谁下地狱？师弟，这两个人交给你代管几天，我们办完事就来领人。

慧净：师哥，期限为三，三天后慧净放人。

法印：好吧，三天，我们一准儿地回来，告辞。三德子，走。

三德子：无量寿佛。

慧净不知该回什么礼好：阿弥陀佛。

那两个官差乱蹬乱踹，没办法。

客店林风儿屋内。

林风儿生气了，走来走去的，突然回身一镖，原想打墙上跑着的一只壁虎，没打到，哗哗又数镖，都没打到。墙板直晃。

小桃红在绣女工。

小桃红：风儿姐姐，你心太不定了。坐会儿吧，说会儿话就好了。

林风儿：你家老爷从来是这样的吗？

小桃红：什么样？

林风儿：招女孩子喜欢。

小桃红：没有呀，我家老爷招什么人了？风儿姐姐你……你不会动心了吧？

林风儿：我？我才不动心呢。我是说那个月秀姑娘。

小桃红：小姑娘没见识，一厢情愿而已，过去就好了。

林风儿：哎，没有招蜂引蝶，哪来的一厢情愿？我看出来了，你家老爷他不检点。

小桃红故意气她：风儿姐姐，咱们为的是保一趟镖，几天的事，没有那么多话。

林风儿：小桃红，我拿你当妹妹看，你说实话，你们这次真的是为了保镖才来的吗？

小桃红：难道不是吗？

林风儿：几千两的镖银，你家老爷那种人，他怎么会放在眼里？

小桃红：风儿姐姐，我们不为镖银，你难道是为了镖银吗？

林风儿：说句实话，我也不为镖银。

小桃红：你为了什么？

林风儿：说出来也不怕了，我为了报仇。

小桃红：风儿姐姐能跟我说说吗？

林风儿：你先跟我说说，你家老爷到底是什么人？

六

街市。

三德子、法印一道一僧赶路，看街上依旧是很多拿枪动杖的人，很多人是原来在抢镖时都见过的。

三德子拉住和尚：哎，法印，这街上的人怎么这么面熟啊？

法印学山西话：还没出山西地界啊，可不是熟吗？都是山西人。

三德子：不是那话。你看，那不是那个胡子，腿还瘸着呢，还有那个胡子也混在街上呢。那不是咱抢镖时见过的吗？

法印：这就更不稀罕了。他们原本就是四海为家走江湖的，可不是哪儿有食儿往哪儿走吗？

三德子：啊，是啊。我忘了，你原也是个云游四方的主儿……可江湖归江湖，这可跟臭鱼头招苍蝇一样，这回为的是什么？

法印：不会因为聂家事吧？

三德子：你聪明。

街边茶摊。

三德子：茶博士，上茶。

茶博士山西口音：哎，来了，二位喝什么茶？

三德子：有普洱上一大壶，渴了。

茶博士：没有。

法印：有什么呀？

茶博士：大叶茶砖。

三德子：那还问什么问，像是开着多大买卖似的。等等，别急，问你话，城里聂家知道吗？

茶博士：知道。这几天喝茶的都是问聂家的。

三德子：是啊。都问什么？说说。

茶博士：爷，对不住，生意忙，没工夫。

三德子掏出一小块银子：我茶钱先付。

茶博士看银子，高兴。

街上。

三德子、和尚疾走，边走边说。

三德子：可不是臭鱼头吗？招家丁呢。和尚，咱俩再打一回，好进聂府。

和尚：不干。和那些下三烂有什么可打的？再说当了家丁又怎样？别忘了三天事得了了，人家月秀姑娘在那边还着急着呢。

三德子：好。她急我也急，爷怕是更急，你说说怎么办，咱怎么进聂府？

和尚：自有办法，三德子，但是得听我的。

三德子：听，听。

两人咬耳朵。

客店月秀小姐屋内。

一张琵琶正在调弦，是月秀。

砰砰砰，墙壁被飞镖打得直掉土。

康熙醒了，睁眼看着那墙板。

康熙：月秀姑娘，这是干什么呢？

月秀：哟，你醒了！不怕啊，风儿姐姐在那边练镖呢。

康熙坐起来要走：可真够……疯的。

月秀：哎，病还没好呢，你去哪儿啊？

康熙：我……我没病啊，只不过睡了一觉而已。

月秀：你……你没病，那我干什么来着？来，躺下躺下，守了你一夜，怎么可以没病？该有病，那《西厢记》里的张生啊，《牡丹亭》里的梦梅啊，《白娘子》里的许仙啊，不是都有病吗？梁山伯还咳血呢。

你……岂能无病？快躺下，我借来一张琵琶，正好为你弹一曲。

康熙：是……是这样啊？今天还不走吗？

月秀：不急，不让走呢。

月秀轻调音律，准备唱了。

康熙：月秀姑娘，咱们等会儿唱行不行？我饿了，我先吃点儿东西，咱们再唱好吗？

康熙说着还是要走，月秀生气了，要找罗帕。

月秀哭着说着：人间就是不如梦里，白日就是不如黑夜，醒时就是不如睡去，无情真胜过有情……

康熙：好，好。月秀小姐，请吧，高歌一曲，高歌一曲。

月秀收泪调音，浅唱低吟：音音音，你负我心，真负心，辜负俺到如今……

正唱着，砰砰砰，那边三支镖都把墙打透了。

康熙：好大的火气啊，这是闲的。唱，月秀小姐，大声唱……

月秀、康熙一齐唱：记得当初低低唱，浅浅斟，一曲值千金。

砰砰，两支镖又透过来了。

街上。

和尚为三德子买了一本风水书，在让他背。

和尚：快翻快背，快翻快背啊，到时指着你了，还有罗盘，抱着。

三德子：我是神仙啊？指着我，我不会。这些我不要。

和尚：不会不行，就半天时间，下午进府。快随便翻一面，背两句就成。

客店大堂。

琵琶声仍在继续。老人家背着包和剑出现，轻敲柜台。小二从帘子后出来了。

小二：哎，这位客官吃饭住店？

老人家看了看楼上，比画要纸笔。

小二：噢，不会说会写啊？行，给您……写吧。

老人家写：有个送信的可在？

小二：有个送信的？哟哟，你不说我还忘了。在，在，在厨下醉了两天了。

小二说着撩起帘子，进门给那送信的拉了出来，那人还没醒的样子。

小二：哎，爷醒醒，醒醒，都睡了两天了，该走了。

大汉：哟，睡两天了，你小子下药了吧？

小二：下药？没那工夫。这……有人找你。

话音刚落，老人家抽剑，一剑把那送信人当场杀了。

小二吓得躲在柜台下：啊，饶命！饶命！

血从柜台上流下来。半天没听见声音，小二闭眼慢慢从柜台下钻了出来。门开着，看见那送信人脖子上有一大口子，流着血，老人家已不在。

桌上有一封信，写着“平远镖局”四个字。

小二拿着信大喊起来：杀、杀……杀人了！杀人了！

自己也吓昏了。

林风儿和小桃红从楼上赶了下来，两人看见死了的送信的大汉和昏了的小二。

林风儿：小桃红，快救人。

两人上手一翻，店小二醒了。

小二：哎哟，吓死我了。上来就杀人，也不问干吗的，吓死我了。

林风儿一眼看见了柜上的信：小二，什么人？

小二：不说话，光写字。不认得。

林风儿拿起信，转身上楼：小二，把人收殓了。

小桃红：用不用跟爷说？

林风儿：不跟他说，让他唱去吧。

月秀屋内。

此时康熙在弹琵琶。月秀边舞边唱。

月秀：如今抛我在古墙阴，秋风荒草白云深，断桥流水何处寻，凄凄切切，冷冷清清……

林风儿屋内。

林风儿正在拔墙上的镖，小桃红推门进来了。

小桃红：风儿姐，没事儿吧？

林风儿：信在桌上，你看吧。

小桃红火速赶到桌边，拿起信看，四个字——撕票，回镖。平远镖局大红印。

小桃红：撕票？这是让咱撕票？风儿姐，怎么办？

林风儿：正想问你。

小桃红：我……你真想听我的？

林风儿：想听。

小桃红：那……那就把我们爷叫来。

林风儿：他？他哪有心思听这事啊？

那边还在唱，林风儿拔下最后一支镖。

小桃红：我去叫。

月秀屋内。

康熙还在弹琴，看那镖都收回了：月秀姑娘，琴也弹过了，舞也舞过了，我去吃点儿东西吧。

月秀：等等，你不能去，你是病人，我去给你拿。

刚说到这，小桃红推门进。

小桃红：爷，风儿姐请您。

康熙：出事了？

小桃红看着月秀：请您过去说话吧。

康熙要走。

月秀不高兴：先生，我跟你一起去吧。

小桃红：月秀姑娘，咱不去。你该吃药了。

月秀：我？先生就是我的药。

月秀还要跟走，小桃红拦住。

小桃红：月秀姑娘，姑娘家家的不说傻话。来坐一会儿，来呀。我问你，你怕不怕死？

月秀：桃红姐姐，你干吗问我这话？

小桃红：没什么，来坐下，听我跟你说……来，坐下呀……

月秀坐在小桃红边上，倚在她怀里。

林风儿屋内。

康熙看着“撕票，回镖”四个字。

康熙：谁……谁送的信？

林风儿：不知道，怕是来者不善。

康熙：怎么讲？

林风儿：事到如今我也实说吧，那天我碰到的人是个高手……

林中。夜。

林风儿骑马在林子里盘旋着，突然听到风声，夹马冲过去。一支火把在前亮着，风儿追。

林风儿：看镖。

一镖还没打出，握缰的左手被打中，人被打下马来。

林风儿屋内。

林风儿：风儿自视与高手过过招，此人在你有防备之下，还是一招就把你打中了。咱们保的是镖，在明处，可有一个高手在暗处盯着咱呢。

康熙：他干吗要杀个送信的？

林风儿：大概知道这人漏了口风了。他也知道，法印、三德子不在了。

康熙：这么厉害！那……撕票，月秀姑娘怎么办？

林风儿：正想问你。

康熙：问我？还有第二种办法吗？

林风儿：第一种我都不知道，哪知什么第二种？

康熙：风儿小姐，咱们不会真要杀了月秀姑娘吧？

林风儿：不杀她怎么办？

康熙：送月秀姑娘回家。

林风儿：不好。

康熙：为什么？

林风儿：咱们不杀，自会有人杀她，回家也是个死。还有……

康熙：你有隐情？

林风儿：说对了。

康熙：你想看看谁来赎人？

林风儿：你……又说对了。

康熙：那算想到一起去了，我也想。

林风儿：那现在当如何？

康熙：走不好的棋不走，就当信没收到，等。

林风儿：等什么？

康熙：等三德子、法印把赎金的事办妥了，风向必有大变。

林风儿：你……你……

康熙：我怎样？

林风儿：你……你倒是不光会唱个曲什么的。

康熙：话听着有点儿酸，但也不失为一种赞美。

聂府大门口。

高门大户。众多家丁把守，路人经过都快快走过。

三德子、和尚远远看着。

三德子边走边背：东方甲乙木，南方丙丁火，西方庚辛金，北方壬癸水……法印，有钱人过的日子也不舒坦啊。

法印：……

三德子：这么多人天天跟着护着，多烦啊。

法印：别管人家杂事，快背书。

三德子：不用背，记住了。

法印：好，三德子，这回可看你的了。

两人要动手演戏了。和尚上手就揪。

三德子：等等，你别故意占便宜，轻点儿啊！不行，你那么大手，法印我揪你吧……

说完趁和尚不注意，扯起和尚衣服就走，往大门口去演戏了。

三德子：好个臭和尚，你懂什么五行八卦，我算得不准？不信咱问问这大宅子里的人去，他是不是八月动的土，十二月上的梁。他指定西窗户没留，生门不走气。你跟我争，你个歪嘴和尚，你懂什么风水啊？你看看我这罗盘还带着呢！走，咱问问人家是不是这么回事？

法印：无稽之谈，你妖言惑众！你那点儿活计，阳间骗不了人，阴间骗不了鬼。你是地狱都不收留的大魔障。

两人拉扯着奔大门就去。

三德子：你骂谁？

和尚：骂你怎样？骂你蒙人。

三德子：你蒙人，你害人。

两人又打又吵，原以为家丁、教头会管，没想两边家丁假装看不见，教头大胡子背过脸去。

三德子一下抓住和尚脖子，拉过来。

三德子小声：法印，人家不理咱。

法印：他不理咱，咱理他，我打你一拳，往那教头身上撞。

三德子：行，别太重了。

法印：你个大魔障，本僧不给你个金刚杵你不知佛家的厉害。

法印放手一打。三德子往着教头身上撞去，谁知教头早有防备，一闪，三德子又加了力，坏了，活活摔在地上。

三德子：哎哟，摔死我了。

教头：哪里来的疯道，小的们！

众家丁：有。

教头：全叉出去。

众家丁：得令。

法印一看，王八拳抡起，哗哗一片倒。

法印：好啊，帮着老道打和尚，看你们谁敢近前。

三德子也起来了。

三德子：哼，帮着和尚打老道，我岂能甘休！

叉他的人也被打倒。

教头：小的们，用力上前。

众家丁一冲，和尚、三德子趁势进了府。家丁追入。

聂府大堂。

三德子、法印连打带退地进了大堂。众家丁都拿刀动杖地远远地追了进来，想近前又不敢，不想近前又不想放过。

三德子：法印，就在这儿吧，累死我了。

教头等人在门口拿着架子。

三德子：去，去把你们当家的叫来，哪有这么待客的？法印，咱坐吧。

两人各坐一把太师椅上。

三德子：你打坐，我闭眼，等聂五龙。

法印：他要不来呢？

三德子：他怎么会不来？他指定要来。

众家丁围住火把点着了，天黑了，两人闭眼打坐。家丁们打着火把，四门大开，窗户大开，照着他们，没人敢近前。

月秀屋内。

小桃红为月秀点灯，月秀看起来有些不高兴。

月秀：桃红姐姐，这么晚了，先生怎么还不来？

小桃红点了灯摆吃食：先生在楼下大堂里值夜呢，来不了了。你不是看见了吗？

客店大堂。

康熙端坐在楼下，左手拿一册书看，右手的扇子不断地转。

小二收拾了东西要逃走。

康熙：走啊？

小二：爷，杀人了。我怕了，劝您一句，也走吧，可不是玩的。

康熙：能走时我们当然要走，现在我们走不了。

小二：爷您在吧，那我走了。

月秀屋内。

月秀：他干吗要值夜啊？

小桃红：早上店里杀死人了，怕你不安全。

月秀：那万一他要伤了呢？桃红姐姐，我也要下去。

小桃红：千万不能。

月秀：那你下去换他上来。

小桃红：也不成。

月秀：那……那这饭我不吃了。

小桃红：月秀姑娘，听姐一句话。

月秀找罗帕找不着：我……我什么也不想听，我……

小桃红：别找了，都洗了。不哭……不哭行不行？听姐姐说一句。

月秀：早上还在我这儿弹琴唱曲呢。这会儿他像换了个人似的，他……他一个人在那儿坐着，就不……就……

小桃红：怎么样？

月秀：他难道就不想我？

小桃红：怕是顾不过来。

月秀：我想他，他为什么不想我？

终于没手帕也哭了，一把泪，一把鼻涕，哭得很难看。

小桃红：月秀姑娘，你还小，有些事不是咱们看见的那样。

月秀：小？那我宁可不长大。长大了的人心坏，心狠，心不正。

小桃红：话不错，可这天下哪有地方能容得了你就这么小下去啊？听姐的，姐姐劝你凡事别太动心，谁动心谁伤心。

月秀：你是说我动心了，先生他没动心？他心里没我？

小桃红：……

月秀：那……那……那我要回家，我要回家，现在就回……

月秀稀里哗啦摔东西。

小桃红：月秀姑娘不闹，不闹，过不了两天了，咱到时回家。别闹，别闹。来，我给你罗帕，哭……哭吧，哭会儿吧。

小桃红给月秀一条罗帕。月秀终于抱着罗帕哭起来。

聂府大堂。

火把点着，噼啪响。

过了很久了，三德子、法印还在坐着。

家丁换人，一批人上来接火把，一批人下去。三德子早坐不住了，看法印还在打坐，突然自己肚子咕噜咕噜响起来。

三德子：法印，法印，听见了吗？

法印：听见了。

三德子：听见什么了？

法印：你谷道响了。

三德子：你耳朵还真尖。无量寿佛。他们一拨一拨地换人，咱可是水米没沾牙呢。我可真饿了。

法印：静坐，静一会儿就不知道饿了。

三德子：你的主意不灵。越坐越饿，指着你不行了，看我的吧。无量寿佛。

三德子说着站起就往外走。那些举火把的一下子后退，但还围着。

三德子从大堂走到院子，火把退到院子里。

三德子：嘿，哪见过你们聂家这样待客的？坐了半晌，茶没一口，食无一颗，算了算了，坐得我尿也要出来了。找两个人前边带路，茅厕在哪儿？茅厕在哪儿？

教头：院子西南角。

三德子：院子西南角？茅厕，茅厕建在西南角？东方甲乙木，南方丙丁火，中央戊己土，西方庚辛金。哈，你们家人怪不得要出事了！在西南角出恭，金银倒不缺，上风臭气频来，那凶事还断得了？告诉你们还要出大事。不去，不去，西南角的茅厕爷不去，爷要在这院中间尿一泡，镇镇你们这儿的邪气。别看啊，看我尿不出来。

众家丁还真回过头去，火把转。

三德子假装要尿。

聂五龙：慢。

三德子：哎，谁喊啊？是谁啊？把我尿吓回去了。

聂五龙：这位仙家，在下聂五龙。

三德子：无量寿佛。嘿，你这个人也怪啊，正正经经在大堂上等你你不见，我这儿要撒尿，倒把你给尿出来了。法印，出来见主人。

法印：来了。

聂五龙：两位仙家多有得罪，家中逢事，实在是吓怕了。方才听了仙家一席话，觉得十分有理，再观仙家奇人异相，绝非等闲之辈，所以方才敢认，多有得罪，多有得罪。请堂上坐。

三德子：不急。堂上坐了半天了，坐烦了，既然进了院子了，先把正事办了。聂员外，我们来可不是讹你钱的，来，带着我们看看宅子吧，看完之后堂上叙话。

聂五龙：怕两位仙家疲惫饥饿啊，先用膳如何……

三德子：饿？不饿。法印你饿吗？

法印：阿弥陀佛，法印三天不食也可……

三德子小声对法印：跟着婆婆学捻绳，跟着神汉跳大神。臭和尚你也学会说谎了。

三德子：好，既都不饿，走……由东向西看啊。聂员外前方带路。

聂五龙：两位仙家请……

院中回廊。

聂五龙在前，三德子、法印在后，前有灯笼，后有火把。

三德子假装看着园子里假山石：那是块太湖石吧？

聂五龙：不错。

三德子：移了。方位不对，大晚上看见如老虎一样，移，往西北角移，那样不犯煞。要么命犯太岁，终日不宁。

聂五龙：谢仙家明示，师爷快记下。

师爷拿笔在本上记：记住了。

三德子说完又走，牛哄哄。随便指一面白墙：这……这……拿笔来。

马上师爷上来，笔送上。三德子接笔，画了个方框，写了个窗字。

三德子：这个地方一定要开个窗户，东来之气遇此窗方能穿而过之，循而往矣。那你这个府就活了，没这窗户你这园子不通。哎，那棵树旁边再种一棵海棠，花多果多，吉祥。记住了，桑树、枣树、柿树不能在院子前种啊，桑、枣、柿说快了叫丧早死，不吉利。

聂五龙：多亏指点，快快，师爷记住。

师爷：记了。

三德子趾高气扬，法印追上。

法印小声：三德子。

三德子小声：哎，说。

法印：差不多了，你再胡说八道人家该拆房了。

三德子：这就差不多了？我还有好些个点子没用呢。和尚，你不夸我两句？

法印：呸，夸你，没想到你还是个骗子，大骗子！

客店大堂。

康熙张着扇子，闭目养神，店内气氛诡异，忽有声响。

康熙：谁？

林风儿黑衣斗篷，从门口进来。

康熙：风儿小姐吗？夜深了，你去睡吧。

林风儿：你去吧，再没客人了。人对安危之敏感如鸟兽一般，门口的风灯也没有了，自那天杀了人之后，店要关了，就不来人了。我看见夜鸟南飞呢。

康熙：我想了，他杀人也是为逼咱们动手。

林风儿：但愿这些天不再出事，等三德子他们大功告成。

康熙：不怕，来，风儿小姐来喝点儿热茶吧，你以为那高人此刻在哪儿？

林风儿：不知道，但他必定在。

两人喝茶，灯摇曳。

康熙：再猜猜，他是官家，还是游侠？

林风儿：更不知道了。

康熙突然喊了一声：不管是官是侠，你不可滥杀无辜。

突然空中有羽毛飞动的声音。

林风儿：说这话有什么用？是好汉就明处来过话，躲在暗处算什么英雄。

话音刚落，门被风吹开。

两人飞快抽兵器。再看，没人，是风吹得灯乱晃。

林风儿大声：你不如早出早现，与我一决生死。

康熙：你还不出来吗？总有了断的一天。

自己去把门关上了。

聂府大堂。

摆了一桌酒，聂庄主坐中间，三德子、法印左右陪。

聂五龙：薄酒一杯，不成敬意，略表在下一片感谢之心。

法印：酒免了吧。

聂五龙：只一杯如何？

法印使眼色给三德子。

三德子心里想着：万一下了药呢，喝一个，留一个，不至于全军覆没。

三德子对聂五龙：法印不喝酒，我代了。来，干。

两人一碰干了。

聂五龙：二位随意，随意。呈上来。

两个管家模样的各端着一个托盘，送上两个礼盘。左右各放在聂五龙旁边。聂五龙一掀蒙在上边的绸子，是各十个银元宝。

聂五龙：两位仙家远道而来，为在下一宅之事多有操劳，聂某无以为报，特备银各百两，算为仙家助善吧。

三德子看法印：客气，客气，聂员外您客气了。

法印：区区百两够干什么？

话一出，空气一下尴尬了。

聂五龙：算……算见面礼吧。如嫌少，两位仙家走时再补。

法印：一文也不要。

三德子：聂员外，您听出来了吧？他不是嫌少是嫌多了。法印这人我知道，身无长物，从来不贪。

法印：贫僧不贪，不见得某些人不贪。

聂五龙有点儿坐不住。

聂五龙：仙家有话请讲。

三德子：哎，我说法印，有话说话，干吗这么打哑谜似的呀？

法印：正要明说，请聂施主屏退左右。

聂五龙：这些都是聂某的家人……

话还没完，法印变了颜色：请聂施主屏退左右！

聂五龙无奈，挥手：你们都下去吧。

聂五龙：仙家，人都走了，有事请讲。

法印：您家中出事了？

聂五龙：这瞒不住人，五里八乡的人都知道了，我女儿月秀以选秀为名被绑了票了。

法印：何人所为？

聂五龙：要是知道早就报官了，实在不知道。

法印像审人一样：可有消息传回来？

聂五龙：有，人活着，打算要赎金十万两。

法印：何人传的消息？

聂五龙：也不知道。

法印：为何不给？

聂五龙：说句实话，不打算赎了。

法印一听生气了：什么？你自己的女儿被人绑了，你竟不想赎了？

三德子：哎，哎，法印，没有这么问话的。法印，这话听着像是你绑了人家票了。聂员外，是不是没钱？还是旁的原因啊？法印是好人，说话不拐弯。

聂五龙：看出来了。钱有，漫说十万了，百万也有。

法印：那为什么不赎？自己的女儿，你就这样惜财轻命吗？你那女儿小小年纪，被人携来掳去，终日以泪洗面，你一个当爹的难道不心疼吗？

聂五龙：这位法师，您见到小女了？

三德子：没有，没有。

法印：见？还用见吗，想还想不出来吗？

三德子：法印他疾恶如仇，聂员外您别急，慢慢说，慢慢说。

聂五龙：这位仙家您不必多说了，道理聂某不是不懂，但以十万之银换回月秀，在下以为不值。

法印：亲生女儿，一脉相承，怎么能用值不值来比？你……你，看钱重过命……你……

聂五龙：法师，听聂某把话说完。

三德子：你说，说完。

聂五龙：若真是一脉相承，亲生女儿，聂某岂是不知亲情人伦的人，但月秀不是我的亲生女儿。

法印：什么？她不是你亲生的？

三德子：这可真乱了。

聂五龙：月秀是十七年前在下于一风雪之夜不意得来的。

街市风雪夜。

聂五龙打着伞回家。突然听到一声一声的婴儿哭。

聂五龙听了一会儿，慢慢往一台阶处去，看到一个扔的小孩包袱。不想要，打伞又走。小孩又哭。

终于，聂五龙抱起小孩打伞走了。

聂府大堂。

聂五龙：那年做生意，回家过年，夜深人静，偏就听见了那几声婴儿叫。原来不想管了，天下之大哪管得过来呀？但刚一走，那婴儿又哭，像是那茫茫雪夜中单单在叫我一个人。实在抛不下了，回身抱了起来，孩子冻坏了，再晚一刻就活不成了，也是缘分。当作积德行善吧，就这么养到了十七岁。也真是有报应，自抱回月秀后，生意就好起来了，一年一年才积了这么大的家业。

法印：从来善恶之报，如影随形，你以善始，为什么这次以恶终？

聂五龙：法师听我说，这不怪我，该怪这孩子命薄，小时被弃，长成又遇此大难，此为天谴命造，岂是在下一个人能逆转过来的？所以想想，这次不可再逆天了，由她去吧。

法印：什么人有此言论？

聂五龙：也是你们化外之人说出来的。

法印：一派胡言。

法印拍桌子站起。一下子不稳，晃头，觉出不对了。

法印：三德子不好，中了药了。

三德子也糊涂，晃了。

聂五龙：二位仙家，聂某实在不知是敌是友。酒中没下药，菜里下了。多有得罪。

法印勉强撑着：你等等，听洒家把理说完。恶尽言功，善满是德。你以善始，欲以恶终，上天岂会看不见……一人一物乃天地所造……你袖手不救，必遭报应。你……你再等等，听我说完。三德子撑住！

三德子：撑不住了。

法印：聂施主，时不我待，快做决断。

法印说完吐了两口，咚地向后倒地。三德子往前俯在桌上。

聂五龙：哼，倒是一派慷慨。二位睡会儿吧，实在对不住了，这年月不得不防。不是死药，是迷药，你们睡吧，早晚醒了再请教。来人，将两位仙家抬下去。

客店月秀屋内。

月秀悄悄地从脸上把一块罗帕拿了下来。屋中一盏灯亮着，小桃红实在太困，坐着睡着了。月秀睁眼看着墙上琵琶，悄悄地要坐起来。

小桃红坐着睡的，听见动静，一下醒了。看见月秀还在，窗户敞着，小桃红起来去关窗。月秀假装睡了。

小桃红关了窗还回来给她掖掖被子。

客店大堂。

康熙实在困了，点着灯，用那把扇子支着下巴睡着了，那睡姿非常怪。

门悄悄地关合了一下，康熙没动。

门轻轻开了。门被一只手支着，突然一个冒着烟的迷香团滴溜溜地滚了进来。那个香团滚到康熙脚边，烟浓浓地冒了起来。

扇子一倒，康熙的头重重地俯在桌上。

客店月秀屋。

月秀悄悄地爬了起来，收拾了东西准备逃。

月秀轻轻地迈过了睡着的小桃红，跪在地上往门边爬去。小桃红熟睡着。

客店大堂。

康熙被迷香熏了，睡着了。

大门一开，黑衣蒙头人进来，手中打着火折，开始点帘子，点柜台。后边破账本什么的乱扔，火一下着起来了。

客店月秀屋内。

月秀打开门，终于偷逃出去。

门一开，看见火光一片，冲到栏杆边，看见康熙伏在桌上睡着，大火在他身边着着，大惊，咚咚往楼下跑去。

月秀：先生！先生！

月秀冲到康熙那儿，使劲地摇康熙，康熙不醒。月秀扔了包袱拉康熙，拉不动。

月秀大叫：着火了！着火了！风儿姐姐、桃红姐姐，着火了！

地窖。

法印、三德子被各绑在一根柱子上，头都垂着，看着似睡得很香。细看法印在运气，脸通红。突然哗地把东西喷出来了，头昂起，中气回。

法印：啊，啊，人心相悖，人人自危，为他好，他反给你下药。人啊，分得清善恶多么不易。三德子，三德子醒醒。三德子，三德子！

三德子：啊。

法印：醒醒，快醒醒，运气把药逼出来。

三德子：好容易运得差不多了，你一叫气又泄了。

法印：三德子，着着急吧，再不急，那边怕要出事呢。

三德子一运气脸红了，七七八八吐出一点儿来：好，好药。这回肚子里更空了。啊！好了，好了。法印，你说什么？那边会出事儿吗？法印，现在怎么办？

法印：怎么办，也得办。事不了了咱不能走。

法印用力把绳子绷开。

三德子：好功夫，法印，来，帮我解开。我没劲儿了。法印，咱不急，不急，想想怎么才能让聂五龙答应赎人。

法印：还用说吗？他药也下了，人也绑了。给咱们扔到地窖里了，可洒家又回来了，不跟他急不跟他恼，以理服人，就凭这份诚心他难道不感动吗？

聂府大堂。

三德子、法印回来了，把所有的灯都点着，大堂如同白昼。

法印：三德子，都点着了。亮了好说话，让你下药，让你绑人。

三德子：都点着了。

法印：好，坐下。不会打坐你就打瞌睡，等会儿他来了，听我的，我不信人心不是肉长的。

此时大堂外又是家丁火把呼呼地赶来了。开窗户开门，火把一片围着。没人出现也没人说话。

法印：聂五龙……聂五龙你应也好不应也罢，听我把话说了，你……就现在你再摆一桌酒席，不用偷偷摸摸的，你当着洒家的面，再把药下进去……

三德子：看我们是不是一口一口把它都吃了……

法印：再让你绑上……

三德子：用不着等药劲上来，让你五花大绑，再扔到地窖里。一次不够……

法印：再来十次……

三德子：百次。看我们是不是还能出来……

法印：出来了，不打不闹，话还是这些话……

三德子：理还是这些理……

法印：仁至义尽……

三德子：以理服人……

法印：救你于水火……

三德子：拯你于倒悬……

法印：什么时候说通了，什么时候算。什么时候不通，你下药、下毒我们喝，来吧，来呀。

三德子：来。

只见火把都从窗门外退后了，聂五龙着黑斗篷出现，一个人慢慢走到房中间。

法印还是不睁眼：聂五龙你屏退左右。

三德子：让闲人回避。

法印：屏退左右。

聂五龙进得门来一挥手，就听门窗噼噼啪啪都关了。聂五龙站在了灯光中间。

聂五龙：二位仙家果然不同凡响，方才之事，聂某失礼了。

法印：闲话休讲了。这儿有茶，有水，你拿药来，我们喝。

聂五龙：二位仙家饶了聂某吧，那种事再不做了。

三德子：还想做什么？上刀山下火海，我们陪着，请便。

聂五龙：都不做了。

三德子：好，那你坐下吧。我朋友法印从来是以理服人……

聂五龙：二位功夫聂某见识了，还用说吗？漫说十万两了，聂某上千万的家当，就凭二位的功夫，当如探囊取物一般啊。

法印：说得不错，但你把我们看成什么人了？你以为我们在逼你吗？

三德子：我们以理服人。

法印：给你个做好人的机会。

聂五龙：其实二位就是不这样，聂某也已想通了，方才正想到下边去请罪，不想二位倒出来了……这话绝不是到了这一步才说的，聂某也有话想说呢。

法印：不怕说，讲吧。

聂五龙：月秀虽说不是亲生女儿，但十七年一天一天地将她养大，又岂是一时便能割舍的？原来那话，一是听了术士的谗言方才犹豫，再有怕绑一个人要十万，此事一出，有一就有二，再绑再给，岂不助长了恶人气焰？所以……

法印：话说得有理，此两点犹豫，人之常情。但洒家在这儿留一句话，事了之后人保你活着回来。

三德子：钱保你一文不少地全数拿回。

法印：只要你答应以金赎人，不管是匪是官，后患都给你除了。

三德子：到那天……法印你说。

法印：保你人财俱不失，且不留祸根。

聂五龙：两位仙家，真仙家也。五龙答应了。

法印：我们从来以理服人，不答应不怕，再来。

聂五龙：不来了，不来了。两位一定是饿了，这会儿上正餐吧。上正餐。

三德子：法印，今儿你这出七擒孟获演得不错，没看出你还挺江湖的啊。

法印：百变金刚，此一时彼一时也。

三德子：话是你应的，到时人财你可看好了。

法印：那还有错？月秀在咱爷手里呢，还会出错吗？

荒野。夜。

远远地看见一座建筑着着大火，黑衣人看过后，飞着走了。

大火熊熊。

七

荒野。夜。

小桃红飞快地拢着柴火，林风儿把篝火点着了。康熙、月秀还昏着。四个人都烧得又黑又脏，衣服也破了。

小桃红边拢柴火边哭了起来，大哭。

林风儿：小桃红，小桃红，怎么了？怎么了？

小桃红：风儿姐，后怕，后怕。风儿姐，咱们回京城吧。咱们回京城，这事不办了，先回京吧。

林风儿：回京城干什么？京城跟咱有什么关系？别怕，别怕，小桃红，这不好好的吗。

小桃红：不好，不好。风儿姐，这……这要是出了事，天塌地陷。风儿姐求您了，咱……回京，一定回京吧。

林风儿：哪有那么严重？人无非一死，谁又能不死呢？死也就死了，有什么前怕后怕的？小桃红，不怕。

小桃红：风儿姐，咱死了没什么，可……

林风儿：谁死了又有什么？黄三儿不能死吗？月秀不能死吗？没这道理吧。他又不是当今皇上。

小桃红：哎呀，说不清，说不清。

又急着去看康熙。

小桃红：风儿姐，还没醒。这可怎么好？还没醒。不会有事儿吧？

林风儿：中了迷药了，没事。要想快，最灵的就是把他倒过来，让他头朝下血冲天门。来，小桃红，给他倒过来。

小桃红：要……要倒过来啊？怕……怕不妥吧？

林风儿：有什么不妥的？来，来呀，这可是秘方。

两人一抱康熙腿，生把他倒过来了，头冲下，两人还一抖一抖的。

小桃红：风儿姐轻点儿，轻点儿，别伤着了。

林风儿：不怕，又不是玻璃人儿！轻了不管用，来，抖抖。

康熙头在地上拖着，抖来抖去，终于被抖醒了。看什么都是反的，天在地上，地在天上，刚醒搞不清。

康熙：哎，哎，在哪儿，在哪儿？天地怎么反了？

小桃红：醒了，醒了！

两人高兴一齐松手，康熙砰地被扔在地上。

林风儿：可不是反了？不反你醒不过来。醒了吧？起来吧。

康熙：哎哟，这……这是在哪儿啊？头疼死了。小桃红有水吗？

小桃红：爷，没水，什么都没有。

这时康熙才看清两人都烧得黑黑的脸。

康熙：哎，怎么了这是？你们怎么这样了？着……着火了？哪儿着火了？

林风儿：自己往远处看看。

小桃红：爷，别问了，吓死人了。没有风儿姐姐，您……您……

康熙：怎么样，烧死了？

小桃红跪下：爷，咱们回京吧。爷，小桃红实在害怕，请爷回京城吧。

康熙：不急，事儿还没了呢。风儿小姐，风儿小姐，谢你救命之恩，我欠你一份人情。

林风儿：不客气，算是还你的。

康熙：那又何必？

林风儿：说过了要还你，就一定会还你……

康熙：这多无趣啊，这么欠啊还的多生分啊？索性都欠着吧。欠多了，人情就变成……

林风儿：阎王爷不欠小鬼账。小桃红，咱们背上月秀走。

康熙：哎，干吗急着走啊？这清风明月、篝火星空多难得啊，不如再坐会儿。

林风儿：呀，黄三儿你可真多情，你看看咱们这些人的脸，是看清风明月的样儿吗？刚才你是迷了什么都不知道是不是？快走吧，逃命要紧！逃命。人被迷了真好，天大的责任都要别人承担了，还清风明月呢……

康熙：哎，我来，我来。

林风儿：为什么你来？

小桃红：我来吧。

康熙：我来，我来，责任不能让别人承担。

林风儿生气：好，让他背着吧，让他接着迷吧。

大路。

三德子、法印马上狂奔。

三德子：法印，来得及吗？

法印：来得及。聂五龙的文书揣好了？

三德子：揣好了。

法印：这事儿得快点儿让绑票的知道，越快越好，要么爷那边要出事。

三德子：为什么？

法印：你想啊，绑票的知道这边付赎金了，就不会撕票了，月秀姑娘不就安全了？

三德子：你就想着月秀姑娘呢。

庙内。

法印、三德子急急地赶进屋内，发现角落里只有一个人被绑着。法印赶过去掀盖着的麻袋一看，哪是什么差官啊，是慧净。

法印：慧净师弟，师弟，慧净。

三德子上手解开了绳子。

法印：慧净。

慧净：阿弥陀佛，师哥，你可来了。

法印：师弟，师弟，几天不见你，你怎么变成这样了？那两个人呢？

慧净：阿弥陀佛，我佛慈悲。师哥，对不起你，我好心让那两个差官松了绳子吃饭，不想让他们跑了。

法印：你这脸是他们打的？

慧净：师弟无能。

法印：什么无能？你一身的功夫，怎么会挨打？你……你没还手？

慧净：慧净慈悲为怀，怎可动手打人。

法印：他们原本是恶人，你……你……

慧净：阿弥陀佛。

法印：三德子，咱走。

走到门口，又回来。

法印：师弟，他们往哪儿走了？

慧净：阿弥陀佛，往北了。

三德子：怕是去聂家了？

法印：要再去聂家就坏了，快追。

慧净：阿弥陀佛。

农家田园。

篱笆上结了一些丝瓜、豆角什么的，一只手在偷摘丝瓜，另一只手在偷摘豆角。

刚摘了一点儿，突然狗叫，吓得人跑。狗冲出狂追，两人狂跑。

荒野。

一个砂锅吊在火上，正煮菜吃。康熙在忙着烧火，林风儿搅锅，小桃红在折树枝，只有月秀在草地上边舞边唱。

康熙：记住了那家的方位，过后要赔人家银子的。

林风儿：这会儿为什么不赔？

康熙：行李、盘缠不都在客店烧光了吗？现在没钱。

林风儿：没钱便说没钱的话，饥饿时偷点儿人家的瓜菜也不算什么。

康熙：“偷”这个字，你能用，我不能用。

林风儿：呀，你像是多尊贵似的。说心里话，黄三儿，风儿我最最看不惯的就是你人小架子大的样儿。

康熙心里话语：风儿啊，风儿，你……你确实不是朕的宜妃。

小桃红：风儿姐咱不说了，吃饭吧。月秀姑娘，不跳了，来吃饭吧。

月秀边舞边唱：一城秋雨豆花凉，闲倚平山望。不似年时鉴湖上，锦云香，采莲人语荷花荡。西风雁行，清溪渔唱，吹恨入沧浪。

月秀衣衫已经破烂，又脏，但高兴。四人衣服都破了。

小桃红：月秀姑娘，来吧。

月秀：你们看我歌舞了吗？

小桃红：看了，看了，真好。

月秀：先生看了吗？

康熙：看了。

月秀：听了吗？

康熙：听了。

月秀：我唱的是什么？

康熙：西风雁行，清溪渔唱，吹恨入沧浪。

月秀：你真听了，恨……我现在一点儿也不恨，也不饿，也不愁，也不苦。来……你吃你吃，你吃着听我把话说完啊……这些天出来，我……先是怕，后是悲，然后呢又有点儿愁，现在只有喜了。

那边林风儿不高兴了，端了一碗在旁边吃。

康熙：月秀姑娘，没什么吃的，也能高兴啊？能高兴最好，就着高兴把这青菜吃了吧。

月秀：不吃又何妨，十多年在家里有吃有穿，有甜有咸，可哪有这么多高兴在身旁啊？青山啊，绿水啊，白云啊，农舍啊……还有……

突然愣住，一眼看见一人在林中拈弓搭箭。

月秀大惊：哎，他干吗要射我？

说时迟那时快，林风儿一下把月秀扑倒了，一支箭恰恰飞了过来。康熙正吃饭，扔了筷子，那箭恰被他抓在手中。

康熙、林风儿拔剑飞快起来，向林中而去。

月秀浑若无事，倒地看着天上的白云，万分憧憬：这样的日子，每时每刻都会给人带来惊喜。天底下，不仅有人骗我，有人抢我，有人喜欢我，还有人拿弓箭射我了……生活真的不一样了。

小桃红：爷、风儿姐，回来吧，别追了。这下好，饭菜都吃不成了。

康熙、林风儿追了半天没人，从树林中出来。

康熙：原以为走背山能躲过，看来，人家还在追咱们。

林风儿：十劫才躲过一劫，月秀姑娘怎么办？

康熙：什么意思？

林风儿：不能带她了。

康熙：不带她，绑匪怎可现形？

林风儿：带着她万一差池，事主、绑匪两边都不能交代。

康熙：依着你呢？

林风儿：劝她留下。

康熙：谁劝？

林风儿：当然是你。

康熙：为什么？

林风儿：她听你的。

康熙笑，内心话语：她也会吃醋，这跟宜妃可没什么两样……

大路。

三德子、法印勒住马……

三德子：法印，别跑了。

法印：不追怎么办？

三德子：也许根本就没回聂家。

法印：那会去哪儿了？

三德子：回府交差了。

法印：事没办成，聂家的文书在咱们手里，他们拿什么交差？

三德子：这些衙役，还用你担心啊？一定有办法，编瞎话，讲故事呗。法印，去太原府，快，加鞭。

三德子回头便跑，法印跟上。

太原府门口。

三德子、法印两人在府门口的大影壁前看着，犹豫着。

府门口有当差的站着，过往的人被驱赶着。

三德子：法印，硬闯吧。

法印：走。

两人来到府门口。

甲差：去，远着点儿。

三德子装哑，乱比手势。

三德子：啊，呀呀呀呀，啊呀呀呀。

甲差：他妈的，一个哑巴，告诉你，这是官府，远着点儿去。

法印：阿弥陀佛，这位施主，他问有两位叫刘龙、赵虎的差官在不在。

甲差：刘龙、赵虎啊。

三德子点头高兴：啊呀呀。

甲差：出差了，还没回来。

三德子、和尚一听没回来，二人相视。

三德子：啊呀呀呀。

和尚也不懂了：他说，他说，他想进去。

甲差：进去干吗？

和尚：自然要见官。

甲差：去！远着点儿，什么人就想见官啊？走，走。

三德子急了说话：啊呀呀，我有公文。

甲差：哎，敢情你会说话啊？有公文？我看你找公打。小的们，赶走。

三德子、法印被轰走。

街市。

三德子、法印拉马在街上走，没了主意。

三德子：法印，没进去也好。

法印：为什么？

三德子：进去了，那个当官的再生些疑问，事儿就更说不清了，最好……

一眼看见刘龙、赵虎在街边茶棚里喝着茶。三德子一下子拉马站住了，和尚也拉马站住。

三德子一指：法印，天不灭曹，看。

法印看见了，认镫上马，三德子也跟着认镫上马。

两人无法到近前去偷听，只能骑在马上过去，那两个坐着喝茶的人只能与马屁股平行。两骑悄悄过去了，两个马屁股对着茶棚偷听。

刘龙：兄弟，听哥哥的，咱回府报大人，编个瞎话，就说人家聂家说了，爱怎么的怎么的，人不赎了，钱不出了，不就结了？

赵虎：空口无凭，大人他不是说要聂家的回文吗？

刘龙：就说人家不写，有什么了不起的，这种瞎话又不是没编过。

赵虎：大人不信呢？刘哥，挨板子打屁股都是小事，回头差事丢了，咱们吃什么喝什么去啊？

刘龙：那依着你呢？

赵虎：咱去趟聂家，也算了了差了，这样踏实。

马尾巴乱扫。

刘龙：哎，去去，我说怎么茶里一股马棚味呢？去一边站着去。行，赵虎，听你的，咱动身。

刚站起来，赵虎又犹豫。

赵虎：哥哥，你等等。

刘龙：又怎么了？

赵虎：哥哥，咱去聂府的文书被那凶和尚、花老道给撕了，咱去聂府拿什么说话啊？

刘龙：那到底要怎样？兄弟，这两天你可颠来倒去地没少犹豫了。

赵虎：别着急，我再想想。

刘龙：想吧，再想差事就想没了。

这边还没主意呢，那边三德子、法印把马拴好了。早听明白，两人高兴进来。

三德子：茶博士，沏茶。

茶博士：哎，来了。

两人进来看也不看，在一张桌子旁坐下。刚一坐下，赵虎看见了。

刘龙：到底要怎么样？你是……

刘龙还要再说话，被赵虎拉住了，指向三德子、法印二人。

赵虎：哥哥，瞧……

刘龙悄悄回头：哟，凶和尚。

赵虎：还有花老道。

两人会意，悄悄地离了座，想溜出去。刚要走到棚口，和尚大喊。

法印：哪儿去？

三德子：回来。

两人一下呆住了，想着办法。

刘龙：哈，没看见是你们俩啊？还这么横啊？跟你说，正找你们呢，这儿可是太原府。

赵虎：对，太原府。

和尚、三德子看都不看。

刘龙：兄弟，走，府里叫差官，拿人。

赵虎：哎，拿人。

法印起座，一手抓一个：哪儿也别去，这碰上了，就是有缘。来，坐下喝茶。

一边一个让坐下了。

刘龙：哎……哎，干吗呀？爷您松手，松手。怪不容易碰上的，咱们吃饭。

赵虎：对，吃饭。我们请二位吃饭。

三德子：是该让你请顿饭了。法印，饿不饿？

法印：饿。

三德子：走，吃饭。

两人一人押一个出棚。一块银子扔在桌上。

茶博士：不要，不要，二位差爷，不敢要。

和尚：凭什么不要？拿着，下回别惯他这毛病。

闻香来大酒馆。

康熙、小桃红、林风儿、月秀衣破脸脏，围住了一桌在吃。康熙真饿了，大口吃。

康熙：嗯，饿了吃糠甜如蜜，何况美食？来吃，吃啊，这两天光吃青菜了。

林风儿不敢吃，悄悄地：黄……黄三儿，你怎么要了这么多的菜？

康熙：多吗？吃吧，还有几味呢。大家尽兴，大家尽兴啊。这味糟熘鱼不错。

林风儿：哎，问你……你可带钱了？

康熙：钱……没有啊。

林风儿：咱们这儿谁身上有钱？

月秀、小桃红摇头。

康熙：谁会有钱啊？都是从大火里逃出来的。不用问吧，都没有。

林风儿：小声点儿。

康熙：风儿小姐，问这干吗？

林风儿：问这干吗？你叫了这么多的菜，咱们一文没有，到时指着什么跟人会账？

月秀吃得很讲究、细致：我……我就不想那么多。

林风儿：你不是当家人，你敢情不用想。

月秀：想那么多干什么？这些天的事儿是你能想出来的吗？做梦都梦不到。尤其是与先生在一起，一会儿一个惊喜，月秀真想让生活就这么过下去，一个惊喜连着一个惊喜，永不停止。来，先生吃虾。

林风儿：吃虾，我看你是瞎吃。惊喜？等会儿就光剩下吃惊了。

康熙：吃，风儿小姐，放心吃。黄某既要带几位上楼来吃饭，自然就有吃饭的道理，钱不钱的不用你们想。来，请，小桃红，给风儿小姐布菜。

小桃红：来，风儿姐吃吧。

风儿也吃起来了。

小二：来了，鸭四宝、熘鱼肚，几位慢用啊。

康熙：好，放下，放下，大家请用。这味鸭四宝不可不尝，请，趁热吧。请，请。

大家狂吃。

酒馆雅间。

三德子、法印、刘龙、赵虎也正在吃饭。

三德子：吃啊，吃啊，你们俩干吗不吃?

刘龙：哎，吃，吃。

两人哪有心思吃啊?

法印：是你们请客啊，你们不吃，让我们怎么吃？一点礼道都不懂……吃。

赵虎：懂，懂，吃，吃。我们……不饿。

法印：不饿也得吃。

一拍桌子，吓得两人差点儿出溜到桌下去。

三德子：瞧见没有，别惹我们和尚生气。说说吧，干吗跑了?

刘龙、赵虎马上相互一指：是他。

三德子：也别推，也别让，都有份儿是吧？你们怕什么?

刘龙：二位爷，捆了，绑了，哪有不怕的？怕丢了命呀。

三德子：你把我们看成什么人了？无非是代你们走了一趟聂家而已。

赵虎、刘龙：什么?

三德子从怀里抽出聂家文书：看见了吗？聂家的事儿办妥了。

两官差刚要动，和尚一把按住：别动。

刘龙跪下：呀，二位爷救命了，我们正不知怎么办呢！二位爷谢了！小二，小二，加酒加菜。

三德子：什么也不用加了，文书在这儿。聂五龙亲笔，看见没有？大印也在呢。拿走，速速交差去。

刘龙伸手刚要拿。

法印：等等，哪就这么便宜地给了？问你，文书交谁?

赵虎：交给我们老爷。

刘龙：听说也不是我家老爷的差，老爷也是受人之托。

法印：受何人所托？

刘龙：实在不知道了。

法印：不知道，不知道，不知道掏银子。

刘龙、赵虎掏银子。

法印：都在这儿吗？

刘龙、赵虎：都在这儿了。

法印：告诉你们，天底下想不花钱欺负人办事，绝不可能。你少一分，便是作孽一分。

刘龙、赵虎：再不敢了。

法印拿起一小块银子：这块银子会账，余下的……道长，收好。

三德子：哎，收了。跟你们俩说，现在就去交差，走吧。

刘龙：哎，走。二位爷，问一句话，干吗帮我们呀？

三德子：别问，赶巧了，我们的事没办成，你们的事倒是顺手成了。

法印：问什么问，还不快走。小二结账。

闻香来酒楼。

桌上的菜吃得差不多了，林风儿、小桃红都有些紧张。

康熙：吃得怎么样了？

林风儿：吃……吃好了。

月秀：吃撑了。

康熙：小二，会账。

小二看似等半天了，应声而入。

小二：哎，来了。几位吃得可好？

康熙剔牙：不好。

小二：哟，哪味菜不合意，我叫厨子上来，您说说他。

康熙：都不满意。

小二：这……这可真对不住了，爷，那打个折吧……

康熙：折一定要打，先叫掌柜的上来。

小二没办法：哎，给您叫去。

林风儿觉得丢脸，月秀拍手高兴，小桃红如常。

林风儿：我……我能不能先走？实在丢人。

康熙：我让你先走，店家大概不会让，你坐着吧。

月秀：啊，啊，真好玩。先生你可得赢下来。我一定要看咱怎么白吃人的一顿饭。

掌柜声到人到。

掌柜：哟，先生实在对不住，有不到的瞧我了。哪味菜没动，给您撤下去不算钱，不算钱。哟，您这不是都吃光了吗？

康熙：不吃怎知滋味？

掌柜：您这都吃了，吃得盆干碗净的，吃完了又说不合口，这要是不合口，您怎么也得留点儿啊？

康熙：菜还勉强。

掌柜：那您什么不合口？

康熙：我问你，姓什么？

掌柜：鄙姓何。

康熙：何掌柜，买卖开后，生意如何？

掌柜：不好，不上座。每天一桌、二桌、三桌的，没人。

康熙：店名叫什么？

掌柜：哟，您进来没看见呀？叫闻香来呀。还是这个县的洪举人写的匾呢！

康熙：这洪举人与你有仇吗？

掌柜：这话怎么说的？没有，至交。

康熙：没仇为什么起这个店名？

掌柜：闻香来，好名字啊。

康熙：此店厨子不错，店名起坏了，这店不改名，你支撑不住。

掌柜：哟，那我倒要听听了，您说。

康熙：闻香来，什么才闻香来，啊？你想想。

掌柜学闻着香味来的样子，一学就学出猪的声音了。

掌柜：闻香来……您……您是说街上的狗、圈里的猪、囤里的老鼠……闻香……才来。

月秀、小桃红笑，风儿不高兴。

康熙：还算有悟性，我们吃你一顿饭，还要被你无端暗骂……进你店里的都是些闻香来的……

掌柜：畜生。

康熙：这两个字，原本我不想说，让你说了。就你这个店名，是吃你一顿被你骂一回。

掌柜：哟，没想到，这是不好。

康熙：再有出家人语，享口福之乐必下地狱。闻香而来怎么听也不雅，高人韵士绝不会为取其辱而来，贩夫走卒又没钱进来。那你说说你这店会开得好吗？那洪举人不是跟你有仇又是什么？这顿饭，我吃了你的，就是给你钱，你敢要吗？

掌柜给说傻了：不……不……不敢，不要。先生高人，指点迷津。小二，上酒，上酒。先生……先生不急走吧，既已说明原委，还请先生再费心，重起个店名，重起个店名，以救小店吧。请先生费心。

月秀高兴。林风儿生气要走。

康熙一把拉住：等等，既然掌柜的相求，我就说说吧。我以为“香来”两个字不错，可留，唯“闻”字不雅，改一个字。

掌柜：您说改什么字？

康熙：想凡是开店的虽为谋利，但敬客当是第一，所以一定要有个“客”字，客香来不通，再把“香来”两字颠倒，叫“客来香”，寓意客来而店内生香，又捧了客人，又说了自己，此名一换，店必上座。

掌柜：客来香，客来香，呀，好，好，好听。客来香好，小二，给先生包十两银子。客来香多好听啊，先生贵姓？

康熙：不问也罢。告辞，告辞了。

掌柜拿着元宝：哎，哎，银子。

小桃红：给我吧。

月秀高兴也跟着下。

掌柜：客来香……这名字起得真是雅。这人高，穿得破烂，是高人，假扮的叫花子，高。哼，吃我一顿饭，吃我十顿饭都值。客来香，改名客来香！

荒野。

林风儿气气地在前边走，康熙在后边追着辩白。

林风儿：读书人以仁德为本，讲道义，习礼仪。你……你今天算是什么行径？骗人一饭，说些软话，讲些尴尬之意也就算了，竟然吃了人家的饭，还卖弄口舌，赚人银两，迫人改换招牌。你……你这样的读书人，为一饭而丢名节，真……真的可耻。

康熙：哎，这话讲过了吧？饭你也吃了。

林风儿：不错，我是吃了，早知你有刚才那沾沾自喜的样子，饿死也不吃。

月秀也赶过来：风儿姐姐，你说话真的很酸腐哎，人生如戏，游戏而已，何必当真？

林风儿：何必当真？你可游戏，风儿我为人处世必有准则，当做之事一定要做，不当之事至死不做。我……我才不像你……

月秀：呀，你……你那么伟大啊？反正饭你也吃了，你的伟大真让人生疑哎。

林风儿：你……

小桃红：都不说了。还有那么大的事儿没了呢，为了吃饭的小事，干吗这么争吵……

林风儿：小事吗？德行无非是在小而又小的事中传递出来的，以小见大，黄三儿，你要是个读书人，你今天给读书人丢了脸。

康熙：哎，他那店名起得就是不好，黄某为其指出不好之缘由，又为他改了店名，我花了心血，他愿意酬答，这有什么不对？

林风儿：可见人之高下有多么大的区别。你若进得店来，告诉人家店名不好，我可为你重新起名，报酬算一顿饭，这样做，你是君子。而吃过了饭，以店名之谬讹人家饭吃，结果虽同，理却不当。这样做你是小人。

月秀：我们是小人，那你就别跟我们在一起，你走你的。

小桃红：月秀姑娘，不说了吧。

月秀：我为什么不能说话？

林风儿：好，我走。

康熙内心话语：说是出宫来散心，哪知道来找那么多的气受啊？我是小……我是小人吗？不同理，不同理。细想她说得不无道理，君子固穷啊。

转身追下去：风儿小姐，风儿小姐。

月秀也不高兴了：先生，先生……

月秀转身也要追，被小桃红拦住。

小桃红：月秀姑娘，咱们不跟他们乱了，咱让他们吵去。

月秀：什么吵啊？这先生……他……他干吗那么在乎风儿姐姐？他干吗那么在乎她，不在乎我？我不干，我不干了，我也走。

小桃红：不能，不能走。都在乎，都在乎。他不在乎谁也不行啊。不闹，不闹。哎呀，这……这少了一个宜主子，可怎么就这么乱啊。月秀姑娘……咱不闹了。

月秀：他凭什么追她，他凭什么追她？

小店。夜。

一豆小灯，几样小菜。康熙、林风儿坐在桌边，林风儿还生气。

小桃红劝了月秀出来吃饭。

小桃红：来，来吃饭了。开饭，开饭。月秀姑娘来了一起吃。开饭了，开饭了。

康熙故意调节气氛：来，来，一起吃吧，饭总要吃的。

林风儿生气，拿碗吃饭。

月秀也不吃，默默流泪，坐康熙旁边。

康熙：月秀姑娘吃吧。

月秀：不吃。

康熙：不饿？

月秀：饿也不吃。

康熙：为什么？

月秀：你知道。

康熙：我什么也不知道啊。

月秀：先生，你……你为人不正。

康熙：哎，我怎么又不正了？这一会儿我是小人，一会儿我人不正，我……

月秀：先生，你忘了为月秀抚病疗伤了吗？你……你为我轻拧手巾，用手轻探我的额头，至今那感觉犹在肌肤之间。为月秀弹琴，为月秀熬药，为月秀欢歌，这些……这些你都忘了吗？

林风儿吃饭不理。

康熙：这些……这些原本应当的，弹琴无非游戏而已。你……你不也说过人生如戏吗？

月秀：月秀一生，什么都可看成游戏，可于“情”一字，从没看成游戏。

林风儿内心话语：一个中年男子，招蜂引蝶，花就那么好采呀？你以为你是谁，活该！

康熙：天天在一起不免有些……

月秀：做戏，还是动情？

康熙：什么都不是啊。

月秀眼泪滴下：什么都不是，什么都不是！那我成了什么？真是一步一惊喜，一步一惊喜。我……我成了什么了！

说完砰地倒地。

康熙：哎，快，快。小桃红，快，快，人又昏过去了。快，快，扶回房去。

林风儿：你别动手了，小桃红，来，咱们来架起来。

康熙一人，回到桌前，坐在如豆的灯下。

康熙：中午一顿饭菜，朕变成小人了，晚上饭还没吃人又不正了。三个女人一台戏。关键是三个女人唱戏时，你不该在其中。现在真是没有一个人还能让着点儿朕的了，朕真是不招人待见了。

吃饭。

路上。夜。

三德子、法印各打一个灯笼，在路上走着。

三德子：法印看脚底下啊。法印，快到了吧？

法印：我记得就在这儿啊，怎么不见风灯亮啊？

三德子：记准了吗？就在这儿？那……那客店不会咱们一走就飞了，再说爷他们还住在这儿呢。他们也飞了？

正说着脚底下一绊，差点儿摔了。

法印一手拉住：小心点儿。

三德子一倒，看见了地上一盏烂了的风灯，写着“客店”两个字。三德子拿了起来，紧张了。

三德子：法……法……法印，不好了。

法印：怎么了？

三德子：这店……怕……怕是着了火了，烧……烧没了。

两人举起灯笼照，一片烧过后的废墟。

三德子哭：烧……没了。

法印：烧了？三德子，那……那……爷……爷呢？

三德子大喊起来：爷，万岁爷！

突然跑到废墟中去扒。

三德子：爷，爷！法印快扒，快扒……法印……

法印：天塌地陷了，天塌地陷了！扒，扒，快扒！三德子，真烧没了，这……这可怎么办？

三德子哭了：扒，扒，快扒！

法印：对，扒，扒！千……千万别扒着。

三德子：那扒它干吗？

法印：千万别扒着，扒着就没救了。三德子，这你还不懂吗？

三德子：对呀，扒不着就还活着。千万别扒着，千万别扒着。爷、小桃红、风儿小姐、月秀姑娘。千万别扒着！

法印：千万别扒着！

两人拼命扒，边哭边扒。

三德子：千万别扒着！

小店。夜。

还是一豆小灯，菜都剩了，凉了。林风儿坐在康熙面前，康熙发呆。

林风儿：月秀姑娘怎么办？

康熙：什么怎么办？

林风儿：她刚才大哭大闹，怕是癔症又犯了，一时走不了了……

康熙：等好了再走。

林风儿：带着她走不安全。

康熙：怎么讲？

林风儿：咱们一天不撕票，她一天就不安全。

康熙：依你怎样？把月秀姑娘杀了？把月秀姑娘杀了扔在大街上，让那些在暗处的贼匪看着，哎我们把票撕了，我们不管了，散伙了，管他谁绑的票，是官是匪与我们何干？就算白忙一场了，认输了，败了……

林风儿：你好像在赌气。

康熙：谢谢，你看出来了？你们气都赌过了，难道我有气不能赌赌吗？

林风儿：于事无补。

康熙：嘿，这是怎么了？这回出门真是没看皇历，做什么错都在我。风儿小姐，什么也别问我了，你说怎么办吧？

林风儿：把月秀姑娘寄在店里。

康熙：那又怎样？

林风儿：咱们三个人回镖，一、月秀姑娘安危无虑；二、那些人或会以为咱们撕了票来回镖的；三、没有了月秀姑娘，我们三人可齐心协力，有仇报仇，有怨报怨。

康熙：说得不错，没有人质，聂家哪会出赎金？没有赎金，绑票的贼匪怎能出现？贼匪不出现，我们拿什么报仇怨？

林风儿：那依你怎么办？

康熙：人质不能少，但不见得是月秀姑娘。

林风儿：这话怎么讲？

突然暗影中小桃红出。

小桃红：爷、风儿小姐，话我听见了，我来假扮月秀吧。虽是不太像，蒙上头也看不出来，让我装月秀姑娘。

康熙：是……是啊，假扮月秀不就……

林风儿：哈，倒是个办法，不行，危险，要装也是我装。小桃红，我功夫深些，我来吧。

小桃红：风儿姐，你是镖头，我来不露声色，我来。

康熙：我要是个女的我就来了。别争了，小桃红装吧。月秀姑娘呢？

小桃红拿出那十两银子：已经跟老板娘说好了。她们答应了，她们照顾着。

老妈：哟，饭菜都热了两回了，几位倒是吃不吃啊？

小桃红：老妈妈，烦您再热一回吧。

大路。

三德子、法印两骑飞快而过。

三德子：法印，没扒着？

法印：阿弥陀佛，没扒着。

三德子：人活着？

法印：人活着。三德子，咱往回赶吧，边赶边找。

三德子：边赶边找。驾。

太原府后衙。

书房中太原府冯庆山正卷着一册曲谱，边击着节边唱着小曲，拿手蘸口唾沫翻页。

管事：报！

冯庆山：什么事？

管事：刘龙、赵虎候着销差。

冯庆山赶快放下曲谱来到中堂：进来说。

管事一人进。

冯庆山：他们回来了？

管事：回爷，他们两人回来等着销差，等了您一天了。

冯庆山：人……看着如何？

管事：寻常。

冯庆山：事……办成了？

管事：回爷，小的问了，他们拿架子不说。

冯庆山：那就是成了。你过来。

管事马上附上耳朵。冯庆山说着什么，管事点头。

冯庆山坐太师椅上：去吧，先把人叫进来。

管事出门叫人。

管事带刘龙、赵虎进来：刘龙、赵虎二位差官请见。

刘龙、赵虎：差官刘龙、赵虎，叩见府台大老爷。

冯庆山：平身，平身，这是后衙，没那么多礼数，坐吧。

刘龙：小的不敢。

冯庆山：事儿办了？

赵虎：回爷，事办了。现有聂府聂五龙亲笔回文。

冯庆山：呈上来。聂五龙见着了？

刘龙：回爷，见着了。

冯庆山：他园子可大？

赵虎：回爷，大。

冯庆山：好。你们辛苦了，来人呀，请赏。

管事马上托出一个盘子，上有两个元宝、两盅茶。

刘龙、赵虎：爷，小的们应当的，实在不敢。

冯庆山：什么是应当的？实话说这事也不是我的事，差你们也好，赏你们也好，都不是我的主意。你们谢我也好，怨我也好，我不接着，我也是当差吃饭。收下吧，茶喝了吧，不急着上差啊，歇两天。

刘龙、赵虎各拿一个元宝，看着茶不敢喝。

管事：喝了吧，爷赏下的。

刘龙、赵虎：谢爷。

二人拿起杯子喝了，喝完两人站起，人一下就不行了，眼一瞪，倒在了地上，嘴角流血。

冯庆山：这五步倒就是快。说了别怨我……这种差事接了，就别回来，回来哪还有好？把人收了吧。

说着迈过人去，把那封信揣进怀里：备轿。

管事：爷，去哪儿？

冯庆山：巡抚大人府。

管事：嗻。

两人出去了，刘龙、赵虎两人倒在地上，七窍流血，手里的元宝都染红了。

树林。夜。

康熙赶了辆马车，车内坐着林风儿和小桃红，车外挑着盏风灯。

康熙把车停下。

康熙小声：风儿小姐，风儿小姐，把灯收了吧，要过林子了。

林风儿：小桃红，咱们都下车吧，怕不安稳呢，过林子了。

康熙拢住了牲口，故意大声：镖头下车走走吧，马乏了拉不动了。

林风儿：哎。

二人应声都下车，小桃红披了件带帽子的斗篷。风起，三人都在车下，正准备穿过树林。

突然看一支带火的箭飞了过来，扎在车篷上。接着很多火箭落下，车篷一下着了，马惊，拉着带火的车狂跑起来。

康熙、林风儿一下拉出了兵器，只见此时树林前与康熙等后边同时出现了百十支火把。

两边火把越来越近。箭矢如蝗飞来。康熙与林风儿挥着剑，闪着。三个人飞快地蹚地而行，正跑着，突然同时掉入一个陷阱中。

三人落进，砰，上边一块石块盖上了。

康熙：风儿小姐，风儿小姐，你可好？

林风儿：还好。小桃红？

小桃红：在呢。

康熙：好，一个不剩，全数在此了。看来三德子他们事儿没办成。

八

大路。

三德子、法印骑马狂奔。突然三德子的马慢下来。法印的马冲出后盘了回来。

法印：三德子，三德子。

三德子由于骑马快跑时间太长，把屁股磨破了。法印打马回去，飞快下马。三德子伏在马背，疼得一头大汗，法印一眼看见三德子屁股上都洇的是血。

法印：三德子，三德子。

三德子脸色苍白：法印……没事，忍忍再走。没事。

法印：找家店吧，打听打听消息，吃点儿东西再走也不迟。

三德子：走吧，不知爷他们怎么样了呢。

法印：不是这种急法，只要那信传到了，就不怕了。

拉马，上马带三德子走。

小店。

三德子趴在床上。法印正给他脱了裤子擦着屁股。

三德子：法印，别觉着吃亏啊，对了机会，三德子也侍候你。

法印：不指望。疼不疼？疼了就喊一声。

三德子：当着人面不能喊。

法印：为什么？

三德子：喊了你也不心疼我。

刚说完，法印故意手一重。

三德子：哎哟！法印你犯坏。哎哟，疼死我了。

老妈：二位客人，饭得了，是外边吃呀，还是端进来？

三德子：别进，别进。

法印：先别端进来了，烦您找点儿猪油。

老妈：哎。

三德子：法印，找猪油干吗？

法印：给你屁股抹油。

三德子：抹猪油，那不成了红烧后臀尖了？

法印：你懂什么？伤了皮肉了，不抹油，结不了疤。

三德子哭了：红烧后臀尖，红烧后臀尖。红烧了。

法印：三德子，疼哭了？

三德子：对，疼，哭了。疼死我了。

法印也伤心：别哭，三德子，别哭，吉人自有天相，没事，爷他们一定没事。

三德子：和尚，怕了，三德子可没这么怕过。宜主儿啊，您不在了，您在天之灵保佑吧。

说罢，三德子不禁哇哇大哭，法印也伤心落泪。

老妈撩帘子，拿猪油进来。

老妈：哟，这是怎么了？哭什么呢？

法印：没事，你先放那儿吧。

地牢。

火把打头。康熙、林风儿、小桃红五花大绑被推了进来。哗哗开了一个木笼子给三人推了进去。有个大胡子匪头。

康熙：哎，等等，你们是官是匪？

胡子头：问这干吗？

康熙：问问，关也得关个明白啊。

胡子头：明白什么呀？我都不明白。说我们是匪呢，可官家大人跟我们老大拜过把子，说我们是官吧，我们老大可没有职位。

康熙：还是匪。

胡子头：叫什么都成，我不在乎。旁的不论，跺一脚半个山西晃悠。

林风儿：为什么滥捕良民？

胡子头：哟，姐姐说话了，这可不是滥捕，平远镖局的吧？说你们押着十万两的镖呢，十万两抓了三个人这可不够滥吧？

康熙：把你家老大叫来。

胡子头：嘿哟，一听就是个空子，我家老大是说叫就叫的啊？皇上是你说见就见的吗？

康熙：……

胡子头：你有事想找皇上，是说找就能找的吗？明白了吧？好好待着啊，跟你们说，想跑，你们可跑不了。看见没有？四面没窗，笼子结实着呢，别想跑的事儿了。哎，那位穿斗篷的放出脸来让哥我看看，别老蒙着啊。

胡子头伸手去摸林风儿，林风儿生气了，一手抓住他手臂，在笼棍子上一垫。嘎巴一声，胡子头手臂就折了，一推摔在地上。

胡子头：哎哟！好功夫！哎哟，好呀，敢打老子，看你们是找死。

康熙：有一个找死的。

胡子头：好，不怕死就来。哎哟，扭死我了。愣子开门我出去。

小店。

三德子被法印扶着一瘸一拐地出来了，桌上菜已摆好。三德子想坐，刚一沾屁股就疼，坐不下去。看了看，想了想，跪在凳子上吃。

法印：回头找辆车吧，你别骑马了。

三德子：法印，三德子没出息，拖累你了。

法印：快别说了，吃了饭赶路。

老妈撩帘子从厨房出，看三德子跪着。

老妈：呀，出家人就是礼多，吃饭都跪着。这位爷，给你找个垫子？

三德子：不用了，跪惯了，没什么。

老妈：阿弥陀佛。

三德子刚要吃，就听见一间锁着的门口传出唱曲之声。两人呆呆地听着，端着碗不吃了。

月秀：采莲人和采莲歌，柳外兰舟过，不管鸳鸯梦惊破。夜如何？有人独上江楼卧，伤心莫唱，南朝旧曲，司马泪痕多……

法印先一愣，三德子也不吃了。

三德子：法印，声音好熟。

法印：是啊，像是月秀姑娘。

三德子：哎，是月秀姑娘。法印，找着了，找着了。

法印：等等，三德子，锁着门呢。这饭不能吃了。

三德子：为什么？

法印：小心下了药。

正说着话，老妈又端着东西撩帘子出了。三德子一屁股坐下了，疼也忍着。

老妈：哟，跪过了？快吃吧，不吃还得热。

三德子：哎，老妈妈，您这……有人会唱曲？

老妈：啊，会唱，荒腔野调的，还没酸曲好听呢……是个病人。

法印：病人？

老妈：花……痴，发癔症了。

法印：花痴？

三德子：老妈妈，您能不能打开门？

老妈：干什么？

三德子：没什么，我们听曲。

法印：听曲？

月秀又唱，法印下意识站起要过去。

老妈：站住了，跟你们说，这女子可是人家花十两银子托付我的。

三德子：我给您二十两。

老妈：干吗？哟，以为我是开窑子的啊？看着你们出家人的样子，敢情是花……

法印：老人家误会了，这姑娘我们认识。

老妈：你们认识？

法印：不单认识她，托付她的人我们也认识。

三德子：不信领出来一见。

老妈：行。老爷子，拿把菜刀出来门口守着。你们认识，跟你说，我们可是练家子，别起歪心。老爷子，站好了，我开门了，也该让姑娘出来吃饭了。

一个又干又傻又矮的老头，举了把大菜刀，举也举不动，出来在门口站着，自己还没刀沉呢。老妈开锁。锁开，月秀头上插了各样的花，脸也脏了，虽然衣服脏破，但依旧娇羞地碎步飘出。三德子、法印站起来几乎不敢认了。

老妈：姑娘呀，饭得了，出来吧。有人说认识你，你看看。

月秀：谁啊？谁啊？是那位负心的……

法印：月秀姑娘，是我，法印……我是法印哪！

月秀：法……法印……法哥哥……

法印：哎，月秀姑娘，还有三德子。

月秀：法……法哥哥，是法哥哥。

月秀哇一下哭出来了，上来就找肩膀，碎步扑过来。

法印想躲：阿弥陀佛。

三德子推了他一把：和尚，她是个病人，你借她肩膀一用。

月秀伏在法印肩头哭了，和尚也哭。

老妈抹泪：嘿，敢情真认识。老爷子，放刀吧。哭了，哭出来就好，哭出来病就好一大半了。

老爷子的刀也终于举不动了，沉重下落，剁在地上。

法印：月秀姑娘不哭，谁欺负你了，法印给你出气，不哭啊。

月秀：法哥哥，你去把他找回来。

法印：谁……

月秀：黄三爷。

三德子：坏了，这气谁也帮你出不了。老妈妈，还有一男二女呢？

老妈：租了我的车下去了，你们还真的认识啊？

三德子：一路的。法印、月秀姑娘，来吃饭吧。边吃边哭啊，吃完了好赶路。老妈妈，您这饭没下药吧？

老妈：看你说的，不信我吃给你看。

三德子：行了，信您了，这一路上都被药怕了。来，月秀姑娘坐，坐。法印，快吃了饭，追人。

地牢。

万分安静，康熙正在把一盏灯拨亮，刚要举灯。

林风儿马上偏过头去，脸上似有泪痕：别照。

康熙将灯放下：风儿小姐，你……你伤心了？

林风儿：最后一次。

康熙：怎么讲？

林风儿：这大千世界原本如此，罪恶昭彰，良善凄惶，风儿早就看透了，风儿犯不着为这个世界流泪。

康熙：可你还是流了。

林风儿：再不流了。

康熙：事还没了呢，你……

林风儿：还没了吗？事已至此，看这四面的高墙，你还指望什么？

康熙：天道行运，阴阳善恶……你不指望最后恶有恶报？

林风儿：指望，指望得绝望了。

康熙：你倒是容易泄气。

林风儿：你说对了，我泄气了。我林风儿是个小人物，是个弱女子，我有过叫天天不应、呼地地不灵的时候，我指望天道昭昭，惩恶扬善，我……我给自己鼓劲，我咬住了牙，想着明天就会来了，我以为天该为我亮，花该为我红了，可什么都没有，这大千世界中小人物是一只蝼蚁而已，谁能看见你？你活也好，死也罢，你的仇，你的恨，都像风吹过了，有几个能留下痕迹？黄三儿你没觉得这四面漆黑的高墙，像坟一样已经把我们埋了吗？我怎么能不泄气？

康熙：你这么想，就不用土埋了，把你扔在光天化日之下，你也死了。

林风儿：高论，你这样的人大概埋在坟里了，也不愿死。

康熙：不到死的时候，就是把我剁成肉泥我也不死。

林风儿：佩服，虽然说的地方不对。

康熙：怎么讲？

林风儿：你那么聪明的人，还用我明说吗？这一路追杀逃逸，你没有一点儿作为，到了现在关在这地牢里，你的雄心倒来了，真是令人佩服啊！只是佩服之中有点儿酸涩。

康熙：风儿小姐，其实你没有一刻绝望过。

林风儿：……

康熙：你到这时候还忘不了刻薄人，你对这世界希望太多了。

林风儿：就算你说对了，我也不承认。

康熙：认不认也是这样，你……

正说着，康熙突然闻到一股烟味，抬头一看，一股烟从门口灌了进来。

小桃红：爷，不好了！放烟了，快，是迷烟。风儿姐把嘴捂上，快！

林风儿：死都由他了，还怕什么迷烟？

说完想站起，却一下子倒在地上。小桃红左转右转地想办法，不想也不行了，摔倒。

康熙：水，水，有水蘸了湿布就没事，水……

找了半天没有水，突然抓了件衣裳，解开裤子，把尿尿在衣裳上，然后捂在脸上，假装倒地。

牢门打开了，胡子头吊着胳膊进来，黑老大跟着。

胡子头：老大，您小心点儿，先把烟放尽了，别熏着自己人。开门，开门。您小心点儿，这些个人都带着功夫呢，别让他们咬了。

黑老大：都迷倒了，还有什么意思？

边说着边开门，进了笼子，黑老大单腿跪在风儿跟前。

胡子头：爷，不是什么乡野村姑，都像有点儿学问的，有点儿韵致的。

黑老大：嗯，好盘子，怪不得说值十万呢。

边说着边掏出一个小瓶醒药来。

胡子头：爷，小心，就她厉害。

黑老大拿小瓶在风儿鼻下摇了摇让她嗅：不碍。醒醒，醒醒，来醒醒。

林风儿醒了，看见是黑老大、胡子头，想起来，却动不了。

林风儿：你……你们要干什么？

黑老大：醒了，动动，动不了吧。别怕，大爷稀罕你。

说着就要解长衫。

林风儿想起起不来：呸，让我速死，让我速死。

黑老大按住林风儿：速死？这会儿不提“死”字，扫兴，不提死。嗯，死没那么容易，爷我要让你生不如死。

说着就要动手，林风儿绝望了。

林风儿：黄……黄三儿，你是什么英雄？你是个说大话的狗熊！黄三儿……

话犹未尽，只见康熙两腿一盘，鲤鱼打挺起。

康熙：嗯，来了。说了大话就要办大事，大话不是吹的，泰山不是堆的，黄河不是飞的。

一句话一串动作，把黑老大、胡子头全都从笼子里打了出去。

黑老大捂嘴吐出一颗牙：哎！快，快救驾！快！好，好功夫。胡子，他怎么没迷倒？

胡子头：不知道，他会闭气功。好小子，真打啊？老大委屈您了！

黑老大：找家伙，杀人，杀人！全杀了！

胡子头：老大，消消气。不行啊，这些人他不是咱的，杀了人回头那边要人……

黑老大：不知死的东西，早晚是死，过得了初一过不了十五。

康熙：你可真凶。

黑老大：凶？这是客气的。

康熙：你是黑道？

黑老大：黑白通吃，现在哪还分什么黑白两道？爷我就是王道。

康熙：天下怎么都这样了？

康熙到了林风儿边上，林风儿此时不好意思，故意闭眼不看他。

康熙：你倒快，救完了你，你……你就睡了？还绝望吗？你哪儿绝望过？你绝望还会在关键时候喊我？人不能绝望啊，真绝望了，岂不是等着受辱吗？

林风儿就是不理。

康熙使坏，脸往前凑：反正你睡了，你绝望了，你什么都不知道了对不对？

脸刚凑到跟前，林风儿像是在等待，脸要凑一起了……

林风儿突然大叫：什么味？你脸上什么味？

康熙赶快扬起头，抹脸闻：没，没什么味。救命的解药味而已，使人从绝望中醒来的味道而已，道在屎溺而已。

大路。

一辆破驴车，和尚在下边边走边牵驴跟月秀说话，月秀还是一头的花，满身脏，拿着根柳条边赶驴边说着话。

月秀：法哥哥，你也上来坐吧，走了一路了。

法印不好意思：不累，不累。驴子小拉不动。你坐吧，你坐着。

月秀：法哥哥，咱们这是去哪儿啊？

法印：找人，找着人回家，给你送回家。

月秀：我不想回家了，就这么走吧，到哪儿是哪儿。原来在家，哪知道路有这么长啊？学着写那个“路”字，先生说有万里路。哟，万里路，三个字说出来了，万里有多长啊？根本就不知道。这些日子走来走去，都是路，法哥哥，咱不回家了，你带着我走路吧，我……我不给你添麻烦。

咱们云游四方，多好啊。

法印伤心感动：不说……月秀，咱不说傻话，不说，送你回家。

月秀：这不是傻话，是月秀的心里话，是月秀跟法哥哥说的心里话。

法印：哎，哥听出来了。

三德子：法印……法印……

一使劲没撑住，人从车上出溜下来，头朝下滚到车外，在土地上一通乱滚，屁股摔疼了。

三德子：哎哟，疼死我了，疼死我了，法印……

法印赶快拢住了车过来。

法印：哎，怎么出溜下来了？三德子，三德子，摔疼了吧，摔疼了吧？对不住，对不住，没听见。

三德子：法印，咱不能再走了。

法印：为什么？

三德子：聂五龙说的是十五交人，赎金对交的地点在哪儿？

法印：双龙谷。

三德子：法印，咱们找爷不如会爷。来，扶我起来，你听我的……月秀姑娘，你拢住了牲口别动啊。法印，咱不找了，咱们现在就去总兵府衙门……快走。

太原府后衙。

巡抚苏克齐正与太原府冯庆山下围棋。

苏克齐：冯大人。

冯庆山：苏大人，有话请讲。

苏克齐：所谓围棋这东西，说起来难得不得了。布局啊，收官啊，死活啊，此定式彼定式啊。其实综论起来，无非四个字，大小多少。

冯庆山：苏大人精辟，想通了无非是大小多少的权衡。

苏克齐：人生也好，做官也罢，莫不如此。

冯庆山：请苏大人明示。

苏克齐：比如这块小棋，死命留下也有利，但利小，弃了抓块大的。利大，弃也就弃了。天下事往往被仁德善爱给束缚了，倘若只问大小多少，不问其义其理，人活着岂不与棋一样，有趣而简单了吗？

冯庆山：苏大人所言，下官有拨开云霓见青天之感。

苏克齐：所以十五那天，冯大人，一是你不妨与我同往；二是要借你的人马一用。

冯庆山：苏大人，人马尽用，下官就不便……

苏克齐伸出三根手指：不必推辞，今天我输了你三个子，十五日我要还你这个数。大小多少，就算一回博彩之戏吧。游戏而已，你放心，只要当今圣上不到场，什么事儿没有。

冯庆山把他的一根手指按倒，剩两根：话说到这儿了，千里做官为谋利，下官领了这个数，就这个数。

苏克齐：算你让我了，你今天让我，我明天会让你，你算聪明人，做官的让做官的哪有亏吃？也是大小多少的事儿。好，我走了。

冯庆山：苏大人放心吧，苏大人请。到了那天……

苏克齐：本官来会你。

冯庆山：那下官就恭候了。

苏克齐：好，留步。

冯庆山：备轿。

地牢。

林风儿正帮着小桃红梳头。

林风儿：黄……黄三儿，黄三儿。

康熙：讲。

林风儿：现在是白天还是晚上？

康熙：明月当空。

林风儿：那咱进来可有三天了。小桃红，把头梳好了，万一走了，也不至于蓬头垢面的。

康熙：走不了。

林风儿：谁说得准呢？

康熙：你要真死了，满身的怨恨，这世界怎敢收你？

林风儿：变厉鬼，变风刀霜剑，死也要报仇。

康熙：风儿小姐，趁着没事，把你的身世说说吧。相识了一场，真按你说的要走了，还如同陌路，不是太无情了吗？

小桃红：风儿姐，说说吧。

林风儿：你为什么不说？

康熙：我也说啊，你说过了，我再说。

气氛忧伤起来。

康熙：来说说，小桃红，坐过来点儿。

林风儿：原是再不想跟人提起的，不敢想，想起就伤心。我家原是山西运城的大户。娘生下我就过世了，在这个世界上我一眼亲娘都没有见过。

有个姐姐比我长五岁，从小护着我，阴天给我打伞，雪天给我焐脚。虽是只大我五岁，可像娘一样地照看我。

爹娶了后娘家业更大了。我们姐妹俩在那个大院子里总是显得孤单、碍眼。就这么着，一天一天地相依着长大。

姐怕嫁人，一有媒人上门，姐就躲起来。姐有一天拉我的手哭着说，姐要是嫁了，你怎么办？那时我们俩真是哭作了一团。

祸不单行。先是我病了，十几岁的姐半个多月没怎么合眼看着我，而后一天姐突然说是被选秀女的接走了。姐走的那天，我睁开眼没看见她……一下子像是掉进了噩梦里，病还没好。我在院子里没日没夜地找着她，摸着姐留下的东西，总像听见她在叫我，跟我说着话……

传信来了，姐被人绑了票，让爹出钱赎去，要不然就撕票……好多好多的钱，爹和后娘都不想出。我哭着求他们，说把我卖了也行，让姐回来，他们不应。

我揣了自己攒的钱，跑出家去了。一个小小的孩子在他们说的那座山上转了三天，喊了三天，嗓子都喊出血了。

在一群乌鸦停留的树下，看见了姐，姐死了，死得可惨。她右手心里还攥着给我扎辫子用的小玉珠子，到那一刻我才清楚什么叫撕票。他们拿人当一张纸，说撕就撕碎……我把姐埋了，小小年纪觉得世界让人冷得发抖。我发誓从今以后在这个世上只为我姐的仇活着，生死对我只有一件事，找出仇人，给姐报仇。

康熙流泪，内心话语：难怪她有这么大的仇怨。小小年纪遭此大难，谁又能不绝望？

林风儿：等了十年，学了十年的武功，这仇人终于又出现了。月秀姑娘这回的遭遇，和我姐当年一样，原想终于可以报仇了，谁知天不遂人愿。

康熙：天必遂人愿。

林风儿：事已至此，你还有信心？

康熙：这样的恶人岂能让他逃了？风儿小姐，黄……黄某应你一句话，这次不与你携手把这仇报了，枉为……枉为天……

林风儿：什么？

康熙：天地男儿。

林风儿：我还以为能说出什么大话来呢。

康熙：大话不说了，大仇一定报。

大路。

三德子还是大头朝下趴着，驴车在走，很慢。

三德子：法印，法印。

法印：哎，来了。

三德子：法印，不行，车太小了，太慢了，到了前边换车。

法印：哎。

地牢。

小桃红：风儿姐，你一直一个人吧？

林风儿：小桃红，看我像嫁了人的吗？嫁人当嫁爱，我怎么能把满身的仇怨嫁过去，原想仇报了……

小桃红：再找如意郎君？

林风儿：已到此时了，说出来也不脸红了，是这么想的。

康熙：这倒与我想到一起去了。

林风儿：……

康熙：我也说句不脸红的话，帮你把仇报了，再娶你。

林风儿：哼，从来没想过是你。

康熙：现在想也不迟啊。

林风儿：黄三儿，你……你这人除了油滑，还爱说大话。

康熙：我爱说大话？

林风儿：现在你还在说大话。

康熙：怎么讲？

林风儿：你真的是想要娶我吗？说句真心话，从开始看见我的那一天讲。

康熙：实话，黄某人刚开始把你当成另外的人了。

林风儿：后来呢？

康熙：后来发现你跟那人大不一样。你太冰冷，太独断，太傲慢。

林风儿：实在对不起，没扮成你要的人来安慰你，灰心了？

康熙：那时想，哎呀，这个人为什么不是那个人？又想，一个人为什么非要是另一个人？灰心倒没有，有点儿不知所措。

林风儿：再后来呢？

康熙：想反正找不到原来的了，找一个将就着也好。

林风儿：呸，你这人到这时候还玩笑。

康熙：我可不是玩笑，真心话。

林风儿：哼，真心话？几个将死之人，在这坟墓一样的地牢里，倒说出风花雪月的事儿了。黄三儿，你也就这一点好，不是那么乏味……说说你的事儿吧。

康熙：我的事不……不好讲。

林风儿：小桃红，让他讲。

小桃红：爷的事……也好讲，等等吧，过两天不讲就明白了。

林风儿：还怪神秘的，又占了我便宜了。有什么了不起，你再大也大不过皇上吧？你再苦也苦不过风儿。

康熙：未必。

林风儿：早把你断死了。

康熙：咱们打个赌。

林风儿：赌吧。

康熙小声：倘若你输了，嫁给我。

林风儿：应你。

康熙：空口无凭，把你那对小玉珠送我如何？

林风儿：你……你还怕我反悔吗？

说着解下小珠子给了康熙。

双龙谷。

轰隆隆囚车过，三个人，康熙、林风儿、小桃红都站在木笼中，头露出来。众匪有打火把的，有打灯笼的。

黑老大骑在马上：把灯笼火把灭了。

林风儿：黄三儿，黄三儿。

康熙：……

林风儿：就这么死吗？

康熙：谁死还不一定呢！

林风儿：你真是不见棺材不掉泪。

康熙：三德子、法印不会袖手不来，等等。

林风儿细看山水，突然悲从中来：这地方……我来过。

康熙：什么时候？

林风儿：十年一晃，山水依旧，我姐就是在这儿死的。黄三儿，咱们一起崩笼子吧。

说完猛一长身要崩笼子。咯棱棱，木笼声大作。众匪早有防备。

黑老大：下绳索绑脚，下绳索。

唰唰，就见木笼中绳索飞快穿行。三个人的脚都被绑上。

林风儿：黄三儿，你……

康熙：风儿小姐，还没到最后。

刚说完，康熙、林风儿、小桃红眼上都极快地被蒙上了黑布。

总兵衙门口。

咚咚响起鼓声。三德子、法印举着火把，各把一边鼓，咚咚敲着鼓。月秀高兴地在台阶下牵着牲口鼓掌。

三德子边敲边喊：升堂，升堂，快升堂了。

一瘸一拐地扔了火把往里冲。

法印敲鼓：升堂！快，升堂！

接着也往里进。

月秀：哎，你们走了，我怎么办？

法印：跟上。

月秀：车呢？

法印：不管了。

大路。

哗哗，车辐滚动。三个被蒙了眼睛的人头在外，颠簸向前。

一骑飞奔而来，是那个老人家，依旧打着火把。

胡子头：站下。

胡子头打马向前，与老人家两人相会。远远地两马盘旋着，两人说着话。

突然晨鸟飞过，啾啾而鸣。

康熙：风儿小姐，听见了吗？鸟叫了。

林风儿：鸟有什么理由不叫？

康熙：鸟叫了，天亮了，杀人的时辰过了。

林风儿：黄三儿，你……你就这点可爱。

康熙：是吗？黄某可爱处尚多，等你发现。

胡子头打马回来。

胡子头：起程，起程。

笼子又颠起来。三个人嘴唇干裂，满身是土。

大路。

一队家丁抬着聂五龙的轿子，飞快地在路上走着。突然聂五龙从轿中伸出头来。

聂五龙：住轿，住轿。

管事赶忙迎过来：爷，什么事？

聂五龙：左思右想，干吗非要去双龙谷？那么个荒山野岭，万一老爷我再被绑了，岂不是又要诈一笔大财？管事，找地方，等着，派人去双龙谷探风。

管事：是了，老爷。

双龙谷内。

太阳出来了。

全是便衣打扮的兵士，手持刀枪站了半山坡。

苏克齐、冯庆山民间打扮，坐在华盖之下，看着对面被绑着的康熙、林风儿、小桃红。

苏克齐：三名人票上前，其他人退后。

老人家：三名人票上前，其他人退后。

三个人被牵到了苏、冯跟前，眼睛依旧蒙着。

苏克齐：谁是聂家女儿？

小桃红：我。

苏克齐：你家爹爹为什么还不到？

小桃红：怕是在路上。

苏克齐：来人，立竿见影，午时不到，撕票回府。

康熙：好威风啊！撕票回府？问一句，你在什么府？

苏克齐：你……你是谁？

康熙：怕了？告诉你，我是平远镖局的镖手黄三儿……

苏克齐：镖手？什么府也是你问的吗？告诉你，你死了去阴曹地府。

康熙：谁死还不知道呢！再问一句，你是黑道白道？在官在民？

苏克齐：告诉你也无妨，穿了官衣即在官，脱了官衣就是黑道。

康熙：你现在穿的什么？

苏克齐：猜猜。

康熙：你已脱了朝廷的衣裳，现了盗匪的嘴脸。

苏克齐：猜对了。

康熙：是吗？不妨再猜一句，你官居二品。

冯庆山：苏大人？

康熙：还有你，乃是四品的知府大人吧？

苏克齐：你……你到底是什么人？

康熙：先别问我，我猜得对不对？讲。

苏克齐：你……你是……你是……你是谁我们也不怕，不错，本官二品，那又怎样？

康熙：放着当朝的二品大员你不做，反做这鸡鸣狗盗之事。

苏克齐：二品又如何？一年俸禄千两而已，我为何放着十万两银子不要，而捧着一千两银子谢恩？你到底是谁？

康熙：我是谁？你吃着大清的俸禄，害我大清的百姓，你白天做官，夜里是匪，旧有官匪一家之说，朕看你是官匪一身！

“朕”字一出，冯庆山扑通跪下了。

冯庆山：不干臣事，不干臣事。

苏克齐：朕？你？冯大人别怕。冯大人，这不是金銮殿，这是双龙谷。苏里图何在？

老人家：在。

苏克齐：苏里图，去将那人结果了。

冯庆山跪下，给苏磕头：苏大人，这可不是小事，他是皇……

苏克齐抢话：冯大人，等等，你千万别把话说破了，事已至此，只有鱼死网破。

小桃红、林风儿挤向前。康熙温柔将两人分开。

小桃红：爷，不能。

康熙：不怕。

只见老人家上前。

康熙：这位壮士。

老人家：在。

康熙：你手里可有剑？

老人家：有。

康熙：费心动手，将我三人眼前之布挑开。

老人家：不看不是更好吗？

康熙：朕的江山岂能不看。

老人家：你果然是当今圣上？

康熙：你以为呢？

刚说完，老人家把三块布飞快挑开了。所有的人凝着气，气氛紧张。

老人家武功了得，平静地站在那里。

林风儿：小心……

上前要护着康熙。

康熙岿然不动：不怕。

苏克齐：苏里图，动手。

老人家：遵命。

走上前来，三人紧张。

老人家：圣上，受苏里图一拜。

康熙：你叫苏里图。正红旗苏家。

老人家：是。

康熙：你功夫不错，这一路的事都是你做的？

老人家：奉命行事。

康熙：奉这个狗官的命吗？你太过愚忠了。

老人家：苏大人救过臣一家的命。圣上，事已至此，苏里图不杀您不行了……可杀您也不行，苏里图我……只有把这命还他了。

忽地站起，挥舞一剑，自杀而死。倒地。

三人大惊。

苏克齐一见苏里图自杀了，抢过身边一支长枪向康熙刺去。早被林风儿看在眼里，挣了绳索往前冲。只见康熙用力一绷，绳索全断了。康熙拉出一条绳，一飞，把苏克齐的大枪缠着拉了过来。大枪一挥把众人杀退。

此时林风儿一把被康熙拉入怀里。

康熙：好容易把你找到了，怎可再失去你……

长号齐鸣。满山的兵士冲了下来，所有人跪下，山呼万岁。

转眼兵士上来把苏、冯绑了。

转眼，康熙已换上了皇袍。

法印、三德子：万岁，臣等救驾迟了。

康熙：来得正好，站过一边。山西总兵何在？

总兵：臣在。

康熙：将苏克齐、冯庆山押解回京，交三法司重办。

总兵：遵旨。

康熙：将柳林帮匪类就地正法，以安民心。

总兵：遵旨。

康熙：官匪一人，亦官亦匪，欺善帮恶，凡有此行径者，杀无赦。

众人山呼：万岁，万岁，万万岁。

聂五龙跑过来了。林风儿悄悄拉了匹马，上马跑了。小桃红发现急追。

聂五龙：吾皇万岁，万岁，万万岁。小民聂五龙，不知女儿何在？

康熙：法印，月秀姑娘呢？

法印：在总兵府后衙。

康熙：聂五龙放心吧，丢不了。

回头一看林风儿跑了，拉马就追。

大路。

林风儿骑马狂奔。小桃红在后边边喊边追。

小桃红：风儿姐姐，风儿姐姐，风儿姐姐别走。

前边马没影了。整个山谷欢呼着：万岁，万岁，万万岁。

某酒馆。

林风儿一身戎装坐在桌前发呆。酒客们在喝酒。

砰，那两颗原来戴在风儿脖子上的小珠子，摆在她眼前。康熙还是原来的镖手的装束，不请自来地坐下了。

康熙：风儿小姐，你失信了。

林风儿拿起那两粒小珠子：天下无信，哪儿还有什么失信可言？

康熙：无信吗？说好了的帮你报了仇，你嫁我。

林风儿：不错，我应的是镖手黄三儿。

康熙：现在不是吗？

林风儿：那个黄三儿已不在了。

康熙：要怎么样才能回来？

林风儿：你觉着好玩是不是？就因为我像你的一个妃子，你搅进一个原本管不着的事中去，你只是杀了一万个赃官中的一个，你沾沾自喜是吗？你是九五之尊，你可以玩儿，你可以踩着刀尖玩儿，你可以玩得山呼海啸，然后再收手。你没有想过吧，你若只是个镖手黄三儿，你……还有像我这样的弱女子，不是早在那个荒凉的山谷中暴尸而亡了吗？你觉得很好玩儿是不是？你觉得以一个万乘之君的身份，与一个平民女子来谈风月别有情致对吗？跟你说句客气话，风儿承受不起；说句不客气的话，风儿不稀罕。

康熙：那……那我该怎样？以一人之力我该如何？我不该在那天晚上见到你，不该与你护镖上路，不该在地牢里听你的悲苦家事，不该为你流泪。朕天天有边关大事、军机大事、保疆护国大事要做，朕不该以一个赃官，以一个小女子的仇事而为事。朕只当坐在金殿上，当一个颁旨听奏的木头人是吗？朕想做黄三儿，谁给朕那样的机会？朕愿意做黄三儿，你都不会答应。朕该怎么办，朕怎么办才能让你把朕当黄三儿看？

林风儿：我……我不知道。

康熙：你不知道，我知道。朕将家国天下都抛了，跟你浪迹天涯……

林风儿：那……那怎么成？

康熙：既然不成，跟朕回宫吧。

话一出，进来一堆的太监宫女，小桃红深情地站在门口，看着林风儿。林风儿看着小桃红。

康熙：你现在不知道，朕可以等，等你知道的那一天。

林风儿：黄……黄……

康熙：叫黄三儿也可以。

林风儿：皇上……说句心里话，风儿怕。

康熙：不怕，你把皇上想成黄三儿就没什么怕的了，走吧。小桃红来为风儿小姐引路。

小桃红：主子，您请。

林风儿：小桃红，可别这么叫，我不习惯。

大路。

三德子、法印马飞奔而过。

法印：三德子，屁股不疼了？

三德子：好了，结了茧子了。

法印：我……我这儿疼了，咱们歇歇吧。

小店。

法印光着屁股，三德子在为他上药。

三德子：法印，看，说对了吧？别觉着吃亏，早晚得侍候你一回，这次还你了。

法印在发呆。

三德子：想什么呢？法印，想什么呢？

法印：没想什么。

三德子：月秀姑娘临别给了你一封信吧？说什么了？

法印趴着，把信抽出来：给你念念，省得你总惦记……

三德子：好，念吧，念念。

法印：法哥哥……她叫我法哥哥……人生无常，谁知我竟不是聂家亲生的。但天地有情，当关键时刻亲人远如天涯，路人却近在咫尺。想想做梦一般，月秀梦醒来再也不是原来的月秀了。生而有望，因为天下有你，有法哥哥这样的好人。听说那黄三儿是当今圣上，我看没什么了不起的。多亏他不爱我，否则他把我娶到深宫大院中去，那与聂家大院有什么区别？我要做一个云游四方的人，一定要做。法哥哥，好自为之吧，代问三德子好。妹月秀敬书。

三德子：念完了？

法印伤心哭：念完了。

三德子：法印，哭什么？人之一生还不就是这样吗？想的不见得有，不想的倒来了。

法印：是啊，话说得不错。可……可情总是有一点儿的，想想让人伤心。阿弥陀佛。

绫罗记

一

南书房公事房。

一个小玉钩先在一只手上亮了一下。

然后在六只手中来回传递着，传来传去并不知传到谁手里了。

三个太监在做藏钩戏。

连贵：几位大人，不说你们也许知道，这藏钩之戏呀，打汉朝就有了。武皇帝最宠的一位夫人有叫钩弋的吧，嚯，当初进宫的时候小手攥得紧紧的，武皇帝看着怪啊，掰了半天，才给掰开了。掰开了一看，您猜怎么着？手里攥着一个小小的玉钩，您瞧多有意思。打那以后这就算宫里的一出游戏了，不为别的，赌点儿小彩，输赢点儿小钱儿，算个乐子，小小的乐子。来吧，三位大人，猜吧。

三位翰林海宝、钱名世、张廷玉却开始紧张了。

张廷玉：贵公公，咱昨天才斗了叶子戏，今儿个又玩藏钩戏，咱不……

连贵：哎，对呀。这有多雅啊！几位在宫里啊，玩叶子戏、斗纸牌、比投壶，嘿，出了宫跟投缘的、相好的这么一白话，我们在宫里呀可有乐子了，玩这，玩那，多有讲究，多有面子，来吧，来吧。

钱名世：贵公公，昨儿个一回输赢是一百两，今……今天呢？

连贵：还是那个数啊。哟，咱还能落下来吗？就是我、全福、小刘都乐意落了，您三位大人还不见得乐意呢！

海宝：怎么讲？

连贵：您三位昨天不是输了吗？今儿个还不惦记着捞回去呀？

三位大人异口同声：不惦记。

连贵：不惦记也好，还指不定谁输谁赢呢。来，看好了，我们三个可藏了啊。

手与手又传递着。

海宝还是不想玩：贵公公，您这是三个人六只手藏一个小钩子，那我们要想猜准了，是不是太……太难了点儿？

连贵：哟，这难不是才透着好玩吗？再说了，您要是猜准了，哎，可是我们仨人一人输您一百两银子，那可就是三百两啊！

钱名世：我要是猜不准，不也输三百两吗？贵公公，我们可没带着钱。

连贵：瞧瞧，出门怎么连钱都不带啊？

张廷玉：我们这不是进宫来应差了吗？带钱也带不多啊。

连贵：得了，还那么着吧。输了写欠条，明天补上就行了啊，连昨天的一块儿啊。全福，快把门关上。来吧，来吧，趁着万岁爷没到，快玩两把啊。看清了，钩子在我手里呢啊，传了啊。

六只手又开始这只传那只，那只传这只，哪看得出来啊。

宫中路上。

康熙走着，三德子、法印跟着。

康熙突然站住了：三德子。

三德子：嗻。

康熙：快去昭仁殿把那套宋版的《夏侯阳算经》取来，朕要用。别支派别人去，你亲自去。

三德子：嗻。

三德子说完退下。康熙又疾行。

南书房公事房。

六只手都攥着拳头，手背朝上伸出来，让张廷玉大人猜。

张廷玉汗都出来了，钱名世也像能嗅出气味来似的贴着拳头看着。海宝像已输了，手在头上擦着汗。

连贵：可不能没时没晌啊。一、二、三、四、五，猜吧。别怕，刚才海大人就差一只手就猜对了，猜对了就是三百两……

张廷玉无奈，抓住小刘的一只手。

张廷玉：就是这只手了。

连贵：猜准了？

张廷玉：猜准了。

连贵：不悔了？

张廷玉：不悔了。

连贵一张手，在自己手里呢：嘿，这可真怪了，你们怎么都不猜我啊？怕我是不是？

连贵边说边抖开一张纸，拿了笔，让张廷玉写欠条。

连贵：来吧，张大人，海大人写过了，你也写一张吧。三百两，明儿个带着银票来啊，晚可还交利息啊。钱大人，来，来，该你了。

钱名世：贵公公，万岁爷快到了吧，文书还没备呢，咱们明天再玩吧。

连贵：明天还玩别的呢。哎，怕什么，指不定谁赢呢。来，来！

六只手又开始传来传去地藏钩子。

南书房。

康熙进得南书房，发现空空如也，一个人也没有，翰林、御史不在，太监也不在。

康熙站着看了一会儿：法印。

法印：臣在。

康熙：怎么没人啊？

法印：臣去叫人。

说完回身要走。

康熙略一想：等等，你们都别动，朕看看去。

康熙急出南书房，和尚等人不知就里。

南书房公事房。

钱名世在每只拳头前看着，海宝、张廷玉也在看。钱名世抓起一只拳头摇摇，再抓起一只摇。

连贵：一、二、三、四、五，到时候了。

钱名世：我……我认输了。我不猜了，行不行？

连贵：行啊，那怎么不行？

钱名世像是识破了什么：你……你们把手都张开了让我看看。

三个太监不愿张手，海宝、张廷玉也都上来拉住了手。

连贵：哎，干吗？信不过我们啊？输不起是怎么着？

连贵说着就抽手，三位大人拉住手不放。

钱名世：都张开了看看，我认输了。张开，张开！

大人们拉住不放，太监们猛抽手想躲，谁也不让谁，七七八八地要支巴起来了。

连贵：哎，怎么着？还敢跟我们公公们打架啊？反了！

三人拉手不放：让我们看看，让我们看看。

书也掉了，折子也散了。正不可开交时，房门大开，六人惊。

先是没人进，而后康熙出现，六人大惊，放了手，齐齐跪下。

一地的纸、折子。

康熙进得门后，不看他们六人，看着满屋的狼藉，一眼看见了放在公案上海宝、张廷玉、钱名世分别写的欠条一沓，好几天的。

连贵等大汗淋漓，三大人低头不敢语。

康熙一句话不说，看欠条。

康熙：连贵……

连贵：嗻。

康熙：你们三人把手都张开。

连贵三人把手都张开了，一只一只手张开，根本没有玉钩。

康熙看都不看，收了欠条走。六人吓得瘫在地上。

乾清宫。

百官跪呼万岁，康熙手拿着欠条坐在宝座上。

百官：吾皇万岁，万岁，万万岁。

康熙脸色不好：平身。

百官噤若寒蝉。

康熙半天不说话，突然：自古以来，宦官干政，祸国殃民，以秦之赵高始至前朝的魏忠贤，期间以奴欺主、仗势祸国的数不胜数。想我大清建国伊始，以宦官不得干政为训，就是因前车之鉴，防患于未然。法印。

没叫三德子，三德子气短了。

法印：臣在。

康熙：把这些条子传下去，给众位爱卿看看。

法印拿条子。原本该三德子干的事情，给了法印。三德子觉得很失落，有点儿手足无措。

法印：臣领旨。

拿了条子传下去，众官传看。

康熙：此事出于朕的南书房，出于朕每日勤政听政之所在，出于正是朕要当政之时——三名太监连贵等人，胁迫御史、翰林以藏钩为戏赌博乃至殴斗。不是亲见谁能相信？赌资来往成百上千，你们看看，你们好好看看。一个御史、翰林每年俸禄无非几百两，朕倒要问问了，你们哪儿来的那么多钱？所谓奸出人命，赌出贼，输了必盗，哪儿去盗，还不是窃国盗民！

百官吓得又全跪下了：臣等有罪，臣等万死。

康熙：起来吧，不干你们的事。连贵三个太监依仗着在朕身边之势，胡作非为，按律当斩。但朕出于体恤，流放伊犁河，终身为奴。三位御史、翰林虽有被胁迫之嫌，但身为朝官，不思检点，流放宁古塔，永不得入关。退朝。

三德子哆里哆嗦：退……退朝。

康熙从他身前过。

百官跪。

宫内三德子处。

很雅致的房子，三德子坐在椅子上抽泣着。

三德子：祸国殃民，胡作非为。这话可……可怎么说的，这……

法印推门进：哎，都四更了，你还哭呢？

三德子：你少管！又没为你哭。

法印：没为我，为连贵呢？

三德子：呸，法印，咱还是不是朋友？我可一直拿你当朋友，都这时候了，看见我受伤了、流血了，你不知道安慰，还往我伤口上撒大盐粒子。去，去，出去。我愿意哭，你管不着。什么出家人啊？一点儿慈悲心都没有。

法印：哟，哟哟，还伤口了，流血了，撒盐粒了。你那颗心也真会伤。

三德子：你那颗心是木头疙瘩、石头块子，想伤还不会呢！

法印：不跟你争，先别说我。我问你，哎，万岁爷罚了连贵他们，你伤什么心？

三德子：法印，你是看不出来还是装傻？宦官，万岁爷今天在当朝骂的就是宦官，我伤什么心？我是宦官头。一个小小的连贵就敢胁迫翰林，那我……我一个大总管还不……

法印：胁迫大学士？谁这么想了？谁？

三德子：你不这么想，有人这么想。法印，你没觉出来？

法印：怎么了？

三德子：万岁爷，万岁爷现在看着我就别扭了。

法印：你做什么了？

三德子：我什么也没做啊。

法印：什么也没做你怕什么？哎，你要是这样，别说万岁爷看着你别扭，我看着你也别扭。俗人。

庄宜院。

深夜了，宜妃、小桃红还在审宫女。已有两个宫女跪在了一旁，一宫女跪着。

宜妃：春燕。

宫女很不在乎：主子，奴婢在。

宜妃：春燕，你叫我一声主子，在这深宫大院中，我也只有应一声了，可要真是出了宫，咱们还不都是姐妹们吗？人海茫茫，茫茫人海中咱们能碰上了就是个缘分。话我也不想多说了，我丢的那对小玉珠子，不值什么钱，可说出来不怕你们笑话，那是我死了的姐姐留给我的念想，我丢不起……

话还没完，春燕就很不恭敬地接上了：主子，奴婢不知什么珠子不珠子的，奴婢就会倒茶。

小桃红：可不就是倒茶时丢的？

春燕：春燕倒茶时，除了茶具什么也没看见。

小桃红：怎么，主子问问你不应该吗？

宜妃：话我也不想多说了，干吗要在这深更半夜的问你们呀？我也知道，人有脸树有皮，我是怕白天人多嘴杂，真较起真儿来，有人不好看。

小桃红：主子给留着面子呢，可别不兜着。

三人：奴婢们不知道。

宜妃：好，知道不知道的，我也不逼你们了，我……我这儿也给你们跪下了。可怜那是我姐姐留下的遗物，你们要是真心疼我，就悄悄地还给我，咱什么事儿也没有，谢你们了。

说着伤心要跪。

小桃红：主子，主子！不能，不能！

三宫女有真哭的，有假哭的。宜妃非要跪，小桃红死拉她。正乱时，康熙进来了。

小桃红：主子，不能这样，这可是宫里，这样还哪有个名分啊，还不让人欺负死您？你们几个还不快拿出来？

三人：不知道。

康熙：哟，大半夜的，这是干什么呢？

众人一看万岁爷来了，赶快跪安。

宜妃：皇上吉祥。

康熙：这……这是怎么了？快起来吧，宜妃，都几更天了，怎么了？

宜妃：没……没什么。万岁爷您怎么也不先说一声？

小桃红往门口看。

康熙：别找了，三德子朕让他回了。朕怕你们歇了，试着过来看看，你们下去吧。

三宫女起，春燕却悄悄把一对珠子留在了地上。

康熙：宜妃，怎么了？

宜妃：没什么，丢了点儿东西。

康熙：丢东西？你又丢东西了？哈，这可是真好，白天朕抓了赌，晚上又遇见偷了。这……这紫禁城快变成瓦岗寨了。

宜妃：区区小事，万岁您别放在心上。

康熙：小事？宜妃，朕跟你说，什么叫以小见大呀？这就是。小事，不以善小而不为，不以恶小而为之。小事，天底下可不就小事多吗？小事不管，早晚成了惊天动地的大事。宜妃，朕只要以朕之身份前呼后拥地出现，走到哪儿，哪儿都是光明一片，官员勤政，百姓安泰，下人忠心，将士奋勇。好啊，都是一派大好春光，可……可只在朕这么悄悄地一走动，不惊不扰，再偷眼这么一看，就全都变了，偷的偷，赌的赌，贪的贪。打架你能信吗？居然会有人在朕的眼皮下因赌而殴。大开眼界，啊，是不是大开眼界？

说完站起来要走。

宜妃：万岁爷，您去哪儿？

康熙：躲躲，躲躲，满眼的污秽，不干净，朕不想看了。

宜妃：无处可躲。

康熙：怎么讲？

宜妃：人生即如此。

康熙：噢，你倒看得开。人生即如此，朕的人生不想如此。宜妃你睡吧，朕无处可躲也要躲，等想明白了就不躲了。

小桃红：万岁爷！万岁爷！

宜妃：小桃红，不追了，让他去吧。

回头一眼看见了那留在地上的小珠坠，走上去捡起来。

宜妃：小桃红，刚才谁在这儿跪着的？

小桃红：是春燕。主子，咱丢了东西就得找，不找就丢得更欢了。

宜妃：你说得也对，丢了不找可不就助了她们了？理我知道，不是想给她们留个脸吗……

宫内三德子处。

法印还在侃侃而谈：你平时要是办事没这么要挟过人，你吃的什么心？你要是仗着大总管的势，欺善怕恶，自不检点，那万岁爷说你就一点儿没错了。佛家语，一切众生悉有佛性，看你悟不悟。哎，三德子，你怎么睡着了？三德子，三德子。

三德子：啊，啊，几更了？

法印：嘿，你刚才还一把鼻涕一把泪的，怎么这会儿又睡着了。你是有心啊还是没心？天亮了。

三德子：你训了我两个时辰了，我能不睡吗？法印，天亮了我也想通了。

法印：怎么讲？

三德子：万岁爷骂得对。哎，和尚，有些事儿你得帮我。

法印：什么事儿？说吧。

三德子、法印咬耳朵。

南书房。

太监仁贵在把那些青花大缸中的字画一轴轴地拣出来，而后换了一批，又放进缸里，再把字画包进包袱里拿出南书房。

仁贵走后，三德子从内阁悄悄出来，随手拨拉一下字画跟出。

宫内长廊。

仁贵抱着画包袱，低头快步走着，转弯消失。

三德子从树后移出，猛一走撞在一个小太监身上，小太监赶快垂手立。

小太监：三公公，小的没长眼。

三德子光顾看仁贵了，没在意：慢着点儿，这可是宫里……

再一回眼看小太监，因一撞衣服乱了，衣领中露出一段锦绣领子。

三德子：你是哪个院里的？

小太监：奴才是侍候苏姑姑的。

三德子：是啊，把衣裳解开。

小太监：三公公。

三德子：把衣裳解开。

小太监不动，上来两个小太监动手。褂子解开了，内中一个紫绫罗的夹衣，小太监筛糠了。

三德子：请了假要出宫吧？

小太监：回……回三公公，刚告了假。

三德子：进宫多久了？

小太监：回……回三公公，三个月了。

三德子：三个月就什么都学会了，多好的锦缎啊。说得好，会吃吃犍子，会穿穿缎子，你这是会偷偷缎子，真不给爷我作脸，贵喜，带到后边，好好搜他。

贵喜：嗻。

三德子说完，想起一直在追仁贵，转了个弯又奔仁贵的方向去了。

画库。

一老太监正在清理房子，三德子进来了。

老太监：哟，三公公您来了。

三德子进门左右看看。

三德子：啊，冯公公，老没来看您，身子可硬朗？

老太监：托您的福，好着呢。我给您沏茶去。

老太监放下掸子就去沏茶，三德子一眼看见了仁贵拿回来的包袱，包袱里的画明显少了。

老太监沏了茶过来。

三德子：刚才谁来了？

老太监：南书房的仁贵来还画儿了。

三德子：是啊？还了几幅？

老太监：该还十幅，说是有三幅还没摘下来呢，先欠几天。

三德子心里有了一半底，喝一口茶：哟，冯公公，您这茶还是瓜片呢。

老太监：春天存的，没舍得喝。走了味儿了吧？

三德子：挺好，挺好。行，您老多在意着点儿吧。没旁的事，就是来看看您。得，我走了，别送，别送了。您请回，多保重。

三德子急急出。

首饰房。

哗，一捧珍珠倒在了一个直径半公分有着很多洞的木圆盘子里。比洞大的珠子都留在盘子上了，比洞小的珠子都漏进洞底下的盆里了。

一颗颗大大的珠子，装进一只玉罐中。晶莹的珠子很好看，又有一捧撒在盘子中。

秦公公：法师父，这留下的呢，都是在半分以上的，留着将来做首饰用，漏下去的要么太小，要么不圆……

法印：做什么？

秦公公：送给药房，磨了粉当药材用了。

法印：这么好的珠子当药材怪可惜的。

秦公公：圜泽为珠，廉隅为玑。皇家门的事，就要个讲究，也没什么可惜的。天底下好珠子都送到咱这儿来了，安南的、暹罗的那还能少吗？

法印看着那个漏珠子的盘子。

秦公公：法师父，您这回要珠子，还是镶须弥座吗？

法印：是啊，镶须弥座用。您受累吧。

秦公公：得，这一罐子正好一百颗，您要么倒出来点点吧。

法印：行，行，点点吧。

法印总想看那个漏珠子的盘子，没机会。突然灵机一动，假装不小心，把罐子里的珠子撒在了桌子上。

法印：呀！快！快拢住了，这可不能丢了。秦公公，有掉在地上的吧？快找找，快找找，可不敢丢了一颗。

秦公公蹲下捡，法印飞快地把那只盘子拿起来看，用手指探了探好像没有什么可疑了。没想到用力一碰突然一个机关一响，洞变大了，一根手指都通过去了。法印拿了一颗最大的也能透过去，明白了。趁秦公公没发现赶快收手指头，不想一时收不回来，一着急，又不知碰在哪儿了。手指在秦公公抬头站起时终于收回，盘子放回原处。

秦公公：掉了三颗吧？都找着了。这一颗就是百两的银子，可不敢丢了。

法印：不敢，不敢。我收好了，您也收好了，这是领珠子的批文，您收好了。

法印汗都出来了，抱了罐子回头走。

秦公公：法师父，不送啊。

法印：不送，不送。

秦公公看着那盘子。

敏中府书房。

陕西监考刘文中正悄悄地把门关上。

敏中：刘大人，这可是我的家，要关门我有下人，用不着您动手。

刘文中：不劳下人了，不劳下人了，知道的人越少越好。敏大人。

敏中：有话讲。

刘文中：下官这儿给您跪下了，您看看啊，下官这儿给您跪下了。

敏中：哎，这是干什么，这是干什么？

刘文中：敏大人，您别瞒着我。万岁爷让您查下官呢，下官知道了，您高抬贵手，可一定让下官这回过去。您高抬贵手。

敏中：起来，起来。要是这事，你……你别在我这儿跪，跟你说，跪也没用，要跪你上金殿上跪去吧，这是我的家。

刘文中：敏大人，您让我跪跪，您高抬贵手，救下官一命吧。

敏中：起来，你若不起来，我开门了。救你？有的命能救，有的不能救。

说着要去开门。

刘文中：敏大人等等。

说着话把一个长楠木盒抽出来了。

刘文中：敏大人，您别开门，等等，您回头看看，您回个头看看，您看看这是北宋乔仲常的《后赤壁赋图》，您回头，您回头看看。您看看，六百年的东西，您看看。

敏中开了门，又慢慢关上，终于慢慢回过头看。

敏中：这……这画？

刘文中：真迹。

敏中：真迹？那宫里的呢？

刘文中：天下只有一幅真迹，话不用再说了吧。

敏中走过来，看着画。

敏中：有些事，本官想办，怕也办不成。

刘文中：下官这事，您一定能办成。

说着把画卷起来，双手拿给敏中。

敏中：这东西太贵重，怕……

刘文中：敏大人，您说什么呢？我可没给您钱。一张画，送您一张画，文人间往来，说到哪儿也没什么。一张小图画而已。

敏中：我要它没用。

刘文中拿出张片子：没用你让出去。找这家买主，一万两银子只往上。您不喜欢有人喜欢。

敏中：你放下吧，你放下。

刘文中放下画：敏大人……

敏中：什么也别说了，趁着我没后悔，你自己开门快出去。走吧，快走吧。

刘文中：哎，得，我走了。您别送了。

乾清宫。

康熙看着朝下的大臣。朝臣恭敬地分列两班。

康熙：吏部。

敏中：臣在。

康熙：陕西督学刘文中之事可查清了？

敏中：回万岁爷，经臣查询，审问不下三十余人，虽有风闻刘文中收受贿赂，漏题偏袒，但问来问去并无实据。

康熙：实据？还要什么实据吗？那陕西来的卷子，头名的文章比不过二十名的，落榜的秦原文采堪与本科探花相比，可怜那些书生，十年寒窗，到头来被考官一一做掉了。证据，还要什么证据？查无实据，朕真不知你还要什么实据。

敏中咬住了牙挺着：臣万死。

康熙：话说回来了，你说查无实据，朕总不致随便判人。敏中，你身为吏部，当用心效力，不可姑息。朕这些日子所看的事使朕很不高兴了。

此时三德子、法印相互眼色飞来飞去。

敏中出汗：臣谨记。臣当倾心竭力再查，再断。

康熙：再查，再断？倘朕忘了不再问起，哪儿还有什么查断？

康熙偶然回头，看三德子、法印眉来眼去。

康熙：三德子，法印。

三德子：奴才在。

法印：臣在。

康熙：朝堂之上，你们为何眉眼相来？有话就讲。

三德子：回万岁，法印小声对奴才说原有事想回，但又怕您不高兴，不想回了。

康熙：什么事？是查清了的还是没查清的？

法印：万岁爷，查该说是查清了，但那两个人怕不会认。

康熙：有证据吗？

法印：有。

敏中闻言大惊。

康熙：什么人？

法印：倒不是什么大人物，法印说的是另外的事。

康熙：好啊，小人物的事也不妨讲讲。

众臣都有点儿哆嗦。

法印：万岁爷，容臣附耳。

康熙：好，上来吧。

法印上去附耳。众大臣都想伸长了耳朵听着。康熙面色大变，众臣筛糠。

康熙：有这等事？好啊，你不说还不知道。好，说得是时候，就在这金殿之上，朕倒要见识见识。带仁贵、秦连二太监上殿。

庄宜院。

成妃来看宜妃，坐在一起正说话。

成妃：妹妹啊，不是我说你啊，脸上扑粉了吗？

宜妃：成妃姐姐，没扑，我扑粉不太习惯。

成妃：嚯，这扑粉还有什么习惯不习惯的？不习惯也得扑。跟你说，秋天一到啊，可就不能扑珍珠粉了，那得改扑玉簪粉了。什么叫玉簪粉啊？就是玉簪花开了之后，剪去花蒂，把那个小瓶子似的花朵啊，灌上咱们寻常用的胡粉，上锅蒸，蒸完了晾干备用。我这些日子啊，用的就是玉簪粉，好闻着呢。不信你闻闻。

成妃伸出脸去非得让宜妃闻，宜妃不好意思，略一伸头过去了。

成妃一眼看见了宜妃手上的翠镯子。

成妃：哟，多好看的翠镯子啊，可是真秀气。来，摘下来让姐姐试试，让姐姐试试。这首饰好啊，还得有好皮呀肉的是不是？让姐姐试试，怕是没你戴着好看。

成妃说着话上手就捋，小桃红在一旁干着急也没办法，宜妃无奈让她捋。

成妃：哟，还挺紧的呢。我试试，我试试啊。

宜妃：姐姐试试吧。

成妃戴在手上：哟，真是秀气，多润啊！水头就是好，万岁爷送的？

宜妃：哎，一件玩意儿而已。

成妃：一件玩意儿，看你说得多轻巧？我们现在可没这福气了。

看着意思是想让宜妃说送给她，宜妃没说，有点儿尴尬，没话找话说别的。

成妃：刚我说哪儿了？对了，就说是珍珠粉不好使，但看给什么人了的。给我们这些人啊，无非是紫茉莉末子捣碎了蒸出来的，里边有没有珍珠还不知道呢！宜妃妹妹啊，把你那粉拿出来让姐姐我看看。

宜妃：小桃红，去把那新来的粉给成主儿包一包。

小桃红明着答应，其实不高兴：哎。

小桃红答应着，却不动地方，还使眼色指镯子。可成妃戴上了就不想摘了，还有意亮在明处显摆。

成妃：不用，不用，我也就是那么一说啊。瞧这镯子多秀气。

乾清宫。

仁贵、秦连已被押上来了，跪在地上。

康熙：众位爱卿，按理此事当在后宫办，但朕想让诸位都看看什么叫查、什么叫据、什么叫办。仁贵、秦连，朕问你们，你们身上有没有夹带宫里的东西？从实招来。

仁贵、秦连：回万岁爷，奴才身上并无夹带。

康熙：好。议事有凭，判人有据，三德子，你说他们夹带了什么？

三德子：回万岁爷，仁贵身上夹带了五张古画，秦连身上有南珠四十八颗。

两人还是强作镇定，咬住了嘴不说。

康熙：就是现在吗？

三德子：就是现在。

康熙：五张古画，四十八颗南珠。三德子，风闻言事朕可要治罪于你。

三德子：回万岁爷，三德子如冤告了他们情愿受罚。

说着三德子下阶上手要搜。

康熙：等等，你告的人家，你搜不妥。好，好，一个说有，一个说没有，仁贵、秦连你们起来，朕谁也不偏谁也不向，今日朝上，虽说办的是后宫的事，但此事大有裨益。这样吧，众位爱卿你们先都上手搜搜，看看他们身上有没有五张古画、四十八颗南珠。今天不妨就地办案，立见是非，搜出有奖，搜不出不怪，搜吧。

众朝臣闻听罢都冲了过来，都想立功，仁贵、秦连就那么站着。众朝官搜来搜去，拍这儿摸那儿，看牙，看口，掰手指，摸哪儿的都有，像是什么也没搜到。

仁贵、秦连暗自得意，傲然而立。

众朝臣搜不着都退了回去，敏中暗喜。

康熙看在眼里，也有点儿没底：众位爱卿，可曾搜出东西？

百官：臣等无能，不曾搜出什么。

康熙看看三德子、法印：好。三德子、法印。

三德子、法印：奴才在/臣在。

康熙：你们在朝堂之上，眉来眼去，失仪失态在先。继而又说出旁人夹带之事，现在百官搜过，并无一件，今天要是查不出凭据来，对你二人必有重罚。

法印：请万岁爷容臣等动手。

康熙：准。

三德子走下台阶，仁贵依旧傲然。

三德子：仁贵，是你自己交代呢，还是要我动手？好歹咱们打小是一起进宫的。

仁贵：三德子，仁贵没什么交代的。谢您体谅，烦您动动手吧。

三德子：好，那就没什么说的了。

百官静观，全殿静。只见三德子拉住仁贵的一只袖子，突然用力哗一扯，袖子崩开。三德子随手把那只袖子面扯了，裂帛之声霍然。布破开，里边被撕成一片一片的古画飞了出来，抖落一地……

百官大惊，拥上前来看。

三德子：各位大人退后，宋代古画，丢了一片担不起，请后退吧。

大臣们退。敏中紧张。

只见三德子飞快地把那些碎片拼成了一张古画。

康熙也是大惊，从宝座上走下，百官都静声。

康熙看着那张在地上拼出来的古画。

康熙：这……这不是朕的北宋梁师闵的《芦汀密雪图》吗？前几天还在南书房中挂过。这……这怎么撕成了这样？啊？胆大包天，胆大包天。

三德子：万岁爷，这些绢本画，撕得再碎也不怕，不丢就行。他夹带出去后，去城南的南纸店，重新织上，到时必完好如初。

康熙：他……他就不怕朕查吗？

三德子：怕。万岁爷，画儿刚摘下您指定不会明天就查，他运出去后找来了高手，十天之内必仿一幅可以乱真的画再夹带回宫，去昭仁殿画库交画了账。等您想起这画时……

康熙：指不定几年、十几年过去了，对吧？好，好，胆子也太大了。还有几张在哪儿？

三德子哗又扯一袖子，扯一前襟：万岁爷，在这件衣裳中两袖子中有两幅，前襟中各有一幅，还有后背一幅，共有五幅。

此时仁贵身上衣服已被扯花了。

康熙：五幅，好，好，不多，不多。看清了吧？整日在朕身边，他们就是这么侍候朕的。凭据，凭据，没有找到凭据时一片春天，真找得凭据了骇人听闻，骇人听闻。

敏中此时汗如雨下。

康熙：秦连，你的珠子在哪儿？从实招来。

秦连跪地不语。

法印：万岁爷，容臣去搜。

法印说着，从怀里掏出一瓶油：秦公公，对不起了，烦您把这油喝下去。

秦连：法师父，我喝不下去。

法印：喝不下去，那我就……

秦连：随您处置。

法印：阿弥陀佛，好好的珠子，你为什么把它藏在肚子里？喝吧，喝吧。

众人看法印灌秦连喝油。

庄宜院。

成妃怀里抱着粉，手上戴着宜妃的镯子，打着瞌睡，睡了，把宜妃晾在那儿了。宜妃、小桃红无奈，都看着她。

成妃哪是真打瞌睡啊，装傻充愣。

成妃：哟，怎么冲了盹了。对不住啊，妹妹，我这做梦神游八方去了。快午时了吧，不扰您了，我走了，我走了。

小桃红刚要说什么，宜妃止住。

宜妃：不碍的，好不容易来了，多坐一会儿吧。

成妃：不坐了。宜妃妹妹，你心里可别烦我啊，我这人啊，人笨心可好。我改日再来。

宜妃：成妃姐姐，常来玩啊。

小桃红暗指镯子，宜妃假装不见，送人出。

成妃：行了，不送了，改天去我那儿啊。回吧，回吧。哟，说话都正午了，该传膳了。

宜妃：姐姐走好，不送。

成妃：不送，不送。

宜妃送走人回身。

小桃红：主子，那只镯子，您……

宜妃：算了，难得人家喜欢。

小桃红：喜欢？主子，您心好心善小桃红知道，可您要是开了这个口子，以后的事儿可就都来了。她可不那么看您。

宜妃：她会怎么看？

小桃红：她觉着您好欺负，是个冤大头。

宜妃：那又怎样，早晚有一天欺负出了宫最好，这宫里的日子真是过着了然无趣。

乾清宫。

一太监端了一个小恭桶远远站着正候旨，臭味熏人，百官都低着头。

康熙：珠华萦翡翠，宝叶间金琼。剪荷不似制，为花如自生……这说的是美人头上的南珠啊，晶莹圆润，不想被这肮脏之物吞进肚里，从那里……呸，不说了，珠子何在？

小太监：回万岁爷，都在这里了。

康熙：好，赃物在了，这可真真地是“脏”物了。众位爱卿你们都传着看看。

小太监拿着桶给每个官吏开盖看。百官无奈，有捏鼻子的，有捂嘴的，有要吐的，只能看，奇臭无比。

康熙虽没看，但表情是厌恶。

康熙：众位爱卿，你们看见了？

百官：臣等看见了。

康熙：脏不脏？

百官：奇脏无比。

康熙：臭不臭？

百官：奇臭无比。

康熙：好，知道脏臭便可律己警世。今天看了，你们也不是白看。贪赃枉法，将明月之珠变为肮脏之物，此种行径岂可姑息？来人，将仁贵、秦连推出立斩。再有与此案勾连之人，查清严办。看清了吧？不查哪有据，无据怎可断案？退朝。

三德子：退朝啊！

百官：吾皇万岁，万岁，万万岁。

宫中夹道。

百官匆匆忙忙地往回走。

官员甲：哎，哎，这可真开了眼了，拉屎拉出四十八颗珠子来。

官员乙：可是真臭。

官员甲：黑着来的东西能不臭吗？

官员乙：敏大人，敏大人。

敏中：干什么？

官员乙：敏大人，您说说，把一张画撕碎了，再拼起来，这招可真是想绝了，损不损啊？

敏中：问得好，损到家了。

官员甲：我可没那本事，一天要拉出一颗珠子来，我就知足了。

官员乙：可别那么想，真拉出珠子来，脑袋就掉了。

敏中下意识地摸了摸头，疾走。

敏府书房。夜。

敏中关了门，一人正看着那张画，看完了卷起来，收盒子里赶快藏了。

敏中：来人。

管事：嗻。

敏中：何总管。

管事：老爷您吩咐。

敏中：把那个街面上的休六儿给本官找来。

管事：爷，那人……

敏中：怎么了？

管事：回爷，恕小人浅见，那人可不好惹。

敏中：咱不惹他，咱用他，快，去吧。

管事：嗻。

庄宜院。夜。

康熙正高兴地跟宜妃说着白天的事。

康熙：宜妃啊，你想想，为偷点儿东西，这法子是不是都想绝了？也难怪，三德子、法印就真给破了……

宜妃：万岁爷，您好像很高兴？

康熙：宜妃，你好像很不高兴？

宜妃：这么好的夜晚谈些什么不好，说这些鸡鸣狗盗的事，不是辜负得太多了吗？

康熙：鸡鸣狗盗不除，哪儿来的好夜晚？

宜妃：天下之大，人海茫茫，万岁爷，不是奴婢拂您的兴致，若以鼠与跳蚤论，您无非是捉了两只小跳蚤，且近在您眼前，民间的鼓蚤狗盗您还没见过呢。

康熙：哎，宜妃这你小瞧朕了。朕好歹也是出宫多次的，南巡北往，西去东来，很见过一些江山的，民间简单，宫中复杂，民间之太平，宫中难比。

宜妃：为什么？

康熙：宫中的好东西多，让人有欲望。

宜妃：除了东西，人也不少。万岁爷，明天出宫如何？……不敢应吗？

康熙：有什么不敢的？只是天子脚下，首善之地，怕你看到的只是一片朗朗乾坤。

宜妃：那最好了。这样吧，万岁，从早晨到午时三刻，我们出门看看，此次不妨一赌。

康熙：赌什么？

宜妃：您在宫里抓偷，咱们去宫外抓抓看，就赌抓偷吧。倘若奴婢输了，输您……

康熙：输我一句话怎样？

宜妃：什么话？

康熙：再不许提离宫之事。

宜妃：提有什么用？好，应您。那要是您输了呢？

康熙：身上随便的一件东西任取。

宜妃：身上的东西？不稀罕，也要您一句话……

康熙：什么话？

宜妃：等赌过后再说。

康熙：好，朕也应了。

南书房。夜。

三德子自从抓过偷以后上瘾了，夜晚了也不睡，躲在香案下，准备再抓偷儿立功。

夜深了，两个太监在南书房中清扫，换香，灭灯。外边更鼓声声。突然，万岁的条案下一个头慢慢升了起来，是三德子，看着那两个太监在扫画，在擦瓷器。

三德子的头跟着那两个人，突然有点儿看不见了，一抬身，撞得条案响。吓了两个太监一跳。

甲：谁呀？

三德子躲不成了，只得站起来：我。

乙：三公公，这么晚了，您还没歇着？

三德子：没有，你们这些猴崽子能让我松心也成。

甲：三公公我们身上可什么也没有，不信您搜。

三德子：行了，行了。看见了，下去吧，下去吧。

两太监退。三德子又蹑手蹑脚走走看看，什么也没有了，有种抓不着人的失落。

三德子：蹲了一晚上了，怎么一个也没抓着啊？谁？

法印从后边悄悄出来：我。

三德子：法印啊！

法印：是我。

三德子：哎，你抓着一个半个的没有？

法印：半个没有。

三德子：没劲，白蹲一夜。

法印：这还不好吗？众生顿悟，天地清明了。

三德子：我也不是说抓着了就好。可那天在金殿上，在百官面前，法印，咱多出风头啊，五张古画，四十八颗南珠……

法印：俗人，俗。有劲儿明天使吧。

三德子：明天？

法印：刚我碰见小桃红了，说万岁爷和宜主子打了赌了，明天出宫看世界去。

三德子：是吗？太好了！赌什么？

法印：赌能不能抓着偷儿。

三德子：那指定捉不着！

法印：为什么？

三德子：那街上哪有咱宫里乱啊？

法印：那倒是。最好别捉到，这些天太乱了。

突然有响动，两人又警觉，使眼色，偷偷地去看。

二

街上。

人头攒动。康熙、宜妃、小桃红、三德子、法印在人群中高兴地慢走慢看。阳光灿烂，百姓平和，一派繁荣。

康熙：风儿，风儿。

宜妃：哪儿还有什么风儿啊，只剩下云了。

康熙：说得对，愁云。认输了吧，你看看这么多人，咱们足足地逛了一上午了，除了有两个争地方打架的，还没看见偷啊什么的吧？

宜妃：还未过午，偷儿都睡觉呢。

康熙：好像你真看见了似的。风儿，你可别怕输，输了有什么不好？朗朗乾坤啊。三德子、法印。

三德子：爷，您吩咐。

康熙：说好了要请你们吃饭的，咱吃饭去吧。

三德子：爷，有您这话就行了，咱……就别吃了。

宜妃：哎，你们不吃，我和小桃红还想改改口呢，要吃啊。

康熙：当然要吃，去哪儿？

三德子：要么去汇仙楼，山东菜，海味、素菜、烧鸭子都有。

汇仙楼门口。

康熙看店名：店名起得好。抬举客人，汇仙楼，来的客是个人就成仙得道了，好名字，春酿正风流，梨花莫问愁……

汇仙楼上。

几个人上楼一看，有一桌已有客人了。休六儿左右各有一歌妓，一胖一瘦，桌上叠了一桌菜正调笑吃喝。

几人看看不雅，有点儿犹豫了。

三德子：小二，小二。

小二：哎，来了。

三德子：有雅间吗？

小二：爷，对不住，没有了，您将就着在这桌吧。

几人还犹豫，宜妃一看休六儿，觉得赌要赢了。

宜妃：这儿挺好，三爷，是不是挺好的？就这儿吧。

休六儿正嬉笑。

康熙：风儿，你别以为看见这么小片云彩你就能赢了，无非三个吃饭的客人而已。好啊，夫人都不嫌弃就在这儿将就吧。

语音刚落，休六儿倒在那边拍上桌子了。

休六儿：小二。

小二：爷，您吩咐。

休六儿：怎么上来人了？

小二：爷，都是吃饭的客人。

休六儿：客人？让他们说话小声点儿，别搅了爷的雅兴。

小二：哎。

三德子：嘿，他倒不想将就了，咱看看谁的兴更雅。

三德子说话要上，康熙一把拉住：人家说得对，食不言寝不语，说话是要小声，不惹事，不惹事，吃饭，点菜。这……这不算什么，人家吃人家的，吃饭时都不愿生人聚在一起，这没什么。

宜妃：爷，我可没说他算什么，朗朗乾坤中的一小片乌云而已。

康熙：哎，你说对了，一小片……

只听那边又是风骚浪笑。

休六儿夹一大筷子肥肉喂瘦妓：吃，爷让你吃你就得吃。看你瘦得快成狗不理的骨头了。吃，来，吃这块肥肉。哎，吃了猪肉长人肉，不吃爷可不高兴。

法印：阿弥陀佛。

康熙：来，来，咱吃咱的，非礼勿视，非礼勿视。小二这一味……

小二：鸭四宝。

康熙：对了，吃过的，鸭四宝，很好的，来尝尝，尝尝。多好的天啊，吃吧，吃吧。咱吃咱的，只当没听见……

宜妃：我们都听不见，可就您一个人听见了。

砰，那边又拍一下桌子。

休六儿对胖妓说：哎，你可不能瘦，你要瘦了，爷哪能找你这身冬暖夏凉的肉去，哈哈……

康熙听着都觉不是。刚要发火，一想不能输：他……他是个……粗人，粗人，好容易吃一顿饭，高兴也是应当的。粗人而已。

宜妃：三爷，这会儿乌云是不是大了一点儿？

康熙：谈不上，宜主儿，来，你跟三德子换个位置，省得看见。换一下，换一下。

宜妃：眼不见，心不烦，看不见就当没有了。爷，我还没说您输呢。

康熙：是没输啊。你看看百姓的生活自然不错，三个人叫了那么多的菜，自然是一片升平啊。

法印：阿弥陀佛。

康熙：啊，当然，多是多了一点儿，吃不完总不当如此浪费，但口袋里有钱这是真的吧？宜妃，你说呢？

宜妃：都让您说了，我就不说了。

小二给那桌上鱼。

小二：鱼来了，红烧鲤鱼您哪。

休六儿：怎么才上来？

小二：爷，现打的，活杀，您尝尝吧。

休六儿：放稳当了。

康熙：看看，还有鱼吃，连年有余，吉庆有余，积善之家，必有余庆……

宜妃：积不善之家，必有余殃……

康熙：怎么讲？

宜妃：没什么讲，话不能只说一半啊，只是说完整了而已。

话音未落，只见那桌胖妓、瘦妓开始大喊起来。

胖妓：呀，吃死人了！

瘦妓：掌柜的快来，吃死人了！

此时看见休六儿低头咳嗽，动静很大，再抬头看，嘴皮子上下左右各挂了一个鱼钩，鲜血直流。

康熙：哎呀，这是，三德子……

三德子：鱼钩。

宜妃：别动，三爷，咱们打着赌呢，只看不问吧。

康熙：这……这要出人命了。

休六儿：啊！啊！扎死我了，扎死我了！掌柜的！

小二、掌柜的冲了上来。

小二：来了来了，爷，爷，好好的这是怎么了？

休六儿：怎么了，吃鱼吃出钩子来了。看看。

小二：爷，咱这鱼是网打上来的，哪儿来的鱼钩啊？

休六儿抡圆了一嘴巴：打上来的？我看你找打。

胖妓：哪儿来的？谁还敢来你这儿吃饭呀，吃鱼吃出钩子来了，吃鸡还不吃出刀子来？

掌柜：瞧我了，瞧我了。这位爷，他不懂事儿，您瞧我了。这位爷，您受累把鱼钩取下来吧。哎呀看着吓人，您受累。

休六儿：取？没那么容易！说说吧，看着害怕是不是，等会儿还有你害怕的时候呢，说吧。

掌柜：好说，好说。这桌子菜连鲍鱼、大虾给您打三折，您给出半个本钱吧。

话音未落，休六儿一口血吐过去，吐在掌柜的脸上。

休六儿：打折？我要打你！以为爷是蒙吃混喝的吗？

康熙也有点儿看不过去了。

康熙：哎，怎么能这样？

宜妃：爷，坐好了，乌云是不是又大了一点儿？

康熙：噢，事……事还没了，再看，再看。

掌柜：爷，得，饭钱免了，全免了。

休六儿：还是拿咱们当吃白食的，姑娘们掀桌子。

掌柜：慢，慢，对不起了，爷您说说该怎么办吧。

休六儿指着嘴里的四个鱼钩：一、二、三、四，一共四个钩子，一个钩子十两。你拿四十两银子放在这儿，事算了了。如若不然，咱们手拉手，爷我就这一嘴血从大街上走着见官去。我就说在汇仙楼吃鱼，吃出鱼钩来了。我让你买卖开不成。

掌柜：这位爷，小店一个月也挣不下四十两，您看少点儿吧？

休六儿：不说了，走，见官去。

掌柜：等等，等等。好，好，四十两，四十两。爷，听您的，四十两银子。

休六儿：就这样我还认倒霉呢。爷这几天一不能吃饭，二不能喝水，三不能亲姑娘了。

掌柜：您……您把钩子摘下来吧，咱楼下柜上支钱。您受累，您倒霉了，我们给您钱行吗？

休六儿：好，头前走，楼下支了钱我再摘。

只见休六儿血淋淋地下楼，这边几人真是看都不敢看。

街上。

宜妃显然不高兴了，在前边疾走。康熙追上，其他人跟上。

康熙：哎，风儿别急呀，听我把话说完了。

宜妃：请讲。

康熙显然底气不足：这……这也不能就说我输了。人家那四只鱼钩备不住真的是吃出来的，这可说不好，是不是，三德子？

三德子：爷，三德子没看清，三德子吃过鱼没吃过鱼钩。

康熙：法印，你说呢？

法印：是就是，不是就不是，绝不能在是与不是之间……

康熙：等于没说。再说了，宜主儿就像你说的，他是吃霸王餐，以吃鱼钩讹钱，那……那……

宜妃：那又怎样？

康熙：那……那他这钱讹得确也不易对吧？你想想，那四个鱼钩吃出一嘴血来，那有多疼啊，这也算是一种血汗钱吧？

宜妃：三爷，风儿不想让您认输，但风儿有一句话，朗朗乾坤不是说出来的，不是闭上眼睛骗自己看不见想出来的。谁不愿世界承平？但有就是有，没有就是没有，到这时是非都不分了？何苦自己骗自己？您就那么怕输？

康熙：我不是骗自己，这事儿原就不实。

宜妃猛回头：三爷，咱赌输赢事小，我也愿意让您赢，可以看见乾坤清明。谁愿意打这种赌赢啊？谁愿在大街上整天看着的是混混，是小偷，是败类的天下？可再说一句，朗朗乾坤不是闭上眼睛想出来的。

康熙：哎，不是我在乎输赢，我，我是赢了。午时三刻，说好了，到点儿了，还有一刻钟，我就大赢了。咱没看见偷，也没看见抢啊，这天下可不是像你说的那样……

话音未落，突然街那边大乱，只见一个小孩正被一个老头追打，老者手里拿了一个扫帚疙瘩。小孩抱头边躲边跑，老者在后边边追边打。

老者：你个小孽障，你个讨债鬼。让你躲，让你懒！

边追边打，扫帚疙瘩真打在头上，小孩远远一下就冲到康熙这群人中来了。小孩一下摔倒，抱着康熙、三德子、法印的腿，左转右转地边躲边爬边跑，老者边打边骂。

老者：我让你不读书，我让你贪玩，我让你不上进……

只见那小孩在康熙、法印、三德子腿下乱钻，一时尘土飞扬，热闹无比。

法印：住手，别打了。

三德子：别打了，小孩快跑。

康熙一下抓住老者手：你是他什么人，这么打他？

老者山东口音：俺是他爹，怎么了？爹打儿子你也管？

康熙：他还小，你哪能这么打他？

老者：偷懒不读书，不该打吗？你……你小子跑，你小子钻，我打死你个小王八。

法印实在看不过去了，抢过扫帚头扔在地上。

法印：劝你不听，有能耐你拿刀把他杀了，光打算什么？

老者：哎哟，是个和尚啊？俺不跟你理论，俺打孩子，你管不着。你跑，你跑，有人护着你是不是？看你往哪儿跑。

孩子又跑，老者追下去。众人看见也就不追了。

康熙：风儿，吓着你了吧？

宜妃：风儿还不至于这样不禁吓。

康熙：多好啊，只是个小波小澜的，爹打孩子。你的话，生活即如此啊。父亲打儿子是因为不好好读书，虽说管得重了点儿，也算好事啊。宜主儿，时间到了，今天实在对不起，算你输了。输得好啊，朕为你的输而高兴，朗朗乾坤……

宜妃：未准。

康熙：什么？

宜妃：谁输还不一定呢。

康熙：宜主儿，真要问你了，一个“输”字就这么难出口吗？

宜妃：这话正要问您。

康熙：我？

宜妃：爷、三德子、法印，你们出门可带了钱？

三德子：带了。

宜妃：放哪儿了？

康熙：靴筒子里。

宜妃：再看看还在不在。

三个人忙着摸靴筒子，急了，坐地上倒起来，街上有人围着远远看笑话。三个人的钱都没了。

康熙：是……是刚才那孩子？

三德子：一定的，爷，他……他们演戏骗咱们呢。

三个人穿上靴，分开人群，奔下去追了。那些围观的人脸上带着幸灾乐祸的笑……

康熙、三德子、法印在路口茫然无措地找着，看着。

风起扬尘，朗朗世界一下暗了。

敏府书房。

敏中亲自见休六儿。休六儿嘴还肿着。

休六儿：敏大人，您吉祥。

敏中：坐，坐。休……休……

休六儿：您就叫我休六儿，您叫我休六儿，就算抬举我了。

敏中：那……那本官就不虚礼了，休六儿啊，坐，你坐啊。

休六儿：爷，休六儿虽说是个在街面上混事儿的，有时不免强词不讲礼，但官面上的礼，休六儿还懂。休六儿在京城里从南到北大小胡同，一提没有不知道的，但水再大也没不过船去呀。说句心里话啊，您能见咱六儿一面，已是给了我天大的脸面了。爷您在这儿，哪有休六儿坐的道理呀，休六儿我站着，有话您吩咐吧。

敏中：都说街上混的人浑，本老爷看你还是很懂道理的嘛。好了，闲话不多说了。有……有一个人，让……让老爷我不安了。

休六儿：是官是民?

敏中：是个官。

休六儿该谦卑时谦卑，该拿把时必拿把：哟，老爷，要是个民，六儿敢说易如反掌，可他要……要是个官，六儿可有点儿……

敏中：何管事。

管事：嗻，老爷吩咐。

敏中：呈上来。

一个仆人马上端一盘银子上来了。

敏中：别当回事，算个见面礼。你们下去吧。

休六儿：老爷，不是这么说，您的事我哪能收钱啊?

敏中：你听着，他虽是个官，但人不让你做，事儿你给我生出来就行。

休六儿：那……那就好办点儿了，请问大人，那人……

敏中：你过来，听爷细说。

休六儿：哎。

南书房。夜。

康熙敬业地看着折子，法印闭眼打坐，像是静静睡着了，三德子站着闭目养神。

康熙悄悄从座上下来，静静来到法印跟前，人还是不失威仪。康熙看着法印怀里的小法杵，将手伸了出来，轻轻把那小法杵捏住，然后缓缓地想从法印怀中拿出来。正拿到半途，法印闭眼伸手一抓，把康熙的手抓住了。康熙松了手往座上回。

康熙：偷拿人家东西，哪儿就那么容易？这些人干吗就走了这一路？

法印：万岁爷，《地藏经》中说，恶习结业，善习结果，为善为恶，逐境而生。

康熙：逐境而生，你……你是说朕没有使天下太平？

法印：回万岁爷，那倒不是，但法印反问一句，您是真怕天下不太平呢，还是怕人说您的天下不太平？

康熙：身为君主，谁不愿当政之时天下承平，万物祥和。

法印：愿是一，实又是一。愿是愿，实是实，有愿而只以愿为眼那看不到实，有愿而以实观实，实愿会相通。

三德子：绕什么绕，就你懂理。

康熙：你说朕一厢情愿，遇实而不见？

法印：法印说的是理。

康熙：理好说，情难过，朕知道所谓治者，天下之生久矣。一治一乱，不乱哪儿来的治，遇乱而不见何谈治国？但话说回来了，哪个做帝王的不愿天天一声一声喊着来报的都是好消息啊？不说了，朕输给宜妃了，朕认。

三德子：万岁爷，您输宜主儿什么了？

康熙：一句话而已……

三德子：什么话？

康熙：什么话？对，什么话？她……她没说，哎，对了她还没说呢。

庄宜院。

宜妃发现小桃红边念叨着边在忙着把桌上的首饰盒、条案上的摆设都收起来。宜妃悄悄地跟到里屋去看。

小桃红把首饰盒放到了床底下藏了起来，左看右看非常专注，正好回头，看见了宜妃头上、身上还有首饰。

小桃红一下站起来，边说边摘：主子，头上戴的，还有这胸花、胳膊上的镯子，都先摘下来，先摘下来给我，我给您收着。

宜妃边退后躲边问：小桃红，你这是干吗呀？

小桃红：别问，先摘下来，省得回头丢了。

宜妃：丢？大白天的丢哪儿去呀？小桃红，你别动手，我刚插好的。小桃红，你这是怎么了？

小桃红：宜主子，您太善良，我是怕人家欺负您。

宜妃：怕什么？善良有什么不好？不摘，我明白你的意思，可我非但不摘，还要戴得多多的。怕欺负，要是怕欺负我林风儿早就不在世上了。

成妃处。

成妃叫了不少的妃子，荣妃、定妃、良妃等，成妃在显摆宜妃的翠镯子。

成妃：姐妹们都看见了吧？

众妃：看见了。

成妃：是不是好东西？

众妃：真是好东西。

成妃：别看她在万岁面前受宠，毕竟是个后来的，咱们姐儿们一去了，这东西刚看了一眼，嘴还没张呢，会讨好极了，乖乖地她就给咱摘下来了，说了，姐姐，您戴着比我戴着好看，您戴吧。哼，我不想要都不成了。

定妃：哟，您面子可真大。这我可不信，她就那么知礼？

成妃：这哪是知礼呀，她是心虚。你想啊，这么多的姐妹，就她拔尖，哼，出门了，进门了，赏月了，看花了。一年三百六十五天，好日子都让她过了，她见了咱们能不心虚理短？

定妃：说得也是，戴她样儿东西真是给她脸了。赶明儿我也去，见好东西就抄，就要。

荣妃：干吗赶明儿啊，今天就去吧。趁着咱们都在，上她那儿热闹去。

良妃：好啊，好啊。

定妃：为几件首饰，说心里话，我一点儿都不稀罕，可玩玩倒是蛮有趣的。要去咱就谁也不能退后，不但不能退后，还得比个高低。

荣妃：怎么个比法？

定妃：回头啊，谁从她那儿拿的东西多，谁算个优胜大将军。谁拿的少啊，谁受罚请客，怎么样？

众妃：好，这主意好。

良妃：走吧。

成妃犹豫了：那什么，我就不去了，我这儿都拿过了，你们……

定妃：你不能不去，你要是不去呀，刚才你说的我们可一点儿都不信了。你编故事，蒙我们呢。你其实怕她。

成妃：我怕她？我……我……好，走……我带头。

众妃起哄般出。

庄宜院。

宜妃正对着菱花镜，边插首饰边唱曲。小桃红在旁边侍候着。

宜妃：忆昔花间初识面，红袖半遮，妆脸轻转，石榴裙带，故将纤纤玉指偷捻……

突然太监在门外高喊。

太监：成妃娘娘、定妃娘娘、荣妃娘娘、良妃娘娘驾临庄宜院啊。

宜妃、小桃红一听喊，都一惊。小桃红还是反应快，不管三七二十一，稀里哗啦地就要往下拔首饰。

宜妃：小桃红，这是干什么？

小桃红：宜主子，宫里您没有我待的时间长，这些事儿您……您不懂。有一就有二，有二就有三，不是咱不让人，是实在让不得人，这会儿您可不能显山露水。

宜妃：不摘。什么宫里宫外的，天下的道理不都是一样的吗？我不摘，君子坦荡荡，我就不信，这宫里还就分不出个善恶是非来了？快，见客人。请。

太监：请娘娘们驾。

南书房。

六部垂手而立，康熙正走来走去。

康熙：顺天府尹！

顺天府：臣在。

康熙：京城之下，每年所接大小案件有多少？

顺天府：回万岁爷，大小都算上万余件。

康熙：有多少破了？

顺天府：……所破三分之一。

康熙：这叫姑息养奸，助纣为虐。

顺天府：臣有罪。

康熙：恶如蔓草，一草不除，百草横生。你当然有罪，人活在世，遇阳光雨露则喜，逢暴雪雹冰则忧，譬如吃菜，好好的青菜红肉，吃出一只苍蝇来，会是什么感觉？你整日衙门朝上或许一件不见，但那些在街的百姓不是天天让他们吃了苍蝇吗？顺天府！

顺天府：臣在。

康熙：不乱不治，乱不怕，你不治，朕便要治你。

顺天府：臣谨记。

康熙：吏部！

敏中：臣在。

康熙：此话如对你说一般。

敏中：臣谨记。

康熙：散了吧。

百官：吾皇万岁，万岁，万万岁。

庄宜院。

宜妃正高兴地招呼客人。

良妃：哟，姐姐您这胸针可真好看。您看看配我这件粉红的团花衣裳好不好啊？

宜妃大度地摘下：您别上试试吧。

众妃起哄一般：哟，好看，好看，真好看哎！

荣妃：可比宜妃别着好看。宜妃呀，你这支簪子可是看着蛮贵重的，取下来让姐姐看看吧，开开眼。

宜妃：来，我给您取吧。

宜妃说着话取了下来。刚一取下，荣妃抢过去就戴在头上了。

荣妃：你们看看，怎么样？

众妃又起哄：好啊，真提精神。

小桃红看着真生气了。众妃又看宜妃，一起上手，七嘴八舌。

众妃：哟，这镯子，这头面，这手链子。

七手八脚头发也扯乱了，宜妃平静地坐着，突然自己往下摘东西。

宜妃：你们也别都那么一件一件取了，我给你们摘下来，谁想试什么、要什么就拿着吧。来，成妃，你不才有一个镯子吗，这件是金的，你戴左手上。定妃，我这个链子可是铂金加翠的，比给她们的都好，来我给你戴上啊。这副头面呢，不多不少正有五件，来，你们都过来，我摘了给你们分分。小桃红，你别那么看着主子，你就是小气。还说什么别显山别露水的，怕什么的，自古千金一笑，千金一笑，我这才哪儿到哪儿啊？姐姐妹妹你们高兴吗？来笑笑，笑笑。谁要笑得好啊，谁就得的多。来，这可是前朝的官窑瓷瓶，来拿着，回去摆去。凡是这屋里，看着有点儿样的东西，你们都拿走啊。来啊，笑笑，笑笑。这是香炉，这是洋人的钟，来，都抱着，抱着啊。成妃姐姐，你们今儿个来是不是还有个比试争胜呀？谁得的多，谁胜。谁胜了，谁风光，谁解气。您拿了件翠镯子就那么高兴，我哪能让您输啊？小桃红，快把首饰盒搬出来，都给成妃姐姐。快去，咱可不能让她败了，去呀，去……

宜妃一直笑着说着，一急回身胳膊把瓷瓶给带倒了，砰的一声摔在地上。本来那几个妃子已经看出不对了，有点儿怕了，这瓶一摔，众人更惊了。

宜妃：好，你不去，我去。

小桃红：主子……

宜妃：别管……

自己径直往里屋去了。

众妃赶忙地放下手里、怀里的东西，稀里哗啦地往桌上放。成妃连那只先前的翠镯子也拼命地往下褪，褪过后放在桌子上。

庄宜院内阁。

宜妃真从床底下拿出那只首饰盒来，静静地抱着，悲从中来，一行泪一下流出来了。宜妃哭着。静了一会儿，擦了泪勇气站起，往外边走。

庄宜院。

宜妃：成妃姐姐，您……

宜妃看见东西都零七八落地扔在桌上了，人都走了，只有小桃红一个人看着她。宜妃终于忍不住了，泪又下来了。

宜妃：小桃红……

小桃红：主子。

宜妃：她……她们怎么能这样啊？

小桃红：主子，您别哭，您别哭。

宜妃：小桃红，她们……她们干吗这么欺负我啊？

小桃红：主子，人就这样，主子您别伤心，东西都在呢。

宜妃：东西……东西算什么？她们喜欢，正正经经地要，我一件都不留，都给她们，只要她们高兴。小桃红，宫里的人真就这样防着、恨着、斗着吗？

小桃红：主子，不是宫里，哪儿可不都这样吗？您受宠就是得罪她们了。

宜妃：谁愿受这个宠。这儿真待不下去了。

小桃红：主子，不想，不多想了，生活即如此，您的话，生活即如此……

宜妃：那还不如不活。

小桃红：主子您不能这么说，您可别这么说。

街上。夜。

街上热闹。

休六儿在一座牌楼后边，用手扔着三个果子练杂耍，眼睛盯着挂着一对大红灯笼的喜香楼妓院。

三个横晃着膀子的混混从街上过，见人就推，见人就搡。休六儿盯着喜香楼，背对着他们什么也不看。

胖子一眼看见了休六儿，一下横劲没了：哟，这……这不是六爷吗？

其余二人也赶快过来了。

三人：六爷，您吉祥。

休六儿：亮子啊，干吗呢？

胖子：闲逛。六爷您要闲着，我们几位孝敬您喝壶茶去？

休六儿：不得空，去去，赶紧走吧，我这有事儿呢。

说着话，看见那喜香楼门开了，门口的一乘小轿飞快地抬了进去。休六儿看清后，飞快地从牌楼后出来，向喜香楼大门而去。手里的果子一扔，全砸在了墙上，稀烂。

三个混混看着不敢跟，悄悄往另条道去了。

喜香楼门口。夜。

休六儿刚走到大门口，那小轿半出半进地正好搭出来。

休六儿上前打拱。

休六儿：刘大人您吉祥。

这一喊那轿子一下就住了，轿子里没有一点儿声音，显然在沉默。

休六儿：刘大人，今儿翠喜姑娘侍候得可好？

刘文中在轿中轻咳一声：你是谁啊？

休六儿：刘大人，休六儿给刘大人见礼。

刘文中：休六儿？你胆子可不小，敢拦官家的轿子？

休六儿：不敢，不敢，打个招呼而已。爷，这会儿呢城门都关了吧？

您晚上是不是就住在唱落子的冯宝宝那儿啊？用不用我给您打个前站，报个信儿去？

轿子中一点儿动静也没了。

休六儿：这大清的规矩也是真多，是个旗人，是个官员就不能票戏，不能夜宿城外，这哪儿还有什么乐子呀？刘大人，您活得对，您活得滋润。

只见那轿帘子一动，打开道缝，一只元宝递了出来。

刘文中：休六儿啊，话不多说了，接着。

休六儿：哟，爷您可真抬举我了。钱我不要……可不是嫌少啊。什么时候六儿侍候爷好好地乐乐。

刘文中一看休六儿不接元宝，把手一松，元宝掉在地上。

刘文中：起轿。给脸不兜着。

休六儿让开路，垂手等轿子过。

休六儿：爷，您走好。

看着轿子走远，休六儿低头还是把地上的元宝捡了起来。

休六儿：哪能不要啊？谁跟钱有仇啊？

刚捡起来，妓女翠喜从里边边叫着边出来了。

翠喜：呀，六爷啊，您怎么才来呀？可是等了您半宿了。

嘴里说着，手就伸过去要抓那元宝。

休六儿：去，去去，留着甜话跟别人说去。等我半宿？松手。我问你，刘大人身上可有什么印迹？

翠喜：哟，看您这问的是什么话啊？让人怎么张嘴啊？

休六儿把元宝伸出，但还没给：说说，这可是十两的大元宝。

翠喜：六爷，您真要听啊？他……他屁股上有块胎记。

说完抓了元宝就跑。

休六儿：哎，等等，什么形的？

翠喜：桑叶形的。

休六儿：桑叶？这回儿他可真丧了。

成妃处。夜。

成妃、定妃、良妃、荣妃都跪着。康熙是急急地赶来了。

康熙：哎，起来，都起来呀。这……这大半夜的，这都是怎么了？

四个妃子就是跪着不起来，康熙上手一个一个地扶着，一个一个地让坐下。

康熙：来，起来，坐下，坐下。好好的怎么了？成妃你先说说。

成妃：万岁爷，奴婢说不出口，让妹妹们说吧。

康熙：那定妃你说……

定妃：万岁爷，没什么大事。您日理万机，劳心伤力，后宫再有什么事，也不该烦您，可……

康熙：自己家的事不用兜圈子了，说吧。

定妃：万岁爷，不说呢又怕您过一会儿听了恶人先告状……是非不明，情理不分，所以，定妃等姐妹们商量好了，就是半夜也得见您一面了，您可得给我们做主。

说着，哇地哭起来了。

康熙：别哭，别哭。怎么还出来恶人了？有什么委屈一个一个说，朕当然给你们做主。

宫内。夜。

三德子等打着灯笼快步在前走，和尚及一些太监跟着。康熙气汹汹地在走着，耳朵里还回响着众妃子的话——

定妃：原本姐妹们好好地在一起，我们去看她该算个客吧？可她就当着我们的面摔东西。

众妃：摔东西。

定妃：甩脸子，骂人。

成妃：还经意不经意地搡人一把呢。

定妃：当着姐妹的面，拿出东西来显摆，这镯子是万岁爷送的，那链子是万岁爷送的。

良妃：这胸花是万岁爷送的，那头面也是万岁爷送的。

成妃：说了全后宫万岁爷就疼她一个人。万岁爷，我们可不想活了，不想活了，您可得给我们做主。

康熙一下站住。

康熙：三德子，咱往哪儿去？

三德子：万岁，听……听您的。

康熙：这……这么大一个宫殿弄得朕倒没处去了，回南书房。

三德子：嗻。

一队人向左拐，刚走了几步，康熙又想起什么，猛地站住了。

康熙：不乱不治，不乱不治，后宫亦如此。走，去庄宜院。

三德子觉得不好，快走两步：爷，三德子前边报去？

康熙：用不着，朕就是要闯进去问问。

成妃处。夜。

四个妃子坐着，夜深了都不说话。

荣妃胆怯：姐姐们，事儿不会闹大吧？

成妃：怕什么？就怕闹得不大呢！

定妃：闹大了，她一张嘴，怎敌得过咱四张嘴？今天趁着咱们都没散，把话说在前边啊。事儿就按今天咱们说的办，咬住了嘴，可不能有一个人松了口，荣妃妹妹，荣妃妹妹……

荣妃：哎，姐姐，我听着呢。

定妃：俗话说清官难断家务事，他万岁爷后宫的事更难断。只要咱四个人齐心了，绑一块儿，皇上拿咱们也没辙。记住了？

荣妃：记……记住了。

成妃：散了吧，时候长了，话传出去可不好。

说着看着那些垂手而立的宫女们：小蹄子们，听好了，谁要是出了门传闲话，小心撕烂你们的嘴。听见了吗？

众宫女：听见了。

成妃：散吧。

庄宜院。夜。

一地的狼藉，白天的东西没收。

康熙脚还没迈进去，看庄宜院里那些乱七八糟的样子，果然有一只瓶子摔在了地上，桌上榻上到处扔的都是首饰，全乱了套了。

众妃告恶状的话都印证了：

摔东西；

臭显摆；

就疼她一人。

康熙的火终于拱起来了：不乱不治，不乱不治。宜妃，见驾！

三

庄宜院。夜。

康熙坐在榻上，宜妃、小桃红都跪着，宜妃素妆。

康熙火气颇大：宜妃。

宜妃：奴婢在。

康熙：朕问你，下午成妃、定妃等可曾来过？

宜妃：来过。

康熙：她们可是做客来访？

宜妃：是做客来访。

康熙：你们可曾口角？

宜妃：不曾。

康熙：不曾？不曾？这……这乱七八糟的，这花瓶可是你打碎的？

宜妃：是，是奴婢失手碰碎了的。

康熙：失手碰碎？不曾口角怎会打碎花瓶？失手？你现在给朕失手看看？

宜妃不语。

康熙：你倒是说话啊？

宜妃：奴婢无话可说……

康熙：好，你不说我说。有客来访，不曾口角，一派升平是不是？不曾口角，从下午到现在，几个时辰都过了，这屋子里还是一片狼藉，给谁留的？是不是留给朕看，为的是告恶状？宜妃你还不知罪吗？

三德子、法印、小桃红都觉得过分了，紧张。

宜妃倒平静了：奴婢无话可说。奴婢无法将白日之事重演给万岁爷看，您既已心中有数，您既已怒火中烧，您既已做了决断，奴婢再不想说一句了，唯求速死。

康熙：这……这时候了，你……你还想以死要挟吗？死？死哪有那么容易，要真想死你会等到现在？

话音未落，宜妃已站起来冲向桌子，撞了上去。

康熙没想真就死给他看了，慌了，忙忙地冲了过去。

康熙：哎，不能，不能。

宜妃的头撞在桌子上。

后宫软禁妃子处。

一间屋子，门口有栅栏，镜子里头照着栏杆。

宜妃头上有白布包着，坐在一铺土炕上，平平静静像一个农妇一样，纳着一个鞋底子。

栏杆处，慢慢地小桃红半张脸悄悄移过来了。

小桃红：宜主子，宜主子。

宜妃：哎，小桃红，说了不让你来，你怎么又来了？

小桃红：主子，您……您受了这么大的难，小桃红怎么能不来呢？吃饭了吗？

宜妃：吃过了，一天两顿比你们吃得早。

小桃红：主子，您过来，您过来。来，我看看您的伤……

宜妃：不碍的，长肉了。

小桃红：您怎么知道的……

宜妃：痒痒了，想挠，一定是长新肉了。

小桃红：呀，可不能挠。来，主子您靠近点儿，小桃红给您换换药。

说着宜妃靠近木栏杆，小桃红给解绷带。

小桃红：疼吗？

宜妃：不疼。

小桃红：是三德子新从御药房配出来的……

宜妃：三德子、法印他们可都好？

小桃红：都好，都好，几次想跟着来看您呢。这地方男人不好进来，今天还是想办法来了。来，出来吧，出来吧。

两人都扮了女装，慢慢地移了出来，都泪眼汪汪的。

三德子哭：宜主子，您受罪了。

法印：宜主子，您吃苦了。

宜妃：呀，别伤心，快别伤心了。风儿不好，让你们跟着操心了。

三德子：宜主子，您可别那么说，我们知道冤枉您了。

法印：这回让您下了回地狱了。主子您受罪了。

宜妃：快别这么说了。

三德子：主子，您可不能想不开了。

小桃红：主子……

宜妃：不会，不会了。想想算是什么大事啊？怪我不好，人家就是欺负你了，这又算个什么？家长里短的，一短一长，还不就是一两个人的事？风儿不该赌气……那天也是话赶话，激到那儿了，让你们看笑话了。

小桃红：主子，是怪她们不好。

宜妃：谁都不怪，怪我不该进宫里来。

法印：也怪万岁爷偏听偏信。

宜妃：都不怪，你们放心吧，我在这儿挺好的。每天一个人清清静静的，像个农妇休养似的纳纳底子，描描鞋样，没人时一句话也不用说，心里静极了。别为我操心，都回去吧，回头……那什么，他该……找人了。回去吧，再别来了，我比什么时候都好。外边的花开了吧？

小桃红：主子，开了。

宜妃：是啊，春天都来了，看不见，下次你来时想着给我带两枝。

小桃红：哎，主子，我一定想着。

宜妃：回吧，快回吧。看我这头都没梳好。

三德子：宜主子，您可别生万岁爷的气，他也是听了谗言了。

法印：人都有糊涂的时候，过去就好了。

宜妃：我谁的气也不生，你们快回吧。

三德子：宜主子，这是我和法印给您带的糕饼，您饿了吃。

宜妃：谢谢你们都想着我，进来一趟也怪不容易的。

三德子：宜主子，您还谢我们？

法印：我们可为您抱屈呢！

说着话，两人不由得咧开大嘴哭了。

小桃红：快别哭了，看招主子伤心。

宜妃：好了，回吧，回吧。

三德子：主子，让我们哭会儿。

小桃红：别哭了。

法印：那宜主子，我们回了。

宜妃：回吧。

小桃红：主子，您多保重。

宜妃：放心吧。

宫内夹道。

三德子、法印怕误了万岁爷的事，边走边脱着女装。衣服、鞋什么的都脱了，可抹的口红都忘了。

三德子：法印，快点儿吧。

法印：哎。

三德子：但愿没传咱们。

南书房。

康熙正在看折子。

康熙边看边头也不抬：三德子，换茶。

顺喜：嗻。

南书房门口。

顺喜应了茶，也着急，三德子没回来，正硬着头皮要进时，三德子是边跑边换好了装跑过来了。

三德子：顺喜等等，第一次传茶吧？

顺喜：第一次。

三德子：好歹赶上了。

抢过茶盘低着头赶快进去，法印后边跟着也进去了。

南书房。

康熙一切如常地在看折子。三德子低着头进来，小心地把茶放在桌上。

康熙随手端茶。一耸鼻子，闻到了一股香味——脂粉味。没在意，要喝茶。一抬头看见三德子脸上胭脂、嘴上口红，吓了一跳。

康熙：三……三德子……

三德子全然不知：奴才在。

康熙：你……你……你怎么了？

三德子：回万岁爷，奴才没……没什么。

康熙：没什么？你……你去哪儿了？怎么像刚从戏台上下来的？

三德子反应过来，赶快要抹：没……没……

康熙：法印，你看看他。

再一看法印也是一脸胭脂、口红。康熙看着两人，两人知道穿帮了，都极力抿嘴。

康熙：你们，你们去哪儿了？啊，看看自己的脸。

三德子、法印跪下了，不说话。

康熙：去哪儿了，说啊？怎么都学会不说话了？

三德子、法印：奴才有罪/臣有罪。

康熙：不说朕也知道，你们去……去看……

三德子、法印磕头不语。

康熙来回走：你们瞒着朕去看……嗯，她……她可好？

三德子赶快接话：回爷……宜主子挺好，头上的伤长肉封口了。

康熙：是……是啊。好，好，她还……还……还生气呢？

法印赶快接话：无罪福，无损益，寂灭性中莫问觅。万岁爷，宜主子平和，中正。还问花开了没有。

康熙：问花？是啊，她……她倒挺大度的。

三德子：爷，您……您要么也去看看？

康熙：嗯，啊，是啊……大胆！你们偷去已是有罪。念你们算是有情有义，不忘旧主，不办你们就是了，还……还鼓动朕。她……她还问什么了？

法印：没问什么。

三德子瞪了法印一眼：问了，问万岁爷可好。

康熙：是……是啊，你……你们俩下去吧。

三德子、法印：谢万岁。

康熙：把脸洗洗啊，那么大的脸还画成个女子样，朕看也就看了，让别人见了，成何体统？下去吧。

宫内回廊。

小桃红正快步走时，荣妃的宫女庆儿突然拐过来，拦住了她。

庆儿：桃红姐姐。

小桃红：呀，这不是庆儿吗？有事呀？

庆儿：桃红姐姐，借过一步说话。小桃红姐姐，烦您到我们荣主儿那儿说话，小心点儿，我先走，可别让人看见。

小桃红：哎，借我的鞋样可得快点儿还啊，等着用呢。

庆儿：描完了就还您。

小桃红：哎，那我走了。

荣妃处。

小桃红正给荣妃见礼。

小桃红：荣妃娘娘吉祥。

荣妃：快起来，快起来吧，坐……来我这儿啊就别客气了。坐吧。庆儿看茶。

荣妃：小桃红，今……今天找你来，旁的先不说啊，问一句，你们宜主子可好？

小桃红：荣妃娘娘，多谢您惦记。我们宜主儿……头上的伤长肉了。

荣妃：哎呀可怜见的，下回去看她一定给我带个好吧，别伤心了。谁承想就这样了呢？小桃红，我……我越想心里越过不去。

小桃红马上抓住机会：荣妃娘娘，您……您有心，您可得可怜可怜我们主子……

说着跪下：我们主子……她……

荣妃：冤，冤……这我知道，当初也不知怎么就跟起哄似的去了，谁能想到弄出这么大的事儿来。小桃红，我……我说句心里话，我于心不忍，要么也不能找你过来。

小桃红：荣妃娘娘，我们主子的冤枉，就靠您一句话了，小桃红这儿给您磕头了，求您跟万岁爷说一句……

荣妃：快起，快起，小桃红，不是这话，还牵着那么多的人呢，我在后宫里也得活人不是。再说了，我……我就是有话也无处去说呀……

小桃红：荣妃娘娘，只要您想说话，就没有说不上的。

荣妃：小桃红，看你说的，我可没这本事。

小桃红：荣妃娘娘，您心善，您心疼我们主子，我再给您磕头了。

荣妃：可不敢了，快起来吧。

小桃红：见万岁爷的事儿自有办法，荣妃娘娘，小桃红代主子求一句话，见了万岁爷，您得实话实说……小桃红先谢您了。

荣妃：快起，快起，我……应……应你。别说谢，原本就应当了，这些日子，我这心里呀也不好过呢。

南书房。

三德子拿了枝桃花，故意想吸引正在看奏章的康熙。他把桃花插在一个花瓶中，一会儿静悄悄地在这儿摆摆，一会儿看康熙没看又悄悄地更往近移移，就差送到康熙的眼前去了。

康熙看奏章根本不理：法印啊……

法印：臣在。

康熙：这福建那么多人跑到台湾去了，现在台湾闹灾缺粮，搞得他们想回故乡，回不成而隔海相望，你说是不是该让他们回来？

法印：依臣之见回也好，不回也罢，听其自便。

康熙：你说得对，听其自便。想想怪可怜见儿的。

一边说着一边批着，抬头看见了三德子抱来抱去的花瓶。

康熙：三德子你干什么呢？呀，桃花开了。

三德子：回万岁爷，桃花开了。

康熙：哈，真是春天来了呢，整天的国事、家事，春天来了都不知道。这京城的桃花啊，是说开就开，开过几天，风一吹一下就落了。你要是稍不在意，就只能看一地的花瓣了。

三德子：万岁爷您明鉴，要么咱们出去看看？

康熙：好啊，好啊，可出外边太费事了吧？就这宫里头怎么样？三德子，咱们后宫哪儿的桃花盛啊？

三德子：爷，据奴才多年所见，荣妃娘娘那儿的树多，花盛。

康熙：荣……这跟她的名字倒也合。荣妃……荣妃，三德子、法印，排驾，看桃花。

三德子、法印：嗻。

回廊。

小桃红急急地走着，庆儿从那边跑过来了。

庆儿：桃红姐，您叫我。

小桃红看着人来人往的故意大声：哎，我那鞋样要描好了，快还给我啊。

庆儿：哎，明天就给您。

小桃红小声：快去跟你家主子说，万岁爷要去看桃花了，把屋子里多插上点儿桃花啊。

庆儿：什么时候啊？

小桃红：说话就去了，快去吧。

庆儿：哎。

听完回头就在回廊中飞跑。

荣妃处。

房间里真是到处插的都是桃花，一派热闹。

荣妃正高兴地跪迎康熙。康熙高高兴兴地进来了。

康熙：快起，快起，荣妃，院子里的桃花看过了，没想到你……你这儿屋子里也是一派春光啊。

荣妃：奴婢迎候万岁爷。

康熙：快起来吧，快起来吧。你这儿侍候的花啊草啊多好看啊。朕该谢谢你才对。来……来坐吧。

荣妃：奴婢平日闲暇，也……也只有侍弄侍弄花草了。

康熙：这是说给我听呢？是啊，侍弄花草自有侍弄花草的乐趣。荣妃，说句心里话，朕实在是想做一个只侍弄花草的人啊，只是身不由己。

荣妃内心话语：他……他倒会堵人家的口，小桃红也真有本事，说来，万岁爷还真来了。

接着对康熙道：万岁爷，话可不敢这么说，奴婢侍弄花草是应当的。

康熙：荣妃啊，人生在世，哪有什么应当不应当啊。天底下就连一个要饭的，也不以为自己天生就应当要饭吃。皇上也如是，不是命，大概是因果，也不尽是因果，朕想了一辈子也想不清楚。荣妃啊，春光也看了，闲话也说了，朕该喝口茶了。喝了茶，朕就忙去了。

荣妃还没说事儿呢，三德子、法印看着着急。

康熙：荣妃，啊……朕就起驾了，跪安吧。

荣妃还是不说话，气氛骤然有点儿紧张。

荣妃终于像下了决心一样：等等，万岁爷，奴婢有话要说……

三德子、法印松了一口气。

康熙好像就怕这个：有……什么话……回头再……

荣妃：万岁爷，您等等，您来一趟不容易，听奴婢把话说过了，您再走不迟，只一句话。

三德子、法印有点儿放心了。

康熙：讲吧。

荣妃：是……是这样，奴婢……奴婢娘家有个弟弟，您知道，钮祜禄氏。他闲在家里，也没有功名，奴婢就这么一个弟弟，烦您……您在六部随便给他安排个闲差吧，也算心疼奴婢一回了。奴婢这儿有礼了。

荣妃说着跪下流泪。三德子、法印大失所望。

康熙：荣妃，这事儿放心吧，朕适时而办。

康熙说完站起来就走，三德子、法印是大失所望。荣妃像没有宜妃那事一样，就往门口去跪送了。

三德子无奈：万岁爷排驾南书房……

荣妃突然一下拉住了康熙的手：等等。

康熙站住：荣妃，还有什么事？朕实在很忙。

荣妃：万岁爷，还有一件事，事关人命，容奴婢禀报。

康熙：荣妃，哪有那么多的事，有事以后再说吧。

三德子就是不让路，也不喊。和尚像无意地站在门口了。康熙想走，还一步没迈出去。

荣妃：万岁爷，此事关系重大，容奴婢禀报。

康熙无奈：好，你……你就在这儿说吧，说完了我好走。

荣妃：万岁，此事关系重大，请……请屏退左右吧。

康熙：还用……还用单独说吗？

荣妃：请万岁爷屏退左右吧。

康熙：那……那就……

三德子一看有戏，着急喊出：左右退下。

康熙觉得很怪，像是有几分被强迫的无奈，只有回去听。

南书房。

砰，那只插着桃花的花瓶，连着桃花都摔在了地上，摔在了跪着的三德子、法印面前。

康熙学三德子的话：桃花开了，万岁爷，桃花开了。什么桃花开了，明明是诡计来了。荣妃那院子的桃花好，是桃花好吗？明明是要讲的话好。三德子、法印。

二人：在。

康熙：你们知罪吗？

法印忍不住要说话，三德子却一把把他拉住，不让说。

康熙：讲啊！有话就讲啊！

三德子：奴才们有罪，奴才们无话可说。

康熙：哈，现在你……你们无话可说了，你……你们没话说也得说。你们说说，你们是不是害朕，朕……朕说是治国平天下，哎，连一个后宫的事都弄不清了，还讲什么治国？这下好了，先是错怪宜妃，害得她头撞条案，人命都快出来了。花容月貌，撞在条案上，皮开肉绽，鲜血直流啊。朕……朕还以为她在使小性，现在好了，又来告诉朕，人家是冤枉的，冤枉的……你们是前也不说，后也不讲，非要等朕办错了事再说，说还不明说，还要拿什么看花的由头来说。好，雅，真雅，万岁爷，桃花开了，去看吧。好，看花，看春光，好啊，朕……朕看花，看出一肚子花虫子来了，爬得朕满心的不痛快。哎，朕真就是那种听不进真话的人吗？非要这么着整……整朕……讲。

三德子：万……万岁爷明鉴。

康熙：什么明鉴？那你是说朕原就如此，三德子。

三德子：万岁爷，三德子有罪，三德子掌嘴。

康熙：算了……

法印：阿弥陀佛，佛家语“随机说法利众生”。万岁爷，您常说的一句，不乱不治。乱不怕，治就是了，没有乱哪儿来的治。人之对错亦如是，错不怕，改了不就好了吗？

康熙：话说得容易，改……改，这事哪那么好改。朕……朕……九五之尊，事就是错了，也……也要有个改的法子，再说了朕……朕就是想改，也要那边给朕一个改的时机呀，三德子。

三德子：嗻。

康熙：三德子，你那么多心眼鬼主意，到现在除了“有罪”两个字，怎么旁的说不出来了？

三德子：万岁爷……您明鉴。

康熙：哎呀，说来说去就这几个字，你倒是说个有用的来。

三德子：万岁爷，桃花。

康熙：怎么还说桃花？

三德子：万岁爷，宜主子说了，下次看她时，别忘了折两枝桃花。

康熙：带桃花去？那……那像是认错的样子吗？

法印：没有再比这更像的了。

三德子：万岁爷，法印……他懂这些。

康熙：是啊，你们两个俗人，倒是想出雅的主意来了。桃花，桃花，朕现在很想逃跑。

后宫。软禁妃子处。

宜妃伤已好了，一身罪袍，不施粉黛。边给鞋上着底子，边唱着小曲……

宜妃：千株含露态，何处照人红。风暖仙源里，春和水国中……

软禁妃子处。大门口。

康熙抱着一怀的桃花，三德子、法印跟着，小桃红也在后边。

康熙一听到唱桃花的小曲，马上想进。刚走了两步，又觉得有些不好意思，要退回，没想一退，三德子、法印、小桃红早就跟进来了。三人一起咳嗽。

康熙无奈，抱着桃花硬着头皮进：流莺应见落，舞蝶未知空。拟欲求图画，枝枝带竹丛……

宜妃听见声音先是一惊，再看康熙抱着一怀的桃花，先是桃花后是人移了出来。

康熙竭力掩饰尴尬。

两人目光一见，宜妃有些惊，但冰冷，不紧不慢下得炕来。

宜妃：罪妃叩见万岁。

康熙：哎，免礼，免礼。来人，快把栏杆打开。

上来了人把门开了，康熙进。三德子早抱了个瓷瓶，接过花来给插上了。

康熙：宜妃呀，请起，请起。你看看桃花开了，春天都来了。

宜妃：是啊，春天像是想来就来了呢。

康熙：啊，对对，说得好。呀，宜妃，这是你纳的底子啊？啊，可真是不错呢。朕……朕先定下一双啊。这就是给朕的吧，来宜妃坐坐。

宜妃：罪妃不敢坐。

康熙内心话语：她……她这是还生着气呢，话说回来了，谁不气呀？朕……朕这话可怎么开口啊？

三德子、法印、小桃红三人都不理他。

康熙：啊，宜妃啊，那什么，还是坐吧。小桃红，快……快……让宜主子坐下。

宜妃无奈坐了炕边。康熙又高兴一点。

康熙：宜妃呀，你看这花……可是多好。

宜妃：是啊，花再好，可惜总是被人辜负。

康熙：啊，对，对。宜妃，这花啊，尤其这桃花，不开时，冬枝疏条，一根一根的看不出什么好来。春风一吹，大气一回，萧条间一下子就冒出些红蕾来，再过一夜花都开了。满树的热闹，那叫什么，该叫心花怒放，看到一树的春花就是心花怒放。由冬而春，由萧条而怒放，生活即如此，对不对……有背运的时候，也有繁盛的季节，没什么大不了的。是不是，宜妃，朕此番来的目的，那什么，你清楚了吧？

宜妃：再清楚不过了。

康熙：哈，真是心有灵犀一点通。聪慧之人何须多言，走，宜妃咱们看花去。

康熙说着高兴，自己先出栏杆。宜妃看着三德子、法印、小桃红也出去，一把把那花儿从青瓷瓶中拿出，跟在后边，等那些人出去了，砰一声把那木栏杆门关上了，把那束花伸出了栏杆。

宜妃：万岁爷，花开了，春天来了真好。花不是为罪妃这样的人开的，尤其是万岁爷您送的花，罪妃受用不起。

把花扔了出去。

康熙：哎，宜妃，你……你这是干什么？你……你不是说明白了吗？

宜妃：罪妃确实比先前看明白了很多。

敏府书房。

敏中正看着休六儿给送来的一张条子。

敏中：休六儿，这是什么？

休六儿：爷，这可是杀人的刀，您看这上边是不是有时辰啊，上边一行？

敏中：有啊。

休六儿：上边是时辰，下边是事。桩桩件件，不用攒一块堆儿，拎出一件来，也能要了大清朝做官人的命。

敏中：有这么厉害？

休六儿：爷，大清的律例不用小的多说了。咱旗人刚一进了北京城，就是怕自己乱，怕享受，怕吃喝玩乐，所以是听戏不许，夜不回城不许，唱戏、票戏更别提了。可咱这位大人啊，您看看这单子，他有一天消停过没有？翠香楼、喜香楼、万花楼的不说，听落子、学蹦蹦戏、抽大烟、嫖姑娘，他可是什么都来了。

敏中：休六儿，这可都是实情？

休六儿：有一件假的，您把我这双眼抠出来当泡踩了。休六儿这些日子旁的事没做，跟着刘大人满八大胡同转呢。他每夜可是在温柔乡里眠花宿柳的，休六儿我可惨了，整夜地在寒风里站着呢。

敏中：他知道你跟着他了？

休六儿：爷，这路事，不让他知道，他不认账啊！有您在，咱还怕他知道吗？

敏中：知道后他……他怎样？

休六儿：爷，说句心里话，他不拿休六儿当回事，他觉着……

敏中：他觉着什么？

休六儿：他觉着后边有您撑着腰呢。

敏中：好，这样好。

休六儿：好？爷，您……您这话是不是说，罩着他的是您，要整他的也是您，这事儿就好办了。

敏中：休六儿，爷喜欢装傻的人，可不喜欢装聪明的人，你干吗把话说得这么透。

休六儿：爷，休六儿是个粗人，您可别计较。

敏中：好了，你下去吧。

南书房。夜。

三德子在打瞌睡，法印在打坐。康熙也在案上假睡，手托腮。

康熙其实白天的事没过去，很急。现在看三德子、法印都闭上眼了，康熙轻轻下座，悄悄地往门口走，出了门。

案上的蜡烛被风吹了一下。

三德子睁眼，法印睁眼。
三德子：法印，别装了，爷走了，咱跟上吧。
法印：悄悄的，可不能让他看见了。

宫内软禁妃子处门口。夜。
康熙自己挑了个灯笼到了门口。
守卫一看万岁，两人跪下了。
守卫：奴婢叩见万岁爷……
康熙马上止住：嘘，你们下去吧。

宫内软禁妃子处。夜。
康熙这次一个人悄悄来到栏杆边，一看宜妃还就着灯描鞋样呢……心如止水。
康熙：宜……宜妃，朕……朕……来看你了。
宜妃放下鞋样又跪到栏杆口。
康熙左右看看没人：朕……朕给你……认错来了。
宜妃面无表情：罪妃不敢。
康熙：千万别再不敢了。你……你把门开开，趁着没人，朕……朕给你认个错。你就原谅朕一回吧。
宜妃：罪妃哪敢让万岁您认错啊，爷您没错，您要有错，干吗白天不认?
康熙：宜妃……那什么，白天不是人太多了吗？你得顾及……朕之脸面啊。
宜妃：那您更没错了，圣人曰闻过则喜，您熟读经书，要真知道有错了，必定会光明正大、欣喜若狂地来，岂会像个偷儿一样大晚上来认啊?万岁，错在罪妃这儿呢，不在您那儿。
康熙：好了，宜妃……朕知错了，朕冤枉你了，你开门，朕给你……
一推门竟开了，康熙进来，就势就想跪。
康熙：宜妃，朕认错了，朕认了啊。朕可真认了，你看着啊。
眼看就跪了一半了，宜妃赶快起来扶。
宜妃：万岁，不可，万岁千万不可!
康熙：让我跪一下，让我跪一下，要不不显着心诚。
宜妃：区区小事，何言冤枉。不可。
你拉我拽，一下就有了肌肤之触，两人衣服又挂住了，忙着摘钩，就势坐在一起了。

宜妃：原就不算大事，不可。

康熙：还不大吗？我看看伤，我看看伤。

突然门砰地被踢开了，三德子、法印、小桃红冲了进来。

三德子：什么人夜闯禁宫？

这边正半抱半扶的两人一听都站起来。

康熙：大胆！三德子，是朕，难道不知吗？

三德子、法印、小桃红赶快跪下。

三德子：万岁爷，您什么时候到这儿来了？奴才们正急着找您呢。

康熙：急……急着找朕。哼，你们，你们是急着想看朕的笑话吧。

三人：实在不敢。

康熙：宜妃，朕错也认了，他们笑话也看了，咱们走吧。

宜妃：万岁爷，要真不出去，看着像是奴婢矫情似的，其实我是真的在这儿住惯了。

三德子：宜主子，看我们几个的面儿了。

宜妃自己先出去了。

三德子：万岁爷排驾庄宜院啊！

宜妃处。夜。

一桌酒菜摆好了，康熙高兴饮酒，敬宜妃。

康熙：宜妃，来喝。民间的话啊，两口子打架不记仇。两口子岂有不打的道理，两口子不打还叫两口子吗？举案齐眉固然好，但不像两口子啊。天天相敬如宾，什么真话、气话、心里话都不能说，那……像陌路人……是不是，宜妃？

宜妃：万岁爷，您总有道理。

康熙：有理……这话我听出来了，宜妃啊，朕还不是那么不讲理吧……朕输理的时候你也见了。来吧，喝一杯吧，这事……

宜妃：万岁爷，这事原本就不算个大事，在奴婢心中早就了了。

康熙：啊哈，宜妃，你这个人就是大气。那这事就算了了啊，那几位，朕也就不追究了，好，来喝。

宜妃：追又能追出什么来？

康熙：宜妃，你体贴朕。

宜妃：倒也不是什么体贴，无奈而已。来，万岁爷，这个酒喝了，喝过后，我再说一件事。

康熙：还有事……那先说了吧，说了再喝。

宜妃：爷，前些日子，您打赌输了，可还没应呢。

康熙：打赌？呀，把这事儿忘了。宜妃呀，时间长了，忘都忘了，两事合一事，索性都算了吧。一杯酒一喝都算了了，怎么样？春天来了，桃花开了，一切重来。

宜妃：不干，耍赖。春天总要来，桃花总要开。人生要是能年年重新来过，人还有什么烦恼啊？一辈子不断开个头就是了。万岁爷，说话算话，您答应过奴婢的。

康熙：好好，你先说说是什么事。

宜妃：奴婢想出宫……您先别急啊，奴婢想在大街面上开个小店啊什么的。

众人听了都觉得太意外了。

康熙：出宫开店……哎，这事，开店，你得说出开店干什么呀？

宜妃：看民间，看朗朗乾坤啊，看世界，散心啊。

康熙：听着不错，再议，再议。先喝酒吧。开店，开什么店啊？

宜妃：客店、药店、酒店、粥店什么的。

康熙：你别说了，这些店朕都开过了，不信问问他们。

宜妃：那开个布店。

康熙：布店？那倒是没开过。

乾清宫。

百官山呼万岁。

康熙：众位爱卿平身。

康熙：吏部敏爱卿。

敏中：臣在。

康熙：陕西督学刘文中一案怎么样了？朕已问了你三次。

敏中：回万岁爷，正想参奏，刘文中在督学期间，虽查无实证，但臣近日着人密查，该官行为极不检点，劣迹斑斑。

康熙：噢，怎么讲？

敏中从怀中拿出那张纸：万岁爷，该官自二月伊始，夜夜于城外各家青楼眠花宿柳，外养戏子，学唱落子、蹦蹦戏，失我大清国仪……

康熙：够了！夜夜宿于城外，还学着唱戏，二月至今？这样的事就他一个人做吗？

百官一听此言，个个眼观鼻，鼻观心，无人说话。

敏中：回万岁爷，据臣所知，昨夜……尚有工部侍郎苏赫图苏大人也在翠香楼过的夜。

苏赫图：臣冤枉。

康熙：敏爱卿，这事真怪，我一问怎么又问出一个来？真是不经问。你说苏大人昨夜在外，有何凭据？

敏中：臣有凭据，现有苏大人付的嫖资官银元宝一锭，再有据妓家所言，苏大人足生六趾，背有一痣。

苏赫图：一派胡言，臣……臣冤枉，请万岁明鉴。

康熙没等他话说完：查。

三德子、法印飞快下座，一下撩开苏赫图的衣服，果然有一个黑痣。再把靴一脱，六趾没错。

康熙：查实了吗？

三德子：回万岁爷，查实了足有六趾、背有一痣。

苏赫图一下跪倒。

康熙：昨夜还有哪个夜宿城外，讲。

百官无一人应。

康熙：敏大人，还有谁？

敏中掌握了生杀大权，左右看看：据臣所知，再没有了。

苏赫图：万岁爷，臣……臣有罪，臣……认罪。

康熙：好。将苏赫图罢官为民，赶出京城，再不选用。身为大清之臣，而视大清律例于不见，此种行径，绝不姑息，查一办一，查尽为止。苏赫图，你要是再能揭出一二来，朕将从轻发落……

苏赫图犹豫，百官却哆嗦了。

苏赫图：万岁爷，臣举参，尚有其人，昨夜臣在翠香楼看到了都察院史大人、礼部冯大人、刑部齐大人。

史、冯、齐：臣等冤枉。

康熙：冤枉？苏赫图，你把话说完。

苏赫图：万岁，臣所言据实，臣连他们找的什么人都知道。一个翠喜，一个月莲，一个如花。

史、冯、齐：臣等冤枉。

康熙：够了！冤？朕才冤呢。着刑部、吏部将史、冯、齐三人审清，如事属实，一举罪加一等严办。退朝。

三德子：退朝！

百官：吾皇万岁，万岁，万万岁。

庄宜院。

康熙气得走来走去，宜妃看着。

康熙：宜妃啊，几十年上朝听政，朕从没有像今天这么仓皇过。朕……朕真怕审下去，再审下去，那满朝的百官，一个一个都被牵出来，那时，朕……朕不成了光杆皇上了吗？

宜妃：到那时您就该无地自容了。

康熙：可不是吗？想想真怕，那一朝的文武我看就没有一个硬气的。宜妃……

宜妃：不乱不治，万岁爷您说的话，不乱哪儿来的治？没有大治算什么英明君主？

康熙：这乱，像这样的乱，也不是朕一双眼睛就能看见的啊。那个敏中像是个管生杀的阎王爷一样，想说谁就说谁，想不说谁就不说谁。他不说了，一个苏赫图就举出三个来，他会不知道？

宜妃：干吗非要指着他们的眼睛看？

康熙：朕不指着他看，朕又无暇去看，朕也只有听他的……

宜妃：干吗不开个布店？

康熙：又来了，开布店，能看见什么？开个布店……

宜妃：开个布店，既可看看民间之景象，又可看那些朝中蛀虫平日在做什么，还可以学着做做买卖，岂不很好？

康熙：宜妃啊，你……你干吗只想着开布店啊？

宜妃：从小就想，看着那些花花绿绿的布做成衣裳，穿在人身上，那是一件多么快意的事。

康熙：是啊，朕原来只想当个放蜜蜂的，一天一天地追着花儿跑。开布店，好，开个布店。

宜妃：爷，您应了？

康熙：应了，朕也真要散散心，看看别的了。

街上。

康熙：宜妃，咱可没做过买卖，可不能被人骗了。

宜妃：爷，骗也是骗您，我这样的想骗也不容易。

康熙：说得好。好话别说尽了，找门面吧。

宜妃：分头找如何？

康熙：好啊，分头找。宜妃呀，咱这样吧，这回开店索性咱们分着，无论其他，一家一千五百两的本，赚了的嘉奖，亏了的出局。如何？

宜妃：爷您又来了，要是不答应吧，拂了您的兴致；要是答应了吧，怕您出局。

康熙：宜妃，不是跟你吹，我开过店。到时还不定谁出局呢！

宜妃：好啊，到时看看。

康熙：好，就从现在找铺面开始。三德子你跟着爷，法印、小桃红你们跟着宜主儿吧。就此别过。

宜妃：好，找着了铺面见。

茶馆。

康熙、三德子坐在一桌喝茶。茶馆里人多，挺乱。

各桌的人都在谈买卖，人多嘴杂，有吵的，有骂的，有窃窃私语的。

康熙：三德子……

三德子：爷，您吩咐。

康熙：这不是茶馆吗？这儿哪儿找得着铺面啊？

三德子：爷，事儿是这样，京城那么大，要是走着问着找铺面，累不说，两个人找一天也不见得能找着。您找着一间，觉得合适了，人家不出，咱还得找。这地方呢，是个买房卖房的人集中的地方，有买的，有卖的。咱哪儿也不用去，就在这儿等着，有那种要出让的铺面，咱接过来不就行了？

康熙：咱可不能让人蒙了，不能让宜主子她们看笑话。

三德子：放心吧，那得看了房子再说价啊，蒙不了。

话刚说到这儿，那边三人吵起来了。

刘掌柜：不说了不说了，哎，我那个门脸可是在南市啊。一溜对街五间大房，加上五百多匹的货底子，您给一千两还嫌多，不谈了，不谈了。

站起来就走。

中保：哎，刘掌柜，别急，别急呀。做买卖可不就这样吗？您漫天要价，他就地还钱啊，他给一千，您还一千二，不就得了？您再说说，再说说，瞧我了。

刘掌柜：没什么可说的，又不是背街小铺，我就不信我这铺子盘不出去。

中保：谁也没说您铺子不好不是？再说一口。

康熙、三德子看着。

刘掌柜：不说了。

站起来气呼呼走了。

买方：什么人啊？这是谈买卖吗？不卖，不卖我还不要了呢。徐三儿啊，再给我找一间布店啊，指你了。

中保：爷，您让一口不就成了？现如今大的布店不好找。

三德子：爷，是盘布店的。

康熙：我听见了，这就叫有福之人不用忙。三德子，叫住那个保人。

两人扔下块银子出店。

街上。

中保人、三德子、康熙看是搭上头了，三人边走边说。

中保：二位，您今天算是碰上巧买卖了，真正好的铺子，要不是东家要回南边呀，他才不愿盘出去呢，价可不高。

三德子：高不高的也不能你一嘴说了算，我们可得看门脸去。

中保：那是啊，哪能不让您看啊……

瑞合布店。

中保带着康熙、三德子看门脸。布店仍在营业。

中保：您看看，四梁八柱万年牢的房子，柜台是花梨木的，家具摆设您连换都不用换，伙计你们只要想留都能留下，接过手愿换招牌换一块，不愿换当日就开张，开张就挣钱，瞧这客人一拨一拨的，到时就等着收钱吧。

康熙、三德子看着有点儿高兴。

康熙：这……这是北京城最热闹的街面？

中保：嘿，看您说的，这是前门外啊。实话跟您说，晚上比白天还热闹呢，八大胡同，一条挨着一条……

康熙：是啊，不说了，盘下，找掌柜的写字据吧。

中保：这位爷，您可真痛快，您能做大买卖。

说着回头问一个伙计：伙计，刘掌柜在吗？

伙计：我们掌柜的一早出去了，您等等吧。

中保：不巧，爷，要不这么着吧，这儿人来人往的太杂乱，咱上街上迎迎他去。

康熙：也好，快办，越快越好。

街上。

三人在街上走。

中保：说句心里话，多好的铺子啊，一千多两，白给一样，我都怕这么会儿工夫盘出去了。刘掌柜那人我知道，他一定去鸟市了……

说到这儿，那个刘掌柜突然像是正好地从一条街上气哼哼地走出来了。

中保：说曹操，曹操到。刘掌柜，刘掌柜，您这是去哪儿了？正找您呢。

刘掌柜：找我，找我干吗？不多说了。徐三儿，你说的那档子买卖不成，我不卖了。

中保：哎，哎，不是那家，换人了，换人了。

刘掌柜：换人了？不用你换，我找着买家了。

中保：哎，刘掌柜，您怎么能这样啊？您等等，价钱按你的好不好？

刘掌柜回头看看康熙、三德子：是他们啊？徐三儿，说好了啊，我可没工夫再跟你逗咳嗽了。

三德子：掌柜的您放心，银票我们带了，找个地方写字据吧。

康熙与刘掌柜对视。

四

街上。

宜妃、小桃红、法印在看铺面。一个店一个店地走着，都是不卖。宜妃和小桃红累了，坐在街边上。

和尚跑过来。

法印：主子、小桃红，问清了，城南有一家叫瑞合的布店正要盘呢，咱去吧。来，给您叫辆车，晚了怕让三德子他们占了先了，快上吧。

宜妃：好，小桃红，快上车吧。

茶馆。

康熙：哎，我说这位掌柜，你早上开的价不还是一千二呢吗，这会儿怎么又涨了？

刘掌柜：早上是早上的行市，早上那会儿，三天了没一人问这铺子，这会儿有三家来问了，自然要涨，一千三百两，少一分不盘，徐三儿，要不你们再聊着，我先回铺子了。

康熙：等等，这位掌柜，你说的话实不实，咱也懒得问了，就按你说的价吧，写字据。

中保：好，爷就是爷。刘掌柜，这没话说了吧？

刘掌柜：一半定金。

康熙：三德子，给他。

三德子：银票在这儿，一共六百五十两，你写字据吧。

刘掌柜：现成的。

中保：小二，笔墨侍候。来，爷，您在这儿写。

康熙：这儿一写，店就是我的了？

刘掌柜：永不反悔。回头咱一起回店里，盘完了货底子，您再把那余下的银子给我，您明天就能开店了。

康熙：好，兵贵神速。

瑞合布店内。

一伙计正引着宜妃、小桃红、法印看店。

老伙计：您可看好了，一溜五间的大铺面，货架柜台齐全。要有女眷，铺子后边是个院子，正房五间，厢房六间，您自己住还是雇伙计都能住得开。

宜妃：是啊，生意还不错啊。法印，怎么样？

法印：主子，咱买不划算，租一年吧。

宜妃：对了，我们租一年多少钱？

老伙计：租啊？那怎么也得五百两……

宜妃：不贵，那就租吧。连货带房我们就租一年……

老伙计：您可真痛快。行，我给您找掌柜的去。

正说着，康熙、三德子、中保进来了。

康熙一眼看见宜妃她们：这可真是啊，英雄浅见，浅得都看到一块儿来了，宜主儿，这铺子怎么样？

宜妃：好啊，合适。

康熙：合适吧，可您晚了一步。

宜妃：这话怎么讲的？我们这儿都谈好了，你才进来，怎么是我们晚了一步？我们租一年五百两。

康熙：租啊？那要租也是从我们手里租了。

宜妃：怎么讲？

康熙：我和三德子已谈完了，瞧字据在这儿呢，买下来了，钱都付了。

宜妃：买了？哎，这位伙计，这是怎么回事？

这时伙计和侏儒掌柜下来，其实这个侏儒才是真的店铺掌柜。

真的刘掌柜：什么怎么回事？

宜妃：哎，您是掌柜的啊？人家说你的铺子卖了。

真的刘掌柜：谁说这铺子卖了啊？大白天蒙事，蒙到街面上来了。谁说的，拿字据来。

康熙：你是谁？

真的刘掌柜：我是谁？我是这铺子的掌柜、东家，我姓刘，你买了我这铺子？是从谁手里买的？房契有吗？商会的会照有吗？字据有吗？

康熙大惊。

康熙：三德子。

三德子左看右看，中保与刘掌柜不知什么时候没影了。

三德子：爷，不好。

两人飞快出去找。

瑞合布店门口。

康熙、三德子飞快跑出，那两人早就不见了。康熙往东，三德子往西，两人追下去，哪儿还有那两个骗子。

傍晚了，康熙在街上，脸上带着伤感的表情。

瑞合布店的后院正屋。

菜都摆好了，冒着热气。

三德子又把新热的菜端了上来。

宜妃：爷，别想了，吃饭吧。爷……

康熙：不想了，不想，朕岂能不想？说是不乱不治，可……可谁想到会是这样的乱法。

三德子：爷，怪……怪三德子无能。

法印、小桃红不语。

康熙：谁也不怪，那三个人哪是骗子啊，简直是戏子。宜妃，你听朕说啊。先是在茶馆里，谁也没跟他们搭话，是听他们吵崩了，说是盘个布店的，哎，这不是正好吗？他们没谈成，我们来谈啊。怕买空卖空，我们又跟着来看店，好，那个保人还跟伙计搭话，问这问那，一丝不错。然后就急着要写字据，好，就那么巧，刘掌柜恰好不在，去街上迎，又恰恰在街上撞到了正回来的刘掌柜，再一谈价又涨钱了，爱买不买，不买还有三家呢。多逼真啊。现在想也不像是骗子。你一急买了，什么房契啊、会照啊全忘了，签个字据，付了钱，他还跟着你回来了。还要盘货底子再算钱，要不是撞上你们，六百五十两，恐怕还要花个六百五十两。

宜妃：不冤……放在谁身上这当也得上，这骗也得受。风儿是没碰上，碰上了，也一样受骗。好了，吃饭吧。

康熙：宜妃，朕知道你说宽心话，在解朕之忧。钱，朕不心痛，朕也不是那种一朝被骗便觉面子上不好看怕丢脸的人。朕只是想这街面上若如此，那老百姓他活在这世上不是步履维艰吗？有几个人禁得住这六百五十两？他倘一朝被人骗，反过头会不会再去骗别人？倘人人如此，风气如此，这世界不是活得很脏吗？宜妃呀……

宜妃：奴婢在。

康熙：这个布店开得好。

宜妃：爷，您说好就好，话也说了，心得也讲了，咱们……

康熙：吃饭。

宜妃：对，饭是要吃。还有一笔账没记。

康熙：什么账……

宜妃：法印，把账本拿出来。爷，您忘了，咱这次出门是要……

康熙：噢，对了，对了。差点儿忘了，一家一千五百两的本，赔光了出局。那什么……是从今天开始吗？

宜妃：您说的从找铺面开始呀。

康熙：啊呀，对。是朕说的，朕说的，那……那就给我们记上吧。记吧，教训啊，当然要记。法印，记五百两。

宜妃：爷，不对吧？

康熙：啊，有什么不对，多了？

宜妃：少了，刚听您说是六百五十两。

康熙：噢，对，对，呸，看我这嘴。

宜妃：爷，用不用借给您点儿？

康熙：不用，爷要把这钱赚回来。吃饭。

牢中。夜。

敏中来探监了，刘文中正狼吞虎咽地吃着敏中送进来的吃食。

敏中：刘大人。

刘文中：敏大人，有话请讲。

敏中：饭菜如何？

刘文中：嗯，好，好。在此囹圄之中能有这味糟熘鱼片，也算差强人意了。

敏中：你还真吃得下去。

刘文中：敏大人，有您在，哪有吃不下饭的道理？

敏中：刘大人这话，本官听着不知该高兴，还是该……

刘文中：害怕？

敏中：……

刘文中：敏大人，我跟您说吧，您一定是害怕了。

敏中：刘大人，您倒是还那么自信。

刘文中：不是自信，是自知。自知正因为您害怕，所以我是饭吃得下，觉睡得着，到哪儿都一样。

敏中：这话怎么讲？刘大人，难道关在牢里的不怕，我待在牢外的倒更害怕吗？

刘文中：哈哈，这话您算说对了。敏大人，您待在牢外的其实是怕我这关在牢里的。

敏中：刘大人，我怕什么？

刘文中：您怕有一天，因我而进来，再因我而……身首异处，被砍了头。

敏中：这事儿我用不着怕。倘我真的怕你，干吗不先把你的头砍了？

刘文中：敏大人，您恨不得早早地把我杀了。

敏中：是吗？

刘文中：是，可您又不敢杀。

敏中：你看得很细。

刘文中：有句话叫官官相护，那看对谁了。对老百姓的时候是官官相护，要真对付上边呀，那就是官官相欺、官官相害了。这个理我比您明白得早。您派了个休六儿天天盯着我对不对？

敏中：你倒是知道啊。现有你破律违法的行径在此……

刘文中：您不用给我看，这我知道。您给万岁爷也看了对吧？可我还是不怕，除非您自己也不要命了。

敏中一惊：这话怎么讲？

刘文中：怎么讲？敏大人，今天话说到这份儿上，不妨讲实在的吧。给您的那张画是从宫里偷出来的。早就怕您到时不管我了，过时要杀我了，所以给您的只是半张真的，您没看出来吧？下边半张是后补上去的。那半张真的，在我的人手里呢。我要是死了，被您杀了，他必拿着那张画随便去一个衙门告您，到时没有告不下来的。

敏中：我不承认。

刘文中：您一定是不认，可您把给您的那张画烧了都没用，那半张真的画里还裱着您给我写的一封书信呢。您的那封信里可说了一些不当说的事，怎么，用不用我给您提个醒？万岁爷只要见了那半张画，不查您个水落石出才叫怪呢！您，敏大人，您要想除了我，先要把那张画找到。找着那张画儿了，您杀我也就杀了。敏大人，我说的无一句是假话。看在多年来往的分儿上，底儿我交给您了，一切自便吧。嗯，这味猪手烧得可不到火候，下回多炖一个时辰。

刘文中很牛，吃好了，闭目养神。

敏中慌了：刘大人，你……你不可过急。

刘文中：我不急，心急了炖不好烂猪蹄。敏大人，您最好也别急，事儿要一件一件地办。您走吧，我乏了。

敏府。夜。

敏中早把那张画儿张开了，细细地看着，果然中间有一道织补的缝。看着手就抖起来了。

敏中：这……这哪是给大爷行的贿啊，这简直是送给我一把杀人的刀嘛！管事！

管事推门进：老爷，您吩咐。

敏中：快，快传休六儿进府。

管事：嗻。

街上。夜。

街上的大排档，很热闹，吃的、喝的做什么的都有。

休六儿坐在一张桌前喝酒，桌上一盏寒灯。那些小偷、要饭老头儿，排着队在给他交钱交物，交的东西什么都有，首饰、钱袋、鞋帽、佛像、古玩。

莲生抱了个婴儿放在桌上，婴儿哭。

休六儿：抱下去，抱下去。谁家的？

莲生：洪家四少爷刚生的儿子。

休六儿：是啊，好，哈，这可是钱了。好，藏机密点儿，等等开这个数啊……

说着用手比画了个六：少一分撕票。

莲生：听您的，爷。

有一个小孩，就是街上曾抱康熙等人腿偷钱的那个，走到桌前，攥了个拳头，轻轻往桌上的东西中假装一放，其实什么也没有，想趁机溜掉。

休六儿啃着鸡腿一把将他拉住了。

休六儿：回来，把你的东西再拿起来我看看。

小孩无奈，什么也抓不起来。

休六儿：抓啊，想他妈的做好人了是不是？下不去手了是不是……

休六儿一脚把孩子踹在旁边火炉子上，孩子头破了，血流了下来。

休六儿：想做好人爷不拦着你，可你别在这儿做，早晚得送你上天堂去。快滚，今晚饿着他。

孩子被人扶着走了。

休六儿：莲生。

莲生：爷，您说。

休六儿：听说前门外瑞合布店换了主儿了，怎么也不见有人送常例来呀？明儿个去给爷收点儿钱去，别让他们把咱们爷们儿忘了。这路大买卖你可得盯紧着点儿。

莲生：哎，六爷您放心吧。

休六儿：东西都收了吧，我还有事儿呢。

瑞合布店。

宜妃站在了东边正忙着照顾生意，康熙这边没什么买卖。

三德子急着招呼：来啊，各色的细布、竹布、夏布、绸布，来看啊。

宜妃正招呼一个主顾：这位太太，您这身衣裳做了是走亲戚呢，还是为了出门应酬？

太太：亲戚也不走，应酬也不应，我要聘闺女了。

宜妃：哟，恭喜您，那就扯这匹吧，庄重，颜色看着华贵，料子好，价钱也合适，瞧您的身材呀，有个八尺就够了，多买了也没用是不是？小桃红，拿皮尺给太太量量。

小桃红赶快拿尺子来量。

太太：不用量了，您这位大姐说得好，我这正没主意呢。行，就听您的吧，扯八尺。

宜妃：还是量量好，量了有准。

太太：不用，您这人一看呀，没准的也有准了。

康熙这边没买卖，看着生气，拿着个掸子掸。

宜妃：好了，法印，扯八尺缎子。太太，回头包好了给您送家去。

太太：不用，带着钱呢。

法印：好了您哪，八尺杭缎了您哪，一两五的您哪。太太您看好了，多量出点儿了，您宽着裁吧。

这边热闹非凡，康熙那边一个主顾没有。

三德子：竹布、夏布、细布……卖布。

康熙：三德子，别喊了，喊也没用，早知不开布店了，开个店卖酒呀什么的，一准儿的比那边火，卖布还是女人家有信誉。

正说着，莲生抱了个包儿进来了。

康熙一眼看见：三德子，快，来客人了，招呼。

可来人了，三德子赶快上去招呼。

三德子：哎，爷，您来了，选点儿什么料子？来来，别看那边，这边请，这边打折。

莲生：哟，客人还真不少呢，生意好啊。

三德子：托爷的福，将就过去。这位爷，您选什么料子，我给您抱去。

莲生把包袱往柜台上一放，左看右看的：选料子的事儿咱先不说呢，我看啊，你这店里可缺了件东西哎。

三德子：缺……缺东西？缺什么东西啊？您给指点指点。

莲生：还用指点吗？甭急啊，打开了你就知道了。

说着话包袱打开，是一只缺了角的大花碗。莲生拿起碗来到原来供财神的地方，把财神拿了下来，把碗放上去了。

三德子：哎，你给我放下。一个破碗？你……干什么？我们缺什么也不缺一只破碗啊？

莲生：干什么？你是真不懂还是装糊涂啊？看好了，我这是给你换个财神。

三德子：嘿，小子，这一早上没客人，好容易来，他妈的来了个换碗的。就你这破碗还财神呢？

三德子上手抓过来，就要往外扔。宜妃这边早看见了，赶快过来。

宜妃：三德子可不敢，放下，放下。这位爷，您蓝杆儿常杆儿？您坐，您坐。

莲生：哟，可有个明白事儿的了。你们这店开得，怎么男的一点儿场面也不懂啊？遇着事儿还得让女的来支应。也不蓝也不常，我们是百纳帮的。有明白事儿的最好，我也不多说了，有元宝放一个吧。这碗里放一个元宝，保你招财进宝，平安交易。

康熙：百纳帮的？我们要是不放呢？

莲生：哟，怎么还不明白啊？开过买卖吗？这位夫人啊，话我不想说了，您跟他们解释解释。你们要是不放，自然就有不放的戏唱了。夫人啊，这十天的先给我，我还要去别家呢。

宜妃：法印，拿钱。

法印：……

康熙：等等。钱有，但不给。还要去别家？什么百纳帮？我看是强盗帮。我问你，谁让你这么做的？是国还是家？是律还是法？十天十两，一年就是三百六十两，赶上一个五品大员了，你好大胃口！

莲生：哟，这是怎么了，怎么了？怎么还国呀家呀、律呀法呀的了？你是从哪儿来的呀？怎么街面上的事一点儿都不懂啊？什么都不懂就敢开店啊？跑了多少家了可没这么费过劲。告诉你啊，既无国也无家，皇上爱怎么换怎么换，大爷我们吃的就是这碗街面上的饭。快，银子放里边，不然，不然我可急了啊……

康熙：三德子，给他把碗扔出去。

三德子早就忍不住了，抓了那只破碗，就扔出大门去了。碗在外边的街上啪地摔碎了。

莲生：好，好，丑话说前头，这可不是我招的。

三德子：是你招的又怎样，难道爷怕你吗？

话没落音，就听门外风一样的声音，先没看见人，光听见声儿了，一群叫花子，有百十多个，手里拿着破竹竿，砰砰地顿着地，声音极响。客人吓得乱叫往外跑，叫花子往里冲，一下子店里大乱。

宜妃：这位爷，这位爷，您……

莲生大摇大摆往外走：这我可管不了，你们这儿可是真有横的。

宜妃：快关门，快，关店门。

几个人齐心往外轰叫花子，连打带推，叫花子往上拥，法印抄了条凳子抡起，三德子端着个椅子往外推。店门算关上了。几个人挤住了门，再一看布店，搞得七零八落，什么都扔在地上了，一片狼藉。

外边叫花子还在挤在推，那位太太从柜台下钻了出来。

太太：哎，卖布的，钱还给我吧，这布没法买了。

宜妃生气地看康熙，康熙不理。

瑞合布店后院正屋。夜。

康熙：哎，我不明白了，正正经经地做买卖怎么就不行？张三来了要十两，李四来了要十两，凭什么给他们钱？再说这钱从哪儿出，还不是从老老实实的买家老百姓身上出？倘若让这些人得逞了，那老老实实做人的是不是要吃亏？宜妃，不错，你懂江湖，你在江湖上飘过，可是朕偏就不按江湖这套走，我看他们奈我何！

宜妃：法印，今天糟践了多少布？

法印：十二匹。

宜妃：合多少钱？

法印：五十余两。

宜妃：爷，你不给他十两他就糟践你五十两，这账你还算不过来吗？

康熙：账不是这么算的。该给的一分也不能少，不该给的一钱也不能给，事关是非，你给他一钱，你便失了道义，凭什么要给他银子，按他的道理办？惧其淫威吗？怕其欺诈吗？钱给了，做人的气泄了，那……那活着还有什么意思？要这样，开布店干吗？干个强盗算了。

宜妃：万岁爷，您慷慨，您正义，您理直气壮，但这番话跟我们能讲通，许是跟那些混混街痞讲不通。

康熙：讲不通就报官拿他们。怕什么？朕的官难道是吃素的？

宜妃：好，好，咱们不争了，看明天如何。

瑞合布店门口。

一群叫花子围住了门，又敲碗，又顿棍。莲生在对街站着，拿着一面小铜镜画眉毛。

叫花子一通乱叫乱喊："瑞合瑞合奈我如何？""瑞合瑞合奈我如何？"

瑞合布店内。

康熙、宜妃、小桃红在店里拼命地支撑着。

康熙：嘿，还编出词儿来了？宜主儿，法印他们去报官了吗？

宜妃：去了多时了。

康熙：怎么还不来？

宜妃：这得问您呀？万岁爷，您的官可不是吃素的。

外边不时地有竹竿什么的捅进来。

康熙：这老百姓开家铺子就这么难。

一只死猫扔进来了，吓得小桃红乱叫。

宜妃：爷，您看看。

康熙：朕就是没错，我就不信正不压邪。

街边茶馆。

两个巡街的差官正喝着茶，玩着牌九，有人给抠耳朵。

巡丁甲：开了，开了啊？

巡丁乙：开吧。

巡丁甲：开。

三德子、法印跑了过来。

三德子：二位差爷，二位差爷。

巡丁甲看都不看：干什么呀？

三德子：二位差爷，东边瑞合布店有叫花子闹事。

巡丁甲：多少人啊？

三德子：百十来人。

巡丁甲：百十来人啊，我们管不了。

法印：你管不了，谁管？

巡丁乙：去，上顺天府找巡城的去。

三德子：上顺天府衙门找巡城的回来，那店还不被拆了？

巡丁甲：那怨谁啊？谁叫你们得罪人家的？

法印：那你们是干吗吃的？拿着大清的俸禄不管事。

巡丁甲：说对了，管事也不管你的事。开，我是天牌。

法印：好，你不管爷的事，爷要管你。

说着话把桌子给掀了，牌撒了一地，两差官被推在了地上。

法印：小子，我让你玩儿，我让你玩儿个够。

说着话把那些牌都塞在差官嘴里。

巡丁乙：快！反了，反了！拿人，拿人！

三德子：拿，我让你拿！法印，行了，快回吧，那边怕顶不住了。

瑞合布店门口。

一群叫花子还在奋力地砸门。

莲生画过眉了，又在照着镜子修指甲，看都不看。

瑞合布店内。

康熙、宜妃、小桃红真是都支撑累了，不断搬桌子、椅子顶门。

康熙：宜妃，他们怎么还不来？

宜妃：爷，您的官兵，您要是下旨他们来得快，要是老百姓去找，怕来不了。

康熙：我……我不信。

窗口伸进来几根竹竿，康熙稀里哗啦都给打断了。

瑞合布店门口。

叫花子们也是越来越疯狂了，起哄，热闹。

突然那边人群骚动，只见法印、三德子各踩一副高跷，脱光了上衣，一副大混混样。法印抡着一根钢条，砰砰地往身上抽打着，山响，身上一道一道的红紫。三德子拿了把破刀，往自己头上猛砍，一砍一道血印，一砍一道血印。冲着人群就过来了。

那些混混、叫花子一看这阵势，吓得一下子就往后退。

法印、三德子不说话，就是这样打着。

莲生看见了，手中的铜镜吓得掉在了地上。法印冲他而去，大钢条一扫下去，把一个小石狮子头给抡断了。莲生吓得跑，边跑边呼哨。

众混混扔了竹竿，都跑了。

法印、三德子站在门口，左右站着，还在抡着钢条，砍着刀。

风卷地而来，一派苍凉。

瑞合布店内。

康熙、宜妃、小桃红听着外边没动静了。

康熙：宜妃，朕自出宫之后，是连着与你打赌连败。这次，朕大概要胜了。

宜妃：何以见得？

康熙：听啊，人全都吓跑了，朕的官兵必到了。

宜妃：那打开门看看吧。

康熙：好啊。

三人飞快地挪桌子、椅子，门一开，只见一身血痕的法印、三德子齐齐地站在门口。

门开后，两个人终于站不住，砰地倒了。

康熙：三德子！

宜妃：法印！

两人连忙去扶。小桃红一见两个血人，自己心疼，一下子也昏倒了。

康熙：三德子、法印、小桃红！这下更乱了。

瑞合布店后院正屋。夜。

宜妃、小桃红正忙着给法印、三德子裹伤。

三德子把头上的一个猪尿脬取了下来。

三德子：没事，血是假的，只是有几道伤。法印是真的。

法印：我做人什么时候假过？

康熙走来走去。

康熙：宜妃，好，朕又输了，朕认输，朕认。但有一点，朕颇为欣慰。

宜妃：爷，您看法印身上这血、三德子头上的包。

康熙：你叫我把话说完。朕终归没向什么百纳帮、强盗帮屈服，朕就是不按他们的强盗道理办事，怎么样？当然血流了，伤受了，可浩然正气没有泄呀。店照开，朕难道不该欣慰吗？一个老百姓开店，现在朕就拿自己当一个老百姓啊。朕就不信一个老百姓正正经经的这店就开不起来？朕在小事上输了你，朕在大事上都是胜了。只要不服、不软、不怕，店照开。

宜妃：万岁爷，问您，谁家的老百姓能有这两个强壮的男子，拿刀、拿钢棍子把自己打成花瓜似的？就是有男子，哎，谁能对自己下得了这手？

法印：阿弥陀佛，贫僧不下地狱谁下地狱。

宜妃：法印，忍忍啊。没按他们的道理办事？爷，咱们还是按了江湖的道理了。今天三德子、法印杀杀不得人家，打又打不得，只有斗狠比凶了，看谁更狠啊。自己拿自己开刀，什么道理？这还是强盗道理、强盗规则啊。爷，这么开出店来，一家两家，整条街都这么斗狠比凶地开，不是太悲壮了吗？

康熙：你说得对，一条街、两条街、十条街都不屈服，悲壮是悲壮了些，但哪儿还有那些混混流氓的饭吃？那他们岂不要另想办法重新做人吗？普天之下从此这条路断了，这不是很好吗？这不就是邪不压正了吗？

宜妃：爷，所谓普天之下莫非王土，率土之滨莫非王臣……那您的官兵有什么用？您坐在金殿上又做何想？

康熙：你的话是不错，但万岁有万岁所想，百姓也当有百姓所想。朕现在是一个百姓，不指望了，只想百姓之想。斗狠就斗狠，斗得流氓、小混混横不起来，世界就太平了。

宜妃：世界上办事要是总比谁的拳头硬，大概就没太平了。好了，不说了，您先找铺面被人骗了六百五十两，昨天布毁了五十两，今天一天没开张，加上门窗桌椅的破损，再加他们俩的伤药，总共三十两。您加在一起净赔七百三十两了，离一千多两出局的日子不远了。

康熙：很好。只要还有一两没有出局，朕就一定能把它扳回来。宜妃你呢？

宜妃：这几天卖布赚了四十两。

康熙：哎，混混闹事的八十两为什么都算在我身上？

宜妃：因为是您不给银子，主意是您要坚持的，您并为此而欣慰，而慷慨激昂、滔滔不绝。八十两算什么？您不是得了道理了吗？

康熙：朝闻道，夕可死矣。没什么，八十就八十。

街上排档。夜。

休六儿在吃饭，莲生跪着回事。

莲生：六爷，谁能想到他们里边还真有不怕死、不要命、真刀真棍就往身上招呼的，血溅四方，斗狠比凶，小崽子们都吓坏了。

休六儿：谁这么生啊？见过吗？

莲生：从来没见过。

休六儿：哪个石头缝里蹦出来的？

莲生：不知道。他们这么一闹，一条街的钱都不好收了。

休六儿：行了，你下去吧。回头我会会他们去，非让他们买卖开倒了算。

莲生：爷，这得您出马了，小的无能。

休六儿：你可不是无能吗？

街上。

休六儿一把大折扇子摇着，在街上横着晃过，边走边看着街边要饭的人。一眼看见一个长了半尺胡子的老头儿。

休六儿随手在摊上抓了只苹果，边吃边看着那个老头儿，看了半天把苹果核一扔，走了过去。

休六儿：认识我吗？

老头儿：爷，不认识您。

休六儿上手拽了一下老头儿的胡子，发现是真的。然后又很粗暴地像看牲口一样把老头儿的嘴扒开了，看牙。又挑着下巴端详了几眼，左看右看。

休六儿：想不想吃两顿饱饭？

老头儿：这两年做梦都梦不着吃饱饭了，怎么能不想呢？是不敢想了。

休六儿起来拍拍手：来，跟我走吧。

老头儿：爷，您带我上哪儿去呀？

休六儿：别问了，让你享两天福去。

老头儿站起来，老态龙钟地跟上了。

休宅堂屋。

休家的管事正给老头儿试衣裳。休六儿坐在太师椅上看着。

休六儿：不好，不好，这件绿的不好，显得不稳重，换，换颜色重的。

管事赶快扒下来换蓝马褂。

休六儿：这件嘛，转过去看看，嗯，不错不错，就是这身儿了。有翠镯子、玉扳指给配上两件，别使真的。拐棍，拐棍得讲究，牛骨头仿象牙的，拄上。哎呀，对了，对了。老爷子，站好了走两步，你走两步。

老头儿走，走得不像有钱人的样，还像要饭的。

休六儿：不对，不对。你整天地在街上坐着，见过那些有钱有势的老员外怎么走吧？对，对，不紧不慢，腆着肚子，晃晃起来。对，有点儿样了，对，对。

老头儿：这位爷，我见是见过，学也能学，就是饿了没劲儿拿架子。

休六儿：这容易，说了让你吃饱饭就一点儿让你饿不着。管事，带下去好好地喂两天。

管事：嗻。

休六儿：吃饭菜时别穿着好袍子啊，回头吃一身油。……莲生，莲生。

莲生急急进，行礼。

莲生：小的莲生给六爷见礼。

休六儿：那件事问出来了？

莲生：六爷，前门外琉璃厂一带的南纸店都打听遍了，一点儿也打听不出来。爷，您想想啊，谁有半张画会满世界臭显摆去呀？

休六儿：谁让你去问画儿了？

莲生：爷，不是问画儿吗？那我领会错了？

休六儿：爷是让你问有哪些家是织补字画的，问准了把那些手艺人的名字给我记下来。莲生啊，最近这几档子事你都没办好，话我也不想多说了，掌嘴。

莲生赶快打自己的脸：爷，这回我算听明白了。

休六儿：莲生，爷这可是为你好。爷当年出门混事由的时候比你可用心。

莲生：爷，小的长记性了。小的掌嘴应当的。

乾清宫。

康熙看着那些两班而立的文武大臣。

康熙：众位爱卿，朕曾于二十一年说过，农事为民生之本。二十年说过，自古帝王不贵金玉，而贵五谷，谷者民之命也，朕甚宝之。自古而今，重农而轻商，以农为根本而商为末利。朕近日倒另有心得。商虽说为末利，但无商则不通，不通又何来贸易？没有贸易盐不可运，棉不可贩，民生终归不安。就比如开一个布店吧……

康熙说着就走嘴了。敏中一下有反应。

康熙：嗯哼，众位爱卿，哪位开过店铺的不妨站出来。

百官哪知什么意思，没一个人站出来。

康熙：没有人开过店吗？

百官：……

康熙：怪不得了。顺天府尹。

顺天府：臣在。

康熙：你在天子脚下，又管着京城，自然要多叫你了。朕问你，巡城兵士可都尽责？

顺天府：回万岁，巡城兵士每天各尽其责。

康熙：有事可做吗？

顺天府：每天有大小案子上报，看是有事在做。

康熙：可为百姓平安尽力？

顺天府听出话里有话：回……回万岁，大……大多都尽力。或有不尽力的，一经查出，立即严办。

康熙：算你答得周全，据朕耳闻，你的兵士并不都尽责尽力……一句话，极不给你面子，也极不给朕面子。

顺天府：臣……臣有罪。

百官：臣等有罪。

康熙：也不全怪你，俗话说阎王爷好过，小鬼难缠。这些难缠的小鬼，你要好好为朕管管。

顺天府：臣遵旨。

康熙：起来吧。京城之内农不见而商多，其实农商都不可少，没有商你们哪儿来的衣穿？好了，退朝。

三德子：退朝！

瑞合布店。

生意颇为清淡，宜妃在为小桃红整着一件新料子做的衣裳。康熙在看书，其余人都在摆布、掸土。

宜妃：呀，瞧这块料子，做出衣裳就是好看。小桃红，你穿着到门口站一会儿去，保准有客人来了。

小桃红：宜主子，穿得这么艳就让人脸热了，还要到门口站着去，小桃红可不敢。

宜妃：怕什么的，穿了衣裳可不就是为了给人看的吗？再说了，这么好的料子也不是人人都能穿出样儿来的，去吧，咱自己坦荡点儿，门口站站，他想看也看不出旁的来。

康熙一看那边要来买卖，一声轻咳嗽，三德子明白了，抽出一匹布就到门口去了。

瑞合布庄门口。

三德子举着一匹布就到了大门口，吆喝上了。

三德子：一丈青哎，赛张飞的一丈青哎，好颜色的一丈青哎，穿身上走街上，亚赛是大掌柜的一丈青哎，让两成打对折真正的一丈青哎！

边吆喝边抖落布。身上围，前胸披，极尽能事。

瑞合布店内。

宜妃一看三德子在外边喊，生气，拿布掸子抽布：小桃红，这会儿别出去了，好好地开着店，怎么转眼改串胡同卖布头的了？

康熙假装没听见。

瑞合布店门口。

三德子高兴地又耍又喊，一群小孩围了闹。正喊着，一挂华丽的大轿车赶了过来。

三德子：一丈青哎，赛张飞的一丈青哎。

车把式把车停了下来。

车把式：爷，是这家吗？

休六儿：是叫瑞合吗？

三德子早听见了：哎，没错了您哪。瑞合布店，货真价实。一丈青，一丈青。

休六儿下了车，穿着讲究，一副大富人的样，三德子没认出来，后来的康熙等也一时没认出来。

三德子：爷，您买布？请吧。

休六儿：等等。爹，爹，您慢点儿，慢点儿，我扶着您点儿啊，不急。

老头儿一探头就咳嗽，咳嗽就要吐痰。

休六儿：把式，痰盂。

车把式过来，拿很讲究的小痰盂接了痰，老爷子下来了。

休六儿：爹，咱不急啊，不急，伙计，前边支客。

三德子：哎，来了。大孝子扶着老太爷进店来了，里边请。

休六儿大孝子一般扶老爷子进布庄。

瑞合布店内。

老爷子已经落了座了，坐在太师椅上用手绢捂着嘴，休六儿侍候着……

休六儿：爹，您坐稳了，喘口气。我让他们一匹一匹往这儿送啊，看好了，咱留下，您别累着，别怕花钱。伙计，伙计。

三德子赶快跑了过来。

三德子：爷，侍候着呢，您吩咐。

康熙有点儿高兴地看着。宜妃一看买卖不小，让法印也过去。

休六儿：换了主顾了啊？怎么一个认识的都没有啊？

三德子：爷，主顾换了，货没换，比原来还多了。您需要点儿什么？

法印：我给您搬。

休六儿：我们老爷子呢，要过七十整寿了，连身上带床上都得重新做了。也不是一匹两匹的要料子，十四二十四都打不住，去把店门先关了，省得外人进来搅和。

三德子、法印不知怎么办好，没想宜妃先去把门关上了。

老头儿咳嗽，休六儿也真做得出来，又是捶背又是擦脸，孝顺啊。

休六儿：爹，您喝口水，喝口水，坐好了，我让伙计给您拿料子啊。去，去拿去吧，拣那越贵的越上啊，中等以下的别往这儿拿。爹，坐好了。哎，凡看见顺心的您不用说话，点下头就行。摇头不算点头算，您一点头，就算留下来了。

说着，就看那边都急着往这边抱绸料子。宜妃让多抱，和尚、小桃红抱着往那边去。康熙越看休六儿越觉得熟，有点儿上当上怕了，一把拉住三德子，让三德子抱次布、少抱。

休六儿：爹，您瞧瞧这块料子行吗？

老头儿点头。

休六儿：行，留下了。哎，找个人打算盘记账啊。

宜妃飞快地拿了个算盘跑过来：哎，来了。整匹都要吗？

休六儿：别问，是看上眼的，就整匹都要。爹这匹好不好？

老头儿点头。

休六儿：嗯，好，留下。这匹呢？

老头儿摇头。

休六儿：不好啊，不要。哎，这种料子别拿了，什么东西呀？

扔一边去的是三德子拿的，三德子抱了布回来。

三德子：爷，好容易来买卖了，咱干吗不多抱点儿？

康熙：买谁的不是买呀？咱不跟宜主儿争。

宜妃飞快地打着算盘。

休六儿一匹一匹地选，法印一把一把地抱：这留下哈，这也留下。爹您再喝口水。啊，银子啊，您别操心啊，您别操心了，够。这才哪儿到哪儿啊？还有没有？上好的，上好的。

宜妃：再有怕您看不上眼了。

休六儿：什么布店啊，挑了半天就挑了这么点儿啊。算算多少钱了？

宜妃：给您算好了，一千六百两。

休六儿从袖子里掏出一张大银票：才一千多两，给。爹您喝水，您喝水。伙计，加点儿热的。

三德子来加水。宜妃一接银票，法印、小桃红、三德子围过去看。

宜妃：一万两！这位爷，这银票也太大了，怕找不开吧。

休六儿：这点儿钱都找不开，你们开的什么买卖？

五

瑞合布店内。

几个人看了银票一点儿不假，交换眼色。

休六儿：怎么，有什么不对吗？

宜妃：对，对。一万两的银票太大了点儿，店里开张没几天，怕找不开。

休六儿：有多少能找啊？找不开的拿布顶，去再找些好绸好缎子来。

宜妃：那怕也不够。

休六儿：那你说怎么办？赊着？

宜妃：本店概不赊欠，这位爷，您要信得过小店，我们找伙计去钱庄给您破开。

休六儿：好大的口气，你们就那么可信啊？一万两银子拿走了，给我卷跑了，烧了你的店也赔不了。这么着吧……

这时老头儿恰好咳嗽，休六儿把银票抓过来，赶快过去给老头儿喂水。

休六儿：爹，您含口药，含口药。

说着把银票换了下手，从怀里抓了几粒药出来。

休六儿：爹，您含口药，含上一口压一压。

宜妃等目不转睛地看着他手里的银票。

休六儿：爹，他们找不开钱。您再坐会儿，这银票给您揣好了，在这儿等会儿，省得跑来跑去的了。

说着话给大家都见了那张银票放在老头儿手里。

休六儿：您坐着拿好钱啊，回头人家不信咱。我先把料子拉回去，取了零钱来接您啊。多少银子？

宜妃亮亮算盘：一千六。

休六儿：好了，往车上装料子吧。我家老爷子在这儿等我，取了钱马上我回来接。……我爹要水可给他喝啊。

说着大摇大摆出去了。

众人看宜妃，宜妃看康熙。康熙假装看书。

宜妃：搬吧。

法印、小桃红、三德子飞快地往外抱布，给人家装车去了。来回好几趟才装完。

和风堂南纸店。

莲生拿了一张撕碎的画儿。

莲生：有人吗？哎，有人吗？我可拿东西了啊。

齐掌柜：哎，来了来了。

莲生：哟，店开着，你怎么不支应客人啊？

说着往店里边走，想撩帘子看。

齐掌柜一下拦住：哎，这位先生，小店一天来不了两位客人，不瞒您说，我在后边还干着活儿呢。

莲生：干什么活儿啊？问您这路活儿能干吗？

齐掌柜一看是一包袱撕烂了的绢画片：哟，这位先生，都……都烂成这样了，您是要织补？

莲生：对了，给织补上。您再受累给多造出一张来。

齐掌柜：这位爷，那……那可贵。

莲生：对了，就不怕花钱。东西放您这儿，您给费费心。

齐掌柜：哎，爷您放心吧，爷，您交点儿定钱吧。

莲生：嘿，我这张画儿都押在您这儿了，还交什么定钱啊？我跑得了，我这画儿能放手吗？祖辈传下来的。

齐掌柜：爷，不是这话，这画都碎成这样了，我也不能说它那什么，不值钱。可，万一……

莲生：您是说万一织补上了，一看连个工钱都不值，回头再白干了？

齐掌柜：爷……这可是您说出来的。

莲生：您要这么说，这活儿不给您做了，天底下哪有这么收活儿的啊。

齐掌柜：这位爷，做不做由您，话不妨多说一句，您可着这四九城找，再没有一家能接您这活儿的了。

莲生：是吗？我可不那么看。

街上。

莲生拎着包袱高兴地走，又回头看了看那家叫和风堂的小南纸店，把那包袱就地扔了，掸了掸手，边走边拿出铜镜来照自己。

瑞合布店内。

这里显然是等了好半天了。宜妃在门口看了看，又回来看着老头儿。三德子在收拾布，和尚、小桃红都忙着。康熙拿着书看着。

老头儿已然开始打瞌睡了。好像大家都不担心，但又都觉得会有不同的结果出现。

宜妃：三德子，三德子。

三德子：哎，哎，宜主儿，您叫我？

宜妃：三德子，刚才银票你见了吧？

三德子：见了，见了。

宜妃：不会假吧？

三德子：宜主儿，三德子没看出假来。

法印：假也不怕，他亲爹可在这儿呢，手里还攥着银票呢，他能跑到天边去？

康熙：诸葛一生唯谨慎，吕端大事不糊涂。

宜妃看康熙：爷，您说什么？

康熙：没什么，没什么。看书，看书。

宜妃：看书，是要看着别人输吧。

老头儿睡着，口水流出来一尺长，突然醒了。

老头儿咳嗽一声：哎，哎。

宜妃、小桃红、法印、三德子赶快围了过去。

小桃红：老人家，您是不是要喝水？

老头儿：水……就不喝了，有……有吃的没有，我要口吃的。

宜妃：老人家，我们还没做呢。等等，等您儿子回来接您去吃可口的。

老头儿：那……那有碗吗？给我一只，我上街上要去。不要好碗，破碗就成。

几人大惊。

小桃红：破碗，您要破碗干吗呀？

宜妃：还是等等吧，您……

一眼看见老头儿手里的银票，早就被掉了包了，是一张假银票。宜妃抽了出来，众人惊。三德子、法印再冲过来，看老头儿手里的扳指、镯子，都是假的。

老头儿早知自己的任务完成了。

康熙此时还是有点儿惊。

老头儿：还等什么？什么也等不来了。别怨我，这事跟我没关系。给我只碗吧。

老头儿站起来走。

三德子：哎，老人家……

老头儿：您，别问我，我可什么都不知道。我是小街上的叫花子，要饭的，要送我见官去，我谢谢你们，到了牢里我可就有饭吃了。

老头儿边说边出门了。布店中人呆住了。

法印：这人不是他爹。

三德子：他是个叫花子。

瑞合布店后院堂屋。

康熙倒生气地来回走了。

康熙：哎，看到没有，乍一进门还以为他是个孝子呢，搀着，扶着，恭敬着，候着。哎，谁知他是个大骗子。世道这样了，谁敢说良善之人会不被人蒙、被人骗。三德子，那银票呢？

三德子：先看银票是真的，他必定做了张假的，趁着扶老头儿坐下时给换了。谁也想不到啊！爹也在这儿，银票也在这儿，还有身上的那些首饰，怎么也值一千多两啊！谁知都是假的，这么像的爹是捡来的叫花子。

康熙：早该把那老人问清楚再放了，真想不到这些黑道蒙骗会这样费尽心机！宜妃呀，此事不怪你。你呢，也不必生气了，生活即如此。你说过生活即如此。吃一堑长一智，算是长见识了。

宜妃：说对了。万岁爷，我要生气也不生那骗子的气。

康熙：对，谁的气也不生啊。

宜妃：爷，说句不敬的话，奴婢生您的气。

康熙：哎，这挨不上啊？

宜妃：打那人一进门，您就看出来了，您就防着他呢。

康熙：宜妃，朕是被骗多次，是有些小心，可并没有认定……

宜妃：万岁爷，容奴婢把话说完。您……早就有了戒心了，明明是来了一桩大买卖，您却故意地不让三德子拿值钱的好布，而看见我们要受骗了，却一点儿不拦着，看着法印一抱一抱地把绫罗绸缎抱过去，看着我们一步步落入陷阱，您……高兴。爷，您小肚鸡肠。

康熙：哎，朕怎么又小肚鸡肠了……

宜妃：万岁爷，您此次出宫连赌连败，您为了赌一口小气，而对事关道义的大是大非却视而不见，为了争胜负这样的小事，而失了大义。您明知有诈而闲坐一旁，偷观窃笑，这与骗子有什么两样？说您小肚鸡肠为过吗？事儿过之后又假装地大骂骗子如何地欺善压良，而掩盖自己。万岁爷，骗子我恨，但我更恨这身边以友为名幸灾乐祸的行径。

康熙：宜妃，朕，朕……好，朕不妨实说，朕是看出他像个骗子了。可说句实话，朕不知他将怎么个骗法。朕千思万想也看不出他的爹是借来的一个叫花子，朕是要看看骗子怎么骗人，朕要见识这些伤天害理的行径。此事实关大义，怎么是小肚鸡肠呢？

宜妃：貌似有理，可假如您看见大火烧房，您能说是为了看火烧的情境而不喊、不救，那是仁德之举吗？您为什么不想让自己受骗？

康熙：你……你也说对了。朕既想看骗法，又不想自己被骗，宜妃这……这也是人之常情吧。

宜妃：您使骗子得逞。

康熙：哎，我也洞悉其骗法啊。

宜妃：我说不过你，让法印……记账吧。我一天赔了一千六百两，我出局了，被自己人合谋赶出局了，我不玩了。爷您胜了，胜得荣耀。

说完话进西厢房，砰把门关上了。

康熙：哎，谁也没说这账就一定要记到你这上啊？宜妃，你听我说啊！

宜妃：我认输了，出局了。

康熙想说软话，突然想到了法印、三德子、小桃红都在：朕的苦心，真是没有一个人懂吗？

几个人谁也不接话，假装没听见地待着。

康熙：哎，你们倒是听见没有啊？

三人不说话，要去分头睡觉。

康熙：三德子！

三德子：爷，三德子听见了，三德子侍候您睡觉。

休家地牢内。

和风堂齐掌柜被吊起来，火烧着。

莲生在一旁，休六儿亲自动手要打人了。

休六儿：齐掌柜，不是我休六儿不讲情面，实在是你不给我面子，你可别怪我动手了。

齐掌柜：等等，我问一句，您这儿是官还是私？

休六儿：齐掌柜，你这更是不给我面子了。你这话我明白，你看休六儿像是官吗？可话不妨跟你说明了，是官家管不了的，休六儿才管呢。是官家要管而不便管的，休六儿也管。

说着话一鞭子抽了过去。齐掌柜一激灵。

休六儿：你是想说休六儿私设公堂吧？啊？

齐掌柜：你难道不是吗？

休六儿：是又怎样？实话跟你说了吧，别看这牢房是我休六儿私设的，可就这么个地方，想叫刑部、吏部大员来，他必也得来。讲，那张画是谁让人裱的？还有半张，现在谁手里？

齐掌柜：讲出来也是死，不讲也是死。

休六儿：你倒是想得长远，那你受着吧。

几鞭子把齐掌柜打昏过去了，莲生一桶水浇上来。

休六儿过来托着他的脸：说吧，早说少受皮肉之苦。

齐掌柜：那张画现在煮蕉山房的李青手里。六爷，您给我放下来吧。话到此为止，您饶我一条命。

休六儿：好啦。

休六儿冲莲生一使眼色。莲生一直在旁边伸着兰花指玩儿一把刀，接了旨意过来，一扬手，刀刺进齐掌柜胸口，血喷了出来。

齐掌柜：休六儿，休六儿，你不……得好死。

休六儿：这我知道。

煮蕉山房内。夜。

休六儿带了一帮蒙面黑衣人冲进煮蕉山房，黑衣蒙面人一通乱砸。

李青一家跪在地上，休六儿拿着一柄玉如意，啪啪地狠抽李青的脸，李青夫人抱住了孩子一直求。

李夫人：这位爷饶命吧，这位爷，这可是天子脚下，您有事儿说事儿。

休六儿：天子脚下怎么着了？有本事你打开门报案去，看看官兵拿我还是拿你们?

李青的脸肿变形了，血流出。

休六儿：拿出画儿来，放你一家性命。

李青肿着脸不说，休六儿猛地从他夫人手里扯出孩子，极利落地抽出把小刀，一下就对准了孩子的脖子。

小孩吓得哭，哭不出来，哆嗦着流泪：娘，娘!

休六儿：不怕啊，孩子。快求求你爹，求他别让你死。

小孩：爹，爹!

李青：别动手！我拿，我去拿出来。

休六儿一挥手，众人停了，不砸东西。休六儿放了孩子，跟李青上里屋去，气氛凝重。

休六儿拿了画儿出来，一挥手，李青一家被杀。

休家堂屋。

那张画展开了。

休六儿：这画儿，不就是张画儿吗？能有什么新鲜的？害我杀了那么多人。收了。莲生，爷嘱咐你一句，这件事到此了了，亲娘老子也不能说出去了，事关重大，对谁都一概说不知道。

莲生：六爷，您放心吧。

敏府中堂。

敏中生气地走来走去，休六儿坐着偷眼看着。

敏中：休六儿，这事你可应了有些日子了。你可从来没有这么不利索过。

休六儿：爷，访偷问盗、入室行窃这休六儿是行家，可是说访一张画儿什么的，休六儿实在有劲儿使不上啊。

敏中：六儿啊，话可别让我给说明了。

休六儿：老爷您明说吧，休六儿是个粗人，不会绕圈子。

敏中：休六儿，你不会是已经到手了东西，等着跟爷讹银子呢吧？

休六儿：爷，您可说对了，休六儿巴不得到了手跟您讹点儿银子花呢。可休六儿这会儿想讹也讹不上啊。

敏中内心话语：怪我自己，不该将此事说得那么重……

敏中：休六儿啊。

休六儿：爷，您吩咐。

敏中：可我听说城南的南纸店、古玩铺子都死了人了。

休六儿：哟，爷，就冲您这千里眼、顺风耳的能耐，谁能瞒得过您呀？六儿也听说了，但那跟咱这画儿没关系。说是为了抢一只汝窑的洗子，人脑子打出狗脑子了，一气儿死了六口。

敏中：……是啊。这事不说了，还有件事你帮我打听着，京城里最近可有什么新开的买卖没有？尤其有没有开了布店的？

休六儿：布店？爷，您问这干吗？

敏中：随便问问，有，帮我盯着，看是怎么样的买卖人家。

休六儿：嗻。

牢内。夜。

敏中夹了那张画儿来牢中看刘文中。

敏中：刘大人，刘大人，醒醒，醒醒。

刘文中在草堆上翻个身，看见敏中：呀，敏大人又劳您大驾了。有吃食吗？赐我一口。

敏中：没有，没带进来。你说的那半张画儿，我找着了，用不用给你看看？

刘文中：是吗？好啊，用不着，您收好了吧。

敏中：怎么，你不信吗？

刘文中：敏大人，您说对了，我不信。

敏中：怎么讲？

刘文中：敏大人，画您要是子时找着了，我丑时便没命了；您要寅时找到了，我卯时便没命了。画在我在，画儿不在我必死，这理我懂。

敏中：是啊，那我……

刘文中：您呀，这会儿没找着画，可又没了主意，所以您夹了我送您的那半张来蒙我，或许蒙住我了，把真话套出来了，再找眉目；倘若蒙不过我，也没什么，谈谈条件，好让咱们两人都能过得去。

敏中：刘大人，想不到你我多年相交，你心却是如此诡诈。

刘文中：敏大人，官与官之间多年相交有什么用？能心心相印吗？所谓真情大概是毫无利益之时才会有的吧？官与官间只有利益，哪有真情？用不着我跟您说，那些肩膀拍得越响的，大概脚下的绊儿越多吧？敏大人，您不用问我那半张画儿在哪儿，问我也不说。

敏中：你怎么知道我非要问你那画儿？

刘文中：那您为什么来的？

敏中把牢门打开了：本官要放你出去。

刘文中一惊：我不出去。

敏中：为什么？

刘文中：敏大人，我宁可死在牢中，也不愿死在大街上。

敏中：在哪儿死不是死？

刘文中：我不想死得不明不白。您放了我，我前脚出了门，您后手就得把我杀在街中间了，说我越狱被杀什么的。一句话，敏大人，我不想为您开罪。

敏中：哈哈，好！刘大人我们今天的话讲得很透彻。

刘文中：都是真心话。再说一句，不是吓唬您，您要让我死了，您也活不成。

敏中：好，好，我怕了，再会。

敏中说完转身走，刘文中害怕地把牢门关上。

刘文中：当了几十年的官，都想着怎么斗了。斗不过你还防不了你？你想让我死，我可不能束手待毙。

瑞合布店。

还没开板，法印、三德子、小桃红在收拾布店。

法印要去开门。

三德子：哎，等等，等等，等会儿下板，和尚、小桃红，这事得说说。

法印：什么事啊？

三德子：这两个主子天天地不对劲儿呢，这布店再开下去成赌气店了。

小桃红：家有千口，主事一人，三德子，咱可不能让他们分着卖了。外边的骗子、混混还没应付过来呢，自己人还这么乱。

三德子：行，那你跟宜主儿说说，让她出来支应个摊儿就行了，不必认真。

法印：那有什么意思？

三德子：哎，你个和尚，整日念经讲佛，怎么着还愿意看着天天斗天天吵，天天相互阴坏啊？

法印：怎么是我愿意这样？大千世界原本如此。这事不斗了，那事斗。人离了斗，还叫人世吗？阿弥陀佛。

三德子：就你看得清，小桃红，指不上和尚了，咱俩说说……

三德子说话间，法印开门了，下板了。门刚开，一个惊慌失措的女子——秀娥就冲了过来，进来就跑……也不知往哪儿跑，在屋里转。和尚、三德子、小桃红都不知所以，看着她。

三德子：哎，这位小姐买布啊？

秀娥赶快摇了摇头，低头捻了几下布，根本就像没听的样子，偷看门外，三人也跟着看门外。

小桃红：这位姑娘，您要是想买布，我给您选样子去。

秀娥似听似不听，话也不敢说，又摇了摇头。

法印：阿弥陀佛，听得见，不会说吧？

秀娥这会儿听都听不见了，也不管三人看不看，到门口去，悄悄往街上看，俨然拿这儿当个避难的地方。

秀娥悄悄往门口看。三个人也悄悄地想到门口看她到底在看什么。刚过去，只见秀娥像看到什么了，回身就往店里边，往后院跑。

三德子追上去：哎，小姐那是后院，不能去，不能去。

话没说完，砰，店门大开，几个街头上的混混横着膀子冲进来。

三德子顾不了姑娘了，马上回过头来应人。

三德子：几位爷吉祥。这才刚下了板子就来客人了，法印啊，倒茶。

几位爷要点儿什么料子？

混混们进来根本不理三德子，看了看屋子就想往后院去。

大混：起开。

三德子：哎，几位爷，几位爷留步，留步，后院不方便。

大混：不方便？谁不方便啊？

法印：正想问你呢？

大混：开的什么买卖？

三德子：看见了，卖布的。

大混：卖布就好好卖你的布，干什么藏人？

三德子：这位爷，话您可说差了，我们这才下了板，哪儿有人可藏啊？您别家找找吧，别家找找。

大混：别家？去别家哪对得起您呀？小的们，往后院找去。

刚要动，小桃红假装抱了一匹布过来，一用力，一个人就被打倒了。和尚用那种撢布的布撢子一抽，一个混混脸上就几道红印子。混混们一下惊住了。

三德子：大早起的开店打客人可不吉利。几位爷要是不买东西，请吧。

和尚、小桃红把门打开，几个混混稀里哗啦地跑了出去。

三德子：好，这买卖开得，天天得打仗。法印、小桃红，这伙人像骗子吗？

小桃红：你可真被骗怕了，这伙不像。

法印：像强盗。

布店后院。

康熙边系着衣裳边出正房。

康熙：三德子，三德子，早上起来怎么也不叫我？这日头可高了。哪儿像开店的？三德子……

布店后院三德子屋内。

康熙：三德子、法印，人哪儿去了？

回头突然看见门下边有一双脚，穿着一双破了洞的绣鞋。康熙有点儿惊，后退。

康熙：你是谁？出来！

那门猛地一下开了，秀娥举了个门闩冲了出来，冲出来就朝康熙头上打去。康熙赶快招架，情急抓起个瓷瓶就迎，瓷瓶被打碎，又抓东西。

康熙：哎，有话好说，有话好说，别打，别打。看清楚了再打，你是谁啊？怎么还是个女的？三德子，哪儿来的女的？

秀娥看着康熙，嗵地跪下了。

秀娥：大爷，救命吧。

康熙：快起来，快起来。有话说话，有话说话，你……你这是怎么了？起来吧。

布店后院中堂。

一桌的菜，众人都看着秀娥一个人在吃。秀娥像是饿坏了，飞快地吃着。

宜妃：姑娘慢点儿。小桃红，再盛一碗。姑娘，不是怕你吃啊，可不能撑坏了。

秀娥只要不吃就低头坐着，饭一上来就猛吃。

康熙：今天怕问不出什么来了，这可真是饿坏了。三德子给我也盛一碗，看着她这么吃，我也饿了。

宜妃：给我也盛一碗。

后院小桃红屋内。

秀娥躺在炕上了，宜妃和小桃红在问话。

宜妃：这位姑娘，都处了一天了，我还不知道你叫什么名字呢，能告诉我吗？

秀娥：夫人。

宜妃：哎，可开口了。

秀娥：我叫秀娥。

宜妃：爹妈在吗？

秀娥：……不在了。

宜妃：不怕，不怕，爹妈不在有我们呢，不怕。

秀娥：夫人，白天，有没有人来追我……

小桃红：有……被赶跑了，你不用怕，在这儿住着，没人再惹你了。

宜妃：秀娥，你怕什么？

秀娥：他们打我，他们要把我卖了。

宜妃：谁们啊？能告诉我吗？

秀娥：……

宜妃：咱们都是苦人儿，今天不说就不说了，日子长呢……好了，睡吧，以后慢慢说吧。

瑞合布店。

客人很多，热闹无比，三德子、小桃红都在招呼客人，宜妃在打算盘收银子。

三德子：这位爷买了一丈五的软缎。

秀娥也忙起来了，在布店扫地。扫到康熙脚下，康熙抬脚，秀娥看着他笑笑。

正热闹着，门口进来一个大汉，背了一个褡裢进门，褡裢看着挺重，进门后砰地就把褡裢放在柜台上了。

大汉：有伙计招呼客人没有？

法印：哎，来了。这位爷，您选点儿什么料子？

大汉：料子？不要。

法印：精织细布？

大汉：不要，买了布回家还得做，麻烦。

法印：那您要什么？

大汉：有上好的貂皮袍子，您给我来一件。

法印：有，价钱可贵。

大汉拍拍褡裢：带着钱呢……

康熙看见了。

三德子赶快过来，取下了一件：哎呀，爷，是要买成衣啊。现成的老恒泰的手艺，一色的貂皮，厚实，一千五百两一件。

大汉：不贵，不贵，比俺想的便宜。

三德子：那您试试。

大汉把自己的旧袄脱下来了：试试，要娶媳妇了，得像样子吧？是不？走亲戚串朋友的要讲个场面吧，是不？人要衣装，佛要金装，是不……

三德子：哎，说得对，说得对。跟您自己做的一样，合适。外边再罩个皮马褂，给您扔雪地里三天，您都冻不死，多好的貂皮。

宜妃、小桃红都放了手里的活，看着。

康熙：好东西买下吧，跟定做的一样。

大汉此时故意挑毛病：哎，这袖子该锁个边，翻出块貂皮来才对啊，要么谁知你是貂皮袍子，对不对？打个折吧，咋样？

此时店门中已进来一个精干小伙，进来后就看着对面柜台上的褡裢。康熙看见了，冷眼看着。

三德子：得，褒贬是买家，再给您一口价，一千二百两，不能再低了。

小桃红：袖子能翻出来，能翻出来。

三德子低头，翻袖子，所有人目光集中在大汉身上。突然那精干小伙飞快地冲向褡裢，抄起就跑，两步就出门了。

一切像真的一样，哪就那么寸，大汉此时抬眼看个正着。一看钱被抢了，大喊一声。

大汉：哎，哎，钱，我的钱，抢钱了……

大汉挣脱了三德子、小桃红飞快地往外就冲了出去，一店的人全都惊了。

三德子、法印、小桃红飞快地追出门去。

三德子、法印：快别让抢钱的跑了，追，快追。

瑞合布店门口。

三德子、法印、小桃红追出门来，左看右看，街上哪儿还有人？

法印：哈，倒霉了，好容易攒下的钱，阿弥陀佛，但愿能追上，为了娶媳妇的呢。

三德子：要赶不上……可就……

三人突然有所悟，对视一眼，飞快地返回店去。

瑞合布店内。

柜台上扔着一件大汉换衣时脱下来的破棉袄。

三德子：坏……坏了，貂皮穿跑了，貂皮，法印追。

两人飞快地往外去追。

小桃红：哎，哎，不会是商量好了吧？不……不会吧？快追，你们俩追，一千多两呢。

康熙：三德子、法印，不追了。

宜妃：小桃红回来。

三个人回来。

法印：哎，爷，这可是眼皮底下明抢一样。

三德子：哎，这眼可现大了，我还帮他试衣裳还价呢！

小桃红：爷、宜主儿，一定要追回来呀。

康熙：不追了，等等……人要能给送回来，这叫天地澄明，要是没有送回来，报官。不信这店就开不下去了。

街上。

人来人往，一派貌似平和景象。

天空中有鸽哨音传过。

瑞合布店内。

气氛凝重了，此时也没有什么客人了。大家坐着，站着，都有点儿消沉。

时间慢慢地过去，但没有人把貂皮送回来，也没有报官。

康熙突然笑了。

宜妃：爷，您还真有心思笑？

康熙笑：宜主儿，我不笑怎么着？你想想，咱们五个大活人啊，要说傻没有一个傻的，说是开一个布店，这才几天啊，先是看店面就被骗，接着假爹、假银票又被骗，这不大白天上你这儿穿衣裳来了，你还侍候着他，笑脸陪着他，给你穿跑了，你还替他着急。看着买卖挺热闹，别说赚钱了，三个布店的底都快赔进去了。你说不笑又能怎样？也不知人家的店是怎么开的？

法印：隔行如隔山，爷您治国治得好。

康熙：店不见得能开成，是吧？朕承认。

正说到这儿，秀娥突然从前门进来了，回头招呼着人，说着话进来两个差官。

秀娥：官爷，就是这家，您进来看看吧。

宜妃：哟，小桃红，一忙给秀娥忘了。

小桃红：主子，秀娥有心把差官给叫来了。

两个差官摇摇晃晃地进来了。

差甲：姑娘，是这家呀？

秀娥：就是这家。爷、夫人，白天丢东西的事，秀娥实在看不过，把差爷找来了。

宜妃：还是秀娥讲实际的。

差甲抖落着链子，很牛的样子：谁主事呀？

康熙看见就不高兴，不应。众人看康熙，康熙给三德子使了个眼色。

三德子：哎，有事您跟我说吧。

差甲：什么叫有事跟你说啊？是你们有什么事跟我们说，去，先沏壶茶来。来，兄弟坐下。

两人坐下。显然秀娥更明白事，沏了茶端来了。康熙看着生气，宜妃不愿看。

宜妃：小桃红，走，咱们去后边歇去吧。

小桃红：哎。

两人走了。

差甲：买卖开出来多少天了？

三德子：没有多少天。

差甲：怎么着？开买卖也不说一声，这有事你找我们来了。

康熙：说对了，没事找你们干吗？

差甲：哟嚯，气还挺盛啊。这位爷，您不管事，我们不跟您说。来，兄弟，场面上的事儿你懂不懂？没事的时候就不会请我们兄弟乐和乐和？啊？就这话还用大爷我明说吗？买卖开不下去了吧？

康熙实在听不下去了。

康熙：你怎么知道？

差甲：我怎么知道？你开着这么大的买卖，黑道的不招呼，白道的也不打点，说句不见外的话，你能支撑这么些日子算是有能耐的。

康熙：哎，这位官爷，我们正经开我们的买卖，进货出货，打点顾客，倘若有什么黑道的来搅生意，该你们这些穿着官衣拿着大清俸禄的人来管啊。怎么你们也跟那些走黑道的一样，要乐和，要打点吗？

差甲：你算说对了。

康熙：我们可没那么贱。

差甲：好，硬气。兄弟走。

差乙开始唱白脸：慢着，慢着！这位爷，我们哥哥说这话可是为了你们好。可着四九城您打听打听去，谁家开买卖不是四面八方各路神仙都拜到了，才能开啊？咱们也别说什么黑道白道，就是猫道鼠道屎壳郎道，你哪一道没拜到，到时找你的麻烦不是？说这话可是为了你好。全一样，不是平民百姓如此，我们也一样，皇上老子来了也得拜地方啊。

康熙：怎么个拜法？

差乙：爷，您是个明白人，还用我明说吗？俗话说有钱能使鬼推磨，这话再深了说啊，那就是有钱他能让磨推着鬼转您信不信？所谓破财消灾，知道吧？钱算什么，事可不好对付，再深的话我就不说了。

康熙：破财消灾，财从何而来？

差乙：哟，那我们可就不管了。您开的店，您知道怎么赚钱啊！

康熙：我赚的钱是没有你这份儿。

差甲：兄弟，他是个棒槌，不说了，咱走。

康熙：慢！既来了，想一走也没那么容易。你们是吃官饭的，巡城守夜，维护治安，安抚百姓，是你吃这口饭的职能所在。今天你们来了，本店的事儿你就要管。

差甲：嘿，这不是不懂得理儿吗？让开，走。

刚要走，看三德子、法印站在门口，走又走不成。

差乙：别急，兄弟别急，上边不是这几天正查着呢吗？咱为民理事，为民理事。好，说吧。丢了什么了，怎么丢的？说吧。

街上茶棚。

休六儿正喝着茶。

莲生过来：爷。

休六儿：说吧。

莲生：爷，打听过了，这南北城新开的铺子有十几家，可新开的布庄子，只有南城的那家瑞合。

休六儿：瑞合啊？哈，就是爷拉了二十几匹料子回来的瑞合啊？是什么人开的？

莲生：那可说不清楚。问了十几个人了，没一个说得清楚的，看着不像在街面上混过的。

休六儿：那些人我见过，备不住真有什么大来头啊，再细问问。还有什么事？

莲生小声附耳：问了，今儿上午山东黄……

休六儿：你小子能干啊！谁告诉你的，有卧底吗？

莲生：爷，不是您让去的吗？

休六儿掏出锭银子给莲生：噢，你可真舍得。好，玩去吧。

莲生：谢六爷。

瑞合布店内。

两差官听完了三德子、法印的叙述。

三德子：官爷，您看这事怎么办吧？

差甲：怎么办？你们不会开买卖吗？怨不着别人。我跟你说啊，客人进店，背的东西、拿的包先一点你得给看好了，客人的东西放柜台上了，你怎么管都不管？

三德子：那不是人多了，忙嘛？

差甲：忙？丢了东西就不忙了。再有，客人试衣裳，怎么就能在这大庭广众之下，多不雅。嗯，你说他们是一伙的，你要给他带到后边试去，他再是一伙的也做不了这个局呀。

三德子：您说得有理。

差甲：还有，门口多放两个人，来往的客人看住了，柜台底下放上把刀，万一有个事儿，好有个准备。再有，凡那不像样的客人不放进来，该打打出去。还有，雇几个打手，有事了好对付，最要紧的门口拴只大狗，凡有事了，让狗追，你们追能追上吗？

法印：这是开买卖吗？

康熙：如此开店要你们何用？

差甲：说对了，指望我们不行。指望我们得有指望我们的道理，可那道理，给你们说了，你们又不懂。兄弟走了。

差乙：好，事儿呢，我们也听过了，人呢给你们访着。好，接着开吧，开吧，我们走了。

两人说走站着不动，想要常例。

差甲：哎，我们走了。

法印：走吧，门开着，路敞着，腿长在你们身上，走吧。

三德子：走，不走轰你们了。

康熙：给爷轰出去。

差乙：兄弟走吧，碰上一帮从爪哇国里出来的大棒槌。

后院。夜。

明月当空，夜色如水。康熙坐在椅子上，与宜妃相对坐。

康熙：宜主儿。

宜妃：爷，您说。

康熙：你看那明月，几万上亿年，它看见的事儿可多？

宜妃：多啊，看也就看了，该圆时圆，该亏时亏。

康熙：天地翻覆，不为所动。心要真像个月亮也难。

宜妃：爷，您感慨了？

康熙：啊……没有感慨了，没有了。宜主儿，天下事哪一个在你意料之中啊，哪一个是你想的那样啊？你以为人人崇尚高古，追求境界，路不拾遗，夜不闭户，个个相敬相爱，哪里是这样？夜不闭户？有十只眼睛看着就敢从你眼皮底下明目张胆地抢东西、骗东西，官不尽其职，兵不守其责，民不安其生，连盗都不遵其义。宜妃啊，朕想不到朕的天下是这个样子。这还是在朕的脚下呢，哎，换一个人跟朕说，朕都不信。

宜妃：不乱不治，看见了总比视而不见好，该算个好事。

康熙：话不错，朕怎么治？

宜妃：治一而儆百，有一个治一个，总有治的神效。爷，治不是才能治出英明君主吗？该高兴才对。

康熙：你……你真会说宽心话，朕……内心不堪其苦，听你一番话也只有忍住，不该说苦，该笑才对。

话说到这儿，看秀娥回来。

宜妃：哎，秀娥吧？

秀娥：夫人，是我。

宜妃：这么晚，你去哪了？

秀娥：没去哪儿，我上街找人去了。

宜妃：可要小心，怕不安全。

秀娥：哎。

康熙：宜妃啊，弄得朕现在见了谁都不敢信了。

宜妃：是啊，我也这样了，这可不好。

一直看着秀娥。

六

瑞合布店。

众人正在掸布、洒水、扫地、擦柜台。

休六儿玩着手里的折扇，背着光，犹如英雄出场一般，先在门口站站。

三德子以为是寻常客人：哎，爷，您来了，选什么料子？您请里边。

休六儿不动，待众人都看清了，才从门口进来。

休六儿：掌柜的、伙计们，别来无恙。

三德子一眼看清了，大惊，大喊。

三德子：法印，关门！可别让小子跑了，快关门，关门！

休六儿听了这话连动都不动，径直走到太师椅那儿，坐下玩扇子：伙计，门不用关，沏茶。

康熙、宜妃看着。

三德子：小子，还想蒙事儿啊？这回你是带了爹来还是带了娘来，还是带你祖宗奶奶来的？还想再蒙一道是不是？法印，抄家伙……

法印拿了扫帚就要上手。

康熙：慢着，倒茶。

小桃红不情愿地端茶上来。

休六儿：哎嚯，一瞧这位就是爷，休六儿这儿有礼了。

康熙：免了吧，你这是送银票来了，还是取老爷子来了？要么真就是还想再蒙点儿东西走？明说了吧。

休六儿：没有，没有啊。开个小玩笑嘛。俗话说不打不相识，不骗不相认嘛。看着你们儿位眼生，做了个小游戏而已，为的是交个朋友，交个朋友啊。莲生啊，把绸子送上来还给人家。

话音刚落，莲生扭捏地进来，带着人把那二十多匹绸缎搬了进来，一一摆在柜台上。

康熙：哈哈，有意思，演戏一样。这位大爷，报个万儿吧。

休六儿：休六儿，您叫我休六儿就是了。

康熙：好，休六儿，我们瑞合是不是该谢谢你呀？你先是以江湖之术蒙了东西走，这会儿又突然把东西给送了回来，玩弄瑞合布店如在股掌之间。这会儿，我们收了自己的东西，还该谢谢你对不对？你到底是什么意思？

休六儿：哟，爷，这理儿您要是不这么掰开了揉碎了地说，休六儿还没想透呢。这么着吧，您要是谢呢，我接着；您要是不谢呢，休六儿不挑礼。东西是你们的，开个玩笑而已，谢不谢的就不讲虚的了。不过呢，下边这件事，您要是不谢我，那您可就不太够朋友了。莲生，把黄大给请出来吧。

莲生：哎，得令。

说着话，两个喽啰把穿着貂皮袍子的黄大和那个背着钱褡裢的精干青年押上来了。

康熙等真是有点儿惊了。

两人被押上来像展览一样地站着，皮袍、褡裢都在。

三德子：哎，哎，小子啊，你们俩真是一伙儿的啊。一个假偷，一个假追，其实是穿着我们的袍子真跑。好小子，可把爷害苦了，让爷侍候你穿，让爷侍候你说了半车的好话。脱，脱了！

法印上手要去翻那个褡裢钱袋。

休六儿：不用翻了，这俩人是南城有名的黄家二鬼，那褡裢里一准儿没钱，全是石头块子。

小喽啰一倒，可不是方方正正包了纸封的石头块子。

三德子扒黄大衣裳：小子脱吧，暖和吧？烧心不烧？“我有钱，我回家娶媳妇，我得体面。”你小子，骗得爷好惨。脱了，脱了！

汉子：俺那件破袄呢？

三德子：破袄！还想要破袄啊！你不是有钱吗，要破袄干吗？早没了，你冻着吧。小子，不冻冻你，你不知自己有没有人心。

康熙：休六儿，你这是……

休六儿：这位爷，是这么回子事啊。这事呢是我听说的，看着不公了，天底下欺负人，也没有这么没完没了的是吧？咱们爷们儿当游戏了，他可是真要蒙钱的，不一样。

康熙：你倒有仁义之心啊？这人怎么处置？

休六儿：听你的。

正说着，秀娥又引着两差官进来了。

差甲：哎，怎么着，说是人拿着了。闲人散了，闲人散了啊。我说吧，他跑不了，一出门就访着了，小子告诉你，盯了你几天了。兄弟抖落家伙，拿人。哟，六爷，您在这儿呢？

休六儿：张龙啊。

两人站好了行满礼。

差甲：您吉祥。

休六儿：您吉祥。得，听着信儿了。

差甲：听着了，听着了。掌柜的，人我们可给你们访着了啊，正要拿呢，被六爷赶了先了。六爷您就是能耐，这北京城没您做不了的局，没有您铲不了的事儿。皮袍子脱了没有？啊，在哪儿呢？在哪儿呢？

三德子：这儿呢。

差甲：脱了是不？好，真好的皮子，这可是赃物，兄弟哎，接着，咱先上衙门里报了案子去。六爷，谢您了，您还真给这个铺子面儿啊。谢了，谢了。走，走。

两人抱着皮袍子，推着人要走。差乙接过皮袍子，细看高兴。

众人看着皮袍子回来又要脱手都有点儿不知所措。

三德子：哎，怎么要拿走啊？

差甲：不拿怎么着？这可是赃物。

休六儿：等等，张龙啊！

差甲：哎，六爷，您吩咐。

休六儿：赃就别拿走了，挺贵重的东西，回头不在意弄没了，放下吧。

差甲：哎，六爷，您一句话，您一句话。来，伙计，袍子接过去了。

休六儿给莲生使眼色，莲生追了出去，把一块银子塞在要出门的差甲手里，两个人还推让。

差甲：哎，不要，不要，六爷的钱我们可不要。

莲生：您拿着，您拿着。

差甲：那谢了，谢了。

休六儿一切办妥，低头喝茶，很志得意满的样子。

屋内的康熙看这一幕黑白道的戏看得目瞪口呆，觉着休六儿牛啊。

康熙：休六儿……

休六儿：哎，爷，您说。

康熙：想不到，你果然有本事……

休六儿：谈不上，人堆里刨食吃而已，小事，小事。

康熙：是啊，但这个“谢”字，我还是不能说。

休六儿：说不说的由您……我也看出来了，您这人执着，不活泛。不碍的，我好交这路人，谢不谢的处长了就知道了。休六儿我常在街上走，要是听谢啊，耳朵早起茧子了。茶不错。莲生，回了。回见，回见，不用送啊，不送。

说完站起就走，转眼店里人都没有了。

康熙等人看着还回来的绸缎和皮袍子。

宜妃：这……这是什么人啊？这么风风火火的，看着还有点儿……江湖。

康熙：三德子，追出去，告诉他，晚上泰丰楼请他吃饭。

三德子：嗻。

宜妃：爷，这路人……

康熙：这路人，朕也当见识见识。今天我才认准了，宜妃，这人咱们原先见过的。

宜妃：是吗？什么时候？

康熙：忘了那次吃饭了？

众：吃饭？啊……鱼钩。

康熙：可不是鱼钩吗？是不是他？

众：可不是嘛！

宜妃：想想害怕。

敏府中堂。

敏中坐着。

休六儿：爷，回您话。

敏中：那张画儿……

休六儿：爷，小的有罪，画儿的事一无踪影。

敏中：坐吧。休六儿啊，有踪影也不追了，画用不着了，你也不用费心了。

休六儿听了不动声色，心里却想：这是跟我动心眼呢。不用？那张画必是你有大用的，事关性命，你不说真话，爷我也没有实话。

敏中：访出有人开布店了吗？

休六儿：爷，正要跟您回呢，有几户开出店来的……

敏中：布店？

休六儿：布店只有一家。

敏中：噢，什么样的人？

休六儿：啊，一个山西侏儒小矮子带了一个媳妇、两个侄子开的小买卖。

敏中：那不对呀？

休六儿：爷，贸然问一句，您打听什么人？

敏中：没什么，我的一门亲戚。该是五个人，三男两女的才对。

休六儿心里有底了：爷，您放心吧，休六儿给您留心就是了。这人有那么要紧？

敏中：要紧，要紧。找不着最好，……算了，这事也是有一没一的，你回吧。

休六儿：哎，爷，您歇着吧。

泰丰楼雅间。

酒席上，康熙、三德子、法印与休六儿、莲生喝酒，似已微醺。

休六儿：这位爷，休六儿高攀一下，再跟您喝一个。

康熙：哪儿的话，该是我谢你才对。

休六儿：不算事儿，不算事儿啊。您……您是大人物，这……

三德子：你怎么看出我们爷是大人物啊？

休六儿：没看出来，诈……诈你们呢。诈你们，我诈得对不对呀？你们是不是大人物？

法印：我们爷当然大了，是个布店的掌柜的嘛，还小得了？

休六儿：是啊，大也大不了哪儿去。实话跟你说，休六儿就不怕大人物。

康熙：此话怎讲？

休六儿：大人物必有小过失。

康熙：你怎么知道？

休六儿：休六儿怎么知道？休六儿是干这个的，您想见识见识吗？

康熙：你不怕我抢你的饭碗？

休六儿：实话跟您说，我的饭碗，皇上下来都抢不走。

三德子：喝多了吧？

休六儿：喝得是不少，但不是醉话。小二，结账。爷，你这人有点儿仁义，这会儿这种人少了，等会儿，结了账我让你开开眼。

三德子把银子一锭放在桌上。

休六儿：哎，不用，莲生……

三德子：哎，你别叫，别让了，回头又来俩鱼钩，血得糊的，我们可受不了。

休六儿：鱼钩？那事你们也知道啊？哈，谁说你们不江湖的，你们还知道不少呢。今天不，今儿个花正经银子。

康熙：正经银子？哪儿来的？

休六儿：大官手里讹来的，您信吗？

康熙：你可真有本事。

休六儿：走，就你一人啊，人去多了，怕炸窝了。走吧。

三德子不放心，康熙使个眼色说没事。

前门外八大胡同。夜。

休六儿引着康熙在胡同里走着。

休六儿：这是翠香楼，那边是万花楼，前边的是彩云院，后边是流莺馆。

康熙跟着。不时有浓妆艳抹的妓女唱着曲儿过，拉康熙。

妓女：爷，您再不来，奴家可要想得上吊了。

休六儿：去。

休六儿拉住就要打，一个王八赶快跑了过来。

王八：哟，六爷，六爷，新来的雏儿，不认识您，您饶了她，您抬抬手。去，不长眼的，六爷都不认识，下回记住了。

休六儿：来过吗？

康熙：没有。

休六儿：没有？北京城我知道的爷们儿大概只有一个人没来过。

康熙：谁？

休六儿：皇上。

康熙：噢。

休六儿：这会儿加上您有两位了。

康熙：是呀。

康熙一眼看见一辆马车至，户部大员便装从车上下来。下车时，一盏红灯一挑，有人跑出来接，康熙几乎与之四目相对，赶快遮脸。

休六儿：看见了吗？

康熙：啊……谁？

休六儿：刚下车的，知道是谁吗？

康熙：谁？

休六儿：户部侍郎，多大的官啊，平时你可见不着。

康熙：你……你怎么知道？

休六儿：我怎么会不知道？

正说着话，从前边一个院子里又出来一个大官，便装，妓女往外送。

妓女：大爷，常来啊。

大官：回吧，不用送了。

休六儿：你等等，我过去。

休六儿飞快地跑了过去。

休六儿：齐大人，小的休六儿给您请安。今儿个您玩得可高兴？翠喜侍候得您可好？

齐大人：啊……啊，好，好，拿着。

马上从袖子里掏出个元宝给了休六儿。

休六儿：爷，您真疼我……谢了，您走好。

康熙怕官员认出，躲在树后。休六儿送走了齐大人，回来找康熙。

休六儿：哎，你躲什么呀？

康熙：啊……我……怕搅了您的局。

休六儿：搅我的局？你不会认识他们吧？

康熙：看您说的，认识他们？我一个开布店的怎么会认识这些达官贵人？

休六儿：是啊，赶明儿我带着你办儿档子事，你开开眼。走。

康熙：去哪儿？

休六儿：收钱去。

康熙：你这钱来得也真容易。

休六儿：容易？刀蹭着脑瓜皮挣出来的。走。

赌局。

乌烟瘴气的，各种赌钱的——押宝、牌九、三只碗藏东西，赌得热闹……休六儿带康熙进。

门卫：六爷您来了。

休六儿把康熙拉到一边：哎，看见没有，那个押宝的？

康熙一看是个刑部侍郎：看见了。

休六儿：是个四品大员刘大人。那边那个文文雅雅的……

康熙：看见了。

休六儿：是个御史，洪大人。那边那个看见了吗？

康熙生气：看见了。

休六儿：你……你好像不高兴。

康熙：没有……没有，高兴，高兴得很。

休六儿从怀里取出张条子：把我这条子给刘大人递进去。

康熙：干吗让我去？

休六儿：你不会真的认得他们吧？嘿，你不能白来呀，你得办点儿事，让他们也记住记住你，将来好吃这碗饭啊。去吧，掌柜的，咱这路事，看了可不能白看，我不让你下水，也得让你沾沾水边。去吧。

康熙无奈，硬着头皮往前走。正没主意，看见小二端着盘子往那桌送。

康熙：哎，交我吧。结账了吗？

小二：没呢，二两半。

康熙给小二一块五两小锞子：拿着，别找了，把毛巾借给我。

说着把小二长毛巾抽下来，一转脸把毛巾系在头上，把眉眼吊得很高，喊着送东西去了。

康熙：来了！您的面，您的茶，您的酒，您的信一封。

四品大人接过信，再左右找人：人在哪儿？

说着看看康熙。康熙眉眼吊得很高，也怕认出，用手一指，烟雾中休六儿跟四品刘大人招手。

康熙：那儿呢。

四品大人掏出锭银子：去吧。

康熙把毛巾摘下去会休六儿。

康熙：银子给您。

休六儿：你还真行，就是有点儿慌啊。你留着吧。

瑞合布店。夜。

一个黑黑的人影在布店中悄悄地往门口而去，到了门口轻轻地把门开开了。门刚一开，一个年轻的男子闪了进来，是莲生。

莲生：娥子，娥子，可想死我了，跟我走吧。

两人相拥。

秀娥：生儿，别……别这样，我……我不走，这家人待我不错。行了……行了，想我不？

莲生：想，怎么不想？

后院堂屋内。夜。

宜妃、法印正急着等消息。三德子、小桃红悄悄地推开门，蹑手蹑脚地回来了。

宜妃：哎，怎么样了？

小桃红不好意思：让……让三德子说。

三德子：主子，不是咱想的那回事，是……

宜妃：是什么呀？

三德子：主子，是秀娥有个相好的在门口等着她呢。

宜妃：这事不管，不过也是被蒙骗怕了，碰着个人都不敢信了。不过冷不丁地来个生人，总……

刚说到这儿，听秀娥边唱着曲边进来了。

秀娥：哟，夫人、哥哥、姐姐，你们都还没睡呢？

宜妃：是啊，秀娥你去哪儿了？

秀娥：我哪儿也没去呀，给厨房压火去了。

三德子：对，是该压压火了。

秀娥：老爷呢？

宜妃：秀娥你歇歇去吧，别管那么多了。散吧，散了，都睡吧，明天还得做买卖呢。

乾清宫。

康熙坐殿。百官朝拜。

百官：吾皇万岁，万岁，万万岁。

康熙：平身。

百官分列两边，昨夜在八大胡同碰见的两官和在赌场碰见的两官都在。

康熙的目光一一从各官脸上扫过。

康熙：众位爱卿，朕自八岁登基，十四岁亲政，每日勤于朝政，与众位爱卿日日为国事而忙。昼而夜来，这夜里不知众爱卿都做些什么？三德子、法印。

三德子、法印：嗻。

康熙：给每位大人发纸笔，请诸位爱卿将昨夜所做之事，如实写出来。一呢，朕可对诸位之夜有所了解；二呢，也算是朕对诸位独处时的督问。好，写吧。朕有句话不妨嘱咐，众位爱卿不会给朕写假话吧？

百官：臣等谨记。

百官全跪下了，就跪着写起来。

康熙看着这些人。百官偷偷地相互看，不知怎么回事。

布店后院。

秀娥在院子里坐着纳鞋底，宜妃拿个凳子坐了过来。

宜妃：秀娥，你可真是飞针走线了，怎么纳得这么快啊？拿来我看看。

秀娥：夫人您可别笑话。

宜妃：秀娥啊，你这么跑出来就没人来找你吗？

秀娥：夫人，秀娥全家就剩一个人了，谁会来找啊？秀娥拿店当自己家了。

宜妃：好啊，秀娥你能说这话，我可高兴了，你看看老爷和我可是……什么样的人啊？

秀娥：好人啊，你们都是好人。

宜妃：像开布店的吗？

秀娥：开布店的哪有像不像的？你们就是开店的嘛。

宜妃：是啊，有些话别跟外人说。

秀娥：夫人您是信不过我吧？

宜妃：哪有的事儿呀。你也见了，开买卖不容易。我们信你。

秀娥：夫人，您要信得过我，有句话，您得听我的，可别跟休六儿那样的人来往……

宜妃：为什么？

秀娥：他是秀娥家的仇人。

宜妃：是啊，说说。

秀娥：不想说，早晚有一天告诉您。

乾清宫。

所有的条子都收上来了，百官依旧跪着。

康熙：嗯，好。匆匆一览，一百个人有一百个昨夜都在尽忠，尽孝，闻道，学理。很好。但是，朕以为对有些人来说，话不妨说，事儿不妨做，这一百个人中或有几个人是说了假话的吧？

百官磕头：臣等万死。

康熙：三德子、法印，请辨盒。

三德子、法印：嗻。

三德子、法印各端一大黑漆盒子下去了。黑漆盒前有两个圆洞。

康熙：诸位爱卿，不是朕信不过你们，算个游戏吧。你们各把双手伸进辨盒中。辨盒对谁说了真话谁说了假话自有判断，游戏而已，请吧。

百官全都紧张了，又没办法，一一往里伸手，都紧张，都不知如何是好，一伸一闭眼。有的伸进去拿出来后是一双黑墨汁手，有的手一点儿也不黑。

手黑的紧张，手白的也紧张。

敏中黑手一双，不知怎么回事。

康熙：举起手来。

百官举手给万岁爷看，都哆嗦。

康熙：好，有黑有白……朕看清了，退朝。

三德子：退朝！

宫内夹道。

百官仓皇而行，有举着黑手的，有举着白手的。

秦大人：刘大人，刘大人，这是怎么了？到底黑的好还是白的对呀？

刘大人：那谁知道啊？看您说的是不是实话了。

秦大人：敏大人，敏大人，您说说。

敏中：秦大人，您要说了实话怕什么黑白？就怕您没说实话。

刘大人赶快凑了过来。

刘大人：敏大人，实话能说吗？

敏中：实话是不能说，但有一条，您不能让人抓了假话的把柄。

秦大人：这，可，可……

敏中：可什么？

秦大人：没……没什么，没什么。

秦大人拉了刘大人走，敏中在后边张着手，看着他俩，心里知道他俩要说什么似的。

敏府中堂。

一双黑手在一铜盆里泡着，黑汁在白水中浮散。

敏中：休六儿啊，看见没有，万岁爷今儿个在殿上震怒了。

休六儿：是啊。爷，您手怎么都吓黑了？

敏中：不是吓的，算了，话不多说了，爷我身为吏部，我得给万岁爷出气。休六儿。

休六儿：爷，我听着呢。您说您要给万岁爷出气。

敏中：休六儿，昨天夜里都有哪几位大员去了什么楼啊院啊，去赌啊唱的，你给我报报。

休六儿：爷，这事儿怕不妥……

敏中：管家，拿银子。

休六儿：不是……不是……不是钱的事。爷，休六儿吃的这碗饭，虽说看着没规矩，其实是有规矩的，这事分寸就在你我之间了，再要到金殿上去，休六儿不怕别的，怕自己的命早晚不保了。

敏中：休六儿，爷我不求你，话也不想再多说了，你今天愿说就说，你不愿说请回。

擦了手要走。

休六儿：爷，您等等。

说着话把自己怀中的小本本掏了出来：爷，您别生气呀，咱们不还得相互靠着呢吗？我给您报报……

乾清宫。

康熙正襟危坐。敏中出班正奏事。

敏中：臣身为吏部，而督视不严，实在有罪，前天夜间据臣所查，有两位官员羁留城外，夜不归府，纵情声色。

百官交头接耳，人人自危。

康熙：哪两位？

敏中刚要说，康熙拦住了他。

康熙：等等，这会儿愿意站出来，也不失为知耻。哪两位？

百官个个鼻对口口对心不说。

康熙：好，讲。

敏中：回万岁爷，刑部刘大人、御史洪大人，前天夜里并没有回府。

两人哆嗦，出班跪。

康熙：你二人有什么话说？

刘、洪：臣……臣等知罪。

康熙：知罪？倘若没有人参奏，你们知的什么罪？好，刘大人你前夜在做什么？

刘大人：回万岁爷，臣在翠香楼夜宿。

康熙抽出一张条子：这可是你写的吗？“昨夜读圣贤之书，颇有心得，作文一篇、诗二首，以颂仁孝。”圣贤之书？你的圣贤之书是在淫词艳曲中读出来的吗？仁孝？你孝敬的是什么人？讲！

刘大人：臣罪该万死。

康熙：万死，一死足矣，去顶戴推出，交吏部发落。

康熙：洪大人，你前夜又在做什么？

洪大人：臣……臣愿一死谢君恩。

康熙：一死，怕你不死。这样的事朕实在不想问了，敏爱卿，此二人全数交你严办。一定严办！敏大人，朕再问你，刘文中的事儿可办了？

敏中：正在办。

康熙：就那么难办吗？

敏中：臣有罪。

康熙：你若再不办他，朕可要办你了。

敏中：臣领旨。

康熙：退朝。

三德子：退朝！

宫中夹道。

百官疾步而行。敏中紧张快走。

齐大人：敏大人留步，敏大人留步。

敏中：齐大人有什么事吗？

齐大人：敏大人，多谢今日您殿上手下留情。

敏中：齐大人您也看了，本官这本是留了，可自身难保啊。

齐大人：敏大人，正想跟您说，这么下去可不是个事儿。

敏中：依着您该怎样？

齐大人：敏大人，出了宫借一步说话。

敏中：好，您跟着我的轿子吧。

齐大人：好，好。

八大胡同热闹街上。夜。

休六儿吃着果子，看见官兵执戟而过，吓得街上的妓女纷纷躲起来了。

休六儿：他妈的，这是真的坏了爷的买卖了，他们不出来了，爷吃谁去？小五子，这是抄了。

摊贩：爷您说得是，抄了，今儿怕是没什么生意了。

布庄后院堂屋。夜。

康熙一人还在看那些大臣写的条子，看一张放在旁边一张。

三德子站立，法印打坐，二人在旁边侍候着。

康熙：三德子，三德子！

三德子：爷，您吩咐。

康熙：朕要出门。

三德子：爷，这么晚了，您上哪儿去呀？

康熙：朕要看看那些不干净的地方，现在是不是干净一点儿了。

三德子：嗻。法印起了。

康熙：换夜行服。

三德子：嗻。

风起了，有紧张感。

八大胡同。夜。

夜很深了，翠香楼门口一盏灯悄悄地挑出来，齐大人左顾右盼，好像很紧张。

翠喜：爷，您放心吧，谁问我也不说。

齐大人：好，好……

赶快正要上轿，远处树下休六儿移了出来。

休六儿：真是不争气呀，你空一夜就不行吗？爷以为要白等了呢。

飞快地赶到那轿子跟前去了。

休六儿：齐大人，您吉祥。

轿内齐大人：休六儿啊，你来了？

休六儿：齐大人，恭喜您躲过一劫。

齐大人：哈，你什么都知道啊。休六儿啊……

话音刚落，从轿子里推出了一箱子元宝。

齐大人：听说你有个记账的本子，把它让给爷吧。

休六儿：爷，您也是耳听八方啊。爷，那东西在休六儿只是个吃饭的碗，可要到了您这些大人的手里可就变成杀人的刀了。休六儿不卖刀。

齐大人：好，告辞。

休六儿：齐大人慢走。

话音刚落，头刚低下，突然轿中一把剑出，直取休六儿。休六儿大惊，忙闪。

这一闪就到了翠香楼门边，就看翠香已被杀死立在门前。休六儿见势不好，一把剑抽出，开始抵抗。四个轿夫都扯出兵器，休六儿一看不好想跑。

休六儿：齐大人，有话好说，不就是个破本子吗？还劳您花钱啊？我给您，我给您。

正说边退，转身想跑。刚跑几步，那边火把一片，秦大人领着兵也出现了，挡了休六儿的路。

休六儿：秦……秦大人。

秦大人：你认错人了，我可不是什么秦大人，秦大人怎么会来这种地方？跟你说休六儿，你积怨太多，死到临头了。

两路夹击而来，休六儿此时是叫天天不应，叫地地不灵了。

休六儿掏出本子来：等等，等等。我烧了它，我烧了它。饶我一命吧。

一个兵士把火把扔了过来，众兵士站着看他烧。

休六儿接了，又怕烧完被杀，有点儿犹豫。刚要点本子，就听呼的一阵风起，三个蒙面之人飞至，火把被打灭了。休六儿飞快地把本子揣回怀里。

三个人面对两边兵士，相持一会儿就打起来。众兵士拥上前来，三个蒙面黑衣人与众兵开打。休六儿看准机会，突然开了一扇院子门，飞快地跑了。

这边还在刀光剑影。

阴暗的胡同口，敏中骑在马上看着那三人，拨马回。

瑞合布店。

一切都像没发生一样。

康熙伏在柜上睡觉。

休六儿包了个伤胳膊进来，走到柜台前，把怀中的本子掏了出来，拍在柜上。康熙醒，抬头。

休六儿：黄掌柜的，你够意思。来，这东西给你了，白给，你收着吧。

康熙刚要伸手拿本子，休六儿又似无意地把那本子拿回去揣起来。

休六儿：黄掌柜，你够意思，不管你愿不愿意，我得跟你拜把子了。走，走，咱们找香堂摆案子去。

康熙：休六儿，什么够意思不够意思？这大早上你像是把梦里的话都说出来了。

休六儿：什么梦里的话？昨儿夜里要是没有你们，我能有今天？你……你……还有你黄掌柜，没有你们我能有现在？走，走，店关了，关了。挣不了什么钱，走，喝酒拜把子去。拜了把子，你想要什么给你什么。走啊！

康熙：昨天晚上？

休六儿：你们没现形对不对？那我休六儿也认得出来，指定了是你们。走，拜把子去，走啊。

康熙：昨儿晚上我们在盘账，你拜把子找错人了吧？

休六儿：哟，怎么着？看不起人啊？看不起我就明说。跟你说，你这朋友我交定了。走，你们俩跟着啊。

刚到门口，一群兵士冲了进来。休六儿一看不好，退了回来。

军士：掌柜何在？

康熙：什么事儿？

军士：拿人。

康熙：拿什么人？

军士：王府逃出的女眷，佟秀娥。

三德子：她不在。

军士：她不在，带掌柜的说话。

上来要拉康熙。

三德子、法印：谁敢动手？！

这时休六儿早就躲在柜台底下了，他最明白的一件事是自己命在旦夕，他现在唯一要紧的事儿是要拉着康熙一起走，他隐隐觉得这人能救他。

休六儿在柜台下小声说：黄掌柜，好汉不吃眼前亏。来，来，跟我走，跟我走，我还有话要说呢。

军士：小的们上手。

众兵士齐往上冲，法印、三德子拿起算盘、扫帚一通乱打，兵士们都被打得倒退。法印、三德子追打到门口。

瑞合布店门口。

三德子、法印一左一右将官兵全数打跑。

法印把扫帚头打没了。三德子的算盘没有珠子，只剩框了。

瑞合布店内。

三德子、法印得胜回来了。

三德子：爷，爷您没事吧？

法印：爷，人打跑了，您出来吧，咱们得想办法了。

三德子：爷！爷！

法印：怕是去了后院了，去后院找找。

街上集市。

宜妃、小桃红带着秀娥在挑东西。宜妃正给秀娥挑鞋样子，拿着两双鞋比画着。

宜妃：鞋这东西啊，单拿着它是一个样儿，穿在脚上又是一个样儿，单看着好啊，不见得穿在脚上就是样。我看这两双都不错，秀娥、小桃红，你们俩找个没人的地方都试试吧。掌柜的，后边有试鞋的地方吗？

掌柜：有，有，受累您自己拿着小凳上后边试去吧。

另一条街上，有兵丁拿着刀枪跑着。宜妃什么也不知道，还在看鞋样。

宜妃：穿得上吗？

小桃红：穿上了。

宜妃：穿上了出来让我看看，自己看是一个样儿，别人看又是一个样儿，可惜咱们穿鞋不是给自己看的。

两人都穿了新的鞋出来了，三个女子都在高兴地低着头看鞋。

小桃红：主子，我这双葱心绿的是不是太艳了？

宜妃：不艳，正是该艳的时候。

秀娥刚要说话突然发现不对了，三个人身边已经围了很多的官兵，里三层，外三层。

秀娥惊讶的目光被宜妃、小桃红发现，抬头一看，是一队官兵，有一名军官骑在马上。

宜妃：这……这是怎么了？要拿人吗？

小桃红：主子，您躲躲。

宜妃：不怕，不是拿咱们吧？

话音还没落，秀娥扔了手里的旧鞋，掀了摊子就跑。

军士：王府逃犯及窝藏犯，全数拿下。

宜妃：秀娥别跑，小桃红，快回去报信。

说着话一转身把身上的流星镖抽了出来，哗哗一甩，与众官兵打起来了。小桃红飞快地跑了。

背街。

小桃红从一房脊上跳下来，边往后看，边飞跑着。

瑞合布店内。

三德子、法印正坐着发呆，一地的布匹，没主意了。

砰的一声门被撞开了，小桃红冲了进来。

小桃红：爷，不好了，宜主子、秀娥怕是被抓了。

三德子：什么？

法印：在哪儿？

小桃红：在……在……爷……爷呢？

三德子：爷……爷，这会儿他不知去哪儿了。

小桃红：什么？爷也丢了？

和尚、三德子无奈的样子。

三德子、法印：爷也找不着了。

小桃红：什么？

街上。

风骤起。

小桃红、三德子、法印飞快地赶到刚才小桃红她们买鞋的摊前，只见各种各样的鞋撒了一地。三个人提着剑，左转右转地看着。

小桃红：主子……秀娥……主子……秀娥！

三德子：主子，主子！

卖鞋的人从鞋摊底下钻了出来。

掌柜：这可真是卖鞋卖出邪来了，开得好好的买卖转眼砸了。哎，三位不能走，三位不能走。

三人理都不理，左右看，没有宜妃、秀娥的影。

三德子：小桃红，这……这，能抓到哪儿去呀？

小桃红：不知道，三德子、法印，宜主子、爷都不见了，这下可要出大事了！

三德子、法印呆呆对视着。

三德子：可不是出大事了！

七

男牢内。夜。

三德子、法印拿了个灯笼，挨着个儿地照着笼中的犯人看。

牢头小声：二位爷，二位爷，虽说是您二位使了……那什么银子了，可……也得快着点儿，回头惊动了上边儿，我可吃不了兜着走。

三德子、法印专心看犯人，找康熙。

三德子：哎，醒醒，醒醒。起来，起来。

法印从那边跑到这边来：找着了？

三德子：找不着了，盼着都是呢。哎，您起来下，起来下……也不是。法印，要是找不着可怎么办？

法印：问你。

牢头：二位爷打听清楚了吗？到底进来了没有啊？

三德子：催什么催？要是清楚了还用满世界瞎找啊？

女牢内。夜。

小桃红也打了个灯笼找人。女牢头收了锭银子倒是热情，一下把犯人都喊起来了。

女牢头：起来，起来，都起来。

犯人吓得坐起来。

小桃红：哎，不用吧。用不着这么喊，再把人吓着了。

女牢头：没关系，对她们您可别客气，看着哪个好，领走都没事儿啊。

小桃红举着灯笼一个个照过去，眼前是一张张奇奇怪怪、又脏又疯的脸。

小桃红：主子不在了，这可怎么办啊？

街上。夜。

三德子、法印、小桃红三个人在街上走。打着两盏灯笼，三个人沮丧无比。

小桃红流泪了。

三德子：哎，小桃红，你……你别哭啊！

小桃红：我……我倒不想哭呢！我丢了主子是我的不是，可你们两个大男人，把万岁爷也看丢了。我不哭又能怎么样？

三德子：好好地在店里呢，谁知那个休六儿就真的把他给骗走了。

小桃红：你……你们又不是不知道那人是个大骗子，他骗了东西可不是要骗人！

法印：是福不是祸，是祸躲不过。

小桃红：我不听，既然躲不过，那咱们三个索性回宫算了。

三德子：可……可不是得回宫吗？

小桃红：主子没找着，怎么回？

三德子：小桃红，你别生气呀，正因为没找着才得回宫啊，咱不回宫遮拦点儿，怕要出大事。

敏府中堂。

秦大人、齐大人显然来了有一会儿了，敏中就是不见。管事的在支应着。

管事：二位爷，有什么话留下吧，我们爷身子不合适，早睡下了。

秦大人：身子不合适？跟你们爷说，我和齐大人现在是哪儿都不合适。这会儿不合适了？要不合适了，大家都别合适！

齐大人：你们爷再不出来，可别怪我们砸东西了。

拿起一只茶壶，砰，摔在地上。

管事：哎，齐大人您这是，您这是干什么呀！

齐大人：跟你说，这是轻的。性命攸关，跟你们大人说，我和秦大人是打算豁出去了。

敏中：怎么了，怎么了？前边怎么这么乱啊？

秦、齐一听人来了，马上用脚往里拨拉地上的碗碴子。敏中话到人到，演戏一样。

敏中：哎呀，秦大人、齐大人，你们来了。管家怎么不报一声？

管事：爷，太晚了，怕……您不方便了，快坐，快坐。

秦大人也换了一副嘴脸：敏大人，深夜打扰，实有不敬，敏大人多多见谅。

齐大人：多有得罪。

敏中：哪儿的话呀？二位大人有什么话，还劳深更半夜地来呀，吩咐个人传一下不就结了。请讲。

两人看管事。敏中轻嗽一声，管事悄然退下。

秦大人：敏大人，那个休六儿没抓着。

齐大人：那天快抓着时，不知哪儿来了三个人，把他抢跑了。

敏中：知道了，此人要是抓不着，事儿就难办了……

秦大人：敏大人，话可不能这么说，就是抓不着休六儿，您也不能把我们……

齐大人：参出去啊。敏大人，您好歹得遮护一点儿。

敏中：二位大人，这话正想跟您二位说呢。万岁爷震怒，你们也都看见了。万岁爷震怒呢，谁敢遮护啊，一个刘文中，皇上已经问了几次了，再不杀，就要杀我了。

秦大人：刘文中，你当杀就杀。我们可是给您过人心的，他不一样啊。

齐大人：敏大人，话今天不妨说在明处，官官相护，那是对付老百姓的时候，对付天子，官官相欺，这个理儿我们懂。我们手里虽没有休六儿，但敏大人您的事儿我和秦大人也知道一点儿，到时真在金殿上咬起来，谁都不好看。

秦大人：话谁也不愿说到这份儿上。但敏大人，齐大人这可是实话。

敏中：二位在这深夜之时来本官这儿，就是为要挟的吧？你们以为本官害怕对不对？跟你们说，事到此时，你们不想如何齐心遮掩，倒处处想着要三挟四的，鱼死网破，狗咬狗，真到了那一步，万事皆休就好看了是不是？深更半夜到我这儿来摔杯子砸碗，好，英雄！有本事到金殿上去摔啊？送客。

两人有点儿被震住了。

秦大人：敏大人，敏大人，不是那意思。事到如今，齐大人的话难免说得激烈一些，敏大人……

齐大人：敏大人，不要计较嘛。

敏中：计较？你们一个唱红脸，一个唱白脸，本官知道，可本官不吃这一套。实不相瞒，既然大家都愿说真话，我也不妨说句真话，休六儿不除，你我均无宁日。休六儿是在你们眼皮底下跑的，你们现在来找我充什么英雄？

秦、齐：谁知他怎么跑的？

敏中：难道本官会让你们动手，再出手来救他吗？你们把本官想得也太不是东西了。

话音刚落，休六儿砰的一声推门进来了。

休六儿边推开管事的边说：管事的您别拦我，敏大人，是小的非要闯进来的，不干管事的事。哟，两位大人也在呀，这可是真像戏台上唱的、书本上念的一样，巧啊，实在是巧。休六儿给三位大人见礼了。

休六儿草率见礼后，随着就把身上的一些暗器什么的摘了下来，摔在桌子上。

休六儿：三位大人，用不着拿枪动杖的，让休六儿在街上混了一辈子了，最后横尸街头，让天下人笑话，那样对谁也不好看。休六儿今天是送上门来了，要杀，要剐，要蒸，要煮，随你们的便吧！管事的受累，您送杯茶来我喝。

敏中：放肆，官宦在此，哪有你一个混混说话的份儿？给我拿下！

休六儿：等等，等等。我是什么人，我知道，我不遮着。我休六儿是街上刨食的混混，你们是当朝的二品、三品、四品官员，用得着我了，你们可都认识我；用不着我了，你们又说不认识我，不新鲜，应当的，谁叫你们是官，我是混混呢。当混混的天生就该怕当官的吧？可我不一样，你们现在也怕我了是不是？昨天晚上这两位大人是非要杀了我不可呀，怕我揭你们的短。实话跟你们说，还有让你们害怕的事儿呢！

敏中一下警觉，三个官都软了。

敏中：来人！将此人拿下，拿下！

家人冲进来绑休六儿。

休六儿：别动手，这可是在你们家里呢，用不着这么紧张。等喝了茶，我跟你走。

休六儿说罢，没事似的喝了茶，一抱拳，昂然下。

三个官目瞪口呆。

齐大人：一个混混，倒让他有声有色了！

秦大人：敏大人，休六儿跟您什么关系，我们可不管，他这次可是送上门来了。

敏中：二位大人放心吧，这回跑不了了，充英雄充到本官这儿来了。这下二位大人可以放心了，没事儿了，请回吧。

秦大人：敏大人，您可别让我们更放不下心啊！

敏中：那怎么会？请吧。

敏府草屋。夜。

休六儿被吊了起来。敏中急急赶来。

敏中：松绑。

休六儿：不用，就这么吊着说也成，休某不在乎，再大的阵势也见过，省得待会儿又绑起来。

敏中：松绑！休六儿你，你能耐啊！大半夜的，你是真逼着我杀你啊？闯本官的府不说，还非要让人家知道咱俩的关系。哎，跟你说，本官现在不杀你都不成了。

休六儿：爷，实话跟您说，咱们的事谁知道也不怕，知道的人越多越好。

敏中：你……你……混混，就是混混！

休六儿：爷，您说对了。我一个混混要躲你们当官的，躲到天涯海角也是个死。你们是官啊，这理儿我清楚，我不躲，躲也躲不开。我现在不用躲了，就在您眼皮底下，我来了，说是来找死的，但就现在您更不敢杀我了。

敏中：此话怎讲？

休六儿：怎么讲？敏大人，现在我手里可攥着一个人呢。

敏中：人？什么人？

休六儿：什么人我不说，他可是个大人物，有这人在，借你十个胆，你们也不敢杀我。

敏中：是布店里的人？

休六儿：哎，猜对了。敏大人，要么怎么说您能当大官呢，您脑子可真快。

敏中：休六儿，你……你一直有事瞒着我，你不是说布店里，是……

休六儿：不错，敏大人，咱们一黑一白，一官一盗真能交心吗？不瞒着您，我活不到现在。

敏中：好，好，我……我早晚有一天杀了你。

休六儿：您哪天不想杀我？可现在不成。

软禁处。夜。

秀娥悄悄地下床，悄悄地去撬门。

宜妃：秀娥，秀娥。

秀娥：夫人，您别出声，我看看门紧不紧。

卫士：别费劲了，外边也锁着呢。

秀娥生气地把根簪子扔在地上。

秀娥：夫人，您没睡呀？您说这可怎么好啊？

宜妃：秀娥，咱们这是在哪儿啊？

秀娥：不知道，牢不像牢，家又不像家，说不好在哪儿。夫人，因秀娥的事，让您吃苦了。

宜妃：这哪叫苦啊？好歹，算咱们俩有缘，秀娥，你真是什么大宅门里的内眷？你不是说是逃出来的苦人儿吗？

秀娥：夫人，秀娥是苦人儿不假，那时怕你们不收我，没把王府的事儿讲出来。夫人，你们也一准儿不是开店的。

宜妃：你看出来了？

秀娥：看出来了。那你们到底是干什么的？

宜妃：干什么的用不着跟你说了。有一句话秀娥，往后人得说真话。

秀娥：哟，夫人，秀娥什么时候说过假话啊？

宜妃：秀娥，你逃进我们铺子可不该那么巧。

秀娥：夫人，问句心里话，您什么时候看出秀娥有假的了？

宜妃：你跟我哭着说事儿的那天。

秀娥：那您昨天干吗不自己跑了，还那么护我、救我？

宜妃：你是苦人儿不会错，但你到布店里来，必是受人指使。

秀娥：……

宜妃：我护你、救你，一是情急之下怕你真受伤；二是我想知道你受谁的指使……说说吧。

秀娥：夫人，您想得太多了，我谁的指使也没受。

布店大门口。

路人行色匆匆。

敏中便装，一人看着布店。布店大门已经被大锁锁上了。

敏中：休六儿的话是真话。

南书房门口。

敏中独自急急要进南书房，被三德子一个拂尘给拦住了。

三德子：敏大人留步。

敏中假装有急事：三公公，下官有要事向皇上亲报。

三德子：敏大人，我要是您呀，没有天塌地陷的事儿，就改日再来。

敏中：为什么？

里边摔东西的声音——噼噼啪啪。

三德子故意让开道缝儿给敏中看。只见皇袍一闪，三德子马上又挡上了：看清了没有？正生皇阿哥们的气呢。不是时候，改日……改日吧。

敏中：哎，哎，是啊，那可真不是时候。多谢三公公，多谢三公公。

三德子一看敏中走了，赶快就往南书房里边去。

谁知敏中悄悄然地回来了，在门口站了站，听了听里边。

南书房内。

法印和小桃红举了个穿着皇袍、戴着皇帽的十字竹竿背对着门，艰难地在屋内走来走去。三德子进门时，两人还煞有介事地举着竹竿走。

三德子：行了行了，人走了。

法印：这就走了？可累坏了。

小桃红：又摔了一个杯子。来一个人摔个杯子，三德子，这么下去可不行啊！

三德子：不行又怎么办？混一天是一天吧。

宫内夹道。

敏中仓皇地快步而行，边走边回头看。

敏中：这……这休六儿的话可有七分了！这……这是真的要天塌地陷了！

软禁处。

秀娥正边缝着鞋面边唱小民歌。

秀娥：溪水清清溪水长，溪水两岸好呀好风光……

宜妃：秀娥你唱得可不错呢。

秀娥：夫人，您是说我没心没肺吧。您别这么风凉地笑话我，跟您说夫人，讲出来您许不信，秀娥经过些事儿，真到愁的时候反而不愁了。就怕那种时候，愁呢说来不来，不来又要来时，是最烦人的。夫人我再问您一句，你们到底是干什么的？

宜妃：不能说，说了人也不信……

秀娥：那可不见得。

刚说到这儿，门开了。

军士：佟秀娥。

秀娥：干什么呀？

军士：过堂。

秀娥：过什么堂啊？你们这是官衙门吗？不去。哎，别拉呀。夫人……别拉，我说句话。夫人，您坐着，我一会儿就回。哎，别拉别拉。夫人，万一我回不来了，您出去可得救我。

软禁处堂屋。

敏中来回走着，秀娥被拉着带进来了。

秀娥：呀，这……这不是敏大人吗？呀，看见您我可有救了。敏大人，您别走来走去的了，我眼晕，您看看我，我是翠香楼的秀娥啊。

敏中：跪下。

秀娥：哟，您还真较真儿呀。

敏中：跪下。

秀娥跪下。敏中一挥手，军士都退下了。

秀娥：敏大人，您怎么一到这地方就跟换了一个人似的？您……

敏中：闲话少说，佟秀娥，知道本官为什么抓了你来？

秀娥：哟，这我哪知道呀？就是知道了，我也不好意思说啊。

敏中：我来问你，假装逃入布店以观虚实，可是你原来的相好休六儿让你去的？

秀娥：哟，看您说的，休六儿那个混混啊，他哪配是我的相好啊。

敏中：来人！

秀娥：等等……不过确是，是……是他让秀娥去的。

敏中：为着何事？

秀娥：没什么大事。既不放毒又不下药，也不抢钱再不放火，就是让秀娥探探这些人是干什么的。

敏中：你探出来了吗？

秀娥：这不刚要探出来，您给我叫来了吗？

敏中：这么巧？不用探了。

秀娥：老爷您说什么？不用探了？您知道了。行，那我回翠香楼去了。

敏中：你哪儿也回不去。

秀娥：为什么？

敏中：你不听本官的话，哪儿也别想回。

秀娥：敏大人，秀娥怎会不听您的话啊？敏大人，我可是最听您的话的，您……

敏中：站远点儿，这不是翠香楼，站直了，听本官说话。

敏中凑近秀娥的耳朵，秀娥却投怀送抱，把整张脸贴过去。敏中说了一些话……

敏中：此事如果不按本官的办，秀娥，本官让你人头落地。

秀娥：这可真是一环又一环，秀娥明白了。

敏府柴房。

休六儿在柴堆上睡得打呼噜。

门转开，休六儿一下警觉，横眼一看门开处敏中的身影出现，故意又打呼噜。

敏中：啊，真是条汉子，这种时候还睡得这么香。休六儿，休六儿！

休六儿假装惊醒：哟，敏大人，您来了。我不让您坐了啊，不干净，有酒有肉给休六儿带过来，这两天可给关素了。

敏中：有酒有肉，这也不是地方呀。

休六儿：依着您呢？

敏中：中堂说话。

休六儿：好，您请。

敏府中堂。

一桌酒菜只有两个人，休六儿不管不顾地吃着。

敏中：休六儿，好吃吗？

休六儿：嗯，好吃。这顿饭吃了，死也就死了，没什么遗憾的。

敏中：你倒豪迈！干吗总说死？

休六儿：敏大人，您现在就恨不得让休六儿死吧？不碍的，实话实说，休六儿不记恨。

敏中：本官比你想的高一层。

休六儿：怎么讲？

敏中：你死了，本官拿什么节制像齐大人、秦大人那样的官吏？你别忘了，本官是吏部大员。本官不是想你死，是怕你死。

休六儿：听着话像是有些道理。

敏中：吃完了饭，你从我这儿走……

休六儿：去哪儿？

敏中：想去哪儿去哪儿。

休六儿：我哪儿也不想去，我怕出了门走不出五步，就死在街上了，现在就您这儿安全。

敏中：随你便，秀娥在你府上等你。

休六儿：秀娥！敏大人，哈哈，您就是敏大人，连……连秀娥都……都……敏大人，休六儿听您的，休六儿斗不过您，反正您想让休六儿子时死，休六儿活不过丑时，休六儿回家了。敏大人，您记住了休六儿手上有人，有画，有册子。您可得护着点儿我，您说了，有用得着我的时候。咱们可别玩儿火。

敏中：我不玩儿，你也别玩儿。

软禁处。

秀娥着急忙慌边跟着门口的卫士说话，边假装收拾东西梳头。

秀娥：催什么催？这要出门了，不得梳个头啊？

卫士：快点儿……

秀娥：行了行了，这就得了。

秀娥：夫人，夫人。

宜妃：说吧。

秀娥：夫人，不管怎么着，您救过我一回，我也要救您一次。夫人，我这是要出去了，您快想想谁能来救您，我去给报个信儿。

宜妃：你真要出去了？

秀娥：不知道，也许出了门就推菜市口给杀了，不管那么多了，就当出去吧。谁能来救您，快说呀……

宜妃：去布庄找人就行，让他们知道我关在这儿了。

秀娥：找他们管用吗？

宜妃：再没有更管用的了。

秀娥：那好，还有一句话，我要真救了您，您可不能不管我。我这可不是一报还一报，也是把话先说在这儿，您出去了，一定想着也救我一命……

宜妃：这话怎么讲？你现在……

秀娥：话长了不说了，记住，我不在休六儿那儿，就在敏大人处，吏部的敏大人。夫人您出去了一定找找我，要是这两处我都不在了，您就给翠香楼的姐妹们捎捎信，就说秀娥死了。

宜妃：秀娥你？别这样，细说说这是怎么了。

秀娥：夫人，您是好人，秀娥也想做好人，可是秀娥命苦，秀娥没什么对不住这个世界的。

宜妃：秀娥到底怎么了，你倒说啊？

卫士：快点儿，怎么放你出去倒拿起架子了？

秀娥：不说了，话您记住了？

宜妃：放心吧。

卫士：快，佟秀娥出来。

街上。夜。

三德子、法印、小桃红挨着个儿地在街上翻看那些睡着的乞丐。照人家脸，看人家样子。

三德子：哎，醒醒，醒醒。

乞丐糊里糊涂地睁眼，法印赶快上来用灯一照。

乞丐甲：干吗？干吗？

三德子：不是。睡吧，睡吧。

这边在忙，那边小桃红也在找，像是有戏。

小桃红：法印，灯。快，灯。

三德子拿了灯跑过去。

三德子：来了，来了。

跑到小桃红那儿用灯一照，那个被休六儿当爹的老头儿，正睡眼惺忪地勉强睁开眼睛。

老丐：干什么呀？干什么呀？哎，你们不是布店伙计吗？哎，跟你们说上回不关我的事，是休六儿使的局。

三德子：不关您的事，不关您的事，我们找休六儿，我们找休六儿，您起来。

老丐：我说了不关我的事，让我起来干吗？

法印：不关您的事，您饿不饿？

老丐：饿。

三德子：那请您吃饭。

某酒馆。夜。

一桌酒菜，三德子、法印、小桃红看着老丐一个人在吃喝。

老丐：找休六儿啊？也好找，也不好找。

三德子：您说。

老丐：找着我了就容易了，可真找起来也没那么容易。

三德子：您说……

老丐：我虽去过休六儿家的院子，可是蒙着眼去的，不过不怕，我鼻子好，慢慢闻能找着。

三德子：大爷，您说话真是层层递进，高潮迭起。大爷，我们的事儿挺急，您别慢慢找了，这有两锭银子，您收下，等事儿了了，我们三个人为您买所院子，养老送终。这您先收下，收下。可得快找。

老丐：呀，呀，看这话怎么说的？哎哟，这么大的银子，见过没拿过。我可遇到好人了，老来，老来得济了。不过，你们别给我买院子，事了了，院子不用买了。

三德子：买，买，不买您住哪儿啊？

老丐：把买院子的钱给我就行了。

法印：这是为什么？

老丐：实话跟几位说啊，我虽说是个要饭的，但家里房地都有，都是我要饭要的，不缺住，儿孙满堂，你们把钱给我就行了，我缺钱。

法印：我看缺德。

老丐：啊？没听见，说定了。

三德子：说定了。

老丐：行了，咱们走。

老丐拿起银子揣怀里，三人赶快跟上。

三德子：小二，饭钱。

休六儿家堂屋。夜。

休六儿正闭着眼睛，从下到上地闻着秀娥身上的香味，很陶醉的样子。秀娥已换了一身鲜艳衣裳，此时内心很矛盾，她不知该对休六儿怎么说，要按敏大人让说的又怕自己不安全，实情又不知，不说又怕。休六儿闻到上边了，闭着眼要往脸上去亲。

秀娥用手挡住，休六儿睁眼。

休六儿：干吗？

秀娥：布店是你给搅黄了的？

休六儿：你不知道吗？

秀娥：我知道什么？

休六儿：店的事先别问。敏大人抓了你，都说了些什么？

一下抱紧秀娥，貌似亲热，实是威胁，抱得很紧很无情。

休六儿：你老老实实地告诉我，六爷好好地对你……

秀娥：疼死了，松手！说什么？他能跟我说什么，他让我看着点儿你，有什么事儿赶快告诉他。

休六儿：就这？

秀娥：可不就这。

休六儿：他没劝你让我把人放了？

秀娥：那用我劝吗？再说了，我劝你，你能听？你把人放了吧，六爷。

休六儿：秀娥，爷问你，那些布店里的人是干什么的？

秀娥：是卖布的。

休六儿：是啊。回得好，可不是卖布的？

休六儿突然啪地给了秀娥一个嘴巴。

休六儿：别怨我打你，你今天可没有一句实话。你真的以为爷稀罕你呢。来人，押起来！

莲生进来，脸涨通红，忍着。

休六儿：带下去。

莲生：嗻。

地窖楼梯。夜。

一支火把点亮了，休六儿打着火把下来了。

火把到一间门口，哗哗开锁。

地窖关康熙处。夜。

火把照进来，屋内非常豪华，像个文人的书房，康熙手拿一册书在看。门响，休六儿进来了。

休六儿：呀，您没睡啊？

康熙：这么悠闲的日子，哪舍得睡啊。

休六儿：好，好，不是凡人，有见地。黄爷，您想好了没有？

康熙：想什么？

休六儿：咱们拜把子的事？

康熙：想好了。

休六儿：那我搭香案了。

康熙：用不着。

休六儿：看不起我？

康熙：坑蒙拐骗、杀人越货的混混，不敢高攀。

休六儿：那您干吗跟着我来了？您不是有洞见吗？怎么买布时让我骗了您，这会儿连人都给您骗来了？高攀，您可不是高攀吗？

康熙：说得好，你算骗对人了。

休六儿：你原本就不是个开店的。

康熙：这蒙不了你。

休六儿：你是什么……我知道。

康熙：好啊，说出来听听。

休六儿：爷，我不敢说，说出来怕吓倒天底下的人。

康熙：天底下的人都能吓倒了，你就不怕？

休六儿：我……我也怕，但怕也没用，休六儿是个混混。休六儿既是个混混就只有混下去了，混一天是一天，混不下去时，天塌地陷，休六儿也不管了。跟您说，休六儿谁也不怕。

康熙：你说这话像是在吓唬人。

休六儿：您那么好吓唬吗？休六儿跟着明白人不说糊涂话，谁也有在屋檐底下的时候，要是能变通一下，事儿就大不一样了。

康熙：怎么个变通法？

休六儿从怀里把个本子掏出来：这世界上看见的有时跟您想的不一样，这世界就跟咱行的酒令一样，鸡吃虫，虫咬棒子，棒子打老虎，老虎吃鸡，环环相克，我休六儿是只虫子，一只小虫子，我天生来的就是被人吃的，可我也吃别人。我吃的棒子能打老虎。

康熙指本子：这就是你打虎的棒子。

休六儿：说对了。我以这根棒子混迹于世。吃的还不是小人物，小人物有什么吃头？我虫子虽小，专吃大人物。这棒子您想不想要？

康熙：我要了你的棒子，天下岂不要闹虫灾吗？这世界哪儿还有秩序可言？我有我的棒子。

休六儿：你现在什么也没有。再跟您说一遍，我是一个混混。我坑蒙拐骗、杀人越货，无所不为。我可以放你，我也可以不放你。

康熙：你不敢。

休六儿：你要是这么说，我的胆子慢慢就会大起来。

康熙：再借你几个胆。

休六儿：果然不同凡响，吓不住你。但我再劝你一句，凡事可以变通，人不妨变通一下。

康熙：有些事可以变通，有些事不可变通……

休六儿：比如？

康熙：与你这样的人结拜兄弟。

休六儿：你太小看我了。你要吃亏，你要吃大亏。

康熙：我现在已经吃亏了。这世界不吃亏看不清楚，我很久没吃亏了，吃了亏不怕，我明白事儿了，非常之明白。

休六儿关秀娥的小屋。夜。

轻轻的开锁声响起，秀娥赶快地从床上坐了起来，一下把灯捻亮了。

门开，莲生急急地进来了。

莲生：姐，快把灯灭了，别让人看见。姐，他打你了。

秀娥：不碍的，又不是第一回。你可好？

莲生：好。姐，咱俩跑吧。

秀娥：没那么容易。莲生，有件事儿，你得帮姐……

莲生：姐，您说吧。

秀娥：你……你去那个布店，找里边的人告个信。

莲生：姐，您不知道，那个掌柜的听说也被休六儿骗来了。

秀娥：是……是吗？那就更得找了。去告诉他们夫人押在敏大人的家里了，掌柜的在休六儿这儿。

莲生：别人的事儿管那么多干吗？

秀娥：什么别人啊？人家救过我，都是好心人。莲生，不是我私心啊，帮人为帮自己，可我看出来了，他们怕不是平常人，咱们的事怕也得求人家呢。

莲生：姐，那我听你的。

街上。

老丐早换了身新衣裳。三德子、法印、小桃红傻傻地跟着他。

老丐闭眼到一处人家前边就拿鼻子闻，闻闻不对又走。三德子他们跟着。

小桃红：三德子，哪有这么闻得出来的？又不是狗……

三德子：哎哟，咱不跟着哪还有影儿啊？

法印问老丐：大爷，怎么样了？

老丐：怎么味都不对呀？怕是走错了方向。饿了，饿了，你们要不管我饭，我先要点儿吃的啊，吃完饭再找。

三德子：管，管。先吃饭，先吃饭。大爷，这有馆子，就这儿吃吧。

老丐：这家不好，换……换家吃海鲜的吧。

小桃红生气了，回身就走。

三德子：小桃红，你去哪儿啊？

小桃红：你们闻着吧，我自己找主子去。

瑞合布店门口。

莲生在布店门口走来走去，一看布店门锁着，跑到门边上，扒门缝往里看，没人。从怀里掏出事先写好的条子，左右看没人别在门上了。条子上书："欲知烦心事，正阳门外找莲生。"别完后，莲生走了。

这边莲生刚走，那边小桃红就从胡同口走过来了，边走边伤心，远远地看见布店还锁着。

不想一个乞丐正好此时从布店前路过，顺手把那字条取了下来，垫在屁股下坐在台阶上准备要饭了，把破钱筒子、破碗什么都拿出来了。

乞丐：哪位叔叔大娘可怜俺，给口馍吃，哪位……

小桃红掏出一枚钱扔在要饭的钱筒子里。

小桃红：你上别处要去吧，我要开门了。

叫花子谢了一声，站起来走了。小桃红只顾伤心了，也没看见脚下的字条，就那么一踩，把门一开，进去了。

瑞合布店内。

小桃红进来后就哭了，看着满屋扔在地上的布匹，上手收拾着。

小桃红：万岁爷、主子，你们在哪儿啊？这可怎么办啊？

敏府中堂。

敏中坐着，秦大人、齐大人坐在一旁。

敏中：二位大人。

秦大人：敏大人，您不叫我们也得来了。休六儿可处置了？

敏中：二位大人，现在休六儿不是大事。

齐大人：哎，那什么是大事呀？

敏中：二位大人最近两天可见过万岁？

秦、齐：没有。

敏中：二位大人怕休六儿还是怕万岁？

秦、齐：当然怕万岁，休六儿有什么怕的，没有万岁谁怕他？

敏中：万岁不在宫里还怕不怕？

齐大人：说句大不敬的话，万岁驾崩了就什么也不怕了。

敏中：是句实话，哈哈，哈哈，确也真是大不敬。如果，不错的话，本官愿给二位大人了了心愿。

秦大人：什么？

敏中：你我积恶太多，除了一拼再无退路了。秦大人、齐大人，有一件事要你们俩办了，这事办了事就成了一半了。

秦、齐：什么事？

休六儿堂屋。

休六儿这会儿紧张了。

莲生带着秀娥进来了。

休六儿：娥子，你来了，昨天爷打你不对，爷这儿给你赔不是了，你说说咱们俩有什么可打的。你看看，你看看啊，爷给人赔不是了。莲生，你退下去吧，娥子你坐。娥子，爷问你，敏大人有没有让你回话？

秀娥：有。

休六儿：那太好了。娥子，话我跟你明说了吧，你和莲生的事儿，我知道了，这点儿事你们瞒不住六爷，来人。

门开了。莲生被绑着进来了。

秀娥：莲生。

莲生：姐。

休六儿：看见了吧？人我帮你收着，我不打他，也不杀他，带下去吧。你帮我给敏大人回个话，就说我关的人被人救跑了，不在了，看他怎么说。娥子，这话你一定按爷的吩咐说，要有一点儿掺假，你这好弟弟我就给他做了。娥子你听清了吗？

秀娥：休六儿，我后半辈子指着莲生跟我过几天松心的日子呢。你这么毁我，我不想活了。

休六儿：娥子，好日子一定让你过上，这……这事你帮了我，让你们远走高飞，绝不食言。管家，管家备轿，备轿，快给娥子备轿。

街上。

街上人来人往，老丐还在一个一个铺子地闻着，三德子、法印都快失去信心了。老丐闻，他们坐在街边。

老丐：不对。这家像是卖切糕的，不对，不对。下一家。

三德子生气了：好，好，下一家。老人家跟你说，我们这佛家的兄弟，其实人最不好说话，哎，你说你眼没看见，好，你尽管闻。可话说回来了，您要是闻遍了四九城，没找着休家，先一个不答应的可就是我们这位法爷……

法印：老人家，您闻尽管闻，饿了给您吃，困了我俩架着您。事要是办不成，对不起，我……我可要破戒了。

老丐：放心，放心，我不是为了讹几顿饭，我真想帮你们，包在我身上。

老丐还在闭着眼闻，街上抬秀娥的轿子飞跑过。轿子中的秀娥稍一动帘子，一眼看见了三德子、法印陪着老丐。

秀娥：住轿，住轿，路边住轿！

管事：干什么？

秀娥：干什么？女人的事，问那么多干吗？我要方便。

管事：住轿。快去快回。

秀娥：废话，我不快去快回，我还长在厕所啊？

秀娥下轿，假装急急跑，而前边街上，三德子与法印还跟着老丐闻味。突然前边店铺前秀娥闪出，两只手臂拉了三德子、法印往里边走。

老丐：这家也不是，桂花油味，休家是有那么一股特殊的味。

三德子：哎，干吗？

秀娥：嘘，是我，秀娥。

法印：啊！秀娥，可找着你了，我们宜主子呢？

秀娥：嘘，快听我说。

那边管事住了轿，左顾右盼着急等着。

老丐还在精益求精地闻着味。

老丐：不对，不是海腥味，呸，真冲，臭虾酱。

三德子：宜主子真在那儿吗？

秀娥：栏杆市老宅子，我从那儿出来的，不会错。快……快去吧，我走了。

法印：哎，哪儿也别去了，跟我们走吧。

秀娥：我倒想跟你们走，不行，我有一个人押住了。

三德子：哎，那我们爷呢？

秀娥：你们爷，那……那我没见着，找吧，跑不出这两人手里。

秀娥边说边跑了。

法印：三德子，先找宜主子，再找爷吧。

三德子：只有如此了。快叫上小桃红。

两人飞跑，老丐还在闻着。

老丐：不对，不是药味，不是。

软禁处门口。夜。

秦大人、齐大人偷偷地从门口往里看，宜妃正在缝东西。

秦大人：齐……齐……齐大人，是不是……宜妃娘娘？

齐大人：你问我，我问谁去？是也好，不是也好。办了事再说，动手吧。

秦大人从怀里掏出一支毒香：这一动手，齐大人，咱可就没退路了。

齐大人：事已至此，也只有如此了。

秦大人把毒香点着，递一块手巾给齐大人。两人捂了嘴，把毒香扔进门。

只听见门里宜妃的咳嗽声，两人捂了嘴等着，过了一会儿咳嗽声没有了。两人捂了嘴从门缝往里看，宜妃已倒在炕上。

齐大人：开门！

八

敏府中堂。夜。

秀娥假装轻松地边吃着东西，边回答敏中的问题。

敏中：他……他怎么让你跟爷说的？

秀娥：敏大人，他让我告诉您，那人跑了。

敏中：实际呢？

秀娥：秀娥不知道。

敏中：你不知道我知道，实际根本没跑。他……他想让爷以为人跑了，告诉我不用怕了，带了人去拿他，杀他，去灭口，然后……秀娥，你知道然后怎么样吗？

秀娥：你去杀他，杀到要紧的时候……

敏中：对，要紧的时候，勾着我把真话都说出来了，那个人就出现了。休六儿啊休六儿，你是左思右想，早就想好了。你除了把我们卖了再没活路了。他要借大人物的手卖我们，灭我们，给自己找条活路，对不对秀娥？

秀娥因吃了一些东西，里边有迷药，昏睡过去了。

敏中：这么快，怨你贪嘴，你睡吧，爷不会让你死。

宜妃软禁处。夜。

齐大人、秦大人打着灯笼捂着脸，慢慢相让着进了屋，走近到炕边上了。

宜妃静静地躺在炕边上，像是给迷倒了。

齐大人、秦大人一只灯笼照过来，两个人头伸过来。

秦大人：齐……齐大人，您受累补一刀吧。

齐大人：秦大人，这事兄弟也没干过。谁也别让了，要不咱一起来？

两人各出一只手合举起刀来，就要往下刺。

齐大人：一、二……

宜妃：三。

宜妃一个鲤鱼打挺起来，满地起风。

秦大人：呀，呀！没死，没死！卫兵，卫兵！没……

齐大人：卫兵！

宜妃：哪有那么容易？

宜妃刀已夺在手，对准了两颗头。左右一手一推，两颗头一碰，两官瘫坐地上。

砰的一声，门大开。

三德子：闲人退下，大内总管陶三德在此。

说着话，与法印、小桃红执刀冲了进来。

宜妃：三德子，你们来得可真是时候。

三德子：哎哟，宜主子，您没伤着吧？宜主子，来晚了，让您受罪了。

小桃红：主子，让您受委屈了。

两官在地上装死。

法印：这两人是死的活的？

宜妃：没死，拉出去送官。三德子、法印，万岁爷呢？

三人：不知道。

宜妃：什么？不知道？那……那还不快找。

几人扔了两官跑出。两官在地上装死，相互摸，终于摸着对方了。

秦大人：齐……齐大人，是你吗？

齐大人：秦大人，真是不想是我……
秦大人：为什么？
齐大人：这要是梦多好，一切都晚了。

地窖关康熙处。夜。
火把在墙上燃着。
休六儿凶相毕露：爷，休六儿直话直说吧，我有个主意拿不准。
康熙：什么主意拿不准？
休六儿：是杀了您，还是放了您。
康熙：这主意好拿。
休六儿：听听您的。
康熙：把爷杀了。
休六儿：噢？那……
康熙：天下的人都有理由杀你。
休六儿：我不想死。
康熙：怕是难得很。
休六儿：怎么讲？
康熙：想让你死的人太多了。
休六儿：别人让我死我不怕。您会不会饶了我？
康熙：你算问对人了。
休六儿跪下：爷，休六儿这会儿像风箱里的耗子出不去了。天下之大，休六儿再没有一条活路了。路走绝了，官，官想杀我；民，民想害我，说句实话，只有您可救我，休六儿要将功折罪。
康熙：你哪儿来的功？
休六儿：休六儿没功，休六儿要立给您看。
康熙：好啊，那爷等着。休六儿，有句话爷我先说在前，天行其道，恶长不了。再说了，天底下不是你最机灵，害人的人必自害。
休六儿：爷，好话，休六儿记住了。

街上。
秦大人、齐大人手拉手飞快地跑着。
秦大人：天塌地陷了，天塌地陷了！敏中害人，敏中害人！
齐大人：秦大人，别慌，还有救，还有救。
两人冲到敏府大门口，门已关了，疯了似的砸门。

牢中。夜。

牢中很静，气氛凝重。敏中正续着一条绳子给刘文中。

敏中：刘大人，别怪我，要怪怪你自己。接着吧，天下要大乱了，该了的事就得了了。

刘文中：敏大人，咱们可是同科同门，你下得去手……

敏中：官与官之间只有利，没有义，倘若我要讲义，我必死在你前边。

刘文中：天下要乱了，你为什么还要杀我?

敏中：我原可以不杀你，但我讨厌你……恨你……因你我乱了方寸，一乱再乱。我被你算计，被黑道算计，都是因了那张画儿始。敏中从没有想看到自己有这一天，敏中像一支被放出去的箭，可那靶子并不是敏中想去的地方，敏中想停停不下来了。那弓就是因你而拉开的，敏中为了护自己而无奈也要护你，反落得乱到不可收拾的地步，我为什么不把你杀了?你与我同门同科，你与我的好处恩惠，今天就让这根我手递给你的绳子了断了吧。来呀，接住。看见没有？把它搭在梁上。我要看见你自己吊死。

刘文中：好，好！人是不见棺材不掉泪，人之一生，少时立大志，壮年成大事。谁承想一颗石子就把疾行的车辐挡偏了？只一颗小小的石子，大路已成悬崖。

敏中：什么小石子?

刘文中：小石子，于我刘文中是好色，于你敏中大人是好财。

说着把绳子搭上，系了个扣。

刘文中：谁先走，谁后走，总之要走，关键是要死得其所。刘文中今天死便死了，了无情趣，其实在此之前，我已死了。敏大人，我死是我罪有应得。我走了，等着你追我。

头伸进套中。

敏中看见一闭眼，一滴浊泪流出。

刘文中挣扎着。死。

突然敏家管事带着秦大人、齐大人两人狼狈无比地冲了进来。

秦大人：敏大人，不好了，不好！娘娘跑了，娘娘跑了！坏了，坏事了!

秦大人一眼看见刘文中吊死，跪坐在地。

齐大人：啊！这不是刘……刘文中大人，刘……

秦大人：刘……刘……

敏中：刘……留不住了，留不住了，也好，只有一拼了。

敏中拔剑回身走出。

敏中中堂。夜。

秀娥正在用手抠嗓子眼拼命地吐，吐完之后，想探虚实。

秀娥：敏大人？敏大人？

没有人应。秀娥左看右看悄悄出了门，跑了。

街上。夜。

秀娥从一个胡同钻出来，看见一家夜酒馆的门口拴着一匹马。秀娥偷偷地解了绳子，拉过马来，上马骑跑了。

酒馆里冲出人来乱喊。

马主：哎！哎！我的马，我的马！那是我的马！

休六儿家中堂。夜。

休六儿非常细致地开始给自己身上武装着，刀、袖箭、火石。

门口喽啰：报！

休六儿：进来。

喽啰：爷，敏府大门洞开，看似要出兵了。

休六儿：知道了，怕他不出来。轿子收拾好了？

喽啰：收拾好了。

休六儿：提人。

喽啰：嗻。

敏府大门。夜。

大门洞开，兵丁火把两排冲出。

敏中、秦大人、齐大人骑马出。

街上。夜。

宜妃、三德子、法印、小桃红飞跑，突然看见了老丐。

三德子：在那儿，在那儿。

老丐：哎，哎，找了你们一夜了，可找着了。你们怎么不相信人啊？

三德子：大爷，找着了？

老丐：找着了。过了这街往南，再往西。门口有两个石狮子，黑大门就是。

几个人飞跑走了。

老丐：哎，别忘了答应给我买房子钱，我的鼻子都闻肿了。

地窖关康熙处门口。夜。

两个喽啰举着火把来开门，往外提蒙着头的康熙和莲生。

甲：可别乱动啊，知道你有功夫。跟你说再有功夫也没用，没有外人应啊，你想跑也跑不出去。

乙：进了轿子就好了。

两人来到早已停在门口的轿旁。

甲：刘二开帘子，装人了。爷，您受累矮下身子，进轿。

康熙低头乘势一用力要崩铐了，没想那四个穿了青衣的轿夫突然动手，把甲、乙一招就打倒了。

甲：哎，谁呀？谁呀？打错人了。

乙：哎哟，好呀。

正好康熙也崩了铐，一把抓下蒙头布。眼前是宜妃、小桃红、三德子、法印。

法印：爷，您可好？

三德子：爷，让您吃苦了。

康熙：哈，你们都来了，来得好，真是时候。

突然斜刺里冲出个人来，直奔莲生而去。

秀娥一把把莲生蒙头布取下：莲生，他们打你了吗？

莲生：姐，没有。

宜妃：这下好，瑞合布店的人又到这儿集合来了。那四个轿夫呢？

秀娥：都扔假山后边了。

刚说到这儿，前边有人喊：徐头，人提出来没有？六爷要开宅门了。

三德子：哎，来了。爷，怎么办？

康熙：好办，该怎么办就怎么办。快换衣服。

街上。夜。

敏中、秦大人、齐大人各骑一马，众多兵士举火把、兵刃从街上蜂拥而至。

休六儿家门口。夜。

门大开，一帮手执火把的黑道喽啰冲出，都是赤膊扎头巾。

休六儿袒一胳膊从府中出，后边黑衣黑笠四个人抬着一顶轿子出。

莲生被绑着也跟出。

休六儿：爷们儿们!

众喽啰：在!

休六儿：反穿皮袄倒扯旗，要的是什么？

众喽啰：狠劲儿!

休六儿：对了。今儿个爷跟着你们上刀山下油锅了。待会儿是狼来了，是虎跑了，都别怕，天塌下来六爷给你们顶着呢。

众喽啰：有六爷呢!

休六儿走近轿子，哗，一掀轿帘，穿着康熙衣服的人蒙头端坐。

休六儿：爷，听见了吧？一点儿不比您气魄小。跟您说可别弄事，一切看我休六儿了。

那人端坐，一动不动。休六儿把帘子放下。

休六儿：起轿迎敌。

街上。夜。

敏中带的人马和休六儿的人对上了。休六儿的人赤膊站成一排，轿子此时落在后边。对面敏中老狐狸坐在马上。

敏中：休壮士别来无恙。

休六儿：客气了，敏大人，您深更半夜这是要会会我休六儿来吧？不劳动手，我送上门来了。轿来。

轿子从后边抬了上来。敏中、秦、齐不知所以，下意识地下马。

敏中：休六儿，你用不着以君驾之名来要挟本官。

休六儿：话让你说破了，你难道不怕吗？

敏中：怕？我与秦大人、齐大人不管轿中是何人，正是来护驾的。对不对？

秦、齐：正是要来护驾的。

四个轿夫依旧头低着，轿子中没有声音。

休六儿：好，大忠臣。休六儿闹了半天倒成全你们了。大忠臣，你们想把休六儿怎么处置？

敏中：该怎么处置，就怎么处置。

休六儿：休六儿怎么会束手待擒？敏大人，讲个条件吧。

敏中：好啊，休壮士，咱们都让人马退后，走近点儿如何？

休六儿：敏大人有什么瞒人的话吗？

敏中：总有不便说之处。

休六儿一挥手，喽啰退了。敏中一挥手，兵士也都退了。

敏中：请轿子不动。

休六儿：敏大人，你要干什么？

敏中：臣要护驾。你把轿帘掀起本官看看。

休六儿：你一晚上就“护驾”这两个字喊得响，好，敏大人，你放心吧，人我已看过，正是你要的人。

说着话撩开轿帘，看到康熙蒙头端坐。

敏中小声：休六儿，你动手吧。你动过手后，我放你条生路。

休六儿：敏大人，这事儿我不干。时间不早了，你们已杀过娘娘了吧？你们再把轿中人杀了……

四个轿夫静静地站着，听着。

敏中：你为何不动手？

休六儿从怀里掏出那个小本，在火把上准备点着：看见了吗？一切前嫌尽弃，从此休六儿在京城消失。敏大人，天快亮了，你再不动手，就来不及了。

敏中提剑往轿前去，紧张：秦大人、齐大人，众位将官，休六儿假借皇命，要挟国家大臣，此计我已识破。

敏中冲上前对轿中就是一剑，只听轿中人闷喊一声。秦大人、齐大人都冲上来，长枪长剑刺向轿中。

只见轿子摇晃，鲜血流出。三个人疯狂刺着。四个轿夫低首在旁看着，一轿夫手抖动着。

三人杀完人之后，敏中抢过一支火把，往轿上一丢，轿子燃烧。

敏中回身上马：休六儿，你把那黑账点着了，咱们各奔东西。

休六儿：好，我烧了。

休六儿刚要点，突然四个轿夫同时把斗笠摘了，是康熙、三德子、法印、莲生。

康熙：慢！

一个“慢”字刚出，斗笠也飞出，把休六儿手中的本子打掉。敏中、秦大人、齐大人、休六儿一看不好，都回身杀来。康熙长剑在手，动都不动。那几个人胆寒了。

突然长号齐鸣，宜妃、小桃红带了无数黄衣卫士及军官掩兵而来。

三德子：万岁在此，还不跪下！

只见两边冲上来的兵士、喽啰都跪下。

休六儿跪着。敏中跪着，哆嗦，手中的剑还有血，突然拿剑往自己脖上砍去，法印一脚踢飞。

法印：哪能让你这么便宜就死了。

康熙：将此黑白四贼给朕拿下。朕……朕今天真是九死一生，大开了眼界。

乾清宫。

百官跪，康熙端坐，满面怒容。

百官：吾皇万岁，万岁，万万岁！

康熙：哼！万岁……“万岁”无非是两个字而已。喊万岁的，盼朕活不过今朝的必有人在。

百官哆嗦，鸦雀无声。跪着。

康熙：想朕八岁登基，十四岁亲政，文功武略平三藩，破噶尔丹，东征西战，使我大清国土日广，子民日安。可朕虽贵为天子，为国为民必就要得罪那些一心要祸国殃民之官、之盗、之匪、之贼。说出来你们不信，昨天就在这京城之内，天子脚下的街上，官匪两家，视朕之性命如蝼蚁，竟以谁动手杀朕为交换条件。朕在民间竟如草芥一般，朕尚如此，何况一普通百姓，在官匪夹击下，如何生活？

三德子举起件有血、有烧痕的康熙的衣裳。

康熙：你们抬头看看，不是朕以智逃脱，换了一个小匪轿夫，今天的朕便是这血肉之衣，哪还听得着什么万岁啊！黑匪祸国，官匪一家。道德沦丧，仁义受欺，国无宁日，民无宁日。

百官：臣等万死！

康熙：万死？无非又是两个字而已。话从你们嘴中说出，如风过树梢一般，哪儿有什么痕迹？但朕今天再不愿这么轻描淡写了。三德子听旨。

三德子：嗻！

康熙：将官匪四人凌迟立决。

三德子：遵旨！

康熙：杀几个人终归是要杀出一些风气来。众位爱卿，说句玩笑话，不要以为你们的项上之头，今天是热的明天就冷不了。你们终日在朝中官衙，出门吆三喝四，朕看见你们是一个样，可还有人看你们是另一个样，我这儿有个小小的本册。

康熙从法印托盘中拿起，百官大抖。

康熙：其中大事小事，桩桩件件，不是朕派人记的，乃是一无赖，一匪讹诈之用。无赖为利，但话说回来，苍蝇不叮无缝的蛋，人尊圣贤岂来劣迹，怨不得人家，要怨怨自己。请香炉……

三德子点香炉上。

康熙把小本子扔进炉中：你们看见了吧，此本册虽有你们其中之人的劣迹，但朕不以此来追究，这终归是无赖之举，来路不正。朕烧此本，如烧了一些官吏的昨日，也烧了一些鸡鸣狗盗之徒的行径。事儿朕记在心里了，从今天起，你们若不洗心革面，朕必新账老账一起算。退朝。

三德子：退朝！

街上。

囚车中，休六儿、敏中、秦大人、齐大人头发披散，后边竖牌，正去法场，百姓把菜皮、烂瓜往他们头上扔，欢呼高兴。

瑞合布店。

几个人忙着收拾店，上货，掸土。

宜妃：爷，事儿都了了，您干吗还开这布店啊？

康熙：从开布店到这会儿，没几天赔了两千多两银子了，咱不把钱赚回来，这钱可没地方出。

宜妃：您怕不光是为了钱吧？

康熙：那爷为什么？

宜妃：您总想瞧瞧风气啊，民愤啊，市井啊，风俗啊。瞧瞧变没变。

康熙：哪儿那么快啊？

宜妃：嘴上这么说，您比我急。

康熙：宜妃啊，不为别的，爷是要看看还有没有骗子。爷就不信了，一个骗子抓不着。

宜妃：抓骗子，怕是还早点儿，能不被骗了就算好的了。

康熙：是啊……

这时一位客人进来了，三德子招呼客人。

三德子：哟，您来了。爷，您看什么料子啊？我给您搬去。

一个很像当时的休六儿的大爷：别问啊，别问。拣那最贵的最好的，给爷搬过来几匹看看质地，看完了再说。伙计，有好茶没有？先沏一壶。

康熙：宜妃啊，这位爷，看着像买主还是像骗子？

宜妃：爷，这哪儿看得出来呀？爷，您可别受了几次骗，就看谁都像骗子啊！

康熙：打个赌吧。

宜妃：好啊。

康熙：爷要输了请你吃饭。

宜妃：那我输了？

康熙：还是我请你吃饭。

宜妃：这为什么呀？爷您看不起人。

康熙：其实呢，我输了我高兴，你想啊，爷看着他像骗子，他不是，来了买东西走了，这不是风气变了吗？那不是一件很好的事儿吗？该爷我请。那你输了爷我也高兴，经风见雨，买卖才开出几天来，进来一个人说两句话还没买东西呢，我就看出来此人是个骗子。你想想那朝上的百官谁忠谁廉，谁恶谁贪，朕不是也能看出个八九不离十吗？该用时重用，该防时谨防。这饭是不是该我请？

宜妃：该……您就说想吃顿饭得了，还打什么赌啊？

说着这边也来客人了。宜妃过去接待。

宜妃：老夫人，您看料子啊？我给您拿。

康熙高兴，看那位大爷。大爷喝了口茶。

大爷：不错，不错，是碧螺春吧，一口就喝出来了，想不到你这小小的布庄子还真搭得起好茶叶。好，这味茶给爷我的兴致勾起来了，待会儿多买你的啊。

三德子：谢爷照顾我们生意。

大爷：伙计啊，去把街边上我那个牵着马的管事给叫进来。他人太老实，怪热的，也不知道进来喝口水。

三德子走到门口，看见街那边有个人牵马在等着。

三德子：哎，管事的，把马拴在这门口吧，你们爷叫你进来歇歇。

那人牵着马过来了，把马拴在门口了。

三德子：不急，进来喝口水吧。

管事进了门：爷，您喝吧，我不渴，我门口等您吧。

大爷：嘿，你这人怎么这么别扭呀？来，喝口水，喝口水。

管事：爷，马上驮着东西，我看着，我看着。

这边宜妃招呼着老夫人，康熙一直边干活儿边看着。

宜妃：老夫人您走好啊。好了再来。

宜妃送走顾客，走到康熙这儿来。

宜妃：看清了吗？

康熙：看得差不多了。

宜妃：人家可是有驮子有马，有管事的呢！爷这回您走眼了。

康熙：看看再说。

大爷：这是苏绣吗？

三德子：爷，这是真正的苏绣。

大爷：那怎么这么便宜呀？大爷我买的苏绣可不是这个价儿。

三德子：我们开店不那么想赚钱，回个本有个小利就行了。

大爷：都这么说，小利？小利哪买得起碧螺春给客人喝啊？东西不对吧？

三德子：东西是一定对的，您要嫌便宜了，我给您加点儿价。

大爷：我吃错药了？买东西有嫌贵的吗？好，多少钱一匹？

三德子：整匹的，一百两银子一匹。

大爷：行，这三匹我留下了。嗯，好茶。这么着啊，爷我买的东西，不完全自己用，送人，送人，达官贵人，知道吗？送达官贵人。要是自己用呢，差就差点儿了，送达官贵人，差一点儿都不行。就跟向皇上进贡一样。你说给皇上进贡差一点儿行吗？那还不如不送呢。

康熙：宜主子，看出来了吗？

宜妃：看出什么了？

康熙：此人的话多起来了。

宜妃：话多如何？

康熙：话多必心虚，天南地北，瞧，又扯到进贡上去了。宜妃，这回朕必胜了。

宜妃：我看未必。

大爷：送礼是门学问，一要送得巧，什么叫送得巧？就是得选时候，看日子，对机会，年呀节呀，红事白事啊，娶媳妇聘闺女呀，凡这种日子你送，送得不留痕迹。甭管什么，得有个由头，但得让收礼的收得顺当，这叫送得巧。二一个呢是要送得好。这什么叫送得好呢？你总送什么吃啊、喝啊、穿的、用的那不行。为什么呀？凡收礼的他不缺这个，你得送其所好。好文的送画，好武的送刀，年轻的送钱，年老的送药。

三德子：怎么还有送药的啊？

大爷：这你不懂了，春……春药啊。你这儿有女眷不便细说，回头聊啊。行了，我先夹三匹走了。咱回头聊。嗯，好茶。

大爷说着夹了东西就走，三德子还热情送客。法印过来了。

法印：这位爷，您等等，您受累把钱先付了。

大爷：爷先不给钱。

法印：爷，您看好了，这儿写着呢，本店概不赊欠。

见此情景，康熙暗暗高兴。

大爷：谁说欠你们了？谁说欠你们了？我说要欠你们了吗？大爷我像欠人家钱的样子吗？笑话。说了都有一车的话了，还不明白吗？我这是要送礼的，达官贵人，送错了不如不送。我去对街一朋友家，他是贩布的出身，我请他看看，看好了，三匹不就三百两银子吗？我给你钱。赊欠？大爷我从祖宗三代到我这儿没赊过一回呢，真是小看人。

说着夹了布理直气壮要走。

三德子：爷，您要么先付了钱，回头看不好我们再退您，一文不少。

康熙、宜妃点头。

宜妃：有道理。三德子、法印可会做买卖了。

大爷：什么？哎，我这管事的可在门口呢，还有一匹马，马上驮的东西，它们不值你三匹布钱？他们在跟我在有什么两样？真是没工夫搭理你们。等着回头见啊，看着他们吧，爷我去去就来。

众人一想也有理，有点儿拦不住了。

宜妃：爷，他说得有理呀。

康熙：是有理，但爷我还是看着不对，等等。

大爷：干什么？还要怎么样？你们做买卖就不能活泛点儿？

康熙：这位爷，不是那话。这么着吧，你受累再把管事叫进来，让他去问布，您在这儿等着，好茶您喝着，您再说点儿闲篇，我们爱听。三德子，去把门口的管事叫进来。

三德子：哎。

大爷的脸一下变色：别……别呀，这哪是买布呀，这是买气啊。这……这布我……我不买了。

说罢扔了布要走。

康熙：拦住。

大爷：怎么着？还要强卖呀？好，君子不与小人斗，你们起开我叫他进来。

三德子、法印刚让开，大爷冲出门就跑。

三德子：哎，哎，跑了。

康熙：追！三德子、法印追，追上了送官。

小桃红：追，快追啊。

街上大乱，那大爷猛跑，三德子、法印猛追。

酒馆。

康熙、宜妃、小桃红在请那管事——其实是马贩子吃饭。

康熙：看你是真饿了，吃，边吃边说。

管事：爷，您还真好眼力呢，俺可不认识他，俺是山西口外来贩马的。

宜妃：哎，那他怎么叫你喝水什么的，好像认识似的？

管事：嗨，您听我说呀，俺从口外来贩马，前天就到京城里边。两天了，光有问价没有买的，每天人吃马喂不少钱呢！这不早上他来了，问价，我说一百两，他没还价就说行，连鞍子马具带旁的山货他说都要了。这不是好事吗？临了又说他没带着钱，让俺跟他去府上拿去，俺原有点儿担心，可一想好容易有个买主，跟上吧。这不走了一半路了，他又说想买点儿布匹一块儿送回去，让俺等等。俺也只有等，谁知他是想借俺的马和俺的人骗您的布啊？拿咱的人和马当个底子，从您那骗出布来。这位爷，可真谢您了，要不我这马、这货可不都搭上了？搭上货事小，那要是见了官，俺再说不清楚，俺不也成骗子了吗？您瞧，您还请俺吃饭。谢谢您，谢谢您了。

康熙：吃吧，吃吧，没什么谢的。

宜妃：爷，您赢了，看着可不高兴。

康熙：这种丑事，就是你洞悉了又有什么可高兴的？

宜妃：好歹抓一个少一个啊。

正说着三德子、法印进来了。

三德子：爷，抓了。

康熙：送官了？

法印：送了。说是个惯骗，骗了多少家了。

康熙：骗了多少家了？那……那还真是抓一个少一个。

宜妃：该高兴啊。

康熙：对，该高兴，高兴，来，大家喝一杯，喝一杯。

庄宜院。夜。

宜妃正侍候康熙洗脸，康熙一边洗脸，一边走神，洗着洗着举着手巾发呆了。

宜妃：万岁爷，万岁爷。

康熙：啊，啊。

宜妃：您想什么呢？

康熙：想……想白天的事儿呢。

宜妃：事儿都过去了，还用那么想啊？

康熙：宜妃，你看看啊，其实骗子之骗术啊，就那么几种。倘若有人将其归纳了，广布天下良善之人，不就没骗子的路了吗？

宜妃：万岁爷，不那么简单吧？

康熙：你说说，除了咱碰到的那些还有什么？哎，遇骗第一是因为你贪，你要不贪了，他难下其手。再有人随货走，货款两清，这么做不该有毛病啊？咱归拢出几条准则，广布天下，也算这回布店没白开。

宜妃：怕没那么简单。道高一尺，魔高一丈，您归拢出旧的来，他又来新的了。

康熙：没那么厉害吧？要不咱们再打一个赌。宜妃，小桃红做证啊，再来个骗子我一准儿能抓住他。

宜妃：好啊。这回不吃饭了，吃饭没意思，您得应我一件事。

康熙：什么事？

宜妃：等我赢了再说。

康熙：好，一言为定。

瑞合布店内。

一个看似非常老实、很俊的人在极文雅地选布。

文雅人：呀，这是二尺一寸的幅宽啊。

小桃红：这位先生您说对了，织布机就这么宽，再不能宽了。

文雅人：我要做被面。

小桃红：两幅一拼最合适了。

文雅人：那花能对上吗？

小桃红：这料子的花色啊都是反复的，能对上。

宜妃移到正看书的康熙跟前。

宜妃：爷，您看看这位客人。

康熙抬头看了一眼：寻常客人，买料子的。

宜妃：不是骗子？

康熙：宜主子，别盼着自己赢，看着不像。

文雅人：那好。这个，这个，这个，这个，这四匹我都要了，烦您打整好了。

小桃红：先生，我们这料子可是上好的，八十两一匹。

文雅人：呀，可真是有点儿贵呢。

小桃红：要么……

文雅人想了想：还是都要了吧，一分钱一分货。你们哪个是掌柜的？

康熙放下书：在下，在下，先生您有什么吩咐？

文雅人：掌柜的，烦您把料子打整好了，找个伙计帮我送一下，行吗？

康熙：那有什么不行的？应该的。三德子……

三德子：哎，爷您吩咐。

康熙：手里活儿放放吧，扛着料子给这位爷送一趟吧。

三德子：哎，爷您放心吧，交我了。这位先生，布送哪儿啊？

文雅人：东街通仁堂药店。哟，布可挺重的，这位伙计您……

三德子：没多重，您放心吧，不远，一准儿给您送到。

文雅人：掌柜的，钱等料子送到了，我付了让伙计给您捎回来。三百二十两啊，一文不能少。

康熙：好，好。三德子你记一下吧。

三德子：哎，我记住了，爷放心吧。先生您请吧，头前带路。

文雅人：请，请。

康熙：多好的客人啊，又文雅又懂礼，跟小桃红讲话眼都不抬。

宜妃：哟，我以为您看书呢，敢情什么都没落下。

康熙：书也看，人也瞧。

宜妃：什么都没看准。

康熙：宜妃你说什么？

宜妃：没什么，看这人文雅得太假了。

法印：可不是。

康熙：法印，你也这么想？小桃红你呢？

小桃红：说不准，这……这人倒……倒是有股酸气。

宜妃：小桃红也不喜欢。

康熙：那这赌打大了。好，这样啊，待会儿三德子收了钱回来，你们都输我。朕不信，天底下就没有正经生意了。等吧，一会儿就回来了。

宜妃：那就等吧。

四人等了很久，人等倦了，也没客人，众人打瞌睡。

突然，布店门大开，三德子边喊边拉一个人进来了。

三德子：好啊，谁都敢骗了，以为爷真是棒槌呢。你进来，你进来说。

洪大夫：我说什么呀我说？谁骗你的布了？我是通仁堂的大夫，我骗得着你的布吗？

三德子：大夫？我看你是杀人骗财的屠夫。

这边吵嚷，顿时门口聚了很多看热闹的人。

洪大夫：我怎么变屠夫了？我……你问问街坊四邻，谁不知我是洪大夫？是给人治病的。

众人：是洪大夫。

宜妃三人看康熙。

康熙：哎，三德子，你拉错人了吧，这人没来咱店买布啊？三德子松手，松手。

三德子：他……他没买……他没买，可他和那骗子是同伙。

洪大夫：谁是同伙？我根本不认识他。

康熙：三德子，松手，松手。这位仁兄您也别急，法印、小桃红关门，关门。太乱了，大家松手，生意不做了，好好说，好好说。

宜妃：爷，您？

康熙：我可没输，等听完了再说。

瑞合布店后院中堂。

众人坐定了。

康熙：奉茶。

三德子在一边生气，洪大夫也生气。

洪大夫：这位先生，茶不喝了，要说咱们去官衙说好不好？

康熙：都一样的，先生息怒，息怒。要是误会最好，要不是误会谁也跑不了。

宜妃：先生在这儿说一样的。谁先说？三德子你先说吧。

三德子仍是气鼓鼓的：我……我说……

街上。三德子扛着布跟着文雅人走。

文雅人：重不重啊？要么咱们一起抬着。

三德子：不用，不远，走吧。

文雅人：回头让我们先生给您打赏啊。

三德子走了一身的汗进了药铺子了，看病的还不少，都排着队等着洪大夫诊脉。

洪大夫一看文雅人引着三德子进来了，放了笔。

洪大夫：哎呀，来了。

文雅人：先生，来了。

洪大夫：东西放下吧，跟我去后楼吧。

文雅人回头小声：伙计，料子放下吧，您受累后楼结账吧。

瑞合布店后院中堂。

三德子：当时，我就不该把料子放下。我一想后楼结账也对呀，那么多银子，怎么会当着病人结呢？钱必是放在后楼的，我就放下料子，跟着去后楼了。

通仁堂后楼。

洪大夫引了三德子上楼进屋。屋中只有他们二人。

瑞合布店后院中堂。

三德子：进了后楼我就觉得不对，一是隐隐密密的，只有我们两人；二是他哪有给钱的意思，他……他……他，说出来真让人张不开嘴，他……他要我脱裤子。

通仁堂后楼。

洪大夫：好了，把裤子脱了吧。

三德子：什……什么？

洪大夫：到这儿就别害羞了，把裤子脱了吧。

三德子：脱……脱裤子干吗？哎，你……你给钱。

洪大夫：给……给钱，给什么钱？哎，我让你脱裤子你怎么要钱啊？

三德子：我当然要钱了，你不给我钱，我跟你干吗来了？哎，你不给布钱，干吗要我脱裤子？

洪大夫：哎，你得了脏病又怕羞，不脱裤子我怎么看？要钱，你想哪儿去了？

三德子：脏病，我，我，你……你想哪儿去了？

通仁堂药铺。

三德子拉着洪大夫冲了进来，文雅人也没有了，布也没有了。

瑞合布店后院堂屋。

三德子：我们打到药铺，人、布都没了，问谁谁不知道。没办法我给他拉回来了，他们一定是一伙的，他还不承认。他……他平白地让人脱裤子，还说自己冤枉。

众人听后先忍，实在忍不住了大笑。

三德子：哎，你们怎么不同情我，还笑啊？

洪大夫生气：你说完了没有？病不避医，我是个大夫，你得了脏病当然要让你脱裤子，这有什么好笑的？

康熙：洪大夫，不……不是笑您，是笑他，笑他，他自然脱不得裤子了。好了不闹了，听听洪大夫的，您说说。

洪大夫：碰见这种事真是倒霉。昨天下午，就是他说的那个买布的人到了我的药铺子，那时铺子里没几个病人……

通仁堂药铺。

洪大夫：先生哪儿不舒服？

文雅人：大夫，不是为了给我看病。

洪大夫：那给谁看？

文雅人：我有一个弟弟……

洪大人：人呢？

文雅人：大夫，我弟弟生活不检点，得了脏病了，想来这儿看，可又怕人太多。大夫，您看看能不能这样，明天我带他来，您带到后边清静的地方给看看？

洪大夫：可以啊，我后边楼上很安静的。

文雅人：那最好了，我家兄弟人较腼腆，明天倘我带来了，您什么也别问，就直接带到后边去就行了。

洪大夫：全无问题，明天带来吧。

文雅人：谢大夫，诊费我这儿先付了。

洪大夫：好，那明天来吧。

瑞合布店后院中堂。夜。

洪大夫：接着就跟他讲的一样，你说我收了人家的诊费，可不是要让他到后楼看病吗？可不是要他脱……脱裤子吗？谁知那人是个骗子。

宜妃：倒让骗子走了。

众人大笑。

三德子：不行，我得抓他去。

康熙一直大笑，笑得弯腰。康熙笑得很失常，笑着进了里边屋中。众人看着他，宜妃跟进。

瑞合布店后院西阁内。夜。

康熙笑着笑着，哭了，流泪了，痛哭起来。

宜妃悄悄进来把门关上：爷……爷，您……您哭了。

康熙：不碍，不碍……朕还以为编……编个小册子可以抑恶扬善，朕想得多简单。不乱不治，话不错，但今天朕终于想通了，孟子所言，周于德者邪世不能乱。仁德之治才是大治也。

乾清宫。

百官礼毕分列两班。

康熙：诸位爱卿，朕于二十七年曾说过，盖法令禁于一时，而教化维于可久，若徒恃法令而教化不先，是舍本而务末也。朕最近经历敏中及黑匪休六儿之事后，亲历民间，依旧要将上边之言再说一遍，法当然重要，道德教化更在之先。恶人猖狂百无顾忌，你们为官的，可以不听、不见、不触，但百姓往哪儿躲？惩恶扬善，教化风气，再不可迟疑。恶人行恶，猖獗天下，这世道还能清平吗？孟子所言周于德者邪世不能乱，既此以上心得与众位爱卿共勉，退朝。

三德子：退朝！

瑞合布店内。

众人正收拾布店。秀娥大着肚子领着莲生来了。

宜妃：哟，看谁来了。

秀娥：夫人，我身子重不给您行大礼了。莲生，快给爷、夫人行礼。爷、夫人，我叫顺嘴了还是叫您爷、夫人啊。

康熙：就这么叫，就这么叫。

宜妃：秀娥啊，行了。这布店呢就给你了啊，好好打理。

秀娥：什么？夫人、爷。不行，我身子再重也得跪下。我跪下，谢谢爷、夫人了，秀娥这……这真是做梦没想过，莲生快，快跪下。

康熙：不跪，不跪，要谢，谢夫人，她一个赌就把这布店给你们赢过去了。

秀娥：都谢，都谢。

宜妃：不用谢了，你们结婚喜酒我们都没喝上。

康熙：这生儿子可得请我们过满月啊。

秀娥：一定，一定，到时都来，都来啊。我给几位磕头了，磕头了。

众人：行，我们都来。

茶 叶 记

一

紫禁城坤宁宫前。

一大群秀女，穿着各样的绣花鞋，零乱地迈过高高的门槛。

秀女穿着各式各样的绣鞋，零乱地跑着。众太监们喊着，围着，追着……

太监甲：别乱，别乱，德贵，你们别管这儿了，快找人，快找人。丢了一个可不得了，快找！

众秀女被太监们驱赶着拥下台阶。下台阶又摔倒了，有人赶快扶起来。有崴脚的都跑着，秀女们边跑着边哭了起来。大家都哭了。

人群一片哭声，被驱赶着，忽左忽右。

太监甲：快，站好了点名，站好了点名，不许哭，不许哭。四喜，快拿单子找人，点一遍，再点一遍。站好了别乱……

宫院内。

长廊上，太监们飞快地跑着，众宫女正走着，吓得左躲右躲。

撒容儿在边躲边跑，速度很快，各种各样的假山花卉一闪而过。

有功夫的太监在飞快地追，后宫的宫女们飞快地躲闪着……

坤宁宫前。

众宫女都被拘在了一处，有哭的，有流泪的。

太监甲：别哭了，别哭了，不许哭，再点一遍名。四喜，刚才是少了一个吧？再点一遍，快点一遍。

太监丙：佟月儿、关海莲、索宝儿、那淑文、撒容儿……撒容儿。听见了应一声，听见了应一声。

半天没人应。

太监甲：撒容儿，听见了应一声，应一声。

没有人应。太监们全都傻了。

静静的人群。

南书房。

康熙正发脾气：席尔达、安布禄、舒铬……

三人跪下：臣在。

康熙：你们乃是刑部、都察院、大理寺三法司之执掌。陈汝弼之事，朕几次三番让你们实察，你们竟用这些旁证来搪塞。你们就真的以为朕是个瞎子、聋子、呆子吗？朕批你们复审，实在是给你们留了面子，可惜，朕给你们面子，你们不给朕面子。你们以为三法司会审之后，天都扳不倒吗？

三人：臣等万死。

康熙：你们三人身为满洲大员，不以家国天下、江山社稷为重，而因吏部陈汝弼没有将你等的请托之事照办，便将人治罪。你们公报私怨，枉法栽赃，朕岂可姑息？来人，去了三人的顶戴，革职查办。

三德子一挥手，上来三个太监，飞快地去顶戴。

三官跪下磕头。

坤宁宫前。

太监甲真是急了，从一个一个的宫女面前走过。

太监丙：点了三遍了没有，点了三遍了都没有。撒容儿，撒容儿……

南书房外敬事房内。

三德子兴冲冲地进来，法印在打坐。

三德子：法印，法印，听见没有？什么叫掷地有声啊，这就是，“来人，去了三人的顶戴，革职查办。”多痛快！我就爱听这个，长气势。法印，法印，别念你那经了，多看看红尘事吧。

法印：红尘看破，经文读破，生死参破。

三德子：嘴皮子磨破，破和尚破落。呸，到你嘴里没什么好话。行了，你个破法印，接着破吧，我该上茶了。

等三德子走后，法印才把眼睁开。

法印：俗人，掷地有声？你个宫里长宫里大的俗人，听过什么叫掷地有声啊？听过什么叫大吕洪钟呀？掷地有声，那……那无非是一句话而已。你们哪听到过振聋发聩的至理名言啊？

正扬扬得意、自我陶醉时，太监甲冲了进来。

太监甲：报，报！不好，不好了！

和尚情还没抒完，被这个太监一搅，一下就不高兴。

法印：喊什么喊？有话说……

太监甲：三……三公公在不在？三公公在不在？

法印：不在。

南书房。

康熙：内务府呼赫图……

呼赫图：臣在。

康熙：你们呼家在内务府已有三辈子人了吧？

呼赫图：万岁明鉴。

康熙：内务府近年来所费颇多，你给我好好查查。

呼赫图：臣遵旨。

南书房外敬事房内。

太监甲：法大师，这可不是闹着玩的，二百四十八名秀女，这会儿少了一位，不……不知跑哪儿去了，您快给报一声儿吧。

法印：少了一位是吗？

太监甲：啊，是。

法印：好啊，全跑光了才好呢。民生民死，百姓安康，吏清吏治，海禁边防，这么多事还没忙过来呢，你们还张罗着选女人。跑，跑得好，跑光了最好。哎，跟你说，别在这儿碍事。你要再不跑，我……我破一回例，我揍你。

太监甲：法大师，不是这话，这是大清祖制，哪能破了规矩呀？

法印：规矩？这样的规矩就为了破的，快滚。

太监甲抱头跑。

三德子端着茶匆匆进来：谁来了？啊，谁来了？

法印：谁也没来。

坤宁宫前。

众宫女都被太监们拘着。一群人也不排队了，挤挤插插的，太监们费力地点名排队。

太监乙：坏……坏了，这……这是跑哪儿去了？

刘公公：想起来了，就是刚才炸窝的那个，就是她跑了，跑哪儿去了？

太监丙：是啊，她能跑到哪儿去啊？

御花园。

撒容儿在假山石与花卉中奔逃。前边有太监宫女过，撒容儿躲了起来。

定妃处。

成妃、荣妃、良妃、定妃几位受冷落的妃子正聚在一起，练唱曲带身段。

定妃做示范一样地表演着：柳叶双眉久不描，残妆和泪湿红绡。长门自是无梳洗，何必珍珠慰寂寥。姐妹们，瞧见没有，是这路的身段。来，来，都学学吧。

荣妃、良妃下座想学。

成妃：我可不学这个，我这水桶腰，往前弯都费劲，别说蹲下去再往回弯了。这叫什么来着？叫苏秦背剑吧，我不背了，你们背吧。

定妃：你不背呀，可真就没人理你了。

成妃：没人理就没人理，现在不也是没人理吗？再说了，我这模样啊，也指不上拿腰来勾万岁爷了。

定妃：那你指什么？

成妃：跟你们说了也不怕你们学，这一到夏天啊，我做的乌梅汤就是让万岁爷不想都不成，准准的，只要树上知了一叫，他必来看我。

定妃：那哪是……

成妃马上接话：那哪是来看我呀，是看汤来的对吧？你说对了，可我不计较，看我也罢，看汤也行。他除了看汤，总要看看我这熬汤的人吧？他边喝汤总要边与我说会子话吧？他今天喝了汤，明天或许还想喝吧？他今儿来明儿往，来来往往不就有了情了？你们练腰，我练汤，各走一路。

良妃：你们？可没有我，我是腰也不成，汤也没有，只有整天的空屋子、空椅子、空帐子、空镜台。姐姐们，说心里话，想想当初选秀的时候，心里还有几分的高兴呢。一二百人的就留下来几个，给家里人长脸呢。谁知道，天天的日子是这样的，一天一天的空着加起来是个多大的空落呀！

成妃：妹妹，你别哭，你别哭，这要一说就哭，哪还有个头儿啊？

定妃：空，是啊，空啊……哎，我想起来了，今天又在选秀呢。

突然一个小太监进。

小太监：启禀各位娘娘，宜妃娘娘求见。

定妃：哟，她怎么来了？姐妹们快，快收了泪。快，快！小蹄子们，快给你们主子补补妆。快说笑，说笑起来，嗑瓜子。可别露了什么空啊泪的。良妃妹妹，快乐乐。说好了，咱们伤心归伤心，可不能让人家看了笑话，尤其不能让她看见了……

定妃处院中。

宜妃、小桃红静等着小太监回话。

定妃处。

这一说，那几个妃子马上说笑，手忙脚乱地乐了起来。小太监还等着回话，定妃拢头照镜。

定妃：去……请吧。良妃妹妹，你那哪是乐呀，跟哭差不多了。乐，乐起来。去呀，快请。

小太监：嘛。

刚回头要走，定妃鬼心眼一转，叫住小太监。

定妃：她来干吗呢？等等，跟宜妃娘娘回，就说我病了，身子不舒服，不能见客，改日去看她吧。来，乐，咱照乐，声音越大越好。

成妃：哟，这是为什么呀？

定妃：别愣着呀，该乐乐，该笑笑，快说笑起来。

说罢自己带头唱起来：金似衣裳玉似身，眼如秋水鬓如云……

众妃不知就里。定妃边唱边鼓动众妃说笑，让她们笑闹。

定妃处院中。

宜妃正与小桃红听着太监回话，那屋内的笑闹声隐隐传来，小太监的话明明是谎。

小太监：奴才回宜妃娘娘，定妃娘娘示下了，说是病了，身子不舒服，不能见客，改日去看您去。

宜妃一下变了容。宜妃此时处在一个尴尬的地位，碰了一鼻子灰。

宜妃刚要发作，突然镇静下来：是啊，那是我们来得不巧了，跟定妃娘娘回，不敢劳她大驾，让她好好地养病吧。小桃红，咱走。

屋内的说笑声依旧传来，宜妃回。

小太监汗都出来了。

定妃处。

几个妃子没事找事地表演着热闹，你笑着，她闹着。定妃正笑，发现小太监进屋回来了。一下脸上收住，身子背着问话。

定妃：六喜，回了？

小太监：回了。宜妃娘娘走了。

众人一下不演了，泄气。

荣妃：姐姐，你这是为什么呀？她来她的吧。

定妃：为什么？为了杀她的威风。平日里她多风光啊，看咱来以为是给咱面子呢，咱偏不领她的情。姐妹们，这在宫里，咱哪是活人啊，活的就是一口气。她不压咱们，咱也得压她一头，要不就只有流泪了。就不见她，晾着她。

御花园。

一些太监在找人。

三德子：你说你办的叫什么事？早知道万岁爷让人都散了，不选了，你抽鞭子动杖子的干吗？这人要能找着还算个小事，这人要真找不着了，哎，你摸摸你脑袋瓜子还有没有热气？

太监甲下意识地摸头：三公公，您可别吓唬我，这事……

三德子：这事先谁也别说，慢慢找。先别跟万岁爷说，没法张口。哎，你倒是见着没见着，她真就进了园子了？

太监甲：那时乱，什么也没看见。她没进园子又能跑哪儿去呢？三公公，这事瞒着能行？

三德子：不瞒着怎么办……啊？你说怎么办？跟万岁爷说有一个秀女跑进园子里来了，我们找不着？嗯？谁敢这么回话？你倒说说。

定妃处。

所有人散了。定妃躺在帐子里，闭着眼睛，有斗过气之后的深深的疲倦。

定妃脑子里还响着宜妃的那句话，“不敢劳她大驾”。想着想着，翻身。

定妃：芳儿，芳儿，芳……

突然一眼看见花格扇门帘子底下露出一双脚。

定妃：谁……谁？那是谁？啊！芳儿，帘子后边有人！帘子后边有人！

南书房。夜。

康熙正在批阅奏折，笔一顿，扔了。法印在一旁静立。

康熙：三德子，三德子！

法印：万岁爷，您有事吩咐，三德子这会儿不在。

康熙：去哪儿了？

法印：刚才还在这儿，这会儿……

康熙：刚才还在？朕像是一天都没怎么见着他了。法印，是不是宫里出了事儿了？

法印：没……没出事呀。

康熙：出了事儿也不怕，但不能瞒朕。事既出，想瞒也瞒不住，有时瞒到后来倒把小事瞒大了。

法印：阿弥陀佛，自有慧眼观天下，臣记住了。

定妃处。夜。

撒容儿被绑了，坐在内格子里边椅子上，嘴堵着，花格扇门帘子放下了。

定妃：跟你说，取了你的手巾，你可不能喊。听见没有？你要是敢喊，立马地给你送出去，让他们把你杀了。芳儿，给她手巾取出来。

芳儿上手把她嘴中手巾取下了。

定妃：你叫什么名字？

撒容儿：撒容儿……

定妃：是旗人？

撒容儿点头。

定妃：谁让你上这儿来害我的？

撒容儿：没谁让我来害您，我也不想害您……

定妃：实话实说，是不是东院的宜妃娘娘？说了实话，本娘娘让你一家子福荫三代。

撒容儿：您说的人我不认识，我是白天自己跑进来的。

定妃：自己跑进来的？蒙谁呀？人家秀女不愿进宫都往外跑，哪有自己往园子里跑的？进来想干什么？你说不说？不说也好，我也问乏了，芳儿叫人。

撒容儿：等等……

定妃：好，等你一刻钟，把实话说出来。

撒容儿：我……我进宫里是为了，为了……

定妃：想见皇上是吗？哟，你可真急，想吧，有你想的。这深宫大院里能让你想一辈子。我问你，你想见皇上干吗？说啊，心里有仇还是有恨？是想害皇上吧，对不对？你心里有冤？你跟我说实话。

撒容儿：……

定妃：我告诉你，想见皇上，你在我这儿可见不着。

撒容儿：怎么见不到？您不也是娘娘吗？

定妃：话是不错。都是娘娘，可娘娘和娘娘不一样。你别笑话我，你要真进来了，说不定那苦怎么吃呢。芳儿，把绳子给她解了。

芳儿：主子……

定妃：解了。我问你，你知道我这儿是哪儿吗？

撒容儿：不知道……

定妃：你知道我的名号吗？

撒容儿：不知道。

定妃：好了。你最好什么都不知道，你要真知道了，我也不认。芳儿，给她拿点儿吃食。饿了吧？吃完了东西，我放你走。姑娘，想见皇上不难，但得找对了地方。

宜妃处。夜。

宜妃白天受了众妃的气，到现在还没缓过来，呆呆坐着。

宜妃：小桃红，我问你，有没有宫里的后妃活着出去的？

小桃红：自古至今，历朝历代，没听说过，咱这朝就更没有了。

宜妃：我非得破了这个规矩，要么在这里跟死有什么两样？

小桃红：宜主子，咱……咱……

宜妃：咱什么？

小桃红：宜主子，恕奴婢胆大直说了，咱，咱不埋怨，咱不跟她们……

宜妃：你说咱不跟她们置气？你的话我明白，好歹地万岁爷还常来常往的呢，我就该知足，就该高高兴兴地过一辈子了。我也这么想过，可我还是想不通，你看这宫里，这么多的人围着他一个人转，高兴也好，伤心也罢，都跟他一个人有关系，咱自己在哪儿呢？咱不是跟这桌上摆的瓶子、罐子一样吗？今儿个喜欢今儿个看看你，摸摸你，明儿个不喜欢了，落了十年的土也看不见。我……我不管什么宠幸啊冷落的，我要跟姐妹们说的是这个理儿。谁知好心去看她们，可她们还是恨你，伤你。小桃红，你说我该不该怨？

小桃红：宜主子，快二更了，咱们该给万岁传夜宵了。

宜妃：不传。我乏了，我睡了。

小桃红：宜主子，您生气是应该的，可谁气您您生谁气才对呀，您这气生得有点儿对不上人啊。

宜妃：我不管，我自己还觉着冤枉呢！

宫内花园。夜。

太监们打着灯笼到处在找人。三德子像是找累了，坐在一个假山石上打瞌睡。

那些太监的灯笼在远处照来照去。什么也查不到。

一个灯笼从下而上照到三德子的脸前。

三德子一激灵，醒了：谁呀？找着了？

太监甲：三公公，大事不好了，人找不着了。

三德子：找不着？这能去哪儿啊？她要是躲进了娘娘们的院子，也该有个信儿啊。有娘娘报信儿吗？

太监甲：一个也没有。三公公，咱们今夜怎么办？

三德子：怎么办？散了吧。再找不着，明儿再跟万岁爷回……

太监甲：那今夜出了事呢？

三德子：出事？小子，你别吓唬我，她……她一个秀女能出什么事儿？万岁爷今儿住在哪儿了？

太监甲：还是庄宜院。

三德子：那就不怕了，没事，散了吧。

定妃处。夜。

屋内灯烛全灭，门关得严严的。定妃与芳儿还有六喜却趴在门缝往外看着。

梆鼓悠长之声响起。

定妃：六喜，人在哪儿放的？

小太监：在廊子底下。

定妃：园子里乱不乱？

小太监：乱，三公公领着找人呢。

定妃：那撒容儿能被找着了？

小太监：找不着，她会功夫。转眼人就不见了。

定妃：衣裳给她换了？

小太监：换了，地方也告诉给她了。

定妃：是啊，那都别睡啊，今晚上有好看的了。出不了大事小事总得出吧？

鼓楼。夜。

皓月之下，鼓楼夜景，更鼓声阵阵。

庄宜院。夜。

宜妃帐中，康熙睡在外面，宜妃在里边静静睡了。

过了一会儿，一个人影借着屋外的月光印在帐子上。

康熙坦然而睡，那个人头很低地看着康熙——是撒容儿。撒容儿的脸用黑布蒙着，穿了一件黑斗篷。

撒容儿看清了康熙，静静站着，手慢慢抓起来身边条案上的天球瓶举起，飞快地砸下。

天球瓶带出的风声一下被康熙听见了，瓶将要落下的一刻，康熙飞快地往床里滚去。砰，天球瓶砸在床沿上，碎片四溅。

宜妃惊醒，大喊：有刺客！有刺客！

一片溅起的瓷片把康熙的额头割破了。

宜妃从床头抓起几件东西飞了出去，只见撒容儿穿着黑衣，一下不见了。

宜妃回头看康熙血已流下：万岁爷，您……您，快！快！小桃红，传太医，传太医！万岁爷伤了！

康熙：宜妃，先抓刺客。

宜妃冲出屋门。

庄宜院院中。夜。

宜妃刚一冲出来，三德子、法印打着灯笼冲进来了。

三德子：宜主子，怎么了？

宜妃：有刺客。

法印：万岁爷伤了？

宜妃：伤了。

三德子大惊：什……什么？快，散开抓人。

自己没主意，转身又回过身来，乱转，一眼看见康熙出了门来。康熙用手巾捂着额头，手巾红了。

康熙：不要乱。一个人而已，他身上也没有兵器。

三德子看着康熙头破了，呆了。怔了片刻，倒地晕了。正赶上太医冲了进来。

太医：万岁爷伤在哪里？万岁爷伤在哪里？

康熙看着晕倒在地的三德子：朕不碍事，皮肉而已，你先把三德子弄醒了，朕有话要问。

说完回头走，宜妃以为要走回房中，没想到，康熙犹豫了一下，显然是不信任了，自己走出庄宜院。

宜妃：万岁……

康熙：跪安吧。

宜妃无奈跪。

宜妃：这是怎么话说的？小桃红，小桃红，屋里怎么就进了人了？

小桃红哭了：主子，不知道。

南书房。

康熙头上有伤，缠着绷带，坐着问话。三德子、法印跪在地上。

康熙：此事，昨日选秀就出了？

和尚、三德子都不说话，康熙看二人。

康熙：将内务府贵福宣上来。

法印：万岁爷，不干贵福事。

康熙：好啊，不干贵福事，干谁的事？讲来。

法印：此事全因法印隐而不报才闹出来的，不干别人的事。

三德子：万岁爷，法印讲得不实。此事是三德子瞒住了没报，才闹出来的，没有法印的事，万岁爷，奴才愿一死谢罪。

法印：万岁爷，三德子所言不实，是臣……

康熙震怒：哈，你们两个倒在朕这儿唱起高山流水来了。情同手足是不是？好，很感人。但你们此时推来推去的，置朕于何地？刚才让你们讲，不讲，此时倒惺惺相惜起来了。好，谁先知道有秀女遁入后宫而未报的？讲。

法印：臣。贵福来报时臣给挡了回去。

康熙：为何？

法印：万岁爷，已经这样了，臣实话实说，臣对选秀女之祖制原就不以为然，所以人丢了反而高兴来着。

康熙：好，有想法，敢直言。来人，将法印押入天牢。

三德子：万岁爷，万岁爷，您等等，您等等。

康熙：还有什么话，不妨都说出来，讲。

三德子：万岁爷，事如法印说的，确实有他阻报在先，但后来补报也来得及。奴才知了信后一天一夜未报，才酿此大祸，此事不干法印事，奴才也不是为了义气，实在是奴才的罪责。请万岁爷治罪。

康熙：当然要治你，但法印……

三德子：不干法印事，入天牢该奴才去。

法印：三德子，你这么说不是陷法印于不义吗？法印可不是那样的人，法印甘愿受过。

三德子：和尚，咱平时吵归吵，但到了这会儿你不该跟三德子争，这事原本就当三德子管，万岁爷，三德子该关，三德子有罪。

法印：三德子你别跟我争……

三德子：和尚，又不是什么好事，谁跟你争了？你留下好好侍候皇上。

法印：你留下侍候皇上，我该关，该治，该罚。

三德子：我该去，该我去。

康熙：行了，推让得真好，真动人。既然有这等的意气相投，朕成全你们。谁也别让谁了。来人，将两人都押入天牢，待抓住刺客一起发落。

顺喜几个太监上来，绑了法印、三德子押走。康熙不愿看此景，一直背身而立。

康熙：顺喜……顺喜。

顺喜：奴才在。

康熙：从即日起，朕起居全在南书房，你把一应铺盖好好地整理干净。

顺喜：嗻。

定妃处。

成妃、良妃、荣妃、定妃等正高兴地边嗑着瓜子边异常兴奋地议论着。

成妃：哟，不得了了。我听说的是啊，那个逃了的秀女，五大三粗的啊，站起来跟块太湖石似的，三五人不能近前，要不是咱万岁爷有点儿功夫啊，挡了一下啊，她一掌下来还不把人劈死了？

良妃：听说是被架子床挡了一下。

荣妃：说是有根房梁都打折了。

众妃：哟，是吗？可真不得了！后院子有这么个人，谁还睡得着觉呀？

成妃：定妃妹妹，你听见什么了？

定妃：你们说得都不实……

成妃：那你说说呀。

定妃：天底下哪有那么蛮力的秀女呀，又不是武状元。

良妃：对呀，我听着也不像。那你听见什么了？

定妃：听见的都给传走了样了，不说也罢，我只知道这会儿三公公和那个和尚法印因跟这事都有关系，关起来了。

成妃：哟，这不是要反了吗？

定妃：可不是要反了吗？还有呢。

众妃：说呀。

定妃：这话你们也就听听呀，别出去乱传。

众妃：不传，不传，您说说。

定妃：你们想想啊，一个秀女蒙头蒙脑地闯进后园子来了，她就是有个三头六臂，三公公他们找了一天一夜怎么也该找出来了。

成妃：我也疑呢，怎么个大活人就愣没翻出来呀？

定妃：她要是不在这园子里有内应，她能藏得住啊？必定是有一个人先把她藏起来了。

众妃：呀，那会是谁呀？

良妃：定妃姐姐，您这话一说出去，咱不是都有了干系了吗？我不信谁有这么大的胆。

众妃：是呀，我们可没藏。

定妃：咱们有什么干系呀？你们可真会端屎盆子往自己头上扣。再说了，她真要害皇上，藏咱们这儿也没用啊，这事还想不透吗，非要把话挑明了啊？

成妃：妹妹你的意思？

定妃：她在哪儿下的手，就是谁藏的她，谁就想害皇上。

众妃：你……是说……宜妃娘娘？

定妃：这话我可没说，是你们说出来的。话我虽没说，但理儿可是这个理儿。放在谁身上也得这么想啊。

众妃：万岁爷也这么想啊？

定妃：万岁爷怎么想我可不知道，但我想八九不离十，要不万岁爷这些日子怎么只睡在南书房了？这事就不用细想了吧。

成妃：哟，这样了？没想到，宜妃她可够狠的。

良妃：荒山野谷里出来的，那还善得了？

定妃：不说了，不说了。今天的话哪儿说哪儿了，到外边咱们多一句话也别说去呀，事关生死呢。大伙记住了，说出去对人家可不好。

成妃：定妃妹妹，没想到你还真仁义啊？

众妃：我们可不说去。

定妃：可不是，咱们可不是那路嚼舌头的人。

宫内回廊。

三三两两的太监、宫女在交头接耳，听完了说完了又到另一个地方去说。

庄宜院。

宜妃百无一事在榻上绣着绣活，总是看见有宫女或太监从门口过，过时还假装无意，实为有意地往屋里看。

小桃红早看见了生气，冲到门口：去，去，哪个院的？怎么鬼鬼祟祟的？看什么看！快滚一边去。刘喜，怎么这一上午跟走马灯似的？闲杂人别往这院子里放。

刘喜：嗻。

宜妃：小桃红，让他们随便地进来，刘喜，刘喜。

刘喜：嗻。

宜妃：谁想进来谁进来，有哪个想多看一眼又不认识的，你给他们带到跟前来，让他们看个够。

小桃红：宜主子，您……

宜妃：怕什么呀？让他们好好看看，我宜妃是不是长了三头六臂的，是不是天生来的就想害主子的，是不是勾结了刺客想杀圣上的。让他们看吧，让他们看完了，好到各园子里去说去。

宜妃说话时，很多宫女还真在门口探头探脑地听着呢。

小桃红：主子，您干吗自己跟自己过不去呀？主子……

宜妃：怕什么？你不作践自己，她们会放过你吗？我说了，就省得她们费力巴拉地编了。

说着话站起来往门口去。

宜妃：让你们进来看，你们怎么不进来呀？回去跟你们各自的主子都说说啊，就说宜妃这人不要脸，她害得主子伤了头，还没皮没脸地穿针捻线地绣活儿呢。她呀，早就该治罪了，早就该从这宫里给轰出去了，她早该杀了才对呢。

吓得宫女们乱跑，小桃红赶快过来劝。

小桃红：主子，主子，您这是干什么？您这是何苦来的呢？

宜妃：去吧，说去吧，就说这宜妃是个害人精、丧门星，没皮没脸。去吧，想怎么说怎么说。

小桃红急了，往里拉人。

小桃红：宜主子，主子您别这样，您别这样。

小桃红拉宜妃进来，砰的一下子把门关上了。宜妃忙乱之中绣绷子一下子摔在了地上，那针一下把手扎破了。

宜妃忙乱地假装蹲下捡绣绷子，用嘴吮手指。蹲着，吮着手指，半天没有起来。

小桃红蹲下一看，宜妃哭了，小桃红一看也哭了。

小桃红：主子，您别哭，您别哭，咱不跟他们一般见识，您别哭，您可别哭，咱不跟他们……

宜妃：小桃红，你别劝我，我怎么能和这些人一般见识？我……我是恨。

小桃红：恨万岁爷……

宜妃：自……自打那天出事之后，他……他就再没来过。小桃红，这事让他们怎么传我都不怕，但我许是再没有一个辩白的机会了。他或是也那么想了，我宜妃藏了人是要害他的？一切如风吹散，哪儿还有什么情啊？他受了伤我心疼，可难道这时候，我的心会好受吗？他再不来了，是恨是仇一句话都没有，害得这些小人天天地在我后边戳脊梁骨。小桃红，你宜主子冤啊！

小桃红：主子，不哭，不哭，万岁爷怕是还没想明白呢。

南书房。夜。

康熙在平静地看奏折，没有了三德子与和尚的南书房显得有点儿空旷。夜深了，康熙把一本折子合上。

康熙：传夜宵……

顺喜：嗻。

康熙看着空空的南书房，自语：长夜难消，朕……真是越老越混成孤家寡人了。“左右空落，不知何人做错。”

忽然风轻轻吹动，面前的灯忽悠一下子。康熙轻轻抬头，气氛紧张，一下意识到刺客又到了。

康熙：谁？是你吗？别躲在暗处。朕与你的不共戴天之恨不妨说出来。倘若果真是朕的错，朕愿认。倘若不是朕的错，朕愿一辩。出来，请出……

康熙手轻轻摸到剑，静。

门忽悠悠的声音响起，康熙屏息听着，手轻轻按剑。

突然门砰的一声，康熙警觉地抽剑在手。

顺喜端了夜宵进来了，什么都不知道，端着盘子只低着头往前走。康熙把剑放下。

康熙：顺喜。

顺喜：嗻。

康熙：出门时没看见什么人吗？

顺喜：回万岁爷，没看见什么人。

康熙：是啊，你下去吧。

康熙看着空空的静物，再没有吃东西的心情了。

定妃处。夜。

定妃等了又一夜了，对着镜子看着自己。

定妃：芳儿，几更了？

芳儿：回娘娘，三更天过了。

定妃：没……没那么快吧？有那么快吗？

芳儿：回娘娘，刚刚听见敲的更，三更天过了。

定妃看着镜子中的自己，开始从头上往下摘首饰。

芳儿：娘娘，我帮您。

定妃：用不着，你去睡吧。

芳儿：娘娘，万一皇上……来了。

定妃一下神经质地发脾气：没有万一。让你去你就快去，你别在我身后站着，我心烦……

一个首饰摔在镜子上。

庄宜院。夜。

暖帐之中，一轮明月照下来，照在宜妃流泪的脸上。

明月当空。

天牢内。夜。

三德子、法印各关在一个牢笼里，两人都是手铐脚镣。

法印在笼子里打坐。三德子头顶着笼子木柱睡着了。

远处门开，有一个中年太监打着白灯笼进来。门一响三德子醒了，看是一个太监进来，不理，接着睡。中年太监六青到了三德子跟前。

六青：三公公，三公公，您可好？

三德子连头都不抬起来：好可说不上，你都看见了。

六青话里有话，透着高兴：是啊，谁也没想到您有这么一天。

三德子眼睛睁开：你是谁啊？

六青把灯笼移近自己的脸照照：您受累看看。不过您看了也未准认识了，咱俩打交道那会儿大概离现在有七年了。

三德子越听越不是滋味，坐起来：你到底是谁啊？

六青：三公公，您真是贵人好忘事。这么着，您再看看我头上这疤。看见它您该想起什么来了吧？

打坐的法印动了一下。

三德子看着那块疤，有点儿惊讶：七年前？

六青：对了，七年前。

三德子：你是那个把瓷器打碎了，往外带瓷片再粘起来去卖的六青？

六青：三公公好记性，还真把我记起来了，我就是六青。

三德子：你还在宫里呢？

六青：还在，还在，差点儿命没了。那回让您给查出来了，打了我个半死。扛不住了，我拿头撞了条案。也是命大，就那都没死了。

三德子：给你留在天牢了？

六青：多谢冯公公和定妃娘娘心疼我，也谢我自己，就打成那样，快死了都没有招供。伤好了就给我留在天牢里了。

三德子：你在这儿干什么？

六青：没什么大事，无非是给那些不吐口不老实的人用用王法，松松筋骨。

三德子：你给人上刑？

六青：我是从那些要命的刑上爬过来的，我给人用刑不是正对吗？我知道哪一味最让人刻骨铭心。

说着话把灯笼一插，掏钥匙要开门。

三德子：你这是要干什么？

六青：不干什么。三公公，七年前您那么照顾我，山不转水转，七年后，您落在我手里可真不容易，我要是不照顾您，不是太对不住自己了吗？

三德子一听飞快地把门推住。

三德子：六青，你小子作死啊？告诉你，我可还指不定明个儿就出去了呢，是谁让你这么干的？

六青：是谁？先有我一个，还有您自己想想都得罪了谁。我先给您来一味老鼠弹筝尝尝怎么样？

三德子：我不要，我不要！

法印：小子，你敢！三德子，不怕，有我在呢。

六青：你在也没用，进来的时候就防着你这手呢。要么干吗分着关你们？

说着话进了门，拿出一根细钢丝，一弹嗡嗡响。

二

乾清宫。

百官齐集等待万岁，交头接耳。

甲：听说是把万岁爷伤了。

乙：后宫一个巴掌大的园子，一个人能找不着？

丙：听说来无影去无踪，再说了，不那么好找。

甲：快一万间房了，随便藏在一间里，谁能找着？再要有个内线什么的……

乙：听说三公公、法印大师都牵连进去了。

丙：这罪过可大了，听说有的娘娘也……

顺喜出。

顺喜：万岁爷驾临乾清宫啊。

大臣赶快排班。康熙出，百官叩首呼万岁。

康熙：众位爱卿平身。朕于二十九年亲征噶尔丹，三十四年至三十五年朕又亲率禁军出独石口，三十五年五月过瀚海，进逼到克鲁伦河，致使噶尔丹连夜拔营而遁，后于昭莫多被费扬古爱卿大败，几十骑仓皇逃脱。

想那噶尔丹几次三番扰我社稷，一是地处边关，朕鞭长莫及；二是边关之地疏于防备，朕欲增兵戍边又苦于粮饷靡费，众位爱卿，有什么良策可为朕分忧吗？

百官眼观鼻，鼻观心，一言不发。

康熙：事原本就这样，“钱”这个字，嘴上说说好讲，手上写写也好写，一个字而已，可真要让人家真金白银地拿出来可就难了。你们难，朕也难了。但是难归难，真要用时，难也要挤。众位爱卿，要是没有什么良策，那朕就出个法子。

一听说皇上有法子，大臣们都出汗了。

康熙：此事也是朕突发奇想，你们想想啊，倘若是老百姓居家过日子，手紧没钱了怎么办？一定是向亲戚朋友们伸手啊，借也好，求也罢，由亲而疏，一路把手伸过去，凑够钱办事。现在朕缺钱，想想最亲近之人，无非是后宫亲眷与众位爱卿。后宫亲眷大多没钱，众位爱卿的钱嘛，朕真要时又舍不得伸手要，但朕不伸吧你们又别无良策，想来想去，不如这样，朕在坤宁宫前让后宫亲眷效仿民间摆一个集市，将那些一时用不着的、不喜欢的东西拿出来卖。各位爱卿以买主之身份，游观其间，碰见喜欢的、价钱合适的，买了去，所集之款用于戍边防卫，也算是朕不偏不倚向各位伸一回手了。怎么样？

众官：臣等遵旨。

坤宁宫前。

坤宁宫前，众嫔妃各有一个摊位，摊位后都支了透光帘子，遮挡容貌。长长的一条街，百官做游客样游历其中。康熙也在其中游历，百官们热热闹闹地花钱选东西买东西。

呼赫图看中了一件珊瑚树：请……请问娘娘，这架珊瑚多少钱啊？

成妃：哟，还真有问价儿的。跟你说不贵啊，一千两。

正好康熙走到旁边。

刘翰林突然冲了过来，当着万岁面：我出一千二百两。

康熙：好价钱，卖了吧。成妃你可开张了，等着你拿头名呢。

成妃：万岁爷，您放心吧。喜儿，再摆两件。

交易很热闹。那边呼赫图把高高兴兴地抱着珊瑚树的刘翰林拉到一边去。

呼赫图：刘大人借过说一句话，借过。

刘翰林：您拉我干吗？您拉我干吗？我再找两件。

呼赫图：刘大人，你他妈的傻啊？

刘翰林：哎，怎么了呼大人？您怎么骂起人来了。

呼赫图：骂你，骂你都不解气。人家叫一千，你出一千二，透着有钱是不是？真有钱万岁爷隔三岔五地给你来这么一出，一是把后宫不要的破烂都倒腾出去了，把咱的钱都收回去了。二呢，你有钱，你钱哪儿来的？啊，刘大人，你要真有钱可就该查查你了。

刘翰林：哟，呼大人，我倒没想那么多，光顾热闹了。

呼赫图：热闹？有热闹的时候。话我可跟你说明了，你悠着点儿。

刘翰林：哎，我不买了，不买了，回头再买出事儿来。

天牢。

三德子两根手指头被两根铁丝拴着背在了后边，早就疼昏过去了。一口水喷在脸上，三德子醒。

六青：三公公醒醒，三公公醒醒。怎么样？这一味老鼠弹筝，滋味如何？

三德子微睁眼：好，好！六青，你原先的事儿是怪我。

六青：呀，您只要说一句软话，我六青不是那种杀人不眨眼的人，我放了你。

三德子：软话？没有软话。这事怪我当年心软没杀了你。

一口血吐在六青脸上。

六青：好，毕竟是三公公，有种，有种。三公公，对不住了，我得再紧上两扣。

话还没说完，那边法印早就坐不住了，飞起一脚，踢在笼柱子上，整个笼子晃，没用。

法印：心为恶源，形为罪薮。小子你算什么能耐？欺负一个关在笼子里的人？有种的你冲我来。

六青还是慢悠悠的：哟，你这哪像一个出家人说的话啊？出家人当是看破红尘的，你怎么还这么大的烟火气啊？

法印：看人受难，我苦十倍。地狱如在，我当先行。小子你过来。你记仇记恶，必有恶报。你过来，有本事冲着我法印来。

六青：大和尚，你别吓唬我。我不怕，我已死过一回了，我什么都不怕。大和尚，听人家说你和三公公可不和啊，平时总吵吧？你一个修行之人会看得起他？

法印：你少挑我们之间的事。吵归吵，义气归义气。三德子你……你要受不了了就叫一声。

三德子真是受不了了，突然大叫一声：啊！法印，好兄弟，真给我争脸！六青，你小子看出来了吧？我三公公为人处世有的是好朋友。法印，不碍的，你别看了，你当我被人欺负死了。

法印突然大叫：啊！不行，我看不了别人受难。

法印手中的长链崩开，哗地一甩出了笼门，链子一兜正缠在背着身的六青脖子上。顺手一拉，把六青兜着脖子拉了回来。

法印：孽障，等你半天了，过来吧。

六青：哎！哎！

法印：好小子，看清了吧，这叫现世报。快，我松手你叫人，把三德子手上的钢丝松了。快！

六青：来人，来人啊！

坤宁宫前还是一派繁荣，争买争卖还在进行着。康熙边走边看着，有交易的，有收钱票的，有抱了一堆的，有高兴的，有流汗的。

康熙边走，其实是边找，来到了宜妃的摊前。正好摊前没有买东西的人。康熙也透过纱帘看着帘后的宜妃，此时想说话也不知说什么好。两人静着。康熙也只有拿摊上的东西为由。

康熙拿起一件镯子，正是自己原来送给宜妃的，一下愣了：哎，怎么这件东西也卖啊？这不是朕送给你的吗？

宜妃：物是人非，留它没用，想要拿走。

康熙：这可是过去那宜妃的遗物，送给你有如知己传承，这样的东西你也能卖吗？多少钱？

宜妃赌气：不要钱。

康熙更有点儿不高兴：是啊，情感这东西，来时如黄金，去时如粪土，当然是不值钱的。

康熙拿起要走。

宜妃：等等。

声音一高，有路边的官员都驻足远远地来看了。康熙此时怕脸上挂不住，越挂不住，宜妃声音越大。

宜妃：东西不值钱，但也不能说拿就拿走。

康熙想息事宁人：那……那该怎么个拿法？

宜妃：钱不要，可理不能不讲。万岁爷，要您的一句话。

康熙：什么话？

康熙无奈，给顺喜使眼色想让他支开百官，可顺喜一点儿反应都没有。

宜妃：万岁，请把奴婢关起来。

康熙：为什么？

宜妃：万岁爷，奴婢不懂宫中事，但有一事想说明，后园之事，倘若三德子、法印都治了罪，那奴婢一定也有罪。宫中不是都传开了吗？既有罪，奴婢也愿按律奉刑。

康熙：事尚未清，清楚时自然按律。

宜妃：事虽未清，万岁爷您心中已有定论。

康熙：怎么讲？

宜妃：您以为那夜之事奴婢乃是共谋。不单您这么认为，宫中之人个个这么想。奴婢已是有口难辩。事到如今奴婢不想辩了，您把这镯子拿走吧，答应我，把我关起来。

此时就看透光帘后宜妃伤心落泪。这时顺喜才反应过来。

顺喜：啊，散了，散了，买东西。散了散了，买东西。

康熙拿了镯子走了。

南书房。

康熙生气地走来走去：惯的，惯的，当着百官的面，她……她胆敢这么与朕说话？朕是自取其辱，自取其辱。三德子，三德……顺喜……

顺喜：嗻。

康熙：派人去……去庄宜院……

顺喜：去哪儿？请万岁爷明示。

康熙：去……算了，朕治国保土，飞扬跋扈，可治家治后宫，算了，不说了，哪儿也别去了，不去了。顺喜，那个刺客还没有抓到吗？

顺喜：回万岁，禁军、内务府日夜派人在搜，没有查出，怕……

康熙：怕什么？

顺喜：怕是已不在宫中了。

康熙：怕得真好！不是怕，是庆幸吧？一个刺客，就这么大的地方，找了三天了居然没找到？找不到了就说不在宫里了。好，朕没想到，养了成千上万办事的人，可事就是这么办的！

顺喜：奴才该死。

康熙：没你的事，你……你下去吧。索性都下去，朕……朕孤家寡人就索性孤家到底了，你们都下去吧，朕想一人静静。

天牢。夜。

和尚早把那个六青用铁链子吊着脖子给拴木柱子上了。此时，和尚与三德子关一个笼中了。

和尚正给三德子正骨、揉背。

法印：三德子。

三德子：哎。

法印：进来三天了，怎么还没人来问案啊？

三德子：怕是事儿没了呢……哎哟！

法印：疼了？

三德子：疼。法印，跟你商量个事。

法印：什么事？说吧。

三德子：把六青给放了吧。

六青听见了：三公公谢您了，我这儿给您磕头了。我这儿脚够不着地，可难受了，生不如死。

法印：三德子，这话该是我们出家人说的，你倒先说出来了。

三德子：你不是说一切众生悉能成佛吗？我也是悟出来的，他昨天刚给我拴上时我死的心都有了，只求速死。后来想自己也那么治过别人，活该报应，知道滋味了，就想啊这么用刑哪儿有一句真话啊？可不是你要什么人家就说什么吗？那时就想了，再不该这样了。你给他拴起来，我看着也解气，可这么做不是最终把咱跟他摆齐了吗？法印，放了他吧，咱和他不是一类人。

法印：就等着你悟呢。三德子，你关了三天倒有长进了，冤冤相报最不可取。六青。

六青：哎，法大师您说，我听着呢，您说快点儿……

法印：还那么理直气壮地治人吗？

六青：再不敢了，也不想了。

法印：好，我放了你。

六青：谢法大师。

三德子悄然泪下：法印，好兄弟，就这会儿死都不觉着亏，有你这兄弟我知足了。

法印：可别那么说……

三德子：法印，怪了，万岁爷不来看咱们也就不来了，可宜主子、小桃红怎么也没来呀？

法印：怕也受了牵连了。

三德子：这事害的人多了。

庄宜院。夜。

宜妃穿了一身素衣，打了个小包袱静等着。

小桃红：宜主子，三更过了，您歇吧。哪能就像您说得那么准来提人了？

宜妃：一定会来的，我……我当着那么多的官员冲撞了他，他……理上能饶了我，面子上也饶不了我。小桃红你去睡吧，我等着。

小桃红：主子，事儿都过去了，咱们爷不是那计较的人。

宜妃：这回不一样，我……我……

小桃红：主子，您后悔了？

宜妃：小桃红，我这人就是这性格，不后悔，想着后悔就什么也做不成了。不悔，话说出去了，心里倒坦荡了，我不后悔。

小桃红：主子，别哭，别伤心，这事谁赶上了也说不清，睡去吧。

宜妃：我不睡，我等一夜，他要是不派人来提我，心里就……

小桃红：就还有您……

宜妃：怕……怕是这样的吧。小桃红，你没觉着吗，在宫里做个女人多难，就这会儿了还……还是想着他心里有没有我呢。我……我有时可真恨自己。

小桃红：都一样，万岁爷指不定也委屈着呢。您这么想想，事儿就通了。

南书房内。夜。

康熙一个人支在案上睡着了。

案上有一盒点心。忽然像一阵风过似的，点心盘里的点心一下少了几块。什么人也看不到，只听见轻轻咀嚼的声音在响。

又是咕咚一声喝水声。杯子原没在那儿，又放回来了。

盘子里最后的一块点心没了。

康熙醒了，迷迷糊糊伸手抓点心。再一看盘子里一块点心也没有了，端起茶杯来看，只剩茶根儿了。

康熙抬头，什么也没有，风吹过，墙上的画儿动了一下。

康熙悄悄用手去按剑，动到一半手又停下了，正正坐好：谁？是不是你，你……你又来了。有什么话请讲，屋子里没人，说会儿话吧，正赶上朕也是心里郁闷，咱们不妨聊聊天。

说完话拿个热水瓷瓶倒了水，把杯子往案子角上推推。正看着说着，对着条案的廊子里两盏灯灭了，光暗下来，像是一个黑衣人站在那儿。

康熙：还想杀我吗？你……只要杀得有理，我引项就刀，要是没理，咱们不妨辩辩。

撒容儿一点点近了：把剑拿开。

康熙：你有兵器吗？没有这把剑给你。

撒容儿：用不着。你干吗不喊人？

康熙：喊谁？

撒容儿：喊手下人。

康熙：为什么要喊人？

撒容儿：抓我。

康熙：他们以为你不在宫中了，抓你有什么用。再说……

撒容儿：怎么讲？

康熙：你……你现在已不想杀我了，抓你也无益。

撒容儿：你怎知道……

康熙：一个刺客不会急着吃点心。你能走近点儿吗？

撒容儿：毕竟是万岁爷，说话自信，出口就像是旨意。

康熙：你要不愿，那我走近点儿……

撒容儿：用不着，这样很好。

康熙：你不杀朕了？

撒容儿：正在犹豫。

康熙：犹豫什么？

撒容儿：想你这人，该不该杀。

康熙：不是已经杀过一次了吗？

撒容儿：这会儿……与原来想得不太一样。

康熙：为什么？

撒容儿：你这人……还算勤勉。

康熙：何……何以见得？

撒容儿：三天来，你三更前没睡过觉……

康熙：不是三天来，是四十年来。

撒容儿：说这话就像做给人看的了。

康熙：你说得也对，可一个人能四十年都做给人看……也不容易吧。朕……

撒容儿：别用那个字好不好？

康熙：……

撒容儿：你没有觉出那个“朕”字很孤单吗？你其实就很孤单。

康熙：四十年来，可没有一个人这么说过我。

撒容儿：那你可真就孤单了四十年了……

康熙：没想到这样的话，是被一个刺客说出来了。你……你叫什么？

撒容儿：撒容儿。

康熙：为什么要来杀我？

撒容儿：现在不想说。

康熙：你……你是不是很多话都没对别人说过？

撒容儿：……

康熙：你不是也很孤单吗？

撒容儿：话让你说准了，天底下有两种人最孤单……

康熙：愿闻其详。

撒容儿：一个就是走遍天涯寻仇觅恨的刺客，一个就是坐在金殿上的皇上……

康熙：天底下最孤单的两个人今天倒是碰上了。我……我上朝有百官，下朝有嫔妃，我不……

撒容儿：百官与你不是一心，嫔妃与你同床异梦，你以为一个在深山大谷中的人孤单吗？一个在深宫大院中的人，在闹市人海中的人才最孤单，要么……

康熙：要么怎样？

撒容儿：要么你不会混到现在还日日夜夜地坐在这个书房中，已近四更还在这盏快燃尽了的孤灯前与一个刺客津津有味地说话。

康熙：你把一个人的孤单都说破了，这话比杀人的刀还要快。你不厚道。

撒容儿：你除了孤单，还想自欺，你比一个寻常之人还寻常，你最大的苦痛自己都不认识，也不愿面对。

康熙：怎么讲？

撒容儿：你内心最怨的其实是想做一个寻常之人而做不了。年岁越大你越这么想，你连寻常人的烦恼都觉着很奢侈，你混到一个人坐在书案之后，苦熬永夜之时，你其实一直在问这一生的孤单值不值。

康熙有点儿震动：你……你……撒容儿，你能不能再走近点儿？

撒容儿：不能……

康熙：为什么？

撒容儿：两个孤单的人不能离得太近。

康熙：你，你真会说，咱们今天第一次说话，你却像我一个四十年来的知己，我实在想看看你，你过来点儿。

刚才都是小声说话，这会儿声音刚一高，只见撒容儿一下子不见了。

康熙：哎，别走，等等！

门吱地一响，顺喜急急进来。康熙此时最不愿见他，他倒进来了。

顺喜：万岁，四更了，请进参汤。

康熙：谁让你进来的？谁让你进来了？

顺喜：万……万岁，奴才听错了。奴才该死。

康熙：下去。

顺喜：嗻。

康熙等了一会儿，稍安静了：撒容儿……撒容儿……你……你还在吗？你要是在应一声。

南书房一片死寂。

庄宜院。夜。

宜妃终于瞌睡了，小桃红上来帮她解着衣裳。

小桃红：主子，天都快亮了，睡吧。睡去吧。

宜妃：还没来人抓我吗？

小桃红：没有，睡去吧。

宜妃：他为什么不来？

小桃红：今天不来，许是明天就会来了，睡吧，万岁爷不是记恨的人。睡去吧。

乾清宫。

百官朝拜，山呼万岁。

康熙有些失神地看着那些百官的嘴脸，没有像以往那样叫平身。百官也不敢起。

康熙失神地看着，百官头也不敢抬，又不敢起，很难受，都跪着。

顺喜着急，也怕，不敢提醒，终于忍不住了。

顺喜：万岁爷，万岁爷。

康熙惊醒，看了看：啊，好。跪安吧，退朝。

顺喜：退朝？退……退朝！

宫内夹道。

百官仓皇下朝，快步走着。

刘翰林：哎，高大人，这是怎么了？您在朝上的日子长吧，万岁爷有上朝下朝连一起的时候吗？

高齐十：刘大人，头一次……

刘翰林：怕是有事吧？

高齐十：说不好。呼大人，呼大人，您说说，您说说，您管着内务府呢，这两天宫里没出事吧？

呼赫图：不知道。

刘翰林：您说说，您说说，您别不说呀。那刺客抓着了吗？

呼赫图：没有……

南书房。

康熙：刘爱卿，查出来了？

刘翰林：回万岁，查出来了。撒姓见于汉家人的不多，金朝时有契丹人叫撒八，原在海陵帝时任西北路招讨司译使，后于正隆五年起兵反金，各地契丹人响应，再后被部将所害。明时有撒仲谦，再有撒里畏兀儿乃是一支突厥人之古称。

康熙：现代有撒姓见闻于世的吗？

刘翰林：有江南茶监撒无忌，据说已死了。

康熙：怎么死的？

刘翰林：枉法获罪。

康熙：是……是啊……枉法获罪？想起来了，就是前一段内务府呼赫图参的江南的那个茶监，那……那他好像是罪有应得啊？你……你下去吧。

康熙等刘翰林走了，自己一人从书案后下来，站在昨天撒容儿站着的地方，往自己这儿看了看，突然喊顺喜。

康熙：顺喜，顺喜。

顺喜：嗻，嗻。

康熙：顺喜啊，每过头更，在这张条案上放点儿吃食，放点儿水。

顺喜：……嗻。

康熙：等等，等等，再放点儿橘子、梨子什么的。

顺喜：万岁爷，恕奴才多问一句，您……您不是不吃梨子吗？三公公交代过，梨子寒，伤胃。

康熙：朕不吃，难道天下人都不吃吗？让你放你就放。

顺喜：嗻。

呼府厨下。

呼赫图在精心地选着笼子里的五彩鹦鹉。抓出一只来把那鸟的头露在外边，看着小小的眼睛。

刘翰林：万岁爷多的话也没问，就问这姓撒的古姓今天还有谁在，说到江南的事儿时，也没表示出有什么疑惑的，还说那撒无忌是罪有应得的。

呼赫图：万岁爷平白地干吗问那姓撒的啊？

刘翰林：大概也不是平白地问，听说宫里走失的那个秀女刺客就姓撒……

呼赫图：什么？那刺客姓撒吗？文池兄，此事你回得好，你回得好……

说着从袖中拿出一张银票给了刘翰林：这点儿茶钱你先收着。呼某还有一件事托您。

刘翰林一点儿不客气地接了银票：呼大人，您吩咐吧。

两人附耳。

南书房敬事房。

众翰林御史忙忙碌碌地翻史书找文件，刘翰林一直偷看着高齐十翰林。

刘翰林：高大人，看的什么书？

高齐十：啊，刘大人，不是什么经史，闲书，《茶经》。

刘翰林：没想到高大人这一段似对茶极有兴趣啊。

高齐十：归来何事添幽致，小灶灯前自煮茶。

刘翰林：放翁的句子，雅得很。高大人怕是功夫在茶外吧？

高齐十：您怎么知道？茶外有什么功夫？

刘翰林：无非玩笑而已，您读书，您读书吧。

天牢。

顺喜来看三德子、和尚。

三德子：顺喜你怎么来了？那边可离不开人。

顺喜：三公公、法大师，这么些日子了，也没抽出空儿来看你们，你们可别挑我的理儿，实在是脱不开身。

法印：想哪儿去了？头都要砍了，还挑人家的理儿？

三德子：万岁爷可好？

顺喜：好。

三德子：吃得可好？睡得可实？

顺喜：现在吃住都在南书房了，还好吧。三公公，问您一句，要是问错了，您就当没问啊。万岁爷原来有没有自己跟自己说话的毛病？

三德子：自己跟自己说话？没有啊……什么？现在万岁爷天天自己跟自己说话了？也难怪，我不在身边了，和尚不在了，可不是没人说话自己跟自己说吗？万岁爷都到这份儿了。

顺喜：也不全自己跟自己。

法印：怎么讲？

顺喜：有时还装个女的。

三德子：什么？装个女的？自己说一句，装个女声再说一句？

顺喜：也没太听真，但隐隐地听着像是这样。

三德子：你干吗去了？不好好听听。

顺喜：万岁爷不让在南书房站人。一到夜里就一个人坐着，不叫，不让进。

法印：终归是凡人，在南书房一人独处，便……便打熬不住了，还学起女人了。哪儿懂得什么叫空即是色，色即是空啊？

三德子：哎，这……这可好。怎么这样了？这不是病了吗？顺喜你再经点儿心吧，听实了啊。

顺喜：万岁爷过了头更就不让进人了，人要进去了，他就不高兴。三公公，不干不知道，一干起来，也不知你这些年是怎么熬过来的。

三德子：你这才哪儿到哪儿啊，不碍的，长了就好了。不让进就别进，听着点儿，听多了就猜出来了。法印，什么人每天夜时来会万岁爷？

法印：谁有这么好的身手，神不知鬼不觉的，会不会是那个刺客？

三德子：你可真能想，一个刺客她哪有不动手光动口说话的？顺喜你快回吧，回头找你找不着。

顺喜：哎，我走了。

三德子：经点儿心。

顺喜：哎。

南书房。夜。

南书房没有别的人，康熙一个人在看着折子。看又看不下去，跑下座去，在原来撒容儿站的门廊那儿去看了看，有吃的，有喝的，有水果。看完了，又回来。坐下了听见灯花爆了一下。

康熙：灯花爆有人到，该来了。顺喜，顺喜！

顺喜跑了进来：嗻。万岁爷，奴才顺喜在门外候着。

康熙：顺喜，几更了？

顺喜：回万岁爷，头更刚过。

康熙：怎么头更刚过呀？听错了吧？

顺喜：……

康熙：你们都在敬事房候着吧，朕不叫你们别出来，要是有人出进的你们也别管，最要紧的别大惊小怪地吓着人。听见了？

顺喜：奴才记住了。

康熙：下去吧。

顺喜：嗻。

定妃处。夜。

定妃正一枝一枝地往头上插花，对镜打扮。

成妃处。夜。

成妃正给皇历书上画红圈。

成妃：香儿，离夏至还有两个月了，不长了，该喝汤了。

宜妃处。夜。

宜妃又是素衣，收拾了一只包袱，坐着，等着。

小桃红：主子睡吧，没人来了。

南书房。夜。

康熙静静地听着清脆的咀嚼的声音，心放下了，高兴地低下头看折子不说话。

又有喝水的声音……半天没有声音了。

黑暗的前廊中两盏灯砰砰灭了。

撒容儿：你干吗不说话？

康熙：食不言，寝不语，等着你吃过东西再说。饿了吧？多吃一点儿。

撒容儿：你可真体贴。后宫佳丽如此之多，你能体贴得过来？

康熙：有真体贴，有假体贴，有实体贴，有虚体贴，有想体贴却体贴不上的。

撒容儿：还有这样的人吗？

康熙：有。

撒容儿：谁？

康熙：此时的你……

撒容儿：你不单体贴，还会说殷勤之语，可惜这话于我已若耳畔之风。

康熙：你听我把话说完。我自十二岁迎娶赫舍里氏，至今所历之人众多，但有一种感觉朕几乎没有过。

撒容儿：什么感觉？

康熙：说出不怕你笑话——在晚上等……等一个女人的感觉……

撒容儿：我可真想笑了。

康熙：想我一生一直在让女人等我，从来没有如此这般地等一个女人，等的滋味……

撒容儿：好不好？

康熙：说不出来，有点儿魂不守舍，有点儿酸，有点儿疼，有点儿不知所以。原来读“风吹花影动，疑是玉人来”时，从无感受，等过人后，才知这两句诗有多妙。方才，门窗响了有十数次，我次次以为你来了，可次次是风。

撒容儿：没想到你一个君主，不但体贴、殷勤，还多情。

康熙：上苍造我，何须遮盖。

撒容儿：只是……

康熙：只是什么？

撒容儿：只是你这么等的那人原是个要杀你的刺客，想想不可笑吗？

康熙：人生可笑的事很多，不可笑还有什么意思。撒容儿，我还没看清过你的脸。

撒容儿：要看吗？

康熙：不，不看也好。我把椅子反过来背对着你，你不妨出来走近点儿我们说话。

撒容儿：你……你倒是不乏味。不看也好，怕什么？是不是怕看过后心情一下子变了？什么东西一下子丢了？一下子没有了吧？想不到你一个大君主，也脆弱得时时在躲，在逃。

康熙：往哪儿逃？

撒容儿：往一个幻境里逃。

康熙：天下之大，有处可逃的话，不知这世上还能剩下几个人。话说回来了，你不想逃吗？

撒容儿：我天天在逃。

康熙：这倒忘了，我可不会再让人追拿你了。

撒容儿：就用这些点心、果子把我养着。

康熙：你若愿意，给你个院子也好，我们每夜就是这么说着聊着。

撒容儿：让一个放下剑的刺客与一个她原想杀的人一起夜夜造梦。给你那过于甜、过于腻、过于英雄、过于壮烈的生活加点儿酸，加点儿苦，加点儿你说的疼，加点儿你从没体会过的味道，你愿在这里沉浸，你可以不让人追杀我，你可以天天见我说些江山社稷以外的话，你也可以烦了、厌了时再借他人之手让我消失。这就是帝王吧？

康熙：你……你干吗总把话说得那么实，把事想得那么悲伤，有些事干吗不让它糊涂些？这样的夜晚干吗不让它更像夜晚？说少而又少的贴心话，管他明天怎样？明天？朕就是想明天想得太多了，才过着这样的日子。造梦也好，造幻境也罢，真能造出来不是很好吗？只有你想过要杀朕，朕怎么会想到要杀你……撒容儿，撒容儿，你……你在听吗？撒容儿……我还没说完话你怎么就走了？撒容儿！

顺喜又以为在叫自己，飞快地说着进来。

顺喜：嗻，嗻。万岁爷吉祥，四更天了，奴才顺喜侍候万岁爷就寝。

康熙愣愣地看着：四更了，你，你下去吧。

定妃处。

良妃、成妃、容妃、定妃等又聚在一起了。

成妃：哟，妹妹你可别再倒茶了，天还没热呢，你这儿的碧螺春我喝不惯，胃寒。给她们倒吧，给我算糟践了。来来，坐会儿说会儿话，说会儿话。有万岁爷的信儿吗？

定妃：哟，你可算是问对人了，我还正想问姐妹们呢。

众妃：我们哪儿知道啊。

成妃：我知道点儿影子。

众妃：姐姐那快说说。

成妃：听说自打住进南书房后就没出来过，哪个院子也没再进去。哎，宜妃那边也晾干儿了。

良妃：有不短的日子了吧？

容妃：不短了呢。咱们爷就一个人……就那么住着呢，怪不怪？

定妃：哟，就你们这点儿信儿了，实在是不新鲜了。跟你们说啊，我也有信儿呢。

成妃：什么信儿？快说说吧。

定妃：我这信儿啊听着有点儿奇，可确实是个实信儿。

良妃：姐姐快说吧。

定妃：是贴身的公公传出来的，你们听了要是不信啊，就当风吹过了；要是信，咱们就该拿拿主意了。说咱们万岁爷天天晚上跟一个女鬼聊天说话呢。

众妃：啊？有这事儿吗？

成妃：哟，这可不成。放着这么多的后宫佳丽不管不顾，和一个女鬼聊天，这不是闹鬼了吗？这可要出大事了。

宜妃处。

小桃红：这事，刚开始我也不信，但说话的人可不是什么贴不上边、不着调的人。

宜妃：是谁呀？

小桃红：主子，是顺喜，贴身的，告诉我时还愁眉苦脸的，你能不信吗？

宜妃：元气不足，必有邪气相侵，女鬼？我不信，女人我信。有情如黄金，无情似粪土，可不就这样吗？

小桃红：女人？什么样的女人？南书房女人是不让进的，怕还是个女鬼。主子您别当真，就当是个玩笑听听吧。

宜妃：我才不当真呢，我怎么会拿一个女鬼的事当真？我吃人的醋，可不会吃鬼的醋。

天牢。

三德子：顺喜，万岁爷这么些天就没问起我和法印过？

顺喜：回三公公，顺喜实话说吧，没有问起过。许是万岁爷心里想，没问出来，再就是万岁爷一直等着晚上子时一过，与那人说话呢。

法印：是人是鬼？

顺喜：说不好，一身黑衣，飘来飘去的。见过一次，人呀鬼的倒不怕，就怕是那个女刺客。

三德子：不对呀，刺客，哪儿有见天地等着刺客聊天的？有这样的刺客吗？顺喜听我一句话，既然猜她是刺客，索性晚上就当刺客给她拿了，万岁爷的安危要紧，瞧瞧，我和法印又出不去。六青，六青拿点儿水来喝。

六青：哎，哎，来了，来了。刚沏的，您喝吧。

三德子：听见了吗，顺喜？

南书房。夜。

康熙有点儿焦急，等着，走着，手忙脚乱地把盘中的水果重新摆着。听更已过二更了。

康熙：像是打了二更了，顺……

突然不叫了，飞快地走出南书房。

宫中院子。夜。

明月当空。

康熙心焦，在月光下走着，边走边看，突然发现有隐隐的灯笼在假山的背后，猛一回头，又发现有些人影在后边晃动。康熙站住……

康熙：顺喜，顺喜！

随着话音，一盏灯笼马上出现在后边，追了过来。

顺喜：嗻，嗻。奴才顺喜侍奉万岁爷。

康熙：顺喜，朕问你，这南书房周围布下了多少人？说！

顺喜：回万岁爷，有……有三十多人。

康熙：布三十多人干什么？

顺喜：防……防刺客。

康熙：真有刺客时你们半个都抓不着，这刚一太平了，你们又要抓刺客了？朕看你们不是要抓刺客，明明是要抓朕的心。把人都给朕传出来。

顺喜：连福、六才都出来，叩见万岁。

只见从各个角落，打灯笼的，拿棒子的，举着网的，出来三十多个太监。

众太监：奴才们叩见万岁爷。

康熙：朕可不愿见你们，都散了。南书房就是有刺客也不用你们管，都散了，再不许有一人设防。

众监：嗻。

南书房。夜。

康熙在看折子，听着比平日里更快的咀嚼之声高兴。

康熙：撒容儿，你……你吃不了可以带走。白天你藏在什么地方了？真要藏在厨房就饿不着了。

撒容儿：再不藏了。

康熙：好啊，我给你名分，索性名正言顺地进出吧。

撒容儿：我要回家了。

康熙：回家？好好的干吗说这话，撒容儿你说这话，不是刺客也已把朕给杀了。

撒容儿：你真会说，不管真话、假话，这话让一个女子听了总觉得有些……心动。

康熙：听了你要回家，我哪儿还有心思说假话，君主之一生文治武功乃是根本，可儿女情长毕竟人之常情。撒容儿，朕……孤单，朕每日说的话无非套话、礼话、心计之话，朕自第一日起与你说了一些推心置腹的话，朕日日盼此时，虽说如此下去不得长久，朕愿尽心维持，直至孤单再无法安置时，那时凭你怎么样……

撒容儿也似被一席话打动：几天来，撒容儿如在梦里，一直说你在做梦，撒容儿又何尝不是呢？可惜人生不是梦。深宫之内，众目之下，您一个万乘之君要寻个角落做梦其实也难。花总要落，夜总要来，风总要吹，人……总要散。撒容儿不躲了，撒容儿真要走了，早晚要走。

两人此时很近，撒容儿回身要走，被康熙一把拉住。

康熙：等等，你……你不能走……撒容儿，你还没把你的家仇告诉我，你不能走。

撒容儿手想脱开，被康熙拉住，两人第一次那么近地看着。

撒容儿：你真想听？

康熙：一国之君，遇有冤情，岂可不听？

撒容儿：原来不想再说了，说也没用。天底下蒙冤的人岂止我们撒家一个？有多少不白之冤，就那么不白下去了。撒容儿来此原想以一死为父拼个清白，见了你后，觉得以死来要挟清白，终究不够坦荡，既你真想听，我明天来讲。

说完手拉出去了，一串手珠落在了康熙手上。

撒容儿：还给我。

康熙：留下吧。你要真走了，留下算个念想。你要不走了，回头朕再给你戴上。

撒容儿：……

康熙：哎，明天等你诉冤。

撒容儿：好，明天吧。

三

定妃处。

定妃隔着帘子在与呼赫图说话。

定妃：舅，您可查出来了？

呼赫图：定妃娘娘，臣查出来了。

定妃：芳儿，让人都下去。舅，她是谁家的？

呼赫图：定妃娘娘，她确是茶监撒无忌的女儿。

定妃：查实了？

呼赫图：查实了。

定妃：这可怎么好？那她在万岁爷那儿一夜一夜地说话，还不都给咱们拿下边钱的事儿说出来了？舅，您可不能再等了。也许都说了，还有……

呼赫图：还有什么？

定妃：告诉您也没什么，那……那女子进来的第一天是从我这儿给放出去的。这些事要都查出来还了得……

呼赫图：这些事，她还没来得及说。

定妃：舅，您怎么知道？

呼赫图：要真说出来了，定妃娘娘，您想我还能在这儿坐着跟您说话吗？

定妃：可这么聊下去，还不是早晚要说出来？

呼赫图：不错，娘娘说得不错，大概就在今夜了。

定妃：您怎知道？

呼赫图：娘娘，臣这两天已安下人偷听了。

定妃：不好了，不好了，那……那可怎么办？

呼赫图：今天来就是要与您商量。

定妃：哎呀，我哪儿有主意啊？我一个妇道。

呼赫图：别急别急，敢问娘娘，万岁爷是不是不吃梨子？

定妃：对啊，这谁不知道啊。咱万岁打出过天花后就再没吃过梨。

呼赫图：好了，臣明白了。定妃娘娘，我再说一句话，不管出了什么事，今天的话只有咱俩知道，千万不能再说了。

定妃：这话您不用嘱咐了。

乾清宫。

百官站着，听康熙在说话。

康熙：西域边陲，安而复乱，乱而又安，朕原想边陲之民耕戍兼顾，又因粮饷不够而难以实行。前些日以后宫之物，集众位爱卿之善款得银三十余万两，此事还要多谢诸位爱卿，诸位爱卿以国家为重，应当褒奖。费爱卿，两边之事你多年在彼，山水风俗都已烂熟，此事就交给你办理吧。有钱了好办事，朕着你择日起程。

费扬古：臣领旨，谢主隆恩。

康熙：众位爱卿，有事早奏，无事退朝。

呼赫图跟刘翰林使了个眼色。

刘翰林：万岁，臣有事启奏。

康熙：讲。

刘翰林：万岁，臣不揣冒昧，请万岁爷恕臣直言了，臣闻后宫之中近来有刺客出没，后又闻有女鬼出现而昼伏夜出，以美色引诱圣上。臣不知是实是虚，但臣不管是实是虚，今日冒死进谏，若确有其事，望万岁以龙体为重，远离鬼魅。大清幸甚，臣等幸甚。望万岁千万以家国天下为重，以龙体为重，固正而驱邪。

百官一下都跪下了。

康熙原听了刘大人的话并不高兴，此时一看百官跪下，只有应付，心里暗想：说朕乃是九五之尊，真命天子，可是朕真要想活一天，哪怕一时一刻的自己，谁又答应呢？朕有些话只想对一人来说，谁又容得了朕这样？

康熙：诸位爱卿平身。

百官不起，有点儿硬谏的味道。

康熙：诸位爱卿为朕之意，朕知道了。朕深知诸位爱卿苦心，你们起来吧。刺客若有，朕今天怕不是坐在这乾清宫上与众位爱卿说话了，怕该躺在太和殿上等着你们发送了。没有刺客，至于女鬼更没有了。倘真有女鬼，朕倒是想会会。好了，退朝。

顺喜：退朝！

宫内夹道。

百官仓促下朝，呼赫图疾走，刘翰林追上。

刘翰林：呼大人，呼大人留步，留步。

呼赫图：刘大人，今天朝上多亏你直言死谏，佩服，佩服。

刘翰林拉呼赫图到一边：呼大人，好听的话您不用说了，哎，讲好了我说完话您说的，哎，怎么让我一个人单挑啊？这不出事还好，要将来出了事，您不是让我当出头的椽子吗？

呼赫图：刘大人，不是那话，你说过后没看到百官都跪下了吗？我要再说就画蛇添足了。啊……刘大人佩服，佩服，我有事先走了，先走了。

刘翰林：哎，你别走啊，我话还没说完呢。你个老狐狸，……怕是真要出事。

南书房敬事房。

顺喜正看着两个小太监分果盘。鲜鲜艳艳的果子。

顺喜：小六子。

小六子：嘛。

顺喜：怎么两盘里都有梨子？

小六子：哟，回喜公公，忘了，随手拿了。

顺喜啪就是一个耳光：随手？我告诉你什么叫随手。

小六子：喜公公，奴才错了。

顺喜：去一边去，干啥啥不行、吃啥啥不剩的东西。问你，这些梨子是从哪儿取过来的？

小六子：回喜公公，膳房配的。

顺喜：好了，下去吧。

两个鲜艳的果盘端上了。

宫内。夜。

明月当空。宫殿屋脊连绵。

定妃处。夜。

定妃早早地钻在锦被中，身上抖着。

定妃：芳儿……芳儿，把……把院门早点儿关上，再给我加一条被子，我病了，我想早点儿睡了。把灯吹了。

庄宜院。夜。

宜妃在削着一只梨的皮。

宜妃：小桃红，听说万岁爷不能吃梨？

小桃红：宜主子，您说对了。万岁爷打小时出过天花之后，就再也没吃梨，先是太医院的太医们不让，后来就不吃了，说吃了肠胃就受寒。哟，宜主子，您这么一说，倒提醒我一件事。

宜妃：什么事？

小桃红：今天我去膳房配果子，怎么看见南书房的小六子领了梨子，那可别给万岁爷吃……

宜妃：你放心，万岁爷不吃有人吃。

小桃红：宜主子，您真信万岁爷那儿有人……

宜妃：有人，当然有人，指定了，有人没鬼，鬼不会吃梨，鬼哪知道什么叫梨的滋味。

南书房。夜。

一只手从果盘中拿起一只梨来，煞是好看的梨……是康熙的手。康熙拿着那只梨左看右看。

康熙：灰豕凝清古，霜津溢澹甜。面嫌汤后白，心慰邑中黔……

边念边向桌案边去。

风吹灯动。没想到撒容儿今天真是早早就来了，门廊的两盏灯又灭了。

撒容儿：彼姝徒冠玉，争得似无盐。《丑梨》诗，与今夜的情境倒也相配。

康熙：梨丑，人不丑，一个梨子哪懂得什么情境，好好的果子不分开，它就不是梨了。

撒容儿：那也不是，人生最动人处不是在一起，是分开。你有那么多的后宫佳丽……

康熙：不错，那烦恼都是聚出来的……

撒容儿：倘若我再不走，怕是烦恼与这春天的麦种一样也该落地生根了。

康熙：你说这话其实是怕。

撒容儿：怕什么？

康熙：想离又离不开了……

撒容儿：自信真好。做帝王真好。

康熙：好什么？

撒容儿：把自己看作磁石样的，能吸引世间一切……

康熙：不说这个了，要是真的离不开了，不离开又怎样？

撒容儿：一个刺客化为一个女鬼，夜夜与君王谈些风话，就是我不想离开，你不让离开，别人能容下我吗？他们能让您这样吗？这虚幻之境，你我之间能维持多久？

康熙：说得也对，你真走了，我会夜夜在这儿等你。

撒容儿：真会说话，你把一个刺客的剑说倒了，你让一个恨你的人留恋……你别忘了，咱们约好了今天是来说仇的……

康熙：你不愿说了？

撒容儿：是你不想听。

康熙：仇是人造的，情是神送来的。仇太普通了，情多难得啊。

撒容儿：说得让人心动，但神不吃五谷杂粮，人却时时有烦心。

康熙：啊，忘了，忘了，你……你饿了吧，你先吃东西，你别怕羞，我陪你吃……

说着拿起一只橘子，边剥边吃边念起诗来。撒容儿一只手犹豫着，还是拿起了一只梨。

康熙：菊暗荷枯一夜霜，新苞绿叶照林光……清泉流齿怯初尝，吴姬三日手犹香。

边吃边念，透着高兴。先还听见撒容儿那边有咀嚼声，后便听不见了。

康熙：撒容儿，想你我也真怪，吃东西能听见彼此的咀嚼之声，说话如隔丈远，几日来未见容颜，唯有心彼此相连。撒容儿，今天朝上百官齐齐地跪下进谏了，都说你是个女鬼，你今天让我看看你是不是鬼吧，我还没真的见过你呢。撒容儿，撒容儿……我……

突然撒容儿从那暗暗的门廊中轻轻走了出来。

康熙：撒容儿，你见过我，我没见过你，这不公平，让我看你一眼。

撒容儿手里拿半个梨：你……你好狠！

康熙：什么？

撒容儿已中毒：你好……狠毒！

康熙：此……此话怎讲？

撒容儿：可怜我撒容儿几乎就将心与你了。你……你在甜言蜜语之后竟下毒手……

刚一说完，就要倒下，挣扎起。

康熙：下……毒手……撒容儿……你，撒容儿，撒容儿你怎么了？你怎么了？

康熙冲过去抱住撒容儿，撒容儿面前的纱巾慢慢撩开了，美丽的面容出现，撒容儿悲伤地看着康熙。

康熙：撒容儿，你怎么了？你可不能走！你可不能走！

撒容儿：……你好狠毒……你用蜜糖的刀子把撒容儿杀了，你……你让我觉出这世界寒彻九天。

康熙：撒容儿……撒容儿！你……你怎么了？你怎么了？

突然看见撒容儿手中的梨，被咬过的地方已经黑了。

康熙：梨，梨！太医，太医！快叫太医！顺喜，快叫太医！

撒容儿美丽的脸此时变得灰白。康熙泪如雨下。

康熙：撒容儿，你……你不能走！你不能走……梨中有毒，他们给你下了毒了！太医！太医！

撒容儿：你居然哭了？我……我真恨不得此时有剑。

康熙：撒容儿你别走，不能走！你……你走了，我该怎样？撒容儿，虽只有几天，但朕，朕视你如性命，我……我怎么会下毒？撒容儿，我怎么会下毒……撒容儿你不能走！你别让我夜夜想你，你不能走！你不能抛下这些天的缱绻，你不能让生死各孤单，你不能走……太医！太医！

撒容儿：别……叫了……来不及了……你哭了，你竟然落泪了？我的仇不讲了……忘了吧……忘了青衣镇……忘了恨，我宁愿信这些天来，你说的都是真的。我愿意看着你为我哭……我愿意带着一点点的暖意离开。

撒容儿说完，手一松，那半个梨掉到地上，滚到一边去了。

康熙大恸：撒容儿，你……不能走！你不能走！

那只五彩的果盘从条案上摔下来，摔烂。

康熙寝室。

康熙昏迷不醒，手巾敷在头上。太医在诊着脉，三德子已被放出，焦急地看着。和尚在旁打坐，念经。

三德子：江老太医，万岁爷怎样……

江太医：悲而伤心，心经大损，最好能想办法使万岁爷释怀，整日吃药安睡不是办法。

三德子：谢太医嘱咐。一个“情”字打了个死结，哪就那么好解开啊？老太医，咱们尽力吧。

江太医：三公公，不是老夫多嘴，这事情怎么就闹成这样了？想想万岁爷还有如此真情，实在不易。

三德子：江太医，事儿怎么闹的三德子也不知道，正查呢。

江太医：这是药方子，您受累上御药房抓药吧。

三德子：哎。

打坐的和尚两行泪流出来了。

定妃处。

良妃、定妃、成妃、荣妃几人都在。成妃正绘声绘色地讲着。

成妃：哎哟，你们猜怎么着？敢情不是鬼，也知道饿，也知道要吃，馋呢，嗬……咯叭咯叭两口梨一吃下去，一下就倒了。也是上天有眼，生给药死了。

良妃：也……也怪可怜的……

成妃：哟，良妃妹妹，这可不好，人死了你倒说起便宜话来了。她可怜？她要不死咱才可怜呢。

荣妃：成妃姐姐说的也是。

良妃：我这不是一句话吗？

定妃：不知万岁爷怎么样了？

成妃：万岁爷能怎么样？哼，我看这药下得好，再不下药啊，万岁爷心跟着人走我倒不吃醋，这心要跟着鬼走啊，咱可真是白活了。

定妃：也不知谁这么大胆子，敢到南书房去下药。

成妃：是啊，几位妹妹，姐姐我话是这么说啊，可下药的胆子姐姐可没有，姐姐就是想下，也无处下手啊。妹妹们，今天的话哪儿说哪儿了。别的不说了，祝万岁爷早日康复吧。话我再找补两句，那下药的人也绝不是什么好东西。在宫里头往万岁爷心尖上捅刀子，绝不是什么良善之辈。

定妃：可不是吗？这样下去，谁死谁活还不是这邪理儿说了算啊？该好好查查。

众妃：对，好好查查。

庄宜院。

宜妃：小桃红，你再去说说，我想去看看万岁爷。

小桃红：主子，跟三德子、法印都说过了，说万岁爷这会儿人事不省，您去也没用。

宜妃：我就这会儿想去看他，他知道事了，我还不想去了呢。

小桃红：主子，那是为什么？

宜妃：这会儿我敬佩他。

小桃红：主子，这可不是什么文治武功的大事，说白了最多是个儿女情长，您这会儿倒用上“敬佩”两个字了。

宜妃：儿女情长怎么了？能肝肠寸断，能真情实意，能生死豪言不是一样让人佩服吗？一个君王能这样更让人佩服……

小桃红小声嘀咕：这会儿人死了，您倒不吃醋了。

宜妃：只可惜那人不是我，要真就是我，我也愿一死谢知音。

小桃红：宜主子，咱们不跟着乱了，好不好？这一段啊宫里头说“情”这个字像是太多了点儿。

宜妃：有什么不好吗？

小桃红：主子，不是我非要说丧气话，这宫里实在不是什么谈情说爱的地方。

宜妃听完一愣：小桃红，你这话说得倒是在理，在宫里谈情，怎么会不让人给你下药？可这药是谁下的……

御膳房配水果处。

有各种各样的水果及已摆好了的果盘，但从门口看过去看不到有人。门吱地响了，法印悄悄进来。

法印看着那些果盘上的果子，发呆，拿起又轻轻放下。

法印：仁贵，仁贵！有人吗？有人吗？仁贵！

法印走到摆着果盘的条桌前，再一探头，一眼看见仁贵已经被毒死了，躺在了地上，嘴角流血。

法印：阿弥陀佛。一死连死，红尘之中多少恩怨情仇，阿弥陀佛，你死得倒也干净。

天牢。夜。

六青打着灯笼过来。

六青：喜公公，喜公公，不是我说便宜话啊，你们万岁爷身边的人都怎么了？三公公刚出去，你又进来了，怎么南书房总是出事啊？喜公公，喜公公！

从笼门进去一看没人。再一抬头，看见一双摇晃的脚。顺喜吊死了。

六青：哎呀，不好了！顺喜公公吊死了！快来人啊，顺喜公公吊死了！

乾清宫。

百官像是等了很久了，等万岁上朝，交头接耳。

刘翰林：呼……呼大人。

呼赫图：哎，刘大人您说。

刘翰林：呼大人，听说女鬼被药死了？

呼赫图：刘大人，你也听说了？

刘翰林：呼大人，您别揣着明白装糊涂，那天朝上我可听您的劝才下了死谏来着。这会儿女鬼死了，万岁爷他会迁怒于我了。到时你可不能光看着。

呼赫图：不会吧？再说了，忠臣死于谏，真要那样，你也很壮烈呀。

刘翰林：呼大人，呼大人，话都让你说了，告诉您，谁也都不是哑巴，谁也都不是傻子，到时我可有话说。

呼赫图：刘大人，这是为什么呢？得，下了朝我请您到府上一叙。

正交头接耳着，三德子出来。众人静。

三德子：各位大人，今天万岁爷身子不适，不上朝了，散吧，散吧。

人走了，空空的宝座，下雨的屋檐，空寂的长廊。

南书房外。

众小太监正一人扛了匹黑布跑过来。高高的门檐子上，黑布哗地落下，三德子、法印正站在梯子上忙着把这个南书房全部用黑布包起来。

三德子：和尚，和尚。

法印：有话就说……

三德子：不是我三德子背后褒贬主子啊，这……好好的房子非让拿黑布罩上，万岁爷，他……他是怕白天了？

法印：怕白天？话说反了，万岁爷恨不能天天是黑夜，时时是三更呢。

三德子：为什么？

法印：还用问吗？等人。

三德子：那哪等得来呀？咱们能把天变黑了，可人咱可变不出来呀。和尚，回头你得说说话，劝劝。可不能这么看着，你得说说话。

法印：不用你操心，我想着呢。

南书房。

屋内完全是黑的，有一丝光从外边透了进来，三德子赶快把窗帘掖好。

康熙坐在案桌后，一副病容，呆呆地看着那个廊子……

三德子、法印都悄悄地不敢出声。

康熙一动不动地看着门廊。

庄宜院。

苏麻喇姑坐在正中，把众嫔妃都叫来了，正训话。成妃、良妃、荣妃、定妃、宜妃都在。

苏麻喇姑：今天我苏麻喇姑借宜妃这地方说几句话，不是我老太婆倚老卖老。自跟着太皇太后由草原入了京，在这后宫之中也侍候过三朝皇上了。玄烨是我从小给带大的。赶上他孝顺把老太婆我侍候得跟太皇太后一样。老太婆我一辈子无后，可皇上啊阿哥啊，我都看得跟自己的孩子一样。说句托大的话，孩子们有了灾了难了的，我老太婆心疼。这顺治爷为了董妃伤心而绝，虽说看不下去，但毕竟是动了真心。爹这样，如今听说玄烨又这样了。话可说在前边，倘若是再出了这样的事，你们谁也逃不了干系。

众妃哭。

苏麻喇姑：哭，别当着我哭！这么些个大活人，你们连一个男人的心都拢不住，连个女鬼都斗不过，哭有什么用？有能耐把万岁爷给哭回来了。我苏麻喇姑自太皇太后死后，后宫的事说了就算，先把话说在这儿，这回看你们能耐了，谁把万岁爷劝回了心，我苏麻喇姑向万岁进言，立她为后，正合适，万岁爷这么多年了也没有立后呢。

众妃一下两眼都放光了。

苏麻喇姑：后宫这么大，没个皇后怎么得了？那可不是见天地出事吗？再有，丑话我说到前边，你们要是这事都办不了，说清楚了，冷宫的滋味可不好受。好好想想吧。

南书房。康熙寝室。

门开处，无数的裙裾接二连三地迈门槛进。

众妃们鱼贯而入，成妃、良妃、荣妃、定妃等带头要往康熙睡的西屋里去。三德子、法印赶快行礼拦住人。

三德子：众位娘娘留步。万岁爷睡着了，众位娘娘候一会儿吧。

成妃：睡着了怎么着？睡着了我们就不能看了？去，起开。

法印：等等！娘娘，恕臣说句不敬的话，您想着万岁，万岁此时怕不想见您。

成妃：哟，你个和尚敢这么说？想不想的也轮不到你说呀，姐妹们走，进去。

众妃们强行往里走，三德子、法印想拦也拦不住了，一干人冲了进去。

三德子、法印一看人都冲进去了，两人也悄悄退出。两人刚走，众妃又从里边冲出来了——其实根本没人。

成妃：哎，没人，唱空城计呢。臭和尚，哪儿去了？好啊，小子蒙我们，把万岁爷藏哪儿去了？姐妹们找去，他们这不是犯上作乱吗？

宫内回廊。

众妃走过来走过去，气势汹汹，一派问罪的样子。

定妃累了，坐在廊子下。

定妃：等等，等等，姐妹们，这瞎找瞎撞可不是个事，好好想想，好好想想，找也得找准了地方啊……

良妃：可不就瞎找吗？谁知去了哪儿了？找得我都累了。

定妃：哼，算也算出来了。谁没跟着咱们来，你们想想。

成妃：还用想吗？一眼望下去就知道了。宜妃。

众人：对，宜妃。

定妃：咱们都着急，她干吗不来呀？

成妃：备不住万岁爷就在她那儿呢。

众妃：走，找去。

南书房。

所有的窗子遮得很暗。

康熙坐在书案之后，呆呆地看着门廊……

康熙：三德子……

三德子：嗻。

康熙：去把那个刺客放了。

三德子不知所云，看法印，法印使眼色：万岁爷……嗻，放了。

康熙：果盘里不能放梨。

三德子：嗻，不放梨。

康熙：是啊，梨不能放。

法印：万岁爷……

康熙：……

法印：万岁爷，容臣说句话，当年顺治爷因董娘娘之死而五天哭昏了十余次的情景您许还记得呢。顺治爷何等的英明君主，为董娘娘之死，痛不欲生，情实感人。天地悠远，历朝历代，哪有皇上为一个妃子痛不欲生的？真情实意，感天动地。但话说回来了，家国天下，一个万岁倘若为一个女子而欲死欲生，在常人看是情种、佳话，在帝王就不那么得体了。恕臣不敬，臣以为万岁爷您再不可效法顺治爷了，臣望万岁爷自珍，自重。

康熙闭着眼睛，听都不听：果盘里不能放梨，一个也不能放。

三德子：嗻。

庄宜院。

众妃拥了进来，也不讲个理了，有进内屋的，有在外边乱翻的。宜妃在绣花，不理。

成妃：哟，宜妃妹妹，你还有心思绣活儿呢，这万岁爷可病着呢。

宜妃绣着活儿，视而不见，小桃红忙着左右拦人。

宜妃：成妃姐姐，要是我不绣活儿万岁爷的病能好了，我一辈子就不绣了。

成妃：那你也得跟着急急呀。

定妃：就是的。

宜妃：急，有的人急在心里，有的人急在面儿上，有的人是急给人看的。

定妃：哟，这是说我们呢？

宜妃：我可没那么说，你要这么想，我不拦着。

成妃：瞧瞧，大家伙儿都急着看万岁爷，怎么就你一人那么各色？

宜妃：大家伙儿？大家伙儿这是都急着去探病啊。

成妃：对啊。

宜妃：我怎么看着觉着像是去打狼啊。漫说个病人见了这么多人想躲了，就是我一个好人见了这么多的人都想躲了。几位姐姐，你们待着吧，我走了。

说着转身要走。

成妃：哎，你怎么跟个没事儿人似的……

宜妃：事儿有，但不是你们想的那么大。万岁爷可不是你们想的那个病，他的病也不是你们这样就能探好的。

成妃：哟，我们不行，你倒是说个行的啊。

宜妃：你们是觉着万岁爷不应该了是不是？对不起你们了是不是？你

们哪像去探病啊，可是太像理直气壮地去问罪了。

定妃：那依着你该怎么着?

宜妃：依我看呀，不想不看，该绣花绣花，该吃饭吃饭。别看着像着急，其实是跟着添乱。

话一说完，很多人都往外走了。

成妃：哎，别走呀，别走呀!

一妃子：成妃姐姐，人家说得对。我累了，先走了。

宜妃：成妃姐姐。

成妃：哎，哎。

宜妃：她们走了不要紧，要么您再坐会儿?

成妃：不，不! 我走，我熬汤去。我也走了。

定妃瞪了一眼宜妃也走了。

南书房敬事房。

三德子：法印，法印，别看你在牢里护着我了，这会儿你要是再拿不出主意来，我可跟你急了。我问你，两个太监死的事，跟万岁爷说不说?

法印：先不说。

三德子：为什么?

法印：说了也白说，万岁爷这会儿心在一个人那儿呢，别的事听都不听。

三德子：法印，你想想这事是谁干的?

法印：我想也没用。

三德子：怎么讲?

法印：查不出来。要查啊，还得死人。

三德子：那就不查了?

法印：这会儿先不查，放放，备不住什么时候自己就清楚了。先把万岁爷弄明白了要紧。

三德子：怎么弄啊?

法印：我没主意，你问别人吧。

三德子：呸，问别人要你干吗? 问别人……可不得问别人吗。

南书房。夜。

康熙裹着毯子坐在书案之后，眼睛一直看着门廊……

更鼓声声。

康熙：灰豸凝清古，霜津溢澹甜……三更快过了，撒容儿，你，真就让朕白等吗？

风吹，灯晃。空无一人。康熙灰心了，裹了裹衣服，打开折子看，看了一眼又放在一边。

康熙：面嫌汤后白，心慰邑中黔……

突然门轻响一声，门廊前的两盏灯砰砰灭了。

黑衣人：美实种寒谷，珍尝近御奁。

康熙一下精神，看着门廊，黑暗的门廊中一个黑衣人隐隐地出现了。

康熙：撒容儿……撒容儿，知道你必定要来。

说着高兴要下座。

黑衣人：别动。我们还是远远地说话吧。

康熙无奈坐下：你来了，你来了，你知道朕夜夜在此等你吧，天不负人心。要么你走近点儿。

那人悄然近了一点。

康熙：撒容儿，朕以为你死了，朕后来想清楚了，你假借一只毒梨离开了，你其实是想伤朕的心，你让朕悔，让朕自责。你来得不凡走得也蹊跷，你给朕演戏，想让朕忘了你……你以一刺客之面目来与朕谈天说地，朕觉得天底下再没有这样的奇思妙想了。这还是其次的，要紧的是朕的心里话能与你说，朕很过了几天推心置腹的日子。你怎么就这么走了？

那边传来吃东西的声音。

康熙：对，对，你吃，你吃。饿了吧，这儿还有点心，你吃吧，吃完了说会儿话。

黑衣人：万岁爷，没想到您……还如此的痴情，小女子感动……

康熙：孤单所致……看着朕人前人后、宫内宫外地热闹着，看着朕整日整夜家国天下地忙碌着，文治武功何等风光？朕有时深夜突然醒来，听夜鸟啼飞，悠忽间觉着有无数美好的东西离朕而去了。可是朕不可以悲伤，不可以多情，不可以常人之行径而行事。朕要是想躲起来，会有一万个人要来找出你，朕必须以人家所想的朕那样地活着，朕这一生如穿了千百斤的铠甲，走了四十余年了，朕想歇歇，朕想说些不该是朕说的话，朕……

黑衣人：帝王之苦，有千万人想受这苦还受不上呢。

康熙：你是说我说便宜话了？

黑衣人：听着就是便宜话，你这个皇帝不想做可以不做。

康熙：谁准朕这样……朕是无法脱身，朕无法脱身时便想着与你夜夜闲聊，也算皇上以外的滋味。

黑衣人：你可以与十个这样的我聊啊。

康熙：没有十人，只有你一个，可你还走了。朕以朕之面目与人对话时，如江之两岸，隔着滔滔洪水，一句心里话喊过去，像一丝虫鸣一般，哪儿还有什么心声？你不同，你先把我看成个仇人，后把我看作是个情人，说是情人咱们手都没拉过，你不让朕自称为朕，说那个字孤独，你一句话就说在朕的筋上了，你当然是知己……

黑衣人：要是天天在这儿聊，话再浓也会聊淡了，知己也会成陌路。

康熙：这话怎么讲？

黑衣人：怎么讲？夫妻恩爱交心岂止缱绻，长了不是依旧无情？

康熙：没有一个人像你那样化仇为情，朕实在不能割舍。

黑衣人：好啊，那跟我走吧。

康熙：去哪儿……

黑衣人：民间啊。不论何地，山水之间，云梦之所，走吧。

康熙：好啊，那咱们走……可……可出了这间屋子，大概就有烦恼了，出了这间屋子，大概你看清我，我看清你，为了些衣食住行的事，就会生出厌烦来。我们夜夜这么聊聊不是很好吗？

黑衣人：现在就看清了，你不是恋我这个人，你是恋这梦一样的情境……你脆弱。

康熙：从没有人说过这话。

黑衣人：你觉得自己功成名就，是一代明主了，你觉得累了，你觉得亏了，你以为得了虚名，但丢了无数的岁月，你觉得一切若烟云一样过了，就是原来极看重的受子孙万代称颂赞美，那于现在的生活又有什么关系。你想躲进一个梦里，躲进一个角落看着那些围着你转的生活到底是什么样的……一个想杀你的人爱上你，你觉得要杀你的人都会爱你，多知己呀，多知心啊，多体贴啊，真让人满足。又是在这样的一种夜，夜中的黑衣人，没有国事，没有家事，两相等待，两相吸引，你把自己的孤独放大，为自己的孤独疼痛，你还想演一出《长生殿》的故事是吧？她走了，你等她入梦，你等她生还，你多沉醉，多迷恋，多俗气。

康熙：俗气？

黑衣人：不俗吗？唐明皇已经如此了，你要是真多情干吗不换一个故事来演？就君主而论，你康熙帝可称千古名君，但以情论，你只可陪以末座。

康熙：你……你怎么把朕的伤心事说得这么……这么无聊。

黑衣人：原本就无聊。

康熙：你是谁？

黑衣人：你可以过来看。

康熙此时再不浪漫了，下座。黑衣人手里又拿个苹果吃，康熙撩开黑纱一看。

康熙：宜妃……

宜妃：不错，是奴婢。

康熙：撒容儿在哪儿？

宜妃：撒容儿死了。

康熙：死了？

宜妃：不错，死了。

康熙：死……了，你两个字就把朕的梦境说破了。你……你……

宜妃：万岁爷，爱美人不爱江山的君主多得很，你实在不算什么更杰出的。生于帝王之家，你命即如此，梦不妨做做，情不妨谈谈，但“万岁”这两个字，你逃不掉。

康熙：你干吗扮了撒容儿来骗朕？

宜妃：不是骗，是撒容儿借我的口说了一番话而已。

康熙：撒容儿若在，此时会怎样？

宜妃：你要愿意交心，谁都可以是撒容儿，不信试试。天晚了，跟我走吧。

康熙：去什么地方？

宜妃：庄宜院啊？还有旁的地方可去吗？

康熙：是啊，没什么地方再好去了。你把朕的梦打碎了，朕醒了。好，排驾吧。

三德子、法印高兴地出来了。

三德子：万岁爷排驾庄宜院啊！

康熙看着案桌上那个像梦一样的果盘，呆看一会儿。

康熙：生于帝王之家，有什么办法，梦也不是乱做的……

康熙把那只珠串经心地戴在手腕上。

庄宜院院中。夜。

眼看着屋里的灯吹灭了，三德子高兴地出来。

南书房外，众人又在把黑布摘下来。

三德子：麻利点儿，快，快，快摘啊。这会儿就是云开雾散了。

和尚、小桃红跟着。

三德子：还得说咱宜主子，就是有本事，这叫一物降一物，卤水点豆腐。

小桃红：那还用说啊，指着你们还不是把万岁爷往阴沟里带。

和尚：俗人毕竟是俗人，帝王亦如此，做腻了帝王就想做凡人了。

三德子：啊呸，就不爱听你说话。你倒是不俗，怎么一个不俗的法子都拿不出来呀？和尚，你别以为你会念念经就成佛了，跟你说，这回宜主子是真佛。

小桃红：别逗嘴了，那下毒的事，查清了吗？

南书房内。

康熙经过一夜后，马上焕然一新了似的，坐下。

康熙：三德子、法印。

三德子：嗻。

法印：臣在。

康熙：宫里死了两个人？

三德子：万岁爷明鉴。

康熙：为何而死？

法印：尚未查清。

康熙：没查清最好，不查了。天下事，不对机会时，越查越乱，对了机会不查自清了。下去吧。

三德子、法印：嗻。

定妃处。

苏麻喇姑坐在正中，闭目听着众妃说宜妃的不是……

成妃：哎呀，姑奶奶哎，您猜怎么着，我们这成帮成伙脚打后脑勺地忙着探病问安啊，她宜妃可好，一个人坐在炕上绣花唱曲，透着有多么高兴似的。

定妃捅捅良妃。

良妃：可不是嘛，还冷一句热一句地消遣人呢。

定妃又捅捅荣妃。

荣妃：说我们哪是探病啊，看着像是打狼的。

苏麻喇姑听了，扑哧一笑，又忍住了。

定妃：听说她明知道万岁爷沉迷了，不单不劝，还扮了那个女鬼让万岁爷中了魔了。姑奶奶，这事儿您可不能不管，那要是立了后，母仪天下，那也不能服众啊。

众妃：是啊。

苏麻喇姑：你们都说完了？

众妃：但凭姑奶奶做主。

苏麻喇姑：立皇后，这话谁说的？

众妃：……

良妃：不是您说的吗？

苏麻喇姑：我……我不记得了，再说了，立后这事，我说了也不算啊。宜妃来了个大变活人，生生地把那叫……叫什么撒容儿的女鬼给变回来了，变得万岁爷清楚了，再那么一转，万岁爷顺着沟就从那爪哇国里溜达回来了。现在万岁爷呀，就跟梦醒了一样，吗事没有了。要我说呢，还是人家宜妃有本事……比你们强。

说完了下榻就走。

众妃愣了。

南书房敬事房。

刘翰林左右地看着高齐十翰林脚前一桶东西，黄绫子包了，看不出是什么东西。

刘翰林：高大人，您这是带的什么东西啊？

高齐十：现在不能说。

刘翰林：哎，你这一卖关子，我就更想知道了。不会是土特产吧？

高齐十：也许是。

刘翰林：据我所知你家可在江南，这是茶吗？

高齐十：是茶又怎样？不是茶又怎样？刘大人，我给万岁爷送点儿东西，你还要查一查吗？

刘翰林：不是那意思，高大人，咱们为官无非是陪着万岁讲经论道。翰林嘛，是个背着书袋子讨饭吃的角色，为政的事不问也罢。

高齐十：刘大人这话讲得真有道理，在下问一句，这话是有人让你说的，还是你自己想说的？

刘翰林：高大人，哈哈，天气真好啊……你自己琢磨吧，我的意思是别平平安安的再生出些事儿来。

高齐十：有些事不是生出来的，是原本就有的。

刘翰林：万岁爷叫起儿了，高大人走吧。

高齐十：请。

南书房。

康熙正把一个铁箍的木桶的万年青包装缎子打开。六部都在。呼赫图、刘翰林一看是花有点儿松心。

康熙看着花：高爱卿，你送朕的这盆花，它是花吗？

高齐十：回万岁，是花……

康熙：看这东西，花不花叶不叶的，瞧着那么怪啊。

高齐十：回万岁，是从西域那边带过来的，臣不敢专美，献给万岁以补后园。

康熙：养得住？

高齐十：养得住。

康熙：叫什么名字呀？

高齐十：花名叫……CACTUS（开课特斯）。

康熙：开克……不好听。念白了跟开课特死似的。

高齐十：正要请万岁爷给它赐个名字吧。

康熙：你这是考我呢。

高齐十：臣不敢。

康熙：它总是这么绿？

高齐十其实是想让康熙说吉祥话，故意带他：这花一年四季总是这么青青的、绿绿的，适逢盛年便开花，兆祥瑞。

康熙：能养多少年？

高齐十：代代相传。

康熙：一万年？

高齐十：不止。

康熙：青青绿绿一万年该叫个什么呢？就叫个万年青吧。

六部赶快鼓掌欢呼。

六部大员：万年青，万年清，吉祥，好名字啊，万年青……

刘翰林：回万岁，此花实在祥瑞，又得万岁赐此大名，真是可贺。

呼赫图：依臣之见，可叫乾坤万年青。

冯大人：叫日月万年青吧。

李大人：叫天地万年青吧。

康熙：累赘了，就叫万年青吧。高爱卿，这名字你怕是早想好了，引着朕往竿上爬吧？

高齐十：臣不敢，臣哪有这等才智？

呼赫图：万岁，依臣之见，花、花名都极为祥瑞，只是这木桶不雅，臣以为当换一五彩大缸，更为搭配。

六部：臣等深以为是。

康熙看着木桶，想了想：你们说得都不对，高爱卿送这件玩意儿是用了心了。你们看啊，花叫万年青，这木桶看着是有些简陋，上有铁箍，这就有讲了，叫铁箍一统万年青。高爱卿，我可顺着你的竿爬到了头了吧？

六部：铁箍一统万年青……妙，妙，妙！祥瑞，太妙了！

康熙：想得是妙，高爱卿你可受累了。赏酒。

三德子：嗻。

高齐十：谢万岁。只是臣不能喝酒，能否改赐一盅茶？

呼赫图有点儿紧张了，看刘翰林。场面紧张起来。

康熙：高爱卿，你不能喝酒吗？那也好，今天这乐子，终归是个机巧之事，赏茶也合适，赏茶。

呼赫图此时更紧张，看着三德子端上茶来。

高齐十端起茶来：谢万岁。

众人都看高齐十，只见他接过茶来，眉头一皱……

康熙一眼看出：怎么？高爱卿，朕的御茶不好吗？

高齐十：嗯。万岁爷，恕臣直言，此茶看着似不错，但闻而不香，饮而不妙，与“御茶”两字相较，实在与臣之所想，相去颇远。

呼赫图擦汗。

康熙：噢？没想到高大人口味还颇高啊。朕的茶怎么会差？呼大人。

呼赫图：嗻。

康熙：朕的茶可是贡茶？

呼赫图：回万岁，俱是贡茶，一丝不错，高大人许是喝惯了差的，乍喝好的不惯。

康熙：是啊，高爱卿是你喝不惯吧？

高齐十：回万岁，臣长于江南，从小种茶、炒茶、品茶，质差之茶或有不惯的，好茶岂会不惯？

呼赫图：万岁，臣以为高大人自视过于高了些。从小品茶，或许并没有品过贡品，臣想问高大人一句，你说这“御茶”两字不配，你能说出这茶是哪儿的吗？

高齐十：浙江顾渚。

康熙：哎，猜得不错啊！这正是顾渚紫笋啊。高爱卿，今天你真是费了不少的心吧，先是这铁箍一统万年青让朕爬了回竿，怕不是这爬竿就是为了说这个茶吧？

高齐十：万岁，臣多嘴了。

康熙：很好，有话能说，朕十分欣赏。

呼赫图紧张。

康熙：茶之事，毕竟不大，呼大人你以为呢？

呼赫图：万岁明鉴，万岁明鉴。

康熙表情极为复杂：朕哪儿有什么明鉴？朕还不是要借助你们的眼睛看天下。散了吧。

呼大人冒汗出。

四

弘德殿。

三德子正拿着拂尘抽打身上的土，远远看见高齐十来了。

三德子：高大人来了。

高齐十：哟，三公公您早。万岁爷……

三德子：还没到呢。高大人，昨儿您那铁箍一统万年青可真够绝的。

高齐十：呀，可别再提了。机巧之事，机巧而已。我这也给万岁爷找个乐子，高兴高兴。

三德子：您这乐子好，透着说吉祥话吧，又不显山不露水的。雅，雅。

高齐十：不敢当不敢当，有谄媚之嫌，谄媚……三公公，我问您句话呀。

三德子：您说，您说。

高齐十：昨儿个万岁爷没再提茶的事儿？

三德子：实话告诉您吧，没再说。怎么着，您是还想再提提这事儿？

高齐十：啊，没有没有。只是……

三德子：只是什么呀？高大人您别吞吞吐吐的啊。怎么着，这内务府发下来的贡茶真的不好喝？

高齐十：三公公，说句大不敬的话，不怎么样。

三德子：不怎么样？您还有更好的？

高齐十：三公公，这都几月份了，万岁爷今年的新茶还没喝上呢，可不是不怎么样吗？

三德子：新茶？哟，高大人，您这话直率，可我不信。

高齐十：三公公，既直率了，我索性就直率到底了。不信等会儿您品品。

三德子：您还真带来了？

弘德殿内。

康熙正与诸讲经人讲经学……

康熙：朕在三十六年时就说过，“学问无穷，不在徒言，唯当躬行实践方有益于所学，尔等仍愈加直言，毋有隐讳，以助朕好学进修之意”。这话现在听起来也是不错，朕还要多靠诸位爱卿之维护。

苏世言：万岁爷所学天文、地理、算法，甚而声律，无一不精，又文治武功，实非人力所及，乃由天授啊。

康熙：话是好话，可朕不爱听，一句乃由天授，倒把朕这么多年勤学苦思的功绩给抹了……

正说着，突然闻见一股茶香。

康熙：想想就是圣人他也不是生来就无所不能的啊，全是学出来的。什么叫天授啊？没有啊，说苦授还差不多。就拿你们这些在弘德殿讲学的臣子来说吧，换了一拨又一拨，再加上洋大人南怀仁，教给朕多少学问啊？那可不是天授，还该是人授的。

边说边还总是闻到一股茶香。

康熙：嗯嗯，就说这茶吧，不泡怎么会酽。

拿起自己的杯子喝了一口发现不是这味，左看右看。高齐十颇得意，也拿起喝了一口，瞟了一眼三德子。

康熙也不说了，张着鼻子到苏世言、高齐十、张廷玉的桌案前去闻。从高齐十的茶前闻过又闻回来了。

康熙：高爱卿，你这茶似乎很香啊？

高齐十得意：回万岁爷，家乡茶，家乡茶，普通得很，普通得很。

康熙：普通，看着颜色也不错啊，汤色……

高齐十：万岁，臣不敢专美，臣带的还有，万岁爷您不妨……一试。

康熙有些气：高爱卿，昨天朕赏你的茶，你喝着不好吧？今天是特意带了茶来给朕难看的？

高齐十：万岁明鉴，臣不敢，可臣……之心被万岁看破了……

康熙：你倒率真。三德子。

三德子：嗻。

康熙：去内务府调最好的贡茶来。各位爱卿，宋时范文公作过《斗茶歌》，所谓“北苑将期献天子，林下雄豪先斗美”，天子之茶也是雄豪臣子斗出来的。今天咱们来个君臣斗茶——看看谁的更好。

御茶库。

呼赫图为茶叶事焦心，跟管库的刘公公正说着话。

刘公公：呼大人您放心，我不是倚老卖老啊，顺治爷是奴才我侍候的，这康熙爷奴才也侍候四十来年了，从没出过岔子。侍候万岁爷呀，最要紧的就是不能让他口味上去，尤其是茶，他喝惯了好的，改天您给他稍差一点儿的，他都不答应。

呼赫图：依着您呢？

刘公公：瞧，这贡上来的什么猴魁呀、天尊啊、大红袍啊，全都别给他喝。您喝，我喝，咱们给喝了，也不给他喝。好茶也给放陈了，再给拿出去，就这还告诉他这可是天下最好的贡茶。天天给他这茶喝，他哪知道什么好啊？您告诉他好他不就也得说好吗？说句卖资格的话，您呼大人给他把树叶告诉他这是贡茶，他也得认啊。天底下什么人最好蒙啊？皇上最好蒙。因为什么？因为他衣来伸手，饭来张口啊。

呼赫图：这么说万岁爷就没喝过新鲜的好茶？

刘公公：没有。呼大人，所以您呀说今年新茶上不来，一点儿都不用担心，咱就没让他喝过新茶。他喝惯了新茶那还了得？

呼赫图：想想万岁也可怜。

刘公公：您可别这么说，这么说像是我们奴才故意害主子似的。其实只是个为奴才之道啊……

刚说到这儿。

小太监：三公公到。

呼赫图：哟，坏了，我避避。

刘公公：哟，他怎么来了？不碍的，快，这柜台子底下，您受屈了，受屈了。

三德子晃着进来，话到人到。

三德子：刘公公，刘公公。

刘公公：哟，三公公啊，什么事还劳您大驾跑一趟，快坐坐。我给您沏杯茶？

两人一眼看见刚才呼赫图坐的地方，有一杯茶还冒着热气。

三德子：刚您这儿有客？

刘公公赶快过来，端起茶杯倒桶里了：没有，没有，我自己沏的，茶末子，扔了可惜了，沏了一杯。您不能喝，您哪能喝这个呀？单给您再沏。

三德子：不用了，坐不住，有最好的茶，快拿出一罐来，万岁急用。

刘公公：哟，三公公，瞧您这话说的，哪天不是最好的啊？多一句嘴啊，干什么用呀？

赶快忙着拿出一个小锡罐来。

三德子：斗茶。

刘公公：斗茶？谁这么大的胆啊，跟万岁爷斗茶？

三德子：别问了，我走了。

三德子一走，刘公公愣住了，呼赫图慢慢出来了。

呼赫图：坏了，这……这回要斗出滋味了。

刘公公：嘿，呼大人您说说，这天底下就有那么二百五的人敢跟万岁爷斗啊？他不怕啊？他……他怎么就不怕呢？

弘德殿。

两杯清茶已冲好了。

康熙：所谓"扬子江心水，蒙山顶上茶"。你们过来看看朕这一杯，根根银针挺立，白毫显露，叶叶在杯中荡漾，伏而不沉。高爱卿，你……你这杯也不错啊，好像没朕立得直吧，有旗有枪终归不是极品。

高齐十：万岁爷，您的茶果然不差，但恕臣接读您刚吟过的范文公《斗茶歌》。所谓"斗茶味兮轻醍醐，斗茶香兮薄兰芷"。好看无好味，无好汤好色于茶来说是形不副实了。臣再斗胆请万岁观臣茶之汤色，嗅茶之味道。若能，再品一下茶之滋味。

康熙分别拿过两杯茶一品，无奈地发现自己的茶陈旧无好色，亦无好味。

康熙：三德子，你拿的可是极品？

三德子：说是天尊贡茶，极品中之极品。

康熙又分别喝了一口：高爱卿，你的茶为什么清新爽口，留香齿间？朕的虽是极品中之极品，却不太……不太给朕争气。

高齐十：回万岁，臣的茶质原不如万岁爷的，但臣的是当年新茶。

康熙：当年？是啊，朕的茶都在高山云雾中，怕是没这么早。

高齐十：臣以为不是，臣的茶是乡间亲属来京游玩带来的，行程颇迟都到了，万岁的贡茶岂会未到？

康熙：是啊，臣子的都到了，天子的为什么没到？再说这么清新的茶，朕似乎没有喝过，朕的贡茶怕是徒有虚名。三德子……

三德子：嗻。

康熙：将这话去问内务府。

三德子：嗻。

康熙：各位爱卿退下吧，高爱卿留下。高爱卿，茶之贸易大多有几处？

高齐十：回万岁，功夫茶、红茶、普洱茶除外，江南的绿茶在青衣镇，每年茶商茶农聚而交易。

康熙：青衣镇……青衣镇？

康熙猛然想起撒容儿临死所言“忘了青衣镇”，愣了一会儿：青衣镇可有茶监……

高齐十：有啊。

康熙：青衣镇的茶监原来可是撒家？

高齐十：万岁爷……真天人也，这么小的事您都知道。

康熙：高……高爱卿，你昨天立了根竿让朕爬出了个铁箍一统万年青来，今天又用一碗茶勾朕说出青衣镇撒家来，高爱卿你……

高齐十：万岁，臣本无心。

康熙：哼！你无心，茶有心，天有心，昨日之事算你个机巧，今天的事就不同了。

高齐十：臣……臣有罪。

康熙：高爱卿你没罪，你聪慧。来，赐酒。昨天赐你茶，今天赐你酒，可见不同。法印啊，拿洋人进贡的洋酒，给高大人拿回去喝吧。

高齐十：臣无功受禄，实不敢当。

康熙：别推辞了，将你的茶留下，算是咱们换的吧。

庄宜院。

倒水沏茶。宜妃拿起杯子喝。是高齐十的茶。

宜妃：哟，万岁爷，您喝的茶跟奴婢的就是不一样。

康熙：怎么不一样了？

宜妃：那还用问啊？好喝呗。

康熙：对了，好喝的东西不用告诉，是个人就能品出一二三来，可惜朕四十年来没喝过这种茶。

宜妃：哟，万岁爷，看您小气的。您就是跟奴婢说喝过也没关系，您放心，我们不问您要。我们北方人喝茶可不那么讲究。

康熙：想要朕也没有啊！宜妃，不是玩笑。这茶是高爱卿喝的普通茶，想想朕四十余年无非是喝了些废水、树叶水，可他们还当贡茶给朕喝呢。宜妃，你说当皇上的可怜不可怜。说是衣来伸手，饭来张口，茶不思饭不想的都有人侍候着，可……可人家想给你吃什么、喝什么，你不就得吃什么、喝什么吗。

刚一说完，三德子咳嗽一声，康熙一下子反应过来。

康熙：三德子，你有话说？

三德子：万岁爷，三德子没有……没有。

康熙：朕这不是说你。不过说你，你也只有听着。

三德子：奴才谨记，奴才谨记。

御茶库。

三德子正生气地训刘公公。

三德子：我不懂茶，哎，我不懂不见得万岁爷不懂，就是万岁爷不懂，那些大人们也有懂的。刘公公您别蒙我，您实话说了，今年的新茶到了没有？跟你说，说了实话没事，你要再不跟我说实话，你就没好日子过，不单你没好日子过，我也没好日子过，你我都没好日子过！

刘公公：三公公，您别训我呀。他内务府不发，我也变不出来，种不出新茶来呀。他今年是真没有。

三德子：那往年呢？

刘公公：往年……三公公，新茶凉性大，万岁爷喝了怕胃寒。

三德子：好，有道理……刘公公你喝胃寒不寒？

刘公公：三公公我身子贱，不知寒热。

三德子：好，是句好话跟你说，你别倚老卖老，早晚得让你知道冷暖了。

说完回头就走。

刘公公看人走了：什么东西？就是没有，看你们拿我怎么样了？我……我侍候过两代皇上。

定妃处。

定妃又挂了帘子在与呼赫图说话。

定妃：舅舅，撤家事是不是就算了？

呼赫图：定妃娘娘，臣原来也以为撒家的事就要了了，口都给灭了，可谁想到那个叫高齐十的翰林以茶为引，把青衣镇的事又搬出来了。不单撒家的事要露，连今年青衣镇的事都要现啊，要是再把从应家拿银子的事都说出来，娘娘，事就大了。

定妃：舅舅您别慌，该怎么办您说说。

呼赫图：娘娘，只要万岁爷不出宫不下去，说白了就是不去青衣镇，一切好办，要是万岁爷下去了，那就无力回天了。

定妃：您……您放心吧。您听着，舅舅，有我呢。外边该怎么办怎么办，里边有我。

宫内回廊。

小桃红正高兴地走着，一眼看见了三德子正在训个小太监。

小桃红：三德子，三德子，又训人呢。

三德子：这些小崽子就是让人操心。小桃红，闲了？

小桃红：取个花样去。三德子，你这边来，这边来呀。三德子这边来。

边上小太监见三德子都垂手行礼。

三德子：小桃红……

小桃红：怎么了？

三德子：小桃红，这在宫里头，你……你别总当着人叫我三德子、三德子的。

小桃红：哟，叫你三德子还不成了？叫你什么呀？大总管，陶大总管？

三德子：不……不是那意思，总叫三德子，他们该不怕我了。旁边有人的时候叫个三公公，没有的时候怎么叫都成，啊。

小桃红：啊，可是当个官儿了，叫个名还挑理了。三公公我不叫，我就叫三德子，爱听不听。不让叫我还不叫了呢。

三德子：哎，叫，叫，就叫三德子……我应，我应还不行吗？别走啊，别走啊……小桃红，我帮你叫，三德子，三德子……小桃红别走啊，哎，我这有个洋扳指还给你留着呢，你别走啊。

掏出个洋戒指。

小桃红站住了：哟，这叫洋扳指啊？

三德子：啊。

小桃红：亏你还是个大总管呢，什么都不懂，这是戒指。哪儿来的？

别人戴过的，我可不要。

三德子：新的，新的。哪能给你旧的呀？我给你戴上。

小桃红：不用了，干活碍事，算你有心。三德子……

三德子：哎。

小桃红：昨儿晚上我隐约听见了，万岁爷要带着咱们出宫了。

三德子：是吗？那可太好了。可不该散散心去了，几时啊？

小桃红：没说准。

三德子：哎，哎，去哪儿啊？

小桃红：像是要去什么青衣镇。

三德子：甭管去哪儿，跟着你出去都高兴，高兴。我走了，怕有事呢。我先走了。

小桃红：哎，出宫的事，别乱说去。

三德子：这还用你嘱咐吗？回见。

小桃红：回见。

没想到从一根柱子后，定妃的六喜移了出来。

定妃处。

苏麻喇姑坐在正中，闭着眼睛。

定妃：姑奶奶，信儿是准准的了，说是万岁爷压根就没从那女鬼的魂里出来。宜妃也是没什么正经作为。

苏麻喇姑：是吗？我听着人说是好好的了啊？

定妃：面上的，您想啊，那个宜妃是打山村野谷里出来的，她能把咱万岁爷往什么好道上带啊？

苏麻喇姑：嗯，我可也是草滩羊圈里出来的。

定妃：您……您可不一样，您不是一直跟着咱太皇太后身边呢吗？姑奶奶，奴婢今天找您说这些话，可一点儿也不是为自己呢。要说为自己，奴婢死有何惧，只要能对这家国天下好……

苏麻喇姑：别哭，有事说事……

定妃下座把一只翠镯子给苏麻喇姑戴上了，苏麻喇姑闭着的眼睛睁开了。

苏麻喇姑：哟，你……你可真有孝心。

定妃：奴婢心里话也就只能跟您说说，信不信的等万岁爷去您那边辞行，您就知道了。

苏麻喇姑：是啊，到时候再说吧。

南书房公事房。

和尚自从给高齐十端过洋酒后，总对公事房一个多宝格中摆的花花绿绿的洋酒感起兴趣来，边擦边看。

法印看着一瓶很高的绿酒，其实是花露水：三德子……

三德子：干什么？

法印：三德子，哎，你说说这洋酒是什么滋味啊？给万岁爷的贡茶不怎么样，估计这些洋酒也好不到哪儿去。

三德子：没喝过，不知道。你一个出家人，问酒是什么滋味，俗不俗啊？

法印：问问你，我又没想喝……看着这黄黄绿绿怪好看的。你看这瓶绿的，多像琼浆玉液那四个字啊。

三德子：瓶子好看，不见得好喝，不信你就尝尝。

法印：我一个出家人哪能喝酒啊，阿弥陀佛，无非是疑惑而已。三德子你不是学过英格力士吗，这上边写的是什么酒啊？

三德子马上想显摆：拿来，拿来我看看，BAK……博克是书，豁斯是马，废斯是鱼，爱是我，闹是不，摇头不算点头算。绿酒，无非是绿酒，绿酒而已……

庄宜院。

一瓶相同的花露水要打进包里，小桃红正往里放。

宜妃：那个不带，那个不带，洋花露水，出了宫一抹太香，老百姓一闻就知道你不是此地人了，不带不带。多带点儿里边的衣裳，外边的有五套就成了。鞋可别带那不跟脚的。

小桃红：主子，您放心吧，该想的都想了，宁可多带点儿，别到时着急。

宜妃：用不着，带多了累赘，带上钱就什么都有了，不行花钱买。

小桃红把那瓶花露水拿走。

南书房公事房。

两个人还在看花露水上的字。

法印：这路号码也叫字，十个里有三个是一样的。洋人就是笨，祖宗也偷懒，你看看咱中国字一个是一个，就是要学这么多的字得花心思不说，这一个一个字造出来有多难啊。这是绿酒？绿的就叫绿酒，真不会起名。

三德子：和尚，要不咱喝一口尝尝？

法印：出家人不妥……

三德子：这没什么不妥的，你是在中国出的家，这是洋酒，跟咱们没关系，所以你喝了也不算喝酒了。再说了，他们万一拿进贡的东西蒙咱们，咱被蒙也就被蒙了，要是万岁爷被蒙，那可不得了。茶的事还没清呢，再来段酒的事，那不是更乱了吗？

法印：三德子，你这人绝对是个坏人，连劝人做坏事都能说出这么多的大道理来。哎，喝一口不就少了吗？该看出来了。

三德子：这还不好办，咱先画个记号，回头咱喝了，再兑点儿水进去。不怕的，不定到时候赏谁了呢，与其便宜了那些大人，咱不如先尝尝，喝吧……

法印拿起花露水并擦了擦嘴子：洋酒，跟我出的中国家是没太大关系，那我喝一口。

三德子：喝，喝一大口，回头兑水。

法印一口喝下去了，喝进嘴里不是滋味，含着不咽。

三德子：味儿怎么样？

法印一直在想是不是咽下去，想了一会儿，决心咽了：不……不错，你也喝一口。

三德子：是吗？我三德子平时不喝酒，今天算破了例了，凡进贡的东西，以后我都得尝尝，不好的我得跟万岁爷说说……

拿起瓶子来一大口也喝下去了，脸上表情复杂丰富。咽了。

三德子：好……好……好，到底是洋酒，另一股味儿。

三德子话犹未尽，打出一个嗝来，和尚也是。

和尚：就是不一样，不上头，上气。气还是香的，那么一种香。

苏麻喇姑处。

苏麻喇姑躺在榻上，头上敷着手巾，一副病容。康熙坐在榻前着急。

苏麻喇姑：皇上啊，您要出门就走您的，我一个老太婆啊……死就死了，您可千万不用惦记。

康熙：姑奶奶，您别这么说，想小时我出天花，宫里头不让待了，您带着我在宫外边住着，那回要不是您日日夜夜地看着我，绑了我的手不让我抓脸，那现在就是活着也指定了是个大麻子脸。

苏麻喇姑：看你说的。皇上，不是我当着面夸你，你这孩子从小就知道疼人，几个阿哥里数你有孝心，你瞧瞧，我这是越老越没出息了，拖累你们，你说死又死不了。我可是真想死了算了，省得你为我操心。

康熙：姑奶奶您可别那么说，您高寿是玄烨的福气。玄烨自小爹妈早丧，您好好养着，我天天看您来啊。

苏麻喇姑：不用，不用，可是不用。你国事家事那么忙，你不是要出门吗？该出门出门，我的事儿你别惦记，我死就死了。

康熙：不出……不出。玄烨不出门，没什么事，没什么事，玄烨不出门了。

有一丝诡诈的快意从苏麻喇姑脸上掠过。

宫内回廊。

康熙快步在地回廊下走过，太监在后边跟着。

南书房。

康熙有心事样地在看折子，三德子、法印侍立一旁。三德子忍不住打了一个嗝，勾得那边和尚也打了一个嗝。

康熙正看折子，突然有香味飘来，康熙走神，把折子放下，左闻闻，右闻闻，闻闻茶杯。都不对。

三德子、法印越忍越忍不住，一个人又打了一个嗝。

康熙终于下座，望着风闻闻，闻闻三德子，闻闻法印。两人汗如雨下。

康熙：嘿，怪了，三德子、法印……

三德子、法印：嗻。

康熙：真是怪了，半天没见你们，你们修成正果了？

三德子、法印：……

康熙：嘿，你们真的会口吐莲花，香溢四室了，这香味你们闻着不晕吗？

三德子、法印：不晕。

康熙：朕可是要晕了。讲，怎么回事？

两人跪下。

三德子：回万岁爷，我和法印不检点，偷喝了洋酒了。

康熙：酒本来也就是喝的，喝就喝了，不算偷。再说那些洋酒，朕也是得来转赏于人的。不算事，起来再说。

法印：谁知这洋酒味这么冲，不上头光顶气。

又打嗝。

三德子：顶出的气还是那么一种香味。

不住地打嗝。

康熙：喝了什么，拿来朕看看。朕……朕真是受不了了，怎么这个味啊？什么贡品，全是蒙朕的。

三德子飞快地拿来了，一手捂着嘴一手递上去：万岁爷您请过目。东西看着实在可人，所以偷喝了。

康熙边看边笑：三德子，你不是自称懂六国英语吗？这都没认出来？

三德子：回万岁爷，奴才没认全，猜出来了，这是绿酒。

康熙：绿酒？法印，你就真信他的？

法印：他一口咬定是绿酒，臣只有信了。

康熙：好，好，信得好。告诉你们吧，这是花露水，女人拿来抹脖子，抹胳肢窝的。

法印一听要吐了：三德子，你……你害死和尚我了。

三德子：怪不得有些女人的香气，敢情不是酒。

御茶库。

刘公公正与呼赫图说话。

刘公公：呼大人，听说青衣镇出了事了。

呼赫图：您也知道了。刘公公，我这儿从各王府淘换到了一些新茶。如今万岁的口味变了，您好歹给发下去，快快地让万岁爷把茶的事给忘了，忘得越干净越好。

刘公公：呼大人您放心。

呼赫图从指上脱下一翠扳指。

呼赫图：刘公公，这玩意儿您留着玩。

刘公公：哟，呼大人您跟我不用这个，我老家的一门亲戚还多亏您照顾了呢。

呼赫图：应当的，应当的。

庄宜院。

小桃红正解着打好的包袱。

宜妃：这说好了要去，怎么又不去了？

小桃红：听说是苏麻喇姑身子不爽，万岁爷怕真有个万一，老人走了，送不上老人，想想就不去了。

宜妃：身子不爽，哪儿有的话啊？前天我请安的时候还见了呢，吃奶饽饽能吃两盘。小桃红，怕是咱出宫的事，话透出去了，有人不愿意了，脚底下使绊子呢吧？

小桃红：主子您……

宜妃：在这宫里呀，别看着是一点儿小事，针眼小，窟窿大，透着风呢。

南书房敬事房。

三德子打着嗝。

三德子：法印，你说这洋花露水怎么这么冲啊。喝一口肠子、肚子都香了，我都打了三天花露水嗝了，喝醋啊、吃蒜啊都不管用，回头弄两块臭豆腐大概能压下去。

法印：你别乱吃行不行？你身上那味可是够乱的，大蒜和花露水在一块儿是什么味啊？等会儿，等会儿，别打了，我出去。这是什么味啊。

外面有人喊：三公公在吗？

三德子：哎，谁呀？

刘公公说着话进门了：哟，真巧，三公公在呢。什么味啊？

三德子：别提味啊，你那茶味也不怎么样。

刘公公拿出两只银罐：三公公，这事您就别提了，这不内务府紧着赶办了些新茶，给万岁爷换上，压压火气吧。

三德子：你们倒是快，没火气的时候就拿把破树叶子蒙事，这一有火气你们新茶呀、贡茶呀全来了。牵着不走，打着倒退。你不是说你种不出养不出吗？万岁爷这一不高兴，怎么又都出来了？

刘公公：三公公，这事跟我没关系，内务府是根儿，有火您跟内务府发去。

三德子：刘公公，您比我进来得早，您活得长远，您这话吓不了我，真有事儿了什么府也兜不住，放下吧。

刘公公放下罐子走了。

南书房。

康熙手中撒容儿的珠串在一颗一颗地动。高齐十杯中的茶飘香而出……

高齐十：子曰，视其所以，观其所由，察其所安……

边念边像是故意地啜一口茶。康熙原本生气，闻着清茶飘香无奈。

康熙：茶……茶。

三德子：嗻。

赶快奔敬事房。

南书房敬事房。

三德子急急地进来。

三德子：快，快让传茶了，让传茶了。

法印：让传你就快传吧，看什么？

三德子：送新的，还是送陈的？

法印：有什么讲吗？

三德子：和尚，我看出来了，万岁爷心里窝着火呢。因为茶的事本来生气，原说想出宫去转转，这会儿指定是有人怕了，千方百计地想法子拦呢。咱要给万岁爷新茶……

法印：他火可能就消了？

三德子：最起码觉得一个皇上喝的茶不输一个翰林。

法印：咱要给他陈的？

三德子：他火可能就更大了。

法印：到时压不住了，非要出宫不可了。

三德子：咱们给万岁上……

法印：陈的。索性让他火冒三丈最好了。

三德子：好。哎不对，这火要是冲咱们来了呢？

法印：那你接着。

三德子：嘿，这是出家人说的话吗？我不下地狱，谁下地狱，好，法印，我豁出去了。

南书房内。

茶杯冒着热气。

康熙看着茶杯。

高齐十依旧在高谈《论语》：圣人所言大概如此，看一个人之实质，只要看看他处世的原则、行事的缘由，再究其所以……

康熙拿起杯子来，喝了一口，呸就给吐了。三德子马上过来递毛巾。康熙擦嘴：好，好，嗯，好。今日到此，散了吧。高爱卿门外候旨。

三德子觉着该有事儿了，有点儿紧张。

众臣都行礼而退，屋内只剩下三德子、法印。

康熙一下把茶泼了。

康熙：法印、三德子。

法印、三德子：嗻。

康熙：朕……朕有一事不办怕是不成了……

法印：请万岁明示。

康熙：三德子、法印，高爱卿自铁箍一统万年青始，至今天天以茶而为引，他必是心里有话，但没说……

三德子：奴才去探探？

康熙：探也不必，他不说自有不说的隐衷，这些读书做臣子的，就是不率真，真想办点儿事，说点儿话吧，又都瞻前顾后的，但此事他说，朕要办，他不说朕也要办。

三德子、法印听着，不知什么事。

康熙又闻了闻：哎，你们俩偷喝的花露水怎么还有味儿啊？

法印、三德子没想到说这个，赶快跪下：臣有罪/奴才有罪。

康熙：知道有罪就好，那这次就算罚你们了。

三德子、法印跪着听着。

康熙：三德子、法印听旨。

三德子、法印：嗻。

康熙：着你两人，择日与高大人起程，去青衣镇查明茶叶及撒家事，不得有误。此事悄然而行，不得张扬。起来吧。

三德子、法印：奴才领旨/臣领旨。

康熙：三德子、法印，朕不能去，你们代朕去吧。路上看好了高大人，他这个人脑子有，可胆子太小，这次也算罚他了。

三德子、法印：嗻。

大路。

三德子、法印骑马在江南路上疾行。一辆轿车跟着也快跑，颠得厉害。

高齐十在车中喊：三公公、法师父，三公公、法师父。

三德子：怎么了？

车马停下。

法印：高大人，怎么了？

只见轿车停下，高齐十衣冠不整，伸出头就吐。

高齐十：三公公、法师父，实在太颠了，我这肝肠都移了位了，咱们慢点儿吧。

三德子：好，好。前边就有店了，前边住店吧。高大人，到了人多的地方，我们可不喊你大人了，喊你先生啊，你叫我三管家就行。叫法印和尚、师父都行。

高齐十：哎，哎，好，记住了，记住了。慢点儿，慢点儿，要么我下来走走，走走吧。也不知万岁爷出来这么多趟，这罪是怎么受的。

客店屋内。夜。

高齐十边咳嗽边吐，三德子没办法拿盆接着。和尚旁边念经。

高齐十：三公公实在对不住，下官还得让您侍候，您是侍候皇上的，下官让您受了委屈了，下官这厢有礼了。

说着跪下。

三德子：哎，别别，高大人，您怎么这么多礼，都这会儿了，咱们出来三位一体，您别客气了。

高齐十：礼义廉耻，岂能不讲？礼还是要讲的。

三德子：咱们出门了，不用讲。高大人，您要是能吃，吃点儿东西，不能吃，喝口水，啊，我把这脏东西倒了去。

客店院中。夜。

繁星当空。响起了洗盆声，三德子洗了盆回来，进屋。

客店屋内。

三德子：这店可不红火啊，这才什么时候，屋子里一点儿声都没了。高大人您吃，能吃多吃点儿。

法印：高大人，快到青衣镇了，有句话想问您……

高齐十马上不吃放下筷子：您问，您问。

法印：哎哟，您接着吃，吃完了咱再说。

高齐十：不吃了，饱了，您问吧。

法印：高大人，那我不客气了，您给万岁爷的那个铁箍一统万年青是赞颂，还是警句……

高齐十：问得好，法师父，您问得好。不愧是参禅的，有见地，这么多人就没这么想过。告诉您，是赞颂，也是警句……

三德子：等于没说。

法印：那贫僧再问您，这万年青与斗茶有没有关系？

高齐十：有。一片小小的茶叶都拢不住，哪来的铁箍一统……

法印：高大人，不愧是做学问的，办起事来层层递进，全得让人意会啊，深奥，深奥。

高齐十：嗯，可费了下官不少的心思，颇为费心。

法印：其实有的话直说也就说了，当然您不一样啊，您不一样。高大人，您以为内务府有不轨之心。

高齐十：这……这……这不是我以为的，是您以为的。但内务府进关之时，曾被十三衙门替代，后又改回到内务府。所谓“奉天子之家事，管理宫禁事务”，其财政事务每日何止百万，所以，所以……

三德子：高大人您怕什么，这儿就咱们三个人，有什么话就说吧，说错了，我们也不会传出去。高大人，您皇上都不怕，可怕什么人呢？

高齐十：皇……上不甚可怕，可怕的是给皇上做事的人……啊，我可指的不是二位啊。内务府既是行天子之家事，必以天子之号为名行事，可很多事天子未必知道。二位您想啊，那万岁爷喝的茶，那叫什么茶啊……

法印：茶叶尚如此……

高齐十：其他就不必多言了。再说了，我的老家就在青衣镇的边上，所以这事，我要管……

刚说到这儿就有人敲门。高齐十慌得不得了，忙着要吹灯。三德子一下给挡住了。

三德子：高大人，怕什么的呀？这儿有我们呢，不用怕啊。再说了，出了京城一千多里了，追也不会追到这儿来吧？跟着我们出门，您就把心放在肚子里。

高齐十：小心为好，小心为好。

法印：谁啊？谁啊？说话。

法印边问边上手去开门。门一开，一个美艳女子就要往里冲。法印砰地把门关了。

法印：去，去。不要，不要。

柳红：师父救命，师父救命，小女子不是风尘中人，小女子受难了，快，救命，师父救命。

高齐十：出门在外不可轻信，且有圣命在身，不能开门。

三德子：一个女子怕什么。法印，不是那什么人吧？看她急的，开了门问问也无妨。

法印：阿弥陀佛。

法印把门打开，小女子一下冲了进来，进来就磕头。三人乱躲。

三德子：什么事儿呀就磕头？法印快让她起来。

小女子起来后，就往屋内跑。

三德子：哎，要藏里边也藏不住，有事说事，先把事说了。

柳红：三位恩公，方才进店就看到三位恩公了，三位一定是好人，请三位恩公一定搭救。

高齐十：出门就是事……哎，小姐你不妨把所历之事讲出来听听，然后我们再商议啊。

柳红：三位恩公如想听，小女子就从头说起，小女子柳红，乃是山东济宁人氏。

这时院里有声音。

三德子：高先生，不是时候，先把人藏了吧，回头再说。

法印：都在一个屋里藏哪儿啊？姑娘要真是冤的，就跟追来的人对打吧。

高齐十：哎，不妥。

柳红：他们人多，怕打不过。他们人多、喽啰多。

外边人声越来越大，火把光映在窗上。

三德子：那什么，高先生，您带着小姐先去西屋。

高齐十：哎，男女之间怕不妥。

三德子：嘿，这是让你救人，又不是干别的。快……屋外我们俩盯住了，外边就是天塌了，你们也别出来，听见没有？快去，快去。

这时听见院子里已经有人和火把刀枪之声。

三德子：人还不少呢。高先生快呀，您和柳红先进去，躲帐子里别动啊。和尚，和尚，快换衣裳，快，换。他们人多，来硬的怕吃亏。

法印：换什么衣裳啊？

三德子：让你换你就换。

客店院中。夜。

一队人翻看着院中轿子——没人。

冯援：走不远，各屋都查查……

冯援举着刀敲着三德子他们的屋门。

冯援：开门，开门。

三德子装女腔：谁呀？大半夜的？

冯援：我，找人。

三德子：哟，找什么人啊？我们这屋可没外人。

冯援：开开吧，打扰了，若没有，大家两安。

三德子此时扮了一个女装，边掖衣裳边开门：什么两安三安的，这还让不让人睡觉呀？哟，还举着刀呢？吓死人了，吓死人了。你们把它放下，你把它放下，老公，老公，有人拿刀来杀人了。老公！

法印也扮了一个光膀子大凶汉：谁呀？谁敢拿刀？啊，谁？谁有本事往这儿砍。

火把中一干人全傻了，呆呆地看着这两个怪人。

三德子：老公，我怕。

法印：别怕，平日里都是人怕咱们，咱怕人家一回也不错。嘿，干什么的？

冯援：二位打扰了，有一个女子走丢了，想查查。

法印：女子？你看我们二人中间还会容下一个女子吗？

三德子：好啊，老公你背着我找了女子了。

说着话假装地转手一扬，把一个小喽啰的刀就飞快地夺到手。

三德子：老公，我杀你……我杀你！

法印：哎，别乱来呀，他们找女子跟我有什么关系？哎……

法印边躲边说，飞快地也夺了一把刀，两人一下打起来了，从门廊打到下边，众人快躲。

三德子：我早知你小子有外心了，好啊，找女子找到门上来了。我打你，我杀你，我砍你，你给我回屋去，你给我回屋去！

打着打着像是无意其实有意地把几个喽啰的刀都打掉了，两人又从回廊下打进屋中。两把刀扔了出来，两人还在打。

冯援：怎么他们倒打起来了啊？

五

客店屋内。夜。

三德子和法印还在严肃认真地打给外人看，两人打得很累了。三德子使眼色让法印开开门，看看人还在不在。

三德子：好呀小子，吃着锅里看着碗里的，我让你找女子，我让你看女子。

和尚会意开门，夺门而出。两人扮演着追了出去。追出去就惊住了。

客店院中。夜。

两人从屋中冲了出来，刚才火把一片的院中，此时一个人也没有了，两人收了架子，有点儿不知所以了，两人悄悄退回。

客店屋内。夜。

三德子：和尚，真快啊，转眼人没了。

法印：你那么凶，人家当然怕了……

三德子：不真打，能把人蒙跑啊？好了，好了，别再觉着吃亏了，快，叫人吧。

法印：高大人，高大人，高先生……

三德子：高先生，人走了，出来吧。姑娘，柳红姑娘……

法印：高先生，高先生……

三德子：怎么还不应了啊？还……还授受不亲呢，法印你进去看看。

法印：佛门之人，看见俗事不妥，还是你进去吧。

三德子：哪儿有俗事呀，只有俗人……

自己进西屋，和尚在中堂换衣服。

三德子：啊！法印，不好了，法印！

法印：怎么了？

和尚冲进去，看见三德子托住了高大人的腿正往上托着。高大人上吊了，西屋的后窗开着，帐子飞飘，哪儿还有什么姑娘？

三德子：快，快拿刀，拿刀，把高大人放下来。快啊，快！

法印一刀把绳子割断了，高齐十一下落到了两个人的手中。两人托着高大人，齐齐地往上看。

法印：还有气吗？三德子你快摸摸。

三德子赶快摸一下：法印……凉了。

法印飞快地松开脖子上的绳子，除了吊的痕迹之外，还有一道勒的印迹。

法印：三德子，先勒死后吊上来的……三德子，不好了，出大事了……事儿出大了，还没到地方，京城大员就死了，事儿大了。

三德子：高……高大人，这可怎么办？一定有人盯上咱了。这可怎么办？法印说话啊。

法印：三德子，这事怨你。

三德子：怎么怨我？

法印：你……你……一听见什么女人啊，就怜香惜玉。

三德子：臭和尚，你说话有人心没人心啊？什么叫听见女人啊，我三德子，哪儿回不是一听见人家受了难，就心疼？我什么时候管过男的、女的、老的、少的？和尚，亏你还是出家人，你……你不怨那些借咱良善之心害死高大人的恶人，你……你就会怨我。和尚，和尚，你危难之时，埋怨兄弟，你……你给我赔不是。

法印：不赔，良善之心当然好，可咱这回就是因小失大了。你问我怎么办，你说怎么办吧？

三德子：怎么办？还能怎么办？回家……咱回家。

话一出，院子里有轻微人飞起的声音。两人警觉，开始知道有事了。

法印：你那么大声干吗？生怕人听不见是不是？再说回家咱俩可以走，那死了的高大人怎么办？

三德子：不用你管，我背着，我背着大人回家……

三德子这回真伤心了，看着吊死了的高大人，把他一直没闭上的眼睛给抹闭上了。三德子、法印的眼中泪水流出。

三德子：高大人，我……我背着您回家。高大人，您是一辈子小心也没躲过去，是我们俩把您害了。

法印：高大人，您先走一步吧，我们带您回家。

两人哭。

小路。夜。

一辆车飞快地跑着，马奔驰。

法印：三德子，咱怎么办？这么回宫里我可没脸。

三德子：你没脸我还没皮呢！你真信回家啊？我不说给窗户外的耳朵们听的吗？

法印：那咱去哪儿？

三德子：法印，左近有庙没有，咱们把高大人先寄庙里吧。

法印：对，咱先把人寄庙里，然后去青衣镇。

庙门口。夜。

马车停在一座庙门口，法印咚咚敲门。

庄宜院。夜。

猛然康熙惊醒了，借着月光悄悄地起来，点亮灯。

宜妃：万岁爷，您……

康熙：几更了？天怎么还没亮？

宜妃：您这不是刚躺下吗？才四更。

康熙：宜妃呀，我总觉着三德子那儿出事了。

宜妃：有法印、高大人在，会出什么事儿啊？

康熙：宜妃，几天前的事朕没跟你细说，朕想去青衣镇，原想以贡茶之事查明内务府连年的积案。不想咱们这刚要动，人家就知道了，用苏麻喇姑的病把朕稳住了。朕近日来越觉自己虽说贵为天子，但手臂被缚，左右掣肘，动弹不得。朕身旁的人各有一绳想拉便拉一下，朕如傀儡一般，想不动都不行了。由此而……想……

宜妃：想出什么法子了？

康熙：想，三德子他们出门，人家怎么会不知？倘若人知道了，怎会不害他们？朕实在放心不下，朕想出宫，但……

宜妃：但又不知怎么办？

康熙：苏麻喇姑从小带朕，朕视为姑奶奶，朕实在又不可不尽孝道。

宜妃：万岁爷。

康熙：有什么法子？

宜妃：万岁爷，亏您想得那么多，三十六计中反间计都不会用。

康熙：战场上会用，家里不会用。

宜妃：家里比战场上还得动心眼呢。你不会用，也只有我来用了。

康熙：宜妃，那朕可谢你了。

宫中后花园。

众妃都高高兴兴地坐在一起，比自己做的鞋垫样子。

成妃：哟，宜妃妹妹，上回多亏了你把万岁爷从女鬼那儿拉了回来，我们几位还没给你道贺呢，瞧瞧你做的这鞋垫子又把我们比下去了。人受宠啊也是有原因的，这后宫啊，就当你红。

宜妃：人要是做鞋垫子能把后宫佳丽们比下去了，那些绣娘可就有本事要显摆了。

定妃：是啊，再说了，万岁爷还指不定喜欢哪一双呢。良妃妹妹，别看你这绣得粗手大脚的，可备不住万岁爷就喜欢呢。万岁爷那看人看事的眼光啊，实在是不敢恭维。

良妃：哟，姐姐，我可不觉着自己粗手大脚的，你还不如说我是乡村野谷里出来的呢。

众人明显地是要故意气宜妃，宜妃因为要使反间计，不动声色假装没听懂。

宜妃：是啊，万岁爷看人看事哪儿有个准头啊？就跟这园子里，这么多的姹紫嫣红的花儿，他是早看腻了，自然要到那江水边呀、太阳底下呀，去看些实在不入眼的狗尾巴草一样。虽说是狗尾巴草，可自生自长，自自由由，不娇不嗔，自然是看得生动。要不是宫里有事啊，万岁爷他早就……

刚说到这儿所有嫔妃的耳朵都竖起来了，而宜妃却故意欲擒故纵。

宜妃：小桃红，哟，这会儿太阳过来了，来，拿着东西，咱回吧。

成妃：宜妃妹妹，话这才说到兴头上，你别走啊。这宫里有什么事儿啊？万岁爷他要怎么着了？你倒说说呀。

宜妃：没事，没事，我是顺嘴胡说……

说完不再理会，径自走了。这时定妃一捅良妃……

良妃：宜妃姐姐，你走我也想走了，太阳高起来了，咱们俩就伴儿吧。

赶快拿了鞋垫跟上。

宫中回廊。

良妃紧跟宜妃走……

宜妃：跟你说了可别到外边说去。万岁爷他不出宫啊，可不全是因为苏麻喇姑病了，你想啊，国家事多大啊。

良妃：啊，对，对，国家事大。那因为什么呀？

宜妃：因为……

宫中后花园。

良妃正跟她们学舌。

良妃：是因为呀，万岁他知道了顺喜公公还有御膳房的一个太监一时都死了，万岁爷是要留下来查事儿呢。苏麻喇姑的病是个幌子，将计就计了。

定妃一下脸色不对了：哟，不会吧？

良妃：会不会的姐姐们我也是听说，万岁爷留不留的，不干我事，我回院子睡觉去了。明儿见。

成妃：我也走了，明儿见。

定妃呆坐了一会儿：我才不信呢！她能这么平白地就说出话来？芳儿，快给舅爷捎信。

江南小道。

法印、三德子都化了装，扮成商人模样，扛着包快步走。

法印：三德子，再碰着事儿管不管了？

三德子：不管了。

法印：拔刀相助的事儿呢？

三德子：也不管了。

法印：说话算数啊，就当咱俩这会儿瞎了。

三德子：打抱不平的心没了。

法印：侠义之心灭了……

两人正说着话，看到山坡下一队乡勇在追一辆拉着茶叶的马车。

法印：不管了，三德子别往下看，有人在打劫。

三德子：哪儿呢？哪儿呢？哎呀，怎么举刀就砍啊？法印，没王法了。

法印：管不管……

三德子：不管……不管……可真要不管，这心过不去呀。法印，咱出来干吗了？

法印：可不就路见不平拔刀相助来了吗？

三德子：高大人死了不是良善之心的错。高大人死了，不是咱管事儿的错，法印，咱不能不管……咱还得管。

法印：对，管。刀下留人。

三德子：刀下留人。

只见树影一片晃动，二人飞下山坡。

坡下。

交手未久，那些人就四散跑了。茶叶车被打散了，马在奔跑，押车的两位商人都快死了。

三德子、法印提了刀回来。

法印见一个商人还在喘息，马上冲过来：老丈，老丈，他们为什么杀你？

老者：茶……茶……

法印：就为这茶才杀你吗？

老者：茶……茶……他们不让贩茶，不让贩茶……了。

三德子扶起一个锡桶，茶，碧绿的茶上沾了红血了。

三德子：新茶。新绿茶被血污了。

法印：三德子，咱出手晚了，正是该管的事儿咱没管。从今往后路见不平拔刀相助，这没什么错。你们从哪儿来?

老者：青衣镇……

苏麻喇姑处。

康熙正在探病，苏麻喇姑一下子眼睁开了。

苏麻喇姑：呀，皇上您又来了。

康熙：给姑奶奶请安。

苏麻喇姑突然起来：好了，好了。我好了。哟，还真饿了呢。有点心快给我拿上来啊。皇上，我可真好了，你说怪不怪，昨夜做了一个梦，梦见有个神医，给我把了一下脉，说你没病，皇上要办大事呢，你让皇上出去吧。

康熙知道宜妃计成了：姑奶奶，梦是梦，您身子要紧。

苏麻喇姑：真的好了。你瞧这么会儿两块饽饽都下去了，这像有病的人吗?你走吧，放心吧。

康熙：姑奶奶您好了，玄烨最高兴了。您好好养着，玄烨只要看着您硬硬朗朗的，玄烨就觉着自己有依靠呢。可怜玄烨幼小失怙，有您姑奶奶在玄烨就有一重天啊。

苏麻喇姑：你办事去吧。不碍的了，后宫你也不用担心，有我呢。

康熙：姑奶奶，玄烨没想要出去办事，您是从哪儿听说的?

苏麻喇姑：哟，你不是要出去呀?不出去最好，不出去最好。

呼赫图家厨下。

呼赫图正解剖一只鸡，刀飞快地动着。武士冯援在旁边看着。

转眼间，一只鸡只剩下一具皮囊了，抖了抖。

呼赫图：庖丁解牛，手之所触，肩之所倚，莫不合于桑林之舞。怎么讲也是技艺精湛，得了道了，解一头牛还是容易，解一只鸡能这样吗?本官比庄子笔下的庖丁如何?

冯援：大人实在生动。

呼赫图：冯援，高大人确实死了?

冯援：真真切切。

呼赫图：冯援，本官对你如何?

冯援：恩重如山。

呼赫图：本官问你这话，不是非得让你把谢恩的话说出来。说出来是你有心，不说出来本官也不逼你说。冯援，有件大事，你必须马上起程去办。

冯援：请大人吩咐。

呼赫图：去青衣镇，把收茶的风波快给本官平了，要风平浪静，没有一丝痕迹。

冯援：嗻。

呼赫图附耳：还有……

庄宜院。

康熙来回走着，有点儿生气了。宜妃坐着。

康熙：朕原以为姑奶奶是真病了，与宫里的事没干系。这么一看，连姑奶奶这样的人也被搅得想病就病，想好就好了。朕喝不到好茶也就罢了，这身边的人个个被旁人拨得滴溜溜转，朕还是朕吗？这宫里待着还有什么意思？宜妃，你说说。

宜妃：您一个人，他们一群人，一群人看着一个人好看，一个人看着一群人可怎么看？再说了，又都不是绵羊，个个是人精儿。

康熙：朕……朕非得让他们成了绵羊不可。宜妃，这么一闹，朕倒不太好出宫了。朕为一件小小茶叶的事都这么左右为难，漫说天下大事了。

宜妃：小事不办，大事更加无从谈起。

康熙：三德子、法印他们不知如何了。

宜妃：一点儿信儿也没有？

康熙：没有。

宜妃：要么让两个人下去看看？

康熙：只有如此了。

青衣镇郊。

三德子、法印走得一头的大汗。

三德子：和尚，走热了，前边有户人家，咱讨口水喝吧。

法印：是该讨水了，嗓子都冒烟了。

坡下茅草房。

三德子、法印走到草房前，草房中没有什么动静。

三德子：有人吗？有人吗？

法印：阿弥陀佛，施主可在？施主可在？

两人正往正房看，突然身后有声音。

莲嫂：二位客官，有事儿吗？

三德子回头一看：哎，这位大嫂，走路走渴了，讨一口水喝。

法印：冷热不拘，讨口水喝。

那妇人也不搭话，马上抱柴在院子前烧水。

法印：这位大嫂，冷热不拘，不用麻烦了，喝口冷的吧。

莲嫂：两位坐等一会儿吧，一会儿就好了。

三德子、法印没办法只好赶紧坐下，看着莲嫂煮水，只见莲嫂煮开了水，麻利地泡了两杯茶。等着稍冷要往三德子、法印这边端。

三德子：这位大嫂，家中没有别的人吗？

法印：实在麻烦，打扰了，有水就行了，不用放茶叶子。挺贵的东西，留着家里人喝吧。

莲嫂看着那两杯茶水，被三德子、法印这话一问，眼泪哗哗地流了出来。

莲嫂：两位请用。

三德子：呀，您……您……大嫂您怎么哭了？是我们问话不当了。请原谅，请原谅。

法印：这位大嫂，实在唐突，请原谅，请原谅……

莲嫂：不关你们事，两位请用吧。

三德子：大嫂，您……您要是有什么心里话不妨说出来，万一我们能帮上一二，也不算是白相逢一场。

草屋内。

屋中很暗，一个精壮英俊的汉子躺在床上，死了，身体四周都被绿绿的茶叶盖着。

莲嫂把一捧捧的新茶叶撒在他四周，三德子、法印在旁边呆呆地看着。

莲嫂：这是我家夫君莲生，我们成婚十年，过着穷苦的日子，只靠这些小小的茶叶生活……入冬时，我生了个孩子，这是我们的第三个孩子了，前两个都已冻饿夭折。穷人的日子就是这样，孩子生下了米水皆无。莲生为了保住孩子，四处借贷，自己舍不得吃，为我煮汤熬药。指望着清明、谷雨一到把茶收了，卖了还账。原曾想，今年茶的收成那么好，一定有指望了，谁知镇中茶霸相斗，由春至今一叶茶也没有卖出去。眼看着家中再无粮食，莲生精炒了一些好茶想去卖掉，不想到了街上就被他们抓到了，活活被打死了。

三德子：那孩子呢？

莲嫂：孩子贫病饥饿，昨天也死了。

草屋前院中。

莲嫂静静坐着，三德子、法印听着好伤心。

法印：这位大嫂，亲人都不在了，您……您一个人在这山上，守着也没用了。

三德子：大嫂下山吧，或有条活路……

莲嫂：莲生死了，天下哪儿还有什么活路？我们夫妻恩爱十年，苦是苦，穷是穷，咬牙活着，就因了他心中有我，我心中有他……他……他怎么能就这么走了，撇下我一个人自己走了？

三德子：人死不能再生，这位嫂子还是下山吧。我们帮您把人埋了，下山谋个活路，莲生在天之灵也会安生些。

莲嫂：人不能埋。他……他为我们母女而死，我又岂可在这世上偷生……我岂可偷生？

三德子：大嫂，千万别这么想。这儿有十两银子，您好歹把人埋了，人既死了，入土为安。

法印：您得活下去。您代莲生活着，看看这世界能不能变。

莲嫂：谢谢，现在莲生、孩子都不在了，要钱何用？再说，这山上像我们一家人的千千万万，这钱帮得了一家，哪能帮得了万家？

法印：对，帮不了什么，怨我们没什么能耐。就算付给您的茶钱吧。

莲嫂：山里人客来烹茶，乃是待客之道，怎么会要你们的钱？你们是好人，可惜再好也帮不了青衣镇的穷苦茶农了。春天已经快过去了，茶已老了。天晚了，你们走吧。

三德子：莲嫂，听我们一句话。

法印：再活一个春天看看吧。

青衣镇。

大街上都是茶行——收茶的铺子，可是街上一个人都没有，风卷地而起，狗仓促过。

从大街的这头，斗笠长剑，三德子晃着走了过来。

从大街的那头，和尚是光头长刀也走了过来。

前边是旗杆，后边是悦来客栈的大门。

两人走到一起打头碰面，背过身对着长街，抱着手站着，长街上一个人没有，风吹着，一杆破旗哗哗响。

三德子：和尚，怎么没人啊？

法印：买茶的、贩茶的，沾一个“茶”字就被杀，哪儿还会有人啊？

三德子：和尚，咱总不能就这么站着啊，怪傻的。那些门里不定有多少人看着咱笑呢！

法印：怕笑还做什么善事？等等吧，咱总不能再这么晃着从街上消失吧？站着，我就不信没有人理咱们。

刚说到这儿，身后的一扇门悄悄地开了一道缝。

小二：二位侠士，二位侠士。

三德子：什么事？

小二：二位侠士，住店不住店？

法印：你是开店的就该大大方方地出来问，开个门缝问话，像做生意的样子吗？

小二：二位侠士第一次到青衣镇吧？我再问一句，是来帮撒家的还是来助应家的？

法印：谁家也不帮，帮茶农。

三德子：帮老百姓。

小二：这话我这辈子第一次听说，不管是真是假，只要你们不是帮两家人的，总要住店吧？来，来，我把门开开，你们退进来吧。帮茶农也不能总这么站着啊。二位侠士退进来，退进来吧，恕我不能出门迎客。

两人就看着街上风尘起，退了进去。街上门内都有响声，像是有很多的人看着。

悦来客栈院内。

小二带着三德子、法印往店里走，边走边说。

小二：二位要是收茶的呢，我劝二位住一夜就走。二位要是卖茶的呢，我劝二位也是住一夜就走……

法印：为什么？

客栈大堂内。

小二：二位要说是为了茶农老百姓啊，这话要是真的，我劝二位住都别住，现在就走。

法印：为什么？

小二：为什么？不为什么，一时说不清，你们拿主意吧。

三德子看见一个茶商在洗脚，上好的雀舌茶叶在往脚盆里一把一把地撒。

三德子：他是洗脚呢？

小二：对，洗脚呢。

法印：他用茶叶在洗脚？

小二：看见了没有，五两银子一两的雀舌，多金贵的茶叶啊，洗脚了。

法印：这不是糟践东西吗？

小二：糟践了又怎样？想买的不敢买，想卖的不敢卖。眼看着新茶变陈了，他不糟践了又怎样？后边栈里堆的六安瓜片、西湖龙井，这阴天下雨的都长毛了，还不是糟践了？

那个商人边洗脚，边往里撒绿茶。

三德子冲了过去：哎，别洗了，留着卖银子。

商人：卖银子，不卖出祸来就阿弥陀佛了。前天老李、老齐偷买了些茶，半路就被人杀死了。没用了，不要了，断了想头了。这可是上好的雀舌啊，我不心疼吗？茶农们辛苦了一年收上来的，十六岁的姑娘云雾山中清晨一片一片摘下来的，如今让我用来洗脚了，有什么办法……暴殄天物，暴殄天物啊。皇上他坐在宫里怎么就不长眼呢？他好茶喝着，老百姓的事不管，就欠给他喝树叶了。

三德子：哎，你怎么说话呢？

商人：哎，我说得不对吗？

法印：对，对，你说得对，太对了，你接着洗吧。三德子，咱不跟人较这真儿。

小二：二位侠士，看清了吧，这我可不是唬你们。你们倒是住是不住？要住，住几天啊？

三德子：住，住一个月。

法印：一个月两个月不定，事儿完了走。你别操心了，号房子收账，旁的你等着瞧吧。

拿出一锭银子，扔了进去。

小二：哎，得了。

丰丰客栈。

冯援正要从楼上下来，一眼看见两个武士般的人在柜台前问话。冯援悄悄退了回去。

李虎：有个道上的人，带着兵器住在这儿吗？

掌柜：道上的，爷，谁在道，谁不在道，我可不知道。

张龙拿出一块腰牌，上有“禁军”两个字：看清了？你个开店的连道上人都看不出来，你这个店我看也别开了。

掌柜：哟，这话是怎么说的？敢情是大内的军爷，我眼拙没看出来。二位爷，楼上西边第一间，二位请吧。

两人飞快地抽兵器上楼。

丰丰客栈。楼上客房。

砰，门撞开，并没有人出现，过了一会儿，李虎、张龙齐出现。一看房间的后窗早开了，屋里哪儿还有人？两人一看窗开人不在，一使眼色，相继从窗中追出。

屋子里静静的，突然门咯吱一声，冯援又悄悄地回来了。

冯援回来后忙着收拾自己的行李。收拾完行李，正看着房间有什么遗漏，一眼看见窗台上有两个铁爪。原以为是黄衣卫士中了计，这一看两个铁爪，冯援知道自己中了计了。刚反应过来，只见那两只钩子突然绷了劲儿了，眼看着李虎、张龙哗地从窗外又飞了回来。冯援想逃此时已经来不及了，嚓唧唧三人三件兵器同时抽出来。三个人上上下下地对打，冯援招架不住。

正危急时，冯援一把剑又被震掉了。黄衣卫士两把剑同时架住了冯援的脖子。

冯援：二位壮士素昧平生，有什么过不去的与在下说明白了，死也无憾。

李虎：你身上可有书信？

冯援：有。

张龙：何人所书，传与何人？

冯援：信就在我怀里，取出来给二位壮士自己看吧。

两黄衣卫士都松了松剑，冯援慢慢把手伸进怀里，左摸右摸，空气颇紧张。

冯援：呀，刚还在这儿，此时不知去哪儿了……二位壮士，请让我从腰间取出吧。

李虎：你别动，二弟，你搜他腰间。

正在两人对话时，只见冯援从怀里把一只手抽了出来，一把毛瑟枪霍然在手，砰，李虎倒下，又一枪，张龙也倒下了。

李虎：你……你使洋枪？

冯援：我不使洋枪，哪打得过你。

说完一翻李虎、张龙腰间，都有腰牌。

冯援：禁军……坏……坏了，这是闯下大祸了，闯下大祸了。

南书房。夜。

康熙正在夜读奏章，小太监连贵进来。

连贵：启奏万岁，有急报。

康熙：呈上来。

小太监疾步上来，上有密折一封。

康熙展读。

呼府厨下。夜。

灯火通明，呼赫图光着上身穿着皮围裙，正在剥一只很美的鹦鹉，刀举来举去非常利落。冯援站在一边。

呼赫图：这么说，两人都死了？

冯援：回恩公，冯援最后不得不以洋枪将二人击倒了。这是他两人的腰牌，定要大人您的书信。

信上写……应天龙收。

呼赫图把刀放下，拿着腰牌看着：果然不假，是禁军的腰牌。冯援，杀了他们就像开了报警的炮了。

冯援：恩公，冯援办事不力，也是迫于无奈。

呼赫图：你没错，信你拿好了。这样也好，索性一不做，二不休了！

砰，一刀把那鹦鹉头剁了。

大路。夜。

一辆轿车飞快地奔驰着。

宜妃：万岁爷，干吗大晚上走啊？

康熙：事儿突然有变，朕不可再等了。

宜妃：三德子他们出事儿了？

康熙：还不知道。

悦来客栈院中。

回廊之下东西各有房间。

三德子、法印一个在东廊一个在西廊，咚咚敲门。

三德子：卖茶的、买茶的有什么难处出来说说，不怕啊，说说。

法印：不怕的，不怕的，有什么难处跟我们说说。应家、撒家做不了主还有官家呢，天下事总要有人管。

三德子：听见没有，来出来说说……

屋内传出声音：不要乱敲门好不好？有什么好说的？有本事你们就开秤收茶，没本事就别在这儿敲来敲去的。又不是天兵天将，口气那么大，也不知长了几个脑袋！

三德子：开秤收茶。对啊，和尚，听见没有？有本事咱们开秤收茶。

法印：说得对啊，开吧！

三德子：怕本钱不够。

法印：不碍，这不有卖的有买的吗？一撮合就有了。咱又不指着赚钱。

青衣镇街上。

一块很大的牌子摆了出来——广收新茶。

一张桌子搭了出来，一把算盘放上了，纸、笔、墨、砚都摆上了，一杆大秤支了起来。一切都很有形式感。

天蓝云白，只有三德子与和尚在忙活。

街上依旧一个人没有，安静，一个人飞快地跑过对街，吱地关门。很多虚掩的门缝中有很多眼睛，矮墙下有人在蹲着偷看。街上虽然没人，但像是有很多的眼睛都在偷看着三德子、法印……

矮墙后一排眼睛：

茶商乙：哎，三哥认识吗？

茶商甲：没见过，看着不像做生意的。

茶商丙：有个倒像和尚……

茶商乙：要是救苦救难的菩萨就好了。三哥，咱们挑担茶去卖吧。

茶商甲：小子不要命了？再看看。

突然一匹马从街东飞快地驰过来，尘土飞扬。

应天虎全身甲胄，骑在马上从整个街道穿过，穿过三德子、法印的中间没停，到了矮墙这儿勒马，威风无比。

矮墙上的人头全都没有了。

应天虎跨马而回，来到三德子、法印面前，也不说话，勒着马看着。

三德子、法印视而不见。

三德子：收茶嘞，卖茶嘞，收茶！和尚敲锣。

法印咚咚地敲起锣来了：哎，收茶嘞，卖茶嘞，收茶！

应天虎：京城来的？

法印：问那么多干吗？有茶卖茶，没茶闪开。

法印敲着锣走过去，去敲街上的那些门。矮墙下一队脑袋又起来了，都胆小鬼一样地看着热闹。

应天虎盘着马，突然飞快地从街上跑了。

和尚敲来敲去，没人应。突然看见从应天虎回去的东街那头，一位老者担着一担茶过来了，很坚决。

三德子：和尚，和尚快回来，有买卖了，有买卖了。

老者毅然决然地往这儿挑着，很坚决。

法印飞快地往回跑，两人忙着收拾秤，看着老头儿。

矮墙下一溜头都露出来了，站起来了，仿佛看到了希望。

老头儿担着茶，扁担忽悠的声音响着，往这儿而来，老头儿面色坚毅。越来越近，老头儿就要走到了。

越来越近。

此时只见两支箭在空中同时飞了过来，老头儿中箭，身子抽动，那担青青的茶叶来回摇动着，洒落一地，老者砰地倒地，鲜血染红绿茶。

法印、三德子扔了秤、算盘，飞快地奔了过来。老头儿张着眼看着天空，看着他们俩。

老头儿：没活路了，苦啊！

一口血喷出死了。

法印：老人家！老人家！

三德子：和尚，咱茶没收成，倒把人害了。

风卷地面起。

矮墙上一个人头也没有了。

那块广收新茶的牌子一下被吹倒。

三德子、法印抱着老头儿哭了。

鸿宾客栈。夜。

睡下了的康熙总是听见有人在哭……

宜妃睡得很熟，康熙看了一眼悄悄开了门出去。

鸿宾客栈屋内。夜。

一个女人——害过高齐十的柳红——坐一圆桌旁，正陪着一粗汉喝酒。

桌上摆满了酒菜，粗汉腰间缚了一排尖刀，喝一口酒，说一句话，拿出一把刀来飞剁在圆桌上。

粗汉：哭，再哭尖一点儿，别人爱听女人笑，我爱听女人哭，哭啊！

一把尖刀剁在圆桌上。

柳红吓得更大声地哭。

粗汉：好，好。舒坦，舒坦。来喝口酒。

柳红不喝，头摆来摆去，酒洒了。粗汉上手就打，这一打柳红反而正色不哭了。

柳红：要杀要砍随你，只求速死。

粗汉：好，硬气，有骨气，可……爷我不喜欢，我不喜欢。想速死没那么容易，爷我要零刀子给你片死，爷我要听你一声一声地叫。

此时，窗口有一只眼睛一直看着。

粗汉：你先叫一声，我听听。叫一声，叫一声啊……

说着一把刀直逼柳红脖子，先是触到皮肤，后越来越深，只见那刀锋上洇出点点血来。

柳红闭目落泪，粗汉发出淫邪之笑。

粗汉：叫……啊！

突然砰的一声，门被一脚踹开，一条鞭子样的绳索飞出，一下把那粗汉捆卷在了椅子上。

窗户纸上的眼睛——康熙的眼睛，还在看着。

宜妃、小桃红麻利地进来了。

宜妃上手四马攒蹄，把粗汉捆了，找只脏鞋把粗汉的嘴一塞，回头扫了一眼窗口。

宜妃：哼，好看是不是？这种情境还能看得下去？要么就装糊涂什么也听不见，要么就拔刀相助，张着眼睛看热闹算什么事？

窗上那只眼睛悄然躲开。

宜妃：小桃红，快，快扶这位妹妹起来。妹妹不怕……

柳红已吓得面如土色：两位姐姐……

小桃红扶起柳红，柳红泪如雨下，光流泪一点儿哭声都没有。

宜妃：妹妹不哭，不哭，有什么委屈咱慢慢说……

六

悦来客栈内。

法印拿着射在原来老者身上的两支箭，伤心地看着。

法印：茶一片没收上来，倒把一个老人家的命给搭上了。三德子，是你让收的茶，事儿还没弄清楚呢，你就开秤收茶，这种害人的主意以后你少出。

三德子：和尚，这事你怎么能怨我啊？你不是也敲锣张罗来着吗？

法印：我……我，我……我也有错，我……我，法印说你时不是说自己没错。

三德子：和尚，咱这会儿不是比着认错的时候。跟你说高大人死了，青衣镇摆在这儿，咱俩又是狗抓刺猬下不了嘴，这到时跟万……

突然觉着门外有人听，赶紧到门口打开门。

悦来客栈院中。

真没想到门口回廊下站了一群人，在默默听着。

三德子：散了，散了吧……没什么大不了的。有……有我们在呢，出不去三天，风向必大变。有我们在呢，散了吧，散了吧。

法印：对，有我们在没有办不了的事，放心吧。

甲：天底下哪儿还有菩萨啊？

乙：看他们也不像，没什么指望了。

门口回廊那些人都走了。

三德子：现在这样，咱一是没脸回京回话，二是万岁爷真问起来了，咱拿什么交代？

法印：小人，俗人，凡人。哎，三德子，我说好了不跟你吵啊，但这话我还得说。都这时候了，茶农饿死，茶商愁死。百姓望解救之人如大旱之望云霓，你还想什么脸面，万岁？万岁怎么着？

三德子：祖宗哎，骂我行，您小声点儿。

法印：万岁，万岁他下来才更没脸面呢！

三德子：好，好，你境界高，你骂得对，你说得好，一切都是我三德子的不是……行，你拿出个主意来吧。咱现在怎么办？是把东街的应家办了，还是把西街的撒家灭了，你拿个主意吧，我听你的。

法印：谁对谁错还不知道呢，哪能说办就办了？

三德子：还是的呀？正义你有，主意你没有，吵什么吵，你……

刚说到这儿就听小二在回廊喊。

小二：各位客官听好了，避避，避避，都避避啊！两街又打起来了，千万别出门，千万别出门！

两人一听反而打开门出去。

客栈回廊。

三德子、法印出门正赶上小二过来。

小二：哟，二位爷快避避，快避避！可别逞强啊。这会儿可不能出去啊，快回，快回吧。

法印：什么叫逞强啊，我们逞的是良善仁义。别人怕，难道我们会怕吗？

青衣镇街上。

东街西街两拨高高低低的武士，各有二十多人。正各自从自己的一方一步步地冲过来。脚步奇快，气氛紧张。

东街应天龙、应天虎骑在马上镇后。

西街一位穿了黑衣、脸上蒙了纱的女子和一个丫鬟出，也都骑在马上。

悦来客栈门开了，三德子、法印急着出来看热闹。出来后惊讶地看着两边七七八八的武士近了。

那堵矮墙上边一个人没有。

两边武士越走越近，突然长刀、长剑、长枪齐出。好像专门是为了给三德子、法印表演似的，根本不理他们俩，就在他们面前疯狂地打了起来。

两拨人疯狂地打着，烟尘四起。三德子、法印左跑右跑地看着，两人手都痒痒，也左踢右踢的可就是插不上手。

那边应天龙、应天虎骑在马上也像看热闹一样地看着。

这边那黑衣女子也静静地看着……

三德子：和尚，劝不劝？

法印：不劝，让他们打去。

三德子：帮不帮？

法印：不帮，谁好谁坏不知道。

两边打得更激烈了。

两边人打了一阵各有死伤。

只见那边应天龙的喽啰吹牛角号收兵。

黑衣女子这边有人鸣锣收兵。

转眼间各自的武士，拖着死的，抬着伤的，各回各方了。话都没有。

三德子、法印呆呆地看着。风卷地而起。

三德子：和尚，一个小小的镇子，怎么打起架来跟两国交战似的？

法印：果然人心向恶，三德子，他……他们好像没看见咱似的。

三德子：拿咱们不当回事。

法印：咱不下地狱谁下地狱？三德子，我有主意了，明天露两手给他们看看。

三德子：好，明天让他们知道知道。

大道。

康熙的马车飞快地跑着。

扑通，那个被绑的粗汉给扔了下来。粗汉摔在地上，嘴里还塞着东西，想喊喊不出来。

宜妃：这种厌物，怎么能拉着他一块儿走啊？老板子啊，赶快点儿。

康熙：哎，坐稳了。

鸿运客栈。夜。

宜妃、小桃红下车，小桃红扶柳红下车。

宜妃：老板子啊。

康熙：哎，哎。

宜妃：把车卸了，牲口喂了啊。晚上你就住马棚吧。

康熙一听生气：啊？哎，哎，怎么真拿我当车老板子了？

鸿运客栈屋内。夜。

柳红一个人说着话，像是说了一会儿了。宜妃、小桃红伤感地陪着流泪。

柳红：……谁想到爹一死，天何止塌了一半，先是那些亲戚，豺狼不如的族里人，看我家只剩了孤儿寡母，便来欺负，我实在忍不下去了，不怕抛头露面地去告了官，不想他们行贿将官买下了，知县贪赃枉法，将家财判尽，又将柳红我卖与恶汉，家中母亲实在受不了这连串的变故，活活气死了。柳红原也不想活在世上，只是……只是实在咽不下这口气，偷生在世，受人屈辱。二位姐姐，柳红实在是受苦的人啊。多亏……多亏姐姐搭救。

说着哭着跪下了。宜妃听着也伤心，赶快拉起来。

宜妃：妹妹，这是缘，你真要这么绝望着走了，这世道还有望吗？快起来，快起来，有什么话咱慢慢说……

小桃红惦记着在外边睡觉的康熙。赶快接话，想让宜妃去看看。

小桃红：是啊，慢慢说吧。夫人，那什么，您不去牲口棚看看……

宜妃：不去，牲口有什么好看的？有些人就该着的，看着人受罪不出手，还张着个眼睛看热闹。来，妹妹，就跟我一起睡吧。咱……咱也学古人那些雅士，抵足而眠，抵足而眠吧。

小桃红：夫人，那怎么成？

宜妃：那怎么就不成？

马棚。夜。

康熙睡在外面，寒冷无比，在一堆草中躺着，左转右转地睡不着。风灯晃着。康熙坐了起来。

康熙：嘿，真……真就让朕睡在外边了，真拿朕当车老板子了？想朕那年去河间的路上，也是这样的夜宿马棚，一会儿有宜妃来探视寒温，一会儿有那文静的婉秋小姐来送锦袍，嘘寒问暖……今天也是马棚，无人来探，无人来看。马棚依旧是马棚，夜空依旧是夜空，物是而人非，生死两茫茫，朕之孤独，到了这种时候真是愈能觉出来。这个林风儿，不就是没像你那么快地出手吗？江湖险恶，怕有些事是演给人看的，不是怕上当吗？朕岂是那不懂得怜香惜玉的人。再就不是怕你吃醋吗？谁知你会比朕还上心啊？不想了，睡就睡吧，也不乏是一次经历。睡也。

院子里一个黑影从房上飘到地上，悄悄过来一口气把马灯吹灭了。

呼府卧房。夜。

呼赫图一下把灯点亮了，坐起来看，桌上有一排鸟头。

呼赫图拿灯照着那些鸟头排列的顺序。蒙眬地又把顺序重排了一遍，然后噗的一口气吹灯，灯没灭。

呼赫图自语：这明明亮亮的灯也不是一口气就能吹灭的。

小妾：老爷，半夜三更的您说什么呢？

呼赫图：没什么，你睡吧。

马棚。
天亮了，光照在脸上，有马拉粪。
康熙醒了，康熙起来。

鸿运客栈客房廊内。
康熙敲门。
康熙：夫人，夫人醒醒，醒醒，天亮了，该起程了。夫人，夫人？
一推门开了，一个人也没有了。

客房内。
康熙：哎，这可真奇了，朕睡睡马棚也就罢了，这可好，连伴都不跟你搭了……
走到桌前，桌上有一张纸条。

大路。
马车飞奔。
宜妃：小桃红你不用说了，昨天晚上要不是你警醒着，咱们加上柳红还不就被那人给杀了吗？他睡得那么香，咱干吗非要叫醒他啊？
小桃红：夫人，这可不是斗气的事，咱原本该跟着他……的。
宜妃：不管，各干各的，我这也是拔刀相助，为民除害。
柳红：夫人，实在给您添乱了。

客店内。
康熙看着条子。
康熙：昨夜这儿曾打斗过了？也好，都走吧，朕就彻底地做一次孤家寡人。

青衣镇。
又到了昨天的那个时刻，东街先出来一批武士，整好队排兵。西街也出来一批武士整队排兵。武士队伍后边又是分别出来的应天龙、应天虎。西边黑衣女子也出现了，两队武士依旧如例行公事一样相对而行。
悦来客栈门没有开，很安静。
街上的店铺那些门都有暗暗的动静。
两只鸡惊飞，树上的鸟惊起。脚步越来越近。

两队武士已经十分接近，正要高喊交战时，砰，悦来客栈门大开。三德子、法印长刀长剑，威风无比地出现了。

三德子出门很惬意地眯着眼睛看了一下阳光，法印很威严。

青衣镇旗杆上的旗帜懒懒地飞着。

那堵矮墙下，今天意外地看见一队人的头顶隐隐地露了出来，有人在墙后偷看。

三德子、法印出来后，后边的门悄悄合上了。

三德子：哥哥哎……

法印：兄弟，什么事？

三德子：这么好的天气，你看看这些人又出来斗了，真煞风景。

法印：谁说不是呢？他们真是想不通吗？好好地说话就打死了，兄弟看不下去。

三德子：看不下去。

话还没说完，只见两队人如约好了一样，相对冲来。说时迟那时快，三德子、法印飞进阵中，刀剑一挥，飞快地一圈，两队人嗵嗵地退向后去。

三德子、法印麻利地长刀长剑入鞘，两人各自抱肩站在街中间。

三德子：哎，哥哥。

法印：哎，兄弟，说。

三德子：您说说这大街是干吗的？

法印：是走车、行人、开买卖的呀。

三德子：说得好，现在他们天天在这打架争势，人也不敢走了，车也不敢行了，买卖也不敢开了。

法印：拿镇上的人不当回事了。

三德子：拿咱兄弟也不当回事儿了。昨天看了他们一场了。

法印：今天他们还要打一场。

三德子：好像是不给咱们面子呢。

法印：不是好像，是真不给咱面子。

三德子：哥哥，那该怎么着？

法印：还能怎么着？他们非要打啊，咱们兄弟就陪陪他们。谁打得过咱手里的家伙了，他们爱怎么打怎么打。

三德子：哥哥说得对。哎，你们听见了没有？有胆大的出来上手啊。

法印：出来上手。

此时街上所有的门都有响动，响起密密麻麻的人声。矮墙下也露出一排脑袋来。

两队武士仍在对峙，整个镇一下子安静下来。

三德子面朝东，法印面朝西，就那么抱肩站着。突然东队出来一个武士，手中的刀要得翻飞如电，三德子不屑一顾地看着，那人耍过一阵刀后，已经逼近。三德子从背上抽刀，砰砰两下，只见那武士身上的甲胄散落，像光着身子样，提着东西回去。

矮墙外的人头都探出来高兴喝彩。

悦来客栈门口也一排脑袋伸出喝彩。

东边应天龙、应天虎还是不动，马在躁动着。西边黑衣女子也是一动不动。

西边一高大武士冲了出来，长枪在手，虎虎生风。

法印空手躲着，躲得极为精彩，大家喝彩，法印突然一进身，剑出人到，一磕一碰，那杆长枪飞了起来，再落下扎在那个武士脚下。法印长剑入鞘。

众人这次不顾及了，欢呼声大起。

悦来客栈后院正房。夜。

三德子一桌为主，法印一桌为主，众茶商、茶农都抢着为三德子、法印敬酒。

商人甲：哎，不争不争，该我了，该我了。我说一句顺口溜啊，我起个头，咱们往下接着啊，起个头——壮士美名扬。谁接下去，我这敬酒了啊，壮士您喝，您喝。

三德子：不敢当，不敢当。

商人乙：壮士美名扬，好，我接，长刀在腰旁。

商人丙：我接，谁若想轻取。

众人：好啊，好啊，壮士美名扬，长刀在腰旁，谁若想轻取……

商人甲：接呀，接呀，谁接？

商人丁：我接，一刀见阎王。

众人：好，好。一刀见阎王，好！壮士美名扬，长刀在腰旁。谁若想轻取，一刀见阎王。好，来喝酒，喝酒。小二上酒。

三德子：当不起，当不起。应当的，应当的。

法印假镇静，还是掩饰不住高兴：大家坐，大家坐，区区小事，原就该路见不平拔刀相助的，何劳众位这么破费……理当的，理当的。

话还没说完，一群人的酒杯都快杵到他嘴里了。

商人丁：大师不可这么说，喝酒，喝酒，大师喝酒。

众人：喝酒，喝酒。

法印：贫僧一个出家人，无非是为百姓做了些应当做的事，怎可当得起这么高的礼遇，没做好，惭愧，惭愧。

众人：大师喝酒，大师喝酒，大师喝酒。

众人狂呼，有站椅子上的，有高兴跳的。

法印：贫僧一个出家人，原是不喝酒的，但贫僧要是真喝起来，怕你们都不是对手。

随手拿起一只大瓷钵。

法印：好，都倒里边吧，只喝一次。

三德子：臭……臭和尚，别……别喝醉了，回头又喝洋花露水。

法印：你才喝花露水呢！

众人：大师喝酒，大师喝酒。

法印拿起大瓷钵，一口气喝下去。一抹嘴，滴酒未漏。

法印：什么酒啊，无非比水辣一点儿而已，贫僧当水喝了。

众人欢呼，一群人又冲向三德子敬酒。

青衣镇街。

旗杆上，破旗飘着。夜宁静。隐隐看东街一盏大白灯笼上书“应府”二字，跟出来了三个人。再看西边也出来三个人，两个武士一个管家，一盏大红灯笼上书“撒家”两字。

悦来客栈后院正房。夜。

热烈的场面突然安静了。一边叫来了一个歌妓。两歌妓都很丑，是茶商找来陪三德子、法印的。

三德子知有女子近了，紧张。

法印也知有女子近了，正色。

商人甲：壮士，夜阑风寒，永夜难消……这……这是……

妓女甲：壮士，小女子是花满楼的朝云。壮士美名已一夜传遍苏吴大地，小女子仰壮士之美名，特来相陪。以应古人之语，美人慕英雄。

说着就要坐下。

三德子：众位抬爱了，我陶三德子不……不好色，英雄岂能好色，不便，我不便……

法印这边。

妓女乙：大师，我是怡红院的花影，仰大师英名盖世，特来为大师敬酒。

法印闭目不理，如入定一般……

大家仍旧在闹着，喝着，喊着……

突听得法印唱起古曲《满江红》来了。先还小声，接着声音越来越大。

法印：怒发冲冠，凭栏处，潇潇雨歇。抬望眼，仰天长啸，壮怀激烈……

三德子：三十功名尘与土……

众人：八千里路云和月。莫等闲、白了少年头，空悲切。靖康耻，犹未雪。臣子恨，何时灭。驾长车，踏破贺兰山缺。……

悦来客栈前院回廊。夜。

两盏灯笼、两家的人分头而入。两家人宁静地从东西两边回廊走过。

小二发现了，吓得不得了，回身就要跑。

小二：掌柜的，掌柜的！

管家：别跑，请二位壮士出来说话。

小二：哎，哎！

这边灯笼高挑，武士端来椅子，管家分头坐下了。静静等。

屋内的人还在喝着唱着。

小二：不好了，不好了！别唱了，别唱了。应家、撒家人来了！

一下鸦雀无声，所有商人惊了，反应过来就要跑。掌柜的吓得也要躲。只有三德子、法印还站着。

三德子：别慌，败军之将，有什么好怕的。

法印：来了多少人？

小二：没……没几个人，三两个，说是要请二位壮士说话。

法印：好啊，正想会会。

三德子：众位，你们依旧，不怕啊，有我们两个呢。法印走吧。

法印：先一步告辞了。唱……唱，大家继续唱。

悦来客栈前院回廊。夜。

东西廊下，两家人挑着灯笼静静地等。

三德子、法印出，两人径直一个向西，一个向东。

应家管事：这位大师，在下应府管家应安给您请安。

法印：用不着客气，有事说事。

撒家管事：这位壮士，在下撒家管事撒平给您请安。

三德子：好啊，你们是一家来了一个管事啊。真不敢当，啊，好。我们说话两边都听得见吧？行，有事说事吧，谁也别想瞒着。

两管家同时：请二位壮士到府上一叙。

这时前院通后院的影壁后一群人都躲着听着。

三德子：哈，真是不打不相识啊。请我们俩到府上去说话，两家都来请了，我们去了哪家也不合适啊，对不对？

两管家：对。

三德子：那今晚就哪家也不去了，我们还要与朋友们喝酒呢，哥哥哎，你看呢？

法印：好，回得好，没什么看的，你们走吧，今夜我们谁家也不去。

三德子：听见没有，我哥哥说了，哪儿也不去。明天吧，明天再说。睡觉，睡觉。

某客栈屋内。夜。

宜妃、柳红、小桃红都睡着。小桃红眼睛睁开。

小桃红：夫人，夫人。

宜妃：干什么？

小桃红：夫人您没睡吧？我肚子疼，您帮我拿下药吧。

宜妃：呀，吃坏了吧？我去。

宜妃穿衣去堂屋。正翻药，小桃红跟出来了。

宜妃：哎，你怎么出来了？快快回去。

小桃红：嘘，宜主子小声点儿，别让人听见了。

宜妃：怎么了？

小桃红：宜主子，我怎么觉着不对呀。

宜妃：有什么不对的？你不是肚子疼吗？

小桃红：主子，我是想单独跟您说说。您想想有这么大的冤屈，她这些日子可不再是那么愁眉苦脸的了，一早还向我要胭脂呢。我看了，她化起妆来可是熟得不得了，三下两下的，再看那张脸啊，那笑啊，就不是寻常人家的笑了。对了，下午还哼了一段小曲儿呢。

宜妃：一个女儿家家的，妆当然会化了，小桃红，你多想了吧？

小桃红：宜主子，江湖险恶，多想想好。

宜妃：不怕，她要是真受了冤了，咱帮她也是应当的。她要真有心机想害人啊，咱抓她也是应当的，左右都应该不会错。

小桃红：那万岁爷呢？

宜妃：谁知道他怎么没跟过来呀，按理说早该跟上了。

小桃红：宜主子，不是奴婢不懂事，咱们宫里受了委屈，可不能出了宫往爷身上撒啊。

宜妃：我不往他身上撒可就再没撒气的地方了。谁知，谁知他就真的生气了，不跟来了。哼，不就睡了一夜的马棚吗？他自己说过，原来也住过一夜的，原来住时不生气，这会儿住怎么就生气了？

小桃红：主子，事儿和事儿有时不一样。

里屋有声音，两人赶快装。

小桃红：哎哟，疼死了，疼死了。

宜妃：不碍，不碍，吃了药就好了。不碍的，不碍的，躺着去吧，躺着去吧。

悦来客栈三德子、法印房。夜。

三德子、法印都躺下了，高兴，沉醉聊天。

三德子：和尚，没睡吧？

法印：睡不着。

三德子：和尚，你说说，这百姓们有多可爱……你对他们做了点儿应当应分的事，他们就能掏心窝子地对你好。你说说，咱们拿着朝廷的俸禄，又在万岁爷身边谋事，这不是应当的吗？还……还受这么多的赞美。

法印：经文上说，“众生之心，犹如大地，五谷五果从大地生……”知道吗，众生之心啊，犹如大地啊，没有了众生之心，你哪儿去找立足之地？你若心地不良，众生也就成不了载你的大地了。众生之心啊，犹如大地啊。

三德子：和尚，你……你今天很抒情啊。

法印：你懂什么，情当然就是用来抒的了。

三德子：你梳吧，不梳就乱了。

法印：哪儿乱了？

三德子：我和你明天怎么办？

法印：明天……明天再说明天的。今夜不妨沉醉。众生之心啊，犹如大地。

三德子：好，这哪儿还像出家人啊。

大街上。

康熙新买了套衣裳正穿着从衣铺出来，边走边系扣子。小伙计追了出来。

小伙计：哎，这位爷，您这套旧衣裳……

康熙头也不回：不要了，受累扔了吧。

小伙计：哎，挺好的衣裳就不要了，这哪儿像个赶车的老板子啊？

鸿运客栈马棚。

康熙换完了衣裳进来叫小二。

康熙：小二，小二。

小二：来了，来了。哟，您……您换了衣裳了。

康熙：怎么着，看着不像吗？

小二：像，像。

康熙：像什么？

小二：车老板子啊。

康熙：好，回得好，你还真以为我是车老板呢。托你的事儿办了？

这会儿看见马车那儿蹲着三五个人，一看康熙都站起来了。

康熙：哟，人还不少呢。

小二：爷，爷，您过来过来，我跟您说句话。爷，您再想想，挺好的一挂马车就卖十两银子，是不是……

康熙：低了？

小二：哎，说对了，低了，您瞧我一找买主啊，一下来了五个。

康熙：五个？那卖给谁啊？

小二：说的是呢，卖给谁都不合适。要不咱再涨点儿钱，谁出得多卖谁……

康熙：那样不好，说好了十两，就十两，不该因为买的主顾多就涨钱。做人做事都不能这样。

小二：爷，不是这么回事，您过来想想，买主多是您价定低了，跟做人没关系。

康熙：当然有关系，做人怎能言而无信，出尔反尔，水涨船高？就十两。哎，你们都是来买马车啊？

众人：我们五位都想买。

康熙：银子带了吗？

众人：现银都带了。

康熙：好。这么着吧，给谁都不合适。我读《百家姓》，先读到谁的姓，谁站出来，车归谁。你们都认识吧？

众人：一个镇的，认识。

康熙：好，那就做不了假了，我读了，有了应一声啊。赵钱孙李，周吴郑王，冯陈褚卫，蒋沈韩扬，朱秦尤许，何吕施张，孔曹严华，金魏陶姜，戚谢邹喻，柏水窦章，云苏……

苏某：有了。

康熙：你姓什么？

苏某：我姓苏。

康熙：好，苏得好，车归你了，赶走吧。

说完忘了拿钱，回身要走。

小二：大爷，别走啊，钱还没给您呢！

康熙：呀，忘了，忘了，总是忘了钱。这天下没钱寸步难行。

小二：爷，收好了，收好了。爷，就十两啊。

康熙：够了，十两之内必把事办了。朕……真就不信一个人办不成事。好，你们都有能耐，风儿，看结果吧……

众人看康熙走了，围上来问小二：小二，小二，这人是车老板子吗？

小二：怎么？看着不像？

苏某：车船店脚牙，无罪也该杀。车老板子会有这么傻的？

众人：是啊？

小二：我看着也不像。哎，老苏，便宜拣了就别褒贬人了，你该请酒喝啊。

苏某：我请，我请，都去，都去。

大道上客栈。

小桃红、宜妃正在收拾包袱。

宜妃：小桃红，咱……咱们银子够吗？

小桃红：主子，咱银子一点儿不缺，就怕万岁爷，他……

宜妃：等了这么两天了，他都没追上来，怕是赌气去找三德子、法印了。咱们条子上可是写得清楚了。

正说到这儿，柳红急急地回来了。回来坐下，魂不守舍，然后也不管宜妃、小桃红在场，轻轻掀起窗户来往外看。

宜妃：柳红妹妹，怎么了？

柳红：啊，没事，没事。算了，我实话说了吧。二位姐姐，怕是不好了，你们快……快逃吧。

宜妃：到底怎么了？

柳红：我看见那些害我的坏人也在这个店里。

宜妃：不怕，正找他们呢。

柳红：他……他们有好几十人，怕是得了信儿来拿我的。二位姐姐连累你们了，你们走吧，柳红命已如此，不逃了，不躲了，你们快走吧。

小桃红一边冷眼看着。

宜妃：哪儿有这话？小桃红，快去后院看看，如有马车换一辆，咱们从后院走。

小桃红：主子，咱逃出去又能怎样？

宜妃：县里没告下来，咱上府里呀。先走白道，白道走不通，咱又不是没闯过江湖，镖保过，人救过，喜欢的不就是个玄劲儿？不怕，快去。

柳红：这儿附近有我一位远房伯伯，风云山庄，咱们先……

宜妃：好啊，先出了这客栈再说。

外边有人喊，马嘶。有人与小二问话。

粗汉：小二，店里可住有女客？

小二：有啊。

粗汉：什么样的，跟我说说……

宜妃：是那人吧，当时该把他杀了。

大道上客栈马棚。

粗汉：各屋都看看，各屋都看看，可别让人跑了。

就看着有黑白道的人到处执刀忙乱着，抓人，搜人。后院一阵乱。

宜妃、小桃红、柳红把脸都遮了手巾，夹着包袱，从角落跑了出来，直奔院子里停的一辆马车而去。

刚跑到马车旁边就听有人喊：哎，院子里的马车是谁的，没事别在那儿待着，赶出去，快赶出去。

车老板：哎，这就走了。

马车动了，空出来的地方并没有人，三人已经上了车。

这时楼上粗汉露出头来，冯援也露出头来了。

粗汉：跑了啊？快追，快追。

回头看冯援：二爷，这些鸟可往网子里赶了。

冯援：好啊，听信儿吧。

粗汉：散了，散了。李头，每人发钱。

李头：哎，有嘴长牙喘着气儿的都过来领钱财啊。

大道上。

那辆马车在狂奔。

宜妃：老板快点儿啊。

车老板：驾。

街上。

康熙边走边闲看，把那个十两银子揣在袖里。

康熙：朕哪儿也不去，朕以不变应万变，先静观两天再说。钱有了，有何愁的？

话还没说完，就看一个老太婆一个老头子，后边跟着一大群看热闹的赶了过去。边跑边急地喊。

老太婆：不能啊，不能啊！千万不能啊！你要死自己死去，可不能害自己的骨肉。

老头儿：我可就这么一个儿子啊！

康熙一把拉住一个中年人。

康熙：哎，老倌，怎么了？

老倌：还不知道啊？这个李三啊天天赌钱，家败了，老婆子不过了，要改嫁。他急了，不想活了，把自己三岁的儿子和自己关在了一起，弄了炮药要同归于尽呢。

康熙：天下有这么狠的做爹的吗？这……这不能不管。

也跟着人群跑了过去。

街边一栋破房。

众人想看热闹又怕炸药，刚要挤近了又都往后退。只见那破屋的前边跪了一个穿白衣的妇人，边哭边说……

妇人：请你看在夫妻的情分上，把孩子还给我，我情愿以自身来换孩子。

说着要往里进。传来孩子的哭声，喊娘。

李三：臭贱种，你别过来。你过来我就点药了！

小孩哭喊：娘，娘！

女人无奈跪在地上。

康熙：老倌，他真有炮药？

老倌：可不是真有，他原来就是做花炮的。

康熙突然把身上的马褂脱了，挤出人群，一眼看见街边有一个大茶壶，水开着，冒着热气。康熙冲过去把马褂往地上一个盆里一扔，大壶水往上一浇。众人奇怪，围着看他。康熙浇湿了衣裳，一团，冲进李三屋前。

老倌：小心有炸药。

康熙来到屋门口女人身旁，把湿衣服放在一块矮石上。

康熙：屋里的李三，你听好了。你算个什么男人？

李三：你是什么人？

康熙：我，路经此地看着不平的路人，虎毒还不食子呢。你不想活了，自己死去，没人拦着你。把孩子放出来，也算你做一回人。

小孩大哭。妇人跪在地上哭。

李三：这……这个贱人全不管夫妻情义，她……她伤我心，我岂能放过她，要死一块儿死！我死了，他们活在世上我不干。臭贱人。

康熙：嫁汉嫁汉，穿衣吃饭，你不给她温饱，她不改嫁又能怎样？这事怨你。

妇人跪到康熙跟前。

妇人：恩人，恩公您可别这么说，他真要火起，就玉石俱焚了，恩公您别管了，您别管了。

康熙不管，更激李三的火：李三，你有这样的娇妻爱子，不在家好好过日子，整日赌钱，是个人也要离你而去呀。

李三：你他妈的到底是什么人？好个贱人，连路人都勾引得上了。

康熙：你生不如死，你死去吧。孩子放出来，让你老婆改嫁。

众人大哗。

老倌：原以为他要救人，原是个好色的。哎，你不能这样，这不是添乱吗？

李三：好个奸夫淫妇，演乌龙院演到我面前来了！我……我不活了我，点火了！

屋内一股烟起，孩子大哭。人群呼地往后退。前边人趴在地上。妇人大哭要往里冲，康熙一把拉住。

康熙：好，点吧！点得好，炸得好，炸死自己，天下太平。

烟雾飞起，突然没了声音，孩子突然也不哭了。众人正要抬头看，破窗中一个炸药包扔了出来。炸药包落地，导火索隐隐只剩一点儿了，众人大喊全都倒地。

只见康熙放了妇人冲上前，拎起湿马褂往上一扑，火熄了。康熙冲进破屋，屋内传来厮打之声、小孩哭声。不一会儿，康熙抱着小孩，拎着李三出来了。老太婆、老头子一看孩子出来，冲了上去，抢过了孩子。康熙把李三扔在妇人身旁。

康熙：没出息的东西，人活于世，岂能无过？有了过错不思悔改，反而移恨于骨血家人，你算什么东西？我救人可不想救你，但你既出来了，我这儿，我这儿有……有十两银子。你看好了，现在给你老婆……还债置业，重新过日子。

说罢，拿出自己仅有的那十两银子给了妇人，老太婆、老头子领着孙子磕头。李三、妇人也磕头。

老太婆：恩公留步，恩公留步。

康熙：不耽误了，我还有事，走了。

捡起那件马褂走了。

老倌：嘿，还真是救人的，想不到救人还有用激将法的。还给了十两银子啊，出手可真大方。

另一条街。

康熙边走边看那件烧破了的马褂。

康熙：补补穿吧……不好了，就十两银子，都给出去了……给，当然要给，百姓没钱，一个当皇上的看着能不给吗？

悦来客栈。

法印人未到声音先出：我不下地狱，谁下地狱。

三德子、法印两人从大门出来，到青衣镇的街上。

法印：我不下地狱，谁下地狱。众生之心，犹如大地，众生之心，犹如大地啊。

众人：二位壮士，小心点儿，我们不送了。

三德子：回吧，回吧。不怕，听和尚说了吧？我不下地狱，谁下地狱。地狱就是该我们这些人下的。哥哥哎，您往东还是往西，您年长点儿，您挑吧。

法印：十方世界不可说，一念周行无不尽，贫僧向东去也。

三德子：好，那我向西去撒家。几位回见，坐等好消息吧。

空空的街上，法印一人向东，三德子一人向西而去。

矮墙、门内很多人伸头望着他们。

七

风云山庄地牢。

宜妃、小桃红都被绑了，被兵丁推搡着进来了。绳子一解，口中手巾一拉，两人被推进笼中。

宜妃：小桃红，真让你说中了，现在的人怎么都这样了，江湖也不像江湖了。

牢头：好好待着。

小桃红：人心都长歪了，您救她，她害您。

台阶上款款缓步，柳红走了下来。

柳红：真是对不住了，两位姐姐，我也不愿看到事儿是这样的。别怨我啊，在客栈里我可想着让你们俩逃来着，可你们就是不走啊。

宜妃：哼，你……你小小年纪连做人的准则都没有了。借良善之心害人，你难道不扪心自责吗？

柳红：没办法，生活逼的。我不害你们，就有人害我，物竞天择，良心的大道没人给我铺好了，我也只有邪着歪着走了。

小桃红：这位妹妹，我们原来是救你的啊。

柳红：你们也太把自己看大了，这世上，漫说两个女子要救人了，就是皇上来了又怎样？谁生下来就想做坏人的？我也想做好人，可天地不容我啊。

宜妃：借问一句，这儿是哪儿？

柳红：风云山庄啊，这我可没骗你们。

宜妃：为什么截我们到此？

柳红：那我可不知道，怕是你们得罪了什么上边的人了吧？别问，我只是个引鸟投网的由子，也许是有什么人看上你们了。人活在世，就跟鱼一样，有海里的，有江里的，也有被人养在缸里的。我走了，看着你们怪可怜见儿的，跟你们告个别，可别恨我啊。我还不知恨谁去呢！

柳红说完走了，地牢一下黑起来。

小桃红：灯，灯，留下盏灯啊！

宜妃：小桃红，别喊了。咱……咱真的中了计了，这么一想……

小桃红：想什么？

宜妃：多亏万岁爷没跟来，怕是人家早就盯上咱们了。这天下都是些什么人呢？

呼府。书房。

呼赫图正往一只掏空了的翠鸟的身体里塞草，做标本。小妾在一旁。

呼赫图：活的有什么好的，活的还得喂食，这死了的，给它摆个样，想怎么摆怎么摆。

小妾：老爷，您一辈子杀了多少鸟啊？

呼赫图：不记得了，老爷我快杀腻了，我要杀人了。

小妾：老爷，您平时道貌岸然的，这会儿说的话让人心寒。

呼赫图：是吗？还有让你冷的日子呢。

青衣镇应府。

满院子仆人，满院花花草草。法印正被人引着在回廊下走过。

应府没有任何杀气，一派春光。法印在廊下静静走着。

忽听钟磬礼佛之音，法印忽有肃穆之感。

青衣镇应府书房。

法印刚刚坐定，应天龙匆匆地迎了出来。

应天龙：让大师久等了，多有不敬，在下应天龙，青衣镇茶监候补。请问大师用什么茶？

法印：不用茶，有盅白水即可。

应天龙：哎呀，大师，所好同应某一模一样。大师，您别看我是收茶的，可我自己不喝茶，想那茶在天地山川之间收尽乾坤精华，再经那采茶少女一叶一叶和着云雾采来，何等的精致，何等的珍贵？所以，每看到旁人喝茶，尤其有人赞美茶叶，在下十分高兴，可我自己一喝便觉可惜了，不喝也罢。大师因何而不用茶呢？

法印：贫僧没想那么多，就是愿喝白水。

应天龙：境界更高了，到了见山是山、见水是水的又一层天了。

法印：你不喝茶乃是心有不忍，很好。但贫僧来时，看见茶商因贩茶不出而用贵重的雀舌在洗脚，茶之所以贩不出去，就是因了你们应家与撒家把持市场各不相让，你为一叶茶之珍贵而舍不得喝，却为私利而置整个江南成千上万担茶于不顾，而任其发霉、变质，还天天在这长街上械斗、争打。应员外，你是不是太顾于大善而不顾小义了？你那白水之论听起来高妙良善，但细想起来最多是个伪善。

应天龙：大师不愧是大师，武功在下已见识过了，这境界应某今天又有了一番领教。白水之说，你说在下小善也好，伪善也罢，应某全数接收。大师又说到了收茶贩茶之事，这事……有关道义，应某在大道大理上颇为执着，是当仁不让的。

法印：愿闻其详。

撒府撒莲儿书房。

三德子早就被带来坐定了。是一些小坤椅，女人家具。三德子东张西望，正看稀罕。

三德子：这女孩子的地方就是不一样，书房也有香味。

丫鬟甜儿：小姐到。

三德子赶快站起来垂手而立。撒莲儿出现，依旧有白纱罩面。三德子偷眼，一看有纱坦荡了。

撒莲儿也不说话自己坐下了。三德子没人让颇尴尬，想想也慢慢坐下了。

撒莲儿：甜儿上茶。

甜儿：是，小姐……

茶端上，三德子闻见清香，刚要喝。

撒莲儿：话还没说一句，就要品茶吗？

三德子：多有得罪，陶某一直在找这屋的香气从何而来。

撒莲儿：雁顶新茶味更清，仙人采下白云英。直须七碗通灵后，自习清风两腋生。

三德子：两……两腋生……嗯，好，好。别跟我雅，在下是个粗人，实在地雅不起来。

撒莲儿：那你说的是什么好？

三德子：茶好，诗好。都好。

撒莲儿：当然好，说句大不敬的话，当今皇上也未必有此雅福。

三德子：没有，没有，他喝的都是树叶子汤，哪有这种味道？

撒莲儿：你怎么知道的？

三德子：啊，我……我……我有个朋友在宫里当差，私下里听说的。

撒莲儿：你那朋友也多嘴，居然连喝茶这样的小事也会跟你说。

三德子：是啊，他嘴可碎了，爱说，话多，他……他，有时不招人待见……

撒莲儿：壮士，此来青衣镇为着何事？

三德子：路过，路过。

撒莲儿：路过？将去何处？

三德子：啊，闽南，闽南……去闽南贩……贩几只猴子，带回北地卖艺用。

撒莲儿：若壮士只为贩猴子这样的小事，容莲儿说句唐突的话，就不用去了吧。你那么好的功夫去卖猴，不若……留下帮撒莲儿为青衣镇讨个公道。

三德子：留……留下，留下来，留下……可怎么知道为小姐您讨的不是私道呢？

撒莲儿：说来话长。我撒家自前朝起便在青衣镇经营茶事，南到闽粤，北过苏常，西至川滇，贩茶之人多在此地集散。几代经营以微利发散各地茶商之货，精到朝廷贡茶，大到回蒙之地的茶砖，无不以此为点，再去四方。所以青衣镇茶监之职一直由撒家掌管。谁想当朝万岁，突下旨意着内务府将我家父亲冤而治罪，为牟暴利，而养应家恶霸强占青衣镇，强买强卖，致使货不通而商不畅。

三德子：哎，等等，等等，万岁爷？莲儿小姐，这事儿大概怨不上万岁吧？

撒莲儿：不怨他怨谁？旨是他下的，事儿是内务府办的。怎么？这事你那多嘴的朋友也跟你说过？

三德子：没……没有，没有。您说，您接着说，我那朋友这事儿没说过。

某饭馆。

康熙又是没钱，在饭馆吃饭，边吃还是边想着给人改招牌混吃。

康熙：小二，小二。

小二：哎，来了，来了。

康熙：你这店叫什么名字？

小二：哟，爷您进门没看啊？我们可是老字号了，天客香。

康熙：天……客……香，坏了，这名字可不好改了。天客香……难道地上来的客就不香吗？什么话？不通。

小二：通不通的叫了一百年了，不通也不想换了，叫熟了。

康熙无奈，感觉今天要丢人了。

小二：爷，吃好了吗？

康熙：吃好了。

小二：味道可还过得去？

康熙：不错，当得一个啊……“香”字。

小二：那您是……再坐会儿呢，还是就走？

康熙：我……我实在是想……想走……

小二悄悄比画了一下会钞的动作：那好说啊，您……您那什么，就……就那什么走了，哈哈……哈哈。

康熙：是啊，这我知道，只是现在那什么有些不便，所以那什么就很难走了。

小二：爷，您不会……

康熙：小二，你听我说，我这儿有件烧了个洞的马褂，哎，补补还能穿。要不用这件马褂顶一顿饭吧……

这时那个老倌正好从街上路过。

小二：哎，这可不成，不成不成。吃饭花钱，天经地义，您可不能赖账。

康熙：不是赖账，实在不便。

小二：那您早说啊？这吃完了又说不方便了，早干吗去了？

老倌先是看见马褂再又看见康熙：哎哟，找您半天了，大义士您在这儿呢，让我好找。真以为找不着您了，哎呀，上天有眼又让我碰见您了。大义士，您的壮举可都传开了。

小二：哎，爷，这可不行……

康熙也怕伤面子：小二，等等，你没看见我这儿来朋友了吗？

老倌：小二，有什么话等会儿说。义士，在下李老倌，几辈子人都在这条街上住着的，昨日看您救了李三一家人，一不怕险，二又施金。找了您一天了，您说说，您做了那么大的好事，哪能让您就这么走呀？那我们这三义镇不是实在不懂得道义了吗？上天有眼，终于让我看见您了。

康熙：区区一点儿小事，何足道哉？

老倌：这位义士，还没问您的名姓呢。

康熙：啊，在下姓黄……黄三。

老倌：黄三爷，走，走，凌霄楼喝酒去，走。您不可推托，一定要去。

康熙：啊，不用，在下吃过了，吃过了。

老倌：吃了……就吃这个啊？这叫什么菜啊，这对您见义勇为之举是褒奖吗？这传出去了，不是让人家笑话我们三义镇的人吗？换，换过，哎，这家老板我认识的。孟老实，孟老实，快，快出来一下，今天你这小店算是迎了大客人了。昨晚我跟你说的那个义士就在这儿呢，快出来，快出来换菜。

酒馆里的人一听都围过来了，抱拳恭敬。

康熙赶快还礼：不算什么，不算什么。天下终归是有人心之大道啊，古语善有善报，一点儿事做过了，人家就这么礼遇你，其实惭愧，其实真尴尬呢。

小二：得，一顿饭白吃了，还得再加上一顿。爷，您也别客气了，坐吧。

悦来客栈大门口外街上。

青衣镇旗飘动。只见东街法印告辞出来了，西街三德子告辞也出来了。两人威威风风地出现，同推悦来客栈的门，两人好像都有了真理在握，成竹在胸了。两人一推门，一看一院子茶商、茶农都在用期待的目光看着他们俩。两人吓了一跳。

悦来客栈院中。

院子里回廊下站满了人了，都期待地看着他们两个人。三德子、法印马上精神起来了。

三德子：哟，都在呢。

法印：都来了。

三德子：放心吧，事儿已八分弄清了。

法印：是非已现了，十分有余。

众人：什么时候收茶叶？

法印：快了明天。

三德子：慢了也明天。你们各自回去吧，我们再把事情碰碰。

法印：其实已没有什么好碰的了，是非立现。

说着话两人往自己的屋内而去。众人看着他们一直进屋。

饭馆。

李老倌、孟老实陪着康熙，都喝多了。

老倌：黄三义士，您可吃好了？

康熙：实话说了吧，您没来我就吃好了。

老倌：要是没吃好……

孟老实：咱们重新来过。

康熙：吃好了，吃好了。

老倌：可不能让三义镇丢了人，不能让三义镇无人见义勇为，甚而连褒奖义士的事都没人做了。

康熙：实话说，黄某已然很惭愧了。

老倌：惭愧什么？要大张旗鼓张扬才对。天晚了，不能走啊，我的另个朋友开了个现成的客栈，住进去他必定高兴。

康熙：我看不必吧？这样下去，黄某做了点儿小事，倒像是为了蒙吃蒙喝似的，于善于义这两个字多有玷污了。

老倌：您可以这么想，我们可不能这么想。走，走。小二，账算在老倌我头上，不会赖你。

孟老实：说哪儿去了，请还请不来呢！

三义客栈。夜。

康熙坐在一个大屋中，有果盘，有热茶，康熙打开被子闻了一下。

康熙：嗯，新洗的……

康熙在床上躺下。红烛烧着。

康熙：才做了这么一点点事，百姓便热情如火了，所谓做好事如添柴越烧越旺啊。百姓的眼又不是瞎的，你为帝王也好，为官也罢，只要对他好一分，他难道不会以十分之心来回报你吗？朕前些日子还以为自己是孤家寡人呢，这时倒觉得温暖无比了。没人陪也好，难得自己在民间游荡，真难得。

风云山庄地牢。

宜妃、小桃红关在牢内。

宜妃闭目养神，突然睁眼：小桃红，现在是黑夜还是白昼？

小桃红：是黑夜。

宜妃：你怎么知道？

小桃红：老鼠都出来了，它们在墙角乱跑呢。

宜妃：那咱们已进来两天了。三德子、法印不知在哪儿，万岁爷就更没消息了，怕是……

小桃红：没人来救咱们了。

宜妃：真想不到，咱们两个女人，倒中了人家的美人计了。

小桃红：主子，您心太良善。

宜妃：良善有什么错？只怪他们心太毒。

悦来客栈院中。夜。

三德子、法印屋外聚了一堆人，在听三德子和法印在屋内吵架。

三德子：哎，法印，跟你明说，再吵两个时辰也不怕，你比我年长几岁，我可以叫你一声哥哥。可哥哥也好弟弟也罢，真到了大义大理上，这岁数可不是杆秤……

三德子、法印屋内。夜。

三德子正生气地说着：不是说年长，理就在你这边。这撒家近的先不说，说远的，打前朝就在这青衣镇做茶监，平易物价，贸易流通。没有撒家，这青衣镇有没有还不知道呢，这道理当然在撒家这一边了。

法印：凭什么？老门老户？老门老户就该占理吗？老玉米老，不好吃。应家虽是近年发起之户，但人家应家官私分明，重农轻商，人家为减农之苦，自己派人去茶山包山，不管虫灾旱灾，说好了一山的茶要了，就是绝产也要，这不是以茶农为友，以茶农之利为利吗？当然应家对。

三德子：应家，我看你是偏听偏信应了人家了。撒家一个弱女子以茶之传承为道，流通贸易四方，没有茶商，茶怎么会动起来？再说了，你说的应家勾着官呢，上边……

法印：我不管勾什么，理正就是勾着天呢不也得说理吗？哎，三德子，你是不是老毛病又犯了，因了人家是个女子，你就不讲大道，开始怜香惜玉了？

三德子：臭和尚，你个俗人，你把我三德子想成什么了？漫说人撒家有冤在身，小女子只身支撑，就是没冤你说这话也该掌嘴。

三德子说着要打，法印一把抓住他的手。

法印：三德子，跟你说，平日里咱吵归吵，可还没动过手呢。你要真动起手来，我……我……

三德子：你怎么样？

法印：我可不含糊了。

三德子：不含糊就不含糊。情分归情分，道义归道义，我今天打也是为道义打的。

法印：好，你真打呀你？

两人已经动起手来了。

悦来客栈院中。夜。

院子里一院子的人绝望地看着，原来把两人看成了救星，这回真是有些绝望了，绝望得安静，那么多人，没有声音。

三德子、法印两人推搡着出来了，脸上都有伤。两人出来都惊呆了，那么多的人一直静静地在听着他们吵架。

三德子：哟，这……这话怎么说的？都……都听着呢？不……不碍的，不碍的，我们俩再碰碰，再碰碰。你们回吧，你们回吧。

众人绝望的脸一一而过。

法印：大家放心，大家放心。天道这东西永远邪不压正，永远邪不压正，放心，大家放心，不要以我们争执而失了信念，不要。

所有的人看着，不说话，失望了，哀莫大于心死。

三德子：回吧，回吧，大家回吧。

法印：回吧，理是越辩越明，总有个定数，回吧。

那些苦难人的目光一动不动，沉重。

青衣镇街上。夜。

圆月当空，那杆青衣镇的旗帜飘着。

突然从悦来客栈传出了一声尖厉的哭声，接着几百人的哭声使长街风起，卷地而行。

悦来客栈。

吵闹的一夜过去后，和尚依旧从东厢房出来了。三德子却从西厢房出来了，看得出两人闹崩了，不住在一起。两人肩上各扛了一杆大秤，拿了一个收茶的牌子。

法印：收茶了。

三德子：收茶了。

两个人喊过后，出院子，院子里一个人都没有。

青衣镇街。

三德子在悦来客店门口偏西，摆了一个摊收茶。法印在偏东摆了一个摊收茶。

和尚敲锣收茶，三德子敲鼓收茶。闹了半天，街上一个人都没有。

旗杆在中间懒懒地飘着。天已正午了。三德子在看日头，法印也在看日头。矮墙下一溜脑袋在看他们，没有一个出来卖茶。

法印：收茶，收茶了！

三德子：收茶，收茶了，来啊，上我这儿来，怕什么？没什么可怕的。

法印：你们镇的人胆子怎么这么小？有我在你们有什么可怕的？

边喊边往三德子这儿过来，冲三德子喊。

三德子：对，怕什么，谁的脑袋不也是肉长的？他要敢出头，伸过来试试，一家伙砸了他。

法印：对，出家人不打诳语，可为道为义，我不下地狱，谁下地狱。到时杀戒该破也得破。来，收茶了！

三德子：收茶了！

再看那矮墙下，连人头都没有了。两人无奈，说话都没人听了，自己斗又没意思。坐下晒太阳，两人闭目养神，突听得脚步之声，以为茶商来了，再睁眼一看，东街、西街两边武士奔跑而出，又当着他们的面打斗起来。

两个人无奈地相互看着。人在他们面前打得烟尘滚滚。三德子、法印深觉无奈，看了一会儿，也不劝，各自扛着秤，回了悦来客栈。

两拨人打着把三德子、法印的桌子、牌子全都打烂了。又都拖着受伤的人各回各边。

悦来客栈的门关上了。矮墙上一个人都没有了，人心失望了。

悦来客栈廊下。夜。

明月当空。一切安静。

廊下一桌酒席，三德子正从东廊把法印请过来了。

三德子：臭和尚，不跟你吵了，吵也没意思。你坐，你坐啊。

法印：不坐，你先说说摆酒什么意思。

三德子：和尚啊，咱们俩出宫可是来给老百姓办事的。

法印：这个我比你明白。

三德子：可现在事儿还没办呢，咱们俩先打起来了。

法印：都怨你呀。

三德子：怨谁不怨谁咱先不说了，行不行？咱别为两个人的事儿生气。你想想，前天咱还没干什么呢，你瞧瞧那些人不是把咱俩当救星了吗？请酒，唱歌，送女人，就差给咱跪下了。那多壮观，那多热闹，那是为什么呀？

法印：还用你说，人家觉着有了盼头了。

三德子：对啊，对啊。你再看看今天，你听听，你听听啊，这个院子有多么安静。一点儿声音都没有了，连个哭声音都没有了，全都不出声了。

法印：哀莫大于心死。

三德子：心死……不错。人家为什么心死？法印，你说说人家为什么心死？

法印：绝望了。哎，三德子你怎么总是问我啊？好像你占着理，我没占着理似的。跟你说，早晚有一天，天地明证，你错了。

三德子：呸……你先别急，和尚，谁对谁错我先不跟你争，咱们喝酒，喝酒。喝完酒，咱不吵了，来，我给你倒上。

法印：就你有酒啊，好像谁没酒似的。

说完也从怀里掏出一瓶酒来。

三德子：那好啊……行。臭和尚，你长进了，行，这么着，你喝我的，我喝你的，怎么样？喝完了咱们齐心办事。

法印：最好，来，我给你倒上。

三德子：来，我给你倒上。

两人各怀鬼胎，都想把对方麻倒。

青衣镇大街。夜。

西街一盏红灯挑出来了，撒家有人出门。

东街一盏白灯挑出来了，应家也有人出门。

两家人慢慢地往悦来客栈走了过来。夜晚的街上只有静静的脚步声。

悦来客栈廊下。夜。

三德子、法印两人还喝着酒。

法印：怎么着，三德子，我给你的酒你不敢喝是不是？

三德子：哪儿的话？明明你比我喝得少。

法印：我看看……

法印上手晃了晃，三德子已经喝得所剩无几了，放心了。三德子也适时地晃了晃法印的瓶子。

法印：三德子，有件事，哥必须趁着你现在还明白时，告诉你……

三德子：你说吧，你说完了我也有话。

法印：说了你可别急，其实急也没有用，青衣镇之事，两人争执，不如一人做主，我说的话你不听，你说的话我也不认，老百姓指着咱们呢。咱们为小意气闹不和，老百姓没指望了，心死了。为了大义，我法印这次是真的下了回地狱，我得承认。三德子你听好了，我法印，我给你酒里下了一些东西。

三德子：什么？

法印：我给你的酒里下了迷药了，一会儿你就该倒了。

三德子：法印，你……你还是出家人吗？

法印：佛祖在心。我这事是为了百姓，是出于公心，就是下十八层地狱我也认了。众生之心啊，犹如大地啊……三德子，我承认了，一会儿应家人就该来绑你了。

三德子：什么？还有人来绑我？好，好。和尚，趁着我还没糊涂……我也得说明白一件事。

法印也头晕了：讲……

三德子：和尚，我三德子也对不住得很。你这次确实站错了街了，为了百姓的利益，我三德子也给你酒里下了药了。

法印：啊？你……好，我……我已感觉出来了……三德子，咱们是帮着百姓来的，你害我等于害了老百姓。

三德子：这话我正想对你说呢，咱们怎么想到一块儿去了……

两人都伏在桌上。

悦来客栈门开，红灯笼、白灯笼都进来了。三德子被应家绑了，法印被撒家绑了。

悦来客栈门敞着，一片月光。

突然从里院内包括回廊下各个门内，无数的人拥了出来，大家无声聚在了一起。一个人哭，两个人哭，大家都哭了。先是流泪，后是哭声一片。

三义镇客店康熙屋内。夜。

一个女人尖厉的哭声把睡着的康熙惊醒了。康熙马上坐了起来，把灯点亮，再听，没有声音了。

刚要躺下又是一声，康熙噗地把灯吹灭了，下地。

三义镇客店柳红屋内。夜。

粗汉这次是真要杀柳红了。

粗汉：红子，你叫也没用了，我原也不想杀你，可我收了人家的钱，人家说了，这事得灭口，让我做了你。这不是，五十两银子我都收了，我不能不杀你啊。

柳红：早知今天，我……我不该跟着你们骗人，还害了人家两个好姐妹。

粗汉：话说得不错，可天底下从来就没有卖后悔药的。你别叫了，趁早把眼闭上吧，我利索点儿，就一刀……不让人受罪。

他这儿说着话举刀就要砍了。

粗汉：哎，你把眼闭上，你看着，我下不了手。

柳红流泪：我死了变厉鬼一个一个杀你们。

粗汉刀刚下，砰，一个铁钉子飞过来正中他额头，一下就倒地了。

柳红闭目准备受死，听着刀掉在地上的声音，睁眼一看，粗汉死了，刚要叫。

康熙慢慢出来：别叫，坐好。

柳红吓得直抖：哎，你是谁？

康熙：我是谁你先别问，我有话要问你，救你的那两个女子，你给她们骗到哪儿去了？

柳红：烦您，烦您给我解开好说话。

小吃馆。

柳红边吃边跟康熙说着。

柳红：哟，这么说那夜我哭叫演戏，你也在啊？那……那你干吗不出手救我啊？眼瞅着两个女子上当也不管，那你可也不是什么好人。

康熙：我是什么人还轮不到你来说，跟你说，老老实实地把爷带到你说的地方，也不枉昨夜救了你一场。

柳红：哟，你哪是救我呀，你这不是为了救别人吗？你这情我可不想承啊。

康熙：用不着你承情，只要你带路。再说了，你我之间也不会有什么情。

柳红：哟，一个大男人这么跟姑娘说话，可太伤人了。听你说话是北方的口音，你不是这儿的吧？告诉我是哪个府的爷们儿，备不住咱还见过呢，我是花满楼的柳红。

康熙：闲话别说了，吃好了没有？吃好了咱们上路。

柳红：哟，吃好了，还要上厕所。你是她们什么人啊？不说是吧，不说算了，你等我会儿啊，我去去就来。

康熙：等等，别节外生枝。

柳红：不会，你等我啊。

后院茅厕。

柳红左右看看跑了进去。

过了一会儿，柳红从墙上爬出，一闭眼跳下，跳下后就逃。跑了一段，刚拐过墙角，康熙迎了出来了。

康熙：站住，没想到你不但会骗人还会飞檐走壁。

柳红：啊，没有，没有，小时坐下的病，看见墙就想爬，爬过后就想跳。哎，你……你，一个女人上茅厕你怎么也可以追过来啊？

康熙：不追不行。

柳红：哟，你坏，你可真坏啊。

康熙：我身上没钱，小二等着你会钞呢。

话音刚落，小二出来。

小二：小姐，这位爷说钱在您这儿呢。饭钱，一共二十大枚。

柳红边掏钱边说：哟，什么男人啊？出门不带钱，还得花女人的钱。来，给你，别找了。

风云山庄地牢。夜。

门开了，一盏灯下，冯援在一牢头的引领下进来了。

宜妃、小桃红看不惯光，等看惯了，一看英武的冯援都下意识地拢头发。

宜妃：等等，什么人？

冯援：武士冯援。

宜妃、小桃红都忙乱地抓挠着自己的头发，抻衣裳。

宜妃：素昧平生，来干什么？

冯援：听说两位女子原为救人反被人害，特来看看，以表仰慕。

宜妃：不敢当。

小桃红：用不着。

宜妃：所谓男女之间仰慕，该在花前月下仰慕的啊？到牢里能看到什么仰慕，只有潦倒。

冯援一听这话就知两个女子怕什么，故意往前走。

小桃红：别过来啊，我们可没洗脸。

冯援：在下看来，你们两位能援手救人而反被其害，实在是冰清玉洁，高古义气。在下看，脸面为表，而心灵为里，表之美终归可做，可画可描，可擦可洗，而里之美只要有一分透出，那便是光芒万丈，再没有比这美的了。我冯援此时打着灯来，岂是来看一张洗过了的脸的？冯某是来仰慕人心的。

说着自己接过灯照过来。此时宜妃、小桃红脸都够脏的。

冯援：再说，你们的脸不洗已是明艳无比了。

宜妃看见英武的冯援也心仪：壮士玩笑了，身陷囹圄之人可禁不住这样的嘲讽。

冯援：我说的是真心话。

小桃红：真心话、假意话我们不管，你这是干吗来了？

宜妃：对，你手中有刀，难道……

冯援：武士岂可离刀？两位多想了。我冯援与这风云山庄庄主颇熟，方才喝酒说起此事，所以特来拜望。

宜妃：那好，问一句壮士，为什么抓了我们？

冯援：这事儿在下不知，庄主也没说，据在下所断，他大概也不知。这位小姐……请问芳名？

宜妃：小姐不敢当，名字也不想说。在这牢笼之中被人家这么拿灯照着看，实在了无情趣，不问也罢。

冯援：那我们吹了灯说话。

说完噗地把灯吹了。

宜妃：说什么？

冯援：你……你真像我认识的一个人。

小桃红笑。

冯援：笑什么？

宜妃：你们男人不会换点儿新的开场白吗？

小桃红：不瞒您说，这种话我们夫人听了不知多少遍了。

冯援：他们是假的，我是真的。

宜妃：没有一个是假的。

清风客栈客房。夜。

一个堂屋，一个内室。康熙与柳红显然是刚刚吃完饭。

柳红偷眼看康熙：哎，我说这位没钱的爷，咱们怎么睡啊？

康熙：你睡里屋，我睡外边。

柳红：哟，外边可没床没褥子。

康熙：一夜而已，坐也坐到天亮了。

柳红：是啊，真体贴。哎，你这算是体贴人是不是？哎，我问你呢。

康熙：不体贴也得体贴了。

柳红：什么臭男人啊，要你的时候千般好万般爱的，不要你的时候嫌你脏了，嫌你滥了。我……我知道我滥，可我也不是天生来的就这么下三烂的。做一个女人，谁不愿意亲哥哥蜜姐姐的干干净净地嫁一个人啊？谁又愿意这么在江湖中天天被人杀过来杀过去的啊？你既然这么烦我，当时让我一刀死了算了，干吗还要救我一命？这世界真情实意哪儿还有呀？你有真情实意都不知道给谁呢！

康熙：哎，柳红小姐，话咱不多说了，在下心中有事，还是早歇了吧。

柳红：有什么事儿啊？还不是惦记那两个女人。

康熙：你说对了。

柳红：就你一人惦记吗？人家救了我，我又把人给害了，这人要是救不出来，我一辈子也不安生。哎，我说黄三爷，咱们索性也别分两个屋了。

康熙：……

柳红：咱们索性就……不睡了，连夜往那儿赶吧。

康熙：说得也对，既然你也心急，咱们连夜起程，快收拾东西。

柳红：好。

两人忙忙收拾东西出。

撒府牢中。夜。

撒莲儿戴着纱笠来看，法印中了迷药，呼呼大睡。

应府牢中。夜。

应天龙、应天虎隔着木栏看三德子，三德子也呼呼大睡。

应天龙：管事。

管事：嗻。

应天龙：听说大师也被撒家人绑了？

管事：一个时候，撒家人把大师也绑走了。

应天龙：天虎。

应天虎：哥，您说。

应天龙：哥问问你，这两个人你说说他们是从哪儿来的？

应天虎：哥，还用问吗？必是京城里来的。

应天龙：既是京城里来的，事儿大概就闹大了。呼大人最近也没有信儿吗？

应天虎：没有。

应天龙：天虎，哥我想了，既然这两个人都被收了，那咱就不指望了，怕还是件好事呢。事大事小，咱把事儿了了，不就没人问了吗？

应天虎：怎么了？

应天龙：我想了个法子。管事。

管事：哎。

应天龙：明天正午在旗杆下约见撒家人。

青衣镇大街旗杆下。

应天龙、应天虎全身甲胄，骑在马上，对面撒莲儿和丫鬟甜儿也骑在马上。两边武士都剑拔弩张地相对着。

应天龙：撒家小姐请了。

撒莲儿根本不回礼。

应天龙：诸位乡邻你们也都出来听听，应某有话说，你们看看应某说得对不对。

街上根本没有一个人出现。

应天龙：我应天龙这么想，既是咱青衣镇的事，何必让外人插手。撒家也好，应家也罢，如此长斗下去，实在两败俱伤，最受害的还是百姓茶商啊。

有些人都出来听了，悦来客栈、街上的门口、矮墙之后，都有人出来了。

应天龙：我应天龙今天在这青衣镇的旗下说话，我愿与撒家握手言和，从明天起，两家收茶交易，一家占一天，我应天龙再做个姿态，明天是单日，单日由撒家收，我们应家双日收。

此时街上已出现了好多的人，大家一听有盼头都鼓掌欢呼。

应天龙：大家不用谢，这实在是应当的，明天收茶交易，撒家姑娘，您意下如何？

撒莲儿：很好。

说完打马转身，撒家人先行撤离了。

应家人看愣了。

撒府牢中。

砰，砰。忙着摆木板子，传出打底的声音。这个牢原就是一个仓库，一听说要收茶了，就看长工们忙来忙去地收拾场地。

在木笼子里睡觉的法印渐渐醒了，醒了头疼。

法印：阿弥陀佛，这儿是哪儿啊？哎……哎，施主，施主……哎，过来个人，施主，过来个人啊。

长工甲拿着大扫把过来：哎，大和尚，您有什么事吗？

法印：借问施主这是哪儿啊？

长工甲：这是青衣镇撒府啊。

法印：青衣镇？想起来了，想起来了，臭三德子下的药一定比我的猛，差点儿让我把事儿全忘了。哎，你们忙什么呢？

长工甲：您这不是看见了吗？忙着收拾库啊，明天要收茶交易了。

法印：收茶交易？哎，不打了？

长工甲：不打了。

法印：嘿，这……这叫什么事儿啊？怎么不打了？

长工甲：大和尚，不打了不好吗？

法印：那倒不是，那倒不是。我不是那意思，不是那意思。没事了，您忙吧，阿弥陀佛。嘿，这叫什么事儿啊？把我们关起来了，人家倒不打了。像是好给我们看似的，像我们很碍事儿似的。

山上风云山庄大门口。

风云山庄只有一条路，门口有很多家丁在把守着。山庄对面草丛中，柳红正与康熙看着大门口。

柳红：黄三爷。

康熙：哎。

柳红：看见了吗？

康熙：看见什么了？

柳红：跟你说进山庄就这么一条路，就这么一个门，这个门日夜都有人把守着，咱们想飞进去都难。

康熙：那……那可怎么办？

柳红：没辙了吧？啊，是不是没辙了？你求求我，我带你进去。

康熙：你……你，这时候还开玩笑？

柳红：不开玩笑，就这样的世界，哪能活到今天啊。不说了，快往后退，等晚上吧。

宫内定妃处。

定妃正在极为做作地拿着葡萄，像怕沾了嘴唇似的一颗一颗地往嘴里送，透着高兴。

呼赫图拿了一只五彩鸟的标本在手里，跟定妃说话。

呼赫图：定妃娘娘，这是臣做的一只五彩鹦鹉，虽是个死的，可摆在哪儿都好看，留着定妃娘娘玩儿吧。

定妃：是啊，是个死的。

呼赫图：是死的。

定妃：远看着跟活的一样，我说舅舅您的手可真巧。舅……舅。

呼赫图：臣在。

定妃：南边的事儿可怎么样了？

呼赫图：回娘娘，鸟也真是个笨鸟，雌的一飞就入了笼了，雄的在水皮上跑着单帮呢。

定妃：是啊？雌的这么快就入了笼了？那笼子可严实？

呼赫图：再严实不过了，想飞都见不着天。

定妃：哟，那鸟可真是个笨鸟。

呼赫图：臣今天就是为了这事来听示下的，娘娘您是要这雌鸟活着回来呢，还是要这塞了草的死玩意儿回来？

定妃：舅舅，她要活着回来了，东叫西叫的，我不嫌吵，这宫里的上上下下的备不住还嫌吵呢。我想啊，弄个样儿回来就成了，活的怕我养不住。

那些宫女、小太监都有一耳朵没一耳朵地听着。

呼赫图：得，臣明白了。这玩意儿您留着看样儿吧，臣告退了。

定妃：哎，那我可不送您了，小心可别让鸟给飞了。

呼赫图：娘娘放心吧，臣谨记。

山坡上。

柳红带着康熙在一丛树后伏着，看着山下。

康熙：哎，不是我不相信你，山庄大门在那边，你带我上这儿来干吗？

柳红：嘘，小点儿声，别问，一会儿就来了。

话音刚落，一辆拉水的马车就从山那边弯过来了。

柳红：哎，来了，来了。看见了吗？

康熙：看见了。无非水车而已。

柳红：对，就要这水车……哎，你有功夫吧？快下山给他劫了。

说完自已先往山下跑去。

康熙一下便把车老板子打下车来，车老板子出不来声，嗯嗯地叫。柳红赶上去拢住了牲口。

柳红：哎，别打了，别打了，他可不禁打。快，快跟他换衣裳。

康熙一看是个老伯：哎，老伯对不住了，咱们换个衣裳。

老头儿是个哑巴，害怕地哇哇着。

康熙：哎，是个哑巴。

柳红：那好啊，你中了头彩了，到时人家问你都不用说话了，啊呀呀就行了。

康熙：哎，那这人怎么办？

柳红：杀了。

康熙：杀了？不好吧，人家又没惹着咱。

柳红：没想到你还怪仁慈的，不杀也行，绑起来吧。

康熙动手绑人。

康熙：那你呢？

柳红：我……什么我？

康熙：你怎么办？

柳红：我？你问这话什么意思，难道你不杀他要杀……

康熙：没有的话，我是问你怎么办？瞧，这是一车水、一匹马、一个车老板子，你多余了。你进不去就得留下，你留下了，我不放心。

柳红：哟，不放心，没想到你嘴还挺甜的。说吧，你要我怎样？

八

山坡上。夜。

康熙拿了根绳子过来。

柳红：哎，你……你……你这是要绑我啊？

康熙：不绑也行，你说个法子，怎么进去？

柳红：我……早想好了，不用你操心我。

说着跳上车，掀了盖子，要爬进桶里。

康熙：哎，等等，那水里多凉啊。

柳红：凉！你心疼我了？你也知道心疼人啊？

康熙：一个女儿家家的，原就不容易，再说这事与你无关，是你帮我，我可不忍心。

柳红感动流泪了：你……你可真会疼人，疼得我不进去都不行了。

康熙：要么把水卸了。

柳红：不用，有你这话就行了。

说完跳进水里，水一下子冒了出来。康熙看看，咬咬牙赶着车快走了。

风云山庄牢内。夜。

冯援又在与宜妃、小桃红闲聊。

冯援：我冯援自幼失怙，父母双亡，继而亲人走散，浪迹天涯，有时想想，世上之人何止万万，为什么我偏偏这样悲惨？问天问地问长空，问谁也问不出来。

宜妃、小桃红呆呆地听着。

宜妃：造化于人，自然会福祸参半，受了这么多的苦，遭了那么多的不幸，后半生自然会不一样些，倒是不必太……

冯援：冯援原觉自己一生之泪都流干了，没想几日来见到两位，倒把肚子里的话又都说了一遍，还勾得眼泪也流出来了。惭愧。

宜妃：那倒也不是，人生一世所遇虚情假意颇多，但眼泪终归是真的吧，倘若眼泪再是假的，这世界上还有什么可信的？

冯援：姐姐的话倒是精辟。

小桃红：哟，怎么这么会儿工夫，姐姐都叫出来了？

冯援：心内想了多日了，一时脱口而出了，还望两位见谅。

小桃红：不碍，不碍，叫姐姐也没什么不好的。可是冯壮士啊，哪儿有这样的姐弟呀？弟弟呢天天地在笼子外边逍遥，看着姐姐在笼子里关着，且一句相帮的话都没有，只顾自己眼泪流呀流的。就是真眼泪流着，流过了也该心疼，心疼那什么姐姐呀，你说对不对，冯壮士？

冯援：对，对，那是自然。

山坡路。夜。

康熙赶着水车匆匆地走。

康熙：快到了啊，藏好了。再坚持一会儿，进了门就放你出来了。

没听见声音，慌了，拿马鞭子捅了捅。

康熙：哎，听见了吗？应一声。

柳红：嗯，嗯。

车快跑起来。

风云山庄。地牢。夜。

冯援把背上的刀慢慢地抽了出来。宜妃、小桃红看着有一点儿惊讶。那刀锋在灯光下，一寸寸闪过。

冯援：二位姐姐，有人要杀你们。

宜妃：有人……不会是你吧？

冯援：是我怎样，不是我又怎样？

宜妃：如不是你，谁杀都无所谓，反正终归一死。如是你，那你就快快动手把我们杀死了，这世界肮脏得再没有可留恋的了。

冯援：怎么讲？

小桃红：还用再讲吗？

宜妃：小桃红……冯壮士，你把真的眼泪收起来了，无非你还再想看看真的血，很好，不妨给你看看。诉完衷肠动刀枪，这世界也真是活到了头了。

冯援：平生看过很多血，但不想看你们的。在一个地牢里与知己的人讲讲自己的心里话，是件多么快意的事，讲过了又怎样呢？把她们杀了，那不等于是把自己杀了吗？这人还活什么劲？

他们说话时，一直有个牢头在边上的暗影中坐着。冯援走过去，一刀将那牢头杀了，血溅墙上。冯援拿出钥匙来，扔了进去，小桃红接了忙着开锁。

冯援杀过牢头，回身就走。

宜妃：冯壮士，要走，何不一起走？

冯援慢慢回头：你们愿意跟我一起走吗？

宜妃、小桃红：愿意。

风云山庄大门。夜。

康熙赶着水车要进门，大木栅栏门开。

小卒：怎么才回来呀？

康熙斗笠低着，乱叫：哇呀呀呀，啊呀呀呀。

小卒：行了，别说了，你个臭哑巴，进吧。

说完还用力敲了下桶，嗵的一声。

小卒：水装得还挺满。

康熙赶快赶着马车进。

风云山庄内。夜。

水车赶到了一个僻静的角落。一个兵在巡逻，突然被一把剑杀了。

康熙冲过来，剥衣裳。康熙怕时候太长了，赶快爬上去把桶盖掀了。憋了好久的柳红猛地冲了出来。

康熙：快，冻坏了吧？快把衣裳换了。

柳红哆嗦着：冷……真冷……这是什么衣裳啊？

康熙：别管了，男人的衣裳，你先凑合穿上，事了了朕给你买好衣裳。

柳红：你说什么？朕……你……

康熙：不是，不是朕，是真，真，快，快换吧。

飞快地换好。两人消失。

风云山庄地牢。夜。

牢头死在了角落，牢内已空无一人。

突然门开，康熙与穿男装的柳红冲了进来。康熙举着一支火把，两人冲进来后，剑舞人冲。

柳红：有我在此，谁也别动。

康熙：柳红，柳红别打了，没人。

柳红定神一看，哭了出来：哎，就是这儿啊，怎么人没了？是不是被杀死了？这可是我害的了。

康熙一下照到角落里的死牢头。

康熙：先别哭，先别哭。

说着蹲下摸人温度。

康熙：刚死的，她们一定跑了，没跑多久。

柳红：跑了？那咱们快追吧。

康熙：往哪儿追呀？

柳红：我知道往哪儿追，就一条路，跟我走吧。

两人冲出。

山路。黎明。

冯援带着宜妃、小桃红飞快地奔跑着，冯援一下站住了。

宜妃：怎么了？

冯援：后边像是有人追上来了，你们先走吧。

宜妃：那怎么行？要走一起走。

冯援：姐姐，问你一句话。

宜妃：说吧，快说呀。

冯援：你们可是宫里的？

宜妃：是……是又怎样？

冯援：除了你们外，是不是还有一个人？

宜妃：你问这干吗？

冯援：他是谁？

宜妃：不能说。

冯援：他会不会来救你？

宜妃：也许……

冯援眼睛亮了：快，人近了……快，快躲好了。嘘，别出声。

后边树林中，康熙拉着柳红飞快地跑着。

柳红：慢点儿，慢点儿，我可没有那么深的功夫。

康熙：我拉着你呢。

柳红：手疼……可是要见着什么心上人了，要救她了，要见面了，看你急的。

康熙：还不知是什么人呢。

柳红：不知什么人就别那么急了……

柳红心里其实留恋两人在一起的时候，自己坐下。康熙也伏下来看着。

柳红：哎，我还不知道你是干什么的呢。

康熙：早晚知道。

柳红：早晚知道，要是我死了呢？那不是想知道也来不及了？

康熙：你怎么说这话？

柳红：呀，你心疼吗？要是我死了你心疼不？啊，你说说……

康熙：这种时候问这话，不是强人所难吗？

柳红：你跟我说一句，要不待会儿你碰见她们咱就得散了。趁这会儿没人，你说呀，这辈子说心疼我的人多着呢，我想听你说的。

康熙：柳红，你人很好，漫说是你死了，你受伤我都会心疼。

柳红听了高兴：你这人啊假老实，其实挺多情的。

柳红与康熙的脸在月色下相对，两人缱绻。

康熙：柳红，你其实是个好姑娘，只是沦落而已。

二人正在缠绵，突然听见有金属破空的声音。说时迟那时快，那声音刚一出，康熙回身一支金镖也飞出了。

一支金镖和一支袖箭相对而出，交错而过。

只见柳红反应极快地扑向康熙想推他，不想来不及了。那支袖箭钉了过来，正钉在柳红的后背，砰地一震，柳红和康熙终于抱在了一起，都倒下了。

柳红软着，瘫在康熙怀里，康熙抱她，大叫。

康熙：柳红！柳红！

那边康熙的金镖也射中冯援的胸口。

宜妃：冯壮士，冯壮士。

冯援看着胸口的镖：这放镖的是你们等的人吧？

宜妃哭了，看着镖：对。

冯援：他……他是皇上？

宜妃一下收了泪：你怎么知道？

冯援：我……我原想杀了他……再杀你们。

小桃红：主子，咱差点儿中计。

宜妃：听他说。

冯援：我把你们救出来，就是为了引他出来……引出来后下手。

宜妃：谁让你这么做的？

冯援：一个有恩于我的人。

宜妃：他是谁？

冯援：不能说……

宜妃：为什么？你要死了，还把要杀我们的话说出来，你原可以不说。

冯援：这是真话，这些天我说的都是真话，现在我把这最后的真话说出来了，你们是不是更恨了？恨这个世界吧，这世界原就可恨。可是别恨我，我把你们看成知己了……

这边，柳红将死：你哭了，你真为我心疼了，把我的手指举起来，摸摸你的眼泪……

康熙把柳红无力的手托起，抹着自己的眼泪。柳红把手指放在嘴里舔了一下。

柳红：咸的，你流的泪是咸的，是真心要流的。你……你是谁？

康熙：我……我是当今的皇上。

柳红：皇上？你真会开玩笑……皇上多无趣呀，我倒愿意你是个农夫，把我娶了，咱们在山上开片茶林，过平平常常的日子。皇上？……你要真是皇上，我的命可真叫苦啊……我苦了一辈子，刚要转运，碰见了皇上……就……就死了。我可真苦。答应我，我死了给我换身新衣裳。

说完闭眼，还穿着那兵士的衣裳呢。

康熙：一定。柳红，一定。

柳红死了，康熙默默流泪。

那边宜妃、小桃红默默看着死了的冯援，不知该哭还是该笑。

山坡。

穿了一身美艳无比的新绣衣的柳红躺在棺材中，嘴角依旧像是笑，更透出了悲凉。蔚蓝的天空就在她的棺木之外。有鸟飞过。黑黑的棺材盖盖上了。

山道。

康熙、宜妃、小桃红三骑马飞跑而过。

宜妃：万岁爷，咱回宫吧。

康熙：不，去青衣镇，江南的事儿不了，不回宫。

青衣镇街上。

大秤过秤。撒家在收茶。乍一看青衣镇完全换了个面貌，挑茶的、担筐的、收秤的、签银票的，热闹无比。

旗杆下一批商人在斗茶，各个茶杯中的茶叶漂浮。

东街应天龙、应天虎骑马全身甲胄出，看着这场地上，一动不动。

应天虎：哥，哥。

应天龙：什么事？

应天虎：明天咱们收茶，能有这么多的人吗？

应天龙：明天再看吧。

应天虎：撒家是老户，还是客人多啊。我担心明天咱收不上来。

应天龙：收不上来，自有收不上来的办法。

撒家牢中。

转眼间撒家已堆了很多的茶叶了，笼门开，撒莲儿亲自给法印把笼门打开了。

撒莲儿：大师请出吧。

法印：阿弥陀佛，不关贫僧了？

撒莲儿：大师，多有得罪，茶市已稳，虽是撒应两家各收一天，但终归货流通畅了。大师请吧，不留您了。

法印：这么看像是我们添了乱了。那……那我就走了，再会。

撒莲儿：再会。

天一客栈堂屋。

康熙、宜妃正无声地吃饭，两人都没从原来的事件中出来，气氛沉闷。

宜妃吃着吃着，突然热泪流出，放下碗跑进里屋去哭了。小桃红刚要跟进。

康熙：小桃红。

小桃红：奴婢在。

康熙：宜主子这是怎么了？

小桃红：回万岁爷，说不好。

康熙：她会心疼那个要杀朕的冯武士吗？

小桃红：爷，说句不敬的话，您不也是……

康熙：是啊，我心疼柳红，她可是个苦人。

说完放碗进里屋。

里屋。夜。

宜妃好像哭过了，静静坐着，像是万念俱灰。

康熙：好好的干吗哭？

宜妃：伤心。

康熙：伤心？悲从何来？

宜妃：悲从哀来。

康熙：好个悲从哀来。为谁而悲？

宜妃：不为谁，为这世界。这世界了然无趣，不清明，没意思。天地间万物运转，长的是真山、真木、真草、真花，可是哪儿来的那么多虚情假意？哪儿来的那么多的阴谋陷害？哪儿来的那么多的捅人心窝子的刀？

康熙：天地有真情……

宜妃：真情？真情反过来变成杀人的刀枪，那种真情不要也罢。

康熙：为朕而死的柳红姑娘，为了帮朕救你们，藏水桶、受冷箭，她不是真情吗？

宜妃：她是骗我们的真情，害过了我们又来救我们的。她害人在先。

康熙：人不能求全责备，何况她是个小女子。

宜妃：她是小女子，万岁爷您可是个大皇上，大男人，为了一叶茶叶，您想想先是无辜的撒容儿死，而后又有两个宫中的人亡。说是神州赤县一人之天下，您……您连后宫都治理不了，这一出宫，还不是连连死人？三德子、法印、高大人，音信全无，您一个大男人、大皇上又有什么作为？好好的一个武士把心里的真话说尽了也死了，他说要杀您，他也说要杀我，可我却恨不起他来。为什么？因为他说了真心话……我不恨说真话的人。他原可以在这世上活着，他有什么罪？还有柳红有什么罪？他们为什么要死，而我却活着……

康熙：一片茶叶，一片茶叶是一滴水，映的是家国天下，宜妃你重情……好，天下谁不愿意滚在情里活他个神采飞扬？朕没把事办好，朕失职，但你大可不必为一个要杀你的人伤心。

宜妃：他要杀我说的是真话。

康熙：好，你哪知道，这种临死的真话真可以把人再杀一遍？宜妃，朕不争了，青衣镇朕必定要去，你若心有不愿，随你去哪儿，明天不妨分道扬镳。

小桃红：宜主子。

宜妃：分就分。

青衣镇街。

法印从悦来客栈出来，街头上今天应家收茶，一片混乱。应家的大旗立着，街上的烟尘滚滚。

应家的人砸门，强迫着人出来卖茶，乌烟瘴气。

有一个兵丁在追一个茶农，追上一刀，茶农死在街上。法印贴着墙边看着，也不知该怎么办。

有一个茶农被两个应家兵丁架着，边走边喊。

茶农：撒家有恩于我三代，你们把我的茶价压得这么低，怎么能卖给你们应家……

话还没说完，应天虎骑马驰过，一杆长枪，一下把这茶农捅死了。血溅四方。

法印闭眼：阿弥陀佛，地狱魔障，地狱魔障……

正说着话应天虎冲了回来，一支火把举着，把当街缴来的一堆茶一下点着了，火光冲天，长街烟尘滚滚。

应天虎：你们都听好了！从今天起，青衣镇再不交易，你们不是不愿卖给我们应家吗？好，谁家也不许收。来人，把钱庄掌柜押过来。

兵丁押着一个掌柜模样的人，脚不点地地架过来。

掌柜：二爷这是为什么？这是为什么？

应天虎：我不杀你，我怎么会随便杀人？跟你说，昨天撒家开出的银票，你要是敢兑出一两银子来，我烧你的钱庄！

掌柜：……

应天虎：听好了，谁要告官，谁去告，官府的衙门，就是我应府的后门，还怕你们告吗？

烟雾飞腾，青衣镇的镇旗也在大火中烧断了。

大路。

康熙骑马奔驰而过。

路边茶棚。

宜妃、小桃红坐着喝茶。

宜妃：谁想到他真的就动气了，都是那个叫什么柳红的小女子害的。

小桃红：主子，可不是让她害的吗？没有她咱也遇不到那个什么冯壮士，整天地说苦道甜，姐姐、姐姐地叫着，倒把人的心给叫软了，叫得……

宜妃：好坏都不分了？小桃红你这是劝我呢，还是损我呢？

小桃红：主子，奴婢哪敢损您啊，当然是劝。

宜妃：情……情这东西原本就是好坏难分的。哎，你说万岁爷他就能分得清吗？

说到这儿正赶上一个小二擦桌子，擦到这儿，一听“万岁”两字赶快劝。

小二：哎，我说夫人，咱不谈国事，不谈国事。不提圣上，不提圣上。

宜妃：谁谈国事了？去。

小二：哎，夫人您……我这是为您好，您怎么不听劝啊？有些事，咱老百姓不问也就算了。

小桃红：去，去吧。我们哪谈的是国事啊？我们说的是家事，走。

小二：走。好，我走，怎么生气生得都不识好歹了？我走，我真是撑着了。

宜妃稍静下来，想想：小桃红……

小桃红：主子您说。

宜妃：我是不是变得有点儿不讲理了？

小桃红：宜主子，这话您能说，我可不能说。

宜妃：这么说是真的了。小桃红，我这人，那什么……我不讲理？我不讲理了吗？我得讲回理，给他看看。

小桃红：您说给谁看啊？说给万岁爷看？

宜妃：我知错认错，咱不回宫了，咱也上青衣镇，追下去。

小桃红：那就对了。小二结账。

一块银子飞过去，小二接住，两人回身上马就走。

应家牢房。

法印魂不守舍地进来了，三德子正坐在草堆上抓虱子。

三德子：哎，臭和尚，你倒是出来了。

法印知道自己错了：出来……出来……出来怎样？不出来又怎样？

三德子：嘿，当然不一样。法印，你是来救我出去的吧？

法印：三德子，出家人不打诳语，救你的事，我还没想，但有一事我想通了。知耻近乎勇也，我是来认错的。

说着打开了一扇相邻的门，进了三德子隔壁的一间，两人隔着一道栏杆说着。

三德子：认错，你知错了？

法印：知道了，知道了，法印我一不该听了应家的谗言，以为他们是为茶农谋利；二不该用迷药把人迷倒了，不以茶农之事为事，而以个人得失为大；三不该……

有个牢头来上锁了。

三德子：不该到这儿来认错，原来你还有个救我出去的机会，这回可好。你看看，你看看，你这错认得错上加错了。

法印：哎，哎，怎么把我给锁起来了？锁我干吗？开门，开门！锁我干吗？

应天龙应声从楼梯上下来。

应天龙：不锁你锁谁？你这一不该、二不该、三不该的，不该得我有点儿怕了。好，真是好兄弟，你们不是好兄弟吗？有错都愿意急得火上房似的来认。好啊，这回近了，你们在一起多谈谈，多认认吧。

三德子：和尚，你这人可真好。

法印：三德子，你别这么骂我。

三德子：我不骂你，我没心思骂你。我骂人让外人看笑话。

法印：应天龙，原本青衣镇的事早该了了，因我们兄弟不和，让你钻了空子。我……我法印人心太善，凡事自检自律，吃了你的亏。但我话放在这儿，不出三天，是非立见。

应天龙鼓掌：好……好，很好。关在笼子里的人说的话，尤其地透着那么豪壮。二位等吧，我也等。等三天，我就不信这青衣镇能翻过个儿来。

路上。

知府官轿子飞快地跑着，前呼后拥的仪仗跟着。

知府：中军，中军！

中军：嗻。

知府头伸出：住轿，住轿。

中军：住轿。

知府：离青衣镇还有多远？

中军：大概五里。

知府：不走了，先不走了。派快马去青衣镇应家报信，就说本府因茶农、茶商联名举报青衣镇之事，特来视察。快去报给应家听了，啊……让他们也有所准备。

中军听过后有点儿犹豫：知府大人……

知府：怎么了？有什么不是吗？农商举报未必是实嘛，再说了，地方之治，安定为要，应家的威信也要维护嘛，我可不要学什么圣上之举，动不动私访，本官就不信光明正大地去，看到的东西就是假的。快去，就说我们两个时辰后到。

中军：嗻。

饭馆。

康熙吃过饭了。

康熙：小二，结账。

小二：哎，来了。

康熙：小二，青衣镇还有多远？

小二：不远了，吃过了饭，您骑在马上打个盹就到了。客官，多问一句，您去青衣镇干什么？

康熙：贩……贩茶啊，那不是个茶市吗？

小二：客官，您……您要听我劝呢，就别跑冤枉路了。那地方，现在哪还是茶市，成了鬼市了。

康熙：这话怎么讲？

小二：话我也不想多说了，您听我句劝吧。

康熙：去了看看再说，告辞。

小二边擦桌子收碗边唠叨着。

小二：不听劝，去了可不就是蹚浑水吗？茶没贩着，命保得了保不了还得两说。

正要端了脏碗进去，背后小桃红、宜妃风尘仆仆冲进。

小桃红：小二，青衣镇离这儿还有多远？

小二：怪了，怎么都问青衣镇啊？啊，不远也不近，您二位坐下吧，吃上一顿热饭，回头慢慢悠悠地走啊，晚上也到了，误不了您住店。去青衣镇干吗呀？

宜妃：贩茶。

小二：是吗？怕是什么也贩不着。

宜妃：你说什么？

小二：啊，没说什么。二位吃点儿什么？

小桃红：小二，可有一个大个子英武的人从这儿过过？

小二：大个子……二位是吃饭呀，还是问人啊？要吃饭呢，我这就下去忙去，要是问人，不知道。

小桃红：等等，饭也吃，人也问。

小二：得了，那我先忙去，回头跟您说啊。

青衣镇街。

应天龙、应天虎忙着人来回跑着扑火、扫街，应家的长工连兵丁也跟着在街上忙着。来回跑，冲锋一样打扫卫生。

应天虎：快扫，快扫，扫完了回府快换衣裳。

突然驻马在悦来客栈门口。

悦来客栈大门。

众茶商正扒在门缝处往外看，可以看见应天虎骑在马上正冲着这儿说话。

应天虎：你们都听好了。是谁报的官，我应天虎先不查，但查出来就没有你们的好。一会儿官家来了人，你们都各自小心点儿。谁要出门捣乱，格杀勿论！

砰！一根长枪钉在悦来客栈大门上，吓得众茶商大气不敢出，赶快躲开门。

商人甲：官府要来人了？

商人乙：来有什么用？还不是听他们应家的。

商人丙：躲躲吧，躲躲吧，真是没有出头之日了。

青衣镇东街。

应天龙边走边穿好马褂，一副士绅打扮。一群应府的长工、兵丁都在换茶农、茶商的衣裳。

应天龙：快换，快换。你那衣裳不对，换了，这哪像茶商啊？站好了，听我一句话，一会儿知府大人就到了，你们挑担的挑担，收银的收银，拨拉算盘的拨拉算盘。一定给我演出一幅青衣镇兴旺繁荣图来。有什么问话的事，由刘师爷、李管事、冯管事来讲，一致口径，其他人不可乱说。多余的话我也不说了，挑起来，动起来，走起来。来，快，学个样儿，脸上喜悦一点儿，喜悦一点儿。

一群人走动起来了，有摆桌收账的，排队卖茶的，挑担走来走去的。还相互打招呼，点头，行礼。一派繁荣。

应天龙：兄弟。

应天虎：哥，您说……

应天龙：撒家可知道了？

应天虎：消息封了。

应天龙：好，你带了人把西街封住，只要半个时辰，我就够了，千万不要让他们出来闹。岳管事。

岳管事：嗻。

应天龙：吩咐厨下做一桌飞龙鱼翅席，再把南街的窑姐儿们都叫来。还有，备一个一千两的银箱。听清了？

岳管事：听清了，都听清了。

应天龙：快去吧，谁来了也不怕。他要看什么，咱给他看什么。

饭馆。

宜妃、小桃红正吃饭。

小二一看反正饭也吃了：你们打听的那人啊，他前脚走，你们后脚就进来了。

小桃红：那你不早说！

小二：早说？早说你们能吃这顿饭吗？

宜妃：你倒实在。小桃红会账，快追。

小桃红：什么开店的？奸商……给。

两人急出。

青衣镇街上。

知府大人仪仗浩浩荡荡地来了。敲着锣，举着回避的牌子，那些假扮的茶农、茶商都垂手而立，低头站在路边。知府撩开帘子看着街上，到了街正中旗杆下。应天龙带着一些人迎接。

应天龙：青衣镇候补茶监应天龙给知府大人请安。

知府从轿中出来：请起，请起。天龙啊。

应天龙：小民在。

知府：可有人具结告你呢！

应天龙：小民请知府大人明断。

知府：这些街上的人……

应天龙：回大人，都是卖茶、贩茶的，有农有商。

知府：看着满繁荣的嘛，不像人家说的那样啊？天龙啊，不是你做的假吧？

应天龙：这种假岂能做出来？

知府：我可不是下来走马观花的，来人，叫一个过来问问。

中军：哎，你过来。

叫的那人是个武士，不会说马上装哑巴。

冯管事假装成茶农：大人，他是个哑巴，有什么话您问小民吧，小民吴不晓。

知府：吴不晓，很好。本官问你，今年茶之收成可好？

冯管事：托大人的福，很好，很好。明前、雨前收成颇丰，山上的茶已经换成口袋里的钱了，各山茶农从没这么安定生活过，都欢呼雀跃赞而颂之，世道清平啊。

知府：交易如何？

冯管事：交易公平，贸易畅通。茶农、茶商各得其利，无不赞颂应大人监管合理，调配得当。我们茶农、茶商还特做了匾额，以谢应大人之功德……

刚一说完就有人敲锣打鼓送来了一块匾，上书“农商父母”。

知府：噢，是这样的，很好，很好。师爷，记下来了吗？

师爷：已记录在簿了。

知府：好啊，很好。你们继续交易，继续交易。天龙啊，让大家该做什么做什么啊，不要因本官来到了误了交易，交易吧。天龙啊，你做得不错啊。不可骄傲。本官倘是不来看，哪知道青衣镇是一派平安呢？所以本府要不定期地下来看看。天龙啊，你要百尺竿头当更进一步。

应天龙：小民谨记，小民谨记。大人您再看看。

知府：不是都看到了吗？还要看什么？

应天龙：那请大人进府吧。

知府：好好。

正在这时，康熙一个人牵着马正好进了青衣镇街。乍一看也觉很繁荣啊，随手拉住一个挑担来回过的人。

康熙：哎，这位老兄，这是青衣镇吧？看着挺繁荣啊？街上多安稳啊，跟传的可不一样。

挑夫甲马上装哑巴：啊呀呀，呀，啊呀呀。

康熙：哑巴啊。

康熙又拉了一个：这位老兄……

挑夫乙：哇呀呀。

康熙：怎么还是哑巴？哑巴可不少。

此时康熙正好站在那堵矮墙之前，突听得身后有声音。

商人甲：可不都是哑巴吗？不是哑巴就穿帮了。

康熙回头看，矮墙后蹲了一堆人：哎，你们是干什么的？怎么蹲在那儿偷看啊？

商人乙：你是干什么的？

康熙：贩茶。

商人丙：不像。

康熙：何以见得？

商人甲：贩茶哪儿有骑马的，你是个武士。

康熙：就算吧，那你们呢？

众人：我们是茶商。

康熙：是茶商为什么不在街上做交易，躲在这墙后？

商人甲：哪儿有交易可做？

商人乙：哎，老哥快躲进来吧，要开打了。

商人丙探头：可不是？西街有动静了。快，老哥快躲躲，可不是闹的。

康熙以为开玩笑：怎么会？这不是朗朗乾坤吗？

话音刚落，就见手牵的马大惊。

那东街知府的仪仗刚请进应府，这边西街的武士终于夺门而出了。霎时街上乱了，茶农、茶商转眼都从扁担、账桌底下抽出刀枪。西街武士对冲过来了，东街的人相迎。两街的人猛冲，不是亲见，这瞬间的变化怎么让人相信？

康熙手中的马来回盘着，此时看见撒莲儿与甜儿也骑马冲出来了。

两街人就在康熙面前大打出手。

康熙：不是亲眼所见，谁说也不敢信啊。

一手把马放了，从腰间抽出宝剑，要冲入阵中去。

康熙仗剑而入，一剑破两阵，两边人被剑风一下劈开了，分成两阵。

康熙站在中间：住手，不是亲见怎敢相信，刚还好好的，怎么说打就打起来了？

应天虎一看这人这么厉害，马上骑马上前：壮士尊姓大名？

康熙：你先说说你的。

应天虎：在下应天虎，请壮士府中一坐……

正在此时，康熙看见依旧是纱笠的撒莲儿掉转马头要往回走，风一吹，半张脸露了出来。康熙一看，以为是撒容儿，大惊。

康熙：撒容儿！撒容儿！等等，等等，撒容儿！

康熙快步向撒莲儿追去，撒莲儿根本不理，骑马前行。康熙追。

没想到正好宜妃、小桃红牵着马在矮墙前，别的没看见，这个场景看个正着。

宜妃：哎，哎，小桃红，我说他怎么非要到青衣镇来呢？还故意吵翻了要一个人来，原来他不是为了国事。

小桃红：主子，也未必，您没看见两边人真刀真枪地杀着呢吗？咱不……

宜妃：吃醋？我才不吃醋呢。我……我不让他吃醋就算心疼他了。

此时看街上，两边的人拖着伤病各自回了。宜妃、小桃红这时才一回头，看见矮墙内失望地跌坐了一地的人。

宜妃：呀，这儿还有人呢？

小桃红：你们干吗呢？

众茶商又一次绝望，伤心低着头一言不发。

撒莲儿屋内。

撒莲儿还是头戴白纱笠，给康熙在极为优雅、极有形式感地沏茶。香烟袅袅。康熙此时倒显得俗了。

撒莲儿优雅地用热水冲烫器具，然后放茶叶，然后冲泡……很美，很静。

康熙：子曰食不言，寝不语，借问这喝茶是不是也不能说话？

撒莲儿：……

康熙：方才一路上看青衣镇上像是有不少的耳重口讷之人，小姐……

撒莲儿终于忍不住了：这会儿你不妨把我当成个哑巴。

康熙：噢，小姐不哑。这茶嘛，冲冲喝喝即可，何必这样地劳动？

撒莲儿：茶乃通神之物，一味茶泡下来，你看五行之中，水火木土金都占了。世间之物搅动于此，你想五行运转是随便转转便行的吗？想不到世上俗人这么多。

康熙：说对了，我是个俗人，小姐不妨把脸前的纱罩取下吧，也好让俗人认认。

撒莲儿：你既然承认自己是俗人，那咱们不妨做个俗人的交易。

康熙：请讲。

撒莲儿：本小姐取下面纱，你答应我一件事。

康熙：天底下饭不是好吃的，没想到茶也不是好饮的，这脸更不是好看的了。

甜儿：哟，你说什么呢？

康熙：没说什么，没说什么，小姐既然说出“交易”二字，在下欣然从命，请讲吧。

撒莲儿：请饮。我先问你，你是什么人？

康熙：茶贩子。

撒莲儿：不像。

康熙：为什么？

撒莲儿：你在我泡这味祠山翠魁时，一点儿惊羡之意都没有。你哪是茶贩子，你不懂茶。

康熙：好茶不用人说也是好茶，何必惊羡？

撒莲儿：你是北方人？

康熙：倒让你说对了。

撒莲儿：你是京城里的？

康熙：又让你说准了。

撒莲儿：你是京城宫中的？

康熙：嘿，这就怪了，我为什么就是宫中的？你倒说说。

撒莲儿：因为宫中俗人多。

康熙：宫中俗人多？好。小姐你上来就这样说话，哪像是谈交易的？我们的交易怕是难做了。

站起想走。

撒莲儿撩了面前的纱帘：难做也要做。

康熙：为什么？

撒莲儿：因为你喝了我的茶。

康熙：哎，喝了茶又怎么了？难道这茶里有药不成？

撒莲儿：对了。

康熙：又有人下药了？这天下怎么有这么多爱下药的人？小姐，这回你的药可是下错了。

九

悦来客栈。

宜妃、小桃红在走着，店小二紧跟。

小桃红：小二啊，找干净、朝阳的房子啊，可不能太脏太乱了啊。房钱我们多付。

话还没说完，就看从后院影壁中一群一群的人走了出来，都背着包袱，垂头丧气地要走了。

宜妃：小二，这些人要去哪儿？

小二：还能去哪儿呀？没指望了，回家吧。

宜妃：没什么指望了？他们做什么的？

小二：茶商。

宜妃：那怎么会没指望了？贩茶卖茶吗？

小二：对呀。这时间都快过了，没得贩了。

宜妃：怎么没得贩？哎，我们这不是人来了吗？小桃红，快去把门关上，不要让人走了。

两人快跑，把店门关上了。院子里一下站了一大片人。

商人甲：放我们出去吧。

商人乙：放我们出去吧。

宜妃：几位听我一句，青衣镇的事，过不了两天就该了了，我们这……这不是来人了吗？

商人丙：来人有什么用？知府都来过了，原以为有指望了，还不是看了一眼就走了？什么官啊，比瞎子还不如呢。

宜妃：知府算什么？这不是我们来了吗？

小桃红：我们可不瞎。

商人甲：二位小姐，不是看不起你们，前日也来过两个男人，以为有指望了，还不是歌也唱了，酒也喝了，豪言壮语也说了，人也不见了。没指望了，让我们走吧。

宜妃：他们不行，我们行。小桃红，光说服不了众。来，来，大家看好了。

说着就把头上手上所有的首饰往下摘。

宜妃：小桃红，快帮我摘，你的，你的也摘了。大家看好了，这是我们两人的头面首饰，真金白银，来，哎，哎，您过来，一件不留都交给您。

商人甲上来了，接了一大捧首饰……

宜妃：大家看好了，这些首饰再不济也值千金。烦大家等我们三天，三天事儿不了，小二你给做个证，这些首饰变卖了，让大家分了钱回家。

小二：各位老客，都瞧见了吧，人家两个女子都说了这话了，你们还不应吗？大伙说一声吧，大伙应一声吧。

众人不说话，一百多人跪着齐齐地哭了。哭声一片。

宜妃：小桃红，看见没有，这事儿咱能不管吗？天下的事咱能不问吗？我最看不了受苦人了，这事咱管到底了。

小桃红：那……那，爷呢？

宜妃：他？谁知他来青衣镇干吗来了，他眼里哪儿有老百姓？

小桃红：那还有法印、三德子呢？

宜妃：找找吧，也算是救人。话说回来了，就咱们两个，没他们也成。

众人哭过后，齐齐给宜妃、小桃红磕头。

宜妃：请起，请起，这是怎么说的，事还没办呢，等办完了再谢不迟。

撒莲儿茶室。夜。

康熙坐着，被绑了起来。撒莲儿在问他话。

撒莲儿：你可认得我的姐姐撒容儿？

康熙：认得。
撒莲儿：我姐姐怎么样了？是生是死，你如实告我。
康熙：说……说不出来。
撒莲儿：为什么说不出？
康熙：一说便是错……
撒莲儿：你到底是什么人？到青衣镇来干什么？
康熙：如就问这些，我到时都会告诉你，现在不说。请把我放了。
撒莲儿：谁知你是敌是友。
康熙：我问一句话，你答对了，是敌是友立时便知。
撒莲儿：问吧。
康熙：青衣镇这么打下去，茶农、茶商何以为生？
撒莲儿：青衣镇不这样打下去，茶农、茶商更无以为生。
康熙：两方争斗，一方退出，百姓幸甚，你退出争斗如何？
撒莲儿：为什么？
康熙：当然为茶农百姓。
撒莲儿：茶农百姓指望我呢。
康熙：此事有朝廷，知府不行还有皇上。
撒莲儿：指望不上。
康熙：怎么讲？
撒莲儿：你要活着你就能看见。

呼府。夜。
一笼子鹦鹉，呼赫图放开一点儿笼门，一只渴望自由的鹦鹉飞了出来。呼赫图一下把笼门关上了，那只鹦鹉飞着。被呼赫图拿起一根牙签，一弹射死，死鸟落在了砧板上。
呼赫图：越想往外跑的越先死。你如果老老实实地待着，备不住还能多活几天。
说着话，一刀把鸟头剁下了，病态地撕着那只死鸟的毛。

应家牢内。夜。
应天龙、应天虎下了台阶，静静地看着关在牢里的三德子、法印。
应天龙：天虎。
应天虎：哥哥，你说。
应天龙：听说镇上又来人了，干什么的？

应天虎：说不清。

应天龙：天虎，要是把他们俩放了，会怎样？

应天虎：大概不死心，还会为茶农、茶商出头。

应天龙：撤家不收了，应家不收了，让一些外人收不是很好吗？把人放了。这虎不归山还引不出龙呢，放了。

应天虎下了台阶，打开笼子。

应天虎：哎，醒醒，醒醒！出去了，出去了。

三德子：干什么？干什么？

应天虎：干什么？放你们出去。

法印：出去？没那么便宜吧，无缘无故地进来了，哪儿能就这么无缘无故地再出去？总要有个说法吧。

应天虎：说法？想要也有，你们不愿出去，死在这儿也没人管。

应天虎说完，二人就都走了。三德子看着法印。

三德子：和尚，这是怎么了？青衣镇的事儿了了？

法印：怕是快了。三德子，咱们这么着出去虽不够壮烈，但总比让人来救好，咱走吧。

三德子：也只有走。

两人很不够气盛地出牢。

悦来客栈宜妃处。夜。

宜妃：小桃红，总共二百八十两，对不对？

小桃红：对是对，怕……不够一天收茶的。

刚说到这儿有人敲门。

小桃红一下把银票、银子捂住，问：谁？

三德子：宜主子、小桃红，是我，三德子，还有法印。

小桃红：呀，主子好了，他们俩来了，这事好办了。

宜妃：快开门去。

小桃红飞快地开门。三德子、法印恭敬地在门口。

宜妃：快进来吧，高大人呢？

三德子：宜主子，一言难尽，咱慢慢说吧。

宜妃：好，慢慢说，咱先商量明儿个收茶的事。哎，你们俩带着银票吗？

三德子：带了。

宜妃：太好了，够了。

青衣镇街上。

人山人海的担子，大包小包的茶叶，法印指挥着堆货，三德子指挥着排队。有人帮着过秤，小桃红算账给银票。

小桃红：哎，这位大哥，银票现钱一样的，谁出门带那么多现钱啊，这银票付了你取出钱来不是一样吗？

商人丙：不是这话，前边的怎么付的都是现银啊？

小桃红：别挤，就那么点儿现银，付光了，还不是要付银票吗？一样的。

宜妃：过来，这位大哥，要是有什么不妥我们又不走，就这张银票永远认账。

有人挤入，要买茶。

商人甲：哎，这位夫人，这茶他们卖了，我们可以收了吧？你们再卖给我们不是又有银票了？

宜妃：是啊，是啊。正好钱转不开了，三德子、法印，快快另开一桌卖茶的，把收的茶卖了，平易物价，收多少卖多少不为赚钱，就为了帮大家一个忙，有愿意中间搭桥的我们也做。

商人乙：这位夫人，赚不赚钱都是小事，这收了的茶你要保证能运得出去呀。

宜妃：保证运得出，运不出去钱也照退。有我们四个人在，怎么会运不出去？

商人甲：啊，好了，那可好了。来呀，收茶了，收茶了。

一群人又挤进三德子、法印开的桌子前。你买龙井，他买瓜片地乱喊一气，热闹无比。

三德子：别挤，别挤，都有，都有啊。和尚，没想到事儿就这么了了。宜主子就是利落。

法印：是啊。哎，忘了问了，万岁爷在哪儿？

三德子：问了，没说，听小桃红说在撒家呢。哎，别挤，别挤，都有。这事咱不问也就不问了，这会儿啊可不缺他一个。

撒莲儿茶室。

撒莲儿正表现着内心激烈的情感，快速地弹着琴……康熙被绑在椅子上听着琴声。一曲下来。

康熙：好，好。犹如疾风骤雨，小姐内心激荡得很。

撒莲儿：你懂什么叫内心激荡？

康熙：我怎么就不懂？

撒莲儿：你要懂得父仇姐恨，你要知道善恶仁德，你……你就不会问出昨天那样的话。

康熙：什么话？我倒忘了。

撒莲儿：让撒家为茶农之利，撤出青衣镇。

康熙：谁家收茶，谁管交易，于茶农来说有多大区别？此事终归是一家之事，与茶事之大局关系能有多大？与茶农之利终归难伤根本。但因两家争斗，茶农卖不出茶，茶商买不进茶，当然有一家该退出，应家不退，撒家退，不是一样对茶农有利吗？

撒莲儿：这种想当然之语必是当今皇上老儿才能说出的话。

康熙：哎，这不管谁说的话，理不会错吧？

撒莲儿：理也错了。应家收茶，欺行霸市，大进小出，贱进贵出，压抑茶级，强占茶山，逼死茶农，致使茶路不通，茶流不畅，茶农欲立命而不能，茶商欲交易而不准。谁家收茶貌似无关，其实事关国家，事关茶事之大局，否则，我……我一个小女子，何必在这苦苦支撑？我心若死了，不妨出家，每日对青灯黄卷，诵经礼佛，心若未死，何不在这斗室之中，过那种清静的日子？你……你以为莲儿我执戟认镫，策马驰于镇街上，是为一人一家之利吗？倘不为茶农、茶商着想，不为家国茶事着想，不为我撒家几十年与茶农鱼水相连的关系着想，莲儿我何至于觉得委屈？

康熙：那……那是我错了？

撒莲儿：你错了！你大错特错。你到底是什么人？说来听听。

康熙：无非一个过路的闲人而已。

正说着，甜儿飞快地跑入。

甜儿：小姐，小姐，快去看看吧。

撒莲儿：怎么了？

甜儿：哎，上回的那个和尚和陶武士，还有两个外乡的女子，在街上收放茶叶呢。

撒莲儿：东街可有动静？

甜儿：一点儿动静都没有。

撒莲儿：是吗？收归收，怕是一片茶叶也运不出去。

康熙：你怎么知道？

撒莲儿：我……我是青衣镇长大的。我是撒家人。茶叶与我灵肉相通，我怎么会不知？

说着上手来给康熙松绑。

康熙：干吗又放了我？

撒莲儿：咱们的交易该谈了。

康熙：你那么能耐，跟我一个闲人还有什么交易可谈？

撒莲儿：再能耐也有不能处。我求你一件事……你叫什么？

康熙：黄三。

撒莲儿：撒莲儿在此，求你黄三助撒家一臂之力。

悦来客栈，宜妃屋内。夜。

宜妃、小桃红、法印、三德子四个人累得满头大汗，也高兴坏了。

三德子：来了，来了，茶来了。宜主子您先喝吧。

宜妃：可是真累坏了，小桃红你盘盘账，今天收放了有多少？

小桃红：算过了，收放共五千七百多斤。收的多一千斤。

宜妃喝口茶：不多，明天咱先卖了收的茶，把钱活动起了，再收。做买卖有什么难的？就是累点儿……嗯，好茶，这累了喝口茶就是解乏。这茶啊，有的时候，不经意可真就想不起它来，但真没了可就不舒服了。

法印：一天开门七件事，柴米油盐酱醋茶，哪件也不能少，少一件日子就不成日子了。宜主子，光忙了，没顾上问您，万岁爷您可见了？

宜妃：没看见，不知道，也不想知道，不想。法印、三德子。

法印：臣在。

三德子：嗻。

宜妃：万岁爷从宫里由那女刺客而起，心就不知在什么地方了，咱不管那么多了，青衣镇百姓的事咱们给办了，比怎么想着万岁爷都强。为民办事啊，你为一寸人家会敬你一丈。我说这话倒不是为了让人家敬咱们，我是说老百姓朴实、可爱。

法印：阿弥陀佛，宜主子说得有理。

三德子：宜主子，您说得真有道理。那什么，万岁爷那儿您要是知道个影儿，您告诉我，我去找找。

宜妃：找什么？不找，找出来备不住还碍事呢。

三德子：找不出来也碍事呀。

东街应府院内。夜。

所有穿了黑色夜行衣的武士，正在用火把蘸火油，还有人在磨刀。很多人无声只有动作地在忙着。

应天虎：快，快，一切备好了，听候号令。快点儿，快点儿。你，二青把夜行衣换了。

二青：嗻。

应府客厅。夜。

灯火辉煌。应天龙抱拳而出，与钱庄票号的刘掌柜说话。

应天龙：刘掌柜，这么晚请您过来，应某也是出于无奈，对不起得很……一句话，有事儿求您。

刘掌柜："求"这个字不敢当，有什么话应大人您提个醒就是了。

应天龙：好，那我就不客气了。刘掌柜，明天起请贵宝号关张歇业两天怎么样？

刘掌柜：应大人玩笑了吧？我们昌瑞源号自开张之后遍布各省，没有一天关过张，歇过业，我们山西人开票号讲的就是个信誉，关张一事，恕刘某不能答应。

应天龙：刘掌柜，话说的是不错，但此事重大，事关青衣镇的前途。

刘掌柜：应大人，此事没有商量余地，刘某告辞了。

说着要走。

应天龙：刘掌柜，你这样的话，就别怪我应某人不客气了。来，带上来。

话音未落，刘掌柜的老母亲、小孙子，都给押上来了。上来就喊儿子喊爷爷的，被人拉开。

刘掌柜：应天龙，你、你……你怎么能这样！

应天龙对管事做了个眼色。有人拿了一盘银子和一把刀来了。

应天龙：刘掌柜，恕应某万般无奈吧。这儿有银百两，刘掌柜只要你关两天张，这百两银子就归你了。话我再说一遍，你要是不愿关张，我认人，这把刀可就不认人了。母亲、孙子让你挑一个。

刘掌柜：应天龙，我刘某老老实实做生意，虽说是个商人，但从小读的也是圣贤之书，忠孝节义我虽是个商人也奉为圭臬，你今天以利以害来要挟我，不算你坏，可你胁迫我的老母幼孙，实在是人同禽兽。母亲、孙儿，按理为家人性命，我当屈从，但昌瑞源票号自开至今信誉第一，我怎么能因个人之利而污了票号招牌？老母亲，不孝儿这儿给您磕头了，您给儿子收尸吧！

说完向柱子撞去，一头撞死。老母、孤孙大声哭叫，被人拉住。

应天龙：收拾了。

客厅中一片哭喊。

应府大门。夜。

大门洞开，黑衣武士都手持火把飞快地跑了出来。

青衣镇街。夜。

一队火把从东街冲过来。跑到青衣镇旗杆下，把那些收来堆放的茶叶都点着了。有人阻拦被杀。

霎时大火熊熊燃起。一条街都照亮了。

悦来客栈院中。夜。

火烧红半边天，众茶商飞快地从后院拥出。

众人：茶烧了，茶烧了！

商人甲：哎呀，我的茶啊！茶烧了！

商人乙：茶烧了！

悦来客栈宜妃屋内。夜。

法印打坐，三德子睡着突然惊醒，赶快喊里屋的宜妃、小桃红。

三德子：宜主子，不好了，茶垛着火了，茶垛着火了。

窗户全都映红了。宜妃、小桃红冲出。

悦来客栈院中。夜。

法印、三德子、宜妃、小桃红冲了出来，满院子是人要往外冲，正看见悦来客栈的大门打开，有两个茶商喊着冲了出去。

茶商：我的茶，我的茶啊！

门口早有黑衣人等着，嚓嚓两刀把人杀了。众人吓得又都拥了回来，火光冲天。

小二：躲躲，躲躲！关门，关门！

话没落地，也被一刀杀了。三德子、法印大喊冲了过去，抢过兵器就打，把两个黑衣人杀了。

宜妃：快，快救火！大家快救火啊！

众人怕了，没一个人往外跑，都吓得哭着。宜妃、小桃红跑出大门，大街上只见大火，哪儿还有人。

撒家院中。夜。

火光照亮院子。撒莲儿、甜儿、康熙都站在院子中间。

撒莲儿：黄三……爷，这就是你说的谁家收茶与茶农无碍的道理，看清了吗？应家人从来与百姓为敌。

康熙：与家国为敌，与大清为敌，与皇……三也为敌。

撒莲儿：莲儿再不与之斗，青衣镇早就成地狱了。

康熙：这会儿为什么不出手？

撒莲儿：没用，茶已成灰。明天还有大斗。

康熙：袖手旁观吗？

撒莲儿：恨不跳出是非之外呢。可惜生为撒家人，青衣镇之茶事就在你血脉里流淌，躲也躲不开。

康熙：那……那现在干吗不出手？

撒莲儿：力有不逮，力量所限，所以想跟你谈交易。

康熙：讲。

撒莲儿：莲儿看你是个正人君子，莲儿请黄三爷倾全力为青衣镇茶农百姓出头吧。

康熙：这，这算是什么交易？我原本就为这个来的，此事一定做到。

撒莲儿：多谢黄三爷。

康熙：慢，"谢"这个字还没有到说的时候，既是谈交易，当是有来有往，莲儿小姐，你当对黄三如何？

撒莲儿：撒家在此，我撒莲儿人也在此。事办成了，你想如何便如何。

康熙：那……那可不好。那……那我黄三成什么人了，那不是太像乘人之危了吗？道义归道义，那个感情归感情，这事先不说好吗？莲儿姑娘……听凭自然吧。

撒莲儿：好啊，事儿成了怎么都好。没想到你还有些境界啊，那我倒是把你看低了。

昌瑞源票号门口。

昨天领了银票的人，都举着银票想兑银子，拼命地砸门，喊。昌瑞源票号没有开门。

商人丁：开门，开门，兑银子啊。

商人乙：开门兑银子了。

商人丙：他们怎么不开门啊，那咱手里的银票还有什么用？开门，开门。

门开了，众人都往后退，只见一队白衣孝子，打着灵幡抬着棺材出来了。扑通，刘掌柜的儿子给大家跪下了。

刘子：各位父老乡亲，家父昨日为票号的事被逼身亡了。各位父老乡亲，票号对不起各位了，今天不兑银子了。

话一说完，众人拿着银票都傻了。

商人甲：茶也烧了，钱不给兑了，那让……让我们怎么活……

正在这时，看见悦来客栈宜妃、小桃红、法印、三德子又搬出桌子、秤来想收茶。

众人火都起来了：让我们怎么活？

商人乙：找他们算账去！

商人甲：没本事就别开秤，对，找他们算账去！

众人像决了堤的水一样，向悦来客栈大门口冲了过去。宜妃、三德子、法印、小桃红还以为人家是来排队踊跃卖茶的。

三德子：别急，别急。排队，排队。

法印：排队，排两队。

话音没落，众人捡起街上的菜皮、烂瓜就往上扔起来。

众人：还我茶叶，还我钱。还我茶叶，还我钱！

打得三德子、法印冲上前来遮挡，宜妃、小桃红乱躲。

众人泪流满面，大喊：还我茶叶，还我钱！还我茶叶，还我钱！

宜妃火气终于拱了上来，拨开法印、三德子冲出来。

宜妃：听我说一句，我们来青衣镇，实在是为了大家好，才做的收茶贩茶事。众位乡亲可不要不认好坏人啊。

商人甲：好，你好得没边了。

宜妃：这话怎么讲？

商人乙：你们要是不收不贩，就……就在昨天，我们身上还有银子，库里还有茶叶。好，你们做好人办好事，收的茶叶一夜之间烧成了灰，给的银票一夜之间变成了纸。你们不做好人倒罢了，你们做了好人，我们什么都没有了。

众人：什么都没有了。

商人甲：你们想管又管不到点上，管又没有能力，害死人了。

众人：害死人了，还我茶叶，还我钱！还我茶叶，还我钱！

哗哗地所有的菜皮、菜叶一通乱扔。四个人被人说得哑口无言，被扔得没有办法，只有返回悦来客栈。

宜妃：三德子想想办法，想想办法呀。

三德子：宜主子，没法子了，先避避吧，先避避。

此时只见东街应家大门洞开，应天龙、应天虎甲胄齐整骑在马上，众武士耀武扬威地冲了出来。

应天龙、应天虎一出，所有商人如老鼠见了猫一样地四散奔逃了。霎时间街上一个人没有了。应天龙、应天虎带着他的兵士走到旗杆下，青衣镇旗已被烧得三个字没两个字了。

应天龙马上一抱拳：各位父老乡亲，恕天龙甲胄在身不能全礼，我给各位请安了。天龙有几句话想说。人活在世，物竞天择，强者生存，弱者消亡。天龙知道你们与撒家有感情，几辈传下来的，但现在撒家只是一个弱女子掌门，小小的砣怎么压得住茶事这杆大秤？父老乡亲，一山不能容二虎，我这只虎是凶了点儿，可我不凶哪镇得住盘子？你们躲也罢，怕也罢，只要我应天龙占住青龙镇，你就有口食吃。倘若你们还执迷不悟……

说到这儿时应天虎一使眼色，有两个武士冲进一个门去把一个茶农拉了出来。

应天龙：还抱着撒家不撒手，就别怪我应天龙六亲不认了。

这时茶农被推到应天龙的跟前。

应天龙：李老伯，我问你一句，你种了茶是给撒家，还是给我应家？

李老伯：请问应大爷一句，给撒家怎样？

应天龙：那只有一死。

李老伯：那好，我告诉你，给撒家我是个死，给你们应家我也是个饿死，左不过是个死，死没什么了不起，但我不愿被你应家人欺负死、饿死，我只要活着就给撒家，绝不给你们应家。

话没说完，应天龙宝剑抽出就要砍，说时迟那时快，只见西街撒家大门洞开，一支镖飞了出来，砰地将应天龙手中的剑磕飞了。门开处，康熙拿着折扇一把，没有骑马，没有兵器，一人一扇出来了，潇洒地往街中间走了过来。

应天龙、应天虎及众武士马上排队迎上。

应天虎长枪一立，大喊：你是什么人？

应天龙托着伤手：你退后，我来。壮士通名。

康熙：与你这等恶霸，还通什么名？应天龙你还不下马受死！

康熙大步往前走。只见那些矮墙后及店铺里的人一时间一为李老伯，二为康熙之气势所动，看见了希望一样，都出来了，一大片人跟着康熙往这边走过来。应家的人一看人太多了，有点儿怵，人马乱着想往后退。

康熙仍威风地向前走着。

应天虎终于忍不住了，长枪一挑，夹马向康熙那儿冲了过去。康熙后边的人群毕竟是百姓，一看这阵势吓得四散。

在人群四散的当口，看见撒莲儿和甜儿骑在马上在自家门口看着这边。

康熙不仅不躲，反而像是迎战一样大步地向前，应天虎马到枪到。枪到时康熙的剑已从腰间抽出了。交手只一回合，应天虎长枪飞起，胸口鲜血涌出，人坠马下。康熙将那匹惊马带过，认镫上马，马打盘旋，打马向旗杆下奔去。众百姓可是高兴了，跟着往前冲。那些武士吓得要跑，应天龙无奈迎上去。

应天龙：别乱，别乱！你……你是什么人？

康熙：我是一时糊涂一时明白，此时再明白不过之人，应天龙，你快快下马受死。

应天龙：还……还没到时候，你别以为我应天龙只是一个人，我的身后可通着朝廷呢。

康熙：好啊，我倒想问问你通的朝廷中的什么人。

应天龙：说出来吓死你。呼赫图呼大人。

康熙：啊，吓死我了。跟你说我也通着朝廷呢。

应天龙：啊，那咱们是一家，还打什么？你认识什么人？

康熙：黄三，黄三爷。

应天龙：你认识皇上也没用。

康熙：为什么？

应天龙：皇上是个睁眼瞎，呼大人让他吃什么，他就得吃什么。

康熙：这话说出来，真的让人很不高兴，很不高兴，应天龙坐好了，我要动手了。

应天龙：慢，慢。等一等，壮士，别以为你有功夫，理就胜了，天下没那么简单的事，天龙我早算准了，怕今天出幺蛾子，我搬了官兵来了。听，胡总兵的兵马到了。

突然长号齐鸣，大队的兵马长枪旗帜从东街冲进街来。百姓又要散。

商人甲：别跑，别跑！老乡们，刚才李老伯可给咱做了样了，宁可杀了，也不能让这些恶霸欺负死！

商人乙：对，对，大家别乱，看这位壮士，就一个人，咱给他站脚助威吧！

康熙：说得对。他官兵也是大清朝的官兵，岂可为一人之利而害百姓？不怕。

应天龙听后大笑：哈哈，你哪是什么朝廷里来的？你哪知道朝廷中的事呀？

胡总兵已经骑马到跟前。

胡总兵：应大哥，别来无恙。

应天龙：胡总兵，此人勾结暴民，寻衅闹事，请为应某拿下。

胡总兵：好说。是他吗？

应天龙：就是他。

胡总兵：小的们，拿下。

两骑冲出，冲到康熙跟前也不搭话，上兵器就打。康熙两剑将人全部挑到马下。

康熙：真没想到，到了此时，大清国的皇上，要杀自己的兵了。

此话一出众人一惊。

康熙：三德子、法印何在？

悦来客栈门开了，三德子、法印飞快地一人托着龙袍，一人举着大华盖出。

康熙：胡图拉，你身为总兵，为私利为虎作伥，你还不知罪吗？

胡总兵赶快下马跪，后边成片的官兵一看也跪了。应天龙吓得下马了，不知怎么办好。

此时康熙龙袍换好了，所有人都跪下了，山呼万岁。老百姓高兴，已站在了悦来客栈的台阶上。

康熙：百姓平身，百姓平身。朕先要罪己反省。朕虽说家国天下事，要事事亲临，但青衣镇之事绝非小事，俗话说柴米油盐酱醋茶，一天七事，百姓的日子缺一不可。朕罪之一是不知是非，将敬业为民的撒家办错了；二是不闻不问，以一人之言扶持了应家恶霸。朕平生最恨这些欺善怕恶之恶人，朕更恨那些与恶霸相勾结之官吏。他们拿着大清朝的俸禄，当着大清朝的官员，却与大清之国民作对，与朕作对。此种人不办，何来治国安邦？此种人不办，朕岂不是愧对天下之子民？朕岂不是愧对为青衣镇之事而死的人杰英烈？朕必将地方恶霸及贪赃官吏绳之以法，绝不姑息！

话刚说到这儿，应天龙知大势已去，拔剑欲自杀，不想被胡总兵一脚踢开。

胡总兵：至此之时，你想死也来不及了，听判吧。

康熙：三德子听旨。将应天龙、胡图拉押入京城候审。明日起大行大市开秤收茶。

三德子：遵旨！青衣镇的百姓们听好了，明日大行大市开秤收茶了！

万民欢呼，阳光灿烂。

康熙：原来是件小事，朕来得迟了。以孔武之力，了断此事，实在不该是一帝王所为。

悦来客栈宜妃屋内。

宜妃一直流泪，小桃红在一旁劝着。

宜妃：我……林风儿一生好强，把脸面看得比我的性命都重要，明明是要为人家办好事，谁知办成了这样！

小桃红：主子不哭，不哭。咱办得也不错呀，有时事儿是那样的，就跟某个人长了个坏疖子似的，你根儿不去了，他可不是就好不了吗？咱们当初……

宜妃：当初怎么样？

小桃红：咱们当初要是就冲着应家去，把那个毒疖子去了，他青衣镇自然就太平了。

宜妃：哎，那不是咱才来，分不出谁家正谁家邪吗？

小桃红：对呀，正因为分不清，才说立了一个大功吗？

宜妃：小桃红你可别这么安慰我，事我没办好我知道，你犯不着给我戴这虚翎子。

说着话和尚进来了。

法印：宜主子，您可不是立了一个大功吗？要没有咱收茶这一出，他万岁爷也指不定能不能分出好坏来呢。咱这一收，他应天龙一放火、一杀人可不就是非立见了吗？所以万岁爷出手准是借了咱的力才准的。有什么了不起的？

宜妃：这么说，我……我心里还好受点儿，但还是不高兴……

法印：那为什么呀？

宜妃：大功还是被他给抢了。

法印：哼，这算什么大功啊？一个万岁爷斗个小恶霸还算大功啊？

小桃红：和尚你可别说便宜话，就这恶霸你不是也没斗过吗？斗个小恶霸？不斗这小恶霸，老百姓的日子还就过不下去了呢。

法印：我不是刚开始也分不清好坏吗？

三德子：可不是吗？没有你呀，这事早了了。宜主子，他一直说应家人好。

宜妃其实一直有点儿紧张，生怕康熙这会儿进来。三德子一叫她赶快说。

宜妃：是啊。三德子，你们都来了，快关门，你别让他进来，我……

我可不见他……

三德子：谁……谁啊？谁进来呀？

小桃红：装什么傻，万岁爷啊！

三德子：万岁爷啊，想让他进，他也进不来呢。

小桃红、法印：怎么讲？

宜妃更不高兴，看着。

三德子：宜主子，您可别不高兴啊，刚我见了，万岁爷去了撒府了。

宜妃：什么？

小桃红：那也是谈公事儿去了。宜主子您回屋吧，法印关门。

法印：阿弥陀佛，出家人不问红尘事，不管。

撒莲儿茶室。

康熙正襟危坐，撒莲儿一身女装，正给康熙见大礼。

撒莲儿：万岁在上，民女撒莲儿叩见万岁。

康熙：起来，起来。这一有名分倒不好了，有了名分人就远了。莲儿姑娘，咱们还像原来那样好不好。你就当我还是黄三，是个路经青衣镇的过客，你还是个主人家的样子，想说什么说什么，咱不拘这个名分行不行？

撒莲儿：怕是不行了。

康熙：为什么？

撒莲儿：就是莲儿能那样，您也回不去那个劲儿了，真要回去就像做戏了。虽说人生如戏，但真要让您演起戏来，有什么意思？

康熙：是啊，你说得在理，朕这一生，身边有多少人可不就是在给朕做戏的吗？朕一生往往是无名分时得真情，有名分时得假意。唯一一个交心知意的又离朕而去了……

撒莲儿：那人是谁？

康熙：是你姐姐。

慢慢拿出珠串来。

撒莲儿：是我姐姐。这话莲儿一直不敢问，今天自您嘴中说出，证实了。我容儿姐姐已死了，自爹冤死之后，她就一直想进宫去告御状，容儿姐姐死了，谁害的？

康熙：朕……朕有错。

撒莲儿：“朕有错”，你……你哪儿会有什么错？错只在我们小女子身上。你坐在金殿之上，一句话可随口而出，随自己的喜好，一句话可害得天下的茶农、茶商家破人亡。你有错，倘若没有姐姐闯宫相告，你会觉得自己有错吗？倘貌美的姐姐不死，你还觉得自己有错吗？再问一句，你到青衣镇是为改错认错而来的吗？

康熙：一半是，一半不是……

撒莲儿：那不是的一半，莲儿想听听。

康熙：朕……朕实在撇不开那个“情”字，想找你姐姐的影子。

撒莲儿：啊，好话，你也真说得出口？在天上的姐姐听到了，不知是悲是喜。莲儿我再贸然问一句，你找到了吗？

康熙：找……找到了。

撒莲儿：谁？

康熙：是莲儿姑娘你呀。

撒莲儿：你找得也真快，可你忘得也真快。你那个在嘴中刚吐出来的“情”字可真轻，你找到妹妹忘了姐姐。你一生于情大概就是这样找到一个丢了一个的吧？

康熙：朕毕生只找一个，哪儿分得出你我他？

撒莲儿：这好像是句该褒奖的话，莲儿听了你这话是否该……高兴？

康熙：我是实话。

撒莲儿：是啊，万岁爷，莲儿听了你这话倒是心定了。

康熙：啊……是吗？

撒莲儿：莲儿原就是与你做交易的，你胜了，莲儿欠你了。

说着要解衣。

康熙：莲儿姑娘，倒……倒是不必太……太勉强……人之于世，男女之间，有些事不能急，“情”字该当先，这……这是你姐姐留下的珠串。

撒莲儿睹物伤情，泪流出了：姐姐，你真苦，你真苦……姐姐，自你走后，妹妹我就心死了，不是为你哪能活到今日？

说着接着又脱衣。

康熙：莲儿姑娘，来日方长，不在朝朝暮暮。

撒莲儿：万岁爷，莲儿我可不欠别人的账……青衣镇太平了，爹爹去了，姐姐也走了，我岂能在这世上偷生？

撒莲儿背对康熙，长衫飘落，看是宽衣解带，其实抽出匕首一下捅进心口。

撒莲儿：我把自己给你了……

撒莲儿轰然倒下，康熙赶快接住。

康熙抱住撒莲儿，大惊，大伤心：莲儿，莲儿！你干什么，你……

你……你这是干什么！你这不是把朕给杀了吗？莲儿，莲儿！

撒莲儿：你……你也会哭？

康熙：莲儿，你这等于杀朕啊！

撒莲儿：你悔不悔？

康熙：悔不欲生。

撒莲儿：青衣镇太平了，你也不必后悔了。你最后的这点儿泪，让莲儿稍稍地有些留恋这世界了。可我要死了，我要死了……

说完闭眼……

门砰地开了，甜儿冲进来，三德子、法印、小桃红跟进来。

甜儿：小姐，小姐！

康熙抱着撒莲儿：莲儿，莲儿你好狠，你好狠！你……你不给朕一个机会吗？你们两姐妹将害朕一辈子再无宁日，一辈子伤心啊！莲儿你好狠啊！你们出去，你们出去！

山坡新坟。

上写撒莲儿之墓。康熙祭拜……

长街上康熙夜执一盏白灯独自走过。

青衣镇旗杆上残月当空。

一骑孤寂在山上。

荒野孤骑，北雁南飞，江南细雨，茶山片片……

乾清宫。

百官山呼万岁毕，康熙呆呆坐着，有些失神。

三德子轻咳一声，上茶。康熙反应过来了。

康熙：众位爱卿平身。陆羽在《茶经》中说："茶之为饮，发乎神农氏，闻于周鲁公。"饮茶之史可上溯五千余年，小小一片绿叶，养了千万代人。这小小的一片绿叶与万里江山相比，看似不足为大；与金戟铁马相比，看似不足为重。但莫视其小，关乎民生，就是这一片小茶叶真要不问，于民于国将生大乱。朕八岁之时，太皇太后曾经问过朕今后的志向是什么，朕一八岁小童说出"无他欲，唯愿天下治安，民生乐业，共享太平之福而已"。说此语，距今已有四十载，想朕唯愿天下治安、民生乐业之心岂有须臾改变，但树欲静而风不止，天下事总是这样，你想安就有人想乱。地方恶霸欺民压商致使一片土地哪儿还有"太平"二字？地方恶霸如此，宫中贪蠹更有过之，勾结卖官，欺上瞒下，索贿茶银，中饱私囊，以为天下之大，仗其手中之权可以瞒天过海，哪会想到，天道昭昭岂可让邪歪之理逞一时之强……来人，将呼赫图押上来。

三德子：带呼赫图。

呼赫图被押上。

康熙：呼赫图，你欺君罔上，残害良民，扶助恶霸，欺占地方，朕岂能容你？不杀你怎对得起高大人、撒无忌、撒容儿、撒莲儿及无数无辜死难百姓之在天之灵。来人，与地方恶霸应天龙一并推出午门斩首，其他连带官吏交三法司严办，一个都不能放过。

百官跪。

康熙：退朝。

三德子：退朝！

定妃处。

定妃边哭着边撕着呼赫图送来的那只标本鸟的毛。

三德子：圣旨到。

定妃不理还撕。

芳儿：主子，快点儿，圣旨到了，快接旨吧，快接旨。

定妃：我不听……我不听……我不听。

三德子：定妃接旨，将定妃苏赫齐氏贬为答应，着日搬出后宫。

定妃：我不听，我不听……我要见皇上，我要见皇上……

南书房。夜。

三德子站着睡着了，法印打坐睡着了。

康熙手撑着桌上也睡着了，一只手放在桌上拿着只珠串，显然是思念着。

康熙：撒容儿，你……你来，把这手串戴上……

话音刚落，只见一只手真的伸过来把那只手串子取了过来，悄悄地戴在自己的手上了。没有人察觉，只见那人飘飘地走了，飘飘地走了……

图书在版编目(CIP)数据

康熙微服私访记·第四部/邹静之著. —北京：中国文史出版社，2021.1

(中国专业作家作品典藏文库·邹静之卷)

ISBN 978-7-5205-1893-2

Ⅰ.①康… Ⅱ.①邹… Ⅲ.①电视文学剧本-中国-当代 Ⅳ.①I235.2

中国版本图书馆CIP数据核字(2019)第288688号

责任编辑：牟国煜　薛未未

出版发行：**中国文史出版社**

社　　址：北京市海淀区西八里庄路69号院　邮编：100142

电　　话：010-81136606　81136602　81136603(发行部)

传　　真：010-81136655

印　　装：北京新华印刷有限公司

经　　销：全国新华书店

开　　本：720×1020　1/16

印　　张：30　　　　字数：341千字

版　　次：2021年1月第1版

印　　次：2021年1月第1次印刷

定　　价：79.80元